NIAL

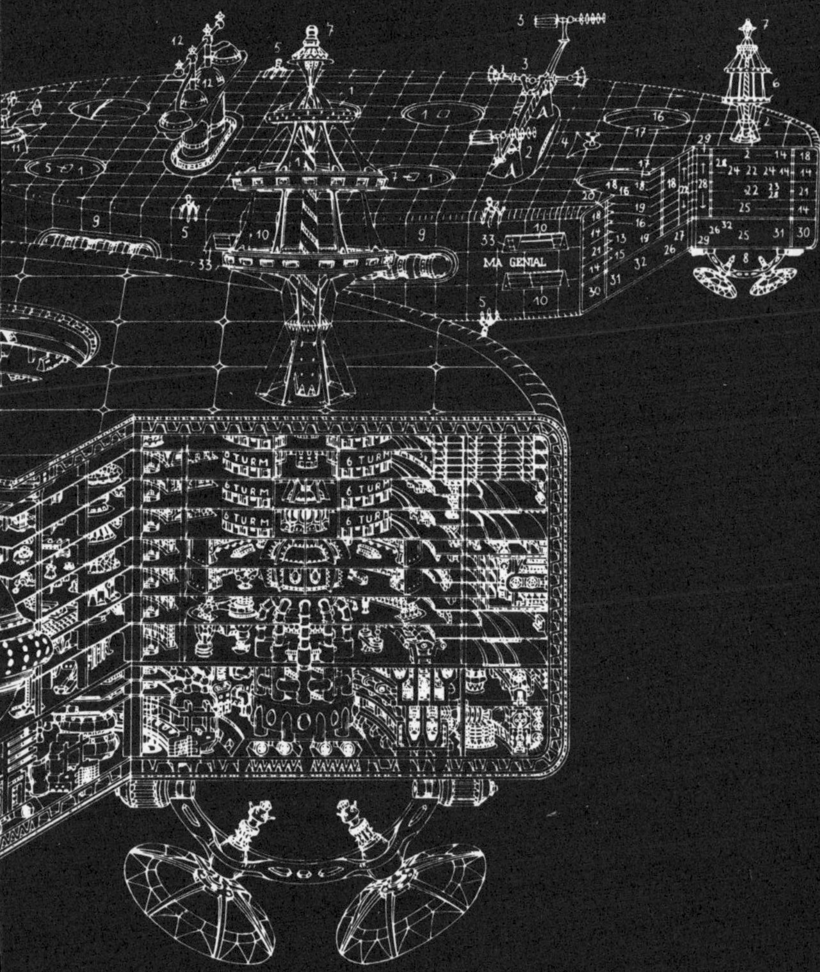

Perry Rhodan
Andromeda

Perry Rhodan

Andromeda

Verlag Arthur Moewig GmbH,
Rastatt

Redaktion: Horst Hoffmann
Beratung: Franz Dolenc
Satz: Utesch Satztechnik, Hamburg
Druck und Bindung: Mohndruck
Graphische Betriebe GmbH, Gütersloh
Printed in Germany
ISBN 3-8118-2041-9

Einleitung

Franz Dolenc schrieb in seinen Anmerkungen zu den in diesem Buch enthaltenen Originalromanen: „Ich halte diese ‚Gleichheit' zwischen Tefrodern und Terranern für einen absoluten Schwachsinn. Tefroder sind bekanntlich (wie sich noch herausstellen wird) aus den Lemurern hervorgegangen, die vor 50 000 Jahren die Erde verlassen mußten und sich in Andromeda ansiedelten. Spätestens nach der dritten/vierten Generation hätten sich Unterschiede herausbilden müssen! Eine absolut gleichlaufende Entwicklung auf Terra und Tefrod ist unmöglich!"

Man könnte dagegen halten, daß nichts im Universum unmöglich ist, was nicht als nicht möglich bewiesen worden ist. Doch dies wäre billig. Alle Wahrscheinlichkeit spricht gegen eine solche Parallelentwicklung, wie sie im Fall der Tefroder und Terraner beschrieben wird. Das trifft allerdings auch auf die meisten Werke der SF-Literatur zu, in denen Außerirdische so geschildert werden, als wohnten sie um den nächsten Häuserblock, mit einem Raumschiff und einem Strahler als Alien-Ausweis. Nicht erst heute wissen wir, daß eine Million denkbarer Welten auch eine Million völlig andersgearteter Geschöpfe hervorbringen müssen. Ein Kardinalproblem der Science Fiction also?

Ich meine, nein. Die Faszination und die Fremdartigkeit anderer Wesen lebt nicht in erster Linie von deren äußerlicher Gestalt. Autoren (sofern sie der menschlichen Spezies angehören) sind in dem Moment zum Scheitern verurteilt, in dem sie versuchen, etwas zu schildern, was außerhalb ihres Vorstellungsbereichs liegt – und der ist nun einmal begrenzt durch das, was wir in irgendeiner Form kennen oder aufgrund von Informationen, die unser Verstand faßt, extrapolieren können. Zitiert sei der Spruch von den „Marsbewohnern, die vielleicht auf Viking saßen und sich über uns Menschen amüsierten, ohne daß wir sie als Leben hätten erkennen können".

Unsere so menschenähnlichen Aliens sind Träger von Botschaften, die wir in die Zukunft projiziert sehen möchten. Leute, mit denen Autoren und Leser etwas anfangen können. Lassen wir also den Tefrodern ihre Menschenähnlichkeit und ihre parallelentwickelte Technik, und lassen wir uns faszinieren von einer erdachten Evolutionsstory, die den MdI-Zyklus bis heute zu einem der erfolgreichsten in der gesamten PERRY RHODAN-Serie gemacht hat.

Die diesem Buch zugrunde liegenden Originalromane sind: *Die sechste Epoche* von *K. H. Scheer*; *Vorstoß in die Dunkelwelt* und *Die Geistersonne* von H. G. Ewers; *Sperrzone in Andromeda* und *Im Reich der Zentrumswächter* von *Clark Darlton*; *Die Mikro-Henker* und *Der unheimliche Roboter* von *H. G. Ewers*.

Rastatt, im Sommer 1986 *Horst Hoffmann*

Prolog

Seit jenem Tag im Jahr 2400, an dem Icho Tolots vage Hinweise zur Entdeckung des galaktischen Sonnentransmitters aus sechs blauen Riesensternen führten, ist vieles geschehen. Von ungeheuren Gewalten ins Nichts zwischen den Galaxien geschleudert, mußten Perry Rhodan und seine Begleiter mit der CREST II in den Fallensystemen der Unbekannten, die von ihren Hilfsvölkern geheimnisvoll „Meister der Insel" genannt werden, um ihr Leben kämpfen.

Genaueres weiß selbst Grek-1, der zu den Terranern übergelaufene Geheimdienstchef der Maahks, nicht über die Beherrscher Andromedas auszusagen. Die Maahks, wasserstoffatmende Intelligenzen und vor 10 000 Jahren von den Arkoniden aus der Milchstraße vertrieben, leben als unfreiwilliges Hilfsvolk der Meister der Insel im Zwergnebel Andro-Alpha. Ihr mit Hilfe von Duplos vorgetragener Invasionsversuch der Milchstraße konnte, nicht zuletzt durch den Einsatz der Parasprinter, verhindert werden.

Greks Hinweisen ist es zu verdanken, daß die Terraner im Jahr 2402 in einem weiteren intergalaktischen Transmittersystem Fuß gefaßt haben. Von dort aus dringt Perry Rhodan mit dem „Geheimsatelliten Troja" in den zweiten Andromeda vorgelagerten Zwergnebel, Andro-Beta, ein, um mehr über die Pläne des Gegners zu erfahren. Die Terraner haben alle Hände voll zu tun, um ihre Identität vor dem Wächtervolk der Twonoser zu verbergen und erleben phantastische Abenteuer mit den Mobys, planetengroßen Weltraumwesen, die sich von Energie ernähren. Weiterhin kommt Perry Rhodan alles darauf an, die Anwesenheit von Menschen im Vorfeld Andromedas vor den Meistern der Insel geheimzuhalten.

Er kann nicht verhindern, daß die scheinbar toten Mobys durch unbekannte Hyperimpulse aktiviert werden, um in einer beispiellos grausamen Strafaktion Tod und Verderben über die Welten der Twonoser zu bringen. Die terranischen Schiffe müssen sich aus dem Hexenkessel Andro-Beta vorerst zurückziehen. Ein Space-Jet-Kommando dringt kurz darauf erneut in den Sternennebel ein und landet auf der Suche nach dem Hypersender auf dem „unmöglichen" Planeten Gleam. Man bringt den Sender zum Schweigen. Die Moby-Gefahr ist gebannt, Perry Rhodan macht Gleam zum terranischen Stützpunkt in Andro-Beta.

Die Meister der Insel schicken als neue Vernichtungswaffe ihre leuchtenden Sphären aus. Erst als der Beherrscher der Kontrollstation Modul, von wo aus die Sphären gesteuert werden, sich auf die Seite der Terraner schlägt, kann auch diese Gefahr gebannt werden. Baar Lun, der letzte vom Volk der Moduls, wird zu Perry Rhodans Freund und Verbündetem. Mit der Vernichtung des Andro-Beta-Sonnentransmitters durch die Meister der Insel ist den Beherrschern Andromedas der direkte Zugriff auf die Zwerggalaxis abgeschnitten.

Zeittafel

1971 Perry Rhodan erreicht mit der STARDUST den Mond und trifft auf die Arkoniden Thora und Crest.
1972 Mit Hilfe arkonidischer Technik Aufbau der Dritten Macht und Einigung der Menschheit.
1976 Das Geisteswesen ES gewährt Perry Rhodan die relative Unsterblichkeit.
1984 Galaktische Großmächte versuchen, die Menschheit zu unterwerfen.
2040 Das Solare Imperium ist entstanden. Der unsterbliche Arkonide Atlan taucht auf.
2102 Entdeckung der Akonen im Blauen System.
2103 Perry Rhodan erhält von ES einen Zellaktivator.
2104 Entdeckung des Planeten Mechanica und Ende des Robotregenten.
2114 Bündnis mit den Posbi-Robotern nach Kampf um die Hundertsonnenwelt.
2326 ES verstreut 25 Zellaktivatoren in der Galaxis.
2327 Terraner entdecken das Zweite Imperium der Blues.
2328 Sieg über die Blues und Friedensvertrag zwischen den galaktischen Imperien.
2329 Perry Rhodan heiratet die Plophoserin Mory Abro.
2400 Entdeckung der Transmitterstraße nach Andromeda und Kampf gegen die Maahks. Perry Rhodan hört erstmals von den geheimnisvollen Herren Andromedas, den Meistern der Insel.
2401 Fünf Agenten Terras werden im Andro-Alpha-Nebel durch Multiduplikatoren dupliziert. Die Invasion der Milchstraße durch die Maahks wird mit Hilfe der Parasprinter abgewehrt.
2402 Terranischer Vorstoß in den Andromeda vorgelagerten Betanebel und Begegnung mit dem Wächtervolk der Twonoser, die nach ihrem „Versagen“ einer grausamen Strafexpedition der Meister der Insel zum Opfer fallen. Neutralisierung der Kontrollstation Modul. Mit Baar Lun gewinnt Perry Rhodan einen wertvollen Freund und Verbündeten.

1.

Im Tiefbunkerhauptquartier von Gleam schrillten Glocken. Die Schirme der Hyperkomgeräte begannen zu flackern. Das Fernbild eines Raumschiffoffiziers wurde erkennbar.

Der Diensthabende von Power Center sah auf die Chronometer. Es war kurz nach drei Uhr morgens.

„Major Nostrates, Leichter Kreuzer KALAGAN, Erstes Auffanggeschwader, Vierte Schlachtkreuzerflottille. Ortungsergebnis an Power Center. Ein großes Schiff, vermutlich Raumer der Imperiumsklasse, beendet soeben sein Eintauchmanöver in das Normaluniversum. Erkennungsimpuls ist nach gültigem Kode abgestrahlt und von uns entschlüsselt worden. Der Großadministrator kehrt zurück. Der Name seines Schiffes wurde mit CREST III angegeben. Bestätigen Sie bitte."

Zwei Stunden später gab der Funkchef Manöveralarm. Die Erkennungszeichen des fremden Schiffes wurden nun auch auf Gleam empfangen. Der Sender arbeitete wegen der Abhör- und Einpeilgefahr mit schwächster Leistung.

Lordadmiral Atlan wurde vom Pfeifen seines Kommandogerätes geweckt. Schläfrig drückte er die Taste nieder. Auf dem winzigen Bildschirm erschien das Gesicht des Hafenkommandanten. Er strahlte.

„Geht Ihre Uhr vor?" erkundigte sich Atlan, ehe der Offizier ein Wort sagen konnte.

„Gestern erst repariert worden, Sir", schmunzelte Oberst Katunga.

„Sicherlich mit einem Preßlufthammer", nörgelte Atlan. „Ihr Terraner lernt es nie. Wild wie Steppengäule und rücksichtsvoll wie eine Axt im Walde. Also, was ist?"

Katunga verzichtete darauf, mehr zu sagen als: „Perry Rhodan ist im Anflug. Sein Schiff heißt CREST III, Landefeld sieben wird soeben geräumt."

Das genügte vollauf, um Atlan vom Lager springen zu lassen. Katunga vernahm eine arkonidische Verwünschung, die er noch nie gehört hatte.

„Wenn Sie tatsächlich Perry Rhodan meinen, so war ich bisher der

Auffassung, er würde erst im Laufe der kommenden Woche eintreffen. Wer hat mich hier eigentlich genasführt?"

„Niemand, Sir. Die CREST III muß eine unverhofft schnelle Reise gemacht haben."

„Schnelle Reise!" wiederholte der Arkonide ergrimmt. „Der 5. Januar des Jahres 2404 ist vor wenigen Stunden angebrochen. Seit wann kann man mit einem Imperiumsraumer runde vierhunderttausend Lichtjahre so schnell überbrücken, daß eine Zeitersparnis von wenigstens fünf Tagen die Folge ist? Sie phantasieren, Katunga."

„Sir, Sie sehen mich ebenfalls überrascht."

„Irrtum, ich sehe Sie nicht. Sie haben Ihren Charakterkopf aus der Bilderfassung entfernt."

Katunga beugte sich seufzend nach vorn. Die grinsenden Gesichter der Funker übersah er wohlweislich.

„Sehen Sie ihn jetzt?"

„Was?"

„Meinen Charakterkopf."

„Oh, habe ich mich so ausgedrückt? Das muß ein Irrtum gewesen sein. Wir treffen uns auf Nummer sieben."

Atlan schaltete ab und kleidete sich hastig an. Sein Extrahirn meldete sich mit einem Impuls, der den Arkoniden hellwach machte.

„CREST III – also doch ein neues Schiff. Du wirst eine Überraschung erleben."

Atlan sah sich unwillkürlich um, schüttelte den Kopf und schritt unter die Brause. Die Tiefbunkerquartiere waren komfortabel eingerichtet worden.

Eine halbe Stunde später landete sein Fluggleiter am Rande von Landefeld sieben. Die B-Sonne des Tri-Systems stand am Himmel und überschüttete den Planeten mit einer Flut hellen Lichtes.

Vier moderne Schlachtschiffe der STARDUST-Klasse, die bisher auf Feld sieben gestanden hatten, waren soeben gestartet. Atlan legte den Kopf in den Nacken und sah den langsam aufsteigenden Achthundertmeter-Riesen nach. Sie flogen mit Minimalbeschleunigung.

„Verlegung nach Feld einunddreißig, Sir", erklärte Oberst Katunga. „Der Befehl dazu kam vom Flottenflaggschiff. Die CREST III schwenkt in die Landekurve ein."

Atlan sah sich im Kreise der Offiziere um.

Die Männer einer Raumlandebrigade sprangen von den Transportwagen und rannten unter dem anfeuernden Gebrüll eines Majors zur roten Gefahrenlinie hinüber. Dort stellten sie sich auf. Sie trugen Funkbildhelme neuester Konstruktion.

„Großer Bahnhof, was?“ erkundigte sich Atlan anzüglich. „Gleich eine ganze Brigade! Meine Herren, hier geschehen neuerdings seltsame Dinge. Wozu, um alles in der Welt, müssen vier STARDUST-Raumer ihre Abstellplätze verlassen, um einem Imperiumsschiff Platz zu machen? Wenn mich mein Gedächtnis nicht im Stich läßt, mißt dieser Hafensektor sechs mal sechs Kilometer. Wenn die Schlachtschiffe ordnungsgemäß gelandet waren, hätte die CREST III noch bequem Platz gehabt. Wozu der Aufwand?“

Niemand wußte eine Antwort. Katunga verschanzte sich hinter den Flaggschiffsbefehlen, und Dr.-Ing. Sagener schwieg.

Atlan spürte eine seltsame Erregung von sich Besitz ergreifen, und plötzlich sah er wie in einem Film vor seinem geistigen Auge noch einmal die Stationen des langen Weges Revue passieren, der – das spürte er – hier und heute einen weiteren Wendepunkt nehmen sollte ...

Es war Ende November 2402 gewesen, drei Wochen nach der Zerstörung der Dunkelwelt Modul als letzter Abwehrbastion der Meister der Insel in Andro-Beta, als Grek-1 den Wunsch äußerte, in seine Heimatgalaxis zurückkehren zu dürfen. Der ehemalige Geheimdienstchef der Maahks, nach der fehlgeschlagenen Invasion der Milchstraße neuer Verbündeter und wichtigster Informant der Terraner, war in allergrößter Sorge um sein in Andro-Alpha lebendes Volk. Die erwartete Strafaktion der Meister der Insel mußte schon angelaufen sein. In dieser vielleicht schwersten Stunde wollte Grek bei seinen Artgenossen sein.

Perry Rhodan willigte mit gemischten Gefühlen ein. Die CREST II, zur Tarnung wieder mit Zusatztriebwerken ausgerüstet, brachte den Maahk bis an die Grenzen der Kleingalaxis. Von dort aus setzte Grek-1 den Weg allein fort. Auch diesen Wunsch mußte Rhodan akzeptieren. Er überließ Grek eine getarnte Space-Jet und blieb mit der CREST im Ortungsschutz einer einsamen Randsonne auf Warteposition zurück.

Was dann geschah, ließ sich aus aufgefangenen Funksprüchen und den Beobachtungen rekonstruieren, die eine Korvette machte, die Perry Rhodan dem Maahk ohne dessen Wissen hinterhergeschickt hatte. Dies geschah nicht aus Mißtrauen, und die Berechtigung dieser Maßnahme sollte sich schon bald darauf erweisen.

Grek-1 mußte sehr schnell feststellen, daß seine Befürchtungen eingetroffen waren. Die Strafaktion der Meister gegen sein Volk war in vollem Gange. Neben linientreuen, den Meistern der Insel noch ergebenen Maahks gingen auch eigens für diesen Zweck nach Andro-Alpha beorderte Twonoserschiffe gegen die Welten der Methanatmer vor. Dies wiederum führte dazu, daß die bedrohten Maahks endlich in vollem Umfang begriffen, wem sie bisher gedient hatten, und die offene Rebellion wagten.

In Andro-Alpha herrschte das Chaos.

Dennoch erreichte Grek den vom gleichnamigen Methanriesen umlaufenen Sonnentransmitter Alpha-Zentra. Ohne zu zögern, begann er mit Höchstleistung zu funken. Er gab sich als Maahk zu erkennen, allerdings nicht als der ehemalige Geheimdienstoffizier, der den Angriff auf die Milchstraße geleitet hatte. Dies war vorher so mit Perry Rhodan abgesprochen worden. Hätte Grek seine Identität preisgegeben, so wäre zwangsläufig der Verdacht aufgekommen, die Terraner hätten ihn nach Andro Alpha geschickt, um in ihrem Sinne zu wirken.

Grek-1 appellierte als „Freund" an alle Maahkvölker, die ihre Freiheit liebten. Er beschwor sie, sich von den Meistern der Insel abzuwenden, die ihnen nur Unglück und Verderben brächten. Er forderte die Rebellen zu noch heftigerer Gegenwehr und die noch linientreuen Maahks zur Abkehr von den Tyrannen aus Andromeda auf. Nur gemeinsam, so führte er ihnen vor Augen, könnten sie die Herrschaft der Meister in Andro-Alpha brechen und gegen jede drohende Vergeltung bestehen.

Der Funkspruch, ständig wiederholt, war in einem Umkreis von mehreren Dutzend Lichtjahren empfangen worden. Die Rebellen zeichneten ihn auf und leiteten ihn weiter, bis Greks eindringlicher Einigungsappell in ganz Andro Alpha zu hören war – auch lange noch, nachdem der ehemals so ranghohe Maahkoffizier schon nicht mehr lebte.

Beim Angriff eines Verbandes linientreuer Maahks wurde die Space-Jet innerhalb von Sekunden zerstört, bevor die Rebellen zu Hilfe kommen konnten.

Perry Rhodans Bestürzung, als die Beobachterkorvette mit der Nachricht von Greks Tod zurückkehrte, war tief. Daran änderte auch die Tatsache zunächst nichts, daß Greks Appell offenbar auf fruchtbaren Boden gefallen war. Weitere ausgeschickte Kundschafterschiffe berichteten davon, daß der Widerstand der Maahks überall in der Kleingalaxis verstärkt aufzuflammen begann.

Die CREST II flog nach Gleam und kehrte im Dezember 2402 über das Schrotschuß-System in die Milchstraße zurück. Lordadmiral Atlan und der neue Verbündete Baar Lun, der letzte vom Volk der Moduls, blieben auf Gleam zurück.

In den darauffolgenden Monaten wurde der Stützpunkt unter der

Leitung des Arkoniden weiter systematisch ausgebaut und schließlich vollendet. Nach und nach wurden die terranischen Streitkräfte durch neue Verbände aus der Milchstraße verstärkt. Atlan schickte unter größter Vorsicht Kreuzer in Richtung Andro-Alpha aus, um die dortigen Vorgänge zu beobachten.

Inzwischen war die Besatzung des Geheimsatelliten Troja abgelöst und nach Hause geschickt worden. Troja war mit Robotern bemannt worden und zog weiterhin seine vorgegebene Bahn durch Andro-Beta. Zusätzlich wurden Sicherheitsmaßnahmen ergriffen, um das Eindringen von Fremden in die Station zu verhindern. Eine Selbstzerstörungsanlage sollte den Satelliten beim Betreten durch Unbefugte auf der Stelle zerstören.

Greks Prophezeiung, daß die Strafaktion die Meister der Insel vorerst von der Milchstraße ablenken würde, schien sich zu bestätigen. Die befürchtete Invasion blieb aus. Dagegen tobten in der Zwerggalaxis weiterhin heftige Kämpfe. Die Maahk-Rebellen wehrten sich mit allen Mitteln gegen die Vasallen der Meister. Rhodan wußte jedoch, daß die trügerische Ruhe für die Galaxis nur eine vorübergehende und trügerische sein konnte. Früher oder später würde das Versteckspielen im Vorfeld Andromedas zu Ende sein, die mysteriösen Beherrscher der Nachbargalaxis würden die Milchstraße nicht vergessen.

Es galt deshalb, ihnen zuvorzukommen. Rhodan wußte, daß er der schweren Verantwortung, die er für die Menschheit und alle anderen galaktischen Intelligenzvölker trug, nur dann gerecht werden konnte, wenn er die schwelende Bedrohung ausschaltete. Das hieß für ihn, er mußte den Meistern der Insel direkt gegenübertreten und eine Entscheidung herbeiführen, die der Milchstraße langfristig den Frieden sicherte.

Das bedeutete nichts anderes als den direkten Vorstoß nach Andromeda.

Und genau dieser Plan war es, der nun allmählich konkrete Formen anzunehmen begann. Es war nur eine Frage der Zeit, bis man den entscheidenden Schritt wagte.

An diesem 5. Januar des Jahres 2404 schien die Entscheidung gefallen zu sein.

Ortungsergebnisse kamen durch. Die CREST III, das Nachfolgerschiff der veralteten CREST II, näherte sich immer mehr. Wenig später wurden ihre typischen Umrisse erkennbar. Das neue terranische Flaggschiff flog ohne die Tarnaufbauten, die während den vergangenen Operationen in dieser Kleingalaxis üblich gewesen waren, um eine Identifikation zu erschweren. Seit dem Fall der Dunkelwelt Modul waren derartige Tarnungen überflüssig geworden.

Die CREST stieß im direkten Landeanflug im Winkel von etwa sechzig Grad aus den oberen Luftschichten hervor. Als sie von kurz aufflammenden Ringwulsttriebwerken vertikal über dem Hafensektor aufgefangen und im Schutze der Antigravitationsfelder angehalten wurde, war Atlan der Auffassung, Oberst Cart Rudo würde ausnahmsweise einmal eine Gentleman-Landung vorführen.

Das war ein Irrtum. Die CREST III, die von unten betrachtet einer riesigen Halbkugel mit einem weitausladenden Ring in Mittschiffshöhe glich, fiel so schnell, daß die Schallwellen ihres Maschinengetöses nur noch wenig Zeit hatten, vor dem Flugkörper den Boden zu erreichen.

Das Brüllen und Tosen wurde unerträglich. Schließlich kamen die ersten Druckwellen durch. Sie schlugen steil von oben kommend auf den Platz, wirbelten Staubwolken auf und heulten nach allen Richtungen davon.

Oberst Cart Rudo, der Kommandant, hob die Fallgeschwindigkeit mit einem erneuten Bremsschub auf. Ultrahelle Impulsflammen brachen aus den abwärts gerichteten Schlünden der Hochenergie-Felddüsen.

Ohne ein Wort zu verlieren, ging Atlan hinter bereitstehenden Terkonitstahlschilden in Deckung. Kasom kam zuletzt an. Er hatte sich den heißen Odem der CREST III fast zu lange um die Nase wehen lassen.

„Sir, der Kahn wird immer größer“, schrie Kasom und deutete nach oben.

„Was dachten Sie wohl?“ wunderte sich Atlan. „Das ist meistens so, wenn sich ein Flugkörper dem Boden nähert. Ihre Entdeckung ist phänomenal.“

Dr. Sagener lachte seltsam. Es klang, als könne er sich kaum noch beherrschen.

Marco Sagener war Chefingenieur und erst seit wenigen Tagen auf Gleam. Er hatte die Nachricht mitgebracht, daß es den terranischen Wissenschaftlern unter der Leitung von Arno Kalup endgültig gelungen war, das Geheimnis der grünen Schutzschirme der Maahks zu lüften und diese sogar zu verbessern. Die neuen Schutzfelder, Hochenergie-Überladungsschirme, kurz HÜ-Schirme genannt, waren nun soweit, daß sie in Serie gehen konnten.

Diese Nachricht war von Atlan und seinen Leuten mit Erleichterung aufgenommen worden, da nun den Terranern eine wirksame

Abwehrwaffe gegen die Konverterkanonen der Maahks zur Verfügung stand.

Im übrigen tat Sagener jedoch recht geheimnisvoll und erging sich nur in Andeutungen, wonach für die Menschheit eine neue Etappe in ihrer technischen Entwicklung begonnen hatte. Konkretere Angaben darüber waren ihm nicht zu entlocken gewesen.

„Sir, so habe ich es nicht gemeint", brüllte Kasom noch lauter. Er war verstört. „Ich habe einige Meßdaten empfangen. Die CREST III steht noch etwa drei Kilometer über uns und trotzdem ist sie nicht mehr in voller Größe zu überblicken."

„Höchstens noch tausend Meter", vermutete Oberstleutnant Faser mit größtmöglicher Lautstärke. „Mir braucht niemand zu erzählen, wie ein Imperiumsraumer aus dieser Entfernung aussieht. Tausend Meter und keinen mehr. Wenn man ihn nur noch ausschnittweise sehen kann, ist er nicht mehr höher."

„Müssen Sie immer recht haben?" tobte Kasom. „Verdammt, ich habe die Messungen mitgehört."

Atlan war plötzlich erblaßt. Er drehte sich langsam und fast ruckartig um. Den Männern schien, als hätten sie plötzlich einen Roboter vor sich.

Dr. Sagener fühlte den brennenden Blick das Admirals. Weit über ihnen orgelten die Triebwerke des neuen Flottenflaggschiffes im Leerlauf. Trotzdem wurde der Orkan immer stärker.

Die Soldaten waren längst hinter den Schutzschilden verschwunden.

„Da oben wird man sich jetzt vor Lachen die Bäuche halten", meinte Kasom erbost. „Die haben uns doch genau auf den Bildschirmen. Rudo macht sich einen Spaß daraus, die Triebwerke etwas stärker als üblich laufen zu lassen. Aber wieso schießt der Kahn dann nicht in den Raum? Mit der hohen Schubleistung kommt Rudo niemals auf dem Boden an. Oder doch? Dann hat er eben seine Gravofelder um ein Hundertstel heruntergeschaltet."

Kasoms Selbstgespräch war laut genug gewesen, um von den meisten Offizieren verstanden zu werden. Atlan war noch immer blaß. Dr. Sagener senkte den Blick. Da schaute der Arkonide wieder zu dem Schiff hinauf. Zwei Sekunden später wußte er, daß Kasoms Behauptungen richtig waren.

Die CREST III wurde immer größer, und trotzdem hatten ihre weitgespreizten Landebeine noch nicht den Boden berührt.

Als die CREST III nur noch zweihundert Meter hoch war, hatte der jüngste Kadett begriffen, daß dieser Übergigant niemals ein fünfzehnhundert Meter durchmessendes Schiff der Imperiumsklasse sein konnte. Da kam etwas ganz anderes an; etwas, das einem erfahrenen Raumpiloten wie Atlan die Sprache verschlug und ihn fassungslos in die gleiche Richtung starren ließ.

Melbar Kasom revidierte seine Meinung. Cart Rudo hatte seine Antigravfelder durchaus nicht heruntergeschaltet, um durch diesen Trick höhere Schubleistungen entwickeln zu können.

Dieses Schiff brauchte die Werte, damit man seine Masse trotz der Neutralisation der Gleam-Schwerkraft sicher beherrschen konnte.

Nun wurde es auch verständlich, warum die vier Schlachtschiffe das Gelände verlassen mußten. Die CREST II hätte noch Platz gehabt; dieser Übergigant nicht mehr.

Atlan bemühte sich, seine tiefe Erregung zu verbergen. Kasom und die anderen Männer machten kein Hehl aus ihrer Begeisterung. Sie drängten sich hinter dem Stahlschild zusammen, hielten sich gegenseitig fest und schrien sich ihre Meinungen zu. Es handelte sich um Schätzwerte über die Größe des neuen Flottenflaggschiffes.

Atlan wartete, bis die riesigen Auflageteller der Landebeine den Boden berührten. Kurz darauf ließ das Dröhnen nach. Das Arbeitsgeräusch der Triebwerke erstarb mit einem letzten Grollen. Es wurde still.

Die CREST III war im Mittelpunkt von Feld sieben gelandet. Demnach mußte ihre Polachse etwa drei Kilometer entfernt sein. Wenn man davon ausging, ließ sich ein ungefährer Wert über den Durchmesser der Kugelzelle ermitteln – wenigstens bei einem Raumer der Imperiumsklasse.

Hier war es nicht mehr möglich. Die Sinneseindrücke verwischten sich; das Gehirn weigerte sich, die von den Augen aufgenommenen Eindrücke zu verarbeiten. Es war eine unterbewußte Reaktion.

Atlan sah nur Ausschnitte des Rumpfes. Oberst Katunga bat um Ruhe. Die Soldaten der Raumlandebrigade sprangen hinter ihren Deckungen hervor und stellten sich wieder auf.

Atlan hielt Dr. Sagener am Arm fest.

„Einen Moment, Doktor! Jetzt kommt es auf zwei Minuten auch nicht mehr an. Was haben Sie mir zu sagen? Oder dürfen Sie noch immer nicht sprechen?"

Sagener verneigte sich.

„Sir, ich habe die Ehre, Ihnen den ersten terranischen Serienneubau der GALAXIS-Klasse vorstellen zu dürfen. Die offizielle Bezeichnung lautet ULTRA-Schlachtschiff. Die CREST besitzt drei Kalupkonverter in neuer Kompaktbauweise. Jeder Konverter ist stark genug, um das Schiff mit millionenfacher Lichtgeschwindigkeit durch den Linearraum zu bringen. Reichweite pro Einheit vierhunderttausend Lichtjahre, zusammen einskommazwei Millionen Lichtjahre. Der Durchmesser der Kugelzelle beträgt zweieinhalb Kilometer, also tausend Meter mehr als bei Schiffen der Imperiumsklasse. Ringwulstbreite nur dreihundertfünfzig Meter, gleiche Höhe. Vierundzwanzig Landebeine, Auflagefläche der Bodenteller sechzigtausend Quadratmeter. Zwanzig Normaltriebwerke mit etwa vierzigfach erhöhter Schubleistung gegenüber den Imperiumsraumern, ebenfalls neuartige Kompaktbauweise. Wir haben die Erfahrungen von hundert Jahren verwertet. Zwölf Großkraftwerke zur Versorgung der Normalverbraucher; Waffen sind prinzipiell Selbstversorger und unabhängig von jeder fremden Energiezufuhr. Beschleunigung trotz der riesigen Masse sechshundertfünfzig Kilometer pro Sekundenquadrat, also fast Kreuzerwerte; Vierfach-Staffelschirme, drei Normalausführungen, vierter Schirm ist ein HÜ-Schirm nach dem Muster der Maahks. Theoretisch unzerstörbar; unangreifbar gegen die sagenhafte Konverterkanone, da energetisch gleichwertig. Hauptbewaffnung sechzig Transformkanonen schwersten Kalibers. Abstrahlkapazität von tausend Gigatonnen pro Geschütz. Dazu alle anderen konventionellen Energiewaffen. Stärkster Terkonitpanzer, Wabenbauweise."

„Hören Sie auf, bitte", forderte Atlan mit brüchiger Stimme.

Sagener war unerbittlich. Er sonnte sich in seinem Wissen um das größte Geheimnis des Solaren Imperiums.

„Noch eine Minute, Sir. Die CREST III besitzt zwei ringförmige Außenhangars ober- und unterhalb des großen Triebwerkwulstes. Dadurch keine Platzbeanspruchung im inneren Zellenraum. Das Ultraschiff ist gleichzeitig ein Trägerschiff, ohne dadurch in seiner Kampfkraft als Ultrariese geschmälert zu werden. Besatzung fünftausend Mann. Davon dreitausend Mann Stammbesatzung, zweitausend Mann sind für die Korvetten und Moskitos bestimmt."

„Moskitos?"

„Neuartige Raumjäger", fuhr Sagener unbeirrt fort. „Sechsundzwanzig Meter lang, mit einem Bugdurchmesser von vier Metern und einem Heckdurchmesser von drei Metern. Besatzung zwei Mann. Scharfgepfeilte Deltatragflächen und hochragende Seitenleitwerke. Moskitos sind sowohl für Flüge innerhalb einer Atmosphäre als auch im Weltraum geeignet. Sie besitzen Lineartriebwerke in Kompaktbauweise mit einer Reichweite von 100 000 Lichtjahren. Die Bewaffnung besteht aus einem leichten, starr in Flugrichtung eingebauten Transformgeschütz sowie einem ebenfalls starr eingebauten Thermogeschütz. Jeder Moskito verfügt auch über den neuartigen HÜ-Schutzschirm.

Was die Korvetten betrifft, so wurden auch diese Beiboottypen, unter Beibehaltung des bereits gewohnten Durchmessers von sechzig Metern, vollständig umkonstruiert. Sie besitzen ebenfalls Transformkanonen und HÜ-Schutzschirme. Die Reichweite der Triebwerke konnte auf 200 000 Lichtjahre gesteigert werden. Stammbesatzung pro Korvette zwanzig Mann. Die CREST III führt fünfzig Korvetten und fünfhundert Moskitos mit sich. Das wären im wesentlichen die wichtigsten Daten."

Dr. Sagener trat zurück. Vor Atlan flimmerte die Luft. Gucky materialisierte vor seinen Füßen.

„Hallo, alter Junge", sagte die Riesenmaus ungewohnt ernst. „Du hast deinen Monoblock vernachlässigt. Ich habe deshalb deinen Bewußtseinsinhalt erfaßt. Nein – auf der CREST III hat niemand gelacht, wie Kasom vermutete. Wir waren eher um euch besorgt. Wenn man so ein Riesending sieht, dann bekommt man einen Schreck."

Er winkte den anderen Offizieren zu und zeigte seinen großen Nagezahn. Atlan fuhr dem Mutanten über das weiche Nackenfell.

Unter dem Riesenrumpf des Ultra-Schlachtschiffes öffneten sich die Luken. Die untere Polschleuse war zwölfhundertfünfzig Meter vom Außenrand der Zelle entfernt. Ein Fußgänger mußte fünfzehn bis zwanzig Minuten laufen, um erst einmal unter dem in etwa elfhundert Meter Höhe beginnenden Überhang des äquatorialen Triebwerkwulstes anzukommen. Atlan war, als stünde er am Fuße eines steil aufragenden Bergriesen, dessen Gipfel unsichtbar blieb.

Gucky schwieg. Nachdenklich sah er zu dem Schiff hinüber. Wagen fuhren vor. Erregte Männer riefen und schrien.

Atlan betrat wie ein Schlafwandler das Fahrzeug. Sie fuhren zwischen zwei Landebeinen hindurch und tauchten in den Schatten der unteren Kugelrandung ein.

Perry Rhodan wartete vor dem leuchtenden Antigravfeld einer kleinen Mannschleuse. Die führenden Offiziere der CREST III standen hinter ihm.

Als er den Gemütszustand des Freundes bemerkte, sprach er kein Wort. Er legte dem Arkoniden die Hände auf die Schultern und suchte seinen Blick. So schauten sie sich lange an, bis sich Atlans Verkrampfung lockerte. Er versuchte ein Lächeln.

„Willkommen, Freund", sagte er leise. „Ich hatte mit Überraschungen gerechnet, damit aber nicht. Ihr Terraner habt also nicht geschlafen! Wer eure Initiative kennt, konnte es vermuten. Sind diese Schiffe schon in Serie gegangen?“

„Die Mondwerften sind bereits umgestellt worden. Ein ungeheures Programm.“

Atlan nickte. „Der Mensch hat mein Volk nunmehr weit überflügelt. Vergiß jedoch nie, daß du mit einem arkonidischen Beiboot der Sechzigmeterklasse angefangen hast. Es wird deinen Übermut dämpfen, Barbar.“

Rhodan lachte. Atlan hatte sich wieder gefaßt. Das ironische Funkeln kehrte in seine Augen zurück.

„Einer der drei Kalups dürfte nach dem Überführungsflug ausgebrannt sein. Man wird ihn hier austauschen müssen. Hast du auch daran gedacht?“

Atlan schaute den Freund forschend an. Rhodan entgegnete mit leiser Stimme:

„Die letzten auf Gleam eingetroffenen Großtransporter haben alles gebracht, was wir für die Galaxisklasse benötigen. Die CREST geht sofort in die Werft. Aus- und Einbau dauern nur noch vierundzwanzig Stunden. Es sind spezielle Antigravschächte installiert worden. Sie führen von den Wartungsschleusen durch das Schiff bis hinauf zu den Konverterräumen. Der Aggregatwechsel ist kein Problem mehr. Es ist nicht mehr erforderlich, eine Heimatwerft aufzusuchen und die ausgebrannten Kompensationskonverter zu demontieren, damit man sie aus den Maschinenhallen entfernen kann. Bei der CREST III geschieht der Austausch sozusagen in einem Stück. Tritt ein, Freund, und sieh dich um. Der Empfang hat Zeit. Komm!“

Atlan sprang in das Antigravfeld und ließ sich nach oben tragen. Die CREST III war das größte Schiff, das der zehntausendjährige Arkonide jemals betreten hatte.

2.

Sechster Januar 2404, Erdzeit. Lagebesprechung im Hauptquartier Perry Rhodans auf Gleam, Tri-System, Andro-Beta.

Fast stündlich kamen Transporter und neue Flotteneinheiten über Gleam an und schwenkten auf die festgelegten Kreisbahnen ein. Nur die Großraumfrachter landeten, löschten ihre Ladungen und traten sofort nach der Generalinspektion der Maschinenanlagen den Rückflug zum vierhunderttausend Lichtjahre entfernten Schrotschußtransmitter an.

Dort sorgte Rhodans Stellvertreter, Staatsmarschall Reginald Bull, für den reibungslosen Ablauf der Nachschubbrücke, die man über den Abgrund des kosmischen Leerraumes gebaut hatte.

Atlan sah sich um. Der Saal war so groß, wie man es von dem Besprechungsraum eines Oberbefehlshabers erwarten konnte. Die sinnverwirrende Fülle der technischen Einrichtungen wies darauf hin, daß hier das Nervenzentrum von Power Center lag.

Die Flottenoffiziere und wissenschaftlichen Spezialisten gehörten zur Elite der Menschheit. Es waren nur wenige Nichtmenschliche anwesend, unter ihnen der Mausbiber Gucky, der Haluter Icho Tolot, der Modul Baar Lun und Atlan. Sie waren alle zuverlässig genug, um in die Planung der Menschheit eingeweiht zu werden.

Gucky hatte sich zu den Mutanten gesellt. Außer ihm waren noch der Teleporter Ras Tschubai, der Mutantenchef Telepath John Marshall, der Hypno André Noir, der Späher Wuriu Sengu, die Wellensprinter Tronar und Rakal Woolver sowie der Doppelkopfmutant Iwan-Iwanowitsch Goratschin erschienen.

Die Wissenschaftler und Techniker aller Fachgebiete gehörten zumeist dem oberen Flottenstab an. Atlan erblickte nur wenige Zivilisten, unter ihnen den Erbauer des Gleam-Stützpunktes, Chefingenieur Efhard Laut, sowie Dr.-Ing. Sagener, der bereits mit der Umschulung des Werftpersonals begonnen hatte.

Der dritte Zivilist war ein Kosmopsychologe der Solaren Abwehr. Sein Name war Prof. Dr. Mentsche Rosenstayn, ein hagerer, dunkelhaariger Terraner mit klugen Augen.

Eine Stunde nach Eröffnung der Administratorsitzung liefen immer noch die farbigen Drei-D-Filme, die von den Wachkreuzern der Betaflotten im benachbarten Andro-Alphanebel aufgenommen worden waren. Dazu wurden ständig Meßdaten und positronische Auswertungen eingeblendet.

Professor Rosenstayn war zur Zeit der wichtigste Mann. Von seinem Urteil hing viel ab. Es war die Aufgabe seines Teams gewesen, die in Andro-Alpha beobachteten Ereignisse auszuwerten und daraus Schlüsse zu ziehen. Rosenstayn hatte sich in den vergangenen Jahren intensiv mit der Mentalität der Maahks befaßt, so daß er in der Lage war, die derzeitige Entwicklung in Andro-Alpha mit den Plänen Terras abzustimmen, um dem terranischen Vorstoß nach Andromeda größtmögliche Erfolgsaussichten zu ermöglichen.

Während die Bilder kommentarlos vor den Augen der Zuschauer abliefen, begann der Kosmopsychologe mit seinem Abschlußbericht.

„Wir wir alle von Grek-1 wissen, haben sich im Lauf der Jahrtausende innerhalb der Maahk-Nation zwei Gruppen herausgebildet. Da sind zum einen jene Maahks, die den Meistern der Insel bedingungslos ergeben sind. Diese Gruppe wurde von Grek-1 abfällig als Leibeigene bezeichnet. Ihnen gegenüber steht die große Mehrheit der Maahks sowie der anderen Methan-Völker, die bis vor wenigen Monaten die Vormundschaft durch die Leibeigenen und deren Herren mehr oder weniger reserviert, aber ohne nennenswerten Widerstand ertragen hatten. Nun, die Situation hat sich seit November 2402 grundlegend verändert. Im Zuge der Strafexpedition der Meister kam es zu einem massiven Aufstand der Maahks, so daß sich die Meister gezwungen sahen, die Flotten der Leibeigenen durch weitere Hilfskräfte aus Andromeda zu verstärken. Die im September 2402 aus Andro-Beta abgezogenen Blaurüssel-Schiffe – die nach Andromeda gegangen sind – wurden ebenso nach Andro-Alpha entsandt wie unzählige andere Schiffe bislang unbekannter Hilfsvölker."

Rosenstayn deutete auf die Bildschirme.

Ein großer Verband eiförmiger Raumschiffe wurde von walzenförmigen Raumfahrzeugen angegriffen und in wenigen Augenblicken vernichtet.

Andere Eischiffe, die den Bedrängten zu Hilfe eilten, wurden von der Angriffsflotte ebenfalls attackiert und mit schweren Verlusten zurückgeschlagen.

Professor Rosenstayn fuhr fort:

„Die Angreifer sind revoltierende Methans aus dem Hauptvolk der Maahks. Die Eischiffe der aus dem Betasystem abgezogenen Rüsselwesen stehen kurz vor der völligen Vernichtung. Die Eingreifreserven der leibeigenen Maahks haben keine Überlebenschance. Es ist anzunehmen, daß die Aufständischen im Laufe der kommenden Wochen den Alpha-Transmitter zerstören werden, um die überlichtschnelle Nachschubverbindung zum Andromedanebel abzuschneiden. Danach wird es zu einer Großoffensive gegen Andromeda kommen. Unter Berücksichtigung der ungeheuren Zielstrebigkeit aller Wasserstoff-Methanatmer kann mit sechsundneunzigprozentiger Gewißheit ausgesagt werden, daß Andro-Beta unbehelligt bleiben wird. Die Maahks haben hier nichts verloren. Ihre Erkundungsvorstöße mit Einzelschiffen in den Bereich dieser Kleingalaxis beweisen, daß das Oberkommando der Alphabewohner nicht an eine Flottenkonzentration leibeigener Andromedaverbände in diesem Lebensbereich glaubt. Der hiesige Sonnentransmitter ist von den Meistern der Insel selbst zerstört worden. Wir befinden uns hier in einem abseits der Brennpunkte liegenden System, das für die Maahks sowohl wirtschaftlich als auch taktisch und strategisch uninteressant ist. Sie besitzen hier weder Rohstoffplaneten noch irgendwelche Werft- und Nachschubbasen. Sie werden die im Alphanebel aufgebauten Siedlungssysteme mit all ihren unerschöpflichen Produktionsmöglichkeiten als Sprungbrett benutzen und beschützen. Die zielstrebige Revolte gegen die Einheiten der Meister der Insel ist leicht durchschaubar. Das Endziel der Maahkvölker liegt im großen Andromedanebel. Aber auch die Meister der Insel haben, angesichts der Auseinandersetzung mit den Maahks, derzeit andere Probleme als sich um Andro-Beta zu kümmern. Diese Kleingalaxis hat für sie keine strategische Bedeutung mehr, so daß uns auch aus dieser Richtung keine unmittelbare Gefahr droht.

Wir halten daher den Zeitpunkt für gekommen, den ersten Erkundungsvorstoß nach Andromeda zu wagen, um vorerst wichtige Fragenkomplexe zu lösen."

Perry Rhodan saß an der oberen Rundung des weitgeschwungenen Konferenztisches. Er zog das Mikrophon näher.

„Wie lauten, Ihrer Auffassung nach, diese Fragen, Professor?"

Mentsche Rosenstayn brauchte nicht nach einer Antwort zu suchen. Er konnte das Ergebnis von millionenfältigen Detailauswertungen vorlegen.

„Nach dem mißglückten Angriffsversuch des Maahkgeheimdienstes im Mai 2401 auf die Milchstraße war mit dem Beginn einer Großoffensive in den folgenden zwölf Monaten zu rechnen. Die Zerstörung des Twintransmitters reduzierte diese Gefahr auf fünfzig Prozent des angenommenen Maßstabes.

Die anschließende Empfangssperre des galaktischen Sechsecktransmitters machte die Milchstraße offensivsicher, soweit es sich um ein Vordringen fremder Streitkräfte mit Hilfe der Sonnentransmitter handelte. Ob es den Meistern der Insel möglich sein könnte, unsere Transmittersperren aufzuheben, kann ich nicht beurteilen. Psychologische Auswertungen sind ohne Unterlagen unmöglich. Man sollte jedoch von derart überragenden Intelligenzwesen annehmen, daß sie bei einer so ungeheuren Gefahr, wie sie durch eine Großoffensive der Maahks entsteht, kaum daran denken werden, die Eroberung der Milchstraße als primäres Ziel zu verfolgen. Ich halte die Milchstraße vor einem Einfall systemfremder Wesen so lange für sicher, wie die Kämpfe im Andromedanebel anhalten.

Und damit wäre ich bereits bei Ihrer Frage angelangt. Wir halten den Vorstoß nach Andromeda unter anderem auch deshalb für notwendig, um die Reaktionen der Meister der Insel auf die bevorstehende Maahkoffensive festzustellen. Dabei müßte es möglich sein, ausreichende Daten über die Verhältnisse in Andromeda zu sammeln und Verbündete gegen die Meister zu finden."

Nach Rosenstayns Vortrag kamen die Vertreter der anderen Teams zu Wort. Dabei wurde unter anderem auch die Existenz eines aus sechs Sonnen bestehenden Haupttransmitters – nach dem Muster des galaktischen Sonnensechsecks – im Zentrumsbereich Andromedas als selbstverständlich vorausgesetzt, obwohl eine derartige Station aus keiner der bisher bekannten Schaltanlagen und Darstellungen ersichtlich war. Weder in der Schaltstation im Twin-System, noch in der des Schrotschuß-Systems und auch nicht auf Kahalo, in deren maßstabgetreuen Projektionen die Transmitterstationen durch blinkende Punkte gekennzeichnet waren, gab es irgendwelche Hinweise auf etwaige Sonnentransmitter in Andromeda. Die Gründe dafür waren unbekannt, dennoch bestand kein Zweifel daran, daß im Zentrumsbereich Andromedas ein Sonnentransmitter existieren mußte.

Auch die Möglichkeit, die Meister der Insel könnten in der Lage sein, die Transmittersperre des galaktischen Sonnensechsecks zu umgehen, wurde diskutiert. Doch ohne konkrete Daten war keine endgültige Schlußfolgerung möglich.

Die Lagebesprechung, die nach fünfstündiger Debatte zu einer Einsatzbesprechung geworden war, endete mit dem Befehl Perry Rhodans, die CREST III fernflugklar zu machen.

Die Kommandeure erhielten detaillierte Anweisungen. Die über Gleam stationierte Flotte sollte bis zur Rückkehr des Ultraschlachtschiffes auf zehntausend Einheiten verstärkt werden.

Die Nachtperiode war bereits angebrochen.

3.

Die CREST III hatte Gleam mit einer Flut aus Atomfeuer und orkanartigen Druckwellen verlassen. Es waren nur Randerscheinungen gewesen, die beim Start eines Schiffes dieser Klasse unvermeidbar waren.

Der Thermoplaststahl des Landefeldes, eine Mischung aus bestrahlten Legierungen und verbandsveredelten Kunststoffen, hatte unter dem Feuerodem der zwanzig Riesentriebwerke beinahe zu kochen begonnen, obwohl durch die Antigravitationsneutralisatoren nur die Masse des Schiffes zu bewegen gewesen war.

Es stand jetzt schon fest, daß die Spritzgußpisten der Raumhäfen überholungsbedürftig waren. Ultrariesen der Galaxisklasse verlangten bei der Dauerbenutzung eine mechanische und thermische Festigkeit, die bisher nicht für erforderlich gehalten worden war.

Die zweieinhalb Kilometer durchmessende Riesenkugel hatte erst in den höchsten Schichten der Atmosphäre Fahrt aufgenommen. Die Kommandanten der Raumer der Imperiumsklasse hatten es sich nicht nehmen lassen, ein Vergleichsfliegen zu veranstalten.

Sogar die moderne IMPERATOR der USO war der CREST III in den Beschleunigungswerten um etwa fünfunddreißig Kilometer pro Sekundenquadrat unterlegen gewesen. Die schnellen Kreuzer der Städteklasse hatten jedoch mühelos mithalten können.

Die Leistung der neuen Kompakttriebwerke, die kaum mehr Platz beanspruchten als die Ringwulstmaschinen der Imperiumsschiffe, war phänomenal. Die auf Gleam stationierten Psychologen hatten vor einer zu augenfälligen Demonstration gewarnt. Die Gefahr einer euphorischen Stimmung unter den Männern der Betaflotte war akut geworden.

Rhodan hatte sofort Gegenmaßnamen ergriffen, um den Jubel zu dämpfen. Die CREST III war nichts anderes als ein Erzeugnis terranischer Schiffsbaukunst. Augenblicklich erschien sie noch unverwundbar. Doch dies konnte sich vielleicht ändern.

Die Kunst des Überlebens bestand darin, ständig um einen Schritt voraus zu sein. Ein Stillstand in der Forschung war gleichbedeutend mit dem Untergang eines raumfahrenden Volkes.

Der finanzielle Aufwand wurde nur von wenigen Männern gewürdigt. Die Blütezeit des Solaren Imperiums war angebrochen. Allein die General Cosmic Company unter der Leitung des im Ministerrang stehenden Halbmutanten Homer G. Adams warf Gewinne ab, die man in der breiten Öffentlichkeit als ausreichend betrachtete, ohne Rückgriff auf imperiale Steuergelder das Neubauprogramm durchführen zu können.

Dies war ein Irrtum; aber er wurde nicht beachtet. Die GCC sah ihre Aufgabe in erster Linie darin, neuentdeckte Sauerstoffplaneten für die Besiedlung durch menschliche Auswanderer vorzubereiten, Forschungsprogramme ins Leben zu rufen, Raumhäfen anzulegen und die Handelsverbindungen zu anderen Völkern zu fördern. Dazu kamen noch zahllose Detailaufgaben, die alle Unsummen verschlangen.

Dessenungeachtet ging es terranischen Bürgern wirtschaftlich so gut wie niemals zuvor in der Geschichte. Männer wie Perry Rhodan, Atlan, Adams und Tifflor kannten jedoch die Leistungsgrenzen.

Diese Grenzen waren mit der angelaufenen Serienfertigung und den erforderlichen Umrüstungen vorerst erreicht. Raumschiffe waren teuer. Ihr Herstellungswert konnte auf den Solar genau ermittelt werden; ihr Nutzungswert ließ sich nicht in Zahlen ausdrücken.

Rhodan ging von der Voraussetzung aus, daß die Existenz der Menschheit und ihr Wohlergehen jeden Aufwand rechtfertigte. Das war der tiefere Grund zum Start der CREST III.

Niemand konnte darüber hinwegsehen, daß eine Gefahr erst dann ihre Schrecken verlor, wenn man sie in allen Konsequenzen erkannt hatte.

Die neue Epoche in der Geschichte der neuen Menschheit begann mit einem Gewitter aus den Korpuskulartriebwerken eines neuartigen Schiffsgiganten. Wie sie enden würde, war noch nicht vorauszusehen.

Die CREST III war vertikal zur kurzen Achse des Andro-Beta-Nebels in den Leerraum vorgestoßen. Dort war sie auf Kurs gegangen; aber niemand hatte gewußt, welche von den Millionen und Milliarden Sonnen des Andromedanebels man als Zielstern aussuchen sollte.

Einer war so bedeutend und unbedeutend wie der andere. Es gab keine Anhaltspunkte, keine Karten, keine festliegenden Koordinaten. Die astronomische Erfassung der Randgebiete war für raumstrategische Zwecke ungenügend. Erst die Untersuchungen an Ort und Stelle konnten klarstellen, welche Sterne Planetenfamilien besaßen, ob sie bewohnt waren – und von wem sie bewohnt waren. Es war ein Flug ins Ungewisse.

Die einzig tröstliche Gewißheit war die Tatsache, daß man vor dem ersten Sprung zur benachbarten Galaxis für eine ausreichende Rükkendeckung gesorgt hatte.

Das Tri-System war zu einem Heerlager ersten Ranges geworden. Stündlich kamen neue Verbände mit tatenhungrigen Besatzungen an.

Die Nachrichten aus der fernen Milchstraße waren zufriedenstellend. Die Akonen, Stammväter der Arkoniden und die bisher schlagkräftigsten Gegner der Menschheit, waren durch den katastrophalen Verlust von etwa achtzigtausend modernen Robotschiffen militärisch und wirtschaftlich so geschwächt worden, daß sie für wenigstens fünfzig Jahre keine Bedrohung mehr darstellten.

Die Blues auf der sogenannten Eastside des galaktischen Zentrums rieben sich in mörderischen Bruderkämpfen auf. Sie hatten das Interesse an Siedlungssystemen humanoider Völker verloren.

Alle anderen Völker der Milchstraße verhielten sich Terra gegenüber weitgehend neutral.

Rhodan konnte es nun wagen, im Andromedanebel nachzusehen, wer diese geheimnisvollen Meister der Insel waren, was sie eigentlich bezweckten und wie groß ihre tatsächliche Macht war.

Alle Auswertungen wiesen darauf hin, daß die Unbekannten wenigstens fünftausend Jahre lang ihr phantastisches Absicherungssystem vernachlässigt hatten. Wachtruppen hatten sich eigenständig und offenbar unkontrolliert entwickelt. Teils waren sie mutiert, teils waren sie durch Bestrafungsaktionen zu unversöhnlichen Gegnern der Beherrscher von Andromeda geworden.

Ein alter Fehler der Meister der Insel wirkte sich aus. Die Wasserstoff-Methan-Atmer standen davor, Andromeda anzugreifen.

Meterstarke Panzerplatten aus Terkonitstahl begannen zu klingen. Ein Kalupscher Kompensationskonverter, groß und ausladend wie ein zwanzigstöckiges Hochhaus mit wuchtigen Nebengebäuden, lief aus.

Das von ihm erzeugte Kompensatorfeld, von dem sowohl die vierdimensionalen Energieeinflüsse des Einsteinuniversums als auch die Kräfte des übergeordneten fünfdimensionalen Hyperraumes reflektiert wurden, fiel in sich zusammen.

Das Ungeheuer der Technik glitt in den Normalraum zurück, in dem die Begriffe wieder verständlich und die physikalischen Verhältnisse stabil wurden. Die CREST III *wurde*.

Sie entstand im Leerraum zwischen dem kleinen Andro-Beta-Nebel und der riesigen Andromedagalaxis, die noch rund fünfhundert Lichtjahre entfernt war.

Damit war das vierte Linearflugmanöver beendet worden. Rhodan hatte es für zu riskant gehalten, die Strecke von fünfzigtausend Lichtjahren mit nur einer Überlichtflugphase zu überwinden.

Die derzeitige Taktik hieß orten, orten und nochmals orten. Man mußte wissen, was vor dem Schiff lag, wer eventuell in den Randzonen wartete und welche Sonne mit einiger Wahrscheinlichkeit Planeten besaß.

Die kosmonautische Hauptzentrale der CREST III war wesentlich größer als die entsprechenden Kommandostände der Superschlachtschiffe. Die Aufgliederung der Schaltelemente war übersichtlicher geworden; die wichtigsten Nebenzentralen hatte man direkt angegliedert. Für Notfälle war ein System von Kleintransmittern eingebaut worden. Sie konnten benutzt werden, wenn alle anderen Verbindungswege durch Wirkungstreffer unbrauchbar werden sollten.

Die CREST III war im Grunde genommen ein gigantischer Wabenkörper mit mehr oder weniger großen Hermetikräumen. Die gewaltigsten Hallen lagen unter dem Äquatordeck. Dort waren die Riesenmeiler der zwölf Kraftwerke und die drei Kalups installiert worden.

Die fünftausend Besatzungsmitglieder lebten und handelten in einem Irrgarten der Technik. Es war niemand mehr in der Lage gewesen, die vielen Räumlichkeiten als Gedächtnisgut in sich aufzunehmen. Die technische Ausbildung hatte die Gehirnkapazität der Männer bereits voll beansprucht.

So hatte man sich zu einer speziellen Hypnoschulung entschlossen. Wenn es darauf ankommen sollte, würde sich jedermann daran erinnern können, welche Bedeutung beispielsweise der 894. Nebenschaltraum im 64. Sektor des 19. Decks hatte. Ein bewußtes und abrufbereites Wissen um diese internen Dinge wäre eine zu große Belastung gewesen.

Die Zentralbesatzung bestand in erster Linie aus wissenschaftlichen Offizieren, Kosmonauten und Unteroffiziersdienstgraden. Hier, im Nervenzentrum des Schiffes, konnten nur erstklassige Spezialisten ihren Platz finden.

Die Panoramagalerie der halbrunden Frontalschirme war vielfach größer als auf Raumern der Imperiumsklasse. Die Bildflächen reichten bis zu den oberen Schaltbühnen hinunter und konnten von jedem Platz aus einwandfrei überblickt werden.

Etwa vierhundert Nebenbildschirme, bestimmt für Übertragungen aus den vielen technischen Zentralen und der Feuerleitstation, waren sinnvoll angeordnet.

Atlan fühlte sich in diesem Dschungel aus zahllosen Gerätschaften etwas verloren. Vergleiche mit Imperiumsraumern waren unbefriedigend. Im Prinzip war auf der CREST III alles gleich, und doch war alles anders.

Auf den Hundertachtziggradschirmen der Panoramagalerie funkelte und gleißte das Sternenmeer des Andromedanebels. Dunkelsektoren hoben sich nur noch schattenhaft ab. Das Ballungszentrum konnte ebenfalls nicht mehr optisch erfaßt werden. Das Flottenflaggschiff befand sich schon zu nahe vor den Randgebieten, die teilweise Kleingalaxien für sich waren.

Leuchtende Kugelhaufen und offene Konzentrationen lenkten die Aufmerksamkeit ab. Die Männer der CREST III standen vor der unmöglich erscheinenden Aufgabe, in dieses milliardenfältige Gewimmel aus verschiedenfarbigen Sonnen schematische Ordnung zu bringen. Man konnte hundert Millionen Kurse und noch einige Milliarden andere einschlagen. Die Auswahl war groß und dementsprechend sinnverwirrend.

Die Ortung lief auf Hochtouren. Rhodan scheute sich nicht, die überlichtschnellen Taster einzusetzen, obwohl damit eine gewisse Ortungsgefahr verbunden war.

Der vier- und fünfdimensionale Energieeinfall der Sterne war ungeheuer groß: Man erhielt hunderttausend Daten auf einmal, und jeder Endwert war so gut wie der andere.

Atlan erhob sich aus seinem Manöversitz und schaute sich um. Weiter hinten erblickte er die Mutanten. Bis auf Iwan-Iwanowitsch Goratschin waren sie alle an Bord gegangen. Der Doppelkopf-Zünder hatte beim Start unter einem hochinfektiösen Pilzausschlag gelitten, wie er auf Gleam hier und da vorkam.

Atlan setzte seine Bordmütze auf und ließ mit einer gewohnheitsmäßigen Schulterbewegung den Druckhelm des Raumanzuges in die Rückenhalterungen einrasten. Auf der CREST III herrschte seit dem dritten Linearmanöver bedingte Gefechtsbereitschaft. Die leichten Raumanzüge mußten für alle Fälle angelegt werden. Sie waren kaum unbequemer als die normalen Uniformkombinationen. Die Rückentornister mit den Kraftversorgern und Atemaggregaten waren winzig. Sie stammten aus siganesischen Präzisionsfabriken.

Dr.-Ing. Bert Hefrich, Leitender Ingenieur der CREST III und Major der Flotte, gab die routinemäßigen Klarmeldungen und anschließend einen stichwortartigen Situationsbericht durch.

Hefrich gehörte ebenso wie zweitausend andere Männer zur ehemaligen Besatzung des Superschlachtschiffes CREST II. Rhodan hatte es für richtig gehalten, diese tausendfach gesiebten Spezialisten und erfahrenen Männer auf die CREST III zu übernehmen und ihnen die Einsatzschulung der hinzugekommenen Mannschaft zu übertragen.

Dadurch waren die insgesamt fünftausend Männer des Flottenflaggschiffes wesentlich schneller zu einer reaktionsschnellen Einheit geworden, als es bei dem normalen Einfliegen von Schiffsneubauten möglich war. Außerdem stellten die Ultragiganten der Galaxisklasse extrem hohe Anforderungen an das Personal.

Glocken läuteten. Eine Robotstimme forderte die Männer der Freiwache auf, zum Mittagessen in den Kantinen zu erscheinen. Rhodan erhob sich, klappte den Helm zurück und nickte Atlan zu.

Sie gingen quer durch die Riesenzentrale und warfen noch einen Blick auf die Bildschirme der Heckgalerie. Der Kommandoraum war ebenfalls kugelförmig, schwer gepanzert und lag im genauen Mittelpunkt des Schiffskörpers.

Im Ultraschlachtschiff CREST III war die Kugelhülle der Zentrale mit neuartigen Vorrichtungen versehen. Bei einer Explosion oder Teilvernichtung war es mit hoher Wahrscheinlichkeit möglich, dieses Schiff im Schiff in ein schwergepanzertes Beiboot zu verwandeln und mit eigener Maschinenkraft aus dem zerplatzenden Torso zu entkommen.

Dies war nur eine der vielen Neuerungen, die man in den Konstruktionssälen des irdischen Mondes entwickelt hatte.

Die Robotposten vor den Panzertoren der Mannschleuse salutierten. Uniformierte Männer drängten sich vor den Ausgängen. Die CREST III würde einige Stunden im Normalraum bleiben und Messungen vornehmen. In den wissenschaftlichen Stationen herrschte Hochbetrieb. Die Ortungs- und Funkzentrale war voll besetzt. Hier wurde das Essen von Robotern direkt zu den Diensthabenden gebracht.

Perry Rhodan und der Arkonide fuhren mit einem Normallift hinunter zum Messedeck. Die Messe selbst war ein Raum ohne besonderen Komfort. Die Ausgabeschalter waren verschwunden. Die Speisen wurden von einem automatischen Verteilersystem aus den hohlen Tischstützen ausgefahren und vor den Sitzplätzen abgestellt.

Oberstleutnant Brent Huise, der Erste Kosmonautische Offizier, beschnüffelte mißtrauisch den roten Brei, der von einem Ring blaßgelber Masse umgeben wurde.

„Ein kluger Mann sagte einmal, man könnte die wirtschaftliche

Stärke eines Reiches an dem Essen erkennen, das man auf seinen Raumschiffen erhält. Danach zu urteilen, müssen im Solaren Imperium katastrophale Zustände herrschen. So armselig sah das Zeug noch nie aus."

Huise schwang ein Bein über die Lehne des Drehstuhls und versuchte, ihn mit der Masse seines Körpers zu demolieren. Es gelang ihm nicht. Es war ihm noch nie gelungen!

Melbar Kasom lachte grollend. Er drückte fünfmal auf den Wählschalter der Automatik und schüttete die Zusatzportionen auf seinen Spezialteller. Es entstand ein roter, dampfender Berg mit gelben Verzierungen.

Huise verzog angewidert das Gesicht.

„Sie sind ein Vielfraß, Kasom. Wo bringen Sie das nur unter?"

„Die ersten zwanzigtausend Kalorien in der oberen Hälfte der Speiseröhre. Wenn ich dann noch etwas zu schlucken bekomme, wird allmählich mein Magen in Anspruch genommen. Haben Sie etwas dagegen?"

Auf Kasoms Gesicht lag ein spöttischer Ausdruck, und sein sandfarbener Haarkamm richtete sich auf.

Huise schüttelte den Kopf. Kasoms 16 Zentner gaben ihm zu denken.

„Na also", brummelte der Riese von Ertrus. „Warum dann die Aufregung? Daß ihr Terrageborenen nie eure dummen Bemerkungen unterlassen könnt. Reine Energieverschwendung, behaupte ich."

Einige Leutnants, die am Nebentisch saßen, grinsten still vor sich hin. Sie gehörten zum neuen Personal und waren daher im Sprachgebrauch der anderen Männer sogenannte „Frischlinge", die sich erst einmal zu bewähren hatten.

Atlan registrierte alles. Ihm entging nicht die kleinste Einzelheit, und daraus zog er Rückschlüsse auf die Moral der Besatzung. Das Ergebnis war hervorragend.

Rhodan aß seine Synthesespeisen, ohne eine Miene zu verziehen. Der Brei war nahrhaft, aber nicht besonders wohlschmeckend.

Kasom sprach den Arkoniden an.

„Sir – Sie haben doch wohl bei Ihrer Wanderung durch die Geschichte der Erde auch spanische Stierkämpfe gesehen, oder?"

„Sicher. Ich war nicht davon begeistert. Warum?"

Kasom grinste plötzlich.

„Was ist denn mit den abgestochenen Stieren passiert?"

Atlan holte tief Luft. Rhodan beherrschte sich meisterhaft. Huise blickte sich erstaunt um. Von solchen Dingen hatte er noch nie gehört.

„Was – Stierkämpfe? Sie meinen, da hätte jemand die Ochsen anschließend aufgegessen und ..."

„Mit Stieren", unterbrach Kasom, und sein Blick wurde drohend. „Verdammt, Sie sollen mich nicht immer unterbrechen, wenn ich an meinen Magen denke. Das regt mich auf."

„Die Tiere wurden großmäuligen Ertrusern um den Hals gebunden und mit ihnen ins Meer geworfen, wo es am tiefsten war", log Atlan. „Sagt Ihnen das etwas?"

Kasom schluckte den letzten Bissen hinunter und drückte mit einem schwermütigen Gesichtsausdruck erneut auf die Wähltaste.

„Sie sind hartherzig, Sir", beschwerte er sich. „Sie werden die Nöte eines Meisters aller Klassen niemals richtig zu würdigen wissen."

Huise lachte unterdrückt. Die Leutnants ließen seltsame Geräusche hören. Kasom drehte sich um. Seine Stimme dröhnte.

„Wenn Sie sich schon anmaßen, in Gegenwart erwachsener Männer Platz zu nehmen, so überhören Sie gefälligst deren Gespräche. Als ich noch Leutnant war, klebte ich mir den Mund zu."

„Jawohl, Herr Oberst", sagte ein Afroterraner von zwei Meter Größe. „Womit, Herr Oberst?"

„Geben Sie es auf, Kasom", warf Rhodan ein. „Mit diesen frischgebackenen Helden können Sie alles machen, nur sollten Sie sich nie auf ein Wortgefecht einlassen. Sie heißen Ishe Moghu, Leutnant?"

Der schwarzhäutige Hüne sprang auf und nahm Haltung an. Er strahlte.

„Jawohl, Sir."

„Wo waren Sie vorher stationiert?"

„Vierte Flotte unter General Konstable, Schwerer Kreuzer KONATA. Ich erhielt meinen Marschbefehl im hundertsechsten Bluessektor, Eastside, Sir."

Rhodan lächelte.

„Bluessektor, Melbar! Ich schätze, daß diese Männer, so jung sie auch sein mögen, mit voller Berechtigung neben uns Platz nehmen dürfen. Schmecken Ihnen die Proteine nicht mehr?"

Der Ertruser erhob sich mit einer Entschuldigung. Ehe er ging, klopfte er dem Schwarzhäutigen „zart" auf die Schulter und erwartete, ihn ächzend auf den Stuhl sinken zu sehen. Der Terraner tat ihm den Gefallen nicht.

„Eh – sind Sie aus Eisen?" staunte Kasom mit einem verwunderten Blick auf seine Pranken.

„Durchaus menschlich, Herr Oberst. Das kommt nur durch mein Stahlkorsett."

„Mann, nun gehen Sie schon“, drängte Atlan. „Fragen Sie ja nicht weiter. Diese Terraner gehören zu einer ganz besonderen Sorte Mensch.“

„Ich dachte, ich würde sie seit wenigstens hundert Jahren kennen“, überlegte der Ertruser.

„Die lernen Sie nie kennen“, belehrte ihn der Arkonide. „Ich wundere mich heute noch. Sie sind übrigens um keine Spur besser als die Erdgeborenen.“

Kasom zuckte die Schultern und stampfte auf den Ausgang zu. Da erfolgte der Alarm.

Sirenen heulten auf, Bildschirme flackerten, Robotstimmen gaben Kommandos durch. Der Zentralewachhabende schien auf alle erreichbaren Knöpfe gedrückt zu haben.

Die Offiziersmesse verwandelte sich in einen Ameisenhaufen. Augenblicke später war der Raum leer. Nur Atlan und Perry Rhodan saßen noch an ihrem Tisch.

Ein Deckenbildschirm blendete auf. Cart Rudo wurde sichtbar. Er rief nach Rhodan.

„Sir, ich melde mich jetzt erst, weil ich abwarten wollte, was die Orter ausgemacht haben. Demnächst wird es wohl häufig zu Gefechtsalarm kommen.“

„Natürlich. Seien Sie tolerant. Lieber zehn Fehlanzeigen als ein Versager im entscheidenden Augenblick. Was gibt es?“

Rudo lachte unsicher auf.

„Es sieht ganz danach aus, als hätten meine Männer exakt gearbeitet – ohne Nerven. Ich habe die Angaben persönlich überprüft. Ortung, Sir!“

Rhodan beugte sich vor und umklammerte die Kanten des Kunststofftisches.

„Was?“

„Eine beachtlich große Metallmasse. Die Elementtaster zeigen zu fast hundert Prozent Legierungen aller Art an.“

„Wo?“

„Nahe eines einsamen Außenrandsystems. Der Flugkörper steht vor einer kleinen, roten Sonne.“

„Geschwindigkeit?“

„Unbedeutend. Annähernder Stillstand. Es sind keine exakten Meßwerte aus dieser Entfernung zu erhalten. Distanz zu dem Objekt beträgt nach Hyperecho-Auswertung achthundertundzwölf Lichtjahre. Das Ding ist wirklich sehr groß, man hat einen Durchmesser von zirka hundert Kilometern ermittelt.“

„Man glaubt, ermittelt zu haben“, korrigierte Rhodan sofort. „Lassen Sie sich keine Märchen erzählen, Rudo. Bekommen Sie energetische Eigenstrahlungen herein?“

„Keine Spur. Deshalb habe ich mit dem Anruf gewartet. Ich traue der Geschichte auch nicht. Wer weiß, was da fahrtlos im Raum steht.“

„Eben – fahrtlos!“ warf Atlan ein. „Das ist die einzige Angabe, die mir zu denken gibt. Ich kenne keinen Körper, der nicht wenigstens einige Kilometer pro Sekunde schnell wäre. Sogar Schiffswracks pflegen in der Regel nicht zum Stillstand zu kommen. Wieso bewegt sich dieses Riesending nicht?“

Rhodan musterte den Freund mit einem raschen Blick. Seine Augenfältchen vertieften sich. Er traf seine Entscheidung so schnell, wie man es von ihm gewohnt war.

„Wir kommen. Legen Sie mir die Diagramme vor. Zentralgehirn für die Sekundärkontrolle vorbereiten. Tippen Sie alles in die Automatik, was Ihre Männer bisher ermittelt zu haben glauben. Bis gleich.“

Der Kommandant schaltete ab. Rhodan schob den Kunststoffteller zum Einwurfschlitz und sah geistesabwesend zu, wie das Geschirr verschwand.

„Ganz fahrtlos wird es wohl nicht sein“, murmelte er vor sich hin. „Wenn es der Rotationsgeschwindigkeit der äußeren Andromedasysteme um den Zentrumskern angepaßt ist, können wir von hier aus kaum eine Standortverschiebung feststellen. Wir müssen näher heran.“

„Ich hatte kaum einen anderen Entschluß erwartet“, sagte der Arkonide seufzend. „Schön, schön, ich bin ja schon ruhig. Man soll mich nicht wieder einen Schwarzseher nennen. Natürlich müssen wir uns ein derart auffallendes Objekt ansehen, zumal es noch ziemlich genau auf unserem Kurs liegt. Ist das ein Zufall?“

„Fügung, würde ich sagen. Irgendwo müssen wir mit Intelligenzen zusammentreffen.“

„Aha! Du möchtest damit sagen, eine Begegnung in diesen einsamen Randzonen wäre dir lieber, als tief im Nebel und in der Nähe von unbekannten Stützpunkten. Das ist vernünftig gedacht. Selbst ein Rhodan scheint allmählich zu lernen. Also – gehen wir?“

Der Terraner warf dem Freund einen grimmigen Blick zu, den Atlan grinsend quittierte.

Zwei Stunden waren nach der ersten Ortung vergangen. Wenn die CREST III ein lebendes Geschöpf gewesen wäre, hätte es nun die Nervenanspannung von fünftausend Männern gespürt.

Sie, die tausendfach Erfahrenen, sahen sich plötzlich vor einer völlig neuen Situation. Sie waren im Begriff, eine fremde Galaxis anzufliegen, und sie hatten etwas entdeckt, was man in den sternarmen Außenzonen am allerwenigsten erwartet hatte.

Aus behutsam vorgehenden Beobachtern waren unvermittelt Jäger geworden, die sich noch nicht darüber einig waren, wie diese Pirsch in fremden Revieren ausgehen würde.

Sogar Icho Tolot, der halutische Kämpfer, zeigte Spuren von Nervosität. Seine drei Augen leuchteten stärker als sonst, und die Bewegungen seiner vier Arme wirkten fahrig. Er versuchte, mit seinem leistungsfähigen Plangehirn die Grobwerte durchzurechnen und zu einem plausiblen Ergebnis zu kommen. Es gab viele davon!

Man konnte zum Beispiel ein treibendes Raumschiff von gigantischen Abmessungen entdeckt haben. Das war einer der Grundwerte. Weshalb es sich aber nicht von der Stelle rührte, keine Tastimpulse auf die Reise schickte und keine Spur eines energetischen Eigenlebens ausstrahlte – das waren bereits Fragen, die ins unbeantwortbare Detail gingen.

Rhodan hatte eine halbe Stunde nach der ersten Ortung eine Offiziersbesprechung einberufen. Es war so gekommen, wie es kommen mußte: Niemand hatte den Gedanken erwogen, das unbekannte Objekt unbeachtet zu lassen und die Reise fortzusetzen. Man wollte wissen, was man entdeckt hatte.

So waren vor zehn Minuten die entscheidenden Befehle gegeben worden. Die CREST III hatte Fahrt aufgenommen und war auf den neuen Kurs eingeschwenkt. Die Geschwindigkeit näherte sich der Lichtmauer.

Kurz darauf wurde einer der drei Kalupkonverter hochgefahren. Er baute sein Kompensationsfeld auf, und die CREST verschwand aus dem Normalraum, als wäre sie niemals in ihm Wirklichkeit gewesen.

Der millionenfach überlichtschnelle Direktanflug im physikalisch instabilen Librationsraum zwischen den Dimensionen begann.

Zielstern war die kleine, auf dem Reliefschirm sichtbare rote Sonne, in deren Nähe das Objekt erkannt worden war.

Rhodan war auf alles gefaßt. Er rechnete vor allem mit einer Ortung und den damit verbundenen Unannehmlichkeiten.

Die CREST III war nicht getarnt worden. Wer terranische Schiffe kannte, würde unter Umständen auf die richtige Idee kommen. Rhodan war jedoch entschlossen, das mühevolle Versteckspiel aufzugeben. Die zu erwartende Großoffensive der Maahks hatte die raumstrategische Situation geändert.

Das Eintauchmanöver erfolgte zwanzig Milliarden Kilometer vor dem Fremdkörper. Die Impulsumlenkung der Triebwerke sprang automatisch an. Die CREST III wurde mit vollem Bremsschub aufgefangen und im Zeitraum von nur zehn Minuten auf eine Fahrt von tausend Kilometer pro Sekunde gebracht. Die Zelle, ihre Haupt- und Nebenverbände sowie die zahllosen Maschinenverankerungen hielten diese Beanspruchung ohne Überlastungssymptome aus. Die Andruckneutralisation arbeitete so zuverlässig wie bisher auf noch keinem Schiff des Solaren Imperiums.

Auf den Bildschirmen der optischen Normalerfassung leuchtete ein flacher Körper. Er war von der roten Sonne weiter entfernt, als man angenommen hatte. Der Abstand von fünf Lichtmonaten bedeutete, daß die offenbar unbewohnte Konstruktion nicht mehr als Trabant des Sternes eingestuft werden konnte. Kosmisch betrachtet, stand sie allein im Raum.

Zehn Minuten später kamen die ersten Meßauswertungen durch. Diesmal waren sie exakt.

Es handelte sich um einen künstlich erbauten Raumflugkörper von scheibenartiger Gestalt. Die Plattform durchmaß sechsundneunzig Kilometer, war zweiunddreißig Kilometer dick und wies in ihrer Mitte ein unbebautes, völlig ebenes Rund von sechsunddreißig Kilometer Durchmesser auf.

Dieser riesige Platz wurde von einem dreißig Kilometer tiefen Gürtel aus Bauwerken aller Art umgeben. Einzelne Gebäude erreichten beachtliche Höhen. Die Plattform war nur auf einer Oberflächenseite bebaut. Die entgegengesetzte Grundfläche wies lediglich einige Vertiefungen und Rundungen auf, die wohl von den Schlußklappen riesiger Schächte gebildet wurden.

Icho Tolot trat zu Rhodan und Atlan. Er hatte seine Auswertung beendet.

„Ein fliegender Raumhafen mit allen Einrichtungen, die dazugehören", behauptete der dreieinhalb Meter hohe und zweieinhalb Meter breite Gigant von Halut. „Es gibt keinen Zweifel. Die Frage, wer diese Werftinsel erbaut hat, ist vorerst unbedeutend. Wichtiger ist es, zu wissen, ob sie noch bemannt ist, oder ob sie infolge unbekannter Umstände verlassen wurde. Falls es sich um eine Konstruktion der Meister der Insel handeln sollte, ist diese Wahrscheinlichkeit gegeben. Die Unbekannten haben schon so viele Systeme und sogar Sonnentransmitter aufgegeben, daß es mich nicht wundern würde, wenn wir dort drüben kein Lebewesen mehr anträfen . . ."

„Sie sagen es überdeutlich", bestätigte Atlan. Seine Augen brannten. Er starrte fasziniert auf die Bildschirme der Vergrößerungsschaltung und versuchte, Einzelheiten zu unterscheiden. Die Kraftfeld-Spiegelteleskope der CREST holten das Ziel nahe heran. Man konnte deutlich Markierungslinien und geometrisch aufgeteilte Flächen innerhalb des Gebäuderinges erkennen.

„Dort ist man früher wohl gelandet", meinte der Telepath John Marshall. Die anderen Mutanten des Korps standen hinter ihm. Gucky saß auf Kasoms rechter Schulter, hielt sich an seinem Haarkamm fest und sah mit funkelnden Augen zu der Panoramagalerie hinauf.

„Klasse", schrillte die Stimme des Mausbibers. „Klasse, sage ich! Das wird ein Fall für den Größten unter den Großen."

„Also für mich", erklärte Kasom. „Sir, lassen Sie mich mit einem Moskito hinüberfliegen. Die zwanzig Milliarden Kilometer schaffe ich mit einem erstklassigen Kurzmanöver in zehn Sekunden."

„Der Herr Sonderoffizier Guck hatte sich selbst gemeint", sagte Atlan ironisch. „Sie werden sich doch wohl nicht für den Größten unter den Großen halten, Spezialist Kasom."

Tolot lachte mit einer solchen Lautstärke, daß der Ertruser schimpfend zurückwich.

„Ruhe an Bord", forderte Rhodan scharf. „Begeben Sie sich gefälligst auf Ihre Gefechtsstationen. Das gilt auch für Sonderoffizier Guck und den Herrn USO-Spezialisten."

Kasom runzelte die Stirn und holte geräuschvoll Luft. Dann stampfte er wortlos davon.

„Die reinste Knechtschaft", beschwerte sich Gucky. „Hast du das wieder gehört, Freßsack? Er hat mich ‚Guck' genannt. Da ist dicke Luft. Wenn du dir übrigens nochmals einbilden solltest, du könntest meine Verdienste für dich verbuchen, werde ich dich um Tolots Hals wickeln. Ist das eine Drohung?"

„Angeber", grinste der Ertruser. „Ehe du deine Paragaben voll entfalten kannst, habe ich dich in die Tasche gesteckt. Ich bin wenigstens siebenmal reaktionsschneller als ein Erdgeborener."

Gucky richtete sich kampflustig auf und krallte beide Händchen in Kasoms Haarpracht.

„Ruhe", mahnte John Marshall. „Beherrscht euch. Ihr werdet schon zum Einsatz kommen. Oh, es geht bereits los."

Es hagelte plötzlich Befehle. Don Redhorse, vor einigen Wochen zum Major befördert, erschien im Eiltempo in der Zentrale. Er ging raschen Schrittes zu Rhodan.

„Don, Sie fliegen mit fünf Korvetten Ihrer Flottille die Plattform an und sehen nach, was dort gespielt wird. Wir bleiben mit Minimalfahrt auf dem bekannten Kurs. Suchen Sie sich Ihre Kommandanten nach eigenem Ermessen aus. Gucky, Ras Tschubai und die Wellensprinter Rakal und Tronar Woolver fliegen mit Ihnen. Die anderen Mutanten bleiben an Bord. Marshall, Sie versuchen, mit Gucky in telepathischem Kontakt zu bleiben, damit wir keine Hyperfunksprüche absetzen müssen. Schaffen Sie das über diese Distanz hinweg?"

John wiegte den Kopf.

„Zwanzig Milliarden Kilometer – ziemlich weit. Es wird darauf ankommen, wie sehr sich der Kleine auf andere Paraaufgaben konzentrieren muß."

„Das schaffe ich", rief der Mausbiber empört und watschelte auf seinen kurzen Beinchen auf Marshall zu. „Nun gib nur nicht so an, John. Das haben wir schon mehr als einmal gemacht. Für Telepathiesendungen gibt es theoretisch überhaupt keine Grenzen."

„Theoretisch", erklärte John ungerührt. „Hier stehen wir aber mitten in der Praxis. Nach vier bis fünf anstrengenden Teleportersprüngen läßt du nach."

„Sie werden es versuchen", entschied Rhodan. „Wo ist Major Redhorse?"

„Längst verschwunden", antwortete Atlan. „Das ist ein Mann, der keine Zeit verliert. Ich fahre zu den Korvettenhangars. Wenn Don die Männer mitnimmt, die ich im Auge habe, erhalten wir einen exakten Bericht."

Atlan tippte an den Funkhelm und schritt auf die Direktverbindung zu den Außenbordhangars der großen Beiboote zu.

Er öffnete die Verschlußklappe der Rohrleitung, umfaßte die oben angebrachten Haltegriffe und schwang sich mit den Füßen zuerst in das körperumschließende Tragfeld hinein.

Der Arkonide verschwand. Einen Kilometer entfernt endete seine Reise in einem Prallfeld, das ihn ohne besondere Andruckbelastung auffing und im Verschlußstück absetzte. Es gab Tausende solcher Direktverbindungen.

Redhorses Kommandos waren nicht zu überhören. Männer in modernen Kampfanzügen rannten an Atlan vorbei. Die Beibothallen lagen außerhalb der eigentlichen Schiffswände in einem schlauchartigen Ringwulst eingebettet. Je zwei Korvetten standen zusammen in einem Raum. Hermetikwände mit Luftschleusen stellten die vielfältige Unterteilung her.

Nur zehn Minuten später mußte Atlan die Hangars verlassen. Sie waren gleichzeitig als Großschleusen ausgebildet. Riesige Klappen öffneten sich. Das Sterngeflimmer des Andromedanebels schien in das Schiff hereinbrechen zu wollen. Die optische Täuschung war so eindrucksvoll, daß einige Männer des Schleusenpersonals von den Bildschirmen zurückzuckten.

Fünf blaßblau glänzende Kugelschiffe wurden mit hohen Abstoßwerten in den Raum geschleudert. Redhorse nahm sofort Fahrt auf. Nach zwei Sekunden waren seine fünf Korvetten optisch nicht mehr zu erfassen. Sie schimmerten nur noch auf den Schirmen der Energietaster.

Knapp drei Minuten später verschwammen auch diese Symbole. Redhorse war mit seinem Verband nach atemberaubender Fahrtaufnahme in den Linearraum gegangen. Dort blieb er vorerst unsichtbar.

Atlan kehrte in die Zentrale zurück.

„Er hat die ehemaligen Leutnants und jetzigen Captains Orsy Orson, Finch Eyseman und Conrad Nosinsky mitgenommen. Außerdem den neu hinzugekommenen Afroterraner Ishe Moghu. Hmm . . .!"

Rhodan blickte ihn mit gerunzelter Stirn an. Kaum jemand sah das kurze, feine Lächeln auf seinem Gesicht.

4.

Wenn man von der Nervenanspannung absah, die eine Landung auf einem unbekannten Himmelskörper immer mit sich brachte, geschah überhaupt nichts!

Redhorses Korvette stand mit weitgespreizten Stützbeinen, voll eingeschalteten Schutzschirmen und feuerklaren Geschützen aller Kaliber im Mittelpunkt des runden Landefeldes. Es durchmaß tatsächlich sechsunddreißig Kilometer. Die Fernmessungen der CREST-Ortung hatten sich als einwandfrei erwiesen.

Die optische Außenbordaufnahme lief. Dazu waren alle Energietaster und andere Ortungsgeräte eingeschaltet worden.

Gucky befand sich seit einer Stunde in Trance. Er lauschte mit seinen Parasinnen auf die Impulsschwingungen fremder Gehirne oder auf die individuellen Körperausstrahlungen von irgendwelchen Lebewesen.

Der Teleporter Ras Tschubai durchstreifte ununterbrochen die gigantischste Raumstation, die er jemals betreten hatte. Redhorse empfing seine Meldungen über ultrakurze Sprechfunkwelle.

Ras Tschubai hatte bereits vierzig Räume inspiziert und nirgends Spuren von Besatzungsangehörigen entdeckt. Die Maschinen, die er unterhalb des Raumhafens gefunden hatte, schienen seit Jahrhunderten nicht mehr in Betrieb gewesen zu sein. Nur zwei kleine Stromreaktoren von allerdings überraschender Leistung sprangen hier und da an. Die Schaltimpulse kamen von unbekannten Nebenstellen, die anscheinend dafür vorgesehen waren, die Verbraucher nach Anforderung zu versorgen.

Wer diese Verbraucher waren, wurde von den Wellensprintern Rakal und Tronar Woolver festgestellt. Sie „fädelten" sich in jeden erkennbaren Energiefluß ein und konnten auf diese Weise mit größter Schnelligkeit ermitteln, wohin der Reaktorstrom floß und wozu er benötigt wurde.

Die vier anderen Korvetten schwebten gefechtsklar über der kosmischen Plattform. Aus einiger Entfernung betrachtet, glich sie einer schief im Raum hängenden Tortenplatte mit bebauter Oberfläche.

Ihre Seitenwandungen waren mit kilometerhohen Schriftzeichen verziert, die niemand entziffern konnte. Etwas war jedoch in dieser Stunde seit der gewagten Landung gewiß geworden: Auf der fliegenden Weltraumwerft gab es kein Leben mehr! Dem Mausbiber wäre nicht der geringste Gehirnimpuls entgangen. Er hatte darauf verzichtet, Ras Tschubai auf seinem Streifzug zu begleiten und hatte sich ausschließlich der telepathischen Ortung gewidmet.

Die Nervenanspannung unter den zwanzig Besatzungsmitgliedern der KC-1 lockerte sich. Redhorse wußte, wie er das Können der Mutanten einzustufen hatte.

Major Tronar Woolver, der grünhäutige USO-Spezialist, meldete sich erneut.

„Wir befinden uns in einer Fabrikhalle, in der anscheinend Formteile hergestellt wurden. Ein Antigravlift mit einem Durchmesser von wenigstens tausend Meter führt nach oben zum Hafengelände. Vor zwei Minuten sind einige seltsam geformte Roboter in Betrieb gesetzt worden. Sie erhielten ihre Steuerimpulse von einem positronischen Rechengehirn, das wahrscheinlich nur für diese Fabrikhalle zuständig ist. Jetzt nehmen sie an einer schweren Energiepresse Reparaturen vor. Niemand kümmert sich um uns. Diese Station ist mit allerhöchster Wahrscheinlichkeit ein technisch autarkes Gebilde, das sich selbst in Ordnung hält. Für wen die Reparaturen und Pflegedienste vorgenommen werden, kann ich Ihnen allerdings nicht sagen. Ein Formdruck-Energieprojektor wird ausgewechselt. Hören Sie das Tosen? Jetzt springt wieder ein Stromreaktor in dem Kraftwerk an. Die Presse braucht Strom. Das ist das ganze Geheimnis für das unregelmäßige Anlaufen der kleinen Leistungsreaktoren."

Don Redhorse beugte sich vor und blickte angestrengt auf den Bildschirm, der von den tragbaren Kleinkameras der Mutanten belichtet wurde. Die Energiepresse war deutlich zu sehen. Sie arbeitete mit einem Preßdruck, der im rein mechanischen Verfahren niemals erreicht werden konnte.

Ein rötlich schimmerndes Blech schwebte in einem Antigravfeld heran. Es war etwa fünfzig Millimeter stark, vier Meter lang und fast drei Meter breit.

„Hochlegierungsstahl, dazu ungeheuer hart", gab Tronar durch. „Ich habe es mit meinem Thermonadler beschossen. Keine Reaktion. Es hat sich nur etwas verfärbt. Passen Sie jetzt auf, was die Energiepresse mit dem Material macht."

Redhorse hielt den Atem an. Das Blech wurde zwischen die Formprojektoren geschoben. Im Kraftwerk sprang der zweite Kleinreaktor an. Die Presse brüllte auf. Sekunden später war aus der Blechtafel ein annähernd kegelförmiges Formstück mit seltsamen Ausbauchungen geworden.

„Kommen Sie zurück", ordnete der Cheyenne an. „Ich weiß genug. Wenn wir viel Glück haben, können wir aus dieser fliegenden Werft einen Stützpunkt der Menschheit machen. Rakal Woolver – wo sind Sie jetzt?"

Tronars Zwillingsbruder meldete sich.

„Ich befinde mich ich in einem Ersatzteildepot. Es ist das größte, das ich je gesehen habe. Spezialroboter von vielfältiger Form sortieren Maschinen und Geräte aller Art. Sie putzen, befreien sie von Oxydationsspuren und besprühen sie mit Konservierungsfilmen aus einer durchsichtigen Kunststoffmasse. Ich gewinne allmählich den Eindruck, als würde die Station auf die Rückkehr der verschwundenen Eigentümer warten. Ich möchte nun zur CREST springen. Können Sie mir einen Transportleiter zur Verfügung stellen?"

„In Ordnung, einverstanden. Übernehmen Sie den Kurierdienst. Gucky fällt im Moment aus. Er sucht immer noch nach Individualimpulsen."

„Positive Ergebnisse?"

„Nein, nichts. Wir sind hier allein. Kommen Sie ins Boot. Ich werde die CREST mit einem hyperschnellen Ortungsstrahl antasten. Darauf können Sie reiten. Berichten Sie, was wir hier gefunden haben. Perry Rhodan soll dann entscheiden, ob er sich mit dem Flaggschiff nähern will oder nicht. Richten Sie ihm von mir aus, ich hielte eine Landung für ungefährlich. Wir brauchen hier ein Wissenschaftlerteam."

Rakal materialisierte aus dem Fernbildempfänger. Er wurde erst als leuchtende Energiespirale sichtbar, aus der schließlich sein Körper hervorwuchs. Die Woolver-Zwillinge konnten jede Art von Energiefluß als Transportmedium verwenden, darin als Bestandteil der Energieart aufgehen und am gewünschten Ziel rematerialisieren.

Ras Tschubai, der große, schlanke Afroterraner, kam mit einem Teleportersprung in das Führungsboot der Ersten Flottille zurück. Sein Bericht war ebenfalls aufschlußreich.

Zehn Minuten später fädelte sich Rakal Woolver in den von der Korvette ausgehenden, hyperenergetischen Tasterstrahl ein. Er war so schnell wie sein jeweiliges Transportmedium.

Er rematerialisierte in den Schutzschirmen des Flaggschiffes, wechselte auf einen stromführenden Hauptleiter über und kam in einem Kraftwerkschaltraum heraus.

Kurz darauf erschien er in der Zentrale. Rhodan und Atlan erwarteten ihn bereits. John Marshall hatte vergeblich versucht, mit Gucky Kontakt aufzunehmen.

„Der Kleine ortet noch", erklärte der USO-Spezialist. Seine gewaltige Tonnenbrust wölbte sich unter dem Kampfanzug. „Ich komme als Kurier. Die Angelegenheit sieht folgendermaßen aus . . .!"

Unter Berücksichtigung der von Don Redhorse und den Mutanten vorgenommenen Ermittlungen hatte es kein Zögern mehr gegeben. Die CREST III war eine halbe Stunde nach Rakals Berichterstattung in den Linearraum gegangen und wenige Minuten später über der Werftplattform herausgekommen.

Anschließend hatten Gucky und John Marshall einen parapsychischen Verstärkerblock gebildet und nochmals nach Individualimpulsen gelauscht. Die fliegende Werft beherbergte kein lebendes Wesen mehr!

Dennoch hatte sich Rhodan nicht sofort zur Landung entschließen können, obwohl die dringend erforderlichen Forschungsarbeiten nur dann planvoll beginnen konnten, wenn das Flaggschiff auf dem Hafen stand.

Der Späher Wuriu Sengu hatte die riesige Metallinsel auch noch einmal überprüft. Er hatte nichts gefunden.

Erst nachdem die Mutanten einstimmig geraten hatten, die Landung zu wagen, war das Ultraschlachtschiff näher gekommen. Jetzt stand die CREST III im Mittelpunkt des sechsunddreißig Kilometer durchmessenden Plattformhafens. Ihre Kanonen waren ausgefahren, und die Normalschutzschirme liefen mit hohen Absorberwerten.

Es geschah wiederum nichts. Nur die Energieortung wies aus, daß etwa vier Minuten nach der Landung zahlreiche Maschinen angesprungen waren. Rhodan hatte sofort wieder starten wollen, aber die Mutanten hatten erneut nachgewiesen, daß diese plötzliche Tätigkeit nicht mit einem Angriff identisch war. Die Werftinsel, so behauptete auch Icho Tolot, war nie und nimmer eine kosmische Falle nach dem berüchtigten Beispiel der Vernichtungstransmitter. Wenn hier Maschinen angelassen wurden, so hatte das eine andere Bedeutung.

Die Männer der CREST III warteten daher auf ein Ereignis, das unter Umständen wichtige Rückschlüsse auf die Funktion der Werftinsel erlauben würde.

Die Energietaster sprachen ununterbrochen an. Bei Redhorses Ankunft waren nur zwei Kleinreaktoren in Betrieb gewesen. Nun lief ein größeres Kraftwerk mit beachtlich hoher Leistung.

Tief unter der CREST III und den zehn Korvetten, die für alle Fälle im freien Raum eine Abfanglinie gebildet hatten, erwachte zur gleichen Zeit gespenstisches Leben.

Die Werftinsel bereitete sich auf den Empfang der Gäste vor. Die zentrale Großpositronik der Plattform handelte so, wie sie auf Grund der Programmierung handeln mußte.

Die CREST wurde abgetastet, nach Größe, Masse und Typ eingestuft und nach den vorliegenden Grunddaten bewertet.

Das Zentralgehirn schaltete um auf den Faktor unbekannt. Die ungeheure Größe des Schiffes veranlaßte das Robotgehirn, Planung zehn anlaufen zu lassen. Planung zehn war die höchste Stufe.

Davon ahnte man nichts an Bord des Solaren Flottenflaggschiffes. Die summenden Maschinen hatten etwas zu bedeuten; aber was sie ausführen sollten, war den Terranern noch verborgen geblieben.

Die Zentralpositronik war vorsichtig. Sie „wußte“, wie erschreckend die Errichtung eines Energieschirmes auf Fremde wirken konnte.

So entschloß sie sich, noch vor dem Aufbau des Glockenschirmes ein Zeichen ihrer Friedfertigkeit zu geben.

Sie blies ein reines Sauerstoff-Helium-Gemisch aus zahllosen Ventilen ab, wartete auf den kristallinen Niederschlag und die Meldung ihrer Robot-Außenposten, daß die Fremden diesen Niederschlag analysiert hatten.

Keine Positronik des Universums konnte lachen; diese auch nicht. Dennoch lief in ihr eine Sonderschaltung an, die wiederum die Heiterkeitssektoren von etwa fünftausend Robotern verschiedenartigster Konstruktion aktivierte.

Das Zentralgehirn beobachtete fünf zweibeinige und zweiarmige Wesen, die mit einem Panzerfahrzeug in ihr Schiff zurückkehrten. Die Fremden hatten Proben des Niederschlages geholt.

Eine halbe Stunde später war das Gehirn sicher, daß Intelligenzen, die solche Mammutschiffe bauen konnten, auch fähig waren, eine Analyse in dreißig Minuten durchzuführen.

Das Gehirn blies erneut sein Sauerstoff-Helium-Gemisch ab und begann gleichzeitig mit dem behutsamen Aufbau eines einfachen Glockenschirmfeldes, das ein Entweichen der atembaren Gase in das Vakuum verhindern sollte.

Weitere Reaktoren sprangen an. Sie heizten die Gase, sämtliche Bodenbleche und das künstliche Hafengelände auf – wiederum vorsichtig, damit niemand in Panik geriet und an eine Falle glaubte.

Das Gehirn rechnete mit der Intelligenz und einem gewissen Wagemut der Fremden. Sie mußten tollkühn sein, oder sie wären nicht gelandet.

Überhitzte Gasdämpfe pfiffen aus den Ventilen. Unter dem Schirmfeld wurde es immer wärmer. Innerhalb von achtzehn Minuten hatte die Automatik eine immer dichter werdende Lufthülle erzeugt. Sie breitete sich durch ihren hohen Expansionsdruck in der Energiekuppel aus und verwandelte die Oberfläche der Station in eine Miniaturwelt, auf der man atmen und leben konnte. Die gewählte Temperatur lag bei zwanzig Grad Celsius.

Das Gehirn wußte aus seinen Fernanalysen, daß Sauerstoffatmer und Warmblüter angekommen waren. Es richtete sich darauf ein.

Es registrierte ferner die Tätigkeit von vier Personen, die mit Hilfe unbekannter Transportmöglichkeiten ständig die Station durchstreiften und an Ort und Stelle nachsahen, was geschah. Dies war der Positronik gleichgültig, denn das Schiff blieb dort stehen, wo es gelandet war. Also, so folgerten die Logiksektoren, waren die Fremden in der Lage, zwischen lebensnotwendigen Dingen und einem getarnten Angriff zu unterscheiden.

Als die Kunstatmosphäre so dicht und warm war, daß man ohne

Atemgeräte die Oberfläche betreten konnte, begann das Steuergehirn mit der Ausführung des zehnten Planes.

Translatortaster schoben sich aus dem Stahlbelag des Raumhafens heraus. Sie registrierten mittels hyperverstärkter Fernmikrophone die Sprachschwingungen innerhalb des Riesenschiffes. Die Auswertung begann sofort nach einem unendlich komplizierten Schema. Gäste mußten grundsätzlich in ihrer Heimatsprache begrüßt werden! Dies war das Gesetz Nummer eins für alle Haupt- und Nebenpositroniken.

Auf der CREST wurden von den Mutanten hyperschnelle Tasterimpulse geortet. Sie waren harmlos.

Fünftausend Mann starrten atemlos auf die Bildschirme, auf denen nun ein zartblauer, glockenähnlicher Energieschirm glänzte. Unter ihm wurde die Luft immer klarer, bis sie schließlich einen Fernblick gewährte.

Ein hochgewachsener Mann mit grauen Augen sagte:

„Ruhe bewahren! *Dies ist kein Angriff!* Man gibt uns atembare Luft. Man sorgt für angenehme Temperaturen. Jemand oder etwas ist darum bemüht, uns von seinen friedlichen Absichten zu überzeugen. Man schafft für uns die richtigen Lebensbedingungen. Die von den Mutanten georteten Tasterschwingungen sind Fernanalysatoren. Man kann von keinem Intelligenzwesen des Universums erwarten, daß es ohne Tests wissen kann, welche Luft Unbekannte atmen und welche Temperaturen sie ertragen können. Meine Herren – wir erleben an den Außengrenzen des Andromedanebels ein Phänomen. Es soll nur niemand auf die Idee kommen, auf die Waffenknöpfe zu drücken. Die Menschheit braucht Freunde! Sie hat sie immer gebraucht! Hier aber benötigen wir sie dringender als je zuvor. Bin ich verstanden worden?“

Perry Rhodan schob das Mikrophon zur Seite und schaute sich um. Man hatte ihn verstanden!

„Kommandeur an Schleusenkommando: Verlassen Sie mit zwanzig Männern das Schiff und gehen Sie mit geöffneten Druckhelmen auf den Hafen hinaus. Stellen Sie sich vor einem Landeteller auf und warten Sie ab, was weiterhin geschieht. Ist das klar?“

„Ganz klar, Sir“, entgegnete Leutnant Drav Hegmar, ein schlanker, dunkelhaariger Mann, der zur sogenannten „Frischlingsbesatzung“ gehörte. „Sollen wir zu Fuß gehen?“

Rhodan holte tief Luft.

„Sind Sie vielleicht schon einmal mit einem Wagen gegangen? Nein? Also los, worauf warten Sie noch?“

Zwanzig Mann unter Hegmars Führung sprangen in das Antigravfeld. Es war noch etwas kühl, aber die Luft war bereits ausgezeichnet.

Sie rannten im Dauerlauf unter der Wölbung des Rumpfes hindurch und erreichten endlich ein Landebein. Dort blieben sie stehen.

Das Zentralegehirn der Werftstation hatte sie längst geortet. Es leitete eine weitere Schaltung ein.

Die Roboter des Sonderkommandos erhielten einige zehntausend Informationen. Die Translatorauswertung lief auf vollen Touren. Einzelne Begriffe und Sätze konnten bereits übersetzt werden. Das Gehirn war damit beschäftigt, das Interkosmo zu lernen.

Batschadu der Vielseitige erwachte zuerst aus seinem jahrhundertelangen Schlaf. Batschadu war ein Spezialroboter. Er empfing seine Programmierung, speicherte sie und wertete sie aus. Von da an wußte er, wie die Fremden aussahen, wie sie sich verhalten hatten und wie ihre Mentalität einzustufen war. Das war für Batschadu besonders wichtig.

Er raffte seine Geräte zusammen, schaltete seine autarke Energieversorgung ein und ließ die Blitzkontrolle von Reparaturrobotern über sich ergehen. Dann marschierte er los.

Mit ihm begaben sich zweitausend andere Roboter auf den Weg zur Oberfläche der Werftinsel.

Ehe sie die letzte Schleuse erreichten, erhielten sie von der Zentralepositronik noch eine komplette Zusatzprogrammierung.

Ein erkrankter Techniker, der in seinem Klinikzimmer uralte Mikrobänder von historischen Musikern abhörte und sich daran begeisterte, war von den Mental- und Schalltastern aufgespürt worden. Das Zentralegehirn zeichnete die Schwingungen auf und erhielt somit ein echt terranisches Musikprogramm.

Das war das zweite Phänomen.

Batschadu der Vielseitige schwebte auf seinem Antigravfeld aus der Bodenschleuse und betrat den Raumhafen der Werftinsel. Vor ihm, nur dreihundert Meter entfernt, stand ein stählernes Gebirge. Batschadu registrierte die schußbereiten Waffen und die dreifach gestaffelten Energieschirme. Es störte ihn nicht.

Batschadu blähte sich auf. Die hochelastische Haut seines Verformungskörpers wurde zu einem wurstartigen, etwa zwanzig Meter hohen Gebilde, aus dem menschenähnliche Arm- und Beinauswüchse hervorglitten. Batschadu versuchte, die Gäste zu imitieren.

Ein Kopf entstand. Er war etwas formlos, aber das Gesicht glich der heiterkeitserzeugenden Maske eines Clowns.

Batschadus Hautfarbe veränderte sich. Er wurde teils schwarz, teils weiß, teils grün. Seine Anpassung erfolgte schnell. Das Zentralegehirn gab ihm ständig neue Daten durch.

Batschadu wurde nochmals zehn Meter größer. Nach wenigen Augenblicken glich er einem dicken Mann mit kräftigen Beinen. Kleidungsstücke wallten aus den Versorgungsschlitzen seines Körpers hervor. Sie umhüllten ihn und wechselten ständig die Form.

Dann begann Batschadu der Vielseitige zu lachen. Sein riesiger Clownmund öffnete sich, prustende Geräusche klangen auf. Sie steigerten sich zu einem dröhnenden Gelächter, das hier und da von einem Quietschen abgelöst wurde. Batschadu lachte wie ein geübter Schausteller, der nichts anderes zu tun hat, als durch sein variationsreiches Gelächter andere Leute ebenfalls zum Lachen zu bringen. Er machte es vollendet!

Neue Impulse kamen. Das Zentralegehirn arbeitete ungeheuer schnell. Es beherrschte das Interkosmo bereits sehr gut.

Batschadu marschierte auf die CREST zu. Sein Mund öffnete sich erneut.

„Hei, hei Freunde, willkommen auf KA-preiswert. Eine Reparatur gefällig, ja? Machen wir, machen wir! Billig, Freunde, verdammt billig. Werftstation KA-preiswert will nicht nur billig sein, sie sagt nicht nur, sie wäre billig – nein, sie ist billig! Und gut! Gut, hört ihr, Freunde? Guuut! Bleibt hier, erfreut euch an der Lust des Zuschauens und träumt vom Preis, träumt von KA-preiswert. Hei, ihr habt die Schriftzeichen an der Bordwand nicht lesen können? Verständlich, Freunde, verständlich. Wir heißen KA-preiswert! Na, ist das ein Name? Er sagt schon alles, was? Töricht ist der, der weiterfliegt, um die unverschämte Konkurrenz aufzusuchen. Niemand ist billiger, niemand ist besser und niemand toleranter als KA-preiswert! Hei, Freunde, eine Reparatur gefällig, was?“

Batschadu lachte wieder in allen Tonarten.

Mit unglaublicher Lautstärke leitete er auch sein nächstes Programm ein. Dreißig, vierzig Arme und Beine wuchsen aus ihm hervor. Instrumente erschienen. Hundert Roboter, Gummibällen mit beschmierten Clowngesichtern gleichend, sprangen an Batschadu hinauf.

Sie begannen zu trommeln. Posaunen fielen ein. Ein Saxophonsatz mit melodieführender Klarinette wurde hörbar.

Leutnant Drav Hegmar, der diesen Krach aus nächster Nähe miterlebte, wurde fast ohnmächtig, als der uralte St. Louis Blues mit erstklassiger Satzarbeit aus Batschadu hervordröhnte.

Tausend andere Roboter begannen zu marschieren. Es handelte sich um das Arrangement eines berühmten terranischen Musikers.

„Glenn Miller, eh?“ brüllte Batschadu dazwischen. „Klasse, ja? Als

Marsch gebracht. Hei, da fliegen die Beine. Denkt daran, wie billig und gut KA-preiswert ist. War das eben eine exakte Triole? Jetzt kommt das Blech. Achtung ...!“

Der St. Louis Blues wurde so hervorragend gespielt, daß Drav Hegmar in Verzückung geriet.

„Das ist Glenn Miller“, ächzte er, „mein Gott, das ist Glenn Miller! Kennt ihr ihn von den historischen Bändern? Wieso können die das?“

Das Zentralegehirn schaltete erneut. Robotartisten mit Verwandlungskörpern glitten aus den Aufzügen hervor. Die Terraner erlebten ein Schauspiel von einmaliger Pracht.

Die Maschinen sprangen, hüpften und quirlten in planvollem Auftritt durcheinander. Sie bildeten Türme, formten aus ihren Körpern fingerstarke Seile und ließen andere Robots darüber hinweglaufen.

Kreisende Feuerräder schwebten in der Luft. Sie wurden durchsprungen. Noch während des Falls nahmen die Artisten die Form einer Rakete an, schalteten ihre Triebwerke ein und schossen erneut durch die Feuerräder hindurch. Immer schneller wurde das Tempo, bis die Künstler einen in allen Farben irrlichternden Leuchtkranz gebildet hatten.

Die Tänzer traten auf. Sie hatten bereits sehr gut die Körperformen eines Menschen angenommen. Sie tanzten nach den scharfen, rhythmischen Takten des St.-Louis-Blues-Marsches und zeigten eine Leistung, wie es Menschen niemals vermocht hätten.

Und Batschadu spielte! Er spielte und spielte, lachte, rief, lockte und pries seine Werftinsel an.

„Die größte Schau zwischen den Sternen“, schrie er. „Hei, Freunde, kommt heraus. Wir wollen kaum etwas verdienen. Wie klingt das? Elektrische Gitarre, Trickaufnahme, eh?“

Eine andere Melodie erklang. Die Tänzer bewegten sich hektischer. Tigerähnliche Gebilde erschienen.

„Der alte Tiger Rag“, brüllte Hegmar. „Die machen mich noch wahnsinnig. Woher kennen die den Tiger Rag?“

Batschadu der Vielseitige sang mit; und wie er sang! Er bildete einen Chor mit achtundvierzig hochqualifizierten Sängerinnen.

Es war ein Original-Arrangement des terranischen Musikers Les Paul. Batschadu sang weiter.

Er registrierte nur am Rande, daß die Energiefelder der CREST III abgeschaltet wurden. Hundert, dann zweihundert und schließlich zweitausend Uniformierte quollen aus den Schleusen hervor.

Da begann das Zentralegehirn mit dem Superprogramm des zehnten Planes. Es hatte das Gedankengut der Terraner erkannt.

Zweiundzwanzig Roboter in kurzen Sporthosen und bunten Trikots erschienen. Ein Sportfeld aus leuchtenden Linien entstand.

„Fußballmeisterschaft von KA-preiswert", brüllte Batschadu. „Wie wär's außerdem mit einem Schwergewichtskampf? Oder habt ihr die Sprinter lieber? Oh, diese Melodie geht mir zu Herzen. Hört, hört, und denkt daran, wie gut und billig wir sind."

Batschadu sang zu den zarten Harmonien mit dunkler Frauenstimme:

„Just one more chance."

Junge Frauen, nachgebildet nach den Vorstellungen von wenigstens tausend Terranern, erschienen. Sie schwammen in einem plötzlich entstandenen See, stiegen ans Ufer und setzten sich an ein Lagerfeuer. An dieser Stelle wurde es dunkel. Die Flammen eines lodernden Holzfeuers erhellten die Finsternis. Das Zentralegehirn vergaß auch nicht den Duft harziger Kiefernzweige.

„Just one more chance...", sang Batschadu und wiegte seinen Riesenkörper.

Eine Dampflokomotive wurde sichtbar. Sie zog acht rumpelnde Wagen über blitzschnell entstandene Schienen. Eine fiktive Stadt wuchs aus dem Gelände hervor.

„Pardon me boy, is that the Chattanooga Choo Choo...", sang Batschadu. Die Einsätze der Trompeten und Posaunen stachen grell aus dem sonoren Ton der Saxophone hervor.

Die Hauptpositronik brachte das Programm, das sie dem erkrankten Techniker abgelauscht hatte.

Zweitausend Mann fuhren herum. Atlan stand unterhalb der Schleuse, hielt ein Mikrophon vor die Lippen und sang mit.

„You leave the Pennsylvania station 'bout a quarter to four, read a magazine...!"

Rhodan legte die Hände vor das Gesicht. Seine Schultern zuckten. Niemand wußte genau, ob er lachte oder weinte.

Dann befanden sich schon dreitausend Terraner vor dem Schiff. Sie brüllten zu den wahrhaft artistischen Fußballspielern hinüber, wollten Kasom zwingen, an dem Schwergewichtskampf teilzunehmen und verführten Gucky dazu, eines der schwermütig ins Lagerfeuer blickenden Mädchen mit einem Teleportersprung zu holen.

Ausgerechnet Oberstleutnant Brent Huise, der ewige Kommandobrüller, verbeugte sich grinsend und reichte dem „Mädchen" die Hand.

Es verwandelte seinen flexiblen Robotkörper in einen dickköpfigen Zwerg, der mit rasender Schnelligkeit Huises Stiefel polierte.

„Billig, Bruder, billig, gut und schnell, wie alles auf KA-preiswert“, schrie der Zwerg mit durchdringender Fistelstimme. „Feine Schuhe, gutes Material. Sind wir große Klasse, Bruder?“

Atlan lachte schallend.

Batschadu kam schon wieder mit neuen Überraschungen. Er wankte und tappte durch das Artistengewühle, schlug mit hundert kurzen Armen und Beinen gleichzeitig auf verschieden große Pauken und Trommeln und führte ein Schlagzeugsolo vor, daß einige Männer des CREST-Musikkorps erblaßten.

Die Terraner jubelten. Sie waren noch viel zu jung und viel zu ausgehungert nach Abwechslung, um diesem einzigartigen Schauspiel im Randbereich Andromedas widerstehen zu können.

Vor Rhodan wuchsen zwei Verwandlungskünstler aus dem Boden. Cart Rudo wich fluchend zurück, doch er lächelte dabei.

Es waren zwei Wildwest-Banditen; und zwar genau in der Aufmachung, wie sie sich irgendein Mann der Besatzung vorgestellt hatte. Das Zentralegehirn war unerschöpflich in seinen Einfällen.

Die beiden verwahrlosten Burschen trugen je zwei tadellos nachgebildete Coltrevolver, Kaliber 44, in tiefhängenden Halftern.

Der eine Bandit, eine hagere Gestalt, zog blitzschnell und schoß dem anderen die Absätze weg. Der derart Angegriffene fiel hart zu Boden, richtete sich zornig auf und griff seinerseits zur Waffe.

Der Hagere erschoß ihn, blies in den Lauf und steckte den Colt ein. Zu Rhodan meinte er entschuldigend:

„Er war unhöflich, oder?“

Rhodan sah sich erschüttert nach einer Sitzgelegenheit um. Der „Erschossene“ merkte es, verwandelte seinen Robotkörper in eine Art Sitzbank und sprang dem Großadministrator des Solaren Imperiums so geschickt gegen die Waden, daß Perry ganz automatisch Platz nahm.

Der zweite Bandit wurde ebenfalls zum Schuhputzer. Die Terraner waren außer sich. So fassungslos hatten sie Rhodan noch nie gesehen.

Eine Stunde nach Beginn der Schau registrierte das Zentralegehirn, daß Plan zehn seine Wirkung nicht verfehlt hatte. Die Fremden würden sicherlich eine Reparatur an ihrem Schiff ausführen lassen.

Die Positronik konnte sich jedenfalls nicht vorstellen, daß jemand zur Werftinsel KA-preiswert kommen sollte, ohne die Absicht zu haben, irgend etwas an seinem Schiff in Ordnung bringen zu lassen. So war es immer gewesen, und so sollte es wieder sein. Es war die Aufgabe der Station, für ihre Erbauer Geld zu verdienen und mit

Hilfe des gigantischen Maschinenparks alles zu erledigen, was es in der Raumschiffahrt nun einmal zu erledigen gab. Notfalls konnte KA-preiswert sogar neue Schiffe bauen.

5.

Sein Name war Kalak. Er haßte, obwohl er tot war – oder fast tot. Sein Körper war mit einem Stahlblock verschmolzen; zwei Meter lang; eins Komma achtzig Meter breit und einen Meter hoch.

Das Material war ein halbtransparentes Gußstück. Kalaks Körper zeichnete sich in Konturen darin ab, obwohl von einem Körper im Sinne des Begriffes nicht mehr gesprochen werden konnte.

Kalak, der Strukturläufer, besaß die paraphysikalische Fähigkeit, den molekularen Aufbau seines Organismus beliebig aufzulösen und ihn mit anderen Stoffen zu verbinden.

Eine solche Verbindung war jedoch nicht der Zweck dieser eigentümlichen Gabe. Sie diente in erster Linie dazu, Kalak Wände aller Art durchschreiten zu lassen.

Er war ein kosmischer Ingenieur. Andere Intelligenzen nannten Lebewesen seiner Art Paddler, weil sie mit ihren Stationen ununterbrochen das Sternenmeer durchstreiften und nach lohnenden Aufträgen Ausschau hielten.

Sie waren Tramps des Weltraums; reisende Ingenieure und Wissenschaftler, die nach Anforderung überall dort erschienen, wo es etwas zu tun gab.

Männer wie Kalak nahmen schwierigste, undurchführbar erscheinende Reparaturen im Innern eines Triebwerkes und sogar in einem Reaktor vor.

Schwer zugängliche Teile, die man normalerweise nur nach dem Ausbau anderer Aggregate sehen konnte, erreichte Kalak mit ein bis zwei Schritten durch die Materie.

Und nun haßte er! Er haßte seit achthundert Jahren, denn sein Geist hatte immer noch einen Funken Leben besessen. Achthundert Jahre waren vergangen, seitdem er, der letzte Überlebende seiner Station, den paraphysikalischen Halbtod gewählt hatte.

Er ruhte immer noch in seinem Stahlblock. Er war so unvergänglich wie das Material, mit dem er verschmolzen war.

Dann aber, vor einer Viertelstunde, hatte er einen Impuls empfangen. Das Zentralegehirn seiner Station hatte sich gemeldet und von der Landung eines fremden Großraumschiffes berichtet.

Kalak erwachte. Sein Gehirn nahm wieder die Tätigkeit auf. Er fragte zurück. Für ihn, den hochqualifizierten kosmischen Ingenieur, war es selbstverständlich, sich zuerst nach der äußeren Form des Schiffes zu erkundigen.

„Kugelkörper, Triebwerksring“, teilte die Positronik mit. „Begrüßungsprogramm Nummer zehn läuft. Die Fremden waren vorsichtig. Sie erschienen zuerst mit einem Beiboot. Dann suchten sie nach organischem Leben. Sie fanden dich nicht, weil deine Individualimpulse in deinem bisherigen Zustand nicht registrierbar sind.“

Kalak stöhnte lautlos. Anschließend leitete er durch einen weiteren Befehlsimpuls seine Befreiung aus dem stählernen Grab ein. Während dieser Zeit erhielt er ständig neue Nachrichten. Bildschirme leuchteten in der hermetisch verschlossenen Kammer auf. Die Szenen auf der Oberfläche wurden übertragen, die wichtigsten Personen des fremden Raumschiffes in Großaufnahme gebracht.

Kalak schwebte als leuchtende Gaswolke aus dem Stahlblock hervor. Nach dieser langen Zeit der Ruhe benötigte er fast eine Stunde, um sich zu verstofflichen.

Als er wieder auf seinen Beinen stand, trat die medizinische Robotautomatik in Aktion.

Er wurde gebadet, massiert und durch Medikamente gestärkt. Kalak glich einem Menschen, nur war er eineinhalb Meter groß und ebenso breit. Seine tiefschwarze Haut hob sich scharf vom weißen Overall ab. Er war das Symbol für die Kosmischen Ingenieure von Andromeda.

Kalak war der Eigentümer und Kommandant der fliegenden Werftinsel KA-preiswert. Hunderttausend andere Stationen dieser Art waren vor achthundert Jahren vernichtet worden. KA-preiswert war wahrscheinlich die letzte kosmische Insel, so wie er der letzte Überlebende war.

Er ging taumelnd auf ein Lager zu und ließ sich darauf nieder. Sein Herz klopfte heftig. Es befand sich dort, wo bei einem Menschen das Nierenbecken begann.

Kalak bewegte die Glieder. Sie hatten kein tragendes Knochengerüst.

Terraner hätten ihn wahrscheinlich einen Gummimann genannt, denn er hielt seinen Körper mit Hilfe von starken Sehnenbündeln und hochelastischen Knorpelverbindungen aufrecht.

Hände und Füße waren sechszehig. Die beiden Daumen und Zehen machten diese Hände und Füße zu idealen Greifwerkzeugen. Kalak verstand sie zu gebrauchen. Er hatte Reparaturen ausgeführt, die keinem anderen Lebewesen möglich gewesen wären.

Er ruhte nochmals eine Stunde lang und richtete sich dann auf. Seine nächste Handlung galt der zeremoniellen Pflege seines Bartes. Er war das Würdezeichen eines Paddlers.

Er war feuerrot, gut meterlang und unterhalb des Kinns in der Mitte geteilt. Kalak reinigte und kämmte ihn sorgfältig, umfaßte die beiden Teile und legte sie sich um den stämmigen Hals.

Er verband die Enden mit einem kunstvollen Knoten. So entstand ein roter, natürlicher Schalkragen, aus dem Kalaks schwarzer Kahlkopf hervorragte.

Während dieser Verrichtungen hatte er ständig seine Kontrollen überwacht. Haß, unbändiger Haß erfüllte ihn. Sie waren zurückgekommen!

Roboter brachten ihm einen Mikrotranslator, der auf die Sprache der Fremden inzwischen eingestellt war.

Kalak kannte seine Werftinsel bis zum letzten Winkel. Hunderttausend Roboter und riesige, vollautomatisierte Industrieanlagen gehorchten ihm. Er inspizierte die wichtigsten Räume und stellte befriedigt fest, daß die angeordneten Wartungsarbeiten achthundert Jahre lang gewissenhaft ausgeführt worden waren. Die Werftinsel KA-preiswert war voll betriebsklar. Sie konnte dreihundert Schiffe auf einmal generalüberholen, aber sie konnte auch dreihundert Schiffe vernichten. Das kam ganz auf Kalaks Willen an.

Diesmal war er gewillt, die Fremden nicht entkommen zu lassen. Seine Roboter hatten mit dem Begrüßungsprogramm so reagiert, wie er es angeordnet hatte. Gäste waren auf KA-preiswert immer willkommen; aber diese konnten keine Gäste sein! Sie besaßen ein kugelförmiges Raumschiff mit einem Triebwerkswulst!

Kalak dachte nicht daran, die normalen Verbindungswege zu benutzen. Er schritt gerade auf sein Ziel zu, durchdrang, ohne darüber nachzudenken, Wandungen und Maschinen aller Art und kam im Hauptschaltraum heraus.

Von hier aus konnten die Anlagen des Raumhafens bedient werden. Der Strukturläufer überlegte einen Augenblick. Sein breites, flaches Gesicht verzerrte sich. Die tiefliegenden Augen begannen zu funkeln. Kalak haßte immer intensiver.

Trotzdem beherrschte er sich. Er wollte wissen, was der Gegner in achthundert Jahren erschaffen und konstruiert hatte. Er wollte das

Schiff inspizieren. Die Größe hatte ihn schockiert. Man mußte in der Schiffsbautechnik weit fortgeschritten sein und auch eine andere Kunstsprache eingeführt haben.

Er betätigte einige Schaltungen, die nicht zur Bewaffnung seiner Werftinsel zählten.

Die Automatik gab darüber Auskunft, wo die Landeteller der Stützbeine den Boden berührt hatten. Es handelte sich um vierundzwanzig Teller mit einer Auflagefläche von sechzigtausend Quadratmetern. Das genügte dem Paddler.

Er schaltete die automatische Verankerung ein. Der Spezialstahl unter den Standflächen der CREST wurde zu einer Kontaktverbindung angeregt. Es handelte sich um ein jederzeit lösbares Klebeverfahren, das keine Wärme und keine unerwünschten Verformungserscheinungen nach sich zog. Trotzdem war die Haftverbindung so widerstandsfähig, daß sie nicht einmal von atomaren Schneidbrennern gelöst werden konnte.

Kalak sprach plötzlich vor sich hin. Seine Stimme klang rauh. Er lauschte den Klängen nach und versuchte es erneut.

„Sie können notfalls ihre Landebeine absprengen, vorausgesetzt, es ist eine Schnellentfernung vorgesehen. Wenn nicht, müssen sie die Stahlsäulen mit Thermowerkzeugen oder Hitzewaffen abschneiden. Das dürfte nicht einfach sein. Auf alle Fälle wird das Schiff zu einem Halbwrack. Sie werden vorher alles versuchen, um sich vom Hafen zu lösen. Wie lange wird es dauern, bis sie sich zur Verstümmelung ihres Raumschiffes entschließen? Hmm . . . Zeit genug für mich."

Kalak unterbrach sein Selbstgespräch und schloß die Augen. Eine neue Welle des Hasses wollte ihn zwingen, das fremde Schiff zu vernichten. Er beherrschte sich.

Eine halbe Stunde später war Kalak voll ausgerüstet. Er trug seinen Montageanzug, der gleichzeitig als Kampfkleidung verwendet werden konnte.

Kalak tauchte unter der Rumpfwölbung aus dem Stahlbelag des Raumhafens auf. Er atmete tief die reine Luft ein, kontrollierte seine Kreislauffunktionen und schaute zu den Robotern hinüber. Das Programm lief immer noch. Plan zehn war der aufwendigste unter allen Begrüßungsplänen. Das Zentralegehirn hatte ihn gewählt, um die ersten Besucher seit achthundert Jahren zu fesseln. Es war ihm gelungen.

Kalak sah die ersten Menschen. Sie kamen aus etwa zehn Bodenschleusen hervor und stritten sich, wer als Diensthabender in dem Schiff bleiben müsse und wer das unverhoffte Schauspiel genießen dürfe.

Kalak schaltete sein Flugaggregat ein, schwebte zur unteren Polrundung hinauf und glitt mühelos durch den Terkonitstahl hindurch.

Von da an führte sein Weg immer weiter nach oben. Für ihn gab es keine Hindernisse. Die Zentraleautomatik versorgte ihn ständig mit Situationsberichten. Kalak konnte nichts überraschen.

Er erreichte die Kraftwerksäle der CREST III. Als er die Mammutmaschinen bemerkte und ihren sinnvollen Aufbau studierte, begann sein sechster Sinn zu erwachen. Kalak war ein Enthusiast, wenn es sich um technische Dinge handelte. Er war nicht nur lernbegierig, sondern auch auf die Arbeit erpicht. Paddler wie er waren nur dann glücklich, wenn sie arbeiten durften.

Er stieß einen überraschten und anerkennenden Laut aus. Dann überflutete ihn wieder der Haß.

Sie hatten viel gelernt! Die Maschinen waren kompakter und trotzdem leistungsfähiger geworden. Kalak erblickte außerdem Schalt- und Umformereinheiten, die er noch nie gesehen hatte.

Andere Maschinen, darunter vordringlich die Isolationsfeld-Projektoren, gehörten dagegen überholten Modellserien an.

Kalak blieb vor einem Fusionsmeiler stehen und sah an ihm hinauf. Der Kraftwerksaal war menschenleer. Hier hielt sich normalerweise niemand auf. Die Schaltungen wurden grundsätzlich von den einzelnen Stationen aus vorgenommen.

Der Paddler unterbrach den Hauptsteuerleiter eines Großreaktors mit einem Desintegratorschnitt. Er schritt durch die strahlungssicheren Wandungen hindurch, testete dabei das Material und ging bis zur Reaktionszone vor. Strahlungsschauer überschütteten ihn. Er absorbierte sie durch eine Teilauflösung seines Körpers.

Kalak gewann innerhalb von wenigen Minuten wertvolle Informationen über die Hochenergietechnik der Besucher. Es boten sich Parallelen zu altbekannten Konstruktionen an. Dann aber bemerkte der Kosmische Ingenieur Dinge, die schon vor achthundert Jahren überholt gewesen waren.

Kalak wurde plötzlich nachdenklich. Was war im Herrschaftsgebiet des Bösen geschehen? Wieso baute man plötzlich Gigantraumschiffe mit Maschinen, die einmal überaus modern, jetzt jedoch längst veraltet waren?

Kalak kam als leuchtende Gaswolke aus dem Reaktorgehäuse hervor. Sein Drang, Arbeiten zu verrichten, wurde immer unwiderstehlicher. Er war ausgehungert nach einer Tätigkeit, die seiner Mentalität entsprach.

Er rannte im Schutze eines Deflektorfeldes quer durch den Maschinensaal. Der Individualschirm machte ihn unsichtbar; die Ortungsgefahr jedoch blieb. Kalak wußte nicht, was ihn so unvermittelt bewegte, seine Zerstörungsabsichten aufzugeben. Es war ursprünglich sein Plan gewesen, die wichtigsten Maschinen stillzulegen, um einen Gewaltstart des Schiffsgiganten zu verhindern. Die Verklebung der Landeteller mit KA-preiswert war nur ein Provisorium.

Wenn die Besucher so entschlußfreudig waren, wie er sie in Erinnerung hatte, würden sie etwa zwei Stunden zögern, bis sie sich zur Verstümmelung ihres Schiffes entschlossen.

Kalak drang zu den nächsten Decks vor und sah sich um. Wieder bemerkte er teils vertraute, überwiegend jedoch fremdartige Konstruktionen. Die Positronik einer Nebenrechenstelle interessierte ihn nur am Rande. Sein Fachgebiet waren Hochenergiemaschinen.

Als er das Äquatordeck erreichte, befand er sich am Ziel seiner Sehnsucht. Nur wenige hundert Meter entfernt entdeckte er die Panzerstahlwände, die den Triebwerkswulst zur inneren Schiffszelle abschlossen. Dort lag sein eigentliches Arbeitsgebiet.

Kalak wich einigen hastenden Männern aus. Er blickte ihnen aufmerksam nach, studierte ihre Körper, ihre Haltung und ihre Gesichter. Sein Translator übersetzte die unbekannte Sprache. In seinem Mikroohrhörer klangen verständliche Begriffe auf.

Die Männer waren soeben abgelöst worden. Sie gehörten zum Maschinenpersonal. Kalak fragte sich mit steigender Unruhe, wieso man sich dazu entschlossen hatte, eine andere Kunstsprache einzuführen. War es im Andromedanebel zu einer Völkerwanderung gekommen, die neue politische Fakten aufgeworfen hatte?

Ein Offizier schritt an ihm vorbei. Er war hochgewachsen, breitschultrig und besaß ein hartes Gesicht mit kalten Augen.

Da haßte der Ingenieur wieder. Sie mußten vernichtet werden.

Kalak ahnte nicht, wie sehr er sich von äußeren Eindrücken täuschen ließ. Er kam aus der Vergangenheit, um die Lebenden zu bestrafen. Er hatte die Falschen gefunden.

Ein Donnerschlag übertönte das Singen und Musizieren der Schauroboter.

Ein weißglühender Feuerball zuckte aus der vierunddreißig Meter durchmessenden Hauptschwenk-Steuerdüse des achtzehnten Triebwerks hervor.

Die Plasmaflut hatte sich noch nicht zu Korpuskularpartikeln umgewandelt. Trotzdem war sie bereits sehr heiß.

Sie peitschte aus etwa zwölfhundert Metern Höhe hinab, breitete sich aus und endete als rasch abkühlender Schwall auf dem Boden, wo sie kaskadenartig zerstob.

Ein ungeheures Tosen riß die Männer der CREST III aus ihrer Verzückung. Dreitausend Mann fuhren herum. Dreitausend Mann gingen in Deckung.

Sie brauchten keinen Befehl abzuwarten; keine Frage an Offiziere zu stellen, die augenblicklich doch nicht erreichbar waren.

Dreitausend Mann handelten wie einer. Sie lagen schon flach, als die Druckwelle unter dem Schiff hindurchpeitschte und ausglühende Gaspartikel mit sich riß.

Die Hauptschwenk-Steuerdüse I-18 befand sich auf der Steuerbordseite des Riesenrumpfes. Das Schauspiel hatte sich ausschließlich vor dem Rotsektor abgespielt. Er lag genau entgegengesetzt.

So kam es, daß die ausgestiegenen Besatzungsmitglieder etwa drei Kilometer vom Ort des Unheils entfernt waren. Niemand wurde von der Feuerflut getötet. Die Druckwelle war erträglich, das Donnern und Dröhnen ebenfalls.

Melbar Kasom handelte noch schneller als die anderen Männer – und kompromißloser! Sein schwerer Kombistrahler, fünfmal stärker in der Leistung als die Handenergiewaffe eines Normalmenschen, eröffnete das Feuer mit dem hämmernden Stakkato der Serienschaltung.

Ultrahelle Thermobahnen von je einer Tausendstelsekunde Dauer peitschten zu den Robotern hinüber.

Batschadu der Vielseitige brach zuerst zusammen. Er wurde zu einer lodernden Fackel, aus der die letzten Synkopen der American Patrol hervortönten.

Kasom schoß wie ein Rasender. Andere Waffen fielen ein. Dann feuerten dreitausend Mann. Sie verwandelten den weiten Platz vor der Backbordbreitseite der CREST III in ein Schlachtfeld, auf dem zirka fünftausend Roboter explodierten und glutflüssige Fontänen aus dem Stahlbelag hervorbrachen.

Die Zentralepositronik geriet in Panik. Das hatte sie nicht erwartet.

Aus den Funkhelmen der Terraner erklangen Befehle. Niemand überhörte Atlans Stimme. Er hielt sich seit einer halben Stunde in der Hauptzentrale der CREST III auf, wo er Oberst Cart Rudo abgelöst hatte.

Perry Rhodan war mit wissenschaftlichen Offizieren zu einem Schacht in der Hafenfläche gefahren, um dort zu versuchen, ins Innere der Station einzudringen.

Er befand sich etwa zehn Kilometer von dem Ultraschlachtschiff entfernt, und zwar auf dem Grünsektor, wo die tanzenden Roboter nicht gestört hatten. Sein Panzerfahrzeug wurde von der Druckwelle des angelaufenen Steuertriebwerks nicht beeinflußt.

Als Perry Atlans Stimme auf der Kommandeurfrequenz vernahm, wußte er, daß er augenblicklich auf weitere Anweisungen verzichten konnte. Der ehemalige Arkonidenimperator war für die Beherrschung dieser Situation genau der richtige Mann.

Wissenschaftler und technische Offiziere kamen aus dem Antigravschacht hervor. Sie rannten zu dem Allzweckpanzer hinüber und sprangen auf die Ladeplattform.

„Umfahren Sie das Schiff", sagte Rhodan zu dem Fahrer. Seine Stimme klang beherrscht. „Durchbrechen Sie den Feuerring, geben Sie unseren Männern notfalls Feuerschutz und warten Sie, bis der letzte in der CREST verschwunden ist. Dann fliegen Sie zu einer Oberdeckschleuse hinauf. Sie da hinten – kommen Sie in die Panzerkuppel. Da drüben dürfte es ziemlich heiß sein."

Der Forschungspanzer ruckte an. Seine Energiekanone schwenkte herum und erfaßte die ersten Ziele.

„Atlan an alle", ertönte die Stimme des Arkoniden. „Druckhelme schließen, auf Autarkatmung umschalten. Ein Fremder ist in das Schiff eingedrungen. Seine nichtmenschliche Individualfrequenz wurde soeben von Gucky geortet. Bewahren Sie Disziplin. Das Steuertriebwerk wird gerade abgeschaltet. Es ist nichts passiert. Jemand hat die Impulsleiter kurzgeschlossen, einen Notstromreaktor anlaufen lassen und einen relativ ordnungsgemäßen Startvorgang eingeleitet. Die Schirmfelder der Steuerdüse funktionieren; es sind keine Abbrand- oder Schmelzschäden aufgetreten. Begeben Sie sich sofort auf Ihre Gefechtsstationen. Ladeschleusen öffnen, Hebefelder aufbauen. Achtung – Maschinenhauptleitstand: Melden Sie mir die CREST startklar, sobald Sie soweit sind. Major Don Redhorse – hören Sie mich?"

Atlan wartete. Er stand in der Zentrale und beobachtete die Bildschirme der Außenbordaufnahme. Das Atominferno war vorbei. Von den Artistenrobotern war nichts übriggeblieben. Die letzten fünfhundert Terraner rannten auf die Ladeschleusen des Ultrariesen zu. Hermetiktüren schlugen zu. Vor den Antigrav- und anderen Luftschächten standen Roboterkommandos.

Der letzte Urlaubertrupp erreichte Großraumschleuse I. Fünfhundert Mann sprangen auf einmal in das Traktorfeld hinein und ließen sich innenbords ziehen.

Rhodans Allzweckpanzer raste durch die wallenden Metallpfützen hindurch. Seine Abwehrschirme liefen unter Vollast. Atlan ließ eine Shiftsschleuse oberhalb des Maschinenringwulstes öffnen und dem Fahrer mitteilen, wohin er sich zu wenden hätte.

Don Redhorse stand mit zehn Korvetten im Raum über der Werftinsel. Der Cheyenne hatte sofort erfaßt, was weit unter ihm geschehen war. Atlans Funkanruf war empfangen worden.

Redhorse sperrte Kanal drei für seine Nachrichtenverbindung. Dann dröhnte seine Stimme aus den Lautsprechern.

„Major Redhorse an Atlan. Anruf verstanden. Im Raum ist alles ruhig. Keine Ortung. Ich höre, Sir."

„Verstanden. Don. Fliegen Sie umgehend einen Angriff auf den blauen Energieschirm und versuchen Sie, ihn durch konzentrierten Punktbeschuß mit normalen Impulsgeschützen strukturell instabil zu machen. Passen Sie auf, daß Sie die CREST nicht erwischen. Wenn der Schirm aufreißt, werden wir hier eine explosive Dekompression erleben. Lassen Sie sich davon nicht erschüttern. Alles klar?"

„Alles klar. Kann ich einige Schirmfeldprojektoren unter Feuer nehmen? Wir haben acht Projektortürme ausfindig gemacht."

„Nur dann, wenn das Glockenfeld nicht zusammenbrechen sollte. Vermeiden Sie überflüssige Zerstörungen. Ich schalte ab. Bleiben Sie auf Kanal drei. Er wird für Sie freigehalten."

Redhorse war in seinem Element. Jetzt pries er sich glücklich, daß er mit seinen zehn starken Sechzigmeterbooten nicht ebenfalls in den Hangars der CREST stand.

„Man sollte unsere Herren Mutanten pensionieren", sagte Captain Nosinsky aufgebracht. Er kommandierte die KC-O. „Wie oft haben die uns eigentlich versichert, daß es da unten keine Lebewesen mehr gibt? Und jetzt ist doch jemand da! Wir gehen prächtigen Zeiten entgegen. Schiff klar zum Gefecht, ich übernehme die Feuerorgel von der Zentrale aus."

Zehn Korvetten schwenkten auf Angriffsformation ein. Der keilförmige Verband stieß mit hoher Fahrt auf die Station nieder und eröffnete den Punktbeschuß aus allen Thermogeschützen auf fünf verschiedene Sektoren.

Schon nach drei Sekunden leuchtete der blaue Energieschirm auf. Er veränderte seine Farbe, wurde erst blutrot und dann weißgelb. Nach der nächsten Salve auf fünf festgelegte Sektoren brach er nach einer heftigen Aufwölbung in sich zusammen.

Die unter hohem Überdruck stehende Atmosphäre der Werftinsel KA-preiswert entwich explosionsartig in den freien Raum, wo die Gase sofort kondensierten.

Redhorses Verband spürte nichts mehr davon. Die Kommandanten hatten ihre Korvetten abgefangen und sie mit höchster Maschinenkraft in den Leerraum gerissen.

Auf der Oberfläche sah es anders aus.

Die CREST III hatte ihre Schutzschirme voll aufgebaut. Der äußere HÜ-Schirm war anlaufklar.

Als die Dekompression erfolgte, wurde ein ungeheurer Donnerschlag vernehmbar. Die Umrisse der Gebäude verwischten sich. Das Medium Luft, das bisher für eine gute Verteilung des Kunstlichtes gesorgt hatte, verschwand übergangslos.

Es wurde stockfinster. Die Scheinwerfer zeichneten nur noch scharfbegrenzte Lichtflecken auf den Boden.

Riesige Materialmengen wurden von der entweichenden Atmosphäre mitgerissen. Alles, was nicht stabil verankert und befestigt war, gab dem ungeheuren Sog nach und raste in den Raum hinaus.

Die Überreste der Artistenroboter verschwanden jählings. Die Einschußkrater kühlten so schnell ab, daß sie schon Augenblicke später nicht mehr zu erkennen waren.

Der physikalische Effekt war erwartet worden. Es war außerdem angenommen worden, daß die Station in ihren Grundfesten erschüttert worden war. Als die Fernbilder der Ortung jedoch wieder klar wurden, erwies es sich, daß die den Raumhafen umspannenden Industrieanlagen kaum Schäden davongetragen hatten. Man schien bei der Erbauung der Werftinsel mit solchen Zwischenfällen gerechnet zu haben.

Rhodan stürmte in die Zentrale. Er war noch vor dem Druckverlust ins Schiff gekommen.

„Wieso stehen wir noch auf der gleichen Stelle?" schrie er. „Wieso? Der Sog war so stark, daß die CREST wenigstens eine geringfügige Seitenverschiebung hätte erfahren müssen. Das Bodenmaterial ist hart, der Reibungswiderstand gering. Wir haben uns um keinen Millimeter bewegt. Oberst Rudo – klar zum Alarmstart. Atlan, ich bedanke mich für die schnelle Befehlserteilung."

Rhodan schwang sich in den Kommandeursessel und überwachte den Startvorgang. Da wurde die CREST von einer Detonation erschüttert. Das Beben war so heftig, daß die noch nicht angeschnallten Männer aus ihren Sitzen geschleudert wurden.

Nur der Haluter Icho Tolot stand noch auf seinen gewaltigen Beinen. Eine Minute später meldete sich Dr.-Ing. Hefrich. Seine Stimme klang so ruhig, wie man es von diesem Mann in kritischen Situationen gewohnt war.

„LI an Kommandant – Mantelfeldprojektor III im zweiten Kalupraum ist durch eine willkürlich herbeigeführte Überlastungsschaltung explodiert. Der Kalupkonverter ist nicht beschädigt worden. Wir überprüfen soeben die zuständige Robotstation. Es sieht so aus, als wäre einer der im Bereitschaftslauf stehenden Nebenreaktoren hochgefahren und mit Maximalleistung auf den Projektor geschaltet worden. Seine Automatsicherungen müssen vorher gestört worden sein, oder er hätte sich bei Überlastungsspeisung sofort stillgelegt. Hier geht ein Unheimlicher um, der verteufelt viel von unseren technischen Einrichtungen versteht. Wie er es allerdings schafft, in die gefechtsmäßig verschlossenen Hermetikräume einzudringen und Sabotageakte zwischen Stromleitern von fünftausend bis vierzigtausend Volt vorzunehmen, ist mir rätselhaft. Ich tippe auf ein unempfindliches Energiewesen. Schiff ist klar zum Alarmstart, Ende."

Rhodan stieß einen Fluch aus. Der Lordadmiral zuckte zusammen und sah sich etwas fassungslos um. Rhodan gebrauchte solche Worte eigentlich kaum.

Atlan erkannte überrascht, wie verstört der Terraner war. In diesem Augenblick meldete sich Atlans Extrahirn.

„Narr! Er wollte nicht landen. Ihr habt ihn dazu verführt. Er ist in solchen Dingen sensibel. Er fürchtet um seine Männer und um die CREST."

Atlan ertrug die Vorwürfe seines vor zehntausend Jahren aktivierten Seperatgehirns. Der Logiksektor hatte recht – wie immer! Rhodan hatte sich tatsächlich gegen die Landung gesträubt, bis die Mutanten einstimmig behauptet hatten, hier gäbe es kein Lebewesen mehr.

Der Lordadmiral hielt sich zurück. Cart Rudo erteilte den Befehl zur Helmfunkverständigung. Bei dem zu erwartenden Geräuschorkan eines Alarmstarts wurden die Lautsprecher der normalen Bordverständigung nutzlos. Dann konnte man sein eigenes Wort nicht mehr verstehen.

Die Helme der Druckanzüge klappten zu. Rhodans Anweisungen wurden von jedermann verstanden.

Zehn Sekunden später begannen die Triebwerke des Ultraschlachtschiffes zu orgeln. Hefrich fuhr sie mit einer Schnellschaltung hoch und ging auf den dreifachen Abhebwert, der eigentlich sonst nicht erforderlich war. Die künstliche Schwerkraft der Werftinsel wurde von den Antigravprojektoren aufgehoben.

Das Donnern wurde unerträglich. Hefrich arbeitete mit einer Startschubleistung von achthunderttausend Megapond. Das war zur Bewegung der Schiffsmasse, die von keinerlei Schwerekräften mehr gefesselt wurde, mehr als ausreichend. Das Tosen schwoll plötzlich zu einem anomalen Kreischen an. Es wurde nicht von den Triebwerken erzeugt, sondern von übermächtig beanspruchten Zellenverbänden.

„Abschalten", brüllte der Haluter mit einem Stimmaufwand, der selbst bei diesem Tosen nicht zu überhören war. „Hefrich – schalten Sie ab! Gefahr!"

Der Leitende Ingenieur hatte im gleichen Sekundenbruchteil reagiert. Für ihn, den Mann mit dem technischen Instinkt, war es selbstverständlich gewesen.

Die CREST III rüttelte und schüttelte sich wie ein Ungeheuer der grauen Vorzeit. Allerdings war sie noch viel mächtiger, als es solche Bestien jemals gewesen sein konnten.

Die Bildschirme der Außenbordkontrollen zeigten deutlich, was außerhalb der Schiffszentrale geschah. Die Landebeine des Ultrariesen hatten sich in die Länge gezogen.

Die Hydraulikflüssigkeit der mechanischen Aus- und Einfahrvorrichtung schoß mit Höchstdrucken durch die Pumpleitungen. Die Zusatz-Energiefelder, die als letzte Pralldämpfer dienten und wesentlich zuverlässiger waren als die Hydraulik, wurden so stark eingeengt, daß die Großreaktoren von Kraftwerk II automatisch einfielen, um den plötzlichen Strombedarf zu decken.

Die CREST hing an ihren Landestützen wie ein großer Käfer, den man gewaltsam an den Beinen festhält. Wäre die Schubleistung der Triebwerke noch erhöht worden, hätte sich die CREST losgerissen. Die Schäden wären unermeßlich gewesen.

Rhodan gewann plötzlich seine Ruhe wieder. Er war nur leichenblaß.

„Die Auflageteller müssen festhängen", erklärte er. „Es gibt keine andere Möglichkeit. Fesselkraftfelder hätten wir längst geortet. Jemand hat uns heimlich mit dem Platzbelag verschweißt. Das ist auch eine Methode; allerdings eine primitive und dürftige. Wer auf diese Idee kam, muß entweder ein Narr oder ein Genie sein. Achtung – Major Noro Kagato – hören Sie?"

„Verstanden, Sir", entgegnete der zum Major beförderte Chef des bordeigenen Roboterkommandos.

„Schutzschirme der Kampfanzüge einschalten, fünfhundert Werkstattroboter ausschleusen. Nehmen Sie Modelle, die mit schweren Plasmabrennern ausgerüstet sind. Verteilen Sie die Maschinen auf die Landebeine und versuchen Sie, die Auflageteller dicht unterhalb der Kardangelenke von den Teleskopstützen abzutrennen."

„Wie – von den Beinen abschneiden?"

„Das habe ich gesagt", fuhrt Rhodan auf. „Es dürfte zwecklos sein, die Klappteller von der stählernen Oberfläche lösen zu wollen. Schneiden Sie unterhalb der beweglichen Aufhängung. Zum Teufel mit den Auflagen. Wir können sie leicht ersetzen. Ich gebe Ihnen notfalls Feuerschutz."

Die Triebwerke der CREST liefen aus. Zugleich begann die Jagd der Mutanten nach dem Unheimlichen, den sie hier und da deutlich orten konnten. Er strahlte eine Individualfront aus, die besonders Gucky und Marshall unter fünftausend anderen Schwingungen klar herausfinden konnten.

Kagato handelte schnell. Seine Befehlsimpulse wurden in der Zentrale mitgehört. Atlan „unterhielt" sich mit seinem Logiksektor.

Fünfhundert schwere Mechano-Roboter regneten aus den unteren Polschleusen ab. Sie befanden sich innerhalb der Energiefelder. Kagato beobachtete ihre Tätigkeit von einer Mannschleuse aus und half der Vorprogrammierung durch exakte Befehlserteilung nach.

Der Späher Wuriu Sengu stellte unterdessen fest, daß alle vierundzwanzig Auflageteller fest mit dem Stahlboden verschweißt oder verklebt waren.

„Verklebt?" fragte Atlan ungläubig zurück. „Sind Sie sicher?"

„Die Masse sieht nicht nach einer Flächenschweißung oder gar nach einer flüchtigen Nahtschweißung aus, Sir. Ich erkenne eine andere Zusammensetzung, als sie durch thermisch verschmolzenen Stahl entstehen würde. Ja, ich bin jetzt sicher! Das sind Klebestellen in voller Auflagebreite, also sechzigtausend Quadratmeter. Wieso hält das Zeug einen so ungeheuren Zug aus, daß wir uns fast die Teleskopstützen aus den Rumpfverankerungen reißen?"

„Das sollten Sie jenen fragen, der es veranlaßt hat. In Ordnung, kommen Sie zurück. Kagato, fangen Sie mit Ihren Robotern an."

Die Zentralpositronik der Werftinsel KA-preiswert erhielt einen Funkbefehl. Kalak hatte zu seiner größten Überraschung erkannt, daß die Fremden viel kompromißloser zu handeln verstanden, als er es erwartet hatte. Sie verzichteten von vornherein auf den Versuch, die Auflageteller möglichst ohne schwere Schäden von der Platzoberfläche abzutrennen. Sie hatten sich sofort dazu entschlossen, die riesigen Faltplatten und wahrscheinlich große Teile der kostspieligen Kardanaufhängung zu opfern. Das bedeutete, daß ein Schiff von dieser Größe im freien Raum repariert werden mußte, ehe es wieder auf irgendeinem Raumhafen landen konnte. Es hätte mit den Stümpfen seiner Landebeine selbst meterstarken Stahlbeton durchbrochen.

Das Zentralegehirn leitete Spezialschaltungen ein. Auf solche Dinge war man vorbereitet. Als Kagatos Roboter ihre atomaren Flammbrenner anspringen ließen und die Glutströme gegen die fünf Meter starken Seitenstreben unterhalb der Kreuzgelenke richteten, kam es zu einem Energierückschlag von fürchterlicher Stärke.

Die fünfhundert Mechano-Maschinen explodierten im gleichen Sekundenbruchteil. Ihre Trümmer schlugen gegen die Panzerhülle der CREST, glitten als Querschläger ab und heulten über den Platz hinweg, bis sie von den Energieschirmen vergast wurden.

Major Kagato war von den Druckwellen in die Schleusenkammer zurückgewirbelt worden. Heiße, stickige Dämpfe drangen in das Schiff ein.

Die Sicherheitsautomatik schloß die Außentore. Rhodan sah sich nach Atlan um. Der starrte auf den Haluter. Der Gigant kam näher.

„Auswertung beendet", dröhnte seine Stimme. Es wurde plötzlich still in der Zentrale.

„Jemand ist in das Schiff eingedrungen. Er befindet sich noch immer unter uns. Die Jagd der Mutanten war bisher vergeblich. Der Fremde verschwindet, sobald ein Teleporter oder ein Wellensprinter zu rematerialisieren beginnt. Er muß die Fähigkeit besitzen, feste Materie durchschreiten zu können. Das erklärt auch seine Unempfindlichkeit gegen Starkstrom. Das ist jedoch nur von sekundärer Bedeutung."

„Sekundär?" empörte sich der Epsaler Cart Rudo. „Hören Sie – was verstehen Sie eigentlich unter primär?"

„Warten Sie doch. Wir stehen mehr vor einem kosmopsychologischen als vor einem taktischen oder strategischen Problem."

„Sprechen Sie", forderte Rhodan Tolot auf. „Beherrschen Sie sich bitte, Cart."

„Meine Auswertung ist achtundneunzigprozentig sicher. Der Unbekannte – es handelt sich auf Grund der Mutantenortung nur um ein Intelligenzwesen! – besitzt zweifellos die Möglichkeiten, ein auf seiner Werftinsel gelandetes Schiff zu vernichten. Die technische Ausrüstung dieser Riesenstation verrät es. Das Phantom hat jedoch darauf verzichtet, die CREST sofort ernsthaft anzugreifen. Es verband dagegen die Landeteller durch ein Spezialverfahren mit der Oberfläche des Raumhafens. Dies scheint eine herkömmliche Art der Verankerung zu sein, die ganz sicher mit den geeigneten Vorrichtungen gelöst werden kann. Der Unbekannte griff also zu konventionellen Mitteln, mit dem Ziel, uns vorerst einmal festzuhalten. Nun sieht er sich in der CREST um, studiert die technischen Anlagen und verübt hier und da geringfügige Sabotageakte."

„Weshalb?" warf Atlan ein.

„Das ist die Frage. Es gibt zwei Möglichkeiten. Entweder will er die Reaktionen der Besatzung kennenlernen, um daraus gewisse Rückschlüsse zu ziehen, oder er möchte einen Start so lange wie möglich verhindern, um das Schiff noch länger inspizieren zu können. Er muß sich jetzt, nach unserem fehlgeschlagenen Befreiungsversuch, darüber klargeworden sein, daß wir bereit sind, die CREST schwer zu beschädigen, nur um diese Rauminsel verlassen zu können."

„Ihre Auslegungen werden immer verworrener, Haluter", erklärte Atlan ungehalten. „Wie sieht das Resultat aus?"

Icho Tolot breitete beschwichtigend seine vier Arme aus. Er stand wie ein schwarzer Felsklotz in der Zentrale.

„Der Fremde muß sich innerhalb der nächsten Stunde entscheiden, ob er uns den Abflug erlauben, oder ob er Vernichtungswaffen anwenden soll. Das hängt davon ab, wie er uns beurteilt. Er gehört zweifellos zur Besatzung dieser Station, die nichts anderes ist als eine fliegende Werft mit Überlichttriebwerken. Sein ursprüngliches Trachten bestand darin, Reparaturen auszuführen und sich dafür bezahlen zu lassen. Geschäftsleute dieser Art sind eigentlich nicht an der Vernichtung ihrer zahlenden Kundschaft interessiert. Sie vermeiden Konflikte und bemühen sich, mit allen Parteien gut zu stehen. Es könnte sein, daß wir von ihm mit tatsächlichen Feinden verwechselt werden. Von diesem Standpunkt aus betrachtet, erscheint es logisch, daß er uns erst einmal kurzfristig festhalten und sich umschauen will. Das wäre eine Erklärung für die Verklebung der Landeteller. Es liegt an uns, ihn schnellstens davon zu überzeugen, daß wir noch nie in Andromeda waren. Zusätzlich zu diesem Verständigungsversuch halte ich es jedoch für angebracht, mit allen Mitteln an unserer Befreiung weiterzuarbeiten. Probieren Sie nochmals einen Gewaltstart bis zur äußersten Belastungsgrenze des Materials. Gelingt es nicht, die Teller loszureißen, müssen wir die untere Hälfte der Landestützen opfern."

„Wie?" regte sich Oberst Rudo auf. „Haben Sie nicht gesehen, was mit unseren Robotern geschehen ist? Der Unbekannte ist in der Lage, thermische Energien umzulenken."

„Da wüßte ich einen Rat", meldete sich Atlan. „Major Redhorse kann es erledigen. Er fliegt einen Angriff und schießt uns die Stützen unter dem Rumpf weg. Seine Zielautomatik wird um keinen Millimeter vorbeischießen. Die CREST bleibt ungefährdet. Es wird bei der Art dieses Beschusses nicht zu einer Energieumlenkung kommen. Die Roboter standen auf dem Stahlboden."

Rhodan entschloß sich binnen einer Minute. Der Unheimliche geisterte noch immer umher. Gucky sah ihn, als er nach einer vorangegangenen Paraortung in einer Waffenkammer rematerialisierte.

Jener, der sich Kalak nannte, konnte diesmal nicht schnell genug durch die nächste Querwand entfliehen.

Der Mausbiber schoß blitzschnell – und daher etwas ungenau. Kalak fühlte den Paralysestrahl an seiner rechten Schulter.

Er entkam in den Nebenraum und wich dem sofort nachsetzenden Teleporter aus, indem er mit dem stählernen Sockel einer Reservestrombank eine molekulare Strukturverbindung aufnahm.

Damit erloschen seine Individualimpulse. Gucky verlor die Ortung.

Der Mausbiber stand mit weitgespreizten Beinchen und vorgebeugtem Oberkörper in dem großen Raum. Es war alles still.

Neben Gucky flimmerte die Luft. Er achtete nicht darauf. Ras Tschubai, der zweite Teleporter der CREST, rematerialisierte.

Er war kein Telepath wie der Mausbiber. Als Ras die angespannte Haltung des Kleinen bemerkte, zog er wortlos die Waffe und entsicherte sie. Er wartete! Nur ein Teleporter, der gleichzeitig Telepath war, konnte den Fremden jagen. Ein Teleporter allein erhielt nie eine Individualortung. Ein Telepath konnte die Impulse zwar aufspüren, aber er vermochte nicht zu springen. Ras entschloß sich, von nun an John Marshall mitzunehmen, um die fehlende Gabe durch ihn ersetzen zu lassen.

Kalak verhielt sich ruhig.

Er wußte seit wenigen Minuten, daß er seine Besucher unterschätzt hatte. Sie waren ungewöhnlich. Ferner gab es unter ihnen Wesen mit Eigenschaften, die den Paddler in Panik getrieben hatten. Jene, die er kannte, hatten niemals mit solchen Hilfsmitteln gearbeitet.

Gucky wartete noch fünf Minuten in konzentrierter Starre. Dann richtete er sich erschöpft auf und öffnete die Augen.

„Er war hier", sagte er leise. „Ich hatte ihn vor der Mündung, aber ich schoß vorbei. Er kann sich mit mechanischen Hilfsmitteln unsichtbar machen, jedoch nicht verhindern, daß sein denkendes Gehirn ein auffallendes Impulsmuster abstrahlt. Er flüchtete durch diese Stahlwand und verschwand plötzlich. Ich habe den Kontakt verloren. Hast du eine Erklärung?"

Ras Tschubai überlegte.

„Er wird sofort in den anderen Raum zurückgegangen sein. Er ist schneller als du. Bis du dich zum Sprung konzentriert, das Ziel aufgefaßt und die Wiederverstofflichung überwunden hast, kann er schon weit entfernt sein."

„Ausgeschlossen. Er muß laufen. Seine einzige Stärke besteht darin, daß er die Materie durchschreiten kann. Er ist im Grunde genommen schwach!"

„Für deine Begriffe, vielleicht. Für mich ist er schon sehr stark. Ich kann ihn nicht orten. Er wird sich schneller bewegen können, als du glaubst. Hier ist er jedenfalls nicht mehr."

Der Mausbiber zischte ärgerlich. Tschubai unterdrückte ein Lächeln.

Ehe er etwas sagen konnte, sprachen die Lautsprecher der allgemeinen Rundrufanlage an.

„Rhodan an alle. Wir leiten den nächsten Startversuch ein. Es wird zu harten Erschütterungen kommen. Schnallen Sie sich an. Achtung – an die Mutanten: Ziehen Sie sich auf Ihre Ausgangsstellungen zurück und empfangen Sie vom Rüstoffizier Antiflektorbrillen. Damit können Sie den Deflektorschirm des Unbekannten durchschauen. Bleiben Sie am Gerät, ich übergebe an Atlan."

Gucky legte den Kopf in den Nacken und schaute erstaunt zu dem hochgewachsenen Afroterraner hinauf.

„Nanu, was soll das? Hat unser alter Hexenmeister ein besonderes Plänchen?"

„Lordadmiral Atlan, Oberkommandierender der USO ruft Unbekannt. Ich biete Ihnen im Einverständnis mit der Besatzung dieses Schiffes eine Unterredung an, bei der Ihnen volle Bewegungsfreiheit und Sicherheit zugebilligt wird. Ich bin davon überzeugt, daß Sie einem gräßlichen Irrtum unterliegen, der zu schwerwiegenden Verwicklungen führen kann, wenn Sie sich nicht belehren lassen. Wir sind keine Feinde! Ich wiederhole – wir sind nicht Ihre Feinde! Ich nehme an, daß Sie durch technische Hilfsmittel in der Lage sind, unsere Sprache zu verstehen. Melden Sie sich bitte und bestimmen Sie einen Treffpunkt nach Ihren Wünschen. Ich werde allein erscheinen. Wir kommen aus der benachbarten Galaxis. Setzen Sie sich mit uns in Verbindung."

Atlan unterbrach den Rundruf. Gucky seufzte und steckte seinen kleinen Spezialstrahler ein.

„Na, ob das etwas nützen wird? Warten wir ab. Gehen wir?"

Die beiden Teleporter konzentrierten sich auf die Zentrale und sprangen. Drei Minuten später begannen die Triebwerke der CREST zu tosen.

Diesmal ging Dr. Hefrich mit der Schubleistung noch höher. Als die ersten Verankerungen brachen und die Prallfelder an der Grenze ihrer Leistungsfähigkeit angekommen waren, wurde das Manöver eingestellt. Es war nicht gelungen, die Landeteller vom Boden loszureißen.

Fünftausend Terraner blickten sich grimmig an. Sie verwünschten den Augenblick der Landung.

Hefrich erschien mit fünf Männern des technischen Teams in der Zentrale. Er nahm seinen Funkhelm ab und warf ihn auf das nächste Konturlager. Vor ihm standen die führenden Offiziere der CREST III.

„Feierabend, meine Herren", erklärte der Chefingenieur. „Noch hundert Megapond mehr, und wir reißen alle vierundzwanzig Landestützen aus dem Schiffskörper. Es geht aber nicht nur darum, sondern um die angeschlossenen Pumpaggregate, Schwenkarme und was der Dinge mehr sind, die man nun einmal für ein Einziehlandewerk braucht. Falls Sie eine ordnungsgemäße Demontage erwägen sollten, so darf ich Ihnen versichern, daß wir dazu bei Einsatz aller Hilfskräfte wenigstens achtundvierzig Stunden brauchen. Was nun? Das ist die närrischste Situation, in die ich mit einem großen Schiff jemals geraten bin."

Rhodan teilte die Auffassung. Die Mutanten schauten sich bedrückt an. Sie fühlten sich für die Katastrophe verantwortlich.

Rhodan sah auf die Uhr.

„Atlan, wiederhole dein Friedensangebot noch eine halbe Stunde lang. Ich gebe unterdessen Major Redhorse vorbereitende Befehle. Wenn nichts mehr hilft, lassen wir uns die Beine abschießen. Major Hefrich – sorgen Sie für die Bereitstellung ausreichender Energien und berücksichtigen Sie auch den eventuellen Ausfall von einigen Reaktoren. Wir brauchen auf alle Fälle genügend Strom, um die CREST sicher in ihren Antigravfeldern halten zu können. Wenn es dem Phantom gelingt, unsere Schwerkraftneutralisatoren lahmzulegen, krachen wir mit der unteren Kugelhälfte auf das Landefeld. Was dann passiert, wage ich nicht auszudenken."

Atlan nickte dem Chefingenieur zu.

„Sie müssen noch etwas berücksichtigen. Wenn uns der Cheyenne unter Feuer nimmt, so wird es ihm nicht möglich sein, alle vierundzwanzig Stützen gleichzeitig zu durchschneiden. Das bedeutet, daß Sie erst dann Fahrt aufnehmen können, wenn das letzte Landebein eindeutig abgetrennt worden ist. Diese Toleranzsekunden entscheiden über das Schicksal der CREST. Sie muß nach dem Ausfall der ersten Teleskoptürme stabilisiert werden, oder wir kippen ab. Das gelingt nur mit Antigravfeldern. Wenn der unbekannte Gegner die Energiezufuhr unterbricht, oder die künstliche Schwerkraft seiner Station in schnellen Intervallen verändert, muß Ihre Anpassungsautomatik mit ungeheurer Präzision arbeiten. Ich hätte nie gedacht, daß ein paar angeklebte Auflageteller solche Probleme mit sich bringen könnten. Also, fangen wir an."

„Man lernt eben nie aus", brummte Hefrich vor sich hin. Kasom warf ihm seinen Funkhelm zu, drückte beide Daumen und reichte ihm dann ein gebratenes Hähnchen.

„Stärken Sie sich vorher. Dieser Bissen stammt aus meinem geheimen Notvorrat."

Hefrich griff wortlos zu und hakte ein Flügelende in seinen breiten Kombinationsgürtel.

Kasom wurde blaß.

„Eh – Sie essen doch gar keine Hähnchen. Hallo, warten Sie doch. Doktor – Sie werden doch nicht mein gutherziges Demonstrationsangebot ernst nehmen! Ein anständiger Mensch lehnt so etwas ab . . .!"

Hefrich verschwand grinsend hinter der Panzerpforte der Hauptschleuse.

„Das hatten Sie nicht gedacht, wie?" spöttelte ein Ingenieur. „Was denken Sie wohl, wie wir armen Hunde über diese USO-Wohltat herfallen werden? Auf solaren Schiffen gibt es meistens nur Synthesegrütze."

„Hefrich!" schrie der Gigant von Ertrus verzweifelt. „Das war mein letztes Hähnchen. Hefrich . . .!"

Der zweite Ingenieur kitzelte Melbar mit dem Zeigefinger unter dem Kinn.

„Kleines Schleckermäulchen. Du wirst es überleben."

Kasom holte aus. Der Zweite verschwand im Sprintertempo. Kasoms schauerliche Verwünschungen hörte er sogar noch jenseits der Panzertüren.

Niemand ahnte in diesen Augenblicken, daß dieser Zwischenfall, der für die Mentalität der Menschen so typisch war, einen Fremden erstarren ließ.

6.

Kalak hatte Atlans ersten Aufruf nicht gehört, weil er seine Wahrnehmungssinne blockiert hatte, um die Nachwirkungen des Paralysestreifschusses schneller überwinden zu können. Als er seine Wahrnehmungssinne wieder aktivierte, stellte er fest, daß das kleine Pelzwesen verschwunden war. Daraufhin hatte Kalak den Sockel wieder verlassen. Kalak hatte den vergeblichen Startversuch abgewartet und war dann bis zur Zentrale vorgedrungen. Durch die ständig eingeschaltete Rundrufanlage hatte er die dortige kurze Diskussion gehört. Er wagte es nicht, die Panzerwände zu durchschreiten. Drinnen stand sein gefährlichster Feind.

Zu dieser Zeit bot Kasom dem Chefingenieur das Hähnchen an. Kalaks Translator übersetzte den Begriff mit „eßbarer Flugfüßler".

Als Hefrich lachend aus der Zentrale kam und sein Zweiter Ingenieur vor dem erbosten Ertruser die Flucht ergriff, wußte der Paddler plötzlich, weshalb in diesem Schiff eine fremde Sprache gesprochen wurde. Er erkannte nun auch, weshalb die Maschinen teils veraltet, teils ultramodern und schließlich völlig fremdartig waren.

Kalak fühlte sich plötzlich wie betäubt. Welche Fehler hatte er begangen? Welche Schäden hatte das Schiff durch die gewagten Startversuche bereits davongetragen?

Kalak durchschritt das Äquatordeck und kam in einem Rundgang vor den Offizierskabinen heraus. Er betrat einen Raum und ließ sich auf ein Lager fallen.

Jene, die er suchte und die er haßte, wären niemals zu einem solchen Spaß fähig gewesen. Niemand unter ihnen wäre auf die Idee gekommen, in einer solchen Situation einem anderen Mann eine Delikatesse anzubieten, in der Hoffnung, man würde den Bissen höflichkeitshalber ablehnen. Das entsprach nicht ihrer Mentalität.

Kalak überlegte weiter, und er wurde ständig nervöser. Er erinnerte sich an die Meldungen des Zentralegehirns. Kurz nach seinem Erwachen hatte er kaum darauf geachtet. Der Haß hatte ihn blind gemacht.

Nun fiel ihm ein, daß die Besucher lachend und offenbar begeistert dem Schauspiel der Empfangsroboter zugesehen hatten.

Seit wann lachten „sie"? Seit wann waren „sie" überhaupt fähig, sich an einem solchen Theater zu erfreuen?

Kalak begann zu zittern.

Er hörte über die Rundrufanlage einige Befehle. Sie ließen ihn aufhorchen. Sein Respekt vor den Unbekannten wuchs ins Ungeheuerliche, als er die soeben eingeleiteten Maßnahmen begriff.

Sie wollten sich die Landestützen von einem angreifenden Verband kleiner Beiboote abschießen lassen. Niemand wußte besser als Kalak, welche technischen Probleme damit akut wurden. Bei einem Schiff von dieser Größe war es ein Wagnis ersten Ranges.

Kalak spürte das Fluidum, das von diesen Anweisungen ausging. Sie beinhalteten ein Abenteuer der Technik – und Kalak war ein Abenteurer der Technik.

Er sprang auf und hielt sich an der Wand fest. Sein roter Schalbart fluoreszierte im Licht der Deckenröhren.

Nach der nächsten Durchsage war der Paddler endgültig davon überzeugt, daß er einen Fehler begangen hatte. Die Besucher waren nicht identisch mit „jenen". Er hatte sich von seinem übermächtigen Haß zu unüberlegten Taten hinreißen lassen.

In diesen Augenblicken griff Atlan erneut zum Mikrophon und sprach seinen Rundruf an „Unbekannt" hinein.

Kalak lauschte aufmerksam. Sein Translator übersetzte jedes Wort.

„Wir kommen aus der benachbarten Galaxis. Setzen Sie sich mit uns in Verbindung."

Kalak legte sich wieder auf das Bett. Er war völlig verstört. Aus der benachbarten Galaxis! Er wußte, was das bedeutete.

Als er noch überlegte, hörte er die Durchsage eines Raumschiffkommandanten. Die Funkstation hatte auf die Eigenverständigung umgeschaltet. Jeder der fünftausend Männer sollte aus erster Quelle erfahren, was geschehen würde. Kalak ahnte nicht, daß die ständig mitlaufende Rundrufanlage ein Psychotrick des Haluters Icho Tolot war.

Das Phantom sollte hören, was an Bord geschah. Tolot hoffte immer noch auf eine Verständigung. Es konnte unter Umständen verkehrt sein, den Gegner so genau zu informieren; aber Tolot hatte sich dazu entschlossen, der Auswertung seines Planhirns zu folgen. Er nahm das Risiko in Kauf und hatte auch schon einen Plan bereit, wie die Landestützen anderweitig abgeschnitten werden konnten.

„Chef Erste Flottille an Perry Rhodan, Befehle verstanden", dröhnte eine Stimme aus den Lautsprechern. „Wir bereiten die Zieljustierung vor. Ich schalte um auf Automatikbeschuß."

„Rhodan an Flottillenchef: Greifen Sie mit fünf Korvetten aus Rot und Grün an. Koordinieren Sie Ihre Flughöhen, vermeiden Sie Kollisionen, Ende."

Kalak zögerte nicht länger und begab sich auf den Weg. Er durchschritt wieder Wände und Decken und paßte auf, daß er von dem gefährlichen Teleporter nicht erfaßt wurde.

Kalak wußte noch nicht, was er zu den Fremden sagen sollte. Er hatte sich unverantwortlich verhalten. Als er jedoch an die Reparaturen dachte, die er mit seinen Spezialrobotern ausführen würde – und zwar kostenlos! – verzog sich sein Gesicht zu einem strahlenden Lachen.

Er schritt schneller aus und ahnte nicht, daß seine aktivierte Gehirntätigkeit auf den Mausbiber wie eine Alarmglocke wirkte.

„Hierbleiben, Kleiner“, sagte Atlan scharf. „Spürst du ihn?“

„Er kommt näher“, flüsterte Gucky erregt.

„Absolutes Schußverbot“, durchdrang Rhodans Stimme die Stille. „Niemand rührt eine Waffe an. Oberst Rudo, halten Sie sich bereit, Redhorses Angriff abzublasen. Es muß schnell gehen. Warten Sie meinen Befehl ab.“

Gucky drehte sich langsam um und starrte auf eine Stelle der Panzerwand. Die Männer der Zentralebesatzung folgten seinem Blick.

„Vorsicht!“ sagte der Kleine. Der Laut klang in der eingetretenen Stille wie eine Explosion.

Kalak durchschritt drei Meter Terkonitstahl. Seine Gestalt schälte sich aus einer Dunstwolke heraus. Mit einem weiteren Schritt betrat er die Zentrale.

Atlan war nach vorn gegangen. Er war nur wenige Meter von der Materialisationsstelle entfernt.

Er erblickte einen schwarzhäutigen, quadratisch gebauten Mann mit einem feuerroten Bart, der als Schal um den Hals geschlungen war. Kalak erhob beide Hände.

„Es tut mir leid“, tönte es in bestem Interkosmo aus seinem Translator. „Wer ist Atlan? Sie?“

Der Arkonide trat noch weiter vor. Er lächelte plötzlich.

„Mir scheint, Sie haben uns mit anderen Leuten verwechselt.“

Kalak sah sich aufmerksam um. Er registrierte befriedigt, daß niemand eine Waffe in der Hand hielt. Als er Gucky sah, fuhr er zusammen.

„Sie sind stark, sehr stark“, sagte er. „Ich bin völlig überrascht worden. Wie machen Sie das?“

Gucky überwand die Strecke zu Kalak mit einem blitzschnellen Teleportersprung. Der Paddler blieb stehen und starrte auf den Mausbiber.

„Ich verstehe. Ich hätte gleich bemerken sollen, daß Sie nicht zu ‚jenen' gehören. Hallo, wie geht es Ihnen?"

Er grinste plötzlich und winkte.

„Eine Reparatur gefällig?" sagte Rhodan und kam ebenfalls auf den Paddler zu. Kalak lachte schallend.

„Billig und gut, diesmal sogar umsonst. Ihre Landebeine dürften nicht mehr ganz in Ordnung sein. Ich bin Kalak, der Eigentümer dieser Station. Mein Volk, Paddler genannt, durchstreifte seit Jahrtausenden diese Galaxis und bediente jedermann. Wir besaßen weit mehr als hunderttausend Werften, landwirtschaftliche Stationen, Bautrupps und Kolonisationsspezialisten. Wir haben alles gemacht, was es überhaupt zu machen gab. Dann wurden wir jenen, die wir *das Böse an sich* nennen, sehr unbequem. Man fürchtete plötzlich unsere Parafähigkeit, und damit wurden wir automatisch zum Tode verurteilt. Mein Volk wurde von ihren Hilfstruppen angegriffen und vernichtet."

Kalak machte eine kurze Pause, die Cart Rudo dazu nützte, den schon begonnenen Angriff Redhorses abzublasen.

Dann begann Kalak wieder zu sprechen. Er erzählte die Geschichte seines Volkes. Die Unbekannten, die er *das Böse an sich* nannte, waren zweifellos mit den Meistern der Insel identisch.

Kalak verschwieg jedoch die Tatsache, daß jene, die sein Volk angegriffen hatten, sowohl im Aussehen als auch in der Raumschiffkonstruktion verblüffende Ähnlichkeit mit den Terranern besaßen. Dieses Wissen wollte der Paddler noch nicht preisgeben. Deshalb schirmte er auch seine Gedanken soweit ab, daß sie telepathisch nicht erfaßt werden konnten, sondern nur unbestimmte Eindrücke und Empfindungen ausstrahlten. Die Besatzung der CREST hörte mit. Draußen landeten die Korvetten der Ersten Flottille. Das Zentralegehirn hatte neue Befehle erhalten. Es schickte einen weiteren Trupp Begrüßungsroboter nach oben.

Und Kalak erzählte. Es war die Geschichte eines großen Volkes, das nur aus dem Grunde vernichtet worden war, weil es parapsychisch begabt war.

„Jeder Paddler war ein Strukturläufer", erklärte Kalak. „Jene, die Sie Meister der Insel nennen, sind auch von uns niemals gefunden worden. Niemand im – wie sagten Sie? – ja, niemand im Andromedanebel weiß, wer sie sind. Es gibt Zehntausende raumfahrende Völker. Sie stehen zu den Beherrschern von Andromeda durchweg in einem sklavenähnlichen Abhängigkeitsverhältnis. Ich konnte mit meiner Station der Vernichtung entrinnen. Meine Besatzung ergriff mit einigen Schiffen die Flucht und wurde über dem Nubraton-System abgeschossen. Und nun sind Sie gekommen; tatsächlich Fremde. Sie werden es nicht leicht haben."

Kalak sah sich aufmerksam um. Anschließend machte er einen Vorschlag, der für ihn selbstverständlich war.

„Sie brauchen natürlich Stützpunkte. Ich stelle Ihnen KA-preiswert als fliegenden Hafen zur Verfügung. Meine eingelagerten Materialvorräte sind groß genug, um eine mittelstarke Flotte versorgen zu können. Ich verpflichte mich außerdem, Ihnen die besten kosmonautischen Unterlagen über Andromeda zu verschaffen, die es überhaupt gibt. Sie brauchen nicht mehr blind zu fliegen. Ist das ein Angebot?"

„Alter Gauner", knurrte Kasom auf Englisch. „Fragen Sie ihn einmal, was er dafür haben will."

Rhodan erkundigte sich.

„Was ich verlange? Nicht viel, obwohl ich sonst nicht zimperlich bin."

Kalak grinste und strich sich über den Bart.

„Ich brauche ein paar gute Schiffe. Vor achthundert Jahren habe ich einen Notruf auf unserer Frequenz empfangen. Es ist leicht möglich, daß es drüben im Nebel noch einige überlebende Paddler gibt. Die möchte ich finden. Meine Station ist für solche Flüge zu groß. Wollen Sie mir helfen, meine Leute zu suchen? Ich meine es aufrichtig."

Wenige Stunden später war das Bündnis mit Kalak perfekt. Die CREST III war für seine Pläne ausreichend.

Als der Paddler in den Tiefen seiner Station verschwunden war, um die Reparaturen an der CREST einzuleiten, meinte Atlan nachdenklich:

„Wenn ich diesem Mann zur Blütezeit seines Volkes begegnet wäre, hätte ich ihm keine Sekunde vertraut. Er ist ein Typ wie unsere galaktischen Springer, nur wesentlich fähiger. Nun befindet er sich in einer Notlage. Er ist allein, und er haßt! Dieser Haß wird die Triebfeder für seine zukünftigen Handlungen sein. Diese fliegende Werft ist für unser Vorhaben so wertvoll, daß man unter keinen Umständen auf sie verzichten sollte. Mir wäre es lieb, wenn Kalak noch einige Überlebende seines Volkes finden würde. Diese Intelligenzen scheinen erstklassige Ingenieure zu sein. Sie könnten für unsere Expedition von unschätzbarem Vorteil sein."

Rhodan nickte stumm und blickte nachdenklich auf den Panoramabildschirm. Ein Lichtermeer von Milliarden Sonnen funkelte von dort herab. Sie schienen zu locken, und doch steckte dieses Sternenmeer voller Gefahren und Drohungen.

7.

Leutnant Son Hunha brachte sich mit einigen grotesk anmutenden Sprüngen in Sicherheit, als ihn die Hitzewelle erreichte.

Baar Lun fing den strauchelnden Marsgeborenen auf und stellte ihn wieder auf die Füße. Dabei verzog er den breiten Mund zu einem Lächeln, das zart besaitete Gemüter in panisches Entsetzen getrieben hätte.

Baar Lun war keine Schönheit für terranische Begriffe. Obwohl äußerlich völlig humanoid, gab es doch einige markante Abweichungen. Die Haut des Moduls war albinotisch weiß. Auf dem breiten, nach hinten ausladenden Schädel saß ein farbloser Haarfleck gleich einer runden, eng anliegenden Kappe. Die Augenbrauen waren kaum zu sehen, sie wirkten wie hauchdünner, weicher Flaum. Das alles hätte als relativ unbedeutend gelten können, wenn der äußerst breite Mund mit der verdickten Unterlippe nicht gewesen wäre. Diese sogenannte Löffellippe konnte zur Nahrungsaufnahme weit vorgestülpt werden. Moduls hatten sich ehemals von den flüssigen Absonderungen der Pilzsümpfe auf Gleam ernährt. Die Meister der Insel verschleppten später einen Teil des Volkes im Zuge einer Präventivaktion zum Dunkelplaneten Modul. Baar Lun war der einzige Überlebende.

Son Hunha schnappte nach Luft. Seine weißblonden Haare waren zerzaust. Im Zustand höchster Erregung glich der Marsianer einem zornigen kleinen Zwerg.

Leider kannte Baar Lun den Leutnant noch nicht näher, sonst hätte er gewußt, daß der Schein trug. In Wirklichkeit erschrak Hunha nicht so leicht, er schauspielerte nur gern.

Die vorgetäuschte Erregung des Marsianers übertrug sich sofort auf Baar Lun. Er war so hypersensibel und leicht erregbar, wie es alle seines ausgestorbenen Volkes gewesen waren.

Mit zusammengekniffenen Augen musterte er die Quelle der Hitzestrahlung. Vor und über dem stumpfen Bug einer Moskito-Jet waberte die erhitzte Luft. Undefinierbare Geräusche drangen nach außen. Baar Lun warf einen Blick auf die Luftschleuse hinter dem Sitz des Orters und entdeckte die brennende Warnlampe. Sie bewies, daß die positronische Sicherheitsverriegelung aktiviert war – und sich folglich niemand innerhalb der Jet aufhalten konnte.

„Na warte, du ‚Feuerbart'!" grollte er. „Harmlose Leute zu erschrecken! Dir werde ich eine Lehre erteilen!"

Da er infolge seiner Erregung das Maaduuna, die Sprache der Moduls verwendete, konnte Son Hunha ihn nicht verstehen. Vielleicht hätte er ihn sonst zurückgehalten.

Baar Lun ging weiter auf die Hitzequelle zu. Als ihm der heiße Brodem den Atem zu verschlagen drohte, blieb er stehen und setzte seine Mutantenfähigkeit ein.

Er war Energie-Transformer, wie alle echten Moduls. Doch bei ihm war diese Fähigkeit weit stärker ausgebildet – und konnte vor allem differenziert angewendet werden. Darum hatten die Meister der Insel ihn erpreßt und zur Schaffung von Androidenmonstren und Energiesphären gezwungen.

Es kostete ihn dennoch erhebliche Anstrenung, die ausstrahlende Wärmeenergie in ein Element umzuwandeln, das in der Natur nicht ungebunden vorkommt. Aber er brauchte nicht viel davon. Ihm genügte es, wenn er unmittelbar an der Hitzequelle einige Kubikmeter Chlorgas entstehen lassen konnte. Den Rest der Energie wandelte er in reinen Sauerstoff um.

Die Geräusche im Bug der Moskito-Jet brachen schlagartig ab.

Wenige Augenblicke später schwebte eine farblose Gaswolke aus der Terkonitstahl-Wandung der Maschine – eine Gaswolke, die sich im Bruchteil einer Sekunde zusammenzog und zu einem entfernt menschenähnlichen Wesen wurde.

Das Wesen krümmte und bog sich, ächzte und stöhnte und röchelte, als müsse es ersticken. Aus den unzähligen Taschen und Täschchen seines blütenweißen Kunststoffoveralls glitten blanke Präzisionswerkzeuge und schlitterten über den Boden des Hangars.

Nach etwa einer Minute schien sich das Wesen zu beruhigen. Man konnte seine seltsame Gestalt deutlicher erkennen, etwa anderthalb Meter hoch – und ebenso breit. Von der tiefschwarzen Haut des menschlichen Gesichts hob sich der feuerrote, lange Bart ab, der in der Mitte geteilt und im Nacken verknotet war.

Die Augen des Wesens waren schreckhaft aufgerissen. Der Atem ging keuchend.

Leutnant Son Hunha, der beim Erscheinen der klobigen Gestalt in lautes Gelächter ausgebrochen war, verstummte. Mit katzenartigen Schritten trat er an Baar Lun heran und riß ihn an der Schulter zu sich herum.

„Beim Deimos! Was haben Sie mit Kalak angestellt?“

Der Modul verstand jedes Wort. Eine intensive Hypnoschulung hatte ihm sowohl die terranische Hochsprache wie auch Interkosmo vermittelt, und Hunha hatte Interkosmo gesprochen.

Baar Lun zog die dünnen Augenbrauen hoch.

„Er hatte Sie doch beinahe zu Tode erschreckt, oder nicht?“ fragte er zurück. Seine Lippen zogen sich auseinander und ließen die zahnlosen Kieferleisten sehen. „Dafür, daß er Sie nicht warnte, hat der Paddler eine . . . wie sagt man doch? . . . Gedenkfolie verdient.“

„Sie meinen einen Denkzettel!“ knurrte der Marsianer. „Hoffentlich haben Sie keinen Schaden angerichtet.“

Der Modul grinste noch breiter.

„Sie unterschätzen meine geistigen Fähigkeiten. Die erzeugte Menge Chlorgas war genau bemessen und ihre Konzentration in dem ebenfalls erzeugten Sauerstoff so minimal, daß sie Kalaks Schleimhäute nur reizte, aber nicht verletzte. Wenn er Angst hat, kann er ja in die Küche gehen und Wasserdampf einatmen, das hilft. Ein kräftiger Schluck Alkohol tut . . .“

„Scheusal!“ kreischte Kalak auf Interkosmo. „Er will mich zum Alkoholiker machen!“ wandte er sich klagend an Son Hunha. „Dieser Giftmischer!“

Der Marsianer ließ Baar Lun los. Er zwinkerte dem Modul amüsiert zu. Dann ging er zu Kalak, packte dessen gepflegten Bart und wischte ihm damit den Speichel von den Lippen.

„Sie haben eine sehr feuchte Aussprache, wie?“ bemerkte er.

Der Kosmische Ingenieur und Eigentümer der Werftplattform KA-preiswert reagierte nicht darauf. Er starrte mit rollenden Augen auf den beschmutzten Bart, das Zeichen seiner Zunft. Dann blickte er hoch, und es sah so aus, als wolle er sich auf den Leutnant stürzen. Anscheinend siegte jedoch die Einsicht, daß er selbst der Urheber des Ärgers war, denn er wandte sich mit grotesker Würde um, sammelte sein Werkzeug ein und verschwand wieder durch die Wandung der Moskito-Jet.

Eine Weile war Stille.

Dann erschien der Paddler erneut, sein Bart war gesäubert.

„Ich möchte Sie darauf hinweisen, daß ich jetzt meine Arbeit fortsetze“, sagte er förmlich.

Er verschwand, wie er aufgetaucht war, durch die Terkonithülle.

Paddler waren, wie inzwischen jedermann auf der CREST wußte, Strukturläufer. Sie konnten die Moleküle ihres Körperaufbaus völlig lösen und somit in jede Materie eindringen. Sie vermochten noch mehr! Bei Reparaturarbeiten konnten sie beschädigte Maschinenteile aus hermetisch verschlossenen Räumen herausbringen, falls diese Teile nicht größer waren als das Dreifache ihrer eigenen Körpermasse. Bei dieser Strukturumwandlung entstand eine für Menschen kaum erträgliche Hitze – und diese war es gewesen, die den Marsianer aus der unmittelbaren Nähe des Zweimann-Jägers vertrieben hatte.

Leutnant Son Hunha räusperte sich.

„Ich stelle fest, Ihre ‚Kur' hat bereits angeschlagen", sagte er zu Baar Lun. „Wenn aus Kalak ein zivilisierter ‚Mensch' werden sollte, so ist das Ihr Verdienst."

Der Modul verbeugte sich steif. Er war wieder ganz der stolze Nachkomme des ehemals herrschenden Lun-Klans.

„Ich helfe, wo ich kann", sagte er bescheiden und schritt davon.

Son Hunha warf noch einen mißtrauischen Blick auf die Moskito-Jet. Dann ging er vorsichtig um die Maschine herum auf den nächsten Liftschacht zu.

Baar Lun winkte leger, als er aus dem Hauptlift unmittelbar die Kommandozentrale der CREST III betrat.

Perry Rhodan winkte ebenso zurück.

Er saß gemeinsam mit Cart Rudo, Atlan, Melbar Kasom, John Marshall und Kalak, der erst kurz zuvor hier eingetroffen war, am großen Kartentisch und blickte dem Modul freundlich entgegen.

Der Modul galt weder als Angehöriger der Raumflotte noch als Mitglied des Mutantenkorps. Er war offiziell Gast des Großadministrators – und ein wertvoller Freund des Solaren Imperiums.

„Wie geht es Ihnen?" fragte Rhodan, und er meinte es nicht nur als Floskel, auf die man keine Antwort erwartet.

Baar Lun lehnte sich gegen den rund um die Säule des Antigravs verlaufenden Kartentisch und stützte sich mit einer Hand auf.

„Oh, gut ... den Umständen entsprechend." Als Rhodan ihn fragend ansah, fuhr er lächelnd fort: „Ihre Physiologen und Chemiker geben sich wirklich die größte Mühe, eine flüssige Synthesenahrung nach meinen Bedürfnissen zu entwickeln." Er schüttelte den Kopf. „Dennoch scheint etwas zu fehlen ..."

Auf Rhodans Gesicht spiegelte sich Verwunderung.

„Das verstehe ich nicht. Haben Sie das den Leuten schon gesagt?"

Baar Luns Gesicht wurde sehr ernst. In seinen Augen tauchte ein kurzes Flackern auf und erlosch wieder.

„Man ist der Meinung, daß die Syntheseanlage auf Modul lebendes Urplasma als Basis meiner Kunstnahrung verwendete." Er winkte ab, als Perry Rhodan betroffen hochfuhr. „Ich war ebenso entsetzt wie Sie, als ich das hörte, glauben Sie mir. Aber im Grunde genommen ist das noch das Harmloseste, was die Meister mit meinem Volk und mir gemacht haben."

Melbar Kasom beugte sich über den Tisch.

„Wie wäre es, wenn Sie es einmal mit Truthahn versuchen würden oder mit Rauchschinken von ertrusischen Mastschweinen ...?"

Der Modul bewies, daß er sich in den vergangenen Monaten ausgezeichnet akklimatisiert hatte. Er grinste ausgesprochen zynisch.

„Niemand verlangt von Ihnen, daß Sie sich räuchern lassen, Kasom." Er räusperte sich und blinzelte dem empörten Riesen beschwichtigend zu. Dann öffnete er den Mund: „Haben Sie darüber nachgedacht, womit ich festes Fleisch kauen soll? Nein, dieser Ausweg ist mir versperrt. Aber ich habe heute etwas anderes ausprobiert: zwei Liter kräftige Rinderbrühe mit Gemüsemark und zehn Eigelb. Es fragt sich nur, ob ich das auf die Dauer durchführen kann. Major Bernard sah mich an, als hätte ich sein Gehirn als Nachspeise verlangt."

Beinahe feierlich stand Melbar Kasom auf, trat auf den Modul zu und klopfte ihm auf die Schulter, daß Lun in die Knie ging. Danach schlug der Ertruser sich gegen die Brust.

„Niemand kann Ihnen Ihren Schmerz so nachfühlen wie ich, mein Freund. Von heute ab sind wir Verbündete!"

Er streckte die Hand aus. Aber Baar Lun, durch schlechte Erfahrung gewarnt, zog sich hastig zwei Schritte zurück.

„Nein, mit Ihnen verbünde ich mich nicht", erklärte er trocken. „Jedenfalls nicht in diesem speziellen Fall. Major Bernard könnte sonst auf die Idee kommen, mir die Hälfte unseres gemeinsamen Verbrauchs anzuschreiben."

Perry Rhodan hatte den scherzhaften Disput mit nachsichtigem Lächeln verfolgt. Doch als Kasom zu einer neuen Rede ansetzen wollte, winkte er energisch ab.

„Wir kommen vom Thema ab, Kasom." Er nickte Baar Lun auffordernd zu und wies mit der Hand auf einen freien Sessel. Als der Modul saß, lehnte Perry Rhodan sich zurück und sagte langsam und betont: „Kalak hat mich soeben darüber informiert, daß die erforderlichen Reparaturarbeiten an der CREST III abgeschlossen sind. Es wird also Zeit, daß wir uns unserem nächsten Ziel zuwenden. Wie Ihnen bereits bekannt ist, hat uns Kalak gebeten, ihm bei der Suche nach Angehörigen seines Volkes behilflich zu sein. Atlan und ich sehen keinen Grund, dieser Bitte nicht nachzukommen. Kalak wird uns jetzt nähere Einzelheiten mitteilen."

Rhodan lehnte sich zurück und blickte auffordernd den Kosmischen Ingenieur an.

Kalaks schwarzes Gesicht glänzte, als wäre es eingefettet. Anscheinend war das eine Folge der Erregung, in der sich der Kosmische Ingenieur befand.

„Über die vor achthundert Jahren Ihrer Zeitrechnung aufgefangenen Notfunksprüche hatte ich schon mehrfach gesprochen", erklärte er hastig. „Was ich noch nicht erwähnte, ist, daß die Auswertung der Sprüche mir eine ziemlich genaue Positionsbestimmung erlaubte. Demnach hat mindestens eine Werftplattform auf einem der Planeten einer grünen Sonne Zuflucht gefunden. Ich besitze ausgezeichnete Karten und habe die Position der grünen Sonne genau bestimmen können. Sie befindet sich in einer Dunkelwolke, die nach Ihrem Maßstab etwa dreitausend Lichtjahre lang und zweitausend Lichtjahre hoch ist. Die Dunkelwolke besteht aus kosmischer Mikromaterie, wie sie überall vorkommt. Von hier aus gesehen, steht die grüne Sonne in etwa zwölftausendsiebenhundert Lichtjahren Entfernung. Diese Strecke dürfte sich schnell überwinden lassen."

„Im blinden Linearflug", wandte John Marshall ein, der in den Gedanken des Paddlers gelesen hatte.

Kalak meinte verärgert:

„Selbstverständlich gibt es einige navigatorische Schwierigkeiten. Aber ich habe mir die technische Einrichtung Ihres Schiffes genau angesehen. Wenn Sie sich das Ultraschlachtschiff nicht durch den Nebelsektor zu steuern wagen, dann werde ich es tun."

„Falls Sie mit unserer komplizierten Maschinerie zurechtkommen", grollte Cart Rudo beleidigt.

Kalak winkte lebhaft ab.

„Jeder Kosmische Ingenieur käme mit einer solchen Anlage zurecht. Ich traue mir zu, als Pilot und Navigator gleichzeitig zu fungieren – ohne Vorbereitungszeit, wenn Sie wollen."

„Ich glaube, er könnte es wirklich, Sir", meinte Marshall.

„Das ist aber nicht notwendig", sagte Rhodan.

„Natürlich nicht!" bestätigte der Epsaler grollend. „Was Kalak kann, können wir schon lange."

Er wandte sich dem Großadministrator zu.

„Wir sollten es wagen, Sir."

Rhodan nickte.

„Noch eine Frage, Kalak. Es ist Ihnen ja klar, daß KA-preiswert solange relativ wertlos für uns ist, wie das Personal nur aus Ihnen und einigen Robotern besteht. Andererseits sind achthundert Jahre seit dem Empfang der Geheimfunksprüche vergangen. Wird die Besatzung der geflohenen Plattform nicht längst in die Primitivität zurückgefallen sein, falls sie auf einem unwirtlichen Planeten landete?"

„Das glaube ich nicht. Sie wissen, daß mein Volk mit vierhundert Jahren durchschnittlicher Lebenserwartung äußerst langlebig ist. Demnach lebt am Zufluchtsort noch ein Teil der zweiten Generation neben der dritten, jüngsten Generation. Wir Kosmischen Ingenieure waren stets sehr stolz auf unser Wissen und unsere Fähigkeiten. Das alles ist ganz sicher von der alten Generation weitergegeben worden – und es kann noch nicht vergessen worden sein."

Perry Rhodan sah seine Männer der Reihe nach an. Er erkannte, daß sie einer Meinung mit ihm waren. Die Kosmischen Ingenieure, beziehungsweise ihre Nachkommen, mußten gerettet werden. Danach stellte KA-preiswert den wertvollsten terranischen Stützpunkt inmitten des Andromedanebels dar.

Perry Rhodan wandte sich zur Uhr und lächelte.

„Morgen früh – nach terranischer Zeitrechnung – gegen neun Uhr starten wir. – Sind noch irgendwelche Fragen, meine Herren?"

Es gab keine Fragen mehr.

Die Fragen würden erst auftauchen, wenn man tiefer in den Andromedanebel eingedrungen war . . .

8.

Zehn Lichtstunden voraus dräute ein schwarzes, sternschluckendes Ungeheuer: die Dunkelwolke.

Die CREST III war vor fünf Stunden von KA-preiswert gestartet und hatte sich vorsichtig dem von Kalak angegebenen Ziel genähert. Vor wenigen Minuten war die letzte Linearetappe beendet worden. Die CREST befand sich unmittelbar vor ihrem Ziel.

Sie hatten die Dunkelwolke Hades getauft, bevor sie aus dem Linearraum aufgetaucht waren. Nun, da sie den gigantischen Nebelsektor unmittelbar vor sich sahen, ahnten sie, wie treffend der Name gewählt war.

Hatte dieser Sektor aus großer Entfernung nur wie eine Lücke im hellen Sterngewimmel Andromedas gewirkt, so lag die Dunkelwolke nun gleich einer drohend erhobenen schwarzen Faust vor dem Schiff. Die Ränder strahlten im Licht der äußeren Sterne gleißend wie eine im Atomfeuer leuchtende Todeszone. Doch in Wirklichkeit ging die Gefahr nicht von diesem hellen Streifen aus, sondern von der geballten Dunkelheit dahinter. Nur wenige Sterne strahlten hindurch. Infolge eines Vorganges, den man selektive Absorption nannte, erschienen die Sterne rötlich gefärbt.

Dichte und physikalischer Zustand der Dunkelwolke wurden gemessen und ausgewertet. Perry Rhodan und Cart Rudo sahen sich mit blassen Gesichtern an, als die Auswertung eintraf. Sie erkannten, daß Hades keine gewöhnliche Dunkelwolke war, wie man sie auch in schichtförmiger Verteilung in der heimatlichen Milchstraßenebene fand. Hades absorbierte von dem Licht der dahinterliegenden Sterne und der leuchtenden interstellaren Materie durchschnittlich fünf Größenklassen. Das entsprach einer Materiedichte, wie sie normalerweise nur bei Globulen – der ersten Entwicklungsstufe von in der Entstehung begriffenen Sternen – auftrat. Damit war Hades' Dichte etwa hunderttausendmal größer als die Dichte der durchschnittlichen interstellaren staubförmigen Materie.

Das hatte niemand erwartet.

Perry Rhodan bat Kalak zu sich. Der Kosmische Ingenieur schien die Schwierigkeiten vorausgesehen zu haben, denn er brachte seine Sternkarten mit.

„Wie sollen wir in diesem Staubnebel Ihren Stern finden?“ fragte Rhodan vorwurfsvoll. „Ich schätze, daß wir uns innerhalb des Normalraums nur mit höchstens zehn Prozent der Lichtgeschwindigkeit bewegen können.“

„Das stimmt mit meiner Schätzung überein.“ Kalak ließ sich offenbar durch nichts aus der Ruhe bringen. „Aber wir benutzen ja den Linearraum. Ich nehme nicht an, daß Sie Tausende von Jahren mit einem Zehntel LG dahinschleichen wollen . . .!“

„Allerdings nicht!“ bemerkte Cart Rudo mit beißendem Sarkasmus. „Sie brauchen uns nur die genauen Positionen aller Sonnen zu sagen, die auf unserem Kurs liegen. Ich möchte nämlich nicht gern durch eine Sonne hindurchfliegen – auch nicht im Linearraum. Und außer leuchtenden Sternen mag es hier Hunderte von erkalteten und dunklen Sonnen geben . . .“

„Ein gewisses Risiko müssen wir auf uns nehmen“, gab Kalak zu. „Ich gestehe, daß meine Sternkarten nicht alle Sonnen anführen.“

Oberst Rudo lachte grimmig.

„Das hätten Sie vorher sagen sollen!"

„Hätte das etwas geändert?"

„Nein!" gestand Perry Rhodan. „Das hätte nichts geändert. Immerhin haben wir nur den Schwierigkeitsgrad normaler Dunkelwolken einkalkuliert. Leider ist die Materiedichte innerhalb Hades zehn hoch fünf mal stärker. Wissen Sie, was das bedeutet? Cart Rudo wird die CREST blind durch den Linearraum steuern müssen. Nur besonders stark leuchtende Sonnen können uns zur Peilung dienen. Und ausgerechnet auf dem geraden Kurs zum Zielgebiet scheinen sich nur schwach leuchtende Sterne zu befinden." Er schob dem Paddler einige Aufnahmen des Bordobservatoriums zu. „Sehen Sie sich das an! Vor uns liegt nur Staub und Gas. Es grenzt an Selbstmord, mit vielfacher Lichtgeschwindigkeit dort hineinzustoßen."

„Sie müssen genügend Orientierungsmanöver einplanen", sagte Kalak.

„Entsprechende Berechnungen werden zur Zeit durchgeführt", antwortete Oberst Rudo. Der massige Epsaler verzog das Gesicht. „Ich habe die Verantwortung für das Schiff. Was glauben Sie, wie ich unter diesen Umständen die Eintauchmanöver durchführen werde? Mit einem solchen Fahrtminimum, daß wir Tage vergeuden. Ich kann es nicht riskieren, mit zu hoher Fahrt in den Normalraum einzutauchen. Auch unsere Schutzschirme sind nicht unüberwindlich."

Zum erstenmal zeigte der Kosmische Ingenieur Unsicherheit.

„Ich wollte, meine Sternkataloge umfaßten auch die Dunkelwolken vollständig. Aber wahrscheinlich wissen Sie aus eigener Erfahrung, wie schwierig die Kartographierung solcher Sektoren ist. Man kann praktisch nur das Gebiet vermessen, das in unmittelbarer Kursnähe liegt. Tausende von Schiffen würden unter diesen Bedingungen Jahrhunderte brauchen, um eine Dunkelwolke wie Hades genau zu erforschen."

„Nun, das wird auch der Grund dafür sein, daß Ihre ‚Kollegen' sich erfolgreich vor den Flotten der Meister der Insel verbergen konnten." Perry Rhodan lächelte gequält.

Er wandte sich Oberst Rudo zu.

„Ich fürchte, es wird Ihnen nichts anderes übrigbleiben, als den Kampf mit Hades aufzunehmen, Rudo . . ."

Die CREST III war von einer Aureole lohender Gluten umhüllt.

Nichts konnte die Relativität der Unverwundbarkeit besser beweisen als diese Höllenfahrt durch die Randbezirke von Hades. Dennoch, das Ultraschlachtschiff vermochte mit seinem neuartigen HÜ-Schirm allen bisher bekannten Waffen zu widerstehen. Darunter auch den gefürchteten Konverterkanonen der Maahks. Man war zwar nicht in der Lage, Konverterkanonen nachzubauen, aber man kannte die Wirkungsweise dieser Waffe und konnte sich nun durch den HÜ-Schirm dagegen schützen. Dabei handelte es sich um fünfdimensionale stabile Feldeinheiten mit einer instabilen Librations-Überladungszone. Diese Überladungszone bewirkte einen Effekt, der dem energetischen Zustand des Zwischenraums zwischen der vierten und der fünften Dimension vergleichbar war. Deshalb stellten die grünen Schutzschirme der Maahks die Terraner anfänglich vor ein schier unlösbares Problem. Sie waren selbst für Transformbeschuß, sofern es sich nicht um ein massives Punktfeuer gehandelt hatte, undurchdringbar gewesen – bis man, dank der wertvollen Hilfe von Grek-1, ihre energetische Struktur enträtselt hatte.

Seitdem hatte die terranische Forschung Zug um Zug ihren Rückstand aufgeholt – und schließlich die Technologie der Methans überflügelt. Nicht nur, daß man nun mit umgepolten Transformkanonen die Maahks-Schutzschirme zu durchdringen vermochte – man fand bald heraus, daß die Maahks etwas übersehen hatten. Die Librations-Überladungszone erreichte nicht den maximal möglichen Wirkungsgrad. Nach planmäßiger, angestrengter Forschungs- und Entwicklungsarbeit war der terranischen Wissenschaft ein Triumph beschieden gewesen.

Die CREST III und ihre Beiboote waren durch den HÜ-Schirm auch innerhalb des Normalraums fast so unverwundbar wie im schützenden Linearraum.

Fast . . .

Menschenwerk verfügte nicht über die unerschöpflichen Energiereserven wie die Natur. Die stärksten Waffen intelligenter Lebewesen verblaßten zu einem Nichts gegenüber den Kraftreserven naturgegebener Bedingungen und der ewigen Gültigkeit ihrer Gesetze.

Perry Rhodan hatte es gewußt. Er war sich stets über die relative Nichtigkeit menschlicher Macht gegenüber dem allmächtigen Universum im klaren gewesen.

Und doch erschütterte ihn die Konfrontierung mit den Tatsachen zutiefst.

Mit einer Geschwindigkeit, die noch unter zehn Prozent der Lichtgeschwindigkeit lag, drang die CREST III in die Dunkelwolke Hades ein. Innerhalb der relativen Leere des interstellaren Raumes wäre der Widerstand der fein verteilten Gase und des Staubes vernachlässigbar gering gewesen. Die hunderttausendfach stärkere Konzentration der gigantischen Staubwolke erfuhr bei zehn Prozent LG bereits eine nahezu tödliche Relativverdichtung.

Sobald das Ultraschlachtschiff die Geschwindigkeit über zehn Prozent LG erhöhte, wirkte der Staub wie eine massive Mauer. Wäre es nur eine Mauer im Sinne menschlichen Denkens gewesen, die CREST III hätte sie unbeschadet durchstoßen. Aber die Mauer von Hades war zu dick für einen Durchstoß. An den Energien des Schiffsgiganten gemessen, war sie unendlich ...

Die Besatzung bereitete sich auf das erste Linearraummanöver vor.

Es gab keinen Menschen an Bord, der das Risiko nicht kannte. Sie alle waren ausgesuchte, sorgfältig geschulte Spezialisten. Aber sie waren auch Menschen, die alles für ihre Menschheit geben würden. Sie vermochten die Angst zu überwinden, wenn sie von der Notwendigkeit einer bestimmten Maßnahme überzeugt waren. Und sie hatten sie bereits überwunden, bevor die Schutzschirme ihres Schiffes sonnenhell aufglühten.

Auf Rhodans Lippen stahl sich ein sieghaftes Lächeln, als ihm diese Tatsache bewußt wurde. Was bedeuteten schon Naturgewalten gegenüber dem bewußten Willen des Menschen? Die materielle Überlegenheit urgewaltiger Energien konnte niemals besiegt werden – wohl aber vermochte die Zähigkeit und Zielstrebigkeit denkender Wesen sie zu überlisten. Manchmal hatte er sich gefragt, ob das im Sinne der Schöpfung läge. Auch ein Perry Rhodan konnte zweifeln. Doch stets in jenen Augenblicken tröstete ihn die Gewißheit, daß auch der denkende Mensch zur Schöpfung gehörte – und daß er eine Aufgabe hatte, die ihn weit über die bloße Erhaltung seiner Existenz hinaus führen mußte ...

Das Universum schien zu erlöschen, als die CREST III im Linearraum verschwand. Wie gebannt starrten die Männer in der Zentrale auf den Reliefschirm. Er diente bei Linearflügen als einzige Orientierungsmöglichkeit. Praktisch konnte man im Linearflug millionenfache Lichtgeschwindigkeit erreichen, da das Ziel niemals aus den Peiltastern verschwand.

Aber diesmal blieb das „Fenster zum Normalraum“ dunkel.

Mit zehntausendfacher Lichtgeschwindigkeit schoß der Schiffsgigant durch die Librationszone zwischen den Kontinua.

Nach einer Strecke von zweihundert Lichtjahren sollte der erste

Orientierungsaustritt erfolgen. Niemand wußte besser als Perry Rhodan, welches Wagnis sie damit eingingen. Sie befanden sich in der Lage eines Menschen, der in völliger Dunkelheit von einer Mauer springt und dabei hofft, auf weichem Boden zu landen.

Ebensogut konnte er auf harten Fels prallen ...

Ganz stimmte dieser Vergleich nicht. Es blieb nicht völlig finster. Von Zeit zu Zeit tauchte in einer Ecke des Reliefschirmes eine schwach leuchtende Scheibe umrißhaft auf. Doch das geschah äußerst selten und nur dann, wenn die CREST III in wenigen Lichtjahren Abstand eine besonders hell strahlende Sonne passierte.

Mit klopfenden Herzen warteten die Menschen im Schiff darauf, daß eine leuchtende Scheibe genau in Fahrtrichtung erschien. Dann würde es zu spät sein für ein Ausweichmanöver. Dann würde die CREST III in eine Sonne hineinfliegen. Das brauchte nicht unbedingt den Untergang zu bedeuten. Auch eine Gewehrkugel verglühte nicht, wenn sie mit großer Wucht einen kleinen Behälter mit flüssigem Erz durchschlug. Aber es würde schwierig sein, ein Mitreißen von Sonnenmasse zu vermeiden oder sich gar wieder daraus zu befreien. Ein Fall war bekannt, in dem dies geschehen war: der Testflug des ersten Linearraumschiffes der Erde, des in die Geschichte eingegangenen Forschungskreuzers FANTASY.

Die zweite Gefahr wurde nicht mehr erwähnt, weil sie ohnehin den unabwendbaren Untergang mit sich bringen würde. Das war, wenn die CREST III beim Orientierungsaustritt auf einen Dunkelstern prallte, einen Himmelskörper, der infolge der Materiedichte nicht rechtzeitig geortet werden konnte.

Nach einem Blick auf den Zeitmesser wandte Oberst Cart Rudo sich zu Perry Rhodan um.

Der Epsaler war bekannt dafür, daß er die Ruhe nicht verlor. Er wirkte auch diesmal beherrscht. Nur das Netz feiner Schweißperlen auf seinem Gesicht redete eine andere Sprache.

„Dreißig Sekunden bis zum 0-Austritt!" Seine Stimme dröhnte ausnehmend schwach, aber sie dröhnte noch immer.

Rhodan nickte mit zusammengepreßten Lippen. Was hätte er auch sagen sollen!

Unbarmherzig verrannen die letzten Sekunden. Waren es die letzten Sekunden bis zur Ewigkeit ...?

Jetzt!

Grelles Feuer blendete Rhodans Augen. Er hielt den Atem an und wartete ...

Es gab keine Möglichkeiten der Ortung mehr. Um zwei Prozent hatte die CREST III die erlaubten zehn Prozent LG überschritten. So etwas ließ sich beim Übergang vom Linear- zum Normalraum nicht ganz vermeiden. Aber diese geringe Abweichung brachte den Ultragiganten an den Rand einer Katastrophe.

Die Schutzschirme wurden durch den konstanten Aufprall auf die Staubmauer bis zur Grenze ihrer Kapazität belastet. Dennoch zuckten die violetten Blitze gefährlicher Strukturrisse unaufhörlich durch die energetische Hülle. Zweimal dröhnte die Schiffszelle gleich einer angeschlagenen riesigen Glocke. Zweimal schlugen kinetische Energien vom Schutzschirm gegen die Schiffswandung. Der Schnellverschluß eines Moskito-Hangars wurde wie Stanniolpapier zusammengeknüllt und von der entweichenden Atmosphäre hinausgeschleudert. Nur die gravitomagnetischen Halterungen verhinderten, daß der Zweimann-Jäger den gleichen Weg ging.

Dann war es vorüber.

Cart Rudo hatte sofort nach dem Orientierungsaustritt mit vollen Schubwerten verzögert. Die Schutzschirme stabilisierten sich, und das schrille Pfeifen des Überlastungsalarms verstummte.

Kalaks schwarzes Gesicht hatte eine ins Graue gehende Tönung angenommen. Der Kosmische Ingenieur war infolge seines Wissens nicht in der Lage gewesen, den hohen Grad der Gefährdung vor sich selbst zu verharmlosen.

Oberst Rudo sah es und begann, schadenfroh zu grinsen.

„Gewöhnen Sie sich an solche Zwischenfälle“, riet er kaltschnäuzig. „Wir haben schon öfters an der Schwelle des Todes gestanden.“

„Das mache ich nicht noch einmal mit!“ rief Kalak erregt.

„Oh, doch!“ widersprach Cart Rudo. „Bevor wir Ihre grüne Sonne erreichen, werden wir noch etwa zehnmal das Vergnügen haben.“

Perry Rhodan räusperte sich durchdringend.

„Wir sollten unsere Gedanken nicht an unabwendbare Gegebenheiten verschwenden, Oberst. Zwischenfälle wie jetzt werden immer wieder vorkommen. Etwas anderes erscheint mir wichtiger: daß wir uns auf die Ortung konzentrieren. Ich kann mir vorstellen, daß es auch innerhalb Hades fremde Raumschiffe gibt . . .“

„Verzeihung, Sir“, sagte der Epsaler. Hastig griff er nach dem Mikrophon des Interkoms und ließ sich mit der Ortungszentrale verbinden. Gleich darauf prasselte ein Donnerwetter auf den Chef der O-Zentrale hernieder, weil noch keine vollständige Auswertung der erzielten Ortungsergebnisse vorlag.

Eine halbe Minute später ging die Auswertung ein.

Die Ortungsgeräte hatten so gut oder vielmehr so schlecht gearbeitet, wie es innerhalb einer extrem dichten Dunkelwolke zu erwarten gewesen war. Die normal lichtschnellen Tasterimpulse lieferten lediglich ein verwirrendes Muster vager körniger Schatten. Nur die Hypertaster brachten ein einigermaßen klares Bild auf die Schirme. Aber sie vermochten nur Ausschnitte der Umgebung zu erfassen. Ein eigentümlicher Effekt trat auf: die sogenannten toten Zonen, wie sie für den Kurzwellenverkehr auf einem Planeten typisch waren. Die Staubmassen schienen die Struktur des Hyperraums selbst zu beeinflussen. Anders war das neunzigprozentige Versagen der Hypertaster nicht zu erklären.

Perry Rhodan überflog die Auswertung. Äußerlich völlig ruhig schob er Cart Rudo einen der Diagrammstreifen zu.

Der Epsaler warf einen kurzen Blick darauf – und erstarrte.

„Nun...?“ fragte Rhodan.

„Typische Ortungskurve für ein größeres Raumschiff, Sir. Unsere Taster müssen es erreicht haben, als es kurz vor dem Eintritt in den Zwischenraum stand. Es wurde nur für zweieinhalb Sekunden angemessen, dann verschwand es wieder.“

„Unser Glück!“ sagte Rhodan. „Wir können uns keine Verwicklungen leisten, erst recht nicht hier, wo wir die Kräfte unseres Schiffes nicht voll ausspielen können.“

Er wandte sich um und blickte in das Gesicht Atlans. Der Arkonide war von seinem Platz aufgestanden und hatte sich genähert. Er lächelte verzerrt.

„Die Ungewißheit ist das schlimmste, Perry. Wer will uns sagen, ob wir nicht längst von anderen Schiffen geortet worden sind. Die Fremden befinden sich vielleicht gerade in einer für unsere Hypertaster toten Zone, das gleiche braucht umgekehrt nicht zuzutreffen.“

„Wir könnten nichts daran ändern, nicht wahr, Atlan?“ erklärte Rhodan. „Folglich dürfen wir uns durch solche Möglichkeiten nicht abschrecken lassen. Oder sollten wir deswegen aufgeben?“

Der Arkonide verzog das Gesicht, als hätte er in einen sauren Apfel gebissen.

„Als ob ihr Terraner jemals vor Schwierigkeiten zurückgeschreckt wäret! Es ist sinnlos, dir in dieser Hinsicht Ratschläge erteilen zu wollen. Außerdem...“, er lächelte müde, „...finde ich selbst, wir sollten es durchstehen. Wie ich dich kenne, wird Hades nur die erste Hürde in Andromeda sein, die du zu überspringen gedenkst.“

Rhodan lachte trocken.

„Du hast es erraten. – Rudo, lassen Sie das nächste Linearraummanöver anlaufen!“

Der Epsaler wandte sich seinem Kontrollpult zu. Er brüllte seine Anweisungen in die Mikrophone, als gelte es, einen Wettkampf zu gewinnen.

Zehn Minuten später stieß der Schiffskoloß erneut in die Librationszone vor.

9.

Ollok ließ die Waffe sinken und konzentrierte sich auf seine Parafähigkeit. Wie aus weiter Ferne vernahm er die Geräusche, die von den Botas ausgingen. Er löste sich in molekularen Nebel auf und glitt in die Wand.

Das Ungeheuer, das gleich darauf den mit stechenden Dämpfen und Qualm angefüllten Raum betrat, bemerkte nichts mehr von Ollok. Schwerfällig tapste es vorwärts. Die Kontaktalgen hingen gleich zottigen Fellsträhnen an seinem monströsen Körper.

Das Ungeheuer stieß einen miauenden Laut aus. Links und rechts von ihm begannen schlangenähnliche „Dinger“ in den Raum zu kriechen. Sie schnellten sich ruckartig vorwärts, klatschten gegen die Wände und die Aggregate der Nebenschaltstation und ringelten sich teilweise zu verwirrenden Knäueln zusammen.

Murdill, so war der Name des Wesens, das auf einen Menschen wie ein Ungeheuer aus einem Alptraum gewirkt hätte, wurde von einem guten Dutzend nachfolgender Artgenossen weitergeschoben. Seine ungeschlachten Füße versuchten, den schlangengleichen Kampfpflanzen auszuweichen. Das gelang jedoch nicht immer. Murdill strauchelte mehr als einmal. Aber immer wieder richtete er sich rasch auf. Die Kampfpflanzen halfen ihm dabei, denn sie waren seine Verbündeten.

Irgendwo im Unterbewußtsein Murdills nistete ein Gedanke, der ihm etwas anderes hätte sagen können, wäre er je bis zum Bewußtsein vorgedrungen. Aber die Kontaktalgen verhinderten das. Sie sorgten dafür, daß Murdill und alle seine Artgenossen in dem Glauben blieben, die Kampfpflanzen seien ihre Verbündeten und es sei höchstes Glück, mit ihnen zusammen für die letzte Vollkommenheit der Gemeinschaft zu kämpfen.

Die Gemeinschaft – das allein zählte. Das Individuum galt nichts mehr auf dieser Welt. Und solange noch ein einziges Wesen individuell dachte und handelte, würde der Kampf nicht beendet sein ...

Murdill wußte nichts davon, daß seine Vorfahren eben diese Würde des Einzelnen geachtet hatten, gegen die er kämpfte.

Aber andere wußten es noch ...

Ollok verhielt sich ruhig. In seinem jetzigen Zustand vermochten die Botas ihm nichts anzuhaben. Er war sicher vor ihnen – und vor dem Grauen, das sie mit sich trugen. Aber solange er sich innerhalb der Wand befand, waren auch die Botas sicher vor ihm.

Der Kampf um OL-hilfreich war kein offener Kampf. Menschen der Erde hätten ihn als Guerillakrieg bezeichnet. Aber Menschen der Erde wußten nichts von OL-hilfreich, genausowenig wie die Nachkommen der Ingenieure etwas von der Erde wußten.

Rechts von sich spürte Ollok Bewegung. War es schon soweit? Befand sich der Gegner in der vorbereiteten Falle? Ollok wußte rings um sich die Gefährten. Sie warteten ebenso wie er auf den Augenblick, in dem sich die Falle schloß.

Die Bewegung ebbte wieder ab. Noch war das Warten nicht zu Ende, dieses Warten, das zum täglichen Leben auf und in OL-hilfreich gehörte wie die abgrundtiefe Nacht und der grünliche Tag.

Olloks Gedanken glitten ab in die Vergangenheit. Er entsann sich der Berichte der Väter. Sein eigener Vater war dem Angriff der Kampfpflanzen zum Opfer gefallen. Andere hatten seine, Olloks, Erziehung übernommen. Sie vermittelten ihm das Wissen um sein Erbe, denn nach den Gesetzen der Kosmischen Ingenieure war OL-hilfreich vom Vater auf den Sohn übergegangen und würde sein Eigentum bleiben, bis sein Sohn das Erbe antreten konnte – oder bis die Gemeinschaftsintelligenz den Rest des Besitztums verschlungen hatte.

Die Berichte erzählten von zwei fliegenden Stationen des Volkes der Paddler. Sie waren vor einem übermächtigen Gegner aus den hellen, strahlenden Gefilden der Sternenwelt in die Düsternis der großen Dunkelwolke geflohen. Ollok wußte nicht, wie die Sternenwelt aussah. Tagsüber sah man von der Plattform aus nur eine grünliche Sonnenscheibe. Ihr Licht drang wie durch einen grauen Schleier hindurch matt und schwach zur Oberfläche der Dschungelwelt. Nur die große Sonnennähe hatte Leben hier entstehen und fortbestehen lassen. Des Nachts aber senkte sich absolute Dunkelheit mild verhüllend über den Zufluchtsort, der zur Hölle geworden war.

Irgendwo hinter der Finsternis sollte das lichte Reich der Sterne liegen. So hatten die Alten erzählt und damit die Sehnsucht nach jenen Gefilden unauslöschlich in die Herzen der neuen Generation gesenkt. Einmal, so hieß es, würde man zurückkehren in das verlorene Reich der Milliarden von Sonnen.

Ollok glaubte nicht mehr daran.

Die pflanzliche Gemeinschaftsintelligenz dieser Welt war zu stark. Sie duldete keine andere Intelligenz außer ihrer Gemeinschaft. Und die Besatzung der zweiten Plattform war von ihr zu Sklaven gemacht worden und bekämpfte die ehemaligen Brüder.

Oft hatte Ollok überlegt, wie es wohl heute aussähe, wäre die andere Plattform von Technikern statt Botanikern bemannt gewesen. Die Botaniker hätten die Gefahr zuerst erkennen müssen. Schließlich befaßten sie sich seit ungezählten Generationen mit dem Studium der Flora auf den verschiedenartigen Welten. Sie boten den Bevölkerungen ihre Dienstleistungen gegen entsprechende Bezahlung an und konnten innerhalb relativ kurzer Zeit eine Wüstenwelt oder einen Dschungelplaneten, eine Wasserwelt oder einen von tiefen Sümpfen bedeckten Planeten urbar machen und kultivieren. Oft sogar fanden sie eine unbewohnte Welt. Dann verwandelten sie sie in ein ertragreiches, freundliches Paradies und boten sie Völkern an, denen ihr Planet zu klein geworden war.

Das gleiche hatten sie mit dieser Höllenwelt versucht. Nur waren sie völlig ahnungslos gewesen, daß alles Leben dieses Planeten Bestandteil einer gigantischen Gemeinschaftsintelligenz war. Bevor sie die Gefahr erkannten, war ihr Wille unter dem Ansturm der Kontaktalgen erstickt, war ihnen ein einseitiger Pakt aufgezwungen worden, der sie für alle Zeiten zu Sklaven einer gnadenlosen Symbiose verurteilte. Gleichzeitig verloren sie ihre Fähigkeit des Strukturlaufens.

Nun berannten sie seit zwei Generationen die Plattform der Techniker. Auf OL-hilfreich war die Gefahr früh genug erkannt worden. Man hatte sofort Abwehrmaßnahmen ergriffen und die ersten Angriffe der Pflanzenwelt und der versklavten Botas zurückgeschlagen.

So war es geblieben bis zum heutigen Tag.

Die überlegenen Waffen der Techniker schlugen jede neue Angriffswelle der Botas zurück. Die Tragödie bestand darin, daß ihre Werftinsel bei der Landung so stark beschädigt worden war, daß eine Wiederherstellung der Startfähigkeit lange Zeit in Anspruch nehmen mußte.

Sie hatte *zuviel* Zeit in Anspruch genommen!

Trotz überlegener Abwehrwaffen war es den Botas mit Hilfe der Kampfpflanzen gelungen, einige Sektoren dieser Werft zu erobern.

Ohne diese Sektoren aber war ein Start nicht mehr möglich. Die Techniker waren nicht zahlreich genug, um das Verlorene im Gegenangriff zurückzuholen. Sie mußten sich auf die Abwehr beschränken. Im Laufe von zwei Generationen hatten sie eine Taktik entwickelt, die bei geringsten eigenen Verlusten dem Gegner den allergrößten Schaden zufügte. Manchmal tobten die Kämpfe um einen einzigen Raum der Werft über lange Planetenjahre hindurch.

So wie um diese Nebenschaltstation.

Ollok glitt aus der Wand heraus, als der Befehl ihn erreichte. Die eben noch diffusen Moleküle seines Körpers fügten sich zur festen Existenzform zusammen.

Ollok schrie vor Schmerz, als die ersten Kampfpflanzen ihn umschlangen. Doch dann füllte sich der Raum mit blendender Helligkeit und atemberaubender Hitze. Unerträglicher Gestank stieg von verbrannten Ungeheuern und zu Asche zerfallenden Kampfpflanzen auf. Links und rechts neben Ollok waren die Gefährten aus der Wand getreten und schossen wie er mit den atomaren Flammenwerfern. Gleich darauf zogen sie sich vor der sengenden Hitze und den giftigen Dämpfen zurück.

Zwei von ihnen schafften es nicht mehr.

Aber die Angreifer waren wieder einmal zurückgeschlagen worden.

Das Ultraschlachtschiff glitt im freien Fall durch das unergründliche Staubmeer von Hades.

Jegliche Ortungsgeräte, die auf der Aussendung und Reflexion von Tasterimpulsen basierten, waren desaktiviert worden. Die Triebwerke liefen mit Leerleistung. Nur die Schutzschirme standen und flammten ununterbrochen auf, wenn sie die mikroskopisch feinen Staub- und Gasteilchen der Dunkelwolke ionisierten und anschließend magnetisch abstießen.

Perry Rhodan saß auf dem Reservesessel neben Cart Rudo und beobachtete den Übertragungsschirm der Energieortung. Meist zeigte die Bildfläche nur die glimmenden Muster selbstleuchtender Nebelsektoren. Innerhalb Hades schienen sich Hunderte von neuen Sonnen zu bilden; ein Vorgang, der vielleicht vor Millionen von Jahren begonnen hatte und noch einmal viele Millionen Jahre dauern würde.

Doch weder Perry Rhodan noch Cart Rudo widmeten diesem Wunder der Schöpfung mehr als flüchtige Aufmerksamkeit. Sie interessierten sich nur für die typischen Ausbrüche von Korpuskularenergie, die durch die Automatik angemessen und als streifenförmige Gebilde auf den Schirm gezeichnet wurden.

Mindestens zehn Fremdschiffe befanden sich in allernächster Nähe der CREST III. Sie beschleunigten mit Werten, die für das Ultraschlachtschiff unbedingt tödlich gewesen wären. Angesichts dessen verspürte Rhodan keine Lust, von den Fremden aufgespürt zu werden oder gar von sich aus den Kontakt herzustellen. Er grübelte nur darüber nach, wer diese Fremden sein könnten, die ohne Zweifel eine weit überlegene Technologie besaßen. Bei vierzig Prozent LG wäre die CREST III trotz ihrer HÜ-Schirme durch die ungeheuerliche Reibungshitze verglüht. Den Fremden schien es nichts auszumachen.

Rhodan wandte sich um, als Atlan und Baar Lun nebeneinander auf ihn zukamen. Er wußte, die beiden so verschiedenartigen und doch in gewisser Weise verwandten Männer hatten einige Berechnungen über den endgültigen Zielkurs angestellt. Die Notwendigkeit dazu war zwingend geworden, als Kalak wesentliche Mängel in seinen Sternkatalogen zugab.

Wortlos setzten sich Atlan und Baar Lun auf zwei kleinere Notsitze schräg hinter Perry Rhodan.

„Wie sind die Berechnungen ausgefallen, Atlan?"

Der Arkonide wiegte den Kopf.

„Es ist nicht ganz so schlimm, wie es zuerst aussah. Drei Sonnen sind nach der Aussonderung übriggeblieben, eine davon muß Kalaks grüner Stern sein. Gewiß, Kalaks Auswertung war nicht sehr genau, aber meiner Meinung nach ist es ein Wunder, daß wir die Suche auf drei Sonnen und nicht auf dreitausend ausdehnen müssen."

„Allerdings", warf Cart Rudo ein. „Ich bezweifle, daß andere Wesen als die Kosmischen Ingenieure überhaupt eine Auswertung zustande gebracht hätten."

„Sie bezweifeln das?" fragte Atlan ungläubig. „Und die fremden Schiffe, die mit vierzig Prozent LG durch den kosmischen Staub fliegen...? Technisch dürften sie auch den Paddlern überlegen sein. – Mich wundert nur", setzte er nachdenklich hinzu, „daß sie uns nicht orten."

„Auch die beste Technologie hat ihre schwachen Stellen", kommentierte Baar Lun. „Es gibt niemanden, der alles gleich gut kann. Vielleicht leben die Fremden innerhalb Hades, das würde ihre einseitige technische Spezialisierung erklären."

Rhodan blickte den Modul nachdenklich an. Nach einer Weile nickte er bedächtig.

„Möglicherweise haben Sie den Nagel auf den Kopf getroffen. Das würde tatsächlich einiges erklären."

Atlan hob die Hand.

„Nicht so voreilig!" warnte er energisch. „Ihr Terraner schüttet immer gern das Kind mit dem Bade aus. Auf jeden Fall sollten wir die fremden Schiffe als gefährlich einstufen!"

Rhodan lächelte voller Ironie.

„Ich bewundere deinen terranischen Sprichwortschatz, Arkonide...! Aber du sorgst dich umsonst. Wir haben die Fremden als gefährlich eingestuft. Ich wollte nur, sie würden recht bald verschwinden, damit wir die letzte Etappe einleiten können!"

„Hoffentlich wirst du diesen Wunsch niemals bereuen, Perry..."

Fast zehn Stunden lang sah es so aus, als beherrschten die Fremden nur den unterlichtschnellen Flug. Mit konstant vierzig Prozent LG „schlichen" sie durch das Nebelmeer. Für eine Stunde näherten sie sich der CREST III bis auf drei Lichtwochen Entfernung.

Dann, ohne jeden Übergang, verschwanden sie.

„Normaler Hypersprung!" stellte Cart Rudo fest. In seiner Stimme schwang Enttäuschung darüber mit, daß die Fremden den Linearflug nicht beherrschten, obwohl ihre Schutzschirm-Technologie der terranischen weit überlegen sein mußte.

Perry Rhodan dagegen war erleichtert. Ihn hatte die scheinbare Überlegenheit der Fremden bedrückt. Nun, da sich herausstellte, daß sie den Menschen offenbar nur auf einem einzigen Gebiet überlegen waren, fand er seine Sicherheit wieder.

„Letzte Etappe!" befahl er. „Oberst Rudo, fliegen Sie den nächsten der drei ausgesonderten Sterne an. Uns bleibt nichts anderes übrig, als der Reihe nach vorzugehen."

Cart Rudo bestätigte.

Durch die Räume, Hallen und Gänge von OL-hilfreich schrillten die Alarmsirenen.

Ollok hörte es, obwohl er in einem Regenerationsbad lag. Er hatte beim letzten Kampf gegen die Botas und Kampfpflanzen schwere Hautverbrennungen erlitten und war noch ziemlich schwach. Aber das Geheul der Sirenen verlieh ihm ungeahnte Kräfte. Er ahnte, daß jetzt jeder Techniker gebraucht wurde. Anscheinend hatten die Botas einen Großangriff gestartet.

Ollok stemmte sich an den Rändern der Glaswanne empor und riß sich die Atemmaske vom Gesicht. Erst nach mehreren vergeblichen Versuchen gelang es ihm, aus der schleimigen Emulsion der Wanne zu kriechen. Mit Befriedigung registrierte er, daß seine Wunden geschlossen blieben. Die verbrannte Haut an Armen und Beinen hatte sich unter dem Einfluß der Bio-Emulsion erneuert. Sie schimmerte zwar noch rötlichbraun und stach dadurch kraß gegen die Schwärze des übrigen Körpers ab – aber er konnte sich bewegen, ohne daß sie sich wieder löste.

Eine Dusche spülte die Reste der Emulsion von Olloks Körper. Danach zog der Techniker seine Kampfkombination an. Er preßte die Lippen vor Schmerz hart aufeinander, als die neue Haut mit dem Plastikgewebe in Berührung kam. Taumelnd griff er zu seinem Flammstrahler. Er hängte die Waffe an den Brustriemen und schrie gellend, als das Plastikband in die wunde Haut seines Nackens einschnitt. Doch weder der Schmerz noch das den Rücken herunterlaufende Blut der aufgebrochenen Nackenwunde veranlaßte ihn zum Aufgeben.

Als er den Flur betrat, konnte er wieder klar denken. Er drängte den Schmerz in einen Winkel seines Unterbewußtseins zurück und begann zu laufen. Die Richtung stand fest. Ollok brauchte sich nur dorthin zu wenden, wohin die anderen Bewaffneten eilten.

Nach kurzer Zeit erkannte er, wohin es ging. Die Botas griffen in der Nähe der Leitzentrale C an. Ollok beschleunigte seinen Lauf. Von der Leitzentrale C konnten zwei mit Energiegeschützen bestückte Waffenkuppeln gelenkt werden. Wenn die Botas sie in Besitz nahmen, entstand eine neue Lücke in der Verteidigung. Es beruhigte Ollok nicht, daß die Botas die Waffenkuppeln nicht gegen die Werft selbst einsetzen konnten. Entscheidend war der Ausfall einer weiteren Abwehrmöglichkeit gegen die unaufhaltsam vordringende Flora des Planeten. In der Vergangenheit hatten die Botas bereits zwei Waffenkuppeln erobert. Sie durften die Leitzentrale C nicht auch noch in ihre Hände bekommen.

Die Lage war so gut wie aussichtslos. Das erkannte Ollok sofort, als er die Leitzentrale erreichte. Die Verteidiger hatten sich bereits bis an die Innenschleuse zurückgezogen. Von der gegenüberliegenden Außenschleuse schlug ihnen schweres Energiefeuer entgegen.

Ollok warf sich zu Boden, als ein Energiestrahl neben ihm einschlug. Seine erst halb verheilten Wunden begannen fürchterlich zu brennen. Ungehemmt schrie er seinen Schmerz hinaus, während er gleichzeitig weiter auf die geöffnete Schleuse zukroch. Er erkannte, daß die Botas diesmal rücksichtslos vorgingen. Meist griffen sie nur mit kleinen Strahlern und mit einer Übermacht von Kampfpflanzen an. Sie wollten die Techniker lebend, um sie in die Symbiose mit der Gemeinschaftsintelligenz einzugliedern. Die Leitzentrale aber erschien ihnen offenbar wichtig genug, ihr eigenes Prinzip zu durchbrechen. Sie setzten schwere Strahlwaffen ein.

Die Verteidiger hatten bereits hohe Verluste zu beklagen. Und der Rest war so erschöpft, daß er nicht lange durchhalten würde. Glücklicherweise trafen stets so viele neue Kämpfer ein, daß die ausgefallenen ersetzt werden konnten.

Aber die Abwehrtaktik war völlig falsch. Das merkte Ollok sofort.

Es gelang ihm, im Schutze der Seitenwand fünf Techniker um sich zu sammeln. Sie trugen die gleichen schweren Flammwerfer wie er. Keiner von ihnen war unverletzt geblieben.

„Wir müssen in den Rücken der Botas gelangen!" schrie Ollok durch den Kampflärm.

Ein junger Techniker trat vor. Er stammte offenbar schon aus der dritten Generation.

„Zwei Gruppen sind bereits durch die Wände gegangen. Wir haben nichts mehr von ihnen gehört."

Ollok preßte die Lippen zusammen.

„Dann sind wir eben die dritte Gruppe!" sagte er bestimmt. „Los!"

Er wandte sich der Wand zu und begann sich auf seine Parafähigkeit zu konzentrieren. Alle Bewohner von OL-hilfreich waren Strukturläufer wie ihre Vorfahren.

Ollok sah sich nicht um. Er wußte, die Techniker würden ihm folgen. Er als Leiter der Werft besaß fast unbeschränkte Kommandogewalt.

In gasförmig molekularem Zustand glitten die Kämpfer durch die Struktur der Wände.

Als sie im Rücken der Angreifer herauskamen, wußten sie, warum die anderen Guerillakämpfer nicht zurückgekehrt waren. Hunderte und aberhunderte schlangenähnlicher Kampfpflanzen schlugen peitschend auf sie herab und lähmten ihre Glieder mit elektrischen Schockschlägen. Es half nicht viel, daß sie die atomaren Flammenwerfer betätigten. Immer neue Kampfpflanzen fielen von oben auf sie herab.

Ollok erkannte noch, daß sich die Gemeinschaftsintelligenz eine neue Taktik ausgedacht hatte. Eine Art blaugrüner Baldachin wölbte sich über dem Kampfplatz. Er bestand aus Tausenden zuckender Kampfpflanzen, die ununterbrochen auf die Techniker herabregneten, während der Nachschub aus den Tiefen des Planetendschungels in nicht abreißender Kette herankroch.

Drei Techniker waren bereits verschwunden; gelähmt und von den Pflanzen fortgeschleppt. Der Rest hätte besser daran getan, zu fliehen. Doch niemand machte den Versuch dazu. Sie schossen wie die Berserker um sich und rissen immer wieder neue Lücken in die Masse der Angreifer.

Ollok hatte nur noch einen Wunsch: so viele Kampfpflanzen wie möglich mit in den Tod zu nehmen. Doch das Schicksal wollte es nicht. Er wußte nicht, wieviel Zeit vergangen war, als seine Waffe versagte – aber er wußte, daß er mit leerem Energiemagazin nichts mehr ausrichten konnte. Aushalten wäre unter diesen Umständen sinnlos gewesen. Ollok warf einen Blick zur Seite. Erschrocken erkannte er, daß außer ihm nur noch ein Techniker da war, und auch dessen Waffe schien leergeschossen zu sein. Ollok schrie ihm den Fluchtbefehl zu. Danach zog er sich zurück. Er kam gerade noch zurecht, um die endgültige Niederlage seiner Leute mitzuerleben.

„Hyperenergetische Überlagerungsstrahlung, Sir", meldete Oberst Rudo.

Perry Rhodan besah sich das Diagramm auf dem Übertragungsschirm und nickte.

„Das muß unser nächstes Ziel sein, Rudo. Wir sind noch zu weit entfernt, um ihn optisch ausmachen zu können. Aber Intensität und hyperphysikalische Zusammensetzung der Strahlung deuten auf einen hellen Stern hin."

„Ortungsauswertung gibt als Entfernung vierundvierzig Lichtjahre an."

Rhodan machte ein entschlossenes Gesicht.

„Aus dieser Nähe sollte die Entfernungsmessung stimmen. Wir gehen im Linearflug bis auf zwei Lichtwochen heran. Klar?"

Die CREST III beschleunigte und verschwand erneut im Linearraum. Bald tauchte sie wieder auf – fast vierundvierzig Lichtjahre weiter.

Von der angepeilten Sonne war immer noch nichts zu sehen. Aber die hyperenergetische Überlagerungsstrahlung wurde stärker. Der Stern mußte in unmittelbarer Nähe sein.

„Noch eine Lichtwoche in gleicher Richtung!" befahl Rhodan.

Als die CREST III erneut in den Normalraum zurückkehrte, flakkerte ein glühender Funke auf dem vorderen Panoramabildschirm.

In der Ortungszentrale wurde sofort mit der Spektralanalyse begonnen, ein schwieriges Unterfangen, denn die Materie der Dunkelwolke besaß nicht überall die gleichen physikalischen Eigenschaften. Dementsprechend unterschiedlich war die Absorbierung der Lichtstrahlen.

Cart Rudo steuerte das Ultraschlachtschiff indessen unbeirrt näher an die Sonne heran. Allmählich verwandelte sich der glühende Funke in einen blassen Fleck.

Die ersten Ergebnisse der Spektralanalyse trafen in der Zentrale ein. Sie versetzten die Besatzung in Hochstimmung. Wenn nicht unbekannte Staubpartikel die Wellenlänge der Strahlung veränderten, war der glühende Fleck die gesuchte grüne Sonne.

Perry Rhodan blieb nach außen hin skeptisch.

Endlich jedoch schälte sich auf dem Panoramabildschirm die scharf abgegrenzte Scheibe einer Sonne heraus – und selbst mit bloßem Auge war das dunkelgrüne Leuchten einwandfrei zu erkennen.

Perry Rhodan befahl ein neues Zwischenmanöver. Man konnte sich die Verschwendung von zehn Wochen nicht leisten, und so lange hätte die Fahrt bei der höchstmöglichen Geschwindigkeit innerhalb des Normalraums gedauert.

Nur vier Lichtstunden von der Sonne entfernt glitt das Schiff in den Normalraum zurück. Cart Rudo hatte den Kurs so gewählt, daß sie „über" der Sonne herauskamen. Somit näherten sie sich der Ebene des rechnerisch ermittelten Planetensystems von „oben" her.

Aus dieser Entfernung und bei der geringen Fahrt der CREST III wirkte der kosmische Staub nur noch lästig, aber er behinderte die Ortung nicht mehr. Die Vermessung des Systems wurde sofort begonnen.

Insgesamt drei Planeten umliefen die große dunkelgrüne Sonne. Nummer eins und Nummer drei schieden als Zufluchtsort der Paddler aus. Der erste Planet war ein heißer Gasriese. Glühende, rotierende Wolken stiegen von der festen Oberfläche auf und tobten gleich ungeheuren Feuerbränden durch die Atmosphäre aus heißem Staub und brodelnden Gasen. Starke Radioaktivität wurde gemessen. Anscheinend luden die von der Sonne ausgehenden Strahlenstürme die Atmosphäre radioaktiv auf. Dieser Planet war eine Hölle.

Nummer drei war das genaue Gegenteil. Obwohl ebenfalls ein Gasriese, war er viel zu weit von der Sonne entfernt, um genügend Licht und Wärme zu bekommen. Er glich dem solaren Jupiter.

Der zweite Planet dagegen stand zwischen den beiden Extremen. Er war erdgroß, mit einer Gravitation von 1,05 Gravos, einer Eigenrotation von 40,9 Stunden und einer Sauerstoffatmosphäre ähnlich der irdischen.

Perry Rhodan befahl, Kurs auf den zweiten Planeten zu nehmen.

Wegen der leuchtendgrünen Sonne nannte man das System Smaragd-System, die Sonne Smaragd.

Die CREST III kam nach kurzer Überlichtflugetappe fünf Lichtminuten vor dem zweiten Planeten an. Mit nur drei Prozent LG stieß sie weiter auf diese Welt vor.

Rhodan, Atlan, Tolot und Baar Lun beobachteten den Planeten durch ein leistungsstarkes Elektronenteleskop. Sie beobachteten indirekt, das Bild wurde vom Schiffsobservatorium auf einen Projektorschirm innerhalb der Kommandozentrale übertragen.

Perry Rhodan musterte die scheinbar konturlose Oberfläche. Blauviolett schimmerte sie aus dem Dunst der interstellaren Nebelwolke hervor. Dieser Farbeffekt konnte nicht von verzerrten Sonnenstrahlen stammen. Offenbar war der Planet von Dschungel bedeckt.

„Eigenartig!“ bemerkte Icho Tolot. „Nicht ein freier Fleck ist zu sehen. Keine Hinweise auf Meere, Wüsten oder Sümpfe.“

„Das wundert mich nicht“, erwiderte Atlan. „Der kosmische Staub ist zwar nicht dicht genug, um die Sonneneinstrahlung abzuhalten, aber er verhindert wahrscheinlich die Wärmeausstrahlung zum Teil. Das bewirkt eine Aufheizung der Atmosphäre. Unter diesen Umständen befindet sich der größte Teil des Wassers als Dampf in der Luft oder wird von den Urwäldern gespeichert. Es wird dort unten so heiß sein wie in einer Sauna, wenn mich nicht alles täuscht.“

Baar Lun lachte.

„Unter diesen Umständen müssen die Paddler darauf versessen sein, aus dieser Hölle zu entfliehen. Wir können sie nur zu dankbaren Freunden gewinnen, wenn wir ihnen dabei helfen.“

Perry Rhodan wandte sich um und blickte den Modul sinnend an.

„Das ist durchaus nicht so sicher. Eigentlich gibt es nur zwei Möglichkeiten. Entweder haben die Kosmischen Ingenieure mit Hilfe ihrer Technik sich ein erträgliches Leben und damit ihre Zivilisation gesichert – oder aber ihre Werftplattform ging bei der Landung zu Bruch und sie sind zu verwilderten Dschungelbewohnern geworden.“

Es gab noch eine dritte Möglichkeit. Aber an sie dachte niemand – und so konnte das Verhängnis seinen Lauf nehmen . . .

Er tauchte so überraschend aus dem Nichts auf, wie man es gewohnt war.

Nur Baar Lun zuckte ein wenig zusammen, als sich das hüfthohe Pelzwesen aus der flimmernden Luft schälte. Der Modul kannte inzwischen das Phänomen der Teleportation, gewöhnt hatte er sich noch nicht daran.

Gucky quietschte vergnügt. Er freute sich stets, wenn er anderen einen Schrecken einjagen konnte.

„Hast du dich erschreckt, Bleichgesicht?“ Er kicherte. „Wo ich so lange war, überlegst du? Nein, nicht was du denkst. Ich habe nicht gefaulenzt. Schließlich muß auch ein Mausbiber hin und wieder geistig arbeiten. Ich habe an meinem Tagebuch geschrieben.“ Er schnalzte mit den Fingern. „Wenn ich es verkaufe, werde ich so reich sein, daß ich mir einen Landsitz kaufen und der Muße pflegen kann, alter Freund.“

Baar Lun lächelte ironisch.

„Du glaubst ja selbst nicht daran, du könntest es länger als eine Woche in Müßiggang aushalten. Dazu bist du viel zu kribbelig.“

„Nun ja“, erwiderte der Mausbiber, „das ist eben mein Unglück. Warum kann ich nicht das Leben eines Playboys führen...?“ Er seufzte.

„Weil das für dich kein Leben wäre, Kleiner. Außerdem bist du Familienvater.“

Gucky kratzte sich hinter dem Ohr.

„Schon wieder ein Fiffi! Verdammt! Hast du etwa einen Sack voll Flöhe auf die CREST III eingeschleppt, Bleichgesicht?“

Perry Rhodan räusperte sich durchdringend.

„Denk an deine Kinderstube, Gucky. Außerdem passen Kraftworte nicht zu dir.“

Guckys Nagezahn verschwand blitzschnell.

„Pah!“ rief er schwach. „... passen nicht zu mir! Du vergißt, wer ich bin. Mein Ruf als Retter des Universums eilt mir von Galaxis zu Galaxis voraus und ...“

„... und die Galaxien schütteln sich vor Lachen.“

Der Mausbiber piepste schrill.

„Nur gut, daß du keine Romane schreibst, Perry! Mit deinem Stil würdest du bei allen Verlagslektoren durchrauschen wie Rizinus durch den ...“

„Sonderoffizier Guck!“

„Au! Wenn du meinen Titel erwähnst, wird es ernst. Aber heute befinde ich mich in Hochstimmung.“

„Und ich dachte, du hättest an deinem Tagebuch gearbeitet...", meinte Baar Lun zweideutig.

„Ich habe nicht getrunken!" schrie Gucky zornig.

„Das habe ich auch nicht gesagt", gab der Modul ungerührt zurück.

„Aber gedacht! Ich werde..."

„Du wirst mir jetzt verraten, weshalb du in die Zentrale gekommen bist!" sagte Rhodan energisch. „Ich sehe dir doch an, du platzt bald vor Neuigkeiten."

„Sieht man mir das wirklich an?" fragte Gucky betreten. „Na schön, ich will euch nicht länger auf die Folter spannen, sonst platzt ihr nämlich vor Neugierde."

„Wissensdurst", korrigierte Baar Lun mit todernstem Gesicht. „Neugierde gibt es nur bei Mausbibern."

„Du bist so spitzfindig wie ein Politiker – und so heuchlerisch. Soll ich verraten, was du soeben dachtest, Baar?"

„Du hast noch nicht gesagt, was du für Neuigkeiten hast!"

„Ihr seid heute alle so sachlich! Und das, wo wir an der Schwelle des Erfolges stehen...", seufzte Gucky.

„Sprich!" forderte Rhodan. „In zehn Minuten gehen wir in eine Kreisbahn um Bengal. Bis dahin möchte ich etwas mehr über seine Bewohner wissen."

„Bengal! Hm! Sehr treffend. Hoffentlich haben die Paddler ihm nicht schon einen anderen Namen gegeben." Er reckte sich auf die Zehenspitzen und hätte dabei fast das Gleichgewicht verloren. „Bengal ist nämlich die gesuchte Welt, Perry. Dort unten gibt es einen Gehirnwellenmustersalat wie in einer Großstadt der Erde."

„Wer denkt – und was denkt man?" fragte Rhodan gespannt.

Gucky kratzte sich erneut hinter dem Ohr.

„Tja, Perry, das ist eine dumme Sache. Die Gedanken sind so verzerrt und verschwommen wie das Licht einer Kerze bei Nebel. Vorläufig kann ich mir noch kein klares Bild machen. Ich weiß nur, daß es auf Bengal einige tausend intelligente Wesen gibt, aber nicht alle Gehirnwellenmuster haben Ähnlichkeit mit dem von Kalak."

„Vielleicht sind die Paddler in die Primitivität zurückgefallen!"

„Das glaube ich nicht, Perry. Aber frage mich nicht, warum ich das nicht glaube. Ich fühle es einfach nur."

Kalak war bei den letzten Worten Guckys herangekommen. Er schob sich dicht vor Rhodan.

„Warum rufen Sie die Werft nicht über Telekom an? Dann hätten wir schnell Gewißheit."

Perry Rhodan dachte einige Sekunden nach, dann nickte er.

„Einverstanden, Kalak. – Gucky, würdest du veranlassen, daß man den Planeten anfunkt?"

Der Mausbiber antwortete nicht. Statt dessen entmaterialisierte er.

„Eigenartig!" erklärte Rhodan. „Es geschieht nicht oft, daß Gucky zwar Gehirnwellenmuster, aber keine klaren Gedanken auffängt."

Er blickte auf, als John Marshall aus dem Liftschacht auftauchte. Der Telepath berichtete:

„Gehirnwellenmuster, Sir, aber kein klarer Gedanke."

„Das gleiche berichtete Gucky", sagte Rhodan gedehnt. „Was vermuten Sie, John?"

„Die Nachkommen der Paddler könnten mutiert sein." Er zuckte die Schultern. „Aber dann müßte es sich um eine sehr starke Mutation handeln. Innerhalb von zwei oder drei Generationen dürfte das unmöglich sein, es sei denn, besonders wirkungsvolle Umweltfaktoren haben den Vorgang beschleunigt. Oder – die Leute auf dem Planeten befinden sich im Zustand hochgradiger Erregung. Auch das wäre eine Erklärung."

„Natürlich sind sie erregt!" rief Kalak. „Sie haben das Schiff geortet und wissen nun nicht, ob es mit feindlichen oder freundlichen Absichten kommt!" Er wandte sich wieder an Rhodan. „Wir dürfen nicht länger warten. Landen Sie und befreien Sie die Leute meines Volkes von der quälenden Ungewißheit!"

Perry Rhodan lachte bitter.

„Eine Seite wenigstens sollte zuvor Gewißheit haben. Nein, Kalak, ich werde den Landebefehl noch nicht erteilen."

Als Gucky materialisierte, sah ihn Rhodan fragend an.

„Keine Antwort, Perry!" Er schnappte nach Luft. „Wir haben auf allen Frequenzen gesendet, zum Schluß sogar gemorst. Nichts! Ich begreife das nicht."

„Vielleicht ist die Werftplattform bei der Landung doch zu Bruch gegangen", sagte Kalak leise. „Nun können sie uns weder hören noch antworten. Ich wiederhole: Landen Sie."

Perry Rhodan schüttelte den Kopf und griff nach dem Interkom.

„Oberst Rudo", befahl er, „gehen Sie in eine weite Kreisbahn um Bengal. Mindestabstand zweihunderttausend Kilometer." Er machte eine Pause und fügte dann hinzu: „Lassen Sie die KC-15 wieder startklar machen. Wir werden aufklären."

„Sie sind sehr vorsichtig geworden", bemerkte Kalak.

„Man kann niemals vorsichtig genug sein . . .", gab Rhodan zurück.

Captain Finch Eyseman brachte die Korvette in einen Orbit, vierhundert Kilometer über der Oberfläche von Bengal.

Diesmal war außer Rhodan, Atlan, Tolot, Kalak und Baar Lun auch Gucky an Bord. Der Mausbiber interessierte sich jedoch herzlich wenig für das Bild, das die Schirme boten. Er lag zusammengerollt in einem zurückgeklappten Kontursessel und schien zu schlafen. Nur ab und zu stieß er einen leisen Seufzer oder ein unwilliges Knurren aus.

Baar Lun fragte sich, ob der Mausbiber träumte. Er verstand nicht, wie man angesichts eines bevorstehenden Abenteuers so gleichgültig bleiben konnte.

Baar Lun fühlte ein nervöses Kribbeln in seinen Fingerspitzen. Immer wieder wischte er sich die schweißfeuchten Handflächen an der Hose seiner Kombination ab. In Gedanken malte er sich die unbekannten Gefahren Bengals aus. Würden es gigantische Saurier sein, oder lauerten verlockend schöne fleischfressende Pflanzen dort unten? Er stellte sich dampfenden Dschungel, morastige Wildpfade und ein nächtliches Brüllkonzert unbekannter Bestien vor. Vielleicht sprang bei dem Unternehmen Zeit für einen einsamen Erkundungsgang heraus. Der Modul fürchtete sich nicht; nicht, seitdem Major Curt Bernard ihm einen Impulsstrahler und einen Desintegrator ausgehändigt hatte. Die beiden Waffen verliehen Baar Lun ein Gefühl der Sicherheit und Überlegenheit, wie das bei relativ unerfahrenen Menschen auch der Fall gewesen wäre.

Kalaks Stimme riß ihn aus seinen Tagträumen.

„Weshalb gehen Sie nicht weiter herunter?“ fragte der Paddler.

Perry Rhodan winkte unwillig ab. Er stand hinter dem Platz des Orters und beobachtete die verschiedenen Anzeigen.

„Bis jetzt können wir nur urweltlichen Dschungel entdecken“, gab er zurück, ohne den Kopf zu wenden. „Ich beginne mich zu fragen, ob das überhaupt der richtige Planet ist.“

„Er ist es!“ Gucky richtete sich auf. „Von Zeit zu Zeit orte ich die für Paddler typischen Gehirnwellenmuster.“ Er rollte sich wieder zusammen und schloß die Augen.

Rhodan wandte sich um und betrachtete den Mausbiber mißbilligend.

„Ich wollte, du wärest etwas gesprächiger, Kleiner.“

„Nur Schwätzer reden, wo es nichts zu sagen gibt“, brummelte Gucky.

Rhodan musterte ihn eine Weile, dann huschte ein leises Lächeln über seine Lippen. Er begriff, daß der Mausbiber in Wirklichkeit angestrengt arbeitete. Er mußte wirklich große Schwierigkeiten zu überwinden haben, wenn er sich zum Espern derartig von der Umwelt abkapselte.

„Immer noch nichts?“ fragte er den Orter.

„Nichts, Sir.“

Die KC-15 zog weiter ihre Bahn.

Bengal besaß tatsächlich keine Meere. Die gesamte Oberfläche war von undurchdringlichem, verfilztem Dschungel überzogen. Selbst die wenigen Gebirgszüge lagen unter dem blauvioletten und grünen Pflanzenteppich. Dunst stieg in weißlichgelben Schwaden über das geschlossene Wipfeldach, wurde von einem trägen Wind davongeschoben und wälzte sich in die Täler.

Als das 60-Meter-Beiboot in die Schwärze der Nachtseite eintauchte, glomm grünlichweiß phosphoreszierende Glut in der dunklen Mauer des Dschungels auf. Wenn die Mikrowellenortung nicht gewesen wäre, die Männer in der Korvette hätten an Flächen beleuchteter Städte denken können.

„Eine Welt, die vor Leben überschäumt“, bemerkte Son Hunha.

„Mit einer Einschränkung“, widersprach Atlan. „Ist Ihnen nichts Außergewöhnliches an Bengal aufgefallen, Leutnant?“

Son Hunha schüttelte den Kopf.

„Außergewöhnlich ist die Fülle von Leben, Sir. Jedenfalls für einen Marsianer wie mich“, schränkte er ein. „Wenn man bedenkt, daß dies alles ohne Dazutun intelligenter Wesen entstand...“

„Das meinte ich nicht“, entgegnete der Arkonide. – „Perry...?“

Rhodan lächelte verbissen.

„Ich weiß, was du sagen willst. Dort unten gibt es nicht einen Quadratzentimeter unbelebten Bodens – aber es existiert kein Anzeichen für tierisches Leben. Das meinst du doch, oder...?“

„Ja. Natürlich kann es sein, daß die Fauna unterhalb des Wipfeldaches lebt und wir darum nichts davon bemerken. Ich glaube nicht daran. Jeder Wald ist gleichzeitig Lebensraum für vielfältiges tierisches Leben. Und dieses Leben spielt sich stets in verschiedenen Stockwerken ab. Das oberste Stockwerk sollte die meisten Lebensformen enthalten, denn es stellt die Berührungslinie zwischen der Lebensgemeinschaft Wald und der atmosphärischen Lebenszone dar.“

„Warum sollte Bengal unbedingt eine Fauna hervorgebracht haben?“ fragte Baar Lun verwundert.

„Weil die Bedingungen dazu ideal sind“, erklärte Rhodan.

Der Modul schüttelte den Kopf.

„Und wenn die Bedingungen für eine Flora so ideal sind, daß keine natürliche Notwendigkeit zur Entwicklung einer Fauna besteht? Die Natur bringt nur das hervor, was eine Evolution verspricht."

„Stimmt nicht!" entgegnete Atlan. „Die Natur bringt alles hervor, was irgendwie möglich ist. Sie probiert sozusagen blind alle Möglichkeiten aus. Das, was sich bewährt, setzt sich durch – und auch das, was eine Fehlentwicklung war, bleibt, wenn die Existenzbedingungen günstig sind."

„Die Existenzbedingungen waren offenbar besonders günstig für die Entwicklung einer reichhaltigen Flora", mischte sich Icho Tolot ins Gespräch. „Unter diesen Umständen könnte für eine Fauna kein Lebensraum mehr geblieben sein."

„Ihre Argumente widersprechen sich", sagte Atlan.

Perry Rhodan öffnete den Mund, um noch etwas zum Thema zu bemerken, als Eysemans Ausruf ihn dazu veranlaßte, den Mund wieder zu schließen.

„Was sagen Sie? Metall?"

Die Korvette bremste bereits mit voller Schubkraft.

„Die Masse entspricht der von Kalaks Werftplattform", erklärte Finch Eyseman.

„Das ist sie!" schrie Kalak aufgeregt und lief hastig zum Rundsichtschirm, als könnte er aus nächster Nähe mehr sehen als von seinem Platz aus.

Der Mann vor den Ortungsgeräten schaltete. Gleich darauf erschien das Abbild eines monströsen Gebildes auf dem Panoramaschirm.

Perry Rhodan beugte sich vor.

Ja, das war unzweifelhaft eine Werftplattform kosmischer Ingenieure! Aber wie sah sie aus! Die gigantische Plattform hatte die Größe einer terranischen Stadt. Doch sie stand nicht etwa auf dem Boden, sie ruhte auf dem Wipfeldach des dampfenden Dschungels. Bei näherem Hinsehen erkannte Rhodan die Risse in dem gewaltigen Gebilde. Die Werftinsel mußte bei der Landung auseinandergebrochen sein. Aus unerfindlichen Gründen waren die einzelnen Bruchstücke dennoch dicht beisammen geblieben. Gleich zusammengeschobenen Eisschollen hoben sie sich vom Blauviolett des Urwaldes als silbrig schimmerndes Gebirge ab.

„Komisch", bemerkte Baar Lun. „Die Techniker leben noch, und sie wissen auch noch mit ihren technischen Anlagen umzugehen. Warum haben sie unsere Funksprüche nicht beantwortet?"

Rhodan blickte ihn fragend an.

„Der Dschungel ist von unglaublicher Vitalität", erklärte der Modul. „Er würde selbst eine so gigantische Plattform innerhalb eines halben Jahres überwuchern, wenn er nicht gewaltsam immer wieder zurückgedrängt würde. Das aber ist nur mit den Mitteln einer hochstehenden Technologie möglich."

„Ich habe es ja immer gesagt!" rief Kalak. „Die Kosmischen Ingenieure haben nichts von ihrem Wissen vergessen oder von ihren Fähigkeiten verlernt. Landen Sie doch endlich. Dort unten warten Freunde auf uns."

„Gehen Sie tiefer, Finch!" befahl Rhodan. „Aber halten Sie die Waffen feuerbereit."

„Was soll das?" fragte Kalak erregt. „Man wird uns nicht angreifen. Ich weiß, wie sich Leute meiner Art in diesen Fällen verhalten."

Perry Rhodan lachte humorlos.

„Wir wissen es auch. Sie selbst zum Beispiel hätten beinahe unser Schiff ruiniert, bevor wir uns verständigen konnten."

„Da war die Lage ganz anders", murmelte Kalak. „Dort jedoch sind Schiffbrüchige."

„Ist denn das möglich?" knurrte Son Hunha plötzlich. „Ich dachte, die Werftinsel läge auf einem bewaldeten Berg. Jetzt stellt sich heraus, daß der Boden unter ihr genauso eben ist wie in der näheren und weiteren Umgebung." Er drehte sich zu Rhodan um und fuhr aufgeregt fort: „Sir, es ist der Dschungel, der an dieser Stelle einen Berg vortäuscht. Die Bäume unter der Plattform sind durchschnittlich einen Kilometer hoch, während sie ringsherum nur etwa zweihundert bis dreihundert Meter messen."

„Das ist wirklich sonderbar", erklärte Rhodan.

„Das ist nicht sonderbar, sondern verdächtig!" rief Icho Tolot plötzlich. „Ich rate dringend dazu, die Schutzschirme einzuschalten!"

Rhodan sah den Haluter aus zusammengekniffenen Augen an. Er fühlte, daß es Tolot ernst war mit seiner Warnung.

Schon wollte er Eyseman einen entsprechenden Befehl geben, als die Korvette von einem furchtbaren Ruck durchfahren wurde.

Ein rascher Blick auf die Kontrollen bewies ihm, daß im selben Augenblick die Schutzschirmprojektoren einen Totalausfall verzeichneten.

Geistesgegenwärtig hieb Finch Eyseman den Schubhebel bis zum Anschlag. Die KC-15 beschleunigte mit Höchstwerten. Doch plötzlich gab es einige dumpfe Explosionen. Die Triebwerke begannen unregelmäßig zu arbeiten.

Perry Rhodan sprang auf und eilte zum Funkgerät. Er preßte den

Daumen auf die Taste und begann hastig zu sprechen, als das Grünsignal aufleuchtete.

Ein neuer Ruck schleuderte ihn vom Funkgerät weg. Er wollte erneut darauf zustürzen. Aber Baar Lun packte ihn plötzlich von hinten, umklammerte seine Arme und drückte ihn gewaltsam in den Kontursessel.

Mit hellem Knall zerbarst ein Aggregat. Die Bildschirme verdunkelten sich.

Dann war nur noch das schrille Heulen verdrängter Luft zu hören.

10.

John Marshall saß neben Cart Rudo. Seine Augen waren halb geschlossen, ein Zeichen dafür, daß der Telepath esperte.

„Rhodan hätte mir wenigstens gestatten sollen, einige Moskitos als Jagdschutz mitzugeben!" grollte der Epsaler. „Was ist, wenn ihm auf Bengal etwas zustößt."

Marshall lächelte.

„Falls ihm *auf* dem Planeten etwas zustößt, nützt auch der beste Jagdschutz nichts, mein Lieber. Und den Raum um den Planeten beherrschen wir mit den Waffen unseres Schiffes. Was also soll's?"

„Ich weiß nicht!" wehrte Rudo mißgestimmt ab. „In mir ist ein komisches Gefühl."

„Vielleicht haben Sie sich den Magen verdorben", meinte John Marshall. „Was soll auf einer Dschungelwelt schon passieren? Mit wilden Tieren wird Icho Tolot ganz allein fertig. Außerdem dachte Atlan soeben daran, daß außer einer üppigen Vegetation auf Bengal kein Leben existiert. Er wundert sich darüber. Soll er doch froh sein!"

„Ich weiß nicht", meinte Cart Rudo. „Überall dort, wo wir auftauchen, geschehen die unglaublichsten Dinge. Wir haben in der letzten Zeit nicht gerade die besten Erfahrungen gesammelt."

„Hoffentlich werden Sie nicht doch abergläubisch." John Marshall schüttelte verweisend den Kopf und schloß erneut die Augen. „Und jetzt halten Sie bitte den Mund, Oberst. Ich möchte noch ein wenig lauschen."

Rudo spielte nervös mit dem Alarmschalter. Er konnte sich seine innere Unruhe auch nicht erklären. Schließlich galt die laufende Aktion nicht den Meistern der Insel, sondern der Rettung harmloser Flüchtlinge. Selbst wenn die geflüchteten Paddler während der vergangenen achthundert Jahre von den MdI – wie die Terraner die Bezeichnung für die Herren Andromedas abkürzten – vernichtet worden waren, niemand würde einen Stützpunkt auf einem Planeten errichtet haben, der infolge seiner Lage so gut wie niemals angeflogen wurde.

Aber die Paddler waren nicht vernichtet worden. Gucky und auch Marshall hatten entsprechende Gehirnwellenmuster aufgefangen. Folglich kannten selbst die MdI diese Welt nicht – oder sie hatten ihr niemals Bedeutung geschenkt.

Er lachte plötzlich rauh auf.

Da saß er nun im Kommandostand der CREST III und bangte um das Schicksal eines Mannes, den er innerhalb einer Viertelminute aus jeder Lage herauszuhauen vermochte!

„So langsam werden Sie wieder vernünftig", bemerkte Marshall leise. „Sie werden sehen, alles verläuft völlig undramatisch. Man hat eben die Plattform der Kosmischen Ingenieure entdeckt. Sie ist zwar beschädigt, scheint aber nicht verlassen zu sein. In den nächsten Minuten werden wir Gewißheit über das Schicksal der geflohenen Paddler haben."

Kaum hatte er das gesagt, als er zusammenzuckte. Er sprang auf und stand mit bleichem Gesicht da.

„Was ist los?" fragte Cart Rudo.

John Marshall öffnete den Mund.

In diesem Augenblick sprach der Telekom an. Zwischen krachenden, knatternden Geräuschen schwang eine erregt klingende Stimme auf und ab. Rudo glaubte Rhodans Stimme zu erkennen, aber er verstand wegen der Störungen kein Wort.

„Rasch, Oberst!" flüsterte Marshall. „Starten Sie! Die KC-15 wird beschossen und stürzt ab. So starten Sie doch schon! Perry Rhodan befindet sich in höchster Gefahr."

„Es geht nicht!" entgegnete der Epsaler ächzend. Wie gebannt beobachtete er den Übertragungsschirm der Ortung, lauschte er dem Kommentar des Chefs der Ortungszentrale.

Mindestens dreißig fremde Raumschiffe waren in nur zehn Lichtstunden Entfernung aus dem Hyperraum aufgetaucht!

Mit der Faust schlug Cart Rudo auf den Schalter des Interkoms.

„Wir ziehen uns in den Ortungsschatten der Sonne Smaragd zurück. Notfalls gehen wir in den Zwischenraum!"

Niemand widersprach, auch John Marshall nicht, obwohl er als

Sonderoffizier des Imperiums befugt gewesen wäre, das Oberkommando zu übernehmen. Aber Cart Rudos Entscheidung war die einzige, die er hatte treffen können.

Das Kugelschiff fiel wie ein Stein vom Himmel. Geschoßgleich krachte es durch die Wipfel der Baumriesen.

Doch die ineinander verschlungenen Äste, Zweige und Lianen bremsten den Sturz der KC-15 ab und milderten zugleich den Aufprall. Hundertfünfzig Meter über dem Boden blieb das Kugelschiff stecken. Aus der geplatzten Hülle polterten die Trümmer von Aggregaten, quollen schlangengleich zerrissene Leitungen. Dumpf röhrte ein einzelnes, leerlaufendes Triebwerk.

Eine Zeitlang ereignete sich nichts.

Nur ein Raumschiffswrack hing reglos im Wipfelpolster. Das Triebwerk verstummte mit einem dumpfen Brummen, als irgendeine Sicherheitsautomatik die Energiezufuhr absperrte.

Jählings wurde der Wald lebendig.

Schlangenförmige Katapultpflanzen krochen an den Stämmen der Urwaldriesen hinauf. Hinter ihnen kamen modifizierte Botaniker. Ganz entfernt glichen diese Wesen noch ihren Vorfahren, den Paddlern. Aber weder ihre Körperchemie noch ihr Geist entsprachen denen humanoider Wesen. Die Botas, wie sie von ihren erbitterten Gegnern, den Technikern, genannt wurden, sahen nicht nur wie Ungeheuer aus, sie waren Ungeheuer.

Die aus ihrem Körper heraushängenden Enden der Kontaktalgen gaben ihnen das Aussehen von blauvioletten Bären mit zottigem Fell. Ihre Augen blickten starr und stupide. Ihre Individualität war von dem übermächtigen Symbiosepartner vergewaltigt worden. Die Botas waren keine Nachkommen der Botaniker mehr, sondern Bestandteile einer planetenumfassenden pflanzlichen Gemeinschaftsintelligenz.

Diese Gemeinschaftsintelligenz kannte keine moralischen Grundsätze. Die Ethik der von ihr vereinnahmten Paddler war ihr unverständlich und fremd. In ihrem von Arroganz und Individualitätsverachtung geprägtem Weltbild war kein Platz für eine friedliche Koexistenz mit anderen Intelligenzwesen. Sie war erfüllt von einem grenzenlosen Egoismus. Wer sich nicht freiwillig ihrer Gewalt unterwarf, wurde dazu gezwungen – oder er starb.

Die Botas waren zur Symbiose gezwungen worden. Doch jede Erinnerung daran hatten die Kontaktalgen aus ihrem Gedächtnis getilgt. Sie glaubten daran, gleichberechtigte Symbiosepartner zu sein

– und alles, was anders war, wurde von ihnen als Fremdkörper angesehen.

Dicht hinter den Kampfpflanzen drangen die Botas in das abgestürzte Beiboot ein. Sie brauchten sich nicht damit aufzuhalten, die Schleusen gewaltsam zu öffnen. Die Platzrisse in der Wandung waren breit genug, sie zwängten sich ohne große Mühe hindurch.

Im Innern des Schiffes brannte die Notbeleuchtung. Von irgendwoher drang das schwache Summen von Speicherbänken. Aus verwüsteten Räumen zogen die Katapultpflanzen, wie die Kampfpflanzen auch noch genannt wurden, leblose fremde Wesen. Sie vermochten die Toten von den Bewußtlosen zu unterscheiden, indem sie die Körper umschlangen und elektrische Impulse hindurchschickten. An den Reflexionsschwingungen erkannten sie die lebenden Gehirne.

Von sechsundzwanzig Fremdwesen lebten noch dreizehn. Elf waren zweifellos tot und zwei der Wesen schienen im Sterben zu liegen, obwohl keine äußerlichen Verletzungen vorhanden waren. Die Katapultpflanzen ließen sie dennoch zurück, sie vermochten keine Gehirnschwingungen festzustellen . . .

Die Botas warteten ungeduldig, bis die Kampfpflanzen das Raumschiff wieder verlassen hatten. Danach durchsuchten sie die Räume nach brauchbaren Handfeuerwaffen. Das unterste wurde zuoberst gekehrt. Nichts entging ihnen.

Nur die reglosen Körper ließen sie zurück. Mit Toten wußten auch sie nichts mehr anzufangen.

Als die Botas mit ihrer Beute das Kugelschiff verließen, hatten sich bereits große Haftscheibenlianen um den Kugelkörper gelegt. Riesige Blattscheiben wölbten sich über die Wandung. Schmatzende Laute ertönten. Meterdicke Faserbündel peitschten durch das Astwerk und schlugen gegen das Schiffswrack. Ein Zittern lief durch die Kugelzelle, als die Lianen daran zerrten.

Mit einem Freudengeheul, das an das nächtliche Liebeskonzert von Katzen erinnerte, schwangen sich die Botas von Etage zu Etage, bis sie den Boden des Dschungels erreichten. Dort liefen sie hinter den bewußtlosen Fremden her, die von den Katapultpflanzen erbarmungslos über den Grund des Dschungels geschleppt wurden.

Nach einiger Zeit erreichten sie eine wipfelüberspannte Lichtung. Hier lagen die viele Meter dicken, schleimigen Deckpflanzen. Die Katapultpflanzen schleppten ihre Opfer auf eine der riesigen Pflanzen. Plötzlich kippte das ganze Gebilde um, und Opfer und Entführer glitten auf der schleimigen Oberfläche in die Tiefe.

Die Botas stürzten hinterher.

Ollok stand einsam auf einer der Kraftwerkskuppeln. Hier hatte er dem Nahen des fremden Schiffes mit aufkeimender Hoffnung zugesehen. Hier war er Zeuge des brutalen Feuerüberfalls geworden. Es änderte nichts an der enttäuschenden Tatsache, daß er sich schwerste Vorwürfe machte. Umsonst sagte er sich, daß das Unglück nicht hätte zu geschehen brauchen, wenn man die Geschützkuppeln zurückerobert hätte. Das wäre nicht unmöglich gewesen. Die Kampfmittel der Techniker waren denen der Botas überlegen. Aber sie wagten niemals, sie voll einzusetzen. Was hätte es genützt, wenn sie eine total verwüstete Station zurückeroberten?

Erst seit einem Zehnteltag wußte Ollok, daß sie alles ganz falsch gemacht hatten. Wären die drei Waffenkuppeln und die Leitstationen nicht unversehrt in die Hände der Botas gelangt, die Fremden lebten noch. Niemand wußte, wie die Fremden aussahen, aber jeder war sich darüber klar, daß sie nicht bösartiger sein konnten als die modifizierten Botaniker und die Kampfpflanzen der Gemeinschaftsintelligenz.

Aber alle Vorwürfe änderten nichts mehr an der Tragödie.

Zu dieser Zeit waren die Fremden entweder tot oder in der Gewalt der Pflanzenintelligenz. Eigentlich hätte das an der Lage der Techniker nichts ändern sollen. Sie hatten eine Chance vertan, und niemand würde wieder zu hoffen wagen. Es erschien sinnlos, auf eine zweite Chance zu warten.

Langsam, beinahe unbeholfen, wandte sich Ollok durch das winzige Dachluk. Seine alten und neuen Brandwunden begannen zu schmerzen. Die Tränen liefen ihm über das pechschwarze Gesicht, und er hätte nicht sagen können, ob der physische oder der psychische Schmerz sie auslöste.

Im Unterbewußtsein keimte der Gedanke, daß jetzt etwas geschehen müsse. Man durfte die Verzweiflung nicht überhandnehmen lassen. Irgend etwas mußte die sechstausend Techniker der Werft aus ihrer Lethargie reißen. Während er unter qualvollen Schmerzen die Notleiter hinabstieg, verwandelte der Erbe von OL-hilfreich sich aus einem jungen Mann in einen berechnenden Taktiker.

Als er den langen Flur des Frauentraktes passierte, bemühte er sich um eine gerade Haltung. Es gelang ihm trotz der schmerzenden, ziehenden Narben. Doch er biß sich die Lippen blutig dabei. Hin und wieder glaubte er, hinter den milchigen Türscheiben der Frauenkammern ein Gesicht zu sehen. Dann zwang er sich ein zuversichtliches Lächeln ab.

Der Beratungsraum war fast leer. Nur einige ältere Techniker der zweiten Generation saßen in sich zusammengesunken auf den Wandbänken. Sie hoben bei Olloks Eintritt flüchtig den Kopf. Dann verfielen sie wieder in ihr dumpfes Brüten.

Ollok trat erhobenen Hauptes in den leuchtenden Mittelkreis.

Nach und nach richteten sich die Blicke der Alten auf ihn. Ollok tat, als sähe er durch sie hindurch. In Wirklichkeit jedoch beobachtete er die dunklen Gesichter scharf. Er sah die Skepsis, die Verzweiflung, den Fatalismus – aber er entdeckte auch Verwunderung und einen Schimmer von Hoffnung in den Mienen.

Geduldig wartete er, bis er die Aufmerksamkeit aller auf sich gezogen hatte. Dann hob er die Hände.

„Brüder!“ rief er. „Ich danke euch, daß ihr hier auf mich gewartet habt. Aber ich muß denen zürnen, die sich in ihre Wohnungen verkrochen. Wo sind sie? Wer hat ihnen erlaubt, dem Direktorium fernzubleiben?“

Er senkte die Arme und wartete.

Endlich erhob sich einer der Alten. Gebeugt vom Alter, aber dennoch erhobenen Hauptes, trat er in den Außenkreis der Sprecher. Lange musterte er den jungen Direktor der Werft.

„Auch ich zürne denen, die nicht kamen, Ollok. Aber ich kann die Mutlosigkeit verstehen. Wir Techniker sind zum Untergang verurteilt. Es ist nur noch eine Frage der Zeit. Die Gemeinschaftsintelligenz schickt unablässig neue Schlingpflanzen und Bäume unter unsere Plattform. Im Laufe Hunderter von Umläufen haben sie unsere Werftinsel hoch über das Niveau des Dschungels gehoben. Eines Tages wird die Gemeinschaftsintelligenz ihre Pflanzeninsel unter der Werft wegziehen. Dann stürzt die Plattform auf den Boden. Sie muß zerbrechen, denn sie wurde bereits bei der Landung unserer Vorfahren schwer beschädigt. Und wir alle werden dann entweder sterben oder genauso modifiziert und eingegliedert werden wie die ehemaligen Botaniker.

Immer haben wir auf Hilfe gehofft. Nun, da die Hilfe von den Sternen kam, mußten wir zusehen, wie die Botas mit unseren eigenen Waffen zuschlugen. Unsere Hoffnung wurde vom Dschungel verschlungen. Worauf sollen wir jetzt noch hoffen, Ollok?“

Ollok senkte den Kopf. Dann hob er ihn mit jähem Ruck und sah dem Alten in die Augen.

„Wir haben bisher die falsche Taktik eingeschlagen. Wir beschränkten uns auf die Verteidigung und auf Störangriffe. Aber das, was einmal verloren war, holten wir niemals mehr zurück.

Nur darum konnten die Botas das fremde Raumschiff abschießen!

Wir haben Schuld auf uns geladen, indem wir die Fremden nur

passiv beobachteten. Statt dessen hätten wir zu ihrer Entlastung angreifen sollen.

Aber Selbstvorwürfe nützen nichts mehr, uns nicht und den Fremden nicht. Ihnen können wir nicht mehr helfen. Aber was einmal geschah, kann sich vielleicht wiederholen. Ich weiß recht gut, die Wahrscheinlichkeit dafür ist gering. Aber sie besteht. Sollen wir in unserer Lethargie verharren? Oder sollten wir nicht lieber versuchen, für eine zweite Chance bessere Voraussetzungen zu schaffen?"

„Willst du die Waffenkuppeln zurückerobern, Ollok?"

„Entweder zurückerobern oder zerstören! Die Botas dürfen uns niemals mehr mit unseren eigenen Mitteln schaden können."

„Das wird große Opfer kosten", gab der Alte zu bedenken.

„Auf lange Sicht kommt es uns nicht teurer als ein rein defensives Verhalten. Wir alle sind verloren, wenn nicht Hilfe von außen kommt. Ist es da nicht gleich, ob wir viele Kämpfer schon jetzt verlieren und dafür die Hoffnung auf Befreiung zurückgewinnen ...?"

Ollok schloß die Augen und unterdrückte den Wundschmerz. Sein Gesicht glänzte vor fettigem Schweiß, als er weitersprach.

„Hört, was ich euch befehle! In einem Zehnteltag werden alle Männer von OL-hilfreich zum Kampf antreten. Die Hälfte der Kämpfer wird die verlorengegangenen Waffenkuppeln und Leitstellen angreifen. Der Feind wird glauben, wir wollen sie um jeden Preis unversehrt zurückerobern. Doch das werden wir nicht tun. Wir werden die Waffenkuppeln sprengen. Und während der Gegner alle seine Kräfte auf die Verteidigung der Kuppeln und Leitstellen konzentriert, greift die zweite Hälfte der Kämpfer die Funkstation an. Sie werden wir nicht zerstören, sondern unbeschädigt in unseren Besitz bringen. Wenn wir die Funkstation beherrschen, können wir die nächsten, die uns zu Hilfe kommen wollen, vor den Botas und Pflanzen warnen."

„Wir können die Funkstation niemals halten, Ollok", widersprach der Alte leise. „An dieser Stelle der Werft haben die Pflanzen die unteren Stockwerke erobert. Von dort können sie ihren unerschöpflichen Nachschub an Kampfpflanzen mühelos heranführen."

Ollok richtete sich steil auf.

„Ich bin der Direktor dieser Werft. Ich dulde nicht, daß man sich meinen Befehlen widersetzt. Mein Befehl ist klar: Ablenkungsangriff und Sprengung der Waffenkuppeln und gleichzeitig Rückeroberung und Verteidigung der Funkstation. Von nun an zählen die Opfer nicht mehr, sondern nur noch die Erfolge!"

Wie auf Kommando erhoben sich die Alten von ihren Plätzen. Sie hoben die Arme und riefen im Chor:

„Ollok ist unser Direktor, er befiehlt. Wir wollen siegen oder sterben!“

Ollok ließ sich seine Genugtuung nicht anmerken. Zum erstenmal hatte er seine Meinung durchgesetzt. Zum erstenmal hatten ihn die Alten als Direktor voll akzeptiert. Ollok fühlte einen bitteren Geschmack im Mund, als er an die Opfer dachte, die der bevorstehende Kampf fordern würde. OL-hilfreich würde innerhalb eines Tages mehr Tote zu beklagen haben, als während der letzten tausend Tage und Nächte. Aber der Preis war nicht zu hoch, wenn man dadurch die noch tödlichere Lethargie überwinden konnte.

Ollok fühlte plötzlich Dankbarkeit gegenüber den Fremden. Sie hatten den Technikern mit ihrem Tod geholfen.

Son Hunha erwachte in völliger Dunkelheit. Er entsann sich noch des Absturzes und des furchtbaren Aufpralls. Es erschien ihm wie ein Wunder, daß er noch lebte. Aber er spürte auch instinktiv, daß etwas nicht stimmte. Undeutbare Geräusche erreichten ihn aus der Finsternis: Schleifen, Knistern, geheimnisvolles Rascheln. Der Leutnant bemühte sich vergebens, etwas Bekanntes, Vertrautes herauszuhören.

Er schmeckte Blut im Mund und schluckte es herunter. Die Benommenheit hockte noch immer wie ein schwarzes Ungeheuer auf seinem Geist. Nur allmählich gewann er die Schärfe seiner Sinne zurück, vermochte er die Wahrnehmungen gegeneinander abzugrenzen. Und plötzlich wußte er, was ihn anfangs unbewußt gestört hatte. In der Luft hing der Geruch von Schweiß und Blut – aber auch von Erde und modernden Pflanzen!

Son Hunha spürte sein Herz bis zum Halse klopfen.

Er lag nicht mehr in seinem Kontursessel an Bord der KC-15! Dort gab es keine Erde und keine Pflanzen. Aber wo war er sonst? Und wie war er hierher an diesen finsteren Ort gekommen?

Leutnant Hunha lauschte noch einige Minuten. Als er erkannte, daß er so nicht weiterkam, bewegte er die Glieder.

Im nächsten Augenblick bäumte er sich mit einem gellenden Schrei auf.

Elektrische Schockschläge rannen wie flüssiges Metall durch seine Adern und verwandelten ihn in ein hilflos zuckendes Muskelbündel. Verzweifelt versuchte Son Hunha sich fortzuwälzen. Doch etwas Schleimiges preßte seine Glieder wie in einem Schraubstock zusammen. Erneut peitschten elektrische Schläge durch seinen Körper.

Hunha kämpfte bis zur völligen Erschöpfung. Er schrie und bäumte sich auf, wand sich am Boden und zuckte an allen Gliedern. Schließlich wurde er ohnmächtig.

Icho Tolot hatte die Schreie des Marsianers gehört. Im Unterschied zu Hunha und den anderen Menschen konnte er seine Umgebung klar erkennen; er sah im Infrarotbereich genauso gut wie Menschen im Bereich des sichtbaren Lichts.

Der Haluter erkannte, was mit Son Hunha geschah. Schlangenähnliche Pflanzen hielten den Marsianer fest. Die gleichen Pflanzen ringelten sich überall auf dem Boden der geräumigen Höhle. Tolot sah neben sich Perry Rhodan und Atlan liegen. Weiter im Hintergrund der Höhle lagen noch andere Männer aus der KC-15, unter ihnen der Paddler Kalak.

Was den Haluter irritierte, war das Fehlen der eigentlichen Feinde. Zwar erkannte er, daß die Pflanzen Bengals eine gewisse Intelligenz besaßen, daß zumindest die schlangenähnlichen Pflanzenwesen sich frei bewegen konnten – doch das erklärte nicht den Überfall auf die Korvette.

Man hatte das Beiboot mit Energiewaffen abgeschossen. Pflanzen vermochten unter bestimmten Umweltbedingungen zwar Intelligenz zu entwickeln, aber Tolot glaubte nicht daran, daß sie mit Energiewaffen umgehen konnten oder sie gar selbst gebaut hatten.

Das Bild war nicht vollständig. Es mußte Verbündete der pflanzlichen Intelligenz geben.

Die Techniker der Werft...? Waren sie die Verbündeten der Pflanzen?

Icho Tolot verneinte die unausgesprochene Frage. Humanoide Wesen mochten sich unter gewissen Umständen auch mit einer Pflanzenintelligenz verbünden. Dieses Bündnis würde aber niemals so weit gehen, daß man auf die potentiellen Befreier schoß.

Der Haluter war ratlos.

Neben ihm regten sich Rhodan und Atlan. Sofort begannen einige der Pflanzen auf die beiden Männer zuzukriechen.

„Verhalten Sie sich ruhig!“ raunte Icho Tolot. „Ich werde versuchen, uns einen Weg nach draußen zu erkämpfen. Doch erst müssen alle Männer wach sein.“

„Was ist geschehen?“ fragte Rhodan ebenso leise zurück.

Icho Tolot berichtete, was er wußte. Er beschränkte sich dabei auf die Tatsachen. Seine Vermutungen sprach er nicht aus.

„Intelligente Pflanzen!“ flüsterte Atlan verstört. „Darum also konnten wir auf Bengal kein tierisches Leben entdecken. Hören Sie, Tolot! Ich weiß nicht, ob es sinnvoll ist, einen Ausbruch zu wagen. Wir müssen damit rechnen, an der Oberfläche auf andere intelligente Pflanzen zu stoßen."

„Wahrscheinlich nicht nur auf Pflanzen", sagte Perry Rhodan bitter. „Die Kosmischen Ingenieure haben unsere Hilfsbereitschaft schlecht belohnt."

„So dachte ich auch erst", entgegnete Tolot. „Aber ich kann mir nicht vorstellen, daß die Leute der Werftplattform uns absichtlich in die Gewalt der Pflanzen brachten. Sie können noch nicht so degeneriert sein, um sich als Planetenbewohner zu fühlen. Die Paddler haben eine starke Tradition. Bei ihren Nachkommen dürfte die Sehnsucht nach den Sternen keinesfalls erloschen sein."

„Aber die Pflanzen können nicht mit Energiewaffen umgehen. Das glaube ich nicht, Tolot."

„Wir werden klarer sehen, sobald wir hier heraus sind."

„Das ist Wahnsinn!" protestierte Atlan.

„Wollen Sie für immer in dieser Höhle bleiben?" fragte der Haluter voller Sarkasmus.

„Nein. Versuchen wir es. Viel haben wir nicht mehr zu verlieren."

Icho Tolot fuhr seine Augenstiele aus und beobachtete. Auch die restlichen Gefangenen begannen sich zu rühren. Nur Son Hunha lag verkrümmt und reglos auf dem feuchten Boden.

„Achtung!" flüsterte Tolot. „Es geht los. Wenn wir fliehen, nehme ich den Marsianer mit. Die anderen müssen selbst laufen."

Er wartete noch einige Sekunden. Dann sprang er auf.

Mit seinen Säulenbeinen zerstampfte er die neben ihm liegenden Pflanzen zu Brei. Sofort schnellten sich andere Pflanzen auf ihn zu, umschlangen ihn und teilten elektrische Schläge aus.

Der Haluter brüllte. Es klang wie das Röhren eines Nebelhorns. Mit seinen vier Armen griff er zu. Seine Hände zerquetschten alle Pflanzen, die sie erreichten. Er wütete furchtbar unter den Angreifern. Sein Zorn kannte keine Grenzen mehr, als er die Schmerzensschreie Atlans und Rhodans hörte. Die Schlangenpflanzen stürzten sich auf alle Gefangenen.

Wie ein Berserker riß Tolot die Pflanzen von Perry Rhodan. Nur wenige Sekunden lang vernachlässigte er dabei die eigene Verteidigung. Doch diese kurze Zeitspanne genügte den Katapultpflanzen. Von überallher schnellten sie durch die Luft. Es waren Tausende, die den Haluter einhüllten und Stromstöße durch seinen Körper jagten.

Tolot schüttelte sich.

Er wollte sich wehren, aber seine Glieder gehorchten ihm plötzlich nicht mehr. Im letzten Augenblick versuchte er, seine Körperstruk-

tur zu verändern und sich dadurch unangreifbar zu machen . . . Zu spät.
Die elektrischen Schockschläge lähmten auch seinen Geist. Langsam, wie in Zeitlupe, sank der Gigant zusammen.

Zwischen den gelähmten Gefangenen huschten zottige Botas hin und her. Sie brauchten nicht lange, um Kalak zu erkennen.

Zwei Botas packten den bewußtlosen Paddler und trugen ihn durch eine Öffnung in der Wand davon. Es ging kreuz und quer durch Gänge und Hohlräume. Kalak erwachte unterwegs, aber er war nicht in der Lage, etwas zu unternehmen.

Endlich tauchte ein heller Lichtschein auf. Zum erstenmal sah Kalak die modifizierten Botaniker. Er biß sich die Lippen blutig, um nicht sein Entsetzen herausschreien zu müssen. Trotz der grausigen Formen und der aus den Körpern hängenden Kontaktalgen erkannte Kalak die Verwandtschaft mit Angehörigen seines Volkes. Diese Ungeheuer waren einmal Paddler gewesen wie er.

Seine beiden Träger schleppten ihn in eine erleuchtete Höhle und warfen ihn unsanft zu Boden. Das Licht kam von den Wänden. Ein weißliches Pflanzengeflecht bedeckte die Wände und Decke der Höhle und strahlte phosphoreszierendes Leuchten aus. In seinem Schein huschten grotesk verzerrte Schatten vorüber.

Ein furchterregendes, abstoßendes Gesicht beugte sich über den Paddler. Zwei rissige Lippen, an denen zuckende Fäden hingen, verzerrten sich zur Karikatur eines Grinsens.

Das Ungeheuer begann zu sprechen. Kalak verstand nicht alles, aber er konnte sich den Sinn zusammenreimen. Es war nicht so, daß sich der andere einer fremden Sprache bedient hätte. Lautierung und Modulation waren nur derartig verzerrt, daß die Worte fremd klangen.

„Du bist ein Techniker, aber du kommst nicht von OL-hilfreich!“ verstand Kalak.

Er antwortete nicht.

Im nächsten Augenblick jagte ein Stromstoß durch seinen Körper. Er bemerkte erst jetzt die Pflanzen neben sich.

„Antworte!“ zischte der andere.

„Ich bin ein Techniker, wie deine Vorfahren es ebenfalls waren“, sagte der Paddler widerstrebend.

„Sie waren zu bedauern, denn sie kannten die Gemeinschaft noch nicht. Aber sie nannten sich damals nicht Techniker, sondern Botaniker.“

„Und was seid ihr heute?“ fragte Kalak zornig.

„Wir sind ein Teil der Gemeinschaft, so wie du auch ein Teil der Gemeinschaft werden wirst."

„Ich verzichte darauf."

Wieder erhielt Kalak einen elektrischen Schlag.

„Du wirst nicht gefragt. Die Gemeinschaft kann nicht dulden, daß sich jemand ihr widersetzt. Auch die Nachkommen der Techniker werden uns nicht mehr lange widerstehen können."

Ein Funke von Hoffnung glomm in Kalak auf.

„Ihr habt also die Werft nicht erobern können! Wie heißt sie doch gleich? OL-hilfreich ...? Der Direktor müßte demnach ein Sohn oder Enkel Olloks sein. Ich kannte ihn und seine Leute gut. Sie werden euch vernichten!"

Der Bota lachte pfeifend.

„Sie haben nicht verhindern können, daß wir euch mit ihren Waffen vom Himmel holten. Und du wirst ihnen sagen, daß ihr Kampf gegen die Gemeinschaft sinnlos ist."

„Ich bin kein Verräter am Volk wie du!"

Der Bota fauchte. Einige der Kontaktalgen, die fingerdick waren, lösten sich von seinem Körper und fielen auf Kalak. Sofort begannen sie, sich durch die Haut zu bohren.

Der Paddler schrie. Er griff nach den Algen und versuchte, sie aus seinem Körper zu ziehen. Doch erneut machten ihn die Schockschläge der Kampfpflanzen wehrlos. Untätig mußte er zusehen, wie das Grauen in seinen Leib kroch. Aber nicht nur körperlich drang das Fremde in ihn ein. Es begann auch, seinen Geist durchzusetzen.

Willenlos lauschte Kalak den Befehlen ...

„Man hat Kalak fortgeschleppt", sagte Perry Rhodan.

Atlan nickte, obwohl ihm jede Muskelfaser schmerzte.

„Und Tolot ist noch immer bewußtlos. Ich fürchte, aus eigener Kraft können wir uns nicht mehr befreien. Aber die Monstren irren sich, wenn sie uns fest in ihrer Gewalt glauben."

Er schaute dorthin, wo ein blauweiß leuchtendes Geflecht die Wände zu überziehen begann. Drei zottige Ungeheuer bewegten sich dort.

„Mein Telekom ist noch in Ordnung, Freund. Die Ungeheuer werden sich wundern, wenn die CREST III über ihrer Welt erscheint. Dann können wir unsere Bedingungen stellen!"

„Cart Rudo hätte längst antworten müssen", erwiderte Rhodan. „Wie lange sendest du das Rufzeichen schon?"

„Zehn Minuten." Atlan knirschte mit den Zähnen. „Ich verstehe nicht, weshalb Rudo nicht reagiert. Bis zur CREST braucht ein Funkimpuls höchstens anderthalb Sekunden."

„Ich begreife es auch nicht. Zudem habe ich kurz vor dem Absturz noch einen Notruf gesendet. Man weiß also an Bord der CREST, daß wir angegriffen wurden."

„Still!" zischte Atlan. „Sie bringen Kalak zurück."

Die beiden Männer beobachteten unter gesenkten Lidern hervor, wie der Paddler von zwei Botas dicht an ihnen vorübergetragen wurde. Sie hörten Kalaks Stöhnen.

Perry Rhodan zuckte zusammen, als er die Kontaktalgen an dem Körper erkannte. Die fingerdicken, blauvioletten Gebilde zuckten und wanden sich.

„Mein Gott!" flüsterte er, als die Botas vorbei waren. „Was haben sie mit ihm angestellt?"

Atlans Stimme klang tonlos, als er antwortete:

„Ich fürchte, wir werden bald ebenso aussehen."

Millimeterweise bewegte Atlan die Hand auf sein Taschentelekom zu. Er beobachtete dabei die in der Nähe liegenden Kampfpflanzen. Seine Stirn bedeckte sich mit kaltem Schweiß, als er den Stellknopf ertastete. Salzige Feuchtigkeit rann aus seinen Augen. Er zuckte zusammen, eine Kampfpflanze hatte sich bewegt. Minutenlang lag er wieder still. Dann begann er, den Stellknopf ganz nach links zu drehen. Wenn er jetzt sprach, würde der Telekom mit maximaler Sendestärke arbeiten. Die Funkzentrale der CREST III mußte seinen Ruf empfangen.

Langsam wälzte er sich auf die Seite. Zwei Kampfpflanzen krochen näher, hielten aber wieder an, als Atlan sich nicht mehr bewegte. Unwillkürlich grinste er. Die Pflanzen konnten seine Stimme nicht hören, und die Botas waren zu weit entfernt.

„Achtung! Achtung!" rief er halblaut in das Funkgerät. „Atlan ruft die CREST III! CREST III bitte melden! Wir befinden uns in der Gewalt intelligenter Pflanzenwesen und mutierter oder modifizierter Nachkommen Kosmischer Ingenieure. Antwortet, wenn ihr mich hört. Wir warten auf eure Hilfe. Hier spricht Atlan. Ich rufe die CREST III!"

„Gib es auf!" sagte Rhodan. „Sie hätten längst geantwortet, wenn sie dich hören könnten. Ich weiß auch nicht, was geschehen ist. Aber wir können vorläufig nicht mit Hilfe rechnen."

Perry Rhodan schaute dorthin, wo die phoshoreszierende Pflanzenschicht sich mehr und mehr über die Wand ausbreitete. Allmählich vermochte er die Umrisse der Gefährten zu erkennen. Es wurde heller, gleichzeitig stellten sich die Augen auf die geringe Lichtmenge um.

Der Arkonide rief schon wieder nach der CREST III.

Nebenan regte sich der Haluter. Aber er erlangte das Bewußtsein noch nicht zurück.

„Wieder nichts!“ resignierte Atlan.

Rhodan schwieg. Was hätte er auch antworten sollen! Ihm war es ebenfalls rätselhaft, warum Cart Rudo nicht eingriff. Mit den Mitteln des Ultraschlachtschiffes brauchte er die intelligente Pflanzenwelt des Planeten Bengal nicht zu fürchten.

Er zuckte zusammen, als etwas Weiches, Schleimiges von der Höhlendecke auf sein Gesicht fiel. Impulsiv wischte er es mit der Hand hinweg. Im gleichen Augenblick erhielt er einen elektrischen Schlag. Drohend reckte sich eine Kampfpflanze neben ihm auf. Er begriff. Man wollte sie zu Sklaven der Pflanzen machen, indem man Kontaktalgen in ihren Körper schickte.

„In wenigen Minuten oder Stunden wird es zu spät für uns sein. Dann kann auch Rudo mit der CREST nicht mehr helfen“, hauchte Atlan.

Perry Rhodan starrte in den Lichtschimmer. Geistesabwesend zählte er die dort liegenden Gefährten und versuchte, sie zu identifizieren.

Er stutzte. Dann lachte er grimmig.

„Nein, es ist noch nicht alles vorbei!“

„Ich habe keine Hoffnung mehr.“

„Ich vor einer Minute auch nicht.“ Rhodan atmete hastig. „Dort drüben liegen nur Menschen. Menschen, Atlan! Begreifst du, was das bedeutet?“

„Nein.“

„Vielleicht wirst du es bald merken. Gucky und Baar Lun sind nicht bei den Gefangenen.“

„Dann sind sie tot“, entgegnete Atlan.

„Oder sie haben sich totgestellt. Ihren mutierten Gehirnen kann das nicht schwergefallen sein. Ich glaube, wir werden bald von ihnen hören.“

11.

Das Bluul wölbte seinen Körper dem Glutsturm entgegen.

Der ganze Horizont war in blauviolettes Feuer gehüllt. Eine niedrige Front schwarzen Staubes kroch schwerfällig wie kochende Lava heran. Sie prallte gleich einer massiven Mauer gegen den gebuckelten Rücken des Bluul, flammte gelblich auf und wurde von gravitoenergetischen Stoßwellen abgestoßen. Das Bluul mochte den Staub nicht. Es wartete auf die Glut . . .

Am blauviolettleuchtenden Horizont entstand plötzlich eine gigantische, in allen Farben des Spektrums schillernde Blase. Sie schwoll mit rasender Geschwindigkeit an, dehnte sich bis in die obersten Schichten der Atmosphäre und zerriß die Wolken aus Magnesiumchlorid zu flackernden Fetzen.

Es war ein phantastisches Naturschauspiel. Für Menschen absolut tödlich, emittierte die schillernde Blase riesige Mengen an harter Gammastrahlung.

Das Bluul reckte und dehnte sich behaglich, als die Strahlenschauer über seinen amorphen Körper hinwegrasten. Es hatte lange gehungert, beinahe zu lange. Doch der heutige Energieausbruch entschädigte es für sein geduldiges Ausharren. Es wölbte sich selbst nahezu blasenförmig auf, wiegte sich hin und her und neigte sich der aufstrebenden Glut zu. In der schillernden Blase bildete sich ein wirbelnder, dunkler Fleck – dann brach das aufgeblähte Gebilde donnernd in sich zusammen. Dick aufwallender Staub umhüllte den schattengrauen Körper des Bluul. Ihm dichtauf folgte die heiße Glutwelle wie eine fürchterlich strudelnde Brandung.

Noch höher hob sich das fladenförmige Wesen. Es zitterte vor Begierde, als Hitze und harte Strahlung über ihm zusammenbrachen. Das Bluul nahm Strahlung auf, verwandelte sie in einem besonderen Körperorgan zu Gravitationsenergie und hielt mit der neugewonnenen Kraft den radioaktiven Glutsturm an sich gefesselt. Wie ein kontinentgroßer Schild ragte die Oberfläche des Bluul aus dem leuchtenden Meer tobender Energie.

Als die Kraft des Glutsturms aufgezehrt war, ging vom Bluul ein silbriges Leuchten aus. Gesättigt dehnte und streckte es sich, erhob sich in die sturmgepeitschte Atmosphäre wie ein gigantischer Flugdrache, schwebte mit wellenförmigen Bewegungen davon und legte sich schließlich auf den Krater, den der Ausbruch radioaktiver Energie in die harte Planetenkruste gerissen hatte. Behaglich nahm es den Rest der Strahlung in sich auf.

Jählings ging ein heftiges Zucken durch den ausgebreiteten Leib.

Das Bluul streckte schwankende Pseudopodien aus. Die lichtgrauen Gebilde stiegen gleich riesenhaften Rüsseln empor. Ihre verdickten Enden verfärbten sich schwarz, als sie in das Vakuum des Raumes hinausstießen. Eine Weile wogten sie wie unentschlossen hin und her. Dann hatten sie ihr Ziel gefunden. Sie richteten sich auf ein grünlich blinkendes Etwas und empfingen die Botschaft über den trennenden Abgrund der Nacht hinweg.

Eigentlich war es keine willkürlich gesendete Botschaft. Eher hätte man von einer verworrenen geistigen Ausstrahlung sprechen können, einer Ausstrahlung, die in ihrer Gesamtheit dennoch ein verständliches Bild im Wahrnehmungszentrum des Bluul zeichnete.

Die unbewußt und ungerichtet gesendete Botschaft war von starken Emotionen durchdrungen. Hervorstechendste Gefühlsregung schien frohlockender Triumph zu sein.

Doch das Bluul ließ sich davon nicht täuschen. Es „hörte" die Untertöne der Angst und der Ungewißheit heraus und erkannte auch, welche unterschwelligen Befürchtungen das Praem hegte. Im Unterschied zum Praem vermochte das Bluul bewußt vorauszuplanen und mit den Wahrscheinlichkeiten zu rechnen. Es kam zu dem Schluß, daß die Bedrohung noch immer gegenständlich war, auch wenn ihre Quelle sich scheinbar ins Staubmeer zurückgezogen hatte. Die Quelle der Bedrohung würde wiederkommen, wenn die Individualwesen ähnlich dachten wie das Bluul und seine Mutterstufe, das Praem.

Das Bluul kannte die Schwächen des Praem besser als die Mutterstufe selbst. Aber obwohl es geistig weit über ihm stand, fühlte es sich mit ihm gefühlsmäßig verbunden. Die Drohung mußte von der Welt des Praem abgelenkt werden.

Das Bluul begann mit der Errichtung des kosmischen Irrgartens.

Auf den Panoramabildschirmen zeichnete sich die konturlose Dunkelheit des Staubmeeres ab.

Die CREST III hing reglos in der Schwärze.

Oberst Cart Rudo hatte das Ultraschlachtschiff mit einem einzigen Linearraummanöver zweihundert Lichtjahre tiefer in die Dunkelwolke gesteuert. Die Absicht, sich in den Ortungsschatten Smaragds zu begeben, mußte fallengelassen werden, da aus den Reaktionen der fremden Schiffe geschlossen werden mußte, daß sie die CREST III geortet hatten.

John Marshall sah von seinen Berechnungen auf, als Cart Rudo die Schaltzentrale der Bordpositronik betrat.

Der Epsaler schaute ihn mit finsterer Miene an.

„Was haben Sie herausbekommen?“ fragte er geradeheraus.

Der Telepath blickte ihm in die Augen. Er las dort die gleichen Gedanken und Gefühle, die auch ihn bewegten.

„Es sieht nicht schlecht aus“, sagte Marshall zurückhaltend. „Neunundsiebzig Prozent Wahrscheinlichkeit dafür, daß die Fremden nur neugierig waren. Ihre unsicheren Manöver hält die Positronik für den Beweis, daß ihr Interesse an uns sich mit der Furcht vor einer unbekannten Gefahr die Waage hält. Nachdem wir verschwunden waren, werden sie ihren ursprünglichen Kurs wieder eingeschlagen haben.“

Rudo atmete sichtlich erleichtert auf.

„Dann steht einer Rückkehr ins Smaragd-System also nichts mehr im Wege?“

„Nein – falls wir die nötige Vorsicht walten lassen, Oberst.“

„Vorsicht . . .!“ grollte der Epsaler mit seiner dröhnenden Stimme. „Das Leben Perry Rhodans und seiner Begleiter hängt vielleicht davon ab, daß wir ihm schnellstens zu Hilfe kommen. Und Sie reden von Vorsicht!“

Der Telepath winkte ab. „Ich teile Ihre Besorgnisse durchaus. Aber mit überstürzten Maßnahmen helfen wir niemand. Wir unternehmen folgendes: Linearflug bis zum Rand des Smaragd-Systems. Dort stellen Sie fest, ob sich noch Fremde in der Nähe aufhalten. Wenn das nicht der Fall ist, gehen wir im Zwischenraum bis dicht an Bengal heran und greifen unmittelbar mit der CREST in die Geschehnisse ein.

Lassen Sie auf alle Fälle den Start der Moskitos und Korvetten vorbereiten, Oberst.“

Der Koloß von Epsal wandte sich ruckartig um und stürmte in die Kommandozentrale.

Sekunden später begannen die Kraftwerke innerhalb des Schiffsgiganten ihr brüllendes Lied. Die CREST III beschleunigte mit Höchstwerten, während sie sich in den grünen Hochenergie-Überladungsschirm hüllte.

Zehn Minuten später begann Kalup I zu arbeiten. Er riß das Ultraschlachtschiff in den Zwischenraum jenseits der natürlichen Realitäten. Die Panoramabildschirme erloschen. Dafür erhellte sich der Reliefschirm. An seinem oberen Rand huschte eine rötlich glimmende Scheibe vorüber, eine nur zehn Lichttage entfernte Riesensonne. Danach bedeckte sich der Schirm mit wesenloser Dunkelheit. Cart Rudo mußte sein Schiff praktisch im Blindflug durch den Zwischenraum navigieren. Die ungeheure Materiedichte der Dunkelwolke machte die hochwertigen Relieftaster nahezu wirkungslos.

John Marshall folgte Rudo in die Zentrale.

Eine halbe Stunde verging.

Dann wurde der Ultragigant übergangslos aus dem Zwischenraum ausgestoßen.

Gespannt beugte sich John Marshall vor.

Die Sonne Smaragd mußte als grüne Scheibe im Zentrum des Panoramaschirmes stehen. Bald würde man wissen, ob das System frei war.

Plötzlich war es dem Telepathen, als hielte die Besatzung der Zentrale den Atem an. Nur das Rumoren der Triebwerksmeiler drang an sein Ohr, begleitet von den vertrauten Geräuschen anderer Aggregate.

Die Pause erschien ihm endlos.

Dann stieß Cart Rudo einen unartikulierten Schrei aus.

Marshall brauchte nicht mehr nach dem Grund zu fragen. Er sah ihn überdeutlich im Frontteil des Panoramaschirmes.

Sie hätten wenige Lichtsekunden vor einer grünen Sonne in den Normalraum zurückkehren müssen – statt dessen glitt ihr Schiff mit geringer Fahrt auf einen gigantischen, blauweißen Glutball zu . . .

Baar Lun erwachte von einem unbestimmbaren Geräusch.

Der Modul öffnete die Augen und starrte in die graugrüne Dämmerung. Er erkannte vage Bewegung. Gleichzeitig schlug ihm eine feuchte Dunstwolke ins Gesicht. Es roch nach Feuchtigkeit, Schimmel und Fäulnis – aber ein eigentümlich süßlicher Geruch dominierte.

Leichengeruch . . .!

Baar Lun begann, an allen Gliedern zu zittern. In panischem Entsetzen wollte er aufspringen und davonlaufen. Da erst merkte er, daß ihn etwas festhielt und gegen eine weiche, nachgiebige Unterlage preßte. Einige bange Minuten vergingen in Ungewißheit und Angst. Erst allmählich beruhigte sich der hypersensible Modul. Und als er seine kalte Überlegung zurückgewann, begann er sich der Panik zu schämen.

Die weiche Unterlage, auf der er sich wiederfand, war sein Kontursessel, und das, was er für Fesseln gehalten hatte, erwiesen sich als die Anschnallgurte.

Nur der Leichengeruch blieb . . .

Die Erinnerung überfiel Baar Lun wie ein Schock. Er wußte plötzlich wieder, daß er an Bord der KC-15 an einem Erkundungsunternehmen teilgenommen hatte. Die Plattform der vor achthundert Jahren nach Bengal geflüchteten Paddler sollte gefunden und Verbindung mit den Nachkommen jener Kosmischen Ingenieure aufgenommen werden. Die Plattform hatte man gefunden – aber der Kontakt war sehr einseitig gewesen und völlig anders, als man es sich vorgestellt hatte.

Baar Lun brach in Schweiß aus. Seine Muskelvenen und -arterien pumpten das Blut wie rasend durch den Körper. Die Angst drohte ihn erneut zu überwältigen – die Angst davor, der einzige Überlebende an Bord des Beibootes zu sein.

Er mußte an Rhodan denken und an Atlan, Gucky und Icho Tolot.

Sollten sie alle umgekommen sein?

Nein! sagte sich der Modul. Nicht Icho Tolot! Wenn niemand den Absturz überlebt hatte – der Haluter mußte davongekommen sein!

Vorsichtig bewegte er die Glieder. Er zwang sich zu logischem Denken und atmete auf. Ganz abgesehen von dem fast unverwundbaren Haluter – wenn er, Baar Lun, den Absturz ohne größeren Schaden überstanden hatte, dann sprach alle Wahrscheinlichkeit dafür, daß auch andere Leute noch lebten. Vielleicht alle, die angeschnallt gewesen waren . . .?

Er beschloß, sich Gewißheit zu verschaffen.

Vorsichtig preßte er die Hand gegen das Sammelschloß. Die Anschnallgurte fielen ab.

An einigen Körperstellen spürte Baar Lun leichte Schmerzen. Doch er vermochte alle seine Glieder ungehindert zu bewegen. Offensichtlich war er mit unbedeutenden Prellungen davongekommen. Er faßte wieder Mut.

Nach und nach gewöhnten sich seine Augen an das grünliche Dämmerlicht. Er sah, daß es von den Platten der Notbeleuchtung ausging. Aber die Notbeleuchtung verstrahlte doch rotes Licht! Baar Lun blickte genauer hin. Sein Atem ging wieder rascher. Die Platten der Notbeleuchtung waren von einem pelzigen Geflecht grüner Pflanzen überzogen – und nicht nur die Platten! An allen Wänden entdeckte der Modul den grünen Überzug.

Nun konnte er auch die vagen Bewegungen bestimmen. Sie kamen von ovalen, blattartigen Gebilden, die sich raschelnd und knirschend über den Boden schoben.

Baar Lun schüttelte sich vor Ekel!

Pflanzen, die sich bewegten . . .?

Unwillkürlich griff er nach seinem Waffengurt. Die Halfter waren leer! Jemand hatte ihm die Waffen abgenommen – jemand oder etwas...

Erst jetzt begann der Modul, das ganze Ausmaß der Gefahr zu erahnen. Nur verstand er nicht, warum man ihn hatte liegenlassen, wenn man ihn schon entwaffnete. Waren diese anderen, die solchen Wert auf die Waffen legten, nicht an ihm interessiert? Oder hatten sie nur nicht bemerkt, daß er noch lebte?

Äußerst behutsam stand er auf. Dabei bemühte er sich, nicht auf die Kriechblätter zu treten. Mit drei Schritten erreichte er den Kontursessel zur Linken. Schon von seinem Platz aus hatte er den Schattenriß einer menschlichen Gestalt darin gesehen. Er stellte entsetzt fest, daß der Mann tot war, übersät von einem unwirklich scheinenden, gierigen Pflanzengewimmel.

Wie im Traum bewegte sich der Modul weiter. Auch im nächsten Kontursessel lag ein Toter. Daneben auf dem Boden noch einer. Doch das war bereits alles. Die übrigen Sessel der Kommandozentrale waren leer. Baar Lun stand vor dem Sitz, in dem Rhodan gesessen hatte, wie er sich erinnerte.

Wo war der Großadministrator...?

Keine Sekunde lang kam Baar Lun der Gedanke, Perry Rhodan könnte die Korvette freiwillig verlassen haben. Dieser Mann würde bleiben, so lange noch einer der Gefährten seiner Hilfe bedurfte.

Und als der Modul den Mausbiber fand, wurde das Schreckliche zur Gewißheit.

Rhodan war gewaltsam fortgeschleppt worden!

Gucky lag fest angeschnallt auf einem Konturlager. Zum erstenmal fiel es Baar Lun auf, daß die Toten nicht angeschnallt gewesen waren. Das mochte für ihren Tod verantwortlich gewesen sein – denn der Mausbiber lebte und schien ebensowenig verletzt zu sein wie er, Baar Lun, selbst.

Behutsam strichen Luns Finger über Guckys Kopf. Die Lider des Mausbibers zuckten, doch der Körper regte sich nicht. Baar Lun entfernte die Hermetik-Manschette von Guckys Handgelenk und fühlte nach dem Puls. Er war deutlich zu spüren.

Der Modul atmete auf.

Wenigstens war er nun nicht mehr allein.

Aber warum, wenn jemand die Lebenden fortgeschleppt hatte, ließ man den Mausbiber und ihn zurück?

Baar Lun seufzte tief. Langsam ließ er Guckys Hand wieder sinken. Er würde warten müssen, bis der Mausbiber aufwachte. Aber in der

Zwischenzeit konnte er das Schiff inspizieren. Vielleicht gab es in den anderen Räumen ebenfalls Überlebende der Katastrophe.

Er stieg die Treppenleiter zur Funkzentrale auf. Eine wilde Hoffnung beschleunigte seinen Schritt. Wenn der Hyperkom oder auch nur der Telekom noch in Ordnung war, konnte er vielleicht Hilfe herbeirufen!

Doch der erste Blick auf die zertrümmerten, von schleimigen Pflanzen überzogenen Geräte zeigte ihm, daß seine Hoffnung vergebens gewesen war. Die Geräte würden ohne eine Generalüberholung nicht mehr arbeiten. Zwischen einem losgerissenen Sessel und den Resten des Hyperkoms lag eine verkrümmte Gestalt. Auch hier waren bereits die Schmarotzerpflanzen am Werk.

Baar Lun spürte das Würgen in seinem Magen. Rasch wandte er sich um und ging auf den Flur hinaus. Dicht an dicht lagen hier die Mannschaftsräume. Der Modul riß eine Tür nach der anderen auf, obwohl er wußte, daß zum Zeitpunkt des Absturzes jeder Mann der Besatzung auf seiner Gefechtsstation gewesen war. Aber irgendwie klammerte er sich an eine verzweifelte Hoffnung, doch noch einen Lebenden zu finden.

Wie nicht anders zu erwarten, enthielten die Kabinen außer stark beschädigtem Mobiliar und den anscheinend überall haftenden Pflanzen nichts.

Baar Lun eilte um die gewölbte Panzerwand der Zentrale herum. Hier war es zum Teil dunkel. Auch die Leuchtplatten der Notbeleuchtung schienen den Absturz nicht alle überstanden zu haben.

Baar Lun tappte über harte und schleimige Pflanzen, riß sich aus tastenden Zweigtentakeln, die sich um seine Glieder zu klammern versuchten. Er schrie entsetzt auf, als er plötzlich strauchelte. Doch es war nur ein verbogenes Trümmerstück gewesen, über das sein Fuß gestolpert war. Nach einer Weile erkannte er das Trümmerstück. Es handelte sich offenbar um das herausgerissene, total verbogene Innenschott der Hauptschleuse. Auf allen vieren kroch Baar Lun darum herum. Hier brannte überhaupt keine Notbeleuchtung mehr. Dennoch kam von vorn ein grünlicher Lichtschimmer.

Anfänglich dachte Baar Lun, das Außenschott der Schleuse stünde offen. Bald jedoch mußte er seinen Irrtum erkennen. Das Außenschott war geschlossen. Doch daneben, in der Terkonitstahlwandung der Schiffshülle, klaffte ein breiter Spalt. Das Beiboot mußte mit ungeheurer Wucht aufgeschlagen sein.

Der Modul runzelte die Stirn.

Eigentlich hätte die Korvette völlig zu Bruch gehen müssen. Ein

Sturz aus fast einem Kilometer Höhe reichte dazu aus. Warum also war das nicht geschehen?

Er entdeckte die Antwort, als er den Kopf aus dem Spalt steckte.

Ringsum war nichts als dichter Dschungel. Nur schwaches, grünliches Licht schimmerte durch das zerrissene Blätterdach. Doch bald mußte es wieder dunkel sein. Von allen Seiten schlangen sich riesige Pflanzen um die Sechzig-Meter-Kugel des Beibootes. Sie zogen das Schiff allmählich in die Tiefe und schlossen die Lücke, die es bei seinem Sturz gerissen hatte.

Wie hypnotisiert starrte Baar Lun auf eine schlangenähnliche Pflanze, die langsam auf ihn zukroch. Dieser Art war er innerhalb des Schiffes nicht begegnet.

Plötzlich schnellte die Pflanze vor, umschlang sein Bein – und dann jagte ein heftiger elektrischer Schock durch den Körper des Moduls.

Baar Lun reagierte instinktiv.

Um die Pflanze bildete sich eine Wolke atomaren Wasserstoffs. Gleichzeitig wurde es kälter. Die elektrischen Schockschläge hörten augenblicklich auf. Die Pflanze fiel zu Boden, rutschte über einen verbeulten Rahmen und stürzte in den Dschungel zurück.

Baar Lun keuchte.

Mit weit aufgerissenen Augen blickte er in die grüne Hölle hinaus. Er ahnte, daß alles viel komplizierter war, als es zuerst den Anschein erweckt hatte. Dort draußen lauerte nicht nur tödliche Gefahr, sondern das Grauen an sich.

Vorsichtig zog sich der Modul in den Gang zurück.

Er war erst einige Meter weit gekommen, als der furchtbare Schrei ertönte.

Baar Lun begann zu laufen.

„Das ist unmöglich, völlig unmöglich!“ Cart Rudo wandte sich mit schweißglänzendem Gesicht zu John Marshall um. „Ich weiß genau, welchen Kurs wir geflogen sind. Wir hätten unbedingt am Rande des Smaragd-Systems herauskommen müssen!“

„Aber wir sind es nicht“, erwiderte der Telepath voller Bitterkeit. „Nein!“ wehrte er ab, als er sah, daß sich der Epsaler verteidigen wollte. „Schweigen Sie bitte! Ich weiß selbst, daß ich mich auf Sie verlassen kann. Wenn Sie sagen, wir hätten am Rand des Smaragd-Systems herauskommen müssen, dann stimmt das auch.“

Cart Rudo lachte grimmig.

„Nur mit dem Unterschied, daß dieser blauweiße Stern nicht die Sonne Smaragd ist."

Marshall biß sich auf die Unterlippe.

„Können Sie sich das erklären, Oberst? Ich meine, wäre es möglich, daß irgendwelche gravitatorischen Einflüsse unseren Kurs verändert haben?"

Rudo schüttelte den massigen Schädel.

„Das hätten unsere Meßgeräte registriert. Und zwar bereits im Linearraum. In diesem Falle aber wären entsprechende Kurskorrekturen durchgeführt worden. Ich gebe es nicht gern zu, aber ich bin wirklich völlig ratlos."

John Marshall starrte auf den blauweißen Sonnenriesen im Frontschirm. Er schien höhnisch zu funkeln, obwohl das ganz sicher nur auf Einbildung beruhte. Tatsache jedoch war, daß sie durch den rätselhaften Zwischenfall jegliche Orientierungsmöglichkeit verloren hatten.

Praktisch befand sich die CREST III auf einer gedachten Kugelschale mit einem Durchmesser von vierhundert Lichtjahren und einer Oberfläche von einer halben Million Quadratlichtjahren. Auf dieser gigantischen Fläche mußte auch das Smaragd-System liegen. Aber eine blinde Suche war innerhalb der Dunkelwolke von vornherein zum Scheitern verurteilt.

Auch Cart Rudo schien diese Überlegung angestellt zu haben.

„Wir sollten Hades verlassen. Danach könnten wir uns anhand einer Konstellationsüberprüfung rasch wieder orientieren und Smaragd auf dem gleichen Wege anfliegen wie zuerst."

„Theoretisch ist das der einzig verwertbare Vorschlag", meinte John Marshall. „Aber ich fürchte, seine Verwirklichung würde uns auch nicht helfen."

„Wie meinen Sie das?" fragte Rudo verständnislos.

Der Telepath ließ sich in einen Reservesessel fallen.

„Ich kann mich natürlich irren", sagte er leise und stockend. „Haben Sie schon einmal darüber nachgedacht, wie wir unseren ersten Eintrittsort nach Hades wiederfinden wollen, wenn uns nicht einmal ein schnurgerader Linearflug über nur zweihundert Lichtjahre gelungen ist ...?"

Der Epsaler atmete plötzlich schwer.

„Sie sprechen, als hielten Sie unser Mißgeschick nicht nur für einen bedauerlichen Zufall!"

„Auch Zufälle müssen ihre Ursachen haben, Cart. Aber wo ist die Ursache dafür, daß wir Smaragd verfehlten ...? Sie haben den Kurs einwandfrei gehalten. Sie sind sich sicher, daß in den Berechnungen kein Fehler liegt, und Sie haben außerdem keine gravitatorischen Störungen festgestellt. Es sieht so aus, als wäre ein Ereignis völlig ohne Ursache abgelaufen. Und dennoch muß es eine Ursache geben. Da wir natürliche Ursachen anmessen und erkennen können . . ."

„Ich kann es nicht glauben. Wer oder was sollte in der Lage sein, unseren Linearflug so zu beeinflussen, daß wir es nur am Ergebnis merken? Kennen Sie die Vielfalt unserer Navigations- und Ortungsgeräte?"

„Einigermaßen." Marshall lächelte. „Aber noch besser kenne ich die Unvollkommenheit alles Menschenwerks, Cart." Er lehnte sich zurück und dachte an das, was ihm als relativ Unsterblichem auf dem Weg durch die Jahrhunderte alles begegnet war. „Es gibt mehr im Universum, als wir Menschen jemals ergründen können. Wir sollten etwas nicht nur darum für unmöglich halten, weil wir es nicht messen und registrieren können."

Oberst Rudo schluckte hörbar.

„Wenn ich Sie recht verstehe, Sie glauben daran, daß uns jemand mit überlegenen technischen Mitteln genarrt hat . . .?"

„Ich bewundere Ihre Auffassungsgabe, Cart", erklärte Marshall sarkastisch. „Ach, lassen wir das!" fügte er rasch hinzu. „Es erscheint mir ja selbst unglaublich, dennoch muß es so sein."

„Und was sollen wir tun, um das Smaragd-System wiederzufinden?"

John Marshall erhob sich. Sein Gesicht wirkte hart und verschlossen, als er entgegnete:

„Meiner Ansicht nach brauchen wir nicht die gesamte Oberfläche der gedachten Raumkugel abzusuchen. Wir haben zweihundert Lichtjahre in gerader Linie zurückgelegt, in einer Richtung, die uns zum Smaragd-System hätte führen müssen. Jemand, der das verhindern möchte, hat unseren Kurs beeinflußt, nur fragen Sie mich nicht, wie er das gemacht hat. Dennoch, ich glaube nicht, daß er uns mehr als eine relativ minimale Abweichung aufzwingen konnte. Wir müssen folglich in der näheren Umgebung der blauweißen Sonne suchen, um Smaragd wiederzufinden. Ich denke an einen Radius von etwa zehn Lichtjahren."

Cart Rudo wiegte bedenklich den Kopf. Dann begann er zu grinsen.

„Was gibt es Witziges dabei?" fragte Marshall indigniert.

Der Epsaler grinste noch stärker.

„Nun, ich dachte daran, daß die Leute, die uns irreführten, in der Nähe sein müssen. Vielleicht erwischen wir sie. Es würde mich beruhigen, ihnen die Stärke unserer CREST zu demonstrieren."

„Vorläufig wollen wir lediglich Smaragd ‚erwischen'!" sagte Marshall abweisend. „Legen Sie bitte sofort die Route fest, Oberst!"

Cart Rudo wollte ganz sichergehen. Er nahm die Navigationspositronik zu Hilfe, um die Suche nach dem Smaragd-System mit dem minimalsten Aufwand ausführen zu können. Eine Viertelstunde später lagen die notwendigen Suchkurse fest.

„Im günstigsten Falle brauchen wir zehn Minuten", sagte Rudo befriedigt, „im ungünstigsten Falle allerdings sechzehn Stunden."

„Beginnen Sie mit dem günstigsten Fall!" wies Marshall ihn scherzhaft an. Doch er wurde schnell wieder erst. „Von mir aus belasten Sie die Maschinen der CREST bis zur Grenze ihrer Leistungsfähigkeit, Rudo. Wir müssen unsere Leute finden, und zwar schnell."

Der Epsaler erwiderte nichts darauf. Kurz danach erkannte Marshall, daß Rudo ohnehin gewillt gewesen war, keine Rücksicht auf Materialverschleiß zu nehmen. Der Ultragigant beschleunigte mit Werten, die weit über der Norm waren.

Kurz bevor die Schutzschirme zusammenbrachen, stieß die CREST III in den Zwischenraum vor.

John Marshall umklammerte die Lehnen seines Sitzes. Er wurde von bösen Ahnungen geplagt. Unwillig mahlte er mit den Zähnen.

Was sollte eigentlich geschehen?

Nach drei Lichtjahren würde das Schiff in den Normalraum zurückkehren. Bei derartig geringen Distanzen ließ sich selbst mit weit überlegenen technischen Mitteln kaum eine Kursbeeinflussung erzielen!

Aber das war ein Irrtum – und sogar ein doppelter. Doch das würde man erst viel später erkennen ...

Als die CREST III den Zwischenraum verließ, geschah das mit zwölf Prozent LG. Unter diesen Umständen hätten die Schutzschirme der Oberfläche eines instabilen Sterns gleichen müssen.

Doch sie flammten nicht einmal auf.

Fast eine Minute verging, bevor die Ursache dafür erkannt wurde – und dann wollte es niemand glauben.

Der Raum um das Schiff war leer im wahrsten Sinne des Wortes.

Baar Lun stolperte über Schlingpflanzen und Kriechblätter. Der markerschütternde Schrei aus dem Innern des Beiboots hallte noch in seinen Ohren nach und trieb ihn zu höchster Eile an.

Mit bebenden Fingern ertastete er den Steuerbordeinstieg zur Kommandozentrale. Rechts glänzte im matten Schein der Notbeleuchtung der tote Frontschirm, links blinkten die farbigen Kontrollampen der geisterhaft arbeitenden Bordpositronik.

Baar Lun sah die Treppenleiter. Aber ein Knäuel ineinander verschlungener Pflanzen ließ seinen Fuß straucheln. Er stürzte und überschlug sich. Im letzten Augenblick vermochte er sich am Arbeitsbühnengeländer der Positronik festzuklammern, sonst wäre er hart auf den Boden der Zentrale gestürzt.

Während er sich zum Abstieg hinüberhangelte, spürte er im Unterbewußtsein einen fünfdimensionalen energetischen Einfluß. Sein Körper versteifte sich. Unwillkürlich reagierte der Sektor seines Gehirns, der die Parafähigkeit der Energietransformierung steuerte.

Wieder ertönte ein gellender Schrei. Doch diesmal enthielt er weniger Furcht und Entsetzen als Schmerz und Unwillen.

Erschrocken erkannte Baar Lun seinen Fehler. Augenblicklich stellte er die Energie-Transformierung ein.

Von unten kam ein erleichterter Seufzer.

Dann rief eine hohe, schrille Stimme:

„Bedankst du dich eigentlich immer auf die gleiche Weise, wenn man dir helfen will, Bleichgesicht?"

Der Modul lachte, aber es war ein hysterisches Lachen. Seine Füße fanden festen Halt. Vorsichtiger als zuvor kletterte er die Leiter hinab. Eine schemenhaft erkennbare kleine Gestalt watschelte unbeholfen auf ihn zu.

Gucky!

„Natürlich bin ich es, du ungehobelter Kerl!" fauchte der Mausbiber. „Bist du dir eigentlich klar darüber, daß du mit deinen impulsiven Reaktionen mein Gehirn zerstören kannst?"

„Entschuldige bitte. Ich war völlig verwirrt. Ich hörte einen Schrei und eilte hierher, weil ich dachte, dir wäre etwas geschehen. Der Parasektor meines Gehirns reagierte spontan auf die fünfdimensionale Ausstrahlung."

Gucky brummte etwas Unverständliches vor sich hin, dann fügte er hinzu:

„Ich erkannte dein Gehirnwellenmuster und wollte dir telekinetisch helfen. Aber lassen wir das." In seiner Stimme schwang plötzlich Panik mit. „Was geht hier vor, Baar? Was sind das für gräßliche Pflanzenwesen? Wo stecken die anderen?"

„Wenn ich das wüßte, wäre mir wohler – oder auch nicht. Ich habe einen Teil des Schiffes durchsucht, Gucky. Demnach scheint man die Überlebenden des Absturzes herausgeholt zu haben."

„Ach!" würgte der Mausbiber nur hervor. „Und wir . . .?"

„Das frage ich mich auch. Vielleicht hielt man uns für tot, weil wir bewußtlos waren."

„Und alle anderen Überlebenden sollen bei Bewußtsein gewesen sein? Das glaube ich nicht, Baar. Wie viele Leute sind bei dem Absturz überhaupt umgekommen?“

„Bisher konnte ich fünf Tote entdecken“, erwiderte der Modul leise. „Aber ich habe nur einen Teil des Schiffes durchsucht.“

„Dann werden wir jetzt gemeinsam den Rest durchsuchen.“ Der Mausbiber dachte eine Weile nach. „Praktisch kommen nur die Gefechtsstationen in Frage, nicht wahr?“

„Das ist auch mir klar. Also: die Transformkanone in der oberen Polkuppel, die Feuerleitzentrale, die Maschinenleitstände und die übrigen Geschützkuppeln. Die Funkzentrale habe ich bereits inspiziert.“

Gucky nickte.

„Noch eine Frage: Wir sind aus fast einem Kilometer Höhe abgestürzt. Wieso ist die Korvette nicht völlig zu Bruch gegangen?“

Baar Lun erklärte ihm, was er darüber wußte.

Der Mausbiber atmete auf.

„Demnach haben die Paddler uns nicht mehr im Bereich ihrer Plattform herunterholen können. Das gibt uns einen gewissen Vorteil. Ich bezweifle, daß sie sehr gern den lebenden Dschungel durchqueren. Vielleicht kümmern sie sich überhaupt nicht mehr um das Schiff.“ Er lachte schrill und zeigte sekundenlang seinen Nagezahn. „Aber wir werden uns bald um sie kümmern, Baar. – Und nun durchsuchen wir das Schiff. Halte dich an mir fest. Es geht los!“

Gucky teleportierte. Er nahm den Modul mit. So brauchten sie nicht über die kriechenden Pflanzen hinwegzusteigen.

Nach ihrer Inspektion teleportierte der Mausbiber auf die obere Polkuppel. Hier war der Lichteinfall immer noch am stärksten, auch wenn das Dschungeldach allmählich wieder von Schlingpflanzen und schnellwuchernden bambusähnlichen Gewächsen geschlossen wurde.

„Elf Tote insgesamt“, sagte Gucky, und seine Stimme zitterte vor unterdrücktem Zorn. „Das sollen mir die Paddler büßen. Haben wir es nötig, unsere guten Absichten mit Strahlschüssen belohnen zu lassen?“

„Alles der Reihe nach!“ erwiderte Baar Lun. „Zuerst müssen wir Perry Rhodan und die übrigen Gefangenen finden und befreien. Danach können wir uns immer noch um das Motiv der Paddler kümmern.“

Der Modul lauschte auf die Geräusche des Dschungels. In der Bordbibliothek der CREST III hatte er Mikrofilme über Dschungelwelten betrachtet. Auf Bengal schien nur der optische Eindruck mit jenen Schilderungen übereinzustimmen. Nichts von dem Brüllen, Kreischen, Flüstern, Zwitschern und Röhren der Dschungelbewohner, nichts von stampfenden Kolossen und brechendem Unterholz war hier zu vernehmen. Eine beinahe geisterhafte Stille lag über dem Dschungel von Bengal. Nur die gespenstisch lautlosen Bewegungen schlangenartiger Pflanzen und gelegentliches geheimnisvolles Rascheln zeugten von dem unheimlichen Leben dieser Welt.

Er wandte sich erschrocken um, als der Mausbiber einen Fluch ausstieß.

„Du solltest so etwas nicht in den Mund nehmen, Gucky!" sagte er vorwurfsvoll.

„So! Sollte ich nicht!" kreischte der Mausbiber zornig. „Ich kann ja lieber meine Nerven ruinieren, anstatt mir Luft zu machen. Auf dieser dreimal... dreimal... ähem... geplagten Welt scheint überhaupt nichts mehr normal zu sein."

„Was interessiert uns das?" fragte Baar Lun zornig. „Ich hatte angenommen, du würdest nach Gehirnimpulsen Rhodans oder der anderen Vermißten suchen! Statt dessen stellst du philosophische Betrachtungen an..."

„Erst jetzt!" betonte Gucky. „Erst jetzt, nachdem ich weiß, daß die Suche nach unseren Freunden nicht allein mit Telepathie zu schaffen ist."

„Wie soll ich das verstehen?"

Gucky blickte ihn mit traurig glänzenden Augen an.

„So, daß wir vielleicht hundertmal teleportieren müssen, bevor wir eine brauchbare Spur entdecken. Ich habe einmal Rhodans Gehirnwellenmuster geespert – aber nur ganz kurz und verschwommen." Gucky senkte die Stimme. „Etwas hat mich so erschreckt, daß ich die Verbindung wieder verlor – etwas, das wie ein schwarzes Ungeheuer in Perrys Geist hockt."

12.

Perry Rhodan wußte, daß jede Gegenwehr nutzlos war. Jedesmal, wenn er sich zu sträuben versuchte, wurde er von Katapultpflanzen umschlungen und von harten Stromstößen gepeinigt. Dagegen kam er nicht an. So sah er schließlich untätig zu, wie ihm die Botas mit brutaler Gewalt die Kleidung vom Leibe rissen.

Auch die Hoffnung, Icho Tolot könnte mit mehr Erfolg vorgehen als schon einmal, erfüllte sich nicht. Die Katapultpflanzen ließen den Haluter nicht zu Bewußtsein kommen. In regelmäßigen Abständen schockten sie den Giganten und lähmten seinen Geist und Körper. Tolot kam nicht dazu, seine Fähigkeit der Strukturveränderung einzusetzen und sich damit unangreifbar zu machen. Es schien, als hätten die Pflanzenwesen diese Gefahr erkannt.

Noch einmal bäumte sich Perry Rhodan auf, als eine Gruppe von vier Botas vor ihn hintrat. Die Monstren trugen ein riesiges Blatt zwischen sich, und auf dem Blatt wimmelte es von grauenhaftem Leben.

Kontaktalgen!

Rhodan war körperlich erschöpft. Dennoch schaffte er es, sich mit letzter Kraft emporzuschnellen und die beiden vorderen Botas umzurennen. Das Blatt fiel zu Boden, und die Kontaktalgen prasselten mit scheußlichem Geräusch hernieder.

Im nächsten Augenblick jagten schmerzhafte Stromstöße durch Rhodans Körper. Wie ein vom Blitz gefällter Baum schlug er hin. Die Botas kreischten mit katzenhaften Stimmen und traten ihn mit den hartsohligen Füßen. Dann schaufelten ihre Hände die sich windenden Kontaktalgen auf seinen halbgelähmten Körper.

Der Terraner schloß die Augen, um das Furchtbare wenigstens nicht mit ansehen zu müssen. Er wußte, was nun mit ihm geschah; an Kalak hatte er es bereits beobachten können.

Schmerzwellen durchliefen seinen Körper. Er fühlte, wie etwas durch die Haut in sein Fleisch eindrang. Wie aus weiter Ferne hörte er Atlan schreien. Offenbar hatte man dem Arkoniden das gleiche Schicksal zugedacht.

Als Atlans Stimme mit einem spitzen Laut abkippte, richtete sich Perry Rhodan noch einmal auf.

„Benutze den Geist als Waffe!“ überschrie er das Kreischen der Botas. Dann sank er kraftlos zurück.

Nun kam es darauf an, ob er seinen eigenen Rat befolgen konnte. An Kalaks Beispiel hatte er erkannt, daß die Kontaktalgen ihre Opfer nicht nur körperlich, sondern vor allem geistig unterwarfen. Anscheinend stellten sie nur die Verbindung zum allgegenwärtigen Geist der Gemeinschaftsintelligenz des Planeten dar.

Perry Rhodan wußte es nicht. Aber er konnte logisch denken. Im Gegensatz zu Atlan glaubte er nicht mehr an eine Heimtücke der Paddler. Vielmehr vermutete er, daß die Paddler nichts als willenlose Sklaven einer mächtigeren Intelligenz waren. Das aber konnte keine Einzelpflanze sein. Nur ein planetenweites Kollektivwesen war dazu fähig.

Heißer Schreck durchrann ihn, als er den fremden Einfluß in seinen Geist einsickern fühlte. Mit allen Tricks, die ihn die arkonidische Hypnoschulung gelehrt hatte, blockte er seinen Geist ab. Die materielle Umwelt versank für ihn hinter einem milchigen Schleier, der nur ab und zu von Wahrnehmungsfetzen durchdrungen wurde.

In den Tiefen des Unterbewußtseins begann ein geistiges Duell . . .

Andohr trat aus dem Feuerschein in das mitternächtliche Dunkel.

Die Gespräche der Männer blieben hinter ihm zurück; zurück blieben die schützenden Hütten und der Dornenwall. Nur dumpfer Trommelklang begleitete Andohrs Schritte.

Er schaute auf zum sternumleuchteten Himmel. Seine spröden Lippen murmelten uralte Beschwörungsformeln. Dann packte er das Lanzenschwert fester und begann zu laufen.

Der weiche Boden schluckte das Geräusch seiner Schritte. Zur Linken tauchte die hohe Silhouette des Sumpfwaldes auf. Wachsam späte Andohr hinüber. Von dort drohte Gefahr. Ein Sechstatzer konnte das kaum begonnene Unternehmen jählings beenden, wenn man die Augen und Ohren nicht ständig offenhielt.

Andohr erschauerte, als langgezogenes Heulen durch die Nacht hallte. Aber dann lachte er unbekümmert und setzte seinen Weg fort. Die Flugdrachen scheuten die Begegnung mit den „Wesen, die die Feuer beherrschten“, wie Andohr und seine Artgenossen sich nannten.

Er stieß einen schrillen Pfiff aus, als zwei schwankende Schatten über seinem Wege auftauchten. Die Schatten verschwanden, als hätte die Nacht sie geschluckt. Allmählich wurde der Weg schlechter. Bald würde die Grenze des Klan-Besitzes erreicht sein.

Andohr blieb stehen, als ein kühlender Hauch seinen nackten, eingefetteten Körper umschmeichelte. Seine Nüstern blähten sich auf. Der Wind trug den Geruch von Wasser mit sich.

Als der angehende Jäger weiterging, geschah es noch vorsichtiger und lautloser als zuvor. Heute sollte er seine Mannbarkeitsprobe ablegen, und Andohr hatte nicht die Absicht, die Erreichung des gestellten Zieles durch eigene Unachtsamkeit in Frage zu stellen.

Ein letztes, halbverwildertes Feld blieb zur Rechten zurück. Mannshohes Büschelgras mit geisterhaft hellen Wedeln tauchte auf. Die Wedel sahen im ungewissen Schein der Sterne aus wie weißhaarige Greisenköpfe. Sie schienen Andohr zuzunicken und ausdrücken zu wollen: Sieh, wir haben das Ziel erreicht; nun warten wir auf dich. Zeige, daß du unserer Taten würdig bist. Werde ein Mann!

Andohr lächelte. Er würde heute nacht ein Mann werden! – im Leben oder im Tod!

Plötzlich war der Weg zu Ende.

Das mannshohe Gras stand wie eine Mauer vor Andohr. Er streckte die Spitze des Lanzenschwertes nach vorn und drang ungestüm in die rauschenden Wedel ein. Der Wind wehte ihm entgegen, und gar zu leicht konnte sich ein Sechstatzer im Windschatten von hinten anschleichen. Nur die eigene Schnelligkeit vermochte das zu verhindern. Was von vorn kam, das würde Andohrs ausgeprägter Geruchssinn rechtzeitig wahrnehmen: Der Wind trug ihm alle Gerüche überdeutlich entgegen.

Kurz danach stand er vor dem niedrigen und felsenleeren Ufer des Blutigen Stromes, Glucksen und Gurgeln drang zu ihm herüber. Schemenhaft ragte der finstere Koloß der Geisterklippe aus den unübersehbaren Fluten.

Einen einzigen bangen Herzschlag lang erschien Andohr die Klippe wie ein schwarzes Verhängnis. Er fröstelte. Aber dann wappnete er sich mit seinem ganzen Mut und schritt tapfer in die rauschende Flut.

Als ihm das Wasser bis zur Brust reichte, begann er zu schwimmen. Kraftvolle Stöße brachten ihn rasch vorwärts. Das Lanzenschwert hielt er fast umklammert, obwohl ihm diese Waffe plötzlich unzureichend gegenüber den Gefahren erschien, die auf der Geisterklippe lauerten.

Ein naßtriefender Schatten tauchte jählings neben ihm auf. Ein breites, scharfzahniges Maul öffnete sich. Andohr warf sich herum und tauchte weg. Über ihm wurde die Flut schäumend aufgewühlt. Andohr hielt sich mit oft geübten leichten Bewegungen und wartete. Als sich seine Augen an die Dunkelheit der nächtlichen Wassertiefe gewöhnt hatten, entdeckte er den glatten Unterleib des Schlingers. Sorgfältig zielte er mit der Spitze des Lanzenschwertes auf die Stelle unterhalb des Kehlsackes – dann schnellte er sich nach oben.

Er wurde aus dem Wasser geschleudert, als sich das Untier vor Schmerz und blinder Wut wand. Aber eisern hielt er seine Waffe fest. Wieder und wieder klatschte er auf die Wasseroberfläche. Oft genug geriet der peitschende Schweif des Schlingers in bedrohliche Nähe.

Dann war der Kampf vorüber. Blut färbte das Wasser. Der Kadaver des Räubers trieb stromab. Bald würden ihn die Artgenossen verschlingen.

Andohr aber wandte sich erneut der Geisterklippe zu.

Wenig später türmte sich die zackige Klippe riesengroß vor ihm auf. Andohr zog sich an den von Gischt benetzten Steinen empor. Dann lag er außerhalb der strudelnden Flut und rang nach Atem. Seine Augen waren starr auf den schwarzen Fels gerichtet. Schründe und Höhlen schienen in dieser unheimlichen Nacht zu den Öffnungen eines Totenschädels zu werden. Eine stumme Drohung ging von ihnen aus.

Nach einiger Zeit, als sich Andohr von der Anstrengung der Flußüberquerung erholt hatte, richtete er sich auf und begann nach einem Aufstieg zu suchen.

Die dunklen Wolken, die plötzlich den Himmel überzogen, schnitten das Licht der Sterne ab. Kaum vermochte Andohr noch die Hand vor den Augen zu sehen. Der Wind erstarb. Drückende Schwüle senkte sich wie ein feuchtwarmes Tuch hernieder. Wahrscheinlich würde es bald ein Gewitter geben.

Als Andohr die erste Felsspalte erreichte, lehnte er sich gegen den kühlen Stein und versuchte, sich über sein weiteres Vorgehen klarzuwerden.

Seit undenklichen Zeiten zogen die Jünglinge des Klans zu dieser Klippe, um die Mannprobe zu bestehen. Nicht alle kehrten zurück, und einige von denen, die zurückgekommen waren, vermochten nichts mehr über ihre Erlebnisse zu berichten; ihr Geist war verwirrt. Diejenigen aber, die die Probe bestanden, beschränkten sich auf geheimnisvolle Andeutungen und entschuldigten ihre Wortkargheit damit, daß die Geister ihnen über einige Dinge Schweigen auferlegt hätten.

Nur soviel schien festzustehen, daß der auserwählte Jüngling den Eingang ins Innere der Klippe finden mußte – den richtigen Eingang. Bis auf einen sollten alle Wege ins Verderben führen. Nur wer den einen richtigen Weg fand, dürfe einen Blick auf das Große Geheimnis werfen.

Andohr lachte voller Bitterkeit.

Woher sollte er wissen, welches der richtige Eingang war . . .?

Er wandte sich ab und begann höher zu steigen. Von Wind und Regen abgerundete, glitschige Felsblöcke ließen seinen Fuß mehr als einmal ausgleiten. Kein erfrischender Wind kühlte und belebte ihn. Sein Körper dampfte, als er die nächste Öffnung erreichte.

Mit zusammengekniffenen Augen starrte er in die finstere Höhle. Der Eingang war oval. Andohr duckte sich und tat einen entschlossenen Schritt in das Loch. Zögernd verhielt er wieder. Er drehte den Kopf und versuchte, etwas von der Umgebung der Geisterklippe zu erblicken. Doch die Dunkelheit war undurchdringlich. Nicht ein Stern leuchtete mehr. Von ferne drangen die vielfältigen und vertrauten Geräusche des Dschungels an Andohrs Ohr und vermischten sich mit den geheimnisvollen Lauten des Stromes.

Plötzlich sträubte sich sein Nackenhaar.

Vor ihm, in den Tiefen der Höhle, war ein Geräusch wie eine klagende Stimme gewesen!

Andohr begann zu zittern. Er stieß das Lanzenschwert blindlings in die Öffnung hinein, traf aber auf keinen Widerstand. Mit gekrümmtem Rücken ging er einen Schritt zurück.

Und wieder erscholl die traurige Stimme.

Andohr atmete heftig und keuchend. Am liebsten wäre er davongelaufen. Doch die unverständliche Stimme erschreckte ihn nicht nur, sie zog ihn zugleich an.

Langsam faßte er wieder Mut. Er richtete sich auf und schritt tiefer in die Höhle hinein. Das Lanzenschwert hielt er schräg vor Brust und Kopf. Eine sanfte Neigung des Ganges führte ihn abwärts. Von unten schlug ihm erschauernde Kühle entgegen. Die Stimme war längst verstummt.

Jählings stockte Andohrs Schritt. Er brauchte einige Zeit, um zu ergründen, was ihn zum plötzlichen Halt veranlaßt hatte: das Echo der klatschenden Geräusche, die seine nackten Sohlen auf dem feuchten Fels verursachten. Es war von einem Augenblick zum anderen verändert gewesen, so, als wäre er von einem engen Gang unvermittelt in eine gewaltige Halle getreten.

Andohrs Geist hatte diese Erkenntnis noch nicht verarbeitet, als eine mattschimmernde Wolke aus dem Nichts auftauchte und ihn, ohne es merken zu können, einhüllte.

Vor seinen Augen erstand plötzlich eine andere Welt – eine Welt, die ihm logischerweise unwirklich erscheinen mußte, da er seine, Andohrs Welt, für die einzige Realität hielt.

Die erste Phase des geistigen Duells ging an die Gemeinschaftsintelligenz . . .

„Fort!“ sagte Gucky resigniert. „Kein Kontakt mehr!“

Baar Lun kraulte den Mausbiber geistesabwesend zwischen den Ohren. Er versuchte, beruhigend zu lächeln, als er sagte:

„Immerhin ist es ein großer Erfolg, daß du zum zweitenmal Kontakt bekommen hast.“

„Ja!“ Guckys Stimme sank zu einem Flüstern herab. „Wenn es wirklich Perry war, dessen Gedankeninhalt ich auffangen konnte ...“

„Wenn es wirklich ...“ Der Modul stockte und blickte den Mausbiber zweifelnd an. „Aber du mußt doch wissen, ob es Rhodan war oder ein anderer!“

Gucky schien zu schrumpfen. Seine Augen blickten glanzlos auf den Boden.

„Ich bin mir nicht sicher, Baar“, antwortete er kläglich. „Das Gehirnwellenmuster könnte stimmen, auch wenn es durch andere Impulse gestört und überlagert war. Aber der Gedankeninhalt ...!“ Der Mausbiber seufzte. „Perry, wenn es Perry war, glaubt fest daran, ein anderer zu sein. Es hat irgendwo mit einer Klippe und einer Höhle und Geistern zu tun. Er hält das für wirklich und die Wirklichkeit für eine Halluzination.“

Baar Lun riß den Mausbiber unsanft an der Schulter zu sich herum. Er atmete schwer.

„Wie war die Wirklichkeit, Gucky?“

„Eine unterirdische Höhle, seltsame Pflanzenwesen und dann menschenähnliche Ungeheuer, die mit lebenden Fadenpflanzen bewachsen sind. Und viele Fadenpflanzen, die sich in Perrys Körper bohren ...“

„Das soll die Wirklichkeit sein? Gucky, wäre es nicht möglich, daß du dich irrst? Vielleicht ist das, was du für real hältst, tatsächlich nur eine Halluzination!“

Der Mausbiber lachte schrill.

„Und die Geisterklippe wäre Wirklichkeit ...? Glaubst du vielleicht an Geister, Baar? Ich nicht!“

„Nein, natürlich glaube ich auch nicht an Geister“, erwiderte der Modul tonlos. „Vielleicht hast du recht. Aber wie sollen wir uns das erklären?“ Er beugte sich zu Gucky hinab und blickte ihm fest in die Augen. „Du mußt es noch einmal versuchen, hörst du! Du mußt noch einmal Kontakt mit ihm oder einem anderen der Vermißten aufnehmen!“

Gucky nickte. Er setzte sich und schloß die Augen.

Baar Lun lauschte unterdessen auf die schwachen Geräusche, die aus dem Beiboot drangen. Allmählich füllte sich die Korvette gänzlich mit Pflanzen. Sogar das Plastik der Böden und Kontursessel wurde nach und nach von einigen schwammigen Pilzarten überzogen und langsam aufgelöst. Unter diesen Umständen hatten es Gucky und er vorgezogen, sich vorläufig nur auf der oberen Polkuppel der Korvette aufzuhalten. Bald jedoch würden sie sich einen sichereren Platz suchen müssen. Zweimal hatte Baar Lun bereits eine verirrte Kampfpflanze mit seiner Paragabe abgewehrt. Insgeheim hegte er eine böse Befürchtung: Wenn auf Bengal die Pflanzen beweglich waren und Menschen angriffen, war es dann nicht möglich, daß sich im Laufe der Jahrmillionen ein Kommunikationsmittel entwickelt hatte, mit dem sie sich untereinander verständigten?

War es so, folgerte der Modul, dann würde ein Massenangriff der Kampfpflanzen nicht mehr lange auf sich warten lassen. Und ob er Hunderte von Schockschlägen gleichzeitig kompensieren konnte...

Er schrie entsetzt auf, als ihn etwas Unsichtbares anhob und unsanft wieder auf die Beine stellte.

Der Mausbiber kicherte.

„Du hast den Großadministrator angepeilt...?“ erkundigte sich Baar Lun.

Gucky schüttelte den Kopf.

„Nein.“ Er seufzte und wurde übergangslos wieder ernst. „Leider konnte ich weder von Perry noch von den anderen Leuten Gedankenimpulse auffangen. Aber ich habe andere Gedanken gelesen!“

Er ließ seinen einsamen Nagezahn im blaugrünen Licht der Abendsonne blinken. Danach räusperte er sich piepsig und fuhr fort:

„Wir haben uns gewaltig geirrt, Baar. Es waren gar nicht die Nachkommen der Kosmo-Ingenieure, die uns auf so heimtückische Weise vom Himmel herabholten. Diese Leute sind vielmehr unsere potentiellen Verbündeten, wenn sie auch noch nichts von ihrem Glück wissen.“

Er schwieg eine Weile, schüttelte seinen Kopf, seufzte mehrmals und murmelte halblaut vor sich hin, als müßte er erst mit sich ins reine kommen.

„Ich kann es noch nicht recht glauben, Baar. Aber es ging ziemlich eindeutig aus dem Gedankeninhalt der Paddler hervor. Ihre und unsere Feinde sind die Pflanzen dieses Planeten!“

„Fast habe ich so etwas geahnt!“ rief der Modul erregt.

„Diese Bemerkung war unhöflich!“ protestierte der Mausbiber. Doch dann winkte er ab. Rasch klärte er den Gefährten über das auf, was er aus den fremden Gedankeninhalten herauslesen konnte. Es war eine Schilderung der Verhältnisse auf Bengal. „Ich fürchte, Perry und seine Freunde sind in noch größerer Gefahr, als wir bisher ahnen konnten", schloß er. „Wir müssen unbedingt etwas unternehmen."

„Aber da du Rhodans Aufenthaltsort nicht ermitteln konntest, können wir nicht direkt helfen, Gucky."

„Ich weiß. Außerdem sagte ich bereits, die Paddler sind unsere potentiellen Verbündeten. Sie kennen die Verhältnisse auf Bengal besser als wir, während ich geradezu dazu prädestiniert bin, sie zu einem überwältigenden Sieg zu führen." Er reckte die Brust heraus und wäre von der Polkuppel gefallen, hätte ihn Baar Lun nicht im letzten Augenblick festgehalten.

„Beinahe hätten die Paddler ihren genialsten Feldherrn verloren, bevor sie ihn kennenlernen konnten", bemerkte er sarkastisch. Dabei deutete er in die Tiefe.

Der Mausbiber schauderte zurück, als er in dem undurchdringlichen Gewirr der Schlingpflanzen und Bäume eine unübersehbare Masse sich emporschnellender Kampfpflanzen entdeckte.

„Es wird Zeit, daß wir den Paddlern zu Hilfe kommen", flüsterte er. „Sie werden ununterbrochen angegriffen. – Nimm meine Hand, Baar!"

Die Dunkelheit brach gleich einer schwarzen Wolke über den Dschungel herein. Smaragd war hinter dem Horizont versunken.

Tausende und Abertausende von Kampfpflanzen schnellten sich auf die obere Polkuppel des Kugelschiffs. Doch sie fanden die Beute nicht mehr vor...

Gucky und Baar Lun materialisierten etwa zur gleichen Zeit am Rande des von zahlreichen Rissen durchzogenen Raumhafens der Werftinsel.

Der Mausbiber winkte den drei Wachtposten der Paddler fröhlich zu. Aber diese schienen wenig Sinn für Humor zu haben. Sie rissen ihre atomaren Flammwerfer hoch und schossen...

Oberst Cart Rudo schaute fassungslos auf die Panoramabildschirme. Dort, wo den Gesetzen des Universums und der Logik zufolge das dichte Staubmeer von Hades hätte sein müssen, dräute die Schwärze des absoluten Nichts.

Nach einer Weile drehte sich der massige Epsaler zu John Marshall um.

„Das ist der Beweis für Ihre Theorie. Jetzt muß auch ich glauben, daß es keine natürlichen Kräfte sind, die unseren Kurs beeinflussen."

Marshall lächelte.

„Auf diese Art von Beweis hätte ich ganz gern verzichtet. Obwohl... hm!“ Er verschränkte die Arme vor der Brust und legte Zeige- und Mittelfinger gegen die Wange. In seine Augen trat ein kalter, mit Spott durchsetzter Glanz. „Man hat etwas sehr dick aufgetragen, Rudo. Meinen Sie das nicht auch?“

Der Epsaler grinste.

„Allerdings. Nun wissen wir, daß uns jemand daran hindern will, zum Smaragd-System zurückzufliegen. Wären die geheimnisvollen Fremden behutsamer vorgegangen, hätten wir vielleicht doch an einen Zufall geglaubt.“

„Ich nicht“, betonte der Telepath. „Ich meine etwas ganz anderes, Rudo. – Passen Sie jetzt gut auf. Sie wenden augenblicklich und kehren mit Höchstgeschwindigkeit zu unserem Austrittsort aus dem Zwischenraum zurück. Dort gehen wir erneut in den Zwischenraum. Ziel ist die blaue Riesensonne. Haben Sie mich verstanden?“

„Verstanden schon, aber nicht begriffen...!“

„Das ist mir gleich. Wir haben keine Zeit zu verlieren. Tun Sie bitte sofort, was ich gesagt habe!“

Der Epsaler zögerte noch eine Sekunde, dann gab er nach. John Marshall vermied es strikt, in Cart Rudos Gedankeninhalt zu lesen. Er konnte sich denken, mit welchen Ausdrücken er augenblicklich bedacht wurde, aber er wollte sie nicht noch „hören“ müssen.

Einen Giganten wie die CREST III im sprachüblichen Sinne zu „wenden“, wäre ein sehr zeitraubendes Manöver gewesen. Wenn der Ausdruck dennoch beibehalten wurde, so lag das daran, daß das Endresultat dem eines konventionellen Wendemanövers genau entsprach.

Cart Rudo ließ mit voller Kraft Gegenschub geben, bis das Ultraschlachtschiff zum Stillstand kam. Dann drehte sich der Kugelraumer auf der Stelle und beschleunigte erneut.

John Marshall lauschte den Befehlen des Epsalers. Auf seinen Zügen erschien ein ironisches Lächeln, während gleichzeitig ein lauerndes Funkeln in seine Augen trat.

Er lehnte sich behaglich zurück.

Währenddessen kroch die LG-Anzeige des Geschwindigkeitsmessers über die Zehn-Prozent-Marke, erreichte die Zwanzig-Prozent-Marke und machte auch vor dreißig Prozent der Lichtgeschwindigkeit nicht halt.

Marshall blickte zur Uhr.

Noch fünf Minuten bis zum Linearraumeintritt. Etwas wie Enttäuschung malte sich auf seinen Zügen. Der Raumgigant erreichte fünfzig

Prozent LG. Die Bildschirme blieben dunkel. Nur ein mattgrüner Schimmer deutete den aufgebauten HÜ-Schirm an. Mehr war von dieser gewaltigen Defensivwaffe niemals zu sehen – es sei denn, sie wurde durch äußere Kräfte beansprucht.

Noch drei Minuten bis zum Linearraumeintritt ... noch zwei Minuten ... noch eine Minute ... noch dreißig Sekunden ... noch zehn Sekunden ... fünf Sekunden ... drei ... zwei ...

Ein ultraheller Blitz blendete John Marshalls Augen. Es geschah, als er schon nicht mehr damit gerechnet hatte. Aus den Projektor-Steuergeräten schossen lange, blauweiße Flammenzungen. Beißender Rauch erfüllte die Kommandozentrale der CREST. Eine chaotische Lärmorgie ließ den bevorstehenden Untergang erahnen.

... null!

Von einem Augenblick zum anderen erstarben die grauenerregenden Geräusche. Nur vereinzelt schrillten noch Signalglocken und Warnsirenen. Aus den Seitengängen stürzten Roboter mit Lösch- und Atemgeräten. Das brennende Schaltpult der Projektor-Steuerung wurde unter eine Energieglocke gelegt. Schlagartig erstarben die Flammen. Zwei Männer wurden von Medo-Robotern mit Atmungsgeräten behandelt. Die Schiffssicherheits-Offiziere sprachen aufgeregt mit den Sektorenchefs und einzelnen Reparaturtrupps.

Doch das alles diente nur dazu, die Folge einer nicht mehr bestehenden Bedrohung zu tilgen.

Die CREST III zog unbehelligt ihre Bahn durch den Zwischenraum.

Cart Rudo hatte sich mit seinem Kontursessel herumgeworfen und starrte den Chef des Mutantenkorps an, als sähe er einen Geist.

„Was ... was war ... das?" stammelte er.

John Marshall erholte sich nur langsam von seinem Schrecken. Er war leichenblaß, obwohl ihn das Ereignis nicht völlig überrascht hatte. Nur war er zu jenem Zeitpunkt nicht mehr darauf gefaßt gewesen, sonst hätte er den Epsaler gewarnt.

„Wir sind mit fünfzig Prozent LG in die Materie der Dunkelwolke hineingerast", erwiderte er bedächtig und war bemüht, das Vibrieren seiner Stimme zu verbergen.

„Ja, natürlich!" entgegnete der Oberst ungeduldig. „Soviel weiß ich inzwischen auch. Aber wie konnten wir überhaupt auf Materie stoßen? Wir befanden uns doch in einem absolut materielosen Raumsektor! Oder etwa nicht?"

„Oder etwa nicht!" sagte John Marshall und zeigte wieder sein überlegenes Lächeln.

Rudo runzelte die Stirn.

„Wie soll ich das verstehen?"

„Ich sagte: ‚oder etwa nicht'. Das heißt, daß ich mir noch nicht ganz sicher bin, Cart. Lassen wir es dabei bewenden. Mir fehlt noch ein Beweis. Nur um eines möchte ich Sie dringend ersuchen: Gehen Sie niemals mit mehr als zehn Prozent LG in oder aus dem Linearraum, ganz gleich, was die Bildschirme und Meßinstrumente anzeigen. Sie haben soeben gemerkt, wie schnell das zur Katastrophe führen kann."

„Ich werde mich hüten!" stieß der Epsaler zwischen zusammengebissenen Zähnen hervor.

Marshall blickte zur Uhr.

„In einer Minute ist Linearraumaustritt...!"

„Zum...!" Cart Rudo verschluckte den Fluch. „Allmählich beginne ich daran zu glauben, daß wir die blaue Sonne vorfinden werden. Aber erklären kann ich es mir nicht."

Der Telepath schwieg.

Die Lage im Schiff normalisierte sich wieder. Noch immer waren Menschen und Roboter unterwegs, um kleinere Schäden zu beheben. Aber ansonsten gab es keine neue Aufregung mehr. John Marshall erschauerte, als er daran dachte, daß der Zwischenfall beinahe das Ende der CREST herbeigeführt hätte.

Wenn er nicht zwei Sekunden vor dem rettenden Linearraumeintritt geschehen wäre...

„Linearraumaustritt!" verkündete Rudos dröhnende Stimme.

John Marshall beugte sich vor und betrachtete den Panoramaschirm. In gleißender, weißblauer Pracht hob sich eine riesige Sonne vom düsteren Hintergrund des Hades-Nebels ab.

Der Telepath nickte grimmigen Gesichts.

„Das hatte ich mir gedacht, Cart. Sie rechneten niemals damit, daß wir hierher zurückkehren würden..."

Mehr sagte er nicht, und Cart Rudo zerbrach sich eine ganze Weile den Kopf über die seltsame Bemerkung, bevor er es aufgab.

Doch da erteilte Marshall bereits den nächsten unverständlichen Befehl:

„Fliegen Sie auf das Zentrum der blauweißen Sonne zu, Oberst!"

Als Baar Lun sah, daß sich die Daumen der Paddler-Wachen auf die Feuerknöpfe preßten, reagierte er so unbewußt und blitzschnell wie ein Automat.

Im nächsten Augenblick wurden Gucky und er in blendendhellem

Licht gebadet. Der Mausbiber schrie; es sah aus, als würde von ihnen nichts als Asche übrigbleiben. Er wußte nicht, daß der Modul die auftreffende Wärmeenergie voll in atomaren Wasserstoff transformierte und daß nur kaltes Licht von diesem Vorgang unberührt blieb.

Als er begriff, daß er noch lebte, war es fast zu spät. Gegen die Energieentwicklung dreier atomarer Waffen kam auch die voll ausgebildete Parafähigkeit Baar Luns nicht an. Er hatte die Katastrophe nur verhindern können, indem er alle Reserven seines mutierten Geistes und Körpers einsetzte – und verbrauchte. Nun stand er kurz vor dem Zusammenbruch.

Schon vermochte er nicht mehr alle Wärmeenergie zu kompensieren. Es wurde innerhalb von Sekundenbruchteilen unerträglich heiß.

Im allerletzten Augenblick packte der Mausbiber seinen Gefährten und teleportierte hinter die Paddler. Als er losließ, sank der Modul kraftlos zusammen.

Einen Herzschlag lang drohte die blinde Wut den Mausbiber zu übermannen. Doch dann siegten seine angeborene Klugheit und durch Erfahrung erworbene Weisheit.

Als ihn und den Modul die Paddler-Wachen nach einer halben Minute wiederfanden und erneut die Waffen hoben, verzichtete Gukky auf jede Aggressivität. Er setzte nur kurz seine telekinetische Begabung ein und riß den drei Paddlern ihre Flammstrahler aus den Händen.

Die so jählings und auf geheimnisvolle Weise entwaffneten Nachkommen Kosmischer Ingenieure starrten das kleine Pelzwesen verblüfft an. Leider hatten sie und ihre Vorfahren zeitlebens nur kompromißlosen Kampf kennengelernt, sonst wäre ihnen Guckys Geste nicht unverständlich gewesen.

Der Mausbiber hob die Hände und zeigte die leeren Handflächen vor. Überall im bekannten Universum galt das als Zeichen der Friedfertigkeit. Woher sollte er auch wissen, daß die Paddler nach achthundert Jahren ununterbrochenen erbitterten Kampfes auf Leben und Tod keine Ahnung von Frieden oder Verhandlungen hatten. Für sie war alles tödlich, was nicht zu ihnen gehörte.

Sie stürzten sich mit heiseren Rufen auf die unheimlichen Gegner, denen ihre Flammstrahler offensichtlich nichts hatten anhaben können.

Gucky war nur einen Augenblick lang verblüfft, so lange nämlich, wie er brauchte, um den Gedankeninhalt der Paddler zu erfassen. Dann setzte er sich gemächlich und zeigte grinsend seinen Nagezahn.

Wenige Schritte vor ihren vermeintlichen Todfeinden schienen die drei Paddler gegen eine unsichtbare Mauer zu prallen. Sie schrien vor Entsetzen, doch sie gaben nicht auf. Mit dem Mut der Verzweiflung rannten sie gegen den telekinetischen Widerstand an. Als ihnen das nichts nützte, wandten sie sich wie auf Kommando um und versuchten, ihre Waffen zu erreichen.

Der Mausbiber handelte.

Die Paddler stiegen plötzlich kerzengerade in die Luft. In etwa hundert Metern Höhe begannen sie, sich wie Kreisel zu drehen. Genau in dem Augenblick, als sie die Orientierung verloren und es ihnen so übel wurde, daß sie sich beinahe übergeben hätten, sanken sie wieder herab.

Wie durch wallende Nebel hindurch sahen sie das spitze Gesicht des Mausbibers vor sich, und das Schwindelgefühl ließ die fremde Stimme scheinbar anschwellen und absinken, als schwängen sie selbst gleich Pendeln hin und her.

„Wir sind eure Freunde, und die Pflanzenwesen dieses Planeten sind unsere gemeinsamen Feinde!" rief Gucky ihnen in der Sprache der Paddler zu, die er – und auch andere Besatzungsmitglieder der CREST – in einem Hypnokursus von Kalak erlernt hatte. „Wir kamen mit einem kleinen Raumschiff, um euch zu befreien, aber die modifizierten Botaniker schossen uns ab. Laßt uns das kleine Mißverständnis von vorhin vergessen und beraten, wie wir euch helfen können. Antwortet, wenn ihr einverstanden sein!"

Die drei Paddler schwebten waagerecht über dem Boden. Ihre Köpfe befanden sich dicht vor Guckys Gesicht. Der Mausbiber konnte in ihrem Mienenspiel lesen wie in einem aufgeschlagenen Buch. Er sah, wie die Übelkeit des unfreiwilligen Fluges daraus wich und ungläubigem Staunen Platz machte.

„Wer seid ihr?" fragte endlich einer der Paddler.

„Was spielt das für eine Rolle? Wir sind eure Freunde. Genügt das nicht?"

„Nein! Es genügt durchaus nicht, das zu behaupten!" antwortete eine dröhnende Stimme in Guckys Rücken.

Der Mausbiber fuhr herum und vergaß dabei, sich weiterhin auf die drei Paddler zu konzentrieren. So kam es, daß die in der Luft schwebenden Ingenieure sehr unsanft zu Boden fielen.

Gucky bemerkte es überhaupt nicht. Er fixierte den Paddler, der nur wenige Schritte vor ihm am Boden kniete und einen schweren Lafettenstrahler auf ihn gerichtet hielt.

„Mit mir kannst du deine Tricks nicht versuchen!" warnte der Paddler. „Das ist eine schwere Spezialwaffe. Ich habe sie auf Dauerfeuer eingestellt. Irgendwo unter meinen Händen“ – er grinste breit über sein tiefschwarzes Gesicht, – „befindet sich der Sicherungsknopf. Wenn ich ihn loslasse, beginnt die Waffe zu feuern, bevor du nur weißt, wo der Knopf zu suchen ist. Also . . .?“

Der Mausbiber lachte schrill.

Plötzlich legte sich Baar Luns Hand auf seine Schulter. Der Modul hatte seine Kräfte mit der für ihn typischen Schnelligkeit regeneriert.

„Ich weiß, du könntest ihn davonschleudern, bevor er die Hände von der Waffe lösen kann“, sagte der Modul. „Bitte, laß es sein; er ist unser Freund, auch wenn er es noch nicht glaubt.“

Das Grinsen im Gesicht des Paddlers verstärkte sich.

„Oh, ich möchte es nur zu gern glauben, Weißgesichtiger. Aber diese Welt hat uns mißtrauisch gemacht. Wenn ich euch als Freunde anerkennen soll, müßt ihr mir schon einen Beweis dafür liefern.“

Baar Lun nickte.

„Wie wäre es damit: Ihr – beziehungsweise eure Vorfahren – habt vor zwei Generationen einen Notruf mit Positionsangabe ausgestrahlt. Dieser Notruf wurde von einem Kosmischen Ingenieur namens Kalak aufgefangen . . .“

„Kalak . . .?“ rief der Paddler mit überschnappender Stimme. Seine Finger bewegten sich, dann schob er die Waffe achtlos zur Seite und erhob sich. „Meinst du den Direktor von KA-preiswert?“

„Ja. Er befindet sich übrigens in der Gewalt der Pflanzenwesen, denn er war ebenfalls an Bord des kleinen Raumschiffes, das die Botas abschossen.“

Der Paddler trat einen raschen Schritt zurück und streckte beide Hände nach seiner Waffe aus.

„Halt!“ rief der Modul. „Ich weiß, du hältst uns für Lügner, weil Kalak eigentlich längst tot sein müßte. Aber er lebt, denn er hat sich durch molekulare Konservierung in die heutige Zeit hinübergerettet. Nur deshalb konnten wir eine Expedition zu eurer Rettung unternehmen. Leider wäre beinahe alles vergeblich gewesen. Warum habt ihr uns nicht vor den Botas und Pflanzen gewarnt?“

Der Paddler senkte den Kopf. Lange Zeit antwortete er nichts. Es war ihm deutlich anzusehen, daß er das Gehörte erst verarbeiten mußte. Dann blickte er Baar Lun aus traurigen Augen an und sagte:

„Wir konnten euch nicht warnen. Die Funkstation . . . sie befindet sich in den Händen der Botas. Und ich fürchte, es wäre nicht nur beinahe alles vergeblich gewesen. Wenn ihr die einzigen seid, die nicht in die Gewalt der Gemeinschaftsintelligenz gerieten, dann ändert sich nichts an unserer Lage.“

Er sprang erschrocken zurück, als der Mausbiber plötzlich von seinem ursprünglichen Standort verschwand und fast im gleichen Augenblick dicht vor ihm auftauchte.

Gucky lachte überlegen.

„Du staunst über meine Fähigkeiten, wie? Und gleichzeitig behauptest du, an eurer Lage könnte sich nichts ändern!“ Er schüttelte drohend seine kleine Faust. „Gewiß, wir sind nur zwei – aber was für zwei! – Das dort ...“, er wandte sich um und zeigte auf den Modul, „ist Baar Lun, der Mächtige aus der Dunkelwelt. Und mein Ruf reicht von der frühesten Vergangenheit bis in die fernste Zukunft und von einem Ende des Universums bis zum anderen.“

Er nickte tiefbefriedigt, als er den Ausdruck von Betroffenheit und unwillkürlicher Hochachtung auf des Paddlers Gesicht bemerkte.

„Jawohl! Ich, der große Gucky, könnte kraft meines Willens das Universum in das ... in das ... ähem ... na, eben irgendwo anders hin werfen!“ Er zuckte zusammen, als sich Baar Lun vielsagend räusperte. „Nun, ja“, gab er wegwerfend zu. „Mindestens hundert Botaniker aber könnte ich durch die Luft wirbeln, wenn auch nicht zur gleichen Zeit.“

Der Paddler lächelte.

„Es würde genügen, wenn du zehn Botas ausschalten kannst, Gukky. Vielleicht vermögt ihr uns doch wirkungsvoller zu helfen, als ich zuerst dachte.“

„Wir müssen euch sogar sehr wirkungsvoll helfen“, erwiderte Baar Lun ernst, „davon hängt das Leben unserer Gefährten ab.“

Der blauweiße Sonnenriese wuchs zu einer beängstigend hellen, bildschirmfüllenden Scheibe heran. Eruptionen gigantischen Ausmaßes tobten auf seiner Oberfläche und sandten Protuberanzen von vielen Hunderttausend Kilometern Länge aus.

„Noch achtzig Millionen Kilometer!“ las Cart Rudo vom Entfernungsmesser ab. Er sah John Marshall bedeutungsvoll an. „Soll ich den Kurs wirklich beibehalten?“

Der Telepath antwortete mit einer Gegenfrage.

„Wie nahe können Sie im äußersten Falle herangehen?“

Der Epsaler lachte trocken.

„Theoretisch bis zur äußeren Korona. Die innere Korona wird bereits zu heiß für uns. Sie hat nach unseren Messungen bei diesem Stern eine Temperatur von fünfunddreißig Millionen Grad Celsius.“ Er warf Marshall einen mißtrauischen Blick zu. „Ich hoffe nicht, daß

Sie die Gefahren unterschätzen. Auch die äußere Korona dürften wir nur mit mindestens zehn Prozent LG durchstoßen. Andernfalls riskieren wir, von der gewaltigen Sonnenmasse festgehalten und unaufhaltsam angezogen zu werden."

„So...?" John Marshall lächelte plötzlich hintergründig. „Das ist ein Naturgesetz, wie? Ich meine, daß die Sonnenmasse unser Schiff anzieht."

„Ich weiß nicht, worauf Sie hinauswollen!" rief Rudo ärgerlich. „Natürlich ist das ein Naturgesetz, und Sie wissen es so gut wie ich und jeder andere an Bord."

Der Telepath nickte.

„Eben, eben!" Er breitete entschuldigend die Hände aus. „Ich möchte mich nur nicht gern blamieren, Cart. Verzeihen Sie bitte, wenn ich deshalb noch nicht offen spreche." Er räusperte sich. „Nur noch eine kleine Frage, mein Lieber: Was geschieht, wenn Sie Kurs auf den Rand der sichtbaren Sonnenscheibe nehmen und danach den Antrieb ausschalten?"

„Wie...?" Der Epsaler verschluckte sich. Als er wieder Luft bekam, sagte er: „Bitte, treiben Sie keine solchen Scherze mit mir. Sie wissen höchstwahrscheinlich genau, was in dem Fall geschieht. Ich will es dennoch wiederholen: Die CREST würde durch die Massenanziehung der Sonne aus dem ursprünglichen Kurs gerissen und auf den Sonnenmittelpunkt hingezogen werden."

„Natürlich nur, wenn es eine Sonne gibt", bemerkte Marshall.

Unwillkürlich warf Cart Rudo einen Blick auf den Panoramaschirm. Dann lachte er hysterisch.

Der Telepath erhob sich.

„Also, dann führen Sie dieses Manöver aus, Oberst!" sagte er gelassen.

„Wie bitte...?"

„Seien Sie doch nicht so entsetzt, Cart. Selbstverständlich dürfen Sie rechtzeitig den Kurs ändern, damit dem Schiff nichts geschieht."

„Ja!" bestätigte der Epsaler. Er griff nach dem Mikrophon und gab die entsprechenden Befehle an den Maschinenleitstand.

John Marshall warf noch einen Blick auf den Bildschirm. Dann schlenderte er zur Bordpositronik. Vor dem Eingang traf er auf Melbar Kasom. Der Ertruser vertrat ihm den Weg und sah mit einer wahren Leichenbittermiene auf ihn herab.

„Wann kehren wir zum Smaragd-System zurück?" fragte er.

Marshall hob die Schultern.

„Zeigen Sie mir den Weg, Kasom, und ich lasse Rudo augenblicklich zurückfliegen."

Der ertrusische Riese seufzte.

„Rhodan und Atlan befinden sich in größer Gefahr. Mir schmeckt schon kein Essen mehr. Was soll die Gattin des Großadministrators von mir denken, wenn ich ohne ihn zurückkomme..."

Der Telepath tat, als dächte er angestrengt nach. Dann erwiderte er bedächtig:

„Sie wird annehmen, Sie hätten mich in meiner Arbeit behindert und dadurch eine Rettung unmöglich gemacht, Kasom..."

Mit einem Satz sprang der Ertruser zur Seite.

„Was denken Sie von mir? Ich halte Sie doch nicht auf. Kann ich Ihnen irgendwie behilflich sein?"

Marshall nickte.

„Rufen Sie bitte Ras Tschubai, André Noir, Wuriu Sengu und die Woolver-Zwillinge in die Zentrale. Sie sollen am Kartentisch auf mich warten. Ich muß nur noch einige Berechnungen durchführen."

Melbar Kasom riß seinen mächtigen Körper herum und verschwand mit der Vehemenz eines gereizten Nashornbullen im Liftschaft.

Mit einem leichten Lächeln auf den Lippen betrat der Telepath das Innere der Schiffspositronik. Er war schon oft hiergewesen, dennoch konnte er sich nie der Faszination entziehen, die der gewaltige Komplex einer intelligenten Maschine auf ihn ausübte. In der viele Stockwerke hohen Konstruktion befanden sich zahlreiche Liftschächte, Gänge und Schalträume. Überall starrten die konvexen Linsen der Beobachtungsgeräte auf den Besucher, maßen Gehirnwellendetektoren die Ströme seines Gehirns. Ein Unbefugter wäre von verborgenen Schockwaffen augenblicklich gelähmt worden. Anschließend hätte die Sicherheitsautomatik des Gehirns Alarm gegeben. Die Erbauer waren sehr besorgt um die Sicherheit dieser wichtigen Maschine gewesen.

John Marshall brauchte nichts zu befürchten. Er gehörte zu den wenigen ausgesuchten Leuten, die unbeschränkte Besuchererlaubnis für die Bordpositronik besaßen.

Der Telepath suchte die erstbeste freie Kabine auf und ließ sich mit dem Chefmathematiker verbinden. Über Visiphon trug er seinen Wunsch vor. Ein anderer hätte warten müssen, die Kapazität des Gehirns war voll ausgelastet wie fast immer. Marshalls Ausnahmestellung als Sonderoffizier des Imperiums – jeder Mutant war Sonderoffizier, aber Marshall war außerdem Chef des Mutantenkorps – und seine derzeitige Funktion als Kommandeur der Andromeda-Expedition wirkten wie ein Zauberwort. Innerhalb weniger Sekunden leuchtete eine grüne Lampe über seinem Programmierungspult auf. Der Chefmathematiker hatte ihm einen genau bemessenen Kapazitätsblock des Gehirns zur Verfügung gestellt.

Er brauchte nur zwei Minuten für seine Berechnungen. Wie jeder führende Mann des Solaren Imperiums verfügte er über den Vorteil einer besonders umfangreichen Hypnoschulung. Dazu kamen seine reichen Erfahrungen, die er als relativ Unsterblicher im Laufe von über vier Jahrhunderten hatte sammeln können. Das, was Cart Rudo außer Fassung brachte, war für Marshall nichts prinzipiell Neues. Bei der Suche nach dem Ewigen von Wanderer waren ähnliche Dinge geschehen, und der Telepath hatte nichts davon vergessen.

Mit fröhlichem, beinahe jungenhaftem Lächeln schob er die Antwortfolien in die Brusttasche seiner Kombination, meldete seinen Kapazitätsblock frei und verließ die Positronik wieder.

Am Kartentisch warteten bereits Kasom, Tschubai, Noir, Sengu und die Woolver-Zwillinge auf ihn – bis auf Kasom und die Woolvers waren sie ebenfalls Zellaktivatorträger.

John Marshall ließ sich auf dem freien Platz zwischen ihnen nieder und nickte den Gefährten zu. Dann schaltete er den Interkom zum Schiffskommandanten ein.

„Nun, Oberst . . .?“ fragte er betont lässig.

Cart Rudo explodierte fast. Krachende Geräusche drangen aus dem Lautsprecher. Marshall drosselte den Empfang und bat um Wiederholung.

„Keine Kursabweichung!“ schrie der Epsaler aufgeregt.

„Aha!“ machte Marshall. „Was schließen Sie daraus?“

„Wenn ich das sage, halten Sie mich für verrückt“, sagte Rudo kleinlaut.

„Das glaube ich kaum. Ich kann mir nämlich denken, was Sie vermuten. Übrigens kann sich das schon ein Schuljunge an den zehn Fingern abzählen. Also . . .!“

Cart Rudo holte tief Luft.

„Also schön: Die blauweiße Sonne besitzt keine Masse! Und nun lachen Sie mich aus, wenn Ihnen danach zumute ist.“

„Ganz im Gegenteil“, erwiderte Marshall sanft. „Ich habe hier übrigens einige Berechnungen vorliegen, die ich soeben in der Positronik durchführte. Wollen Sie das Ergebnis hören?“

„Ich bin heute auf alles gefaßt.“

Der Telepath lachte voller Sarkasmus.

„Halten Sie sich trotzdem fest. Die Positronik antwortete auf eine entsprechende Frage: ‚Vergleicht man die Anzeigen von Meßinstrumenten mit den tatsächlichen Auswirkungen auf den Kurs eines Schiffes und weichen beide voneinander ab, so sind die Instrumentenanzeigen als sekundär, die Kursauswirkungen aber als unbedingt primär zu betrachten'."

„Hoho!" machte der Epsaler kläglich. „Das hieße also, trotz entsprechender Instrumentenanzeigen – und trotz einwandfreier optischer Wahrnehmung! – wäre der Sonnenriese als nicht existent zu betrachten...?"

„So ist es, Oberst. Eine Sonne kann unmöglich aus reiner Energie bestehen; der Hauptbestandteil ihrer Materie befindet sich stets im Zustand der Masse, andernfalls sie im selben Augenblick zu bestehen aufhören müßte."

Oberst Rudo sagte eine Weile überhaupt nichts. Nur sein keuchender Atem war zu vernehmen. Endlich röhrte er heiser:

„Verstehe ich Sie richtig, wenn ich annehme, daß Sie mir jetzt den Befehl erteilen wollen, mit der CREST mitten in die Sonne hineinzufliegen?"

„Nicht ganz, Cart. Ich halte das zwar für relativ ungefährlich, doch wir haben andere Möglichkeiten, die Probe aufs Exempel zu machen. Nicht umsonst habe ich die Woolvers zu mir bestellt. – Einen Moment, bitte!"

Er wandte sich an die Woolver-Zwillinge.

„Sie sind Wellensprinter und können jede Energieform als Transportmedium benutzen. Dabei vermögen Ihnen äußere Einflüsse oder auch die Transportenergie nichts anzuhaben. Aber trifft das auch auf *jede* Energieform zu?"

„Unbedingt!" erwiderten Rakal und Tronar Woolver wie aus einem Munde.

Die Zwillinge standen untereinander in einer ganz eigenartigen psychischen Verbindung.

John Marshall neigte dankend den Kopf.

„Sie haben es gehört, Cart. Lassen Sie eine Moskito-Jet auf Fernsteuerung umstellen und in die Sonne hineinfliegen. Die Jet soll ununterbrochen Peilzeichen senden. Sobald sie sich im Sonnenkern befindet – beziehungsweise dort, wo wir nach den Messungen den Sonnenkern vermuten – werden wir einen gebündelten Hyperkomstrahl auf die Jet richten. Danach springen Rakal und Tronar hinüber und sehen sich um. Anschließend kehren sie auf dem gleichen Hyperkomstrahl wieder zurück. Ist das klar?"

„Klar."

Der Telepath trocknete sich die schweißnasse Stirn ab.

„Dann fangen Sie an. Wir müssen wissen, was sich hinter jener Sonne wirklich verbirgt!“

13.

Der Paddler verbeugte sich vor Baar Lun.

„Auch wir haben Interesse daran, eure Gefährten zu befreien. Von Kalak habe ich schon sehr viel gehört. Er scheint einer der besonders genialen Kosmischen Ingenieure zu sein. Wenn die Gemeinschaftsintelligenz ihn zur Symbiose zwingt, sind wir alle verloren.“

In seinem Gesicht zuckte es.

„Ich vergaß, mich vorzustellen. Mein Name ist Ollok, ich bin Direktor der Werft OL-hilfreich.“ Er machte eine hilflose Armbewegung. „Werft ist wohl zuviel gesagt. Unsere Plattform ging bei der Landung zu Bruch und wird sich nie mehr in den Raum erheben. Und von dem, was geblieben ist, haben die Botas und die Pflanzen nach und nach einen erheblichen Teil erobert.“

„Die Werft KA-preiswert steht leer“, sagte Baar Lun bedeutungsvoll. „Sie wartet darauf, von tüchtigen Ingenieuren bemannt zu werden . . .“

Über Olloks Gesicht glitt ein Schatten.

„Euer Schiff ist im Dschungel abgestürzt. Ihr kennt die Gemeinschaftsintelligenz schlecht, wenn ihr glaubt, ihr könntet es euch zurückholen.“

„Die Schlingpflanzen sollen sich den Magen daran verderben!“ rief Gucky. „Wir brauchen das Beiboot nicht . . .“ Er beobachtete den Paddler scharf.

Wie erwartet, zuckte Ollok zusammen.

„Beiboot . . .?“

„Ganz recht!“ Der Mausbiber reckte sich. Seine Barthaare bebten. „Was dachten Sie denn! Unser Mutterschiff hat noch neunundvierzig Stück davon. Es muß jeden Augenblick über dieser Welt auftauchen.“ Er stockte plötzlich und kratzte sich verlegen hinter dem Ohr. „Wo steckt die CREST überhaupt?“ wandte er sich an den Modul.

Baar Lun nickte.

„Das frage ich mich schon die ganze Zeit. Der Kommandant hätte längst eingegriffen, wenn er dazu in der Lage gewesen wäre. Ich fürchte, Gucky, wir werden allein zurechtkommen müssen. Etwas ist schiefgegangen."

„Ach was!" Der Mausbiber winkte verächtlich ab. „Das ändert nicht viel. Lediglich haben wir nun nicht nur die Entführten, sondern auch noch das Schiff aus dem Dreck zu ziehen!"

Ollok hatte den drei Wachtposten unterdessen einen Wink gegeben. Sie sammelten die Waffen ein und verschwanden. Jetzt wandte er sich wieder seinen Besuchern zu. Plötzlich lagen Achtung und Vertrauen in seiner Stimme.

„Wenn ich Sie bitten dürfte, mich ins Direktorium zu begleiten. Dort könnten wir einen Plan entwerfen, wie wir Ihren Gefährten am besten helfen."

„Plan!" Gucky rümpfte die Nase. „Wozu brauchen wir einen Plan? Ich halte es lieber mit einem alten Feldherrn der Vergangenheit. Sein Wahlspruch war: ‚Immer feste druff'!"

„Offenbar kannte er die intelligenten Pflanzen von Bengal noch nicht", bemerkte Baar Lun sarkastisch. „Der physisch Unterlegene sollte meiner Meinung nach seinen Geist benutzen. Ich bin dafür, daß wir unser Vorgehen mit den Aktionen der Paddler koordinieren."

Der Mausbiber stimmte widerwillig zu, ließ aber deutlich merken, daß er keine Koordinierung nötig hatte. Im Innern aber war er froh über Baar Luns feste Haltung; er wußte genau, wie ohnmächtig selbst er im Grunde genommen gegen die Übermacht der Gemeinschaftsintelligenz war.

Ein offener Gleiter fuhr vor. Gucky, Baar Lun und Ollok stiegen ein. Das Fahrzeug wurde von keinem Fahrer gelenkt, und Gucky machte eine entsprechende Bemerkung zum Direktor der Werft.

Ollok lächelte stolz.

„Wir Kosmischen Ingenieure haben nichts verlernt. Trotz des ununterbrochenen Kampfes haben die Alten alles Wissen an die Jungen weitergegeben – und die ständig notwendigen Reparaturen zwangen uns, dieses Wissen praktisch anzuwenden. Es dürfte nur eine kurze Schulung notwendig sein, damit unsere Techniker jeden beliebigen Raumschifftyp als Gesamtkomplex erfassen und verstehen. Dieser Gleiter hier wurde zum Beispiel aus den Trümmern einer zu Bruch gegangenen Station gebaut – unter anderem. Er ist mit einem Mentalspürer ausgestattet. Ich brauche nur an das Ziel unserer Fahrt zu denken, alles übrige erledigt das Positronengehirn des Fahrzeugs."

„Alle Achtung!" sagte Gucky. „Soll das heißen, daß die Gleiterpositronik telepathische Fähigkeiten besitzt?"

„Aber nein!“ wehrte Ollok ab.

„Schon gut!“ Der Mausbiber grinste. „Sie identifiziert also nur den mental am stärksten hervortretenden Wunsch und erkennt erst während der Fahrt den genauen Kurs.“

„Ja, aber woher wissen Sie denn das?“

Behaglich lehnte sich Gucky zurück. Sein breiter Schwanz klopfte den Rhythmus eines Marsches auf den Boden des Gleiters.

„Nehmen wir an, ich sei ein Telepath . . .“, sagte er bedeutungsvoll.

Dem Paddler fielen fast die Augen aus dem Kopf. Das Weiße der Augäpfel kontrastierte gespenstisch zum Schwarz seiner Haut.

„Was! Telepath sind Sie auch – und Telikinet und Teleporter, wenn ich vorhin richtig beobachtet habe . . .?“

Der Mausbiber klopfte ihm gönnerhaft auf die breite Schulter.

„Keine Minderwertigkeitskomplexe! Ich habe es nicht gern, wenn andere zu mir wie zu einem göttlichen Wesen aufsehen. Ich bin nämlich sehr bescheiden, müssen Sie wissen.“

„Na, na, na!“ machte Baar Lun.

Zu Guckys großer Erleichterung hielt der Gleiter in diesem Augenblick vor einem geöffneten Tor. Ollok sprang aus dem Wagen und bat seine Besucher, ihm zu folgen.

Das Direktorium der Werft wartete vollzählig im Beratungsraum.

Ollok stellte die Besucher vor, gab einige kurze Erklärungen ab und begann danach seinen Bericht zur Lage. Dabei flocht er Erläuterungen ein, die hauptsächlich für Gucky und Baar Lun gedacht waren.

„OL-hilfreich verfügt über knapp sechstausend kampffähige Männer. Dagegen stehen etwa ebenso viele modifizierte Botas und unzählige Milliarden Kampfpflanzen der Gemeinschaftsintelligenz.

Unsere Verteidigungsmittel bestehen aus einigen Kuppeln mit Energiegeschützen und Handfeuerwaffen. Leider fielen die meisten Geschützkuppeln am Rande der Plattform den ersten Angriffen zum Opfer. Die anderen Kuppeln aber können wir nicht einsetzen, ohne die Werft noch stärker zu beschädigen. Bleiben die Handfeuerwaffen.“

Ollok spreizte die Finger.

„Die von den Vorfahren übernommenen Ausführungen waren nutzlos. Sie konnten nicht in geschlossenen Räumen verwendet werden. Deshalb entwickelten wir Spezialwaffen. Es handelt sich dabei größtenteils um tragbare Flammwerfer, die mit Atomenergie gespeist werden. Die Flammwerfer streuen einen breit gefächerten Hitzestrahl. Dies genügt, um jede Pflanze und jeden Botaniker in Asche zu verwandeln. Aber auch die Flammwerfer richten an empfindlichen

Geräten große Schäden an. Darum entwickelten wir zusätzlich eine spezielle Abwehrtaktik."

Er lächelte seine Besucher an.

„Wie Sie wahrscheinlich schon von Kalak wissen, sind wir Kosmischen Ingenieure Strukturläufer. Diese Fähigkeit hat unsere letzte Generation vor den ununterbrochenen Angriffen der Botas und Pflanzen gerettet. Wir lassen fast immer den Gegner eindringen, durchschreiten währenddessen abseits gelegene Wände und greifen ihn von hinten blitzartig an. In dieser Beziehung sind die modifizierten Botaniker uns unterlegen, obwohl ihre Vorfahren die gleiche Fähigkeit besaßen."

Gucky pfiff auf seinem einzigen Zahn, ein Kunststück, das viele Menschen immer wieder verblüffte.

„Also eine Art Guerillakrieg! Aber diese Art der Kriegführung ist auf die Dauer nur mit einem großen und für den Feind unübersichtlichen Hinterland erfolgreich. Sie werden sich damit nicht für alle Zeiten halten können, Ollok."

„Wir haben es inzwischen eingesehen", erwiderte der Direktor. „Vor einem Tag beschloß das Direktorium, eine Großoffensive zu starten. Die Hälfte unserer Kämpfer soll einen Scheinangriff gegen die Geschützkuppeln durchführen und diese nach Möglichkeit sprengen. Die andere Hälfte dagegen soll die verlorengegangene Funkstation zurückerobern."

„Ein guter Plan", entgegnete Baar Lun, „für die damals geltenden Verhältnisse. Ich denke nur, jetzt werden wir ihn ändern können. Ollok hat uns bereits gesagt, daß OL-hilfreich niemals mehr starten kann. Demnach brauchen wir nicht die geringste Rücksicht mehr auf die Werft zu nehmen. Ich schlage vor, alle Kräfte auf die Funkstation zu konzentrieren. Die noch in Ihrem Besitz befindlichen Geschützkuppeln können euch unterdessen den Rücken freihalten."

Erregtes Gemurmel klang auf. Dann trat ein Mitglied des Direktoriums vor. Er hob die Hände, und die Gespräche verstummten.

„Der Vorschlag klingt verlockend, Fremder. Aber Sie vergessen, daß wir damit unsere Lebensgrundlage zerstören."

„Keineswegs!" erwiderte der Modul fest. „Wir sind gekommen, euch auf Kalaks Plattform zu holen – und es wird uns gelingen. Ein riesiges Raumschiff von uns befindet sich in der Nähe. Leider kennt es unsere Situation nicht, da wir abgeschossen wurden, ohne einen vollständigen Notruf senden zu können. Mit eurer Funkstation jedoch könnten wir das Schiff herbeirufen. Gelingt uns das, kann uns der Zustand von OL-hilfreich gleichgültig sein."

Wieder klangt erregtes Gemurmel auf. Diesmal aber schlug die Stimmung sehr rasch in lauten Jubel um. Gucky und Baar Lun wurden von den begeisterten Paddlern auf die Schultern gehoben und unter frenetischen Gesängen im Kreis herumgetragen.

Erst nachdem Gucky einige würdige alte Paddler hatte „fliegen" lassen, kehrte Ruhe ein und richtete sich die Aufmerksamkeit auf ihn.

„Freunde!" begann er, wobei er sich des Lautsprechers in seinem Druckhelm bediente. „Wir haben keine Zeit zum Singen und Schreien. Bevor wir die Funkstation erobern – was für mich eine Kleinigkeit sein dürfte – müssen wir eine andere Aufgabe lösen. Dreizehn unserer Gefährten befinden sich in den Händen der Botas und Pflanzen, unter ihnen der Großadministrator unseres gewaltigen Imperiums. Er und alle Mitgefangenen sind die stärksten Kämpfer des Universums. Wenn es uns gelingt, sie zu befreien, haben wir schon so gut wie gewonnen. Warum sollen sich eure Leute in Massen opfern, wenn der gleiche Erfolg im Handumdrehen zu erreichen ist?"

„Wir werden Ihren Großadministrator und seine Gefährten befreien!" schrie Ollok.

Das Direktorium stimmte in den Ruf ein.

Baar Lun trat zu Gucky und drückte ihm die Hand.

„Vielen Dank für deine Idee, Kleiner. Die ganze Zeit über habe ich überlegt, wie ich den Paddlern die Befreiung Rhodans schmackhaft machen könnte. Du hast zwar reichlich dick aufgetragen, aber in diesem Fall heiligt der Zweck die Mittel."

„Leider habe ich noch stärker aufgetragen, als du ahnst", flüsterte der Mausbiber traurig.

Der Modul blickte ihn fragend an.

Gucky nickte.

„Jawohl, mein Freund. Seit wir hier sind, versuche ich die Gedankenimpulse der Vermißten zu empfangen – ohne Erfolg. Weißt du, was das bedeuten könnte?"

Baar Lun erwiderte nichts darauf. Er fürchtete sich, diese Frage zu beantworten.

Das Peilzeichen der automatgelenkten Moskito-Jet war eine Folge heller Zirptöne.

Auf dem entsprechenden Schirm der O-Zentrale war der Weg des Objektes deutlich zu verfolgen. Es näherte sich bereits der äußeren Korona des blauweißen Sonnengiganten.

John Marshall stand neben Rakal und Tronar Woolver in der Ortungszentrale. Die Männer verfolgten den Kurs der Jet mit sehr unterschiedlichen Gefühlen. Während John Marshall nur dem Augenblick entgegenfieberte, in dem der Zweimann-Jäger die innere Sonnenkorona passierte, warteten die Woolver-Zwillinge mit unerschütterlicher Ruhe auf ihren Einsatz. Die Parasprinter waren sehr selten nervös. Sie kannten ihre Fähigkeiten genau und wußten, wann sie ein Risiko eingingen und wann nicht. In diesem Falle gab es kein Risiko – ihrer Meinung nach. Entweder erwies sich Marshalls Theorie als richtig, dann würden sie gefahrlos auf dem Hyperkomstrahl zur Jet und wieder zurückgelangen – oder der blauweiße Glutball war trotz allem eine normale Sonne, dann würde sich ihr Einsatz erübrigen, weil es bald keinen Zweimann-Jäger mehr gab.

Eine dritte Möglichkeit schien nicht zu bestehen...

Marshall sah zum fünften Male die Auswertung der Positronik durch. Und wie bereits viermal zuvor kam er auch diesmal zu dem Schluß, daß seine Theorie stimmte. Der blauweiße Sonnenriese konnte nicht wirklich sein, obwohl er deutlich auf den Bildschirmen zu sehen war. Der Telepath fragte sich, welcher Stand der Wissenschaft und Technik dazu gehören mochte, die empfindlichen Meßinstrumente eines Wunderwerks von einem Raumschiff zu narren und ihnen etwas vorzugaukeln, was es gar nicht gab. Noch mehr: Gleichzeitig mußten die Instrumente so beeinflußt werden, daß sie die Wirklichkeit nicht mehr anzeigten!

„Zwanzig Millionen Kilometer!“

Das war die Stimme des Cheforters gewesen. Sie hatte die Entfernung der ausgeschleusten Moskito-Jet zum Mutterschiff angegeben. Eine Entfernung von zwanzig Millionen Kilometern – das bedeutete, daß die automatgelenkte Jet soeben die innere Korona erreichte.

John Marshall hielt den Atem an.

Jetzt mußte sich zeigen, ob seine Theorie stimmte.

Das helle Zirpen der Peilzeichen schien schmerzhaft anzuschwellen. Doch das war nur eine Täuschung der überreizten Nerven. In Wirklichkeit blieben sowohl Tonhöhe als auch Lautstärke gleich.

„Einundzwanzig Millionen Kilometer!“

Der Telepath wechselte einen raschen Blick mit dem Chef der Ortungszentrale. Auf seinem Gesicht zeigte sich ein befreites Lächeln. Die Moskito-Jet war nur durch die normalen Prallschirme geschützt. Wenn sie eine Million Kilometer innerhalb der inneren Sonnenkorona noch immer existierte – und die unveränderten Peilzeichen bewiesen es – dann war zumindest die Korona eine Täuschung.

Eine Sonne ohne Korona jedoch war beinahe so unmöglich wie eine Sonne ohne Massenanziehung.

„Vierundzwanzig Millionen Kilometer. Geschwindigkeit unverändert. Kurs unverändert!"

John Marshall wandte sich zu den Woolvers um.

„Machen Sie sich bereit. Wir werden nicht warten, bis die Jet im ‚Sonnenkern' angekommen ist. Diese Phase sollen Sie an Ort und Stelle verfolgen. – Hypersender justiert?" fragte er den Cheforter.

„Sender justiert, Sir."

„Beginnen Sie!"

Als die Kontrollampen des großen Hyperkoms aufleuchteten, schritten die Woolver-Zwillinge auf das Gerät zu. Dort angekommen, wandten sie sich um und blickten Marshall fragend an.

Der Telepath nickte.

„Hals und Beinbruch!"

„Vielen Dank!" erwiderten die beiden Männer gleichzeitig.

Sie schlossen ihre Druckhelme. Dann beugten sie sich zum Stromeingang des Hyperkoms.

Im nächsten Augenblick ertönte ein schwaches Zischen. Die Konturen der Parasprinter verschwammen, wurden zu undeutlichen Nebelstreifen, die rasch in die geöffnete Feldkupplung des Hyperkoms hineinglitten.

John Marshall wischte sich über die Stirn. Mit verkrampftem Lächeln blickte er zur Uhr, obwohl er wußte, wie sinnlos das war. Die Woolvers bewegten sich stets so schnell fort wie ihr jeweiliges Transportmedium. Im Falle eines Hyperstrahles hieß das, daß sie die Entfernung zur Jet praktisch ohne Zeitverlust zurücklegten.

Als zehn Sekunden vergangen waren, ohne daß sich die Parasprinter gemeldet hatten, sah Marshall zum Cheforter.

„Ist mit dem zweiten Kanal alles in Ordnung?"

„Alles in Ordnung, Sir."

Der Telepath schluckte. Aber er sagte nichts mehr. Was hätte er auch sagen sollen?

Plötzlich fühlte er instinktiv, daß etwas Furchtbares geschehen war. Alle Muskeln seines Körpers verkrampften sich unwillkürlich. Die Augen glitten suchend hin und her.

Woher war dieses Gefühl gekommen?

Eine Ewigkeit schien zu vergehen, bis er darauf kam; in Wirklichkeit spielte sich alles in Sekundenbruchteilen ab.

„Die Peilzeichen!"

Marshall und der Cheforter riefen es gleichzeitig.

Die Peilzeichen der Jet hatten ausgesetzt.

„Aus!“ sagte der Cheforter tonlos, und Marshall wußte, daß er damit nicht nur das Schicksal der Moskito-Jet meinte.

Das Bluul erkannte, daß seine Maßnahmen keinen vollen Erfolg gehabt hatten. Die Fremden in der Sternenkugel schienen Verdacht zu schöpfen.

Aber das Bluul wußte nicht, inwieweit man seine Pläne durchschaute. Daher begrüßte es die Gelegenheit, einige der Fremden in seine Gewalt zu bekommen und auszufragen.

Es legte einen Zeitschirm um das in die Projektion eingedrungene Objekt, nachdem es sicher war, daß sich die Fremden darin befanden. Dann schuf es zwei neue Spiegelungen: eine für die Fremden der Sternenkugel und eine für die Gefangenen des Zeitschirms.

Danach brauchte das Bluul nur noch abzuwarten.

Seine besten Verbündeten, so wußte es, waren Neugier und Selbstüberschätzung der anderen . . .

Andohr erwachte wie aus einem Jahrtausende währenden Traum. Lange saß er reglos am Boden der Höhle. Seine physische Kraft war nur wie eine schwach genährte Flamme.

Sein Geist aber versuchte, mit den Bildern fertig zu werden, die während des Traumes an ihm vorübergezogen waren. Er entsann sich nur noch vage eines gigantischen Pflanzendomes, der fluoreszierenden Strahlung, die von den Wänden ausging, und der eilig hin- und herhuschenden Schatten.

Doch da war noch etwas gewesen. Andohr versuchte sich zu erinnern. Aber immer, wenn er glaubte, er könne das Bild aus den Tiefen seines Gedächtnisses hervorziehen an die Oberfläche seines Bewußtseins, stieß er auf einen unbegreiflichen Widerstand.

Nach einiger Zeit gab er es auf. Er wußte, er hatte nichts vergessen. Vielleicht gaben ihm die Geister der Klippe einen Hinweis.

Die Geister . . .!

Überstürzt richtete sich Andohr auf. Er taumelte, doch es gelang ihm, sich auf den Beinen zu halten, wenn auch sein Kopf immer wieder kraftlos nach unten sank.

Warum hatten sich die Geister der Klippe nicht gemeldet?

War er in den falschen Eingang geraten?

Die klagende Stimme fiel Andohr ein. Sie war von hier gekommen.

Nur ihretwegen hatte er diesen Eingang gewählt. Er mußte den anderen oder die anderen finden, denn jemand hatte nach ihm gerufen.

Doch waren die Geister nicht unsichtbar?

Andohr lachte heiser.

Geister waren nicht körperlich – und ohne Körper konnte keine Stimme zustande kommen.

Andohr wußte nicht, daß er in diesem Augenblick den uralten Glauben seiner Ahnen verworfen hatte.

Vorsichtig tasteten seine nackten Füße sich vorwärts. Er fühlte den feuchtkalten Fels, roch Wasser und Moder und noch etwas, das er nicht bestimmen konnte. Plötzlich stieß er mit einem Fuß gegen den Widerstand. Er streckte die Hand aus.

Eine Felswand.

Andohr nahm das Lanzenschwert in die Linke und tastete sich nun mit der Rechten an der Wand entlang. Irgendwo mußte es schließlich weitergehen. Von fern erklang dumpfes Grollen. Zuerst zuckte Andohr zusammen, dann lachte er. Das Gewitter! Also konnte er doch nicht so lange geschlafen haben, wie er geglaubt hatte. Erneut donnerte es. Mit schrillem Pfeifen meldete sich der Sturm. Er brach sich an den Klippen, heulte und jaulte wie eine Armee von Ungeheuern und Kobolden.

Ein Blitz warf wirbelndes Gemisch von Licht und Schatten in die Höhle. Vergeblich versuchte Andohr, etwas von seiner Umgebung zu erkennen. Das Licht war zu unverhofft gekommen und zu schnell wieder erloschen.

Er tastete wieder nach der Wand und schritt ein wenig weiter aus.

Im nächsten Augenblick verlor er den Halt. Er spürte, daß er stürzte, fühlte einen brennenden Schmerz am Unterarm. Mit angehaltenem Atem erwartete er den Aufprall.

Er öffnete den Mund zu einem Schrei, als seine Füße unten aufschlugen – und schluckte Wasser.

Andohr kämpfte gegen den Tod. Mächtiges Rauschen dröhnte in seinen Ohren. Dann bekam er mit einemmal wieder Luft. Er hustete, spuckte – und befand sich erneut unter Wasser, bevor er hatte einatmen können. Mit matten Armbewegungen trieb er zum zweiten Male an die Oberfläche. Diesmal konnte er die Lungen mit Luft füllen.

Gleichzeitig spürte er, daß er von einer Strömung vorwärtsgerissen wurde. Doch er besaß nicht die Kraft, sich dagegen zu wehren. So hielt er sich nur mit sparsamen Bewegungen an der Oberfläche und ließ sich treiben. Sein Lanzenschwert hatte er verloren, er ging gleichgültig darüber hinweg. Irgendwie wußte er, daß er in dieser Phase nichts damit hätte ausrichten können.

Er spürte es sofort, als die Strömung schwächer wurde. Kurze Zeit darauf stießen seine Knie gegen Grund. Andohr richtete sich auf und versuchte sich zu orientieren. Ein eigenartig grünliches Dämmerlicht lag über dem Wasser. Seine Quelle war nicht erkennbar. Es schien aus sich heraus zu strahlen. Andohr genügte es, daß er nicht mehr in völliger Dunkelheit suchen mußte.

Suchen . . . ?

Was suchte er eigentlich?

Im nächsten Augenblick war der Gedanke wieder vergessen, erloschen wie eine Kerzenflamme im Wasser. Andohr hob und senkte mechanisch die Beine und näherte sich dabei dem Ufer.

Bleich wie ein Leichentuch lag der Strand vor ihm. Sanft stieg er an und verschwand irgendwo dort, wo das Dämmerlicht nicht mehr hinreichte. Andohr schritt schwankend aus dem stillen, ölig daliegenden Wasser. Seine Füße hinterließen tief eingedrückte Spuren. Es waren die einzigen Zeugen, daß je ein lebendes Wesen diesen Strand betreten hatte.

Die einzigen . . . . ?

Andohr blieb stehen, als wäre er gegen eine unsichtbare Mauer geprallt. Seine Augen weiteten sich. Etwa zwanzig Schritte vor ihm, von der grünlichen Dämmerung mehr verborgen als sichtbar gemacht, lag ein bleiches längliches Etwas. Andohr wußte nicht, warum ihm bei diesem Anblick kalte und heiße Schauer den Rücken hinabliefen. Er vermochte nicht zu sehen, was dort lag. Dennoch kroch kreatürliche Angst aus seinem Unterbewußtsein, lähmte sein Handeln und trübte seinen Blick.

Nur allmählich wich die Starre von ihm.

Er hastete vorwärts, danach fiebernd, sich Gewißheit zu verschaffen.

Und dann kniete er vor einem blanken Skelett. Seine Blicke huschten über die sechsgliedrigen Füße, das wuchtige Becken, die tonnenförmig gewölbten Brustplatten und die weit ausladenden Schlüsselbeine, glitten zu den sechsgliedrigen Händen und danach zu dem runden Schädel. Nirgends war ein Hinweis auf die Todesursache zu erkennen.

Verwundert fragte sich Andohr, weshalb er so sehr nach Anzeichen eines gewaltsamen Todes suchte. Schließlich konnte der andere auf ganz natürliche Weise gestorben sein. Seufzend erhob er sich und warf noch einen langen Blick auf das Skelett.

Jäh stutzte er und beugte sich herab. Behutsam schob er die rechte Hand des Toten beiseite und krampfte die eigenen Finger um den scharfkantigen Stein, der die Farbe der grünlichen Dämmerung eigenartig klar widerspiegelte...

Als er sich wieder aufrichtete, hatte er eine seltsame Vision.

Wallende Nebel zogen durch die gewaltige Grotte, verhüllten Strand und Wasser und Dämmerung. Aus der formlosen, wogenden weißlichen Masse bildeten sich Konturen. Gebeugte Ungeheuer mit zottigem Fell stapften herüber und hinüber, schlangengleiche Gebilde wanden sich zuckend auf dem Boden und von oben schimmerte mattes Licht wie von phosphoreszierender Fäulnis.

Wenige Atemzüge später verschwand die Vision.

Nur der bleiche Strand, das ölige Wasser und das glatte Skelett blieben, beleuchtet von grünem Dämmerschein, als wäre es niemals anders gewesen.

Aber Andohr begann zu ahnen, daß die Vision ein Blick auf die Wahrheit gewesen war, eine Wahrheit, die er ergründen wollte.

Er preßte den Stein in seiner Faust und setzte den Weg ins Ungewisse fort...

14.

Er hatte es längst aufgegeben, zu schreien oder sich zu wehren. Zu Hunderten bohrten sich die Kontaktalgen in seinen Körper, lähmten die Widerstandskraft und bereiteten den Geist für die Eingliederung in die Gemeinschaftsintelligenz vor.

Atlan dämmerte in einer Art Wachtraum dahin. Von Zeit zu Zeit vernahm er Ächzen und Stöhnen neben sich. Aber er fühlte weder das Bedürfnis, dorthin zu blicken noch darüber nachzudenken, wer von den Gefährten an dieser Stelle des Höhlenbodens lag.

Er blieb auch völlig gleichgültig, als eine Schar zottiger Botas in das unterirdische Versteck stürzte und die Gefangenen auf große Blätter verfrachtete. Zwei der nur anderthalb Meter hohen und ebenso breiten Wesen traten nach einiger Zeit auch auf ihn zu. Sie stießen ihn mit den Füßen an und rollten ihn unsanft auf eines der riesigen Blätter.

Dabei fiel Atlans Blick unwillkürlich auf den Nachbarn zur Linken.

Vage entsann er sich, daß dort sein Freund Perry Rhodan lag. Der

Name wollte Erinnerungen wecken, aber von den Kontaktalgen ging ein einschläfernder Einfluß aus. Die Erinnerungen sanken wieder ins Unterbewußtsein zurück.

Nur einmal blitzten die Augen des Arkoniden verwundert auf. Das war, als sich Perry Rhodan mit Händen und Füßen gegen die beiden Botas wehrte, die ihn auf ein Transportblatt legten. Er schrie dabei, und schläfrig registrierte Atlan, daß ein Mann, der so voller Kontaktalgen hing wie Rhodan, dazu eigentlich nicht fähig sein durfte.

Die beiden Botas stießen miauende Schreie aus. Sofort schnellten von mehreren Seiten Katapultpflanzen herbei und schlangen sich um Rhodans Körper. Unwillkürlich zuckte Atlan bei diesem Anblick zusammen. Er kannte die elektrischen Schockschläge der Katapultpflanzen und wußte, daß dieser Waffe nicht einmal Icho Tolot hatte widerstehen können.

Icho Tolot?

Vergeblich grübelte der Arkonide darüber nach, wer sich hinter diesem Namen verbarg. Dann fesselte ihn erneut das Schauspiel zur Linken. Trotz der Kampfpflanzen sprang Perry Rhodan plötzlich auf und schlug auf die verdutzten Botas ein. Die Ungeheuer gingen zu Boden. Doch immer mehr liefen von allen Seiten herbei, und unter ihrem Gewicht brach Rhodan schließlich zusammen.

Atlan schloß die Augen, als sein Blatt angehoben wurde. Das Schwanken schläferte noch mehr ein. Dennoch bemerkte er, daß sie – wer waren sie eigentlich? – von den Botas einen schier endlosen Gang entlanggetragen wurden. Plötzlich wurde der Gang zur Spirale. Eine Art Treppe aus ineinander verschlungenen Pflanzen führte nach oben. Einer nach dem anderen traten die Botas mit ihren Lasten darauf und blieben stehen. Dennoch ging es vorwärts und höher, rascher sogar als vorher. Erst nach einiger Zeit erkannte Atlan den Mechanismus, der sie transportierte. Die treppenartig gewachsenen Pflanzen bewegten sich und gaben dabei ihre Last von einer Stufe zur anderen weiter. Im Prinzip funktionierte das Ganze wie eine Rolltreppe.

Jäh war die Treppe zu Ende. Erneut ging es einen Gang entlang, diesmal jedoch einen aus Pflanzen gebildeten Gang. Dann tat sich ein gewaltiger domartiger Hohlraum auf. Auch er war aus dicht ineinander verwobenen Pflanzen gebildet. Schimmelpilzähnlicher Überzug bedeckte die gesamte Innenwandung der Kuppel und strahlte ein mattes, blauweißes Leuchten aus.

Atlan fühlte, wie ihn die Botas mitsamt dem Transportblatt auf den Boden legten. Seine Augen nahmen das blauweiße Leuchten in sich auf, und ein nie gekanntes Glücksgefühl durchströmte ihn.

Allmählich verschwamm die Umgebung vor seinem Blick. Nur das matte Leuchten blieb.

Und dann drang die Stimme in seinen Geist...

Du bist Atlan.

Ich bin Atlan, Lordadmiral der...

Nein, du bist kein Lordadmiral. Das alles ist unwichtig geworden. Du bist nur noch ein Teil des Großen Lebens.

Ja!

Du mußt dem Großen Leben dankbar sein, daß es dich aufgenommen hat.

Ja... aber... Perry Rhodan...?

Er ist von einem bösen Geist beherrscht. Vielleicht müssen wir ihn töten, denn niemand darf sich dem Großen Leben widersetzen.

Perry Rhodan ist... mein Freund!

Nur das Große Leben ist dein Freund. Merke dir das gut. Du wirst jetzt ganz aufgenommen werden. Wenn du wieder erwachst, gehörst du zu mir. Dann werden wir gemeinsam die letzte Festung der Widerstrebenden einnehmen.

Atlan wollte etwas erwidern, wollte Fragen stellen. Es gab ja noch so viel zu fragen. Doch die Stimme erlosch.

Das Licht brannte sich in seinen Geist und löschte sein Bewußtsein aus...

Aus der grünlichen Dämmerung schimmerte plötzlich ein kleiner Fleck blauweißen Lichtes.

Andohr verhielt ruckartig seinen Schritt. Er wußte sofort, dieses blauweiße Licht war ihm feindlich gesonnen. Wenn er in seinen Bann geriet, war er verloren.

Doch dann preßte er die Lippen zusammen, daß sie hauchdünnen weißen Strichen glichen, und schritt geradewegs auf den leuchtenden Fleck zu.

Zuerst sah es aus, als schwebe das Leuchten schwerelos in der Dämmerung. Aber je höher Andohr kam, um so klarer erkannte er, daß es aus einem Tor am Fuße einer unübersehbar hohen Felsmauer drang. Er atmete heftiger. Von dem Leuchten schien ein lähmender Einfluß auszugehen. Schauer jagten durch Andohrs Körper. Es wurde immer schlimmer, je weiter er sich dem leuchtenden Tor näherte.

Dann stand er nur noch einen Schritt davor.

Was dahinter lag, war unsichtbar. Er würde das Leuchten durchschreiten müssen, wenn er die andere Seite kennenlernen wollte.

Entschlossen tat er den letzten Schritt – und fuhr mit einem Entsetzensschrei zurück.

Etwas Unsichtbares hatte ihm einen furchtbaren Schlag versetzt.

Andohr betastete seine Glieder. Sie waren unverletzt. Er wunderte sich darüber, denn der Schlag war äußerst schmerzhaft gewesen. Ihn schauderte, wenn er nur daran dachte, noch einen Versuch zu wagen.

Schließlich ging er drei Schritte zurück, nahm Anlauf und sprang.

Wieder erhielt er einen Schlag. Er wurde mit Wucht zurückgeschleudert und schlug schwer auf dem Boden auf. Die Luft roch plötzlich eigentümlich, wie nach einem Blitzeinschlag.

Andohr stemmte sich auf Knie und Ellenbogen und schüttelte die Benommenheit ab. Sein Herzschlag hämmerte wie rasend in den Schläfen. In Mund und Hals war ein abscheulicher Geschmack. Ein stechender Schmerz zuckte durch jede Muskelfaser, als Andohr den Kopf hob. Er fühlte, daß er den nächsten Angriff auf das leuchtende Tor nicht überleben würde.

Aus zusammengekniffenen Augen starrte er in das Licht. Es erschien ihm wie das Auge eines Dämons, faszinierend, lähmend und voller tödlicher Drohung.

Schwerfällig erhob er sich. Dabei fiel sein Blick auf den glitzernden Stein am Boden. Er mußte ihn beim Sturz verloren haben. Hastig griff er danach und schloß die Finger darum. Doch plötzlich fiel ihm das Skelett nahe dem Ufer wieder ein. Hatte der Stein nicht unmittelbar unter der gebleichten Knochenhand gelegen?

Es war Andohr, als brannte der Stein in seiner Hand wie Feuer.

Vielleicht war auch er ein Werkzeug des dämonischen Lichts, ein Todbringer!

Er stieß einen unartikulierten Schrei aus.

Dann warf er den Stein mit aller Kraft gegen das leuchtende Tor.

Schmetterndes Krachen dröhnte durch die unüberschaubare Halle. Grelle Blitze durchzuckten die grünliche Dämmerung. Grollender Donner rollte irgendwo hoch oben hin und her.

Andohr sank in die Knie.

Seine Hände versuchten, sich im schwankenden Boden festzuhalten. Seine Lungen keuchten.

Dunkelheit umwölkte seinen Blick. Doch als die Blendwirkung nachließ, entdeckte Andohr das Tor im Fels.

Kein blauweißes Leuchten versperrte mehr den Weg.

Im grünen Dämmerlicht klaffte das Tor wie ein gähnender Schlund.

Erhobenen Hauptes schritt Andohr hindurch. Er spürte den Schmerz nicht mehr, der noch vor kurzem seinen Körper gepeinigt hatte. Die Furcht war verflogen. Wie selbstverständlich hob er den dicht hinter dem Eingang liegenden schimmernden Stein auf und schloß ihn in seine Faust ein. Er wußte mit nie gekannter Klarheit, daß dieser Stein kein Todbringer war, Tod brachte er nur dem Unwürdigen. Dem Würdigen aber, der ihn richtig anzuwenden wußte, gab er unvorstellbare Macht.

Immer tiefer schritt er in die Dunkelheit hinein. Ein geisterhaftes Raunen war um ihn herum. Seltsame Wesenheiten aus Licht und Schatten griffen aus den Wänden nach ihm – dann hob Andohr den Stein, und die Wesenheiten entflohen.

Und dann tauchte eine rötliche Flamme auf. Sie glitt auf ihn zu und wich nicht aus, als er den Stein hob. Mit mildem Licht brannte sie weiter. Dann begann sie einen seltsamen Tanz. Sie schwebte ihm voraus, kehrte zurück, wartete, bis er sie eingeholt hatte und schwebte erneut vor ihm her.

Andohr begann schneller auszuschreiten.

Die Flamme tanzte vor ihm her.

Nur einmal zögerte er.

Das war, als sich die Dunkelheit lichtete und sich der Gang teilte. Ein hoher, einladender Tunnel schien geradewegs in die sonnenbeschienene Oberwelt zu führen. Der andere Tunnel war schmal. Rinnsale rieselten von seinen bröckligen Wänden, Trümmer bedeckten den Boden – und in der Ferne zuckten gespenstisch drohende Lichter.

Andohr wollte den Gang zur Oberwelt nehmen.

Aber die rötliche Flamme drang in den verfallenen Tunnel ein und wartete. Andohr tat einen weiteren Schritt auf den hohen Tunnel zu.

Da verformte sich die Flamme, schien zu einem spitzen Gesicht zu werden, aus dem ihn zwei runde Augen bittend ansahen.

Sekundenlang brach ein Stück Erinnerung aus Andohrs Unterbewußtsein an die Oberfläche. Sekundenlang nur – doch das genügte. Er wählte den Gang, der scheinbar in die Unterwelt führte.

Und plötzlich spürte er tastende, sondierende Gedanken in seinem Geist.

Am Ende dieser Phase erlitt die Gemeinschaftsintelligenz ihre erste Niederlage.

Aber noch war sie nicht geschlagen.

Baar Lun stolperte erschöpft in den Beratungsraum und riß sich den Funkhelm vom Kopf.

„Jetzt begreife ich erst, welch hartes Leben die Paddler seit zwei

Generationen ununterbrochen führen müssen, Gucky. Aber wir haben es geschafft. Die Geschützkuppel A-4 ist vernichtet!"

Vor zwei Stunden war der Modul mit einem Trupp Paddler aufgebrochen, um die Geschützkuppel A-4 dem Einfluß der Botas zu entreißen. Diese Aktion entsprang mehr der Notwendigkeit, die Moral der Paddler nicht durch Untätigkeit zu untergraben und Gucky Gelegenheit zu verschaffen, ungestört nach Rhodan und seinen Begleitern zu espern.

Der Mausbiber winkte lässig ab.

„Deine Geschützkuppel kann mir gestohlen bleiben, Bleichgesicht!"

„Aber ...?" Der Modul ließ sich auf eine Sitzbank fallen und blickte Gucky verwundert an.

Der Mausbiber lachte schrill.

„Entschuldige, Freund", sagte er. Dann lachte er wieder. „Aber bei allen Sonnen, Planeten, Spiralnebeln und Mohrrübenfeldern des Universums! Von deiner Geschützkuppel will ich jetzt nichts mehr hören, verstanden?" Er machte eine Pause, setzte sich in Positur und fügte hinzu: „Ich habe Perry Rhodan gefunden ...!"

Baar Lun sprang auf. Er riß den Mausbiber an der Schulter herum und funkelte ihn zornig an.

„Gucky! Wenn du dich über mich lustig machen willst, dann ...!"

Aber Guckys gute Laune war nahezu unerschütterlich.

„Worum wetten wir, daß ich ihn gefunden habe, he?"

Der Modul ließ ihn verdutzt los.

„Was ist das: wetten?"

Der Mausbiber winkte ärgerlich ab.

„Schade! Ich dachte, ich könnte wieder einmal eine Extraportion Mohrrüben gewinnen. Bei Gelegenheit kläre ich dich über diesen schönen terranischen Brauch auf. Jetzt ist keine Zeit dazu.

Ich weiß, wo er ist. Er wird mit den anderen in einer Pflanzenkuppel tief unter der Werftplattform gefangengehalten."

Seine Miene verdüsterte sich.

„Leider ist die Lage alles andere als rosig. Perry ist praktisch der einzige, den die Gemeinschaftsintelligenz noch nicht geistig beeinflußt. Ich fürchte, wenn wir uns nicht sehr beeilen, kommen wir zu spät."

„Tief unter der Werft, sagtest du ...?" Baar Lun überlegte. „Die Plattform liegt auf einem Pflanzenpolster von einem Kilometer Stärke, Gucky. Du warst bei meinem Stoßtruppunternehmen nicht dabei, sonst wüßtest du, wie schwer es ist, auch nur wenige Meter in den

Einflußbereich der Pflanzen vorzudringen. Und nun gar Hunderte von Metern!“ Er schüttelte den Kopf. „Wir müßten die Werft von allen Kämpfern entblößen, wenn wir uns bis zu Rhodan durchschlagen wollen . . .

„Wir müssen überhaupt nichts entblößen!“ entgegnete der Mausbiber würdevoll. „Ich nehme dich einfach bei der Hand – und schwupp – tauchen wir als böse Geister in der Pflanzenkuppel auf.“

„Wunderbar!“ sagte Baar Lun. Seinem Gesicht jedoch war anzusehen, daß er Guckys Vorschlag alles andere als gut fand. Er wußte, der Mausbiber konnte sie beide praktisch ohne Zeitverlust in die Pflanzenkuppel teleportieren. Aber zwischen der Ankunft dort und der Rückkehr in die Werft lagen eine Menge Ereignisse mit ungewissem Ausgang. Vor allem würde auch Gucky nicht einfach dreizehn Gefangene in die Werft zurückteleportieren können – zumal er bestimmt die nötige Konzentration dazu nicht aufbrachte, wenn ihn Katapultpflanzen und Botas mit unvorstellbarer Übermacht angriffen.

Allerdings sah der Modul ein, daß er Guckys Vorschlag nicht ablehnen konnte. Es sei denn, er hätte einen besseren. Und den gab es nicht.

„Also gut!“ sagte er endlich. „Besorgen wir uns zwei Flammstrahler von den Paddlern. Danach teleportieren wir.“

Der Mausbiber deutete grinsend auf die beiden Waffen neben dem Eingang. Es waren zwei Flammstrahler der etwas handlicheren Art, für den Kampf in geschlossenen Räumen konstruiert. Doch bis auf die geringere Reichweite entwickelten sie die gleiche Wirkung wie die größeren Waffen. Im Innern des Hitzestrahls entstand eine Temperatur von etwa dreitausend Grad Celsius.

Gucky und Baar Lun hängten sich die Strahler an Plastikriemen um den Hals und stellten die Länge der Riemen so ein, daß die Waffen frei beweglich vor dem Leib hingen.

„Fertig?“ fragte Gucky mit heller, piepsiger Stimme.

Baar Lun nickte und griff nach seinem Arm.

Im nächsten Augenblick verschwanden sie beide mit den üblichen Begleiterscheinungen einer psychokinetischen Teleportation.

Und im gleichen Augenblick materialisierten sie in einer gewaltigen Pflanzenkuppel, fast tausend Meter unter dem tiefsten Punkt der Werftplattform.

Ihre Flammstrahler traten in Aktion. Gucky und Baar Lun machten sich daran, den Boden des Pflanzendomes von Katapultpflanzen zu säubern. Beißende Rauchschwaden stiegen auf.

Baar Lun bedeutete Gucky durch Handzeichen, daß er den Rest der

Kampfpflanzen selbst erledigen konnte. Der Mausbiber teleportierte dorthin, wo Rhodans Gedankenimpulse herkamen.

Aber wie sah der Freund aus!

Sein nackter Körper war von zuckenden Katapultpflanzen umschlungen. Nur das Gesicht schaute aus dem schlangengleichen Gewirr hervor. Die Lippen waren bläulich verfärbt, die Haut gerötet. Aber die Augen blickten klar und ungebrochen.

Gucky fühlte unbändigen Zorn in sich aufsteigen. Mit seinen telekinetischen Kräften riß er die Katapultpflanzen von Rhodans Körper und zerstrahlte sie mit einem Flammstoß aus seinem Strahler.

Danach wollte er Rhodan zur Seite ziehen, aus dem unmittelbaren Gefahrenbereich in der Mitte der Kuppel heraus.

Doch da ertönte Baar Luns gellender Kampfschrei.

Der Mausbiber fuhr herum.

Überall in den Wänden des Pflanzendoms öffneten sich Spalten. Mit Kontaktalgen behangene Botas ergossen sich in die Halle und begannen sofort, aus ihren Strahlwaffen zu feuern.

Gucky teleportierte zu Baar Lun zurück. Die beiden Wesen stellten sich Rücken an Rücken und wehrten sich verzweifelt. Der Mausbiber setzte zusätzlich seine telekinetischen Kräfte ein. Baar Lun dagegen absorbierte unter Aktivierung aller seiner parapsychischen Energien die Treffer aus den Strahlern der Botas.

Krachend stürzte ein Teil der Pflanzenwand ein. Brennende Zweige und ein Regen von Funken prasselten auf den Modul und den Mausbiber hernieder. Aus Flammen und Rauch fauchten die hellen Bahnen von Strahlschüssen heran, gebeugte Ungeheuer brachen immer wieder hervor und verstärkten mit ihren grauenhaften Schreien den Eindruck einer Apokalypse.

„Ich kann nicht mehr!“ rief Gucky erschöpft.

Baar Lun feuerte auf drei heranrennende Botas und zuckte zusammen, als ein geschleuderter Feuerbrand seine Schulter traf.

„Wenn wir aufgeben, sind wir tot, Gucky. Wir müssen uns erst einmal Luft verschaffen. Dann sehen wir weiter.“

Der Mausbiber lachte schrill.

Baar Lun preßte die Lippen zusammen. Er wußte, warum Gucky gelacht hatte: weil es aussichtslos war, sich bei einer mehr als tausendfachen Übermacht Luft verschaffen zu wollen.

Wenn kein Wunder geschah, würde ihr Weg hier zu Ende sein.

John Marshall ließ sich in den freien Sitz neben Cart Rudo fallen. Er keuchte vom schnellen Lauf und vermochte noch nicht zu sprechen. Nur mit den Augen deutete er auf den Panoramaschirm, auf dem nun statt der blauweißen Riesensonne vier rote Zwergsterne zu sehen waren.

Der Kommandant nickte.

„Ich weiß jetzt, woran Sie die ganze Zeit über gedacht haben. John. Die plötzliche Veränderung der Umgebung ist der Beweis dafür, daß sich Unbekannte schlechte Scherze mit uns erlauben. Sie spiegeln uns etwas vor, das es gar nicht gibt."

Der Telepath lächelte mühsam.

„In etwa haben Sie recht, Cart. Aber an die Vorspiegelung glaube ich nicht mehr. Ich habe die Positronik befragt. Die Maschine errechnete die höchste Wahrscheinlichkeit für eine Fernsprojektion. Unsere Unbekannten projizieren demnach etwas in unseren Raum, was wirklich existiert – aber vielleicht Hunderte von Lichtjahren von uns entfernt."

„Aber das klärt noch nicht alles."

„Allerdings nicht!" Marshalls Stimme wurde plötzlich hart. „Es erklärt zum Beispiel nicht das Verschwinden der Woolver-Zwillinge und der Moskito-Jet. Die Unbekannten haben also nicht nur die Möglichkeit, etwas aus großen Entfernungen zu projizieren, sie können ebensogut materielle Dinge verschwinden lassen. Wir hätten eigentlich sofort daraufkommen sollen, Cart."

Der Epsaler zog fragend die Brauen hoch.

„Ja", bestätigte Marshall, „wir haben das gleiche bereits einmal erlebt. Denken Sie daran, daß wir uns plötzlich in einem absolut leeren Raum fanden, obwohl wir in Wahrheit noch innerhalb der Dunkelwolke waren. Ich befahl Ihnen, mit Höchstgeschwindigkeit zum Punkt des Linearraumaustritts zurückzukehren – dorthin also, wo wir Minuten zuvor ebenfalls nicht als Leere vorgefunden hatten. Minuten später wurde die CREST beinahe vernichtet, weil sie mit fünfzig Prozent LG in die Dunkelwolkenmaterie hineinraste. Die Fremden hatten nicht mit diesem unserem Manöver gerechnet und die zuvor entfernte Materie wieder an den alten Platz gebracht."

Cart Rudo lachte grimmig.

„So etwa, wie ein Kind eine Handvoll Sand wegnimmt und nach einiger Zeit wieder hinwirft, nicht wahr?"

Der Telepath schüttelte den Kopf.

„Werden Sie nicht zynisch, Cart. Denken Sie lieber über das Problem nach. Glauben Sie im Ernst, die Unbekannten könnten die ganze

Dunkelwolke verschwinden lassen und wenige Minuten später wieder an Ort und Stelle bringen ...?"

„Ich begreife überhaupt nichts mehr. Wenn die Unbekannten nicht den Raum verändert haben, was dann?"

„Die Zeit!"

Diesmal verstand der Kommandant sofort.

„Sie meinen also, die Moskito-Jet einschließlich der Woolvers befände sich in einer anderen Zeitebene. Das würde natürlich erklären, warum sie sich nicht melden können. Ich frage mich nur, warum sich diese Unbekannten mit uns derartige Mühe geben."

Marshall erhob sich.

„Genau das hatte ich mich auch gefragt. Es gibt eigentlich nur eine einzige Möglichkeit, die einen Sinn ergäbe: Man will verhindern, daß wir Perry Rhodan zu Hilfe kommen. Das bedeutet einerseits, daß er sich in höchster Gefahr befindet, andererseits aber, daß er noch lebt und noch nicht besiegt ist. Sonst wären diese Täuschungsmanöver unnötig."

„Folglich müssen wir ihm helfen. Aber wie?"

„Indem wir den Gegner überlisten, Cart. Wir werden nach fünf Minuten in den Zwischenraum gehen. Ziel ist der Kern der Position, an der sich noch vor kurzem die Sonnenprojektion befand."

„Und wenn wir wieder in ... in ein ... – Zeitfeld geraten?"

„Wir sind bereits einmal ausgebrochen, als wir zum Austrittort der bewußten Linearraumfahrt zurückkehrten. Demzufolge bereitet es dem Unbekannten einige Mühe, uns in seinem Zeitfeld festzuhalten. Das ist ein gewaltiger Pluspunkt für uns."

„Vielleicht hätten wir sofort mit der CREST in die vermeintliche Sonne fliegen sollen. Ich fürchte, mit meinem Unverständnis und meiner Schwarzseherei habe ich mich schuldig am Verschwinden der Woolvers gemacht."

John Marshall schüttelte den Kopf.

„Durch unser Zögern muß der Unbekannte seine Kräfte spalten, Cart. Ich denke, das ist ein weiterer Pluspunkt für uns. Wer es nötig hat, uns aus seiner Auseinandersetzung mit Rhodan herauszuhalten, mein Lieber, der kann in Wirklichkeit nicht allzu stark sein – trotz aller grandioser technischer Spielereien ..."

Das „Wunder" geschah, weil Baar Luns Hitzestrahl zufällig den Energiespeicher einer Botanikerwaffe traf. Ein blauweißer Feuerball blähte sich mitten zwischen den angreifenden Ungeheuern auf, eine furchtbare Durckwelle schleuderte Gucky und den Modul gegen die jenseitige Wand, mitten zwischen die Gefangenen.

Als sie wieder sehen konnten, erkannten sie das Ausmaß der Verwüstung. Die Explosion hatte die gegenüberliegende Hälfte der Pflanzenkuppel einstürzen lassen und den größten Teil der Botas unter rauchenden Trümmern begraben.

Das war die Gelegenheit, auf die der Mausbiber gewartet hatte.

„Ich hole Verstärkung!“ wisperte er Baar Lun zu.

Der Modul schaute auf die Stelle, an der eben noch Gucky gelegen hatte. Dann erhob er sich und lief einige Schritte zur Seite. Er mußte unter allen Umständen vermeiden, daß die hilflosen Gefangenen in die unmittelbare Feuerzone gerieten.

Schon tauchten über den Trümmern die nächsten Ungeheuer auf. Baar Lun schoß, wechselte die Stellung und schoß erneut. Zwei Strahlschüsse trafen ihn gleichzeitig, als er zu einem weiteren Sprung ansetzte. Er vermochte den größten Teil der Energie an atomaren Wasserstoff umzuwandeln. Doch es blieb noch genug Hitze übrig, um ihm Gesicht und Hände zu versengen.

Sekundenlang taumelte der Modul geblendet umher.

Als er wieder sehen konnte, wunderte er sich darüber, daß die Botas seine vorübergehende Hilflosigkeit nicht ausgenutzt hatten, um ihn endgültig auszulöschen.

Im nächsten Augenblick wußte er die Erklärung dafür.

Gucky war mit Ollok und einem Techniker aufgetaucht. Alle drei eröffneten ein rasendes Feuer auf die völlig verblüfften Ungeheuer und schlugen sie zurück.

Auch Baar Lun griff wieder in den Kampf ein. Den vier zu allem entschlossenen Wesen und Guckys telekinetischen Kräften waren die Botas nicht gewachsen. Überraschung und Furcht ließen sie kopflos handeln, und als sich ihrer Flucht eine neue Welle Ungeheuer in den Weg stellte, eröffneten sie das Feuer auf ihre Artgenossen.

Gucky und Baar Lun nutzten die Verwirrung aus, während die beiden Paddler die fliehenden Botas „unterstützten“ und dadurch das Chaos beim Gegner noch steigerten.

Perry Rhodan kniete auf dem Boden und versuchte, sich aus eigener Kraft zu erheben. Der Modul stützte ihn. Er griff mitten in die am Körper Rhodans hängenden Kontaktalgen hinein und versuchte, sie aus dem Fleisch zu lösen. Es mißlang. Die Algen saßen fest, als wären sie mit dem menschlichen Körper verwachsen.

„Können Sie mich hören?“ fragte Baar Lun.

Der Terraner nickte schwach. Er öffnete auch den Mund und bewegte die Lippen, aber der Modul vernahm keinen Laut.

„Wir müssen uns zur Plattform durchschlagen!“ Baar Lun deutete nach oben.

Rhodan nickte erneut. Er deutete mit den Augen zu den anderen Gefangenen. Der Modul verstand. Er wandte sich den andern zu. Sie befanden sich fast alle in einem bedeutend schlechteren Zustand als Perry Rhodan, mit Ausnahme von Icho Tolot. Der Haluter war durch Gucky von seinen Kampfpflanzen befreit worden und erholte sich sehr rasch. Er veränderte seine Körperstruktur bis zur Dichte und Festigkeit von Terkonitstahl und bat danach den Modul, ihn mit seinem Flammstrahler zu beschießen. Tolot machte die Hitze in seinem Zustand nichts aus. Die Kontaktalgen dagegen fielen von ihm ab und verbrannten.

„Danke!“ grollte Tolot. „Noch einmal werden mich diese Bestien nicht überlisten. Geben Sie mir Ihre Waffe, Baar Lun. Ich möchte die beiden Paddler ein wenig unterstützen.“

Der Modul reichte ihm die Waffe und blickte dem davonstürmenden Haluter nach. Der Gigant stürzte sich mit furchtbarer Wut in den Kampf.

Baar Lun wandte sich wieder den Gefangenen zu, als der Mausbiber nach ihm rief.

Gucky stand vor Atlan und redete auf den Arkoniden ein. Doch Atlan starrte nur mit glanzlosen Augen vor sich hin.

„Er ist überhaupt nicht bei sich!“ klagte Gucky. „Offenbar weiß er nicht einmal, wer wir sind. Seine Gedanken kreisen nur immer um etwas, das er das Große Leben nennt. Er scheint von diesem Großen Leben etwas Bestimmtes zu erwarten.“

„Ja!“ meinte Baar Lun grimmig. „Die Eingliederung in die Pseudo-Symbiose mit der Gemeinschaftsintelligenz. Die Kontaktalgen sind die Vorstufe dazu. Es wurde Zeit, daß wir hier auftauchten.“

Der Mausbiber nickte.

„Und es wird Zeit, daß wir hier wegkommen. In der Werft werden wir ein Mittel finden, die Algen zu entfernen.“

„Dreizehn Männer“, flüsterte der Modul, „von denen sich zwölf nur wie Schlafwandler bewegen ...“

„Ich hole Verstärkung!“ erklärte Gucky und verschwand.

Eine Minute später kehrte er mit zwei schwerbewaffneten Technikern zurück. Es wurde höchste Zeit, denn nun traten die Botas zum Generalangriff an. Jeder erkannte, daß alles, was die Ungeheuer bisher gegen die Befreiung der Gefangenen unternommen hatten, nur Störversuche gewesen waren im Vergleich zu dem, was jetzt begann.

Gucky entmaterialisierte sofort wieder. Innerhalb von zehn Minuten hatte er vierzig Kämpfer aus der Werft geholt. Im letzten Augenblick wurde der Angriff der Botas zum Stehen gebracht. Innerhalb der Pflanzenkuppel war es unerträglich heiß geworden. Beizende Dämpfe zwangen die Männer ununterbrochen zum Husten, und so mancher kam nur mit dem Leben davon, weil auch die Ungeheuer mit tränenden Augen schlecht zielen konnten.

Noch einmal teleportierte Gucky in die Werft zurück. Als er wieder auftauchte, hielt er einen eiförmigen Metallgegenstand in der Hand.

„Alles verläßt die Kuppel!" schrie er wie ein Feldherr. „Tolot übernimmt die Rückendeckung!"

Einige Techniker stießen und schoben die Befreiten einem der Ausgänge zu. Nur Perry Rhodan ging allein, aber auch er schwankte noch vor Schwäche. Einen Versuch Baar Luns, ihn zu tragen, hatte er jedoch mit energischer Handbewegung abgelehnt. Nur versuchte er beständig, etwas zu sagen. Aber seine Lippen vermochten noch keinen Laut zu formen.

„Du willst doch nicht etwa eine Bombe zünden?" fuhr Baar Lun den Mausbiber an.

Gucky grinste.

„Doch! Allerdings eine, bei der die Explosion gebremst abläuft. Sie explodiert praktisch zwei Stunden lang und entwickelt dabei in einem Umkreis von hundert Metern Radius eine konstante Temperatur von zehntausend Grad. Das ist der schönste Sperriegel gegen unsere Verfolger, den wir uns denken können. Nur schade, daß die Paddler nicht mehr davon besaßen."

„Vorwärts!" schrie er erneut, wobei er zur Verstärkung seiner relativ schwachen Stimmkraft den Außenlautsprecher seines Raumanzuges benutzte. „In zehn Minuten müssen wir mindestens zweihundert Meter weit sein!"

Das war leichter gesagt als getan.

Die Gemeinschaftsintelligenz schien nicht gewillt, ihre Gefangenen ohne weiteres ziehen zu lassen. Als die Kolonne der völlig unbekleideten Männer durch den Ausgang in einen Pflanzentunnel wankte, lösten sich Hunderte von Kampfpflanzen von der Decke und fielen über sie her. Ohne Guckys telekinetische Fähigkeiten wäre der Befreiungsversuch bereits hier gescheitert. Der Mausbiber schleuderte die Kampfpflanzen in den freien Teil des Ganges, wo sie sofort von den Flammstrahlern der Techniker-Eskorte vernichtet wurden.

Endlich erreichte man eine nach oben führende „Rolltreppe“ Die Pflanzen hatten ihre Drehbewegungen eingestellt, waren aber offenbar nicht in der Lage, die Konstruktion, die in vielen Jahren fest miteinander verwachsen war, aufzulösen. Von den Paddlern erfuhren Gucky und der Modul, daß die Botas solche rolltreppenähnlichen Konstruktionen benutzten, um ihre Stoßtrupps an die Unterseite der fliegenden Werft zu bringen.

Als die Gefangenen die Stufen betraten, leuchtete einige hundert Meter hinter ihnen ein greller Lichtpunkt auf, vergrößerte sich rasch und verbreitete eine Hitze, die sogar noch auf diese Entfernung hin schmerzhaft auf der Haut brannte.

Mitten aus der Gluthölle kam der Haluter gestapft.

„Der Rücken ist frei!“ schrie er mit seiner dröhnenden Stimme. „Ich denke, das Schlimmste liegt hinter uns.“

„Hoffentlich!“ meinte Baar Lun skeptisch.

Das Ultraschlachtschiff verschwand von einer Sekunde zur anderen im Zwischenraum.

Eine Viertelminute später kehrte der Raumgigant wieder in den Normalraum zurück.

Die Luft der Zentrale wurde vom Heulen der Alarmsirenen erschüttert.

Oberst Rudo ließ mit höchsten Werten verzögern. Dennoch schien es, als würde die CREST III eine Bruchlandung auf der Oberfläche des so überraschend aufgetauchten Planeten vollführen.

Die Atmosphäre rings um die flammenden Schutzschirme kochte förmlich. Aber der HÜ-Schirm hielt der Belastung mühelos stand. Einem Aufprall auf ein Hindernis von Planetengröße jedoch würde selbst er nicht gewachsen sein.

John Marshall überlegte fieberhaft, was er falsch gemacht hatte. Er war der Meinung gewesen, hinter der erloschenen blauweißen Sonnenprojektion befände sich der Raum, so wie er wirklich war.

Und nun tauchte man aus dem Zwischenraum unmittelbar in die Atmosphäre eines Riesenplaneten ein.

Sollte er sich so sehr getäuscht haben?

„Ortung an Kommandeur!“ krachte es plötzlich aus dem Interkom. „Bitte melden!“

Der Telepath beugte sich vor. „Hier Marshall. Was gibt es?“

„Sir!“ Das war die Stimme des Cheforters. „Sir, dieser Planet ist identisch mit Smaragd I.“

„Danke!“ war alles, was John Marshall darauf zu erwidern vermochte.

Smaragd I! Nun war alles klar!

Er wußte, welchen entscheidenden Fehler er begangen hatte. Die anderen waren ebenfalls nicht darauf gestoßen, aber das entschuldigte sein Versagen natürlich nicht.

Die CREST III hätte beim ersten Versuch zur Rückkehr am Rande des Smaragds-Systems in den Normalraum zurückkehren sollen. Sie war stattdessen in der Nähe jenes blauweißen Sonnengiganten aus dem Zwischenraum gekommen.

Doch der Sonnengigant stellte nichts als eine Projektion dar.

In Wahrheit hatten sie bereits beim ersten Anflug ihr Ziel erreicht. Der oder die Unbekannten mußten folglich mit zwei Methoden zugleich gearbeitet haben: einmal mit der Fernprojektion zur Vorspiegelung einer falschen Umgebung – und dann mit einem Zeitfeld zur Verhüllung der wirklichen Gegebenheiten.

Und als die CREST im Linearraum verschwand, hatten die Unbekannten das Zeitfeld einfach desaktiviert.

Der Ultragigant wurde von schweren Erschütterungen geschüttelt. Die weitgespannten Schutzschirme waren auf die Planetenoberfläche gestoßen.

John Marshall blickte mit geweiteten Augen auf den Panoramaschirm.

Draußen tobten furchtbare Gewalten. Pulverisierter Fels und brennender Staub schossen gleich himmelhohen Wogen nach allen Seiten davon. In den Schutzschirmen wetterleuchteten Energieentladungen. Der ferne Horizont färbten sich blutigrot.

Erst nach einiger Zeit registrierte der Telepath, daß die CREST nicht etwa aufgeschlagen war, sondern schnell über die Oberfläche dahinjagte. Sie war in einem so flachen Winkel aufgetroffen, daß die Schutzschirme eine direkte Schiff-Boden-Berührung hatten verhindern können. Dennoch ließ der Ultragigant einen viele Kilometer breiten, flachen Graben ausgeglühten Bodens hinter sich zurück.

Allmählich verringerte sich die Geschwindigkeit. Die CREST III stieg noch einmal leicht an und sank danach auf den Plasmasäulen ihrer Korpuskulartriebwerke senkrecht herab.

Cart Rudo drehte sich um, wischte sich den Schweiß aus Augen, Nase und vom Mund und grinste.

„Das war die tollkühnste Landung meines Lebens!“

„Hoffentlich haben Sie nicht zuviel Gefallen daran gefunden“, entgegnete Marshall trocken.

Der Epsaler wurde sehr ernst.

„Ganz gewiß nicht. Ich frage mich nur, wie wir so plötzlich nach Smaragd I kamen . . ."

Der Telepath erklärte ihm seine Theorie, dann fügte er hinzu:

„Lassen Sie bitte das Schiff überprüfen, Cart. Ich möchte, daß wir so schnell wie möglich nach Bengal aufbrechen!"

Statt einer Antwort stützte der Kommandant den mächtigen Kopf in die Hände. Über seiner Nasenwurzel bildete sich eine steile Falte. Die breiten Lippen bewegten sich tonlos.

John Marshall wartete fünf Minuten. Als der Epsaler dann immer noch nicht antwortete, wurde er stutzig. Er überlegte, ob er Rudos Gedankeninhalt telepathisch überprüfen sollte, sah aber davon ab. Es widersprach den ethischen Grundsätzen der Angehörigen des Mutantenkorps, ihre Fähigkeiten ohne zwigenden Grund anzuwenden. Das galt besonders für die Gabe der Telepathie. Nur der Mausbiber Gucky machte in dieser Beziehung stets Ausnahmen; er war allerdings auch der einzige Mutant, dem man das nicht übelnahm.

Marshall wartete geduldig, auch wenn alles in ihm danach drängte, den Start zu beschleunigen. Doch er kannte Cart Rudos Charakter. Wenn der Epsaler eine offensichtlich wichtige Maßnahme hinausschob, um über ein Problem nachzudenken, dann war die Lösung jenes Problems sicherlich wichtiger als die Ausführung der betreffenden Maßnahme.

Eine Viertelstunde verging. Während dieser Zeit beruhigte sich draußen der durch die Landung aufgewirbelte Staubsturm. Nur das blutigrote Glühen des Horizontes blieb. Und es wurde nicht hell. Der Himmel war unsichtbar, er wurde anscheinend immer von einer planetenweißen gelblichweißen Glasglocke und treibender vulkanischer Asche verdunkelt. Es war schon eine unheimliche Welt, dieser sonnennahe, jupitergroße Planetengigant.

Plötzlich ruckte Rudos Kopf hoch. Die Augen des Epsalers glühten, seine Stimme vibrierte, als er zu reden begann:

„Ich schlage vor, diese Welt mit einem systematischen Energiefeuer zu überziehen, denn Smaragd I ist der Ursprungsort jener Kräfte, die uns in einen kosmischen Irrgarten gelockt haben. Vielleicht gelingt es uns, diese Kräfte durch unseren Angriff aus ihrem Schlupfwinkel zu locken."

John Marshall zeigte seine Verwunderung nicht. Er legte nur die Hand leicht auf Rudos Unterarm.

„Hören Sie mir bitte zu, Cart!" erwiderte er mit einer Sanftheit, die dennoch auf Unnachgiebigkeit deutete. „Wir ruinieren keine Welt, es sei denn, in Notwehr. Aber bislang sind wir auf Smaragd I nicht angegriffen worden. Werden Sie also deutlicher!"

Der Kommandant nickte voller Ingrimm.

„Als wir nach zweihundert Lichtjahren Zwischenraumflug den Rand des Smaragd-Systems erreichten, wurden wir getäuscht. Eine Projektion spiegelte uns einen völlig anderen Raumsektor vor – und in etwa zehn Lichtstunden Entfernung stand ein blauweißer Sonnenriese."

Er räusperte sich lautstark.

„Sie selber erklärten mir, wie die Täuschung zustande kam – und vor allem, warum wir die Wirklichkeit nicht sahen.

Wir nehmen an, daß wir vor allem Bengal nicht finden sollten. Vielleicht gehört auch das zum Plan der Unbekannten. Aber meiner Meinung nach wollten sie vor allem verhindern, daß wir auf Smaragd I stießen. Darum ließen sie dort, wo Smaragd I hinter einem Zeitschirm lag, die Projektion eines Sonnengiganten entstehen. Sie nahmen – nicht unberechtigt, wie ich zugebe – an, jeder würde sich scheuen, ausgerechnet mitten in einen Riesenstern hineinzufliegen..."

Er unterbrach sich und blickte den Telepathen abwartend an.

John Marshall nickte mit ernstem Gesicht.

„Fahren Sie bitte fort, Cart!"

Der Epsaler holte tief Luft.

„Die Unbekannten schützten also den ersten Planeten des Smaragd-Systems viel wirkungsvoller als die beiden anderen. Das wäre unnötig gewesen, wenn sie nach Entdeckung dieser Welt die Möglichkeit behalten hätten, uns weiterhin mit Projektionen oder Zeitschirmen irrezuführen.

Der einzige Punkt aber, an dem eine Beeinflussung schwierig oder gar unmöglich ist, kann nur der Ort sein, von dem aus diese Beeinflussung durchgeführt oder gelenkt wird."

Der Telepath erhob sich.

„Cart, falls Sie recht haben – und ich glaube, daß Sie recht haben –, dann wird durch Ihre Idee wahrscheinlich der endgültige Mißerfolg verhindert. Vielen Dank, Cart!"

Der Epsaler winkte verlegen ab.

„Bisher hatten immer Sie die Ideen. Machen Sie nicht so viel Aufhebens, wenn auch mir einmal etwas einfällt. Eine andere Frage: Wie denken Sie aber nun über einen Angriff auf den Planeten?"

Marshalls Haltung versteifte sich.

„Nicht anders als vorhin, Oberst! Bevor wir die Unbekannten, die wir noch nicht einmal kennen, angreifen, müssen wir ihnen ein Ultimatum stellen. Doch dazu sollten wir sie erst einmal finden.

Ich befehle Ihnen, die CREST III unter Aktivierung aller Schutzschirme in zwei Kilometer Höhe über Smaragd I kreisen zu lassen. Jeder Angriff wird mit angemessenen Mitteln abgewehrt. Ich werde mich in die Funkzentrale begeben und dafür sorgen, daß über alle Frequenzen des Normalfunks der Text eines Ultimatums ausgestrahlt wird."

Zwei Minuten später brüllten die zwanzig ultrastarken Korpuskulartriebwerke im mittleren Ringwulst auf. Gleichzeitig flossen ungeheuerliche Energiemengen aus den gigantischen Kraftwerken in die Antigravprojektoren.

Eine Minute danach verebbten die Triebwerksgeräusche mit absinkendem Röhren.

In der Funkzentrale schaute John Marshall in das verzerrte Gesicht des Kommandanten, das ihn vom Bildschirm des Interkoms ansah.

„Was ist los, Cart?"

„Das Schiff rührt sich nicht von der Stelle. Starke Gravitationsfelder halten es am Boden fest. Die Felder sind nicht natürlichen Ursprungs."

„Das hätte ich auch nicht angenommen", meinte Marshall. „Danke, Cart. Lassen Sie Stärke und Ursprungsort der Gravitationseinflüsse genau bestimmen!"

Er lehnte sich zurück und lächelte ein wenig verloren.

Nein, dieser Gegner war mit einem Ultimatum nicht zu besiegen – wenn überhaupt!

Baar Lun transformierte die Energie des auftreffenden Energiestrahls unwillkürlich und stand sekundenlang in eine wabernde Aureole von Licht gehüllt.

In der nächsten Sekunde brannte sein Flammstrahler ein schwarzes Loch in den dichten Dschungelvorhang und löschte das Leben zweier Ungeheuer aus. Die dreizehn Befreiten gingen zu Boden, als der Überfall begann. Einige von ihnen, die nicht schnell genug reagierten, wurden von der Eskorte zu Boden gestoßen. Das sah brutal aus, aber es war die einzige Möglichkeit, ihre Leben zu retten. Die Botas vermieden es, auf Pflanzen zu schießen – und da die gesamte Treppenkonstruktion aus Pflanzen bestand, war ein flach am Boden liegender Mann relativ sicher.

Der Modul schoß auf einen Bota, der seinen Energiestrahler auf einen knieenden Befreiten anlegte. Im nächsten Augenblick erhielt er einen Faustschlag, der ihn zu Boden warf. Die verzerrte Fratze eines Botas starrte auf ihn herab – und wurde jählings zur unbeweglichen Maske. Baar Lun hatte die Energieströme des Zentralnervensystems transformiert. Stocksteif polterte das Ungeheuer zu Boden.

Noch ein wenig benommen richtete sich der Modul auf. Einige Paddler stürmten dicht an ihm vorbei. Sie hatten ihre schweren Flammstrahler umgedreht und benutzten sie als Hiebwaffen.

Nach wenigen Minuten war der Weg freigekämpft.

Die Flucht gestaltete sich jedoch immer schwieriger, da die Kräfte der befreiten Männer erlahmten. Zwar gab ein von Gucky herbeigeholter Mediziner der Paddler ihnen kombinierte Nähr-Anregungs-Injektionen, doch schienen nur die Kontaktalgen davon zu profitieren. Normale Nahrung und Wasser verweigerten die Männer. Glücklicherweise war die Luft im Dschungel so feucht, daß der menschliche Körper durch Verdunstung so gut wie kein Wasser verlor.

Baar Lun hielt sich an der Spitze der Kolonne. So konnte er bei einem Angriff von vorn die ersten Energieschüsse transformieren, bis Verstärkung heran war. Gucky dagegen war fast überall zugleich. Meist allerdings pendelte er mittels Teleportation zwischen der Werft und ihrer Kolonne hin und her und brachte frische Kampftruppen der Techniker heran.

Baar Lun lachte voller Bitterkeit, als er an diese Diskrepanz dachte. In der gleichen Zeit, in der der Mausbiber Verstärkung holte, hätte er die befreiten Gefangenen zur Werft bringen können – wenn das in seiner Macht gelegen hätte. Einige Versuche waren dem Mausbiber beinahe zum Verhängnis geworden. Sein Geist hatte die Teleportation bewerkstelligt wie immer, sein Körper aber war nicht mitgekommen. Schuld daran trugen die Befreiten. Von den Kontaktalgen an und in ihnen ging ein fünfdimensionaler Einfluß aus, der ihnen den Überraum versperrte. Bei jedem dieser Teleportationsversuche hatte der Mausbiber für einige Minuten das Bewußtsein verloren.

Seitdem war der kleine Kerl ziemlich still geworden und verzichtete auf die üblichen Prahlereien. Dennoch wußte jeder, daß die ganze Aktion ohne Gucky niemals möglich gewesen wäre.

Baar Lun stockte, als der Boden jählings eben wurde und sich der Treppengang zu einer gewaltigen Pflanzenhalle weitete.

Er hob den Arm.

Hinter ihm hielt die Kolonne an.

Aus einem Luftwirbel schälte sich der Mausbiber.

„Was ist los, Baar? Ich dachte, wir würden angegriffen, aber . . .“

Der Modul deutete in die Halle. Sie war annähernd kreisrund und mochte etwa zweihundert Meter durchmessen. Die Höhe betrug ungefähr dreißig Meter.

„Wenn ich ein Bota wäre, würde ich dort eine Falle aufbauen, eine Falle mit allen Raffinessen, Gucky – denn ich hätte ja seit Stunden gewußt, wo der Weg der Flüchtlinge entlanggeht!"

Der Mausbiber zeigte zum erstenmal nach vielen Stunden wieder seinen Nagezahn. Die gute Laune kehrte schlagartig zu ihm zurück.

„Und wenn ihr mich nicht hättet, würdet ihr prompt in die Falle laufen – wenn es eine Falle gäbe, Bleichgesicht!"

Baar Lun schaute ihn fragend an.

Gucky kicherte.

„Ich sage ja immer, du hast ein Gedächtnis wie ein Sieb. Weißt du nicht mehr, daß ich Telepath bin?

Zwar vermag ich die Gedankeninhalte der Botas nicht zu verstehen, doch ich kann sie jederzeit aufspüren."

„Ich beginne zu ahnen, was du sagen willst. Die Umgebung der Höhle ist frei von Botas, nicht wahr? Das wäre allerdings noch verdächtiger."

„Du solltest nicht versuchen, meine Gedanken zu erraten, wenn du kein Telepath bist!" entrüstete sich der Mausbiber. „Die unmittelbare Umgebung der Pflanzenhalle ist frei, das stimmt. Aber auf der gegenüberliegenden Seite führt die Treppe weiter – und von dort, noch etwa einen Kilometer entfernt, nähert sich ein Trupp von mindestens hundert Botas."

Baar Luns Gesicht verfinsterte sich.

„Das klingt zu positiv, um mir zu gefallen. Warum sind die Ungeheuer noch nicht hier? Zeit genug dazu hatten sie."

„Ach was!" Gucky winkte großzügig ab. „Zu positiv, daß ich nicht lache! Wir müssen unseren Vorteil nutzen. Wenn wir die Halle besetzen, können wir uns besser gegen die Botas verteidigen, als wenn wir weit auseinandergezogen auf der Treppe stünden."

„Das sehe ich ein. Aber gerade deshalb gefällt es mir nicht", erklärte der Modul. „Kannst du wirklich die Gedanken der Botas nicht lesen?"

„Nein! Warum auch? Ich weiß, daß wir uns in der Halle verschanzen können, bevor sie heran sind. Das genügt."

Baar Lun zog es vor zu schweigen. Dann gab er die entsprechenden Befehle über seinen Techniker-Funkhelm an die Kämpfer von der Werft. Der Mausbiber verschwand erneut und sorgte dafür, daß Luns Anordnungen so schnell wie möglich befolgt wurden.

Die Befreiten wurden an möglichst geschützten Stellen untergebracht. Die Paddler dagegen postierten sich zum größten Teil an der Seite der Halle, von der der Angriff erwartet wurde. Icho Tolot sicherte ganz allein den Eingang, durch den man gekommen war.

Baar Lun und Gucky führten jeweils einen Trupp der Eingreifreserve, die überall dort einspringen mußte, wo die Lage bedrohlich wurde.

„So!“ sagte der Mausbiber befriedigt. „Es kann losgehen!“

Und es ging los – nur ganz anders, als sie es sich vorgestellt hatten.

Zuerst war es ihnen, als würden sie plötzlich schwerelos und begännen gleich Ballons in die Luft aufzusteigen. Doch sehr schnell erkannten sie den wahren Sachverhalt.

Der gesamte Hallenboden fiel wie ein Fahrstuhlkorb senkrecht nach unten.

Die Flüchtlinge waren wie gelähmt vor Schreck. Mit allem hatten sie gerechnet, nur damit nicht.

„Hinlegen!“ überschrie Tolot die aufgeregten Stimmen der Paddler.

Baar Lun warf sich zu Boden.

Im nächsten Augenblick wurde er niedergepreßt. Äste und Zweige krachten und prasselten. Dann gab es einen Ruck, der ihm den Atem nahm.

Nacht umzog ihm die Augen.

15.

„Stärke des Gravitationsfeldes variabel!“ meldete Oberst Rudo. „Es paßt sich unseren Schubkräften an und liegt beständig um zehn Prozent höher!“

John Marshall nickte. Er war auf diese Antwort gefaßt gewesen, seit der erste Startversuch der CREST III fehlgeschlagen war.

„Wo liegt die Quelle des Fesselfeldes?“

Der Epsaler lachte trocken.

„Es ist unglaublich, aber den Instrumentenanzeigen nach liegt sie auf der uns gegenüberliegenden Seite des Planeten.

„Wie bitte?“

„Ich weiß, es klingt unwahrscheinlich. Es ist aber so. Wir haben die Instrumente getestet. Sie sind völlig in Ordnung.“

„Mein Gott!" stöhnte der Telepath. „Über welche Energie verfügen diese Unbekannten denn! Ein Gravitations-Fesselfeld, das um den ganzen Riesenplaneten herumreicht!"

Cart Rudo starrte grimmig vor sich hin.

„Und das uns somit die Möglichkeit nimmt", setzte er Marshalls Gedankengang fort, „die Quelle zu zerstören ..."

„Noch haben wir nicht alle unsere Trümpfe ausgespielt, Cart!" John Marshall lächelte plötzlich wieder. „Lassen Sie bitte eine Moskito-Jet mit drei Zwanzig-Gigatonnen-Bomben ausrüsten. Die Jet soll mit Maximalbeschleunigung aus dem Tubenhangar geschossen werden und einen Blitzangriff gegen die Quelle des Fesselfeldes führen. Sobald die Piloten ihre drei Bomben mit der Transformkanone abgeschossen haben, gehen sie auf Warteposition in zehntausend Kilometer Höhe und informieren uns über Telekom!"

Während die Vorbereitungen zum Start der Moskito-Jet liefen, kehrte John Marshall zum Kartentisch zurück und führte von dort aus zwei Telekom-Gespräche. Dann nahm er wieder neben dem Kommandanten Platz.

Rudo wandte nur leicht den Kopf. Seine Augen waren auf den Zeitmesser gerichtet.

„Noch fünf Sekunden!"

Der Telepath nickte.

„Drei!" röhrte der Epsaler. „Zwei ... eins ... null!"

Sein Kopf ruckte nach oben.

Im großen Panoramabildschirm erschien ein blitzendes, glutspeiendes Etwas, schien sich schneller als ein Geschoß in den düsteren Himmel bohren zu wollen. Doch dann verhielt es jäh, wurde herumgerissen und jagte in steilem Winkel dem Boden entgegen.

„Aussteigen!" schrie Cart Rudo ins Mikrophon.

Der Erste Offizier sah von seinem Schaltpult auf.

„Es ist MacIshott, Sir. Der steigt nicht aus."

Der Epsaler stöhnte und umklammerte mit den riesigen Fäusten seinen Kontursessel. Mit hellem Knall brach eine der Metallplastik-Seitenlehnen ab.

Der Pilot der Jet gab mit allen ihm zur Verfügung stehenden Energien Gegenschub. Dicht über dem Boden jedoch nahm er den Gegenschub weg und beschleunigte noch einmal mit den Heckdüsen, während er gleichzeitig den HÜ-Schirm seines Fahrzeugs aktivierte.

Eine dunkle Staubfahne war alles, was von der „landenden" Moskito-Jet vom Mutterschiff aus zu sehen war. Zuerst raste sie mit großer Geschwindigkeit über die Ebene, dann fauchten in kurzen Intervallen gleißende Energiebündel gegen die Fahrtrichtung aus ihr hervor – und endlich ballte sich die Wolke über einem feststehenden Punkt.

„Captain MacIshott an Kommandant!“ schnarrte es aus dem Telekom. „Es scheint, als hätten wir es nicht ganz geschafft, Sir.“

Cart Rudo vergaß, daß er dem Piloten Vorwürfe machen wollte, weil er entgegen seinem Befehl nicht ausgestiegen war.

„Ist einer von Ihnen beiden verletzt, Captain?“

„Nein, Sir. Aber ich glaube, die Maschine bedarf einer Generalreinigung. So ein Staubbad ist nichts für eine Moskito-Jet, wirklich nicht, Sir.“

Cart Rudo lachte erleichtert.

„Kommen Sie zu Fuß zur CREST zurück, MacIshott. Ich glaube nicht, daß unsere Unbekannten es zulassen, daß wir Ihnen einen Gleiter schicken.“

„Und die Jet?“

„Holen wir später herein.“

Der Kommandant schaltete den Telekom aus und wandte sich zu Marshall um.

„Unser ‚Trumpf‘ ist wirkungslos verpufft. Ich fürchte, nun sind wir ziemlich am Ende mit unserem Latein, wie?“

„Aber auch wirklich nur ziemlich, Cart.“ Der Telepath erhob sich. „Kommen Sie bitte mit. Während Sie die Sache mit der Jet regelten, habe ich den zweiten Versuch vorbereitet.“

Am Kartentisch warteten zwei Männer. Der eine war ein Waffenspezialist der CREST, wie an seinem Ärmelsymbol zu erkennen war – der andere der Teleporter Ras Tschubai.

John Marshall schüttelte Tschubais Hand.

„Vielleicht können Sie sich bereits denken, worum es geht, Ras . . .?“

Der Teleporter nickte leicht.

„Ich habe die Startversuche der CREST und den Startversuch der Jet verfolgt, John. Ein gravitatorisches Fesselfeld hält uns am Boden fest. Wir müssen die Quelle oder die Quellen des Fesselfeldes ausschalten. Etwas anderes bleibt uns gar nicht übrig. Ich bin bereit.“

„Vielen Dank. Oberst Rudo gibt Ihnen nachher die genauen Koordinaten Ihres Einsatzortes, Ras.“ Der Telepath wandte sich dem Techniker zu. „Hat Major Bernard Ihnen die HHe-Bombe gegeben, wie ich sehe?“

„Schweren Herzens, Sir.“ Der Spezialist grinste.

Marshall grinste flüchtig zurück. Dann fuhr er mit ernster Miene fort:

„Ras, das hier ist eine Fünf-Gigatonnen-Bombe!“ Er zeigte auf den kofferähnlichen Plastikmetallkasten zu Füßen des Spezialisten. „Die größte von einem Mann transportierbare Bombe, die wir besitzen. Vielleicht beweist Ihnen das, wie ernst ich die Lage einschätze. Sie werden diese Bombe im Zentrum der feindlichen Energiequelle absetzen. Der Zünder läuft genau vier Sekunden, nachdem Sie den roten Knopf abgedrückt haben. Teleportieren Sie also sofort wieder hierher zurück. Haben wir uns verstanden, Ras?“

Tschubais Gesicht war grau geworden.

„Ja!“ preßte er zwischen zusammengebissenen Zähnen hervor.

„Also dann los!“ Er winkte dem Epsaler. „Geben Sie Tschubai die Koordinaten, Cart!“

Zehn Minuten später war es soweit. Ras Tschubai stand sprungbereit vor John Marshall, die Bombe in der Hand. Der Telepath wußte, was er von dem Teleporter forderte. Niemand von ihnen kannte etwas über die Örtlichkeit der feindlichen Energiequelle – außer dem angepeilten Koordinatenpunkt. Tschubai konnte zufällig in der gegnerischen Zentrale herauskommen, genausogut aber auf dem Dach eines Gebäudes landen. Dann mußte er sich blitzschnell nach einem „unterirdischen“ Raum umsehen, die Bombe zünden und wieder zurückteleportieren. Ebensogut aber konnte man ihn erschießen, bevor er dazu kam, die Bombe zu zünden.

„Fertig!“ meldete Ras.

Marshall lächelte ihm aufmunternd zu.

„Hals- und Beinbruch, Ras – und ab!“

Der Teleporter verschwand mit den normalen Begleiterscheinungen einer plötzlichen Entmaterialisierung.

Marshall und Rudo blickten wie hypnotisiert auf den Zeitmesser. Unerbittlich verrannen die Sekunden.

Wie lange brauchte man, um einen guten Platz für die Zündung der Bombe zu finden?

Eine Minute!

Zwei Minuten!

Eigentlich mußte Ras jetzt fertig sein.

Fünf Minuten!

Ras Tschubai materialisierte unmittelbar vor den beiden wartenden Männern. Er klappte seinen Raumanzughelm zurück und atmete schwer.

„Auftrag ausgeführt!“ Seine Augen flackerten. „Da waren keine Gebäude. Nur eine gigantische wogende Masse, die beinahe von Horizont zu Horizont reichte. Sie griff mit Pseudogliedern von vielen tausend Metern Länge nach mir. Ich teleportierte unter die Masse – und befand mich im Krater eines riesigen Vulkans. Es war heiß, so heiß, daß ich selbst im Raumanzug nach wenigen Minuten verbrannt wäre."

John Marshall hatte dem Bericht mit wachsendem Staunen gelauscht. Noch rechtzeitig genug fiel ihm ein, daß die vier Sekunden bis zur Zündung längst um waren.

„Start, Oberst!" schrie er den Epsaler an. „Worauf warten sie noch?"

Cart Rudo hastete zu seinem Platz. Sirenen gellten. Die Schiffszelle erbebte, als die Kraftwerksmeiler hochgeschaltet wurden.

Dann erzeugten die anlaufenden Triebwerke den optischen und akustischen Eindruck eines Weltuntergangs. Die beiden Panoramaschirme, die zusammen einen Blickwinkel von 360 Grad erfaßten, zeigten nur noch blitzdurchzuckte Schwärze.

Plötzlich brachen die Triebwerksgeräusche ab.

„Aus!" brüllte Cart Rudo. „Wir kommen keinen Millimeter hoch!"

John Marshall und Ras Tschubai sahen sich stumm an. Der Teleporter las die Aufforderung in den Augen seines Chefs – und entmaterialisierte.

Wenige Sekunden später kehrte er zurück. Sein schwarzes Gesicht war von Entsetzen gezeichnet.

„John!" stieß er rauh und mit einer Stimme hervor, die Marshall nicht wiedererkannte. „John, diese Masse, dieses gigantische Lebewesen – es scheint die Energie der Explosion in sich aufzunehmen!"

Das Bluul reagierte schneller, als sich ein Gedanke fortbewegen könnte: Die Kernprozesse im Krater wurden bereits im Ansatz geortet und sofort verzögert. Dennoch entstanden unter dem Zentrum des Bluul Temperaturen, wie sie sonst nur in einer Sonne vorkommen. Mit Behagen wurde die freiwerdende Energie aufgenommen.

Ein Energieüberschuß entstand – und das Bluul gewann Kraft, einen Teil seiner Trillionen und aber Trillionen von Denkzellen von der Steuerung aktiver Prozesse auszuschließen und zum Nachdenken über seine Lage einzusetzen.

Der Gegner war auf der anderen Seite dieser Welt gelandet. Obwohl ihn die körpereigenen Gravitationsfelder unbarmherzig fesselten, war es ihm gelungen, eine Bombe im Krater abzusetzen. Es beruhigte das Bluul nicht, daß der ablaufende Kernprozeß ihm nicht schadete, sondern seine geistige Kapazität erhöhte. Der Gegner würde nicht eher aufgeben, bis entweder er oder das Bluul ausgeschaltet war.

Das Bluul streckte und reckte sich im Vollgefühl seiner Kraft. Nein, man würde es nicht auslöschen können. Einst war es aus dem Praem hervorgegangen, der pflanzlichen Vorstufe. Eine Höherentwicklung hatte es zu dem gemacht, was es heute war – zum Herrscher über einen heißen Riesenplaneten und zum Beherrscher eines Teiles der Naturkräfte. Die Entwicklung würde weitergehen – und sein, des Bluuls, Nachfolger herrschte vielleicht schon über das Universum.

Doch da war etwas, das dem Bluul Sorge bereitete. Es wußte nicht, wie es auf diese Welt gekommen war. Das Vakuum des Weltraumes vermochte ihm zwar nicht zu schaden, doch damals waren seine Kräfte zu schwach gewesen, um die notwendigen Geschwindigkeiten zu erreichen...

Hatte ihm jemand dabei geholfen...?

Als Baar Lun zu sich kam, gellte ihm grauenerregendes Gebrüll in den Ohren. Flammenbahnen durchzuckten das Dunkel.

Er kam taumelnd auf die Füße und versuchte zu erkennen, was rings um ihn vorging.

In der Mitte des ehemaligen Hallenbodens stand hoch aufgerichtet der halutische Gigant. In jeder seiner vier Hände hielt er einen Flammstrahler. Wie rasend feuerte er auf das Dschungeldickicht. Von überallher kamen bläuliche Strahlschüsse und schlugen krachend in Tolots Körper ein. Der Gigant kümmerte sich nicht darum, denn er hatte seine Körperstruktur verhärtet.

Von den Botas ließ sich keiner blicken. Der heftige Widerstand des Haluters schien sie völlig überrascht zu haben.

Baar Lun ergriff seine Waffe und huschte geduckt durch das flakkernde Zwielicht. Es dauerte nur wenige Sekunden, bis er den Mausbiber fand. Gucky war bewußtlos, aber anscheinend unverletzt. Der Modul schlich weiter. Er mußte Perry Rhodan finden. Hoffentlich hatte der Terraner den Absturz überlebt.

Er fand ihn schließlich nur, weil er sich aus eigener Kraft unter dem reglosen Körper Son Hunhas hervorschob.

Baar Lun half ihm dabei. Danach flößte er Rhodan etwas zu trinken ein.

„Danke...!" hauchte Rhodan.

Der Modul riß die Augen auf. Bisher hatte Rhodan keinen einzigen Laut hervorgebracht, obwohl er es manchmal versuchte. Baar Lun war der Meinung gewesen, mit Kontaktalgen im Körper wäre das Sprechen unmöglich.

Und nun hatte Perry Rhodan gesprochen, obwohl die Algen noch immer in seinem Fleisch steckten. Welch eisernen Willen brachte dieser Mann auf!

Baar Lun neigte das Ohr zu Rhodans Mund, als er die bittende Handbewegung bemerkte.

Zuerst vernahm er nur stoßweises, keuchendes Atmen, dann kamen die ersten Worte, kaum hörbar und unbeholfen gebildet.

„Gemeinschaftsintelligenz ... herrscht ... durch ... geistige ... Beeinflussung, Lun!" Rhodan brach ab. Seine Stirn bedeckte sich mit Schweiß.

„Kontaktalgen ... Empfänger ... Verstärker. Geistige ... Auseinandersetzung ... auf einer ... Ebene des ... Unbewußten." Sein Oberkörper fiel ruckartig zurück. Die Augen schlossen sich. Das ganze Gesicht Rhodans zitterte wie im Krampf.

Baar Lun beugte sich über den Terraner und massierte dessen Schläfen.

Plötzlich schlug Perry Rhodan die Augen wieder auf.

„Ich gab ... Ihnen ... einen Kristall, Lun. Geben ... Sie ihn mir! Sie ... haben ihn ... doch?"

Baar Lun schüttelte verwundert den Kopf. Er wußte, Perry Rhodan meinte den Illusionskristall von Greenish-7. Der Großadministrator hatte ihm vor vierzehn Tagen diesen Kristall gegeben. Er sollte damit experimentieren, weil sich seine Vorfahren offenbar auch dieser Kristalle bedient hatten.

Doch die Experimente hatten nichts gebracht außer der Bestätigung, daß die Illu-Kristalle den sensiblen Moduls nur zur mentalen Spannungslösung während des Illusionsvorgangs gedient hatten.

Dennoch trug ihn der Modul seitdem in einer Kapsel bei sich.

Aber was wollte Perry Rhodan in einer Situation wie dieser damit anfangen?

„Die ... geistige ... Auseinandersetzung!" flüsterte Rhodan. „Der Kristall spielte ... eine Rolle ... dabei – vielleicht ... die entscheidende!"

Er richtete sich trotz seiner körperlichen Schwäche auf und streckte verlangend die Hand aus.

Baar Lun gehorchte fast mechanisch. Er zog die an einer Schnur um seinen Hals befestigte Kapsel heraus und öffnete sie. Behutsam ließ er den Illu-Kristall in Rhodans Hand gleiten.

Der Terraner schloß die Faust darum und ging mit unsicheren Schritten auf den Dschungelrand zu.

„Halt!" rief der Modul. „Bleiben Sie bitte! Das dürfen Sie nicht tun!"

Perry Rhodan hörte nicht auf ihn. Baar Lun sprang über die Körper der Bewußtlosen hinweg und eilte an Rhodans Seite. Wenigstens wollte er verhindern, daß er durch einen Strahlschuß umkam. Aber wie das alles weitergehen sollte, wußte er nicht.

Sie gelangten bis dicht an den Rand des Dschungelvorhangs. Wahrscheinlich waren die Botas zu verwirrt, um auf die beiden Gestalten zu schießen, die sich deckungslos näherten.

Doch dann – vielleicht zwei Meter trennten sie noch von der düsteren Kulisse – traten aus dem Dunkel vier Ungeheuer auf sie zu.

Perry Rhodan streckte den Arm aus und öffnete die Hand. Im Licht der hintergründig flammenden Strahlschüsse flackerte und waberte der Illusionskristall wie grünes Feuer. Baar Lun wehrte den mentalen Einfluß mühelos ab. Rhodan dagegen schien es schwerer zu haben als sonst. Er zitterte vor Anstrengung. Doch unbeirrt hielt er den Monstren den Kristall entgegen.

Die vier Botas begriffen offenbar weder, was diese Geste bedeuten sollte, noch schien der Illu-Kristal den geringsten Einfluß auf sie auszuüben. Vielleicht nahmen sie auch an, Rhodan wollte ihnen die Kapitulation anbieten. Jedenfalls hätte das ihre folgende Handlung erklären können.

Eines der Monstren trat plötzlich vor und packte den Terraner unsanft bei den Armen. Der Kristall fiel zu Boden. Der Bota stemmte Rhodan hoch und warf ihn sich über die Schulter.

Baar Lun stand wie erstarrt.

Erst als er begriff, daß Perry Rhodan erneut entführt werden sollte, handelte er. Er wandte seine Parafähigkeit an, und der Bota, der den Administrator trug, brach zusammen. Seine völlig überraschten Gefährten vertrieb Baar Lun mit dem Flammstrahler.

Schon wollte er mit einem Satz zu Rhodan springen, als sein Blick auf den Illusionskristall fiel. Wie unter einem inneren Zwang hob er ihn auf.

Ein vielstimmiger Schrei ertönte.

Halb im Unterbewußtsein registrierte der Modul, daß er den Schrei nicht akustisch wahrgenommen hatte. Vielmehr war er mitten im Wahrnehmungszentrum seines Gehirns entstanden. Er fühlte sich von aller gegenständlichen Umwelt abgeschnitten.

Baar Lun bemerkte nicht, daß die Botas ihr Feuer einstellten, daß Icho Tolot mit schweren, stampfenden Schritten näherkam. Er „sah“ nur ein helles, grünliches Licht strahlen.

Und eine körperlose Stimme war in seinem Geist:

„Das Große Leben unterwirft sich dem Mächtigen . . .!“

Eine riesige Woge trug Baar Lun mit sich. Von irgendwoher kam dumpfes Donnergrollen. Jubelschreie ertönten. Blitze zuckten durch die Nacht.

Und Baar Lun wartete auf die Stimme des Großen Lebens. Doch sie kam nicht mehr.

John Marshall starrte den Teleporter fast eine Minute lang fassungslos an.

Ein Lebewesen, das die Explosionsenergie einer Bombe mit der Wirkung von fünf Milliarden Tonnen TNT wie einen Leckerbissen in sich aufnahm, war schlechterdings unvorstellbar!

Cart Rudo mischte sich mit polternder Stimme ein.

„Wenn es ein Lebewesen war, das nur kraft seines Geistes und mit seiner Körperenergie Raumprojektionen und Zeitfelder schuf, das über die Entfernung des halben Riesenplaneten hinweg unsere CREST mit einem Fesselfeld festhält – dann glaube ich auch, daß es die nukleare Energie einer Fünf-Gigatonnen-Bombe bändigen kann. Wahrscheinlich hat es den Kernprozeß gebremst, damit ihm nichts von der freiwerdenden Energie verlorenging."

Marshall nickte geistesabwesend. In seinem Gesicht arbeitete es. Dann schien er einen Entschluß gefaßt zu haben.

„Es bleibt keine andere Wahl", erklärte er. „Wir müssen Smaragd I mit einer Arkonbombe vernichten, oder die Andromeda-Mission scheitert auf dieser Welt. Die Arkonbombe ist das einzige Mittel, mit dem wir das unglaubliche, fremde, energiefressende Wesen von uns ablenken können, so daß es das Fesselfeld vernachlässigt und der CREST der Start ermöglicht wird. Eine unmittelbare Gefahr für dieses Wesen besteht meines Erachtens nicht, da es die freiwerdenden Energien eine Zeitlang absorbieren können wird – danach aber wird es diese Welt verlassen müssen. Uns könnte dadurch die Flucht gelingen."

Die Blicke der beiden Männer kreuzten sich. Sie wußten genau, was eine Arkonbombe war. Diese Waffe, entwickelt von den alten Arkoniden vor mehr als zehntausend Erdjahren, löste einen unlöschbaren Atombrand für alle Elemente über der Ordnungszahl 10 aus. Einmal auf einem Planeten gezündet, war der Prozeß nicht mehr aufzuhalten. Er endete entweder damit, daß der betreffende Planet zu einer kurzlebigen Sonne wurde oder daß er in einer kosmischen Explosion zerplatzte.

Es gab wenig Fälle, in denen die Gesetze des Solaren Imperiums den Einsatz dieses Massenvernichtungsmittels zuließen.

Smaragd I war ein solcher Fall.

Entscheidend war letzten Endes die Tatsache, daß es außer dem Aggressor auf Smaragd I kein Leben gab oder jemals geben würde.

John Marshall ging mit schweren Schritten zum Interkom und gab einen Befehl an das Waffenmagazin durch. Zehn Minuten später erschienen zwei Roboter und ein Waffenspezialist. Die Roboter trugen die tückisch funkelnde Bombe auf einer Schaumstofftrage.

Der Telepath überzeugte sich davon, daß die Normeinstellung stimmte. Dann wandte er sich an Ras Tschubai.

„Sie werden die Bombe nur etwa eine Sekunde halten müssen. Das ist, während Sie materialisieren. Dann lassen Sie sie vorsichtig zu Boden gleiten und kehren hierher zurück. Halten Sie sich nicht auf. Bringen Sie die Bombe mitten ins Ziel. Wieviel Zeit benötigen Sie dafür, Ras?"

„Eine halbe Minute", erwiderte der Afro-Terraner tonlos.

„Gut!" Marshall wandte sich wieder an den Waffentechniker. „Stellen Sie die Zündung auf eine Laufzeit von einer Minute!"

Nachdem der Techniker seine Arbeit beendet hatte, hoben die Roboter die Bombe behutsam aus ihrem stoßfreien Lager und stellten sie auf den Boden. Ras Tschubai trat daneben und klappte den kurzen Tragegriff heraus.

„Drücken Sie den Manuell-Zünder nieder!" befahl John Marshall. „Danach warten Sie eine Viertelminute – und dann: springen!"

Der Teleporter nickte stumm. Er klappte seinen Helm nach vorn und überprüfte sorgfältig den Verschluß. Dann faßte er den Griff der Bombe mit der Rechten. Die linke drückte den Zündstift ein.

John Marshall glaubte, das Ticken eines Uhrwerks zu hören. Das war natürlich Einbildung. Uhrwerkzünder im Sinne dieses Wortes gab es schon lange nicht mehr.

Cart Rudo räusperte sich. Tschubai lächelte verstehend. Es konnte einem Kommandanten schon die Kehle zuschnüren, wenn in seinem Schiff eine Arkonbombe mit laufendem Zünder stand.

Als der Teleporter mitsamt der Bombe verschwand, atmete der Epsaler hörbar auf.

Marshall blickte ihn sinnend an, dann bemerkte er wie beiläufig:

„Beten Sie lieber, Cart! Beten Sie, daß wir von Smaragd I loskommen, sobald dieses Monstrum von einem Lebewesen sich an die ‚Verdauung' der Bombe begibt."

Die halbe Minute schlich dahin wie ein halber Tag.

Genau nach dieser Zeit materialisierte Tschubai in der Kommandozentrale. Mit zitternden Händen löste er seinen Helmverschluß.

„Befehl ausgeführt. Das Ungeheuer hat mich offenbar gar nicht beachtet."

John Marshall blickte auf den blutrot leuchtenden Strahlungsdetektor an Tschubais Raumanzug.

„Sofort zur Dekontamination, Ras!" rief er. „Ihr Anzug hat sich ja förmlich mit Radioaktivität vollgesogen."

Der Teleporter zuckte zusammen, klappte seinen Helm wieder zu und verschwand.

„Man vergißt manchmal die einfachsten Sachen!" sagte Marshall vor sich hin.

„Achtung, Cheforter spricht!" drang es plötzlich aus den Lautsprechern am Kartentisch. „Meßgeräte zeigen starke Energieausbrüche nuklearer Art auf der anderen Hemisphäre!"

Der Telepath riß das Mikrophon förmlich zu sich heran.

„Hier Marshall! Melden Sie mir, ob die Stärke der Ausbrüche zu- oder abnimmt. Ende!"

Nach einer halben Minute lag die Antwort vor.

Dort, wo sich das fremde Monstrum befand, breitete sich ein alles verschlingender Atombrand aus. John Marshall gab den Befehl zum nächsten Startversuch, zuvor wurde jedoch die Jet von einem Schlepper geborgen.

Zuerst schien es, als wollte die Kraft des Fesselfeldes das Ultraschlachtschiff abermals festhalten. Doch dann verschwand der fremde Einfluß jählings. Der CREST III stürmte mit Vollschub in den Weltraum.

„Kurs Bengal!" befahl John Marshall.

Das Donnergrollen wurde zur Realität. Die scheinbaren Blitze flakkerten nicht mehr matt wie bei einem fernen Gewitter, sie durchschnitten als blauweiße Bahnen die Finsternis des Dschungels.

Baar Lun begriff noch nicht alles, aber so viel wußte er, die Wirkung des Illusionskristalls war unwesentlich geworden. Das flammenspeiende Ungeheuer, das den zweihundert Meter durchmessenden Schacht herabsank, vertrieb die Botas und ließ die Pflanzenmauer zu Asche zerfallen.

Icho Tolot schien mehr zu wissen. Er räumte die Mitte des ehemaligen Hallenbodens von Bewußtlosen. Einige Paddler waren bereits wieder erwacht und schossen ziellos in den schweigenden Dschungelvorhang hinein.

Und dann setzte die Moskito-Jet sanft auf...

Aus der geöffneten Kabine stiegen zwei vertraute Gestalten: die Woolver-Zwillinge. Dem Disput zwischen Tolot und den Woolvers entnahm Baar Lun, daß sich die Moskito-Jet in einem künstlichen Zeitfeld verirrt hatte. Das Zeitfeld habe sich vor einigen Minuten aufgelöst, und da hätte das Fahrzeug über der Werftinsel der Paddler gestanden.

Als sie die Lage durchschauten, waren sie gar nicht erst gelandet, sondern hatten sich mit der starr in Flugrichtung eingebauten Impulskanone einen Tunnel bis zum „Fahrstuhlschacht" gebrannt.

Ihr Erscheinen hatte das Blatt gewendet. Niemand gab sich jedoch Illusionen darüber hin, daß man ohne das Eingreifen der CREST III die Stellung würde lange halten können. Die Woolvers wußten leider nicht, wo sich der Ultragigant zur Zeit befand.

„Ich schlage folgendes vor", sagte Icho Tolot. „Wir beginnen mit der Evakuierung unserer Leute und bringen sie zur Werft. Notfalls müssen fünf oder sechs Mann zusätzlich in die Kabine der Jet passen. Es ist ja immer nur für wenige Minuten. Sobald Gucky wieder zu sich kommt, kann er helfen. Ich gebe uns nicht mehr als eine halbe Stunde. Danach wird die Gemeinschaftsintelligenz merken, daß sie uns vernichten kann, wenn sie es schlau genug anfängt." Die Zwillinge nickten.

„Einverstanden", erwiderte Tronar. „Wir fangen am besten gleich an. Sie haben recht. Wenn die Pflanzen unseren Tunnel schließen, werden wir in ziemliche Schwierigkeiten geraten."

Der Haluter lachte schallend.

„Sie haben eine wahrhaft köstliche Art, die bestehende Drohung zu bagatellisieren." Er deutete nach oben. „Tausend Meter über uns hängt eine Konstruktion aus Metallplastik. Sie durchmißt sechzig Kilometer und ist zweiundzwanzig Kilometer dick. Jetzt überlegen Sie einmal, was von uns übrig bleibt; wenn es der Gemeinschaftsintelligenz gelingt, ihr kilometerdickes Pflanzenpolster in sich zusammenbrechen zu lassen."

Die Zwillinge erblaßten.

Auch Baar Lun verstand, worum es ging. Während die ersten bewußtlosen Männer der KC-15 in die Jet-Kabine verfrachtet wurden, eilte er zu Gucky. Durch Massage und leichte Schläge gelang es ihm, den Mausbiber ins Bewußtsein zu rufen. In Stichworten erklärte er ihm die Lage.

Gucky bat um fünf Minuten Zeit. Danach hatte er sich soweit erholt, daß er mit der Evakuierung der Techniker beginnen konnte.

Die Moskito-Jet nahm unterdessen die zweite Ladung auf.

Beim dritten Flug konnte der Rest der Befreiten mitgenommen werden. Am Grunde des Dschungelschachtes blieben noch zwei Paddler. Der Mausbiber würde sie innerhalb der nächsten Minuten in Sicherheit bringen.

Tronar Woolver ließ die Jet im Schacht aufsteigen.

Icho Tolot hatte sich auf dem Oberteil des Rumpfes festgeklammert. Er war nicht mehr in die Kabine gegangen. Aber der Flug machte dem Haluter wenig aus. Im verhärteten Zustand war sein Körper gegen alle Einflüsse von außen geschützt.

Als die Jet aus dem Tunnel an die Oberfläche schoß, war es strahlend heller Tag. Baar Lun seufzte tief – und schlief im nächsten Augenblick ein.

Erregtes Stimmengewirr weckte ihn wieder.

Die grüne Sonne wurde von einem gigantischen Schatten verdunkelt. Eine eng begrenzte Sonnenfinsternis senkte sich über das Land.

„Das ist die CREST!" schrie Tronar plötzlich.

Rakal brauchte keine besondere Aufforderung. Er schaltete den Bordtelekom ein und sendete das Rufzeichen des Ultraschlachtschiffes. Schon Sekunden später meldete sich die dröhnende Stimme Cart Rudos.

Tiefer und tiefer sank der Raumgigant.

Die Jet stieg ihm entgegen, und in fünf Kilometern Höhe wurde sie von Antigravfeldern erfaßt und automatisch eingeschleust.

Baar Lun wurde völlig verwirrt durch den Wirbel, mit dem man sie empfing. Die Leute der KC-15 wurden sofort von Medo-Robotern abtransportiert. Rakal und Tronar Woolver eilten zur Berichterstattung – und plötzlich fand sich der Modul allein in einem der zahlreichen Gänge des Schiffes.

Er schreckte auf, als dicht neben ihm helles, zwitscherndes Lachen erklang.

„Fühlst du dich einsam, Bleichgesicht?"

Gucky watschelte auf den Modul zu und ergriff dessen Arm.

„Sei nicht böse, daß sich niemand um dich kümmert. Die Aktion ist noch nicht abgeschlossen. Bedenke, wir müssen die Paddler retten, ohne daß die Gemeinschaftsintelligenz Zeit erhält, die Werft einen Kilometer tief abstürzen zu lassen."

Baar Lun lächelte plötzlich.

„Warum sagtest du, es kümmerte sich niemand um mich, Gucky? Du bist doch gekommen", sagte er weich.

Der Mausbiber blinzelte gerührt und wechselte das Thema.

„Komm, wir sehen uns den Schlußakt des Dramas von der Zentrale aus an!"

Auf den Panoramabildschirmen der Kommandozentrale erschien das Abbild der Werftinsel und des sie umgebenden Dschungels.

Baar Lun sah deutlich die flimmernden Strahlbahnen der Thermogeschütze. Wo sie einschlugen, verbrannten die gigantischen Bäume in Sekundenschnelle zu glühender Asche. Innerhalb weniger Minuten entstand um die Werftinsel ein zwanzig Kilometer breiter Ring totaler Verwüstung.

Tausende von Kampfrobotern landeten auf den Aschenhalden. Sie stapften durch die Glut oder schwebten mit Hilfe ihrer Antigravgeräte darüber hinweg. Ihnen war die schwierigste Aufgabe zugedacht. Sie sollten das Pflanzenpolster unter der Werftinsel schichtweise abbrennen, so daß die Station ohne größere neue Schäden auf den Boden des Planeten sinken konnte.

„Sie schreit!" flüsterte Gucky plötzlich und preßte die Hände an die Schläfen.

Baar Lun blickte verständnislos auf ihn herab.

„Wer schreit?"

„Die Gemeinschaftsintelligenz. Sie empfindet physischen Schmerz."

Erschüttert wandte sich der Modul von den Bildschirmen ab.

Die CREST III stand startbereit auf dem Raumfeld von OL-hilfreich.

Sechstausend kosmische Ingenieure wurden mitsamt ihren Frauen und Kindern sowie kostbarem Gerät eingeschleust. Über dem Werftgelände kreisten Korvetten und Moskito-Jets. In den letzten vierundzwanzig Stunden hatten sie sechzig Angriffe der Botas und Pflanzen abgewehrt.

Baar Lun wartete, bis der letzte Paddler den Ort des Grauens verlassen hatte, dann wandte er sich den Liftschächten und Gleitbändern innerhalb des Schiffsgiganten zu. Sein Ziel war das Krankenrevier.

Er spürte die gehobene Stimmung sofort, als er den langen Saal betrat. Die Männer winkten ihm fröhlich zu, während er auf die gegenüberliegende Tür zuging.

Vor zwölf Stunden hatte es hier wesentlich anders ausgesehen. Die ehemaligen Gefangenen der Gemeinschaftsintelligenz waren in erbarmungswürdigem Zustand gewesen. Alle Versuche, die Kontaktalgen aus ihren Körpern zu entfernen, schlugen fehl.

Bis ein Biochemiker die Lösung fand.
Die Männer der KC-15 wurden in ein Spezialsäurebad gesteckt. Die Flüssigkeit griff den Organismus und die Haut nicht an. Die Kontaktalgen jedoch verfärbten sich und fielen ab.
Danach hatte die Genesung rasche Fortschritte gemacht.
Vor Baar Lun öffnete sich die Tür.
„Kommen Sie herein, bitte!“ sagte John Marshall.
Der Modul trat in Rhodans Krankenzimmer. Auf den ersten Blick sah er, daß der Großadministrator ein Arbeitszimmer daraus gemacht hatte. Rudo, Tolot und Tschubai saßen an einem niedrigen Tisch und hatten Auswertungsstreifen und Tonspulen vor sich. Perry Rhodan saß in seinem Bett und führte ein Streitgespräch mit dem Kommandanten der CREST.
Auch Gucky war anwesend. Der Mausbiber hockte auf der Lehne von Rudos Sessel und knabberte stillvergnügt an einer Mohrrübe.
Rhodan unterbrach seinen Disput, als er den Modul erkannte. Er lächelte ihm zu und wies auf den Bettrand. Gehorsam ließ sich Baar Lun nieder.
„Haben Sie Ihren Kristall noch?“ war Rhodans erste Frage.
Der Modul nickte, sagte aber nichts.
„Was mich interessiert“, fuhr der Terraner fort, „ist die Frage, ob alles nur in meiner Einbildung existiert hat: das geistige Duell mit der Gemeinschaftsintelligenz – und das Erscheinen jenes grünen Kristalls auf dem Höhepunkt der Auseinandersetzung.“
„Ja und nein“, sagte Baar Lun. „Die Auseinandersetzung fand auf rein geistiger Ebene statt. Sie besaß nichts Reales. Weshalb Sie dabei die Halluzination hatten, das Problem Bengal ließe sich mit Hilfe des Illusionskristalls lösen, ist mir schleierhaft.“
Perry Rhodan blickte den Modul nachdenklich an.
„Tatsächlich mißlang mir ja auch mein entsprechender Versuch. Mich interessiert nur, wie *Ihr* Versuch ausging, Baar Lun!“
Als der Modul antwortete, war seine Stimme nur ein heiseres Flüstern:
„Das Große Leben unterwirft sich dem Mächtigen! – Das war die Botschaft, die in meinem Geist erschien, als ich den Kristall offen trug. Leider kamen die Woolver-Zwillinge dazwischen, und der Kontakt riß ab.“
„Sie verfügen über unheimliche Kräfte, Baar Lun!“ erklärte Perry Rhodan.
Der Modul schüttelte den Kopf.
„Ich hatte unzählige Versuche mit dem gleichen Kristall angestellt.

Alle verliefen negativ. Über Menschen und andere intelligente Wesen tierischorganischen Körperaufbaus habe ich keine Macht. Ich weiß nicht, warum das bei der pflanzlichen Gemeinschaftsintelligenz von Bengal anders war. Ein Zufall vielleicht – mehr nicht."

John Marshall räusperte sich.

„Möchten Sie es nicht noch einmal versuchen? Bedenken Sie – Macht über eine ganze Welt . . .!"

„Nein!" entgegnete der Modul heftig. „Ich will diese Art von Macht nicht – weder über Menschen noch über intelligente Pflanzen! Und ich würde auch niemals Freude daran finden, daß sich die Gemeinschaftsintelligenz mir unterwirft. Eines Tages ändert sich ihr Denken vielleicht, denn von nun an ist sie mit sich allein auf Bengal."

Perry Rhodan streckte ihm schweigend die Hand entgegen. Baar Lun verstand und ergriff sie.

„Wenn ich nur wüßte, welchen Zusammenhang es zwischen dem Gigantwesen auf Smaragd I und den Pflanzen von Bengal gibt!" sagte Ras Tschubai.

Rhodan lächelte, und es war ein wenig Resignation dabei, als er antwortete:

„Es gibt zu viel zwischen den Sternen, als daß wir jemals alles erfahren könnten, Ras. Auf Smaragd I tobt noch immer der Atombrand, und wir haben keine Gelegenheit, uns näher mit diesem Gigantwesen zu befassen. Möglicherweise labt es sich noch immer an den Energien des Atombrandes, oder es hat es vorgezogen, sich irgendwohin zurückzuziehen. Wir wissen es nicht und ich glaube auch nicht, daß wir dies jemals erfahren werden, denn unsere Aufgabe liegt woanders. Geben wir uns mit der Erkenntnis zufrieden, daß wir allesamt kleine, unwissende Menschen sind . . ."

„. . . die sich nicht von ihrem Ziel abbringen lassen", ergänzte Marshall.

„Natürlich nicht!"

In Rhodans Augen trat ein seltsamer Glanz. Er neigte den Kopf, als tief im Schiffsinnern die Kraftwerksmeiler anliefen.

Eine halbe Stunde später hob die CREST III vom Boden des Raumhafens ab und stieg senkrecht in den Himmel.

Tief unter ihr wurde OL-hilfreich von einer Zeitzünderbombe zerstört.

Das Ultraschlachtschiff aber strebte unaufhaltsam in die Dunkelheit des Hades-Nebels hinein, einem ungewissen Schicksal entgegen.

16.

Einige Wochen später: März 2404

Die kleine rote Sonne, die man Ollus genannt hatte, stand am Außenrand Andromedas. Ein einziger Planet umkreiste den Stern. Der Planet war bedeutungslos, da er kein intelligentes Leben besaß.

Seit einiger Zeit hatte Ollus jedoch einen zweiten Begleiter: KA-preiswert, die Riesenplattform von Kalak.

Kurz nach der Rückkehr der CREST III aus der Hades-Dunkelwolke hatte Icho Tolot vorgeschlagen, die kosmische Plattform in den Ortungsschutz einer naheliegenden Sonne zu bringen, um sie vor zufälliger Entdeckung zu schützen. Ollus bot sich an, da dieses System nur fünf Lichtmonate vom Standort der Plattform entfernt war. Die sechstausend geretteten Paddler hatten die Plattform unter der Leitung Kalaks startbereit gemacht, die kurze Distanz war problemlos bewältigt worden.

Danach hatte Rhodan ein Beiboot der CREST nach Gleam geschickt, um die dort wartenden Einheiten über die Ereignisse in Andromeda zu informieren und weitere Anweisungen an die Befehlshaber Gleams und des Schrotschuß-Systems zu überbringen. Seither bestand zwischen Gleam und KA-preiswert eine Art Pendelverkehr, und die terranische Präsenz am Rande Andromedas wurde durch weitere Raumschiffe verstärkt. Dabei handelte es sich um Schiffe neuester Bauart, alle mit den neuen Lineartriebwerken und HÜ-Schirmen ausgerüstet.

Kalak hatte Wort gehalten. Seine Plattform diente Perry Rhodan als erster Stützpunkt im unmittelbaren Machtbereich der Meister der Insel.

Sie waren alle in Rhodans Kabine versammelt und hielten die routinemäßige Lagebesprechung ab. Von den Mutanten waren John Marshall und die Woolver-Zwillinge anwesend. Gucky fehlte heute. Er trieb sich im Innern der Plattform herum und „spielte“ mit den Paddlern Versteck.

„Wir kreisen nun seit Wochen um Ollus.“ Rhodan lehnte sich ein wenig vor und sah seine Freunde an. „Es ist nichts geschehen, was uns beunruhigen könnte. Die kleine Sonne bildet einen Orterschutz, wie wir ihn uns besser nicht vorstellen können.

Auf dem Raumhafen der Station stehen zweitausend Schiffe startbereit. Die Nachschubverbindung nach Gleam und von Gleam hierher funktioniert einwandfrei. Die Paddler leisten uns wertvolle Hilfe, indem sie alle anfallenden Reparaturen an unseren Schiffen mit großer Präzision erledigen. Die Situation in Andro-Alpha nähert sich der endgültigen Entscheidung zugunsten der revoltierenden Maahks. Unser nächstes Ziel steht fest. Nachdem es uns gelungen ist, in Andromeda Fuß zu fassen und in den Paddlern wertvolle Verbündete zu gewinnen, muß unsere Konzentration auf die Meister der Insel gerichtet werden. Mit anderen Worten: Wir müssen direkt in das Zentrum dieser Galaxis vorstoßen, zum galaktischen Sonnentransmitter. Diesen Vorstoß werden wir nur mit der CREST durchführen. Alle anderen Schiffe bleiben vorerst auf KA-preiswert zurück. Im Zentrum Andromedas ist die Wahrscheinlichkeit, endlich auf die MdI zu stoßen, am größten. Kalak wird uns dabei wertvolle Hilfe leisten."

Rhodan blickte zum Paddler, der schweigend zugehört hatte.

„Erwarten Sie nicht zuviel von mir", sagte Kalak bescheiden. „Vergessen Sie nicht, daß ich achthundert Jahre in einem scheintotähnlichen Zustand verbracht habe und deshalb über die Verhältnisse in Andromeda nur aus der Zeit davor Bescheid weiß. Das einzige, was ich Ihnen zur Verfügung stellen kann, ist die genaue Katalogisierung des Nebels. Damit werden euch Jahrhunderte intensiver Forschung erspart. Ich weiß weiter, daß der Zentrumskern Andromedas eine verbotene Zone ist. Sie beginnt zehntausend Lichtjahre vor dem eigentlichen Zentrum. Keinem Volk ist es erlaubt, in die Sperrzone einzufliegen. Die Grenzen werden von den Sektorenwächtern abgesichert. Das ist alles, was ich zu sagen habe."

„Danke." Rhodan nahm einige Karten vom Tisch. Er blätterte sie durch, ehe er fortfuhr: „Es handelt sich um Karten, die wir von Kalak erhielten. Sie wurden von unseren Positroniken für unsere Meßwerte umgerechnet. Demnach beträgt der Durchmesser der verbotenen Zone etwa zwanzigtausend Lichtjahre. Sie ist nahezu genauso dick. Da Andromeda ungefähr einhundertfünfzigtausend Lichtjahre durchmißt, ergeben sich folgende astronautische Werte: Die Entfernung von hier – Ollus – bis zum Beginn der Sperrzone beträgt etwa fünfundsechzigtausend Lichtjahre. In gerader Linie weiter kommt dann für zwanzigtausend Lichtjahre verbotenes Gebiet, dann wieder fünfundsechzigtausend Lichtjahre Sternenmasse, bis zum gegenüberliegenden Rand der Galaxis.

Damit sind die kosmonautischen Voraussetzungen klar. Die CREST III hat wieder fünfzig der neuartigen Beiboote vom Typ Korvette an Bord, deren Aktionsradius zweihunderttausend Lichtjahre beträgt. Selbst wenn die CREST also verlorenginge, wären alle fünftausend Mann der Besatzung in der Lage, sich mit den Korvetten in Sicherheit zu bringen. Auch unsere Jäger vom Typ Moskito legen ohne Risiko hunderttausend Lichtjahre zurück. Diese Tatsachen sind die Voraussetzungen für unseren Einsatz. Wir sichern uns damit selbst im Fall einer Katastrophe den Rückzug."

Rhodan nickte den Versammelten zu.

„Das war es", schloß er, „was ich Ihnen sagen wollte."

Am 6. März des Jahres zweitausendvierhundertvier waren die Vorbereitungen abgeschlossen, die zu einem Unternehmen führen sollten, das Terraner zum erstenmal in den eigentlichen Andromedanebel eindringen ließ.

Am ersten Tag des Einsatzes stieß das Schiff siebentausend Lichtjahre vor, ohne daß etwas geschehen wäre. Dank der genauen Karten des Paddlers Kalak war die Orientierung relativ einfach, und Rhodan ließ die CREST nur deshalb in regelmäßigen Abständen in den Normalraum zurückkehren, um sich von der Richtigkeit der astronautischen Berechnungen zu überzeugen. Außerdem wollte er wissen, ob man den Vorstoß bereits bemerkt hatte.

Aber die Orterschirme blieben leer.

Kurz vor dem allgemeinen Wachwechsel begegnete Rhodan auf dem Weg zur Kabine Kalak. Er blieb stehen.

„Sie sind schweigsam geworden, mein Freund. Fühlen Sie sich nicht wohl?"

Der Kosmische Ingenieur zögerte. Man konnte ihm ansehen, daß er lieber weitergegangen wäre. Das war ungewöhnlich, denn bisher war es für Kalak immer eine Ehre und auch Freude gewesen, sich mit Rhodan zu unterhalten.

„Es ist nichts, Rhodan, wirklich nichts. Vielleicht fehlt mir meine Arbeit. Ich vermisse KA-preiswert."

„Ihr Stellvertreter, Ingenieur Ollok, ist verläßlich und Ihr guter Freund, Kalak. Außerdem gibt es auch auf der CREST genug Arbeit für Sie. Sie haben also keinen Grund, sich Gedanken darüber zu machen, was inzwischen auf KA-preiswert geschieht."

Kalak lehnte sich gegen die Wand. Er lächelte.

„Ich mache mir keine Sorgen. Nicht wegen KA-preiswert.“

„So? Weshalb denn?“

„Die verbotene Zone – sie ist es, die mir Sorgen bereitet. Wenn wir dort eindringen, schweben wir in größter Gefahr. Ich kann Ihnen nicht sagen, welcher Art diese Gefahr ist, aber meines Wissens kehrte kein Schiff jemals zurück, das die Grenze überflog. Es gab auch Plattformen, die das Verbot mißachteten. Wir hörten nie wieder von ihnen und ihren Besatzungen.“

Rhodan spürte in seinem Innern eine warnende Stimme. Er wußte, welches Risiko er einging, den Herrschern einer ganzen Galaxis trotzen zu wollen, ohne sie zu kennen. Er kannte ja nicht einmal ihre Schiffe und Waffen. Er wußte überhaupt nichts von ihnen. Vielleicht lebten die Meister auf einem Planeten, der genau im Zentrum von Andromeda seine Sonne umkreiste, vielleicht war ihre Heimat aber auch ganz woanders.

Vielleicht...

Alle Vermutungen waren sinnlos.

„Wir werden keine Vorsicht außer acht lassen, Kalak“, versicherte Rhodan ernst. „Ich kenne die Gefahr, glauben Sie mir. Ich kenne sie, ohne sie näher definieren zu können. Ich weiß, daß die Meister die gefährlichsten Gegner sind, die Terra jemals hatte. Aber eines Tages werden wir ihnen gegenüberstehen, und dann werden alle Fragen beantwortet sein.“

Der Ingenieur gab den Blick zurück. Er lächelte plötzlich auch.

„Sie haben recht, Rhodan. Sie haben wirklich recht.“

Später, in seiner Kabine, lag Rhodan noch lange wach auf dem Bett. Er ließ alle Ereignisse an sich vorüberziehen, die etwas mit den Meistern der Insel zu tun hatten.

Je mehr man über sie wußte, desto größer wurde ihr Geheimnis.

Es mußte ein tödliches Geheimnis sein.

Fünfhundert Lichtjahre vor Beginn der verbotenen Zone wurde Major Kinser Wholey in die Funkzentrale gerufen. Wholey war Chef der Funkzentrale. Er war Afrikaner, und seine Haut schimmerte so schwarz wie Ebenholz.

„Sir – Ortungen. Eine ganze Menge.“

Wholey nickte dem jungen Leutnant zu, der Dienst hatte. Er überflog die bisherigen Aufzeichnungen und widmete sich dann den Orterschirmen, auf denen jedoch nichts zu sehen war.

„Nur akustisch?“ erkundigte er sich.

„Leider. Auf allen Hyperfrequenzen. Pfeiftöne und Nebengeräusche. Wiederholen sich alle drei Sekunden. Kann also kein Zufall sein.“

„Haben Sie schon den Hyperempfänger versucht?“

„Den Bildschirm, Sir? Nein.“

„Dann tun Sie es.“

Der Leutnant schaltete den großen Bildschirm ein, der mit dem Lautsprecher der Hyperfunkanlage gekoppelt war. Nach einigen Sekunden wurde er hell, aber es entstand kein Bild.

Dafür entstand etwas anderes.

Jedesmal, wenn der Pfeiton zu hören war, erschien auf dem Schirm ein blaßgelber Strich und verschwand wieder. Es konnte kein Zweifel daran bestehen, daß Pfeifton und Farbstrich zusammengehörten.

„Das ist eine Sache für Rhodan“, sagte Wholey und verließ die Funkzentrale. Im Kommandoraum hatte der Erste Offizier, Oberstleutnant Brent Huise, Dienst. Er hörte sich in aller Ruhe an, was Wholey ihm zu sagen hatte. Der Afrikaner schloß: „Meiner Meinung nach handelt es sich nicht um den Versuch einer Kontaktaufnahme, sondern um ein automatisch abgestrahltes Zeichen über Hyperfunk. Es gilt also nicht speziell uns.“

„Mag ja sein“, sagte Huise mit düsterer Miene. „Da bleibt mir nichts anderes übrig, als den Kommandanten zu wecken. Der wird schön fluchen. Hat sich gerade hingelegt.“

„Warum benachrichtigen wir nicht gleich Rhodan?“

Huise nickte erfreut.

„Ja, warum eigentlich nicht?“

Rhodan erschien wenige Minuten später in Begleitung Kalaks, der ein erschrockenes Gesicht machte. Sie gingen alle in die Funkzentrale, wo die gelben Striche noch immer auf dem Bildschirm erschienen. Aus dem Lautsprecher drangen Pfeiftöne.

Durch die Tür spazierte Gucky, der Mausbiber. Er watschelte bis dicht unter den Schirm, versuchte die Ohren aufzustellen und ließ sich dann auf sein Hinterteil nieder. Der blitzende Nagezahn bewies, daß ihm das Pfeifen Freude bereitete.

„Klingt fast wie eine Symphonie der Ilts“, verkündete er mit piepsiger Stimme und sah dabei Kalak durchdringend an. „Oder sollte es etwas anderes sein?“

Der Kosmische Ingenieur nickte.

„Es ist etwas anderes. Es ist das Warnzeichen der Sektorenwächter. Wir nähern uns der verbotenen Zone.“

„Es sind noch fünfhundert Lichtjahre bis zur Sperrzone", sagte Rhodan. Er betrachtete die Farbstriche und stutzte. „Mir scheint, sie sind gelber geworden."

„Beim Überschreiten der Zone werden sie rot", verriet Kalak.

„Also akustische und optische Warnung, hm..." Rhodans Lippen wurden zu einem schmalen Strich. Er knetete sein Ohrläppchen und strich sich dann über das Kinn. Plötzlich wandte er sich Kalak zu und fragte: „Wer sind die Sektorenwächter, Kalak? Schnell, antworten Sie!"

Gucky hatte Rhodans Zeichen verstanden. Er überwachte Kalaks Gedanken, stieß aber wie gewöhnlich auf den starken Abschirmblock des Paddlers. Trotzdem paßte er auf.

„Die Sektorenwächter...?" Kalak überlegte offensichtlich, aber dann gab er sich einen Ruck. „Was schadet es, wenn ich es Ihnen sage... Es sind die Tefroder, Rhodan. Sie gelten als die engsten Vertrauten der Meister, sind hochmütig und stolz. Wie die Meister der Insel."

„Wo leben sie?"

„Überall in der Warnzone. Sie haben an die fünfunddreißigtausend Planeten in etwa zweitausend Sonnensystemen besiedelt, die in der Warnzone um den verbotenen Zentrumskern Andromedas liegen. Das ist dreidimensional zu verstehen. Die Warnzone umschließt den Kern wie eine Schale. Außerdem existieren auf unzähligen anderen Planeten Wachstationen."

„Und sie verhindern, daß jemand die verbotene Grenze überschreitet?"

„Ja. Sie schlagen unerbittlich zu, wenn es jemand wagt. Wir müssen von nun an jeden Augenblick mit einem Angriff rechnen."

„Unser Schiff hat Kugelform", sagte Huise etwas unsicher. „Es wird ihnen besonders auffallen, und sie werden sich den Kopf zerbrechen, woher wir kommen."

Über Kalaks Gesicht huschte ein blitzschnelles Lächeln, aber er äußerte sich nicht dazu.

Rhodan hatte das Lächeln bemerkt.

„Sie müssen doch eine Hauptwelt haben", sagte er nebenbei. „Wissen Sie etwas darüber, Kalak?"

„Der Planet Tefrod umkreist als dritter Planet die Sonne Tefa. Sie können sie auf den Karten finden – eine gelbe Normalsonne. Hat insgesamt sieben Planeten. Von dort aus wird das unglaubliche Warnsystem geleitet. Die Tefroder haben im Auftrag der Meister viele tausend Sonnensysteme, fast eine halbe Milchstraße erobert."

Rhodan sah Kalak einige Sekunden an, dann sagte er zu Huise:
„Sie behalten den bisherigen Kurs bei und gehen in zehn Minuten in den Linearflug über. Sobald wir uns der Grenze nähern, geben Sie mir Bescheid. Wann wird das sein?"
„Wir fliegen relativ langsam. In zwei Stunden etwa."
„Gut. Bis später."
Rhodan verließ die Funkzentrale. Huise kehrte in den Kommandoraum zurück.
Gucky stand auf.
„Nun, Kalak? Wie wäre es mit einem Schwätzchen?"
Aber Kalak schien keine Lust zu haben, mit dem Mausbiber zu plaudern. In seinen Augen stand die nackte Furcht. Wortlos ging er hinaus auf den Korridor, wo er sich wohl darüber klar wurde, daß er unhöflich gewesen war. Er drehte sich um und kam an die Tür zurück.
„Schön, Gucky. Vertreiben wir uns die Zeit, bis uns die Tefroder dorthin schicken, was die Terraner als ‚Hölle' bezeichnen, wo immer das auch sein mag."

„Du weißt, Gucky, daß ich mich für die Entstehung und Entwicklung fremder Völker interessiere", sagte Kalak, als er in dem bequemen Sessel saß und Gucky ebenso bequem auf der Couch hockte. „Das bringt mein Beruf so mit sich – oder wenigstens brachte er es. Ich mußte alle Völker kennen, mit denen ich ins Geschäft kommen wollte. Und es gibt hier in diesem Nebel eine ganze Menge Völker. Zwar werden alle von den unbekannten Meistern beherrscht, aber im Grunde leben sie recht selbständig und ungeschoren auf ihren Welten – wenn sie brav sind. Dein Volk, Gucky, das weiß ich inzwischen, wurde ausgerottet, als die Orgh deinen Heimatplaneten vernichteten. Du hast mir die Geschichte erzählt, und du nanntest sie *die Spur der Rache.* Es existieren außer dir noch achtundzwanzig Ilts, wenn ich richtig verstanden habe. Nun möchte ich gern wissen ..."
„Neunundzwanzig", sagte Gucky.
Kalak sah ihn an.
„Neunundzwanzig". „Aber ich hörte ... o ja, ich vergaß. Du hast einen Sohn bekommen." Kalak beugte sich vor. „Da wären wir eigentlich schon beim Thema. Man erzählte, das sei eine abenteuerliche Geschichte gewesen. Die Geburt eines Ilt ist mit einigen Komplikationen verbunden. Warum eigentlich?"
Gucky knabberte an einer frischen Möhre, die er sich aus dem Kühlhaus der CREST geholt hatte.

„Und ob es Komplikationen gab! Aber das hängt damit zusammen, daß es den Planeten ‚Tramp' nicht mehr gibt. Tramp war unsere Heimat."

„Was hat das mit eurem Nachwuchs zu tun?"

Gucky seufzte.

„Ich sehe, ich muß dir alles erzählen, sonst fragst du mich noch tot. Da du dich für fremde Völker interessierst, dürfte die Geschichte für dich recht lehrreich sein. Aber so abenteuerlich ist sie nun auch wieder nicht. Es ging alles ganz normal – wenigstens finde ich das. Terraner fanden das allerdings nicht.

Es begann vor mehr als einem Jahr im Dezember 2402, als wir unsere Andro-Beta-Expedition unterbrachen und zur Erde zurückkehrten, um die CREST III abzuholen und den Nachschub zu organisieren. Wir erhielten alle unseren wohlverdienten Urlaub. Du weißt, daß ich verheiratet bin. Meine Frau heißt Iltu, und sie ist das schönste Mausbibermädchen, das du dir vorstellen kannst. Sie ist fast so schön wie ich."

„Aha", sagte Kalak und räusperte sich.

„Ja, fast so schön wie ich", wiederholte Gucky träumerisch. „Und schon lange wußten wir, daß wir einen Sohn bekommen würden. Aber kein Ilt weiß, wie lange so etwas dauert. Es ist nämlich verschieden."

Kalak schaute ihn überrascht an.

„Willst du etwa behaupten, die Zeit stünde nicht fest bei dieser – ähem – Angelegenheit? Verschieden? Das gibt es doch gar nicht."

„Doch, bei uns gibt es das. Die Terraner behaupten, wir seien telekinetisch verspielt gewesen, als sie uns das erste Mal entdeckten. Mag sein, daß die Behauptung stimmt. Jedenfalls weiß ich heute, daß diese sogenannte Spielerei schon vor der Geburt beginnt. Es gab keine entsprechenden Überlieferungen, denn unsere Welt wurde plötzlich vernichtet. Alle Alten starben, und ich selbst war damals noch zu jung, als daß man mich eingeweiht hätte."

„Du bist, wenn ich richtig verstanden habe, der älteste aller lebenden Ilts."

„Die anderen Überlebenden waren damals *noch* jünger", sagte Gucky.

„Also gut. Was geschah, als du zur Erde zurückkehrtest?"

„Iltu sagte mir, es sei soweit. Unser Sohn müßte jeden Moment geboren werden. Ich ging also zu Rhodan und bat ihn um ein schnelles Schiff."

„Augenblick", unterbrach Kalak verwundert. „Was wolltest du mit einem Schiff?"

Gucky legte sich lang hin und schloß die Augen.

„Wenn du mich dauernd unterbrichst, werde ich die Geschichte nie erzählen können. Halte nun endlich den Mund."

Der Kosmische Ingenieur lehnte sich im Sessel zurück und schloß ebenfalls die Augen.

„Ich bin ganz Ohr", verkündete er.

Gucky blieb liegen.

„Wir erhielten von Rhodan das Schiff und warteten. Dazu noch einige Erklärungen. Obwohl noch sehr jung, als Tramp vernichtet wurde, hatte ich schon einiges gehört. Ich wußte, daß die Frage des Nachwuchses bei unserem Volk eine sehr heikle Frage war. Ilts werden zwar sehr alt, aber Geburten waren dafür um so seltener. Ein Ausgleich der Natur, wenn man so will. Immerhin wird es Jahrtausende dauern, bis es wieder fünfhundert Ilts gibt.

Auf Tramp geschah es so: wenn eine Iltmutter fühlte, daß ihre Stunde kam, dann alarmierte sie alle Nachbarn und Freunde. Ilts sind von Geburt an Telekineten, aber es gab nur wenig Telepathen und Teleporter. Beide Fähigkeiten sind zwar bei der Geburt vorhanden, können aber nur ein einziges Mal genutzt werden. Ich bin eine Ausnahme, denn ich behielt *alle* Fähigkeiten.

Wird ein Ilt geboren, teleportiert er aus dem Mutterleib hinaus, einfach ins Ungewisse. Meist sind es nur wenige Kilometer, die er so zurücklegt, und einmal rematerialisiert, gibt es keinen zweiten Sprung mehr. Er nimmt telepathische Verbindung mit den suchenden Eltern auf, und dann wird er gefunden. So einfach war das auf Tramp.

Ich vermutete, daß es auf der Erde nicht so einfach sein würde.

Ich hatte recht.

Heute würde ich es so erklären: der ungeborene Ilt hat mit den Erbanlagen die Koordinaten des nicht mehr existierenden Planeten Tramp mitbekommen – wenigstens wird das noch bei der auf Tramp geborenen Generation der Fall sein. Ich ahnte das, und darum wollte ich ein Schiff."

Kalak öffnete die Augen und schien etwas fragen zu wollen; aber dann schloß er sie wieder. Er blieb stumm. Gucky fuhr fort:

„Alle anderen Ilts wollten mich natürlich begleiten, aber ich nahm nur Gecko und Ooch mit. Ersterer ist ebenfalls Teleporter, und Ooch ist ein leidlicher Telepath. Mit ihrer Unterstützung hoffte ich, meinen Sohn schneller finden zu können. Denn Eile war geboten. Ein Neugeborenes kommt in einer luftgefüllten Blase zur Welt; es kann darin einige Stunden im Vakuum aushalten. Es kam früher oft genug vor, daß geborene Ilts nicht in – sagen wir mal zehn Kilometer horizontaler

Richtung gefunden wurden, sondern in senkrechter. Ihnen fehlte eben die Orientierung.

Rhodan gab uns einen der neuen Moskito-Jäger. Der Pilot war Sergeant Dirk Börk, ein guter Freund von mir. Er störte mich nicht. Der zweite Sitz war so umgebaut, daß wir drei Ilts genug Platz hatten.

Die rote Sonne, um die einst Tramp kreiste, ist knapp zweitausendfünfhundert Lichtjahre von der Erde entfernt. Als Iltu mir das Zeichen gab, starteten wir, versehen mit den guten Wünschen unserer Freunde. Wir nahmen Kurs auf einen nicht mehr existierenden Planeten."

Gucky machte eine Pause und knabberte wieder an seiner Möhre. Sein Gesicht war nachdenklich geworden. Wahrscheinlich wurde er von den Erinnerungen überwältigt. Kalak störte ihn nicht. Er hielt die Augen auch weiterhin geschlossen, aber seine ganze Haltung bewies, daß er aufmerksam zuhörte.

Endlich sprach Gucky weiter:

„Wir standen über den Hypersender in ständiger Verbindung mit Terrania. Das war unbedingt notwendig. Iltu war ins Krankenhaus gebracht worden, obwohl das unnötig war. Rhodan blieb bei ihr im abgeschlossenen Zimmer. Durch Interkom war er mit Bully verbunden, der in der Sendezentrale von Terrania auf den großen Augenblick wartete, um mich zu unterrichten.

Du darfst nicht vergessen, Kalak, daß wir ja keine Ahnung hatten, was nun wirklich geschehen würde. Alles war nur eine Vermutung. Es konnte auch sein, daß der neugeborene Mausbiber einfach nur ein paar Kilometer sprang und im Goshunsee bei Terrania landete. Aber auch für einen solchen Fall waren Vorbereitungen getroffen worden. Meine Freunde, die Mutanten, warteten. Sie würden die Gedankenimpulse des Neugeborenen sofort aufspüren. Außerdem standen alle Mausbiber zum Eingreifen bereit.

Wir erreichten die rote Sonne, die einsam im Raum stand.

Sergeant Dirk Börk war ein ausgezeichneter Pilot. Mit Hilfe der Karten und noch vorhandener Daten fanden wir die Umlaufbahn des nicht mehr existierenden Planeten Tramp. Einige noch kreisende Trümmerstücke halfen uns.

Das große Warten begann.

Rhodan berichtete, daß sich noch nichts ereignet habe. Iltu lag still auf ihrem Bett und schlief. Ich hatte den Eindruck, daß Rhodan allmählich Zweifel bekam, aber er sagte nichts. Sicherlich wußte er, daß ich mit solchen Dingen keine Scherze treiben würde.

Die Zeit verging.

Börk ließ den Moskito um die rote Sonne kreisen. Ziemlich schnell, wie ich noch erwähnen sollte.

Und dann, zwei Tage später, sagte Rhodan plötzlich:

‚Gucky – es muß soweit sein.'

‚Warum? Was sagt Iltu?'

‚Nichts. Sie ist wach und starrt mich an. Sie sieht plötzlich so schmal aus. Ich könnte mir denken . . .'

‚Das ist es', sagte ich aufgeregt. ‚Wir beginnen sofort mit der Suche. Gib mir Bescheid, wenn Iltu zu sprechen beginnt.'

Dirk Börk legte richtig los. Er jagte unser kleines Schiff um die rote Sonne, immer auf der alten Kreisbahn des Planeten. Ooch und ich konzentrierten uns auf einfallende Impulse, aber es dauerte fast eine Stunde, ehe wir etwas empfingen. Es waren sehr schwache und unregelmäßige Impulse. Ooch und ich peilten die Quelle an, Börk steuerte nach unseren Angaben.

Und dann sahen wir es.

Mitten im Raum schwebte ein winziger Punkt. Er sah aus wie ein kleiner Asteroid. Er raste mit unvorstellbarer Geschwindigkeit dahin, genau auf die Sonne zu, in die er hineinstürzen würde.

Börk ging näher heran.

Meine letzten Zweifel schwanden, als wir das Objekt deutlich auf den Bildschirmen hatten. Die Größe stimmte, und auch die Kugelform. Die Blase enthielt Atemluft in konzentrierter Form und das Neugeborene – meinen Sohn."

Gucky schwieg. Kalak schien etwas fragen zu wollen, aber wiederum sagte er nichts, sondern wartete.

„Gecko und ich sprangen gemeinsam nach draußen. Wir fingen die Kugel telekinetisch ein und brachten sie ins Schiff. Sie bestand aus einem weichen, aber sehr widerstandsfähigen Material.

Während Börk Kurs auf die Erde nahm, kümmerten sich Gecko, Ooch und ich um die Kugel. Sie widerstand allen Versuchen, sie zu öffnen. Auch die Gedankenimpulse aus ihrem Innern waren verstummt. Aber manchmal, wenn man genauer hinsah, entdeckte man zuckende Bewegungen auf ihrer Oberfläche.

Rhodan berichtete, daß Iltu wohlbehalten und guter Dinge sei, was man in jenen Stunden von mir nicht behaupten konnte.

Wir rasten zur Erde und erreichten sie wenige Stunden später. Der Moskito war schrottreif, aber das war mir in jenen Augenblicken völlig egal. Die Kugel wurde ins Krankenhaus gebracht. Als Iltu sie sah, an sich riß und an die Brust drückte, geschah es. Die Haut der

Kugel platzte auf, und ein kleiner Mausbiber, nicht größer als die Hand eines Menschen, fiel auf die Bettdecke.

Ich werde Rhodans Gesicht nie vergessen, das er in diesem Augenblick machte. Sein Blick wanderte immer wieder von mir zu meinem Sohn und zurück. Ich habe noch nie in meinem Leben ein derart erstauntes Gesicht gesehen.

Dabei war mein Sohn wirklich ein Prachtexemplar. Meine und Iltus Schönheit schienen sich in ihm verdoppelt zu haben. Er hockte auf der Bettdecke und sah sich interessiert nach allen Seiten um. Als Sekunden später Bully das Krankenzimmer betrat, stieß mein Sohn einen entsetzten Piepser aus und verkroch sich unter Iltus Decke. Das wiederum konnte ich als Beweis für die bereits vorhandene Intelligenz meines Sohnes werten – und für seine Menschenkenntnis.

Ja, eigentlich wäre das alles. Wie du siehst, Kalak, die Sache mit unserem Nachwuchs ist nicht so einfach. Wenn alle Mausbiber heiraten, können wir eine ständige Geburtenflotte um die Sonne Tramps kreisen lassen."

Kalak lächelte. Er fragte:

„Kompliziert, zugegeben. Aber was hat das damit zu tun, daß Mausbiber sich nur langsam vermehren?"

„Es dauert so lange, Kalak, schrecklich lange. Ich habe nun einen Sohn. Vor fünfzig Jahren werde ich keinen zweiten haben. Mehr als zwei oder drei Kinder kann eine Mausbiberfrau in ihrem Leben nicht bekommen."

Kalak lächelte plötzlich nicht mehr.

„Die Natur hält immer die Waage, Gucky. Wem sie tausend Nachkommen im Jahr gibt, dem schenkt sie kein langes Leben. Wem sie aber nur zwei Nachkommen in einem Jahrhundert schenkt . . . Gucky, wie alt bist du?"

Gucky grinste.

„Das wurde ich schon oft gefragt, aber ich habe diese Frage niemals beantwortet." Sein Nagezahn kam hervor und bewies, wie gut die Laune seines Besitzers war. „Und dir werde ich es auch nicht sagen."

„Wenn ich die Relationen berücksichtige und annehme, daß du in dieser Rechnung keine Ausnahme bist, würde ich auf tausend Terrajahre tippen. Beachtlich, Kleiner, sehr beachtlich. Wie heißt dein Sohn eigentlich?"

„Keine Ahnung."

„Was sagst du? Keine Ahnung? Du weißt den Namen deines Sohnes nicht mehr?"

„Nie gewußt, Kalak. So einfach ist das nicht. Es gibt tausend Vorschläge – Michl, Rabauke, Ulfi, Fux oder gar Alexander. Alle nicht akzeptabel. Mein Sohn soll einen Namen erhalten, wie es ihn noch niemals gab. Mir wird schon einer einfallen. Ich dachte dabei an René."

„Ach, das ist ein neuer Name? Ich kann mich aber entsinnen, daß ich den Namen schon mal irgendwo hörte. Der Mechaniker..."

Gucky war nie um eine Ausrede verlegen.

„Wenn *ich* jemand René nenne, so ist das etwas anderes. Dann ist dieser René nur einmal vorhanden, und wenn es tausend andere gibt. Aber ich werde ihn trotzdem nicht so nennen. Hat ja noch Zeit."

„Wie lange Zeit?"

„Bis er hört, wenn ich ihn rufe."

Kalak lachte nun sehr laut und ungeniert.

„Dann braucht er nie einen Namen. Gibt es denn einen Mausbiber, der hört, wenn man ihn ruft?"

Gucky wollte gerade etwas entgegnen, als die Alarmsirenen durch das Schiff gellten.

Die plötzliche Stille verriet, daß die CREST in den Normalraum zurückgekehrt war.

In der Kommandozentrale der CREST herrschte atemlose Spannung.

Auf den Bildschirmen standen die vielen Millionen Sterne des Andromedanebels. Es waren die Sterne des Ballungszentrums.

„Abermals Energieechos", sagte Major Wholey aus der Funkzentrale.

Auf den Hyperbildschirmen waren die Striche tiefrot geworden.

Die CREST stand vierhundert Lichtjahre tief in der verbotenen Zone.

Rhodan und Atlan sahen sich an.

„Jemand versucht, Verbindung mit uns aufzunehmen", sagte Rhodan.

Atlan hob die Schultern. Die Geste verriet Unschlüssigkeit.

„Vielleicht gelten die Signale nicht uns."

Kalak und Gucky kamen in den Kontrollraum. Rhodan winkte dem Kosmischen Ingenieur. In kurzen Worten unterrichtete er ihn von der Lage.

„Vielleicht können Sie etwas mit den seltsamen Echos anfangen, die wir auffangen. Sie kommen über den Hyperempfänger. Entfernung etwa zwei bis drei Lichtjahre."

Kalak gab keine Antwort. Er ging hinüber zur Funkzentrale und stellte sich neben Wholey. Aufmerksam beobachtete er die Orterschirme, lauschte auf die Geräusche, die aus den Lautsprechern kamen, und streifte die roten Warnstriche mit einem kurzen, nachdenklichen Blick.

„Funksignale“, sagte er schließlich mit einem merkwürdigen Gesichtsausdruck. „Es sind mir bekannte Symbole, aber ich muß erst überlegen . . . schon lange her, wissen Sie . . .“

Rhodan war ihm gefolgt.

„Wissen Sie, was sie bedeuten?“

„Ich glaube, ich werde es bald wissen. Damit aber ist die Frage geklärt, von wem sie stammen.“ Er lächelte. „Sie können sich vielleicht vorstellen, wie das ist. Man kennt eine Menge Sprachen, aber man weiß oft nicht, wer sie spricht. Man versteht, aber das ist auch alles.“

Rhodan nickte. Er kannte das.

Die Echos wurden stärker und deutlicher. Rhodan sah, daß Kalaks Aufmerksamkeit stieg. Ruhig wartete er ab, mehr konnte er sowieso nicht tun.

Kalak sagte plötzlich:

„Es sind zweifellos Notsignale, aber ich glaube kaum, daß sie uns gelten. Es ist reiner Zufall, daß wir sie empfangen. Die Sprache kenne ich, wenn auch nicht perfekt. Es muß ein Volk aus dem Vorfeld der verbotenen Zone sein. Immerhin steht fest, daß es die Grenze überflogen hat. So wie wir. Die Hilferufe beweisen, daß die Tefroder nicht schlafen. Sie haben den Eindringling geortet und greifen ihn an – das wenigstens ist es, was ich vermute.“

Rhodan wandte sich an Major Enrico Notami, den Chef der Orterzentrale.

„Was ist mit den Ortern? Schon Echos?“

Der Major stand vor den Kontrollen der Ortergeräte. Er stellte die entsprechenden Schirme schärfer ein und ging systematisch die Entfernungsskala durch.

Als die Meßinstrumente drei Lichtjahre anzeigten, erschien etwas auf den Schirmen.

Zwei metallische Körper.

Ihre Form war nicht auszumachen, nur ihre Masse. Es handelte sich zweifellos um Raumschiffe. Ihre Bewegung durch den Raum war nur geringfügig, und das eine der Schiffe mußte wesentlich größer sein als das andere.

„Was sagen Sie, Kalak?“

Kalak sah Rhodan nicht an, als er antwortete:

„Das eine der Schiffe – das größere – ist zweifellos ein Wachschiff der Tefroder. Es hat den Eindringling gestellt und wird ihn, falls sich die Methoden in den vergangenen Jahrhunderten nicht geändert haben, vernichten. Die Hilferufe sind zwecklos. Niemand wird ihm beistehen. Außerdem erhöht sich für uns die Gefahr der Entdekkung. Es ist ohnehin ein Wunder, daß wir noch nicht angegriffen wurden."

Rhodan kehrte in die Kommandozentrale zurück. Cart Rudo sah ihm erwartungsvoll entgegen.

„Wir sollten uns aus dem Ortungsbereich der Tefroder entfernen, ohne die beiden Schiffe aus den Augen zu lassen." Rhodan sah auf die Bildschirme. „Haben wir in der Nähe eine Sonne, deren Korona Ortungsschutz verspricht?"

„Zwei Lichtmonate, Sir. Wäre geeignet."

„Dann schnell, ehe wir entdeckt werden. Die Begegnung mit den Tefrodern erfolgt noch früh genug."

Cart Rudo handelte sofort und mit unheimlicher Präzision. Er riß das gigantische Schiff vom Kurs und ließ es im Linearflug auf die nahe Sonne zueilen. Schon eine halbe Stunde später hatte die CREST die Sonne erreicht und kehrte in den Normalraum zurück. Mit eingeschalteten HÜ-Schirmen drang sie bis in die Strahlungsfelder des Sterns vor und ging dann in eine Kreisbahn. Hier war jede genaue Ortung erschwert, aber man konnte selbst auch nicht mehr geortet werden.

Die Symbole der beiden fremden Schiffe wurden zu undeutlichen Schatten auf den Schirmen, aber wenigstens verschwanden sie nicht völlig. Es ließ sich somit auch in dieser Situation feststellen, ob sie ihre Position änderten oder nicht.

Rhodan atmete auf.

„Wir hätten jetzt auch weiter in die verbotene Zone eindringen und so verschwinden können, aber ich möchte wissen, wer der Eindringling war. Mich interessiert jedes Volk, das den Befehlen der Meister zuwiderhandelt. Es könnten später Verbündete werden."

Kalak lächelte gelassen.

„Es gibt viele Völker, die sich nur wenig um die Verbote kümmern. Sie liegen in ständigem Konflikt mit den Tefrodern – wenigstens war das vor achthundert Jahren so. Warum sollte sich das geändert haben?"

„Wir legen eine Ruhepause ein." Rhodan klopfte Cart Rudo auf die Schultern. „Schlafen Sie ein wenig, Oberst. Ich fürchte, wir werden bald eine Menge zu tun bekommen. Die Orterschirme müssen ständig kontrolliert werden. Sobald eine Veränderung erfolgt, möchte ich unterrichtet werden."

Er verließ die Kommandozentrale.

Rudo teilte eine neue Wache ein und folgte ihm.

17.

Rhodan fuhr auf, als der Interkom summte.

Er sah auf die Uhr. Er hatte gerade zwei Stunden geschlafen.

„Was ist?"

Cart Rudos Gesicht erschien auf dem Bildschirm.

„Neue Energieechos, Sir. Sehr starke. Sie lassen auf eine ungewöhnlich hohe Energieausstrahlung schließen – das Wort atomare Explosion möchte ich noch vermeiden."

„Es könnte aber eine sein?"

„Ja."

„Und wo?"

„Wo die beiden Schiffe geortet wurden. Die Schirme zeigten die Geschehnisse nur undeutlich, weil wir ja noch um die Sonne kreisen, aber zweifellos ist etwas geschehen, was uns interessieren sollte."

Rhodan nickte dem Kommandanten der CREST zu.

„Also gut. Ich bin gleich da."

Schnell kleidete er sich an und unterrichtete Atlan. Sie erreichten fast gleichzeitig die Kommandozentrale.

Rudo kam ihnen entgegen.

„Das eine der beiden Schiffe – das größere – entfernt sich. Das kleinere bleibt zurück. Sollen wir nachsehen?"

„Ich bin dafür", sagte Atlan.

Rhodan selbst leitete das Anflugmanöver. Das Schiff wurde in den Alarmzustand versetzt. Es scherte aus der Umlaufbahn aus und beschleunigte. Als es im Linearraum untertauchte, verschwanden alle Echos von den Orterschirmen.

Aber nicht lange. Dann kehrte man ins Einsteinuniversum zurück, wo alle Instrumente sofort wieder einwandfrei funktionierten. Auch optisch war die Entfernung zu dem gesuchten Objekt nun so gering geworden, daß es auf den normalen Bildschirmen auszumachen war.

Es war ein Schiff. Die Meßinstrumente gaben an, daß es nicht ganz zweihundert Meter lang und fünfundvierzig Meter dick war, Walzenform hatte, mit einem spitzen Bug und einem flachen Heck. Das war an sich keine besonders auffällige Bauart. Selbst in der Milchstraße gab es Völker, die ähnliche Schiffe bauten.

Schon auf den ersten Blick war zu erkennen, daß es sich um ein Wrack handelte. Es war von einem zweifellos überlegenen Gegner zusammengeschossen worden.

Rhodan fragte:

„Wo steckt Kalak? Er könnte uns einige Fragen beantworten."

Der Kosmische Ingenieur kam in Begleitung Guckys.

Die CREST war näher herangeflogen und stand nun knapp zwei Kilometer von dem Wrack entfernt stationär im Raum. Alle Einzelheiten waren in überdeutlicher Schärfe zu erkennen. Mehrere Energieschüsse hatten das fremde Schiff in der Mitte getroffen. Der Bug war offen, und im Heck waren die Antriebsdüsen verbrannt.

Kalak studierte die Bildschirme, dann nickte er – eine Geste übrigens, die er den Terranern abgeschaut hatte.

„Ja, den Typ kenne ich. So bauen die halbhumanoiden Gaids. Sie sind sehr menschenähnlich, bis zu ein Meter und achtzig groß. Sie haben zwei Arme und zwei Beine, aber eine blaugrüne Haut. Der Kopf ist nur faustgroß und besteht auf der Vorderseite nur aus einem einzigen großen Facettenauge. Haare haben sie nicht, und der Kopf sitzt auf einem zehn Zentimeter langen Schlauchhals." Er sah Rhodan an. „Wollen Sie noch mehr über die Gaids wissen?"

„Alles, bitte."

„Nahrungs- und Sprechöffnung befindet sich direkt unter dem Hals im breitschultrigen Körper, und dort sitzt auch das Gehirn. Wie Sie sehen, hat der Kopf nur eine untergeordnete Bedeutung. Er ist nur das Trägerelement für die Sinnesorgane, die ihre Befehle durch komplizierte Nervenleiter vom Gehirn erhalten. Die Gaids sind ein tüchtiges raumfahrendes Volk und beherrschen viele Sonnensysteme. Sie sind harte und erbarmungslose Gegner und dafür bekannt, daß sie sich nur ungern den Anordnungen der Tefroder beugen. Immer wieder, so ist mir bekannt, versuchen sie es, in die verbotene Zone einzudringen, um Handelsbeziehungen zu den sagenhaften Völkern aufzunehmen, die dort existieren sollen. Wie Gerüchte besagen, soll es diese Völker tatsächlich geben, denn anders sind die unglaublichen Gewinne nicht zu erklären, die die Gaids oft bei solchen Unternehmungen erzielen."

„Das klingt alles recht abenteuerlich", sagte Rhodan langsam und sah Atlan dabei an. „Und so geheimnisvoll. Ich bin gespannt, was hier nun wirklich gespielt wird."

„Das weiß niemand."
„Und was ist mit dem Wrack?"
„Es wird ein Schmuggler gewesen sein, ein Händler, der schnell reich werden wollte. Er wurde von einem Wachschiff der Tefroder aufgebracht und vernichtet."
„Dann könnten die Gaids wertvolle Verbündete werden?"
„Nicht ausgeschlossen. Ich hatte früher mit ihnen zu tun und kann mich mit ihnen verständigen."
Rhodan sah wieder auf die Bildschirme. Atlan, der neben ihm stand, meinte:
„Die Tefroder haben auf die völlige Zerstörung des Schiffes verzichtet. Wir sollten es uns ansehen."
„Ganz deiner Meinung." Rhodan ging zum Interkom und schaltete die Anlage ein. „Ich schicke ein Kommando hinüber."

Der Trupp setzte sich aus Wissenschaftlern und einigen Offizieren zusammen.
Die CREST hatte sich dem Wrack soweit genähert, daß die Männer ohne besondere Hilfsmittel einfach aussteigen und die wenigen Meter schwebend zurücklegen konnten. Oberst Rudo hatte den HÜ-Schirm abgeschaltet. An den Ortungsgeräten saßen Major Notami und seine Leute. Sie würden jede Annäherung eines fremden Schiffes rechtzeitig bemerken.
Major Don Redhorse, der Chef des Landekommandos, führte die Untersuchungskommission an.
Gucky und Marshall ordneten sich den Anweisungen des Majors unter, ohne Fragen zu stellen. Sie waren in diesem speziellen Fall nichts als Begleitkommando. Über Funk standen sie alle mit der Kommandozentrale der CREST in Verbindung.
„Benutzen Sie eins der Lecks als Einstieg", riet Rhodan, der die Aktion über den Bildschirm beobachtete. „Das spart Zeit."
Redhorse sah das ausgeschmolzene Loch in der Hülle auf sich zukommen. Er schwebte langsam darauf zu.
„Wir sind da, Sir", sagte Redhorse und hielt seinen Impulsstrahler so, daß er ihn im Notfall sofort benutzen konnte. „Wir betreten jetzt das Wrack."
Es war wirklich ein Wrack, das wurde den Männern klar, als sie im Schiff waren. Einige Explosionen hatten in seinem Innern stattgefunden. Die Wände der einzelnen Kabinen und Korridore waren herausgerissen worden, und überall lagen die Trümmer verstreut.

Redhorse drang mit seinen Leuten in die Maschinenräume vor. Der Antrieb war fremdartig, doch das Funktionsprinzip selbst bot keine besondere Überraschung.

Die kam später.

In der Kommandozentrale fanden sie vier getötete Gaids. Sie sahen genauso aus, wie Kalak sie beschrieben hatte.

Instrumente und Kontrollgeräte des Wracks waren für die Wissenschaftler und Techniker ein gefundenes Fressen. Die Physiker und Positronikspezialisten Dr. Berger und Dr. Fuxer stürzten sich auf die heilgebliebenen Reste und untersuchten sie. Sie gingen dabei so sorgfältig vor, daß Redhorse fast die Geduld verlor.

„Sind Sie bald fertig", erkundigte er sich unhöflich, als die übrigen Teilnehmer der kleinen Expedition zurückgekehrt waren. „Wir müssen zurück in die CREST."

Rhodan, der jedes Wort mithörte, sagte:

„Lassen Sie sich Zeit. Wir können jeden Hinweis gebrauchen."

„Sehr richtig", meinte Dr. Berger, der mit einem Techniker das Navigationsgehirn auseinandernahm. „Es ist wichtig. Ich finde es sogar äußerst wichtig, daß wir uns das hier alles sehr genau ansehen."

„Haben Sie dazu einen besonderen Grund?" fragte Rhodan, dem die merkwürdige Betonung auffiel. „Diese Konstruktion technischer Hilfsmittel muß auch bei verschiedenen Völkern grundsätzlich gleich sein. Sie dienen alle dem gleichen Zweck, warum sollten sie sich also so sehr unterscheiden?"

„Ich stimme Ihnen zu, Sir." Berger deutete dramatisch auf das Innere des Rechengehirns, obwohl Rhodan die Geste nicht sehen konnte. „Aber eine gewisse Ähnlichkeit ist doch etwas anderes als eine fast identische Konstruktion."

Für einige Sekunden herrschte Stille, sowohl in dem Wrack als auch in der Kommandozentrale der CREST. Dann fragte Rhodan:

„Wie meinen Sie das, Dr. Berger? Wollen Sie behaupten, daß die Konstruktion gewisse Ähnlichkeit mit unseren entsprechenden Konstruktionen besitzt?"

„Das wäre zu vage ausgedrückt, Sir. Es ist quasi die gleiche Konstruktion."

„Sie wissen, daß das unmöglich ist, Dr. Berger."

„Es ist aber so, daran kann kein Zweifel bestehen."

„Gut." Rhodans Stimme war brüchig. „Untersuchen Sie weiter und halten Sie mich auf dem laufenden."

Das taten Berger und die anderen Wissenschaftler dann auch. Es waren insbesondere die positronischen Gehirne, die eine verblüffende

Ähnlichkeit mit den entsprechenden irdischen zeigten. Das konnte auf keinen Fall mehr ein Zufall sein.

Rhodan sprach mit Kalak darüber, aber der Paddler gab nur eine ausweichende Antwort:

„Ich wußte von dieser Ähnlichkeit, als ich Ihre Schiffe das erste Mal sah.

Ich habe geschwiegen, denn Sie werden mit der Zeit von selbst dahinterkommen. Meine frühere Praxis als Kosmischer Ingenieur führte mich zu vielen Völkern und Sonnensystemen von Andromeda. Ich kenne alle Schiffstypen, und ich kenne ihre Antriebe und positronischen Rechengehirne. Vielleicht könnte ich Ihnen noch mehr verraten, aber warum? Sie werden es schon selbst erfahren, und dann wirkt es überzeugender."

Es fiel Rhodan schwer, aber er drang nicht weiter in Kalak. Er wußte, daß er nur ausweichende Auskünfte erhalten würde.

Redhorse und seine Leute durchsuchten das ganze Schiff, aber sie fanden keine Überlebenden. Die Techniker schlossen ihre Untersuchungen ab.

Gerade wollte Rhodan dem Untersuchungsteam den Befehl geben, zur CREST zurückzukehren, da geschah das Unerwartete.

Major Notami entdeckte das fremde Schiff zuerst.

Auf den Orterschirmen erschien ein Fleck. Die Meßinstrumente begannen sofort automatisch in Tätigkeit zu treten, und sie stellten fest, daß das unbekannte Objekt zwei Lichtjahre entfernt aus dem Linearraum gekommen war. Es konnte sich nur um ein Raumschiff handeln, vielleicht sogar um gerade das Raumschiff, das den Gaid zusammengeschossen hatte.

Kehrte es zurück?

Rhodan sagte:

„Major Redhorse, kehren Sie sofort auf dem schnellsten Wege in die CREST zurück. Ein Schiff nähert sich uns."

Der Rückzug erfolgte ein wenig überhastet, und man mußte darauf verzichten, Proben der gefundenen Technik mitzunehmen. Die Berichte der Techniker würden genügen müssen – es sei denn, man konnte die Untersuchung später fortsetzen.

Als sich die Luken schlossen, versetzte Cart Rudo die CREST in den Verteidigungszustand. Die Waffenzentrale erhielt ihre Anweisungen. Wenn möglich, wollte man den Gegner – falls es einer war – kampfunfähig machen. Man wollte wissen, wer es war.

Atlan nahm neben Major Notami Platz, um ihm bei der Ortungsarbeit zu helfen. Rhodan blieb bei Cart Rudo.

Notami ließ die Skalen der Orter nicht aus den Augen. „Kurs direkt auf uns zu. Wenn die anderen ähnliche Orter haben wir wir, müssen sie uns bemerkt haben."

„Sobald das Schiff seine Geschwindigkeit erhöht, geben Sie Stationsalarm", sagte Rhodan zu Rudo. „Es wird dann die Absicht haben, in den Linearraum zu gehen, um dann überraschend bei uns aufzutauchen. Auf keinen Fall werden wir das Feuer zuerst eröffnen." Er drehte sich um. „Was meinen Sie, Kalak. Um wen handelt es sich?"

„Ich tippe auf einen Wachkreuzer der Tefroder. Ist das der Fall, werden Sie eine Überraschung erleben."

„Eine Überraschung?" Rhodan runzelte die Stirn, als sei er ärgerlich. „Wollen Sie sich nicht deutlicher ausdrücken?"

„Lieber nicht. Es wäre dann keine Überraschung mehr."

„Mein Vorrat an Überraschungen ist für heute gedeckt", sagte Rhodan. „Ich verzichte auf weitere."

„Diese kann ich Ihnen wohl kaum ersparen", stellte Kalak trocken fest und beantwortete dann keine weiteren Fragen mehr.

Major Wiffert aus der Feuerleitzentrale meldete:

„Alles bereit, Sir. Kann kommen."

Rhodan unterdrückte ein Grinsen.

„Wird schon kommen, Major. Warten Sie's nur ab."

Die CREST trieb ein wenig von dem Wrack ab, um nicht durch seine Nähe an der Sicht gehindert zu werden. Auf den Ortern stand noch immer der Fleck. Das fremde Schiff mußte jeden Augenblick die Lichtgeschwindigkeit überschreiten und im Linearraum untertauchen.

„Verdammte Warterei", knurrte jemand.

Rhodan sagte nichts. Er ließ die Orterschirme nicht aus den Augen.

Es vergingen drei Stunden, in denen die Spannung auf den Höhepunkt stieg. Und dann kam die Enttäuschung.

Das fremde Schiff ging plötzlich auf Gegenkurs und verschwand.

Rhodan atmete auf, aber es war keine Erleichterung.

„Was soll das bedeuten, Kalak? Es hat uns geortet, warum vermeidet es die Begegnung? Warum flieht es?"

„Ich weiß es nicht. Dieses Verhalten widerspricht allen meinen Erfahrungen. Es ist Pflicht der Tefroder, jeden Eindringling zu stellen. Man verzichtet darauf. Unerklärlich."

Eine Stunde lang geschah nichts. Dann sagte Rhodan:

„Kommando Redhorse geht zurück ins Wrack. Ich werde die Wissenschaftler begleiten. Ich möchte mich davon überzeugen, daß die Ähnlichkeit kein Zufall ist."

Kalak hatte Bedenken.

„Das ist zu gefährlich. Die Tefroder könnten trotzdem plötzlich angreifen, und dann ..."

„Oberst Rudo wird dafür sorgen, daß wir nicht in Gefahr kommen."

Damit war die Entscheidung gefallen.

Mit eigenen Augen konnte sich Rhodan nun davon überzeugen, daß Dr. Berger und Dr. Fuxer recht hatten. Die positronischen Geräte der Gaids waren mit denen der Terraner nahezu identisch. Es wurde auch Rhodan klar, daß eine so enge Parallelentwicklung kein Zufall sein konnte, aber eine einleuchtende Erklärung gab es dafür trotzdem nicht.

Kalak hatte Rhodan begleitet, aber Gucky war auf der CREST zurückgeblieben.

Rhodan, Berger, Fuxer und Kalak wanderten durch das Wrack, aber weitere Überraschungen blieben aus. Schließlich wollten sie sich in der zerstörten Zentrale sammeln, um dann in die CREST zurückzukehren.

In diesem Augenblick kam Cart Rudos erregte Stimme aus den Helmgeräten. Sie war laut und dröhnte in den Ohren der Männer.

„Das fremde Schiff ... es greift an! Bleiben Sie im Wrack, Sir ..."

Rhodan erstarrte, aber dann sprang er mit einem Satz zu der Sichtluke des Wracks. Die CREST war deutlich zu sehen, wenn sie sich auch mit hoher Geschwindigkeit entfernte. Aus dem Sternengewimmel heraus stieß das fremde Schiff. Es nahm Kurs auf das Wrack und stoppte plötzlich ab, als habe der Kommandant seine Absichten geändert.

„Beim geringsten Anzeichen von Feindseligkeiten angreifen!" befahl Rhodan, der seinen Rückzug abgeschnitten sah.

Cart Rudo zögerte keine Sekunde, wenn es auch etwas gab, das ihn maßlos verblüffte. Er leitete den entsprechenden Befehl an Major Wiffert weiter.

Rhodan sah mit zusammengekniffenen Lippen aus der Sichtluke und betrachtete das Schiff der Tefroder.

Es war ein Kugelschiff, hatte gut hundert Meter Durchmesser und erinnerte an die Leichten Kreuzer der Staatenklasse. Der Wulst der Triebwerke umgab den Äquator. Die Pole waren nicht abgeflacht. Sosehr Rhodan sich auch anstrengte, er konnte keinen Unterschied zu einem irdischen Schiff feststellen.

Und doch war es kein Schiff von der Erde.

Neben Rhodan stand Kalak. Ein wissendes Lächeln umspielte seine

Lippen, aber er schwieg. Er gab nur Rhodans Blick zurück, als dieser ihn fragend anblickte. Und er nickte.

„Tefroder?" fragte Rhodan gepreßt.

Kalak nickte.

Wieder kam Rudos Stimme.

„Sie geben Funkzeichen, Sir. Unverständlich. Soll ich den Translator..."

Er konnte den Satz nicht mehr beenden.

Das Schiff der Tefroder schwenkte plötzlich herum und jagte mehrere Energiebündel in Richtung der CREST, die inzwischen ihren HÜ-Schirm aktiviert hatte. Die Schüsse richteten keinen Schaden an. Allerdings wurde Rudo Sekunden später gezwungen, blitzartig zu handeln, denn das Schiff der Tefroder griff das Wrack an.

Von einer Sekunde zur anderen gerieten Rhodan und seine Begleiter in höchste Gefahr, aber Major Wiffert sah seine Gelegenheit gekommen. Die grellen Bündel der Thermostrahlen erfaßten das Schiff der Tefroder und hüllten es in eine glühende Schale entfesselter Energie. Die Außenwandung der Hülle begann sofort zu schmelzen. Die Geschütze des Gegners fielen aus. Es erfolgte kein weiterer Angriff mehr.

Auf dem alten Kurs trieb das Kugelschiff weiter und entfernte sich schnell von dem Wrack. Es sah ganz so aus, als lebe niemand mehr auf ihm, der den Kurs oder die Geschwindigkeit zu ändern vermochte.

„Feuer einstellen", befahl Rhodan. „Holt uns ab, dann sehen wir uns den Burschen an."

Die CREST kam zurück. Das Kommando stieg um. Dann flog man hinter dem Tefroder her.

Die Hülle des fremden Kugelschiffes war außen wieder erkaltet. Sie hatte sich schwarz verfärbt. Im Innern des Schiffes mußten aber noch hohe Temperaturen herrschen.

„Wir stellen ein neues Kommando zusammen", sagte Rhodan. „Wenn es überlebende Tefroder gibt, will ich mit ihnen sprechen. Ich muß wissen, woher sie das Schiff haben. Der Durchmesser beträgt übrigens genau hundertzwanzig Meter, nicht nur hundert. Das ändert jedoch nichts daran, daß es sich um eine genaue Kopie unserer Staatenkreuzer handelt. Ich will wissen, warum das so ist." Er drehte sich um und sah Kalak an. „Oder haben Sie eine Erklärung?"

Kalak sah den Augenblick gekommen, einen Teil seines Geheimnisses preiszugeben.

„Natürlich nicht", antwortete er. „Aber vielleicht begreifen Sie nun, warum ich, nachdem ich von der Zentralpositronik meiner Werft geweckt wurde, Ihre CREST für ein feindliches Schiff hielt. Die Tefroder haben die gleiche Art von Schiffen wie Sie – und das nicht nur äußerlich – und *sie* sind es auch, die mein Volk ausgelöscht haben!"

Rhodan blickte zu Atlan, der etwas bleich und erschüttert neben ihm stand.

„Verstehst du das, Atlan?"

„Nein", erwiderte dieser gepreßt.

Ein eigenartiges Gefühl beschlich Rhodan. Wenn Kalak behauptete, daß die Tefroder dieselbe Schiffskonstruktion verwendeten wie die Terraner, und dies der Grund für die Verwechslung war, die Kalak die CREST angreifen ließ – waren am Ende etwa die Tefroder selbst auch menschenähnlich?

„Sie verschweigen uns doch noch etwas", sagte er schließlich zu Kalak. „Wie sehen die Tefroder aus?"

„Tut mir leid", gab Kalak zu verstehen. „Ich will darüber nicht sprechen. Gönnen Sie mir doch die Freude und sehen Sie selbst nach."

„Das werde ich auch tun", erwiderte Rhodan grimmig. Ein eigenartiger Blick Atlans ließ ihn erkennen, daß der Arkonide dieselben Überlegungen angestellt hatte wie er selbst. Und doch weigerte sich sein Verstand, diesen Verdacht zu akzeptieren.

Diesmal nahmen sie Beiboote, um notfalls schneller zurückkehren zu können. Die Mutanten schlossen sich den Technikern an, und Kampfroboter bildeten die Rückendeckung.

Atlan blieb auf der CREST zurück. Zusammen mit Cart Rudo überwachte er von außen die Aktion. Notami saß vor den Ortern, deren Aufnahmegeräte ständig kreisten, um jede Annäherung eines anderen Schiffes sofort anzuzeigen. Es durfte jetzt keine Überraschung geben.

Rhodan, Kalak und Captain Nosinsky – ein bekannter Draufgänger – führten das Enterkommando an. Da es kein Leck gab, das groß genug gewesen wäre, sie einzulassen, wurde eines geschmolzen. Dann drangen zuerst die Kampfroboter ein. Wenig später folgten Rhodan und seine Leute.

Die Zentrale lag, genau wie bei den irdischen Schiffen, fast im Zentrum der Kugel.

Das jedoch war etwas, mit dem Rhodan gerechnet hatte. Kalak hatte vorher ja genug verraten. Und doch gab es noch etwas, das er ihm nicht verraten hatte.

In der Zentrale fanden sie die ersten Tefroder.

Rhodan fühlte, wie seine Knie zu zittern begannen, als er die Wesen sah.

Sein Verdacht hatte sich bestätigt!

Drei Tefroder lagen am Boden, tot oder besinnungslos. Der vierte saß in einem Sessel, und sein Gesicht verriet Angst und Panik. Aber das allein war es nicht, was Rhodan so in Erstaunen versetzte. Es war vielmehr das Aussehen des Tefroders.

Er mochte etwa einsachtzig groß sein, hatte eine samtbraune Hautfarbe und tiefschwarze Haare. Seine Züge besaßen einen nordischen Einschlag, wenn der Vergleich auch recht irdisch und ungenau war. Zu einem Terraner gab es außer der fremden Uniform keinen Unterschied.

Ganz langsam löste sich Rhodans Hand vom Kolben der Waffe. Er ließ sie nach unten sinken, und dann lächelte er vorsichtig. Er sah im Augenblick keine andere Möglichkeit, seinen Verständigungswillen auszudrücken.

Und der Tefroder verstand. Er lächelte zurück, deutete aber dann sofort auf seine drei bewußtlosen Kameraden.

Zum Glück tauchte gerade jetzt Gucky auf. Er watschelte durch den Korridor und trug die Miene eines Eroberers zur Schau. Jeder ahnungslose Fremde mußte unwillkürlich annehmen, daß er es allein gewesen sei, der das Schiff geentert und erobert hatte.

„Wir haben Überlebende gefunden. Sie müssen sofort in die CREST gebracht werden."

„Per Eilpost?" erkundigte sich Gucky und meinte Teleportation.

„Warum nicht?" Rhodan bückte sich und untersuchte die drei Bewußtlosen. „Sie leben alle noch. Da bekommt unsere Krankenstation etwas zu tun. Kümmere dich darum. Ich nehme den da selbst mit." Er deutete auf den Sitzenden. „Er soll nicht gleich einen Schock erleiden, wenn du mit ihm teleportierst."

Gucky gab keine Antwort. Er ging zu einem der Bewußtlosen, bückte sich, hob ihn ein wenig auf – und verschwand in einem Luftwirbel.

Der Tefroder im Sessel stieß einen Schrei aus, als er das Unfaßbare sah. Rhodan versuchte, ihn zu beruhigen, aber ohne Erfolg. Es war gut, daß in diesem Augenblick Kalak den Raum betrat.

„Das nenne ich Glück", sagte der Paddler. „Ein lebender Tefroder."

„Sagen Sie ihm, daß wir seine Freunde in ärztliche Behandlung bringen und daß er nichts von uns zu befürchten hat. Er soll mit mir kommen."

Kalak wandte sich an den Tefroder. Er sprach mit ihm und erhielt auch Antwort. Rhodan konnte keine bekannten Sprachelemente entdecken, aber er spürte den Rhythmus. Er war angenehm und musikalisch.

„Er hat keine Furcht", sagte Kalak schließlich. „Brenda, so heißt er, weiß, daß das Schiff nur mehr ein Wrack ist und daß der Großteil der Besatzung ums Leben gekommen ist. Er wird ohne Widerstand mitkommen. Einer der bewußtlosen Tefroder, der, den Gucky zur CREST gebracht hatte, war übrigens der Kommandant dieses Schiffes. Er heißt Hokota."

Rhodan hätte gerne darauf verzichtet, das Tefroderschiff anzugreifen. Aber die Umstände hatten ihn dazu gezwungen.

Er reichte dem Tefroder die Hand. Kalak sagte etwas in der unbekannten Sprache. Brenda nickte – er nickte! – und gab auch Rhodan die Hand. In diesem Augenblick materialisierte Gucky wieder und entführte den zweiten bewußtlosen Tefroder. Kalak erklärte es Brenda, der abermals erschrocken zurückgefahren war.

„Wir gehen jetzt", sagte Rhodan und ging vor. Kalak und der Gefangene folgten. „Das Enterkommando soll sich weiter um das Schiff kümmern. Kalak, komm mit."

Brenda war verwirrt. Einerseits mußte das riesige Kugelschiff als unangemeldeter Eindringling eingestuft werden und wurde deshalb auch angegriffen. Andererseits war offensichtlich, daß dieser Schiffsgigant dieselben Konstruktionsmerkmale besaß wie die Schiffe seines Volkes.

Brenda wußte nicht, wie er sich verhalten sollte. Deshalb beschloß er, sich seinem Schicksal zu fügen und vorerst alles zu vermeiden, was ihm als feindselige Haltung angelastet werden konnte.

Brenda begann zu begreifen, daß es in der verbotenen Zone Dinge gab, von denen er nichts ahnte. Er sah vorsichtig zur Seite und betrachtete den Mann, der ihn mitnahm. Er war ein Mensch, zweifellos. Aber er trug nicht die Uniform der Tefroder. Der Ausdruck in seinem Gesicht war kühl, aber nicht unfreundlich. Er verriet Energie und Entschlossenheit.

Brenda versuchte, einen Sinn in das Geschehen zu bringen, aber sosehr er sich auch bemühte, es gelang ihm nicht. Irgend etwas stimmte nicht mit dem überein, was er vom Aufbau seiner ganzen Ordnung wußte – oder zu wissen glaubte. Vielleicht würde ihm Hokota eine Antwort geben können.

Das Beiboot näherte sich dem gigantischen Kugelraumer und glitt in den Hangar. Die Luken schlossen sich. Brenda wartete.

Der Paddler sagte zu ihm:
„Sie können den Helm öffnen. Sauerstoffatmosphäre."
„Wer ist dieser Mann?" fragte Brenda und deutete mit dem Kinn auf Rhodan, während er den leichten Raumanzug ablegte. „Ist er ein Tefroder?"
„Er versteht die Sprache der Tefroder nicht, also kann er kein Tefroder sein. Sie können ihn Rhodan nennen, das genügt. Alles weitere erfahren Sie noch früh genug."
„Was ist mit meinen Kameraden?"
„Wir bringen Sie jetzt zu ihnen. Sie liegen auf der Krankenstation. Auch Ihnen wird Ruhe guttun."
„Und dann? Was ist dann?"
„Machen Sie sich keine Sorgen. Tefroder. Seien Sie froh, daß Sie noch leben. Sie haben unwahrscheinliches Glück gehabt."
Brenda fühlte den bitteren Nachgeschmack, als er das Wort „Glück" vernahm. Was war das schon für ein Glück? Er hatte einen Angriff überlebt und war gefangen worden. Von einem unbekannten Gegner, der mächtig genug schien, den Tefrodern zu trotzen. Er bedeutete eine Gefahr, von der man die Zentralregierung unterrichten mußte. Vielleicht hatte der Paddler recht. Vielleicht war es doch ein Glück, daß er noch lebte. Nicht nur für ihn, sondern für die Tefroder.
„Danke", sagte Brenda nur.
Als Brenda im Hangar war, blieb er stehen und sah sich um. Der Raum war groß genug, den Wachkreuzer der Tefroder aufzunehmen. In ihm standen Dutzende verschiedener Raumfahrzeuge in ihren Startschienen. Männer in Uniformen und Arbeitsanzügen gingen umher, ohne sich um ihn zu kümmern. Ihre Bewegungen verrieten Gelassenheit und Sicherheit. Es waren Männer, die genau wußten, was sie zu tun hatten.
Brenda verspürte plötzlich etwas wie Furcht.
„Gehen wir", sagte Kalak.
Es war eigentlich nur die Größe, die Brenda beeindruckte. Die Anlagen an sich waren ihm in ihrer Art bekannt. Da gab es die Antigravlifte von Stockwerk zu Stockwerk, die leicht gekrümmten Korridore, die vielen Türen zu den einzelnen Kabinen, die vakuumsicheren Schotten und überall die indirekte Beleuchtung. Auch die Geräusche waren ähnlich wie jene, die er von den eigenen Schiffen her kannte. Es war so gut wie sicher, daß die Pläne zu diesem Schiff von den gleichen Ingenieuren stammen mußten.
Von tefrodischen Ingenieuren.

Rhodan und der Paddler – Brenda erinnerte sich an Berichte über dieses Volk, das längst keine Rolle in Andromeda mehr spielte – führten ihn in den akustisch abgeschirmten Teil des Schiffes, in dem das Lazarett untergebracht war. Hier gab es keine Geräusche mehr, sondern es wurde unheimlich still. Selbst die Schritte wurden so gedämpft, daß sie nicht mehr zu hören waren.

Eine Tür öffnete sich, und Brenda erblickte als erstes seine drei Gefährten.

Sie lagen in weiß überzogenen Betten und hatten die Augen noch geschlossen. Männer in weißen Kitteln – weiß wie die Mäntel der tefrodischen Ärzte – sahen auf, als sie den Raum betraten. Ihre Gesichter zeigten Respekt. Rhodan mußte ein bedeutender Mann sein.

Sie sprachen miteinander, aber Brenda verstand kein Wort. Dann aber sagte der Paddler:

„Sie werden Gelegenheit erhalten, sich zu baden. Dann legen Sie sich in das freie Bett zu ihren Kameraden. Die Untersuchungen beginnen sofort."

„Untersuchungen?"

„Keine Sorge. Wir wollen wissen, ob Sie gesund sind."

„Ist das der einzige Grund?"

„So ziemlich. Ich werde Ihr Dolmetscher sein, bis die Translatorgeräte einjustiert sind. Ich heiße Kalak."

Der Mann, der Rhodan hieß, nickte ihm zu und verschwand mit den Ärzten.

Brenda begann sich langsam auszuziehen.

Als Rhodan in die Zentrale zurückkehrte, hatten ihn seine Überlegungen nicht weitergebracht.

Kalak hatte seinen Spaß an der Verblüffung Rhodans und seiner Begleiter gehabt. Doch die ihm gestellte Frage, warum eine derart frappierende Ähnlichkeit zwischen Terranern und Tefrodern bestand, konnte er nicht beantworten.

Zweikommazwei Millionen Lichtjahre lagen zwischen der Milchstraße und dem Andromedanebel, und doch hatte es in den beiden Galaxien eine Parallelentwicklung gegeben. Die Röntgenuntersuchungen würden auch da Gewißheit bringen. Aber es war nicht allein die körperliche Gleichheit, die Rhodan Sorgen bereitete. Verblüffend war vielmehr die Tatsache, daß auch die Technik die gleichen Wege gegangen war.

Oberst Cart Rudo machte ein besorgtes Gesicht.

„Ortungen, Sir. Im Umkreis von drei Lichtjahren tauchen immer neue Schiffe auf. Den Echos nach zu urteilen alle vom gleichen Typ wie der kleine Kugelraumer draußen. Ich schlage vor, wir brechen die Untersuchungen des Wracks ab und verschwinden."

„Also Flucht?" Rhodan sah nicht begeistert aus, aber dann nickte er. „Vielleicht haben Sie recht. Wir wollen keinen Generalalarm auslösen. Den können wir nicht gebrauchen. Geben Sie die nötigen Befehle."

Der Epsaler nickte und begann zu handeln. Wenige Minuten später meldete er:

„Die Beiboote kehren zurück. Die Ortungen werden stärker und kommen näher. Kein Zweifel, daß man uns entdeckt hat. Man kreist uns ein, und dann erfolgt der Angriff von allen Seiten zugleich. Es scheint so, daß die Tefroder einen Notruf gesendet haben."

Rhodan stand auf und ging zu Rudo. Er sah auf die Bildschirme.

Mindestens fünfzig Schiffe waren als undeutliche Echos zu erkennen. Die Entfernung schwankte zwischen einer Lichtstunde und einem Lichtjahr. Es konnte kein Zweifel daran bestehen, daß die CREST das Angriffsziel war.

„Wir gehen in den Linearraum, sobald die Schleusen geschlossen sind."

„In Ordnung."

Rhodan wandte sich an Atlan.

„Die Frage ist nur, stoßen wir weiter in Richtung Zentrum vor, oder verlassen wir die Sperrzone?"

Atlan dachte eine Weile nach.

„Ich bin dafür, daß wir vorläufig nicht weiter vordringen. Falls wir angegriffen werden sollten, verlassen wir die Sperrzone und ziehen uns in die vorgelagerte Warnzone zurück. Dann sind wir die Sektorenwächter los. Wenn nicht . . ., nun, das wird sich finden."

„Ich bin deiner Meinung." Er sah in Richtung der Bildschirme. „Wie ich sehe, sind wir soweit. Wir beschleunigen."

Minuten später tauchte die CREST im Linearraum unter, wo sie nicht mehr geortet werden konnte.

Als sie ins Einsteinuniversum zurückkehrte, befand sie sich außerhalb der verbotenen Zone.

Brenda hatte von den Ärzten ein leichtes Mittel erhalten und war eingeschlafen. Zu seinem eigenen Erstaunen war alle Furcht verflogen. Er machte sich nur noch Sorgen um Hokota und die beiden anderen, die noch immer bewußtlos waren.

Als er wieder erwachte, sah er, daß Hokota ihn anblickte.

Er richtete sich auf. Außer ihnen war niemand im Zimmer.

„Kommandant – ein Glück, daß Sie zu sich gekommen sind. Ich habe lange darauf warten müssen."

Danach erklärte er ihm, was seit dem Angriff geschehen war.

Hokota wirkte sehr nachdenklich, als Brenda geendet hatte. Schließlich sagte er:

„Ich zweifle nicht daran, daß dieses Raumschiff eine tefrodische Konstruktion ist und daß deren Besatzung aus abtrünnigen Tefrodern besteht, die im Begriff sind, gegen die Meister zu rebellieren."

„Wir sollten mit ihnen verhandeln", schlug Brenda vor. „Sie haben unser Leben geschont."

„Kommt nicht in Frage", erwiderte Hokota heftig.

„Ihre Freundlichkeit ist falsch und dient einem ganz bestimmten Zweck. Sie wollen etwas von uns wissen. Sie werden es erfahren, nur wird es nicht die Wahrheit sein. Ich verhandle nicht mit Verrätern."

„Sie würden uns töten, wenn wir nicht auf ihre Bedingungen eingingen."

„Lieber tot, als mit Verrätern sprechen."

Zum ersten Mal in seiner Laufbahn als Soldat fühlte Brenda so etwas wie Widerstand gegen einen Vorgesetzten in sich aufkeimen, aber er hütete sich, ihn größer werden zu lassen oder gar zu verraten. Der Kommandant hatte mehr Erfahrung als er. Er mußte wissen, was er tat.

Trotzdem sagte er:

„Es wäre vielleicht klüger, wenn wir auf ihre Bedingungen eingingen, dann könnten wir Sachen erfahren, die unserem Volk nützlich sind. Wenn uns dann später die Flucht gelingt..."

„Natürlich werden wir fliehen! So bald wie möglich."

Dagegen hatte auch Brenda nichts einzuwenden.

Als nächster erwachte Bogolo. Die fremden Ärzte kamen und gaben ihm ein schmerzstillendes Mittel, und als auch Mologat wach wurde, betraten die beiden Männer, die Brenda schon kannte, in Begleitung eines dritten den Raum. Sie trugen ein Gerät bei sich, das sie auf den Tisch setzten.

Es war der Translator.

„Ich sehe", sagte Rhodan, und die Tefroder konnten ihn gut verstehen, „daß Sie sich erholt haben. Vorerst möchte ich auf Erklärungen meinerseits verzichten und auch Ihnen noch keine Fragen stellen. Das hat Zeit bis später. Darf ich wissen, ob Sie Wünsche haben?"

Es wäre Brenda lieber gewesen, wenn er hätte antworten können, aber nun trug er nicht mehr die Verantwortung, sondern Hokota.

„Sie Verräter!" rief Hokota wütend und hob drohend die Faust. „Sie sind ein Verräter an unserem Volk! Sie werden das büßen müssen!"

Rhodan sah ihn verständnislos an, Kalak aber lächelte wissend.

„Sie verdammter Verräter!" wiederholte Hokota und schloß die Augen.

Rhodan schaltete das Übersetzungsgerät ab. Er wandte sich an Kalak:

„Verstehen Sie das? Für wen hält er uns?"

„Für Tefroder", sagte Kalak trocken. „So wie Sie ihn für einen Menschen, einen Terraner, halten müssen. Ist das so erstaunlich?"

Rhodan schaltete den Translator wieder ein.

„Sie irren sich. Wir sind keine Tefroder. Somit können wir auch keine Verräter sein – wenigstens nicht in Ihrem Sinne. Drehen Sie sich um. Ich habe mit Ihnen zu sprechen."

„Ich spreche nicht mit Verrätern." Hokota drehte sich trotzdem um. „Aber ich kann Verrätern etwas mitteilen: Man wird Sie so lange suchen, bis man Sie gefunden hat. Und dann wird man Sie vernichten!"

„Entweder Sie werden jetzt vernünftig, oder ich werde Sie zwingen, mir zuzuhören und mir zu antworten. Wir sind keine Tefroder, ob Sie mir glauben oder nicht."

Der Tefroder richtete sich auf, aber sein Gesicht verzerrte sich vor Schmerzen.

„Dieses Schiff – wo haben Sie es gebaut? Man hat unsere Pläne gestohlen, denn Brenda berichtete, daß es keine Unterschiede zu unseren Schiffen gibt. Es ist nur größer."

„Und das ärgert Sie, nicht wahr?"

„Es beunruhigt mich", gab Hokota zu. „Die Ordnung unserer Galaxis gerät ins Wanken, wenn wir abtrünnige Tefroder mit solchen Schiffen dulden. Was haben Sie vor? Seit wann gibt es Renegaten unter Tefrodern?"

Rhodan sah ein, daß er so nicht weiterkam.

„Wir werden uns später unterhalten, wenn Sie den ersten Schock überwunden haben. Unsere medizinische Abteilung wird Sie untersuchen, um eventuelle Verletzungen festzustellen. Sie haben keinen

Grund, sich zu beunruhigen. Sie werden als normale Gefangene behandelt. Es liegt allein bei Ihnen, diesen Status umzuwandeln. Es liegt bei Ihnen, ob Sie einmal unsere Gäste sein werden."

„Gäste von Verrätern?" Hokota funkelte Rhodan wütend an. Für einen Augenblick streifte sein Blick Atlan, und man sah ihm die plötzlichen Zweifel an. Aber dann blickte er wieder Rhodan an. „Wir verzichten! Lieber sterben wir."

„Sterben ist nicht so einfach", stellte Rhodan fest und schaltete den Translator aus.

Brenda sah, daß Rhodan mit Kalak und dem dritten Mann sprach. Dieser dritte Mann konnte kein Tefroder sein, wenn er auch als Mensch bezeichnet werden konnte. Sein Äußeres wies Unterschiede auf, die nicht zu übersehen waren.

Die drei Männer verließen das Zimmer.

Hokota sank erschöpft in die Kissen zurück.

„Sobald wir uns kräftig genug fühlen, werden wir ihnen zeigen, wie man mit Verrätern umgeht. Mologat wird versuchen, einen Funkspruch nach Tefrod zu schicken." Er ächzte. „Mir ist schlecht."

Brenda war froh, daß Mologat und Bogola noch zu müde waren, um sich zu unterhalten. Er schloß die Augen, um nachzudenken.

Der Gedanke, daß sie ein Schiff erobern könnten, das mindestens eine Besatzung von vier- oder fünftausend Mann hatte, war nicht nur phantastisch, sondern geradezu lächerlich. Ihre einzige Chance – wenn sie überhaupt eine hatten – bestand darin, zum Hangar zu gelangen und mit einem der Beiboote zu fliehen. Und selbst das, ahnte Brenda, würde schwierig genug sein. Vielleicht unmöglich.

Waren Rhodan und der Weißhaarige wirklich Tefroder, die inmitten der verbotenen Zone ein neues, selbständiges Reich aufgebaut hatten? Dieser Rhodan wirkte nicht wie ein Verräter, eher wie ein kluger und weiser Herrscher, der weder Lüge noch Falschheit kannte. Der Gedanke, ihn zu hintergehen, mißfiel Brenda.

Er seufzte und versuchte zu schlafen.

Zehn Stunden später hielt Rhodan die ärztlichen Gutachten in der Hand. Er las sie aufmerksam durch und reichte sie Atlan. Icho Tolot nutzte die Gelegenheit zu einer Frage:

„Was Neues?"

„Nichts, und gerade das ist es, was mich beunruhigt. Die Ärzte können keine Unterschiede feststellen. Das Herz sitzt genau da, wo es auch beim Menschen sitzt. Alle Organe sind mit denen des Menschen identisch, auch die Drüsenfunktion. Ich muß gestehen, ich begreife überhaupt nichts mehr."

Atlan legte den Bericht auf den Tisch.

„Es ist unfaßbar", sagte er ruhig. „Es gibt keine Erklärung."

„Es gibt eine Menge", widersprach Rhodan, „aber die eine ist so gut oder so schlecht wie die andere."

Die Tür öffnete sich, und Gucky kam herein. Der Mausbiber sah etwas erschöpft aus, als er auf Tolots Knie sprang und sich dort häuslich niederließ.

„Feines Kopfzerbrechen, nicht wahr?" erkundigte er sich und deutete auf den ärztlichen Bericht. „Da nützt auch meine Telepathie nichts. Die Leute sind Tefroder, mehr wissen sie auch nicht. Uns – mich natürlich ausgeschlossen – halten sie ebenfalls für Tefroder. Damit hat sich der Fall."

„Du hast nichts herausgefunden?" fragte Rhodan enttäuscht.

„Nichts: Dabei habe ich mich fast eine Stunde mit ihnen unterhalten. Der Offizier, Hokota oder so ähnlich, ist ein sturer Kerl, ein übertriebener Patriot und Diener der Meister. Der andere hingegen, Brenda, macht einen guten Eindruck. Mit ihm ließe sich reden. Er ist der einzige, der nicht so fest daran glaubt, daß wir Tefroder sind."

„Für was hält er uns denn?"

„Das weiß er selbst nicht. Jedenfalls wollen sie sich selbständig machen."

„Fliehen?"

„Sieht so aus."

„Damit werden sie wenig Glück haben. Sie kommen nicht weit." Rhodan betrachtete Gucky nachdenklich. „Du wirst in ihrer Nähe bleiben und sie überwachen. Sprich mit ihnen; versuche, ihr Vertrauen zu erwerben. Vielleicht erfährst du dann mehr. Keine Störungen beim telepathischen Kontakt?"

„Kaum. Aber sie denken einfach nicht viel – ob absichtlich oder nicht, habe ich noch nicht herausgefunden."

Tolot meinte:

„Bei Gelegenheit muß ich mir die vier Brüder doch mal ansehen."

„Hat noch Zeit." Rhodan lächelte gezwungen. „Sie sehen ja doch nicht anders aus als wir."

Er ahnte nicht, welchen Verlauf die Ereignisse genommen hätten, wenn er jetzt in diesem Augenblick den Haluter zu den Gefangenen geschickt hätte.

Es war still in dem Zimmer.
Hokota hielt die Augen geschlossen, aber Brenda wußte, daß er nicht schlief, sondern nur nachdachte. Bogolo und Mologat unterhielten sich flüsternd. Sie sprachen von der Flucht.
Brenda hatte seinen anfänglichen Widerstand aufgegeben. Nun war auch er bereit, die Flucht zu versuchen. Die Untersuchungen hatten ihm gezeigt, daß es den Fremden nicht darum ging, ihren Gesundheitszustand zu überprüfen. Dazu waren die Untersuchungen zu genau gewesen. Vielleicht stimmte es doch, daß die Fremden keine Tefroder waren, wenn die Ähnlichkeit auch unerklärlich blieb. Er, Brenda, und Hokota würden also aus völlig verschiedenen Motiven fliehen.
Was nichts an der Tatsache an sich änderte.
Leise öffnete sich die Tür.
Das kleine Pelzwesen, das sich Gucky nannte, kam herein, blinzelte freundlich mit den Augen und schloß die Tür. In den Pfoten trug es einen Translator, den es auf den Tisch setzte. Es wollte sich also mit ihnen unterhalten.
Von mir aus, dachte Brenda. Der Plan steht fest. Auch der kleine Kerl, sei er noch so sympathisch, wird ihn nicht ändern können.
Der „kleine Kerl" sah plötzlich auf, als Brenda das dachte.
Zufall?
Brenda war klug genug, es nicht als Zufall abzutun. Es war doch immerhin merkwürdig genug, daß die Fremden – wer immer sie nun auch waren – ihnen ein Tier schickten. Denn der Mausbiber war und blieb in Brendas Augen ein Tier, wenn auch ein intelligentes.
Und plötzlich wußte Brenda, warum Gucky hier war. Seine unvorsichtige Geste hatte es ihm bewiesen.
Der Mausbiber mußte ein Telepath sein!
Jede weitere Tarnung war zwecklos. Brenda stieß Hokota respektlos in die Seite.
„Der Mausbiber ist Telepath. Bogolo und Mologat, seid vorsichtig!"
Gucky schaltete den Translator ein.
„Du bist sehr klug, lieber Brenda. Natürlich bin ich Telepath. Was also ist mit eurem Plan? Ihr wollt fliehen? Wann und wie?"
Hokota sprang fast aus dem Bett.
„Nichts, aber auch gar nichts wirst du aus mir herauskriegen, du kleiner Teufel! Natürlich werden wir fliehen, aber wann und wie, das finde selbst heraus! Von uns wirst du es nicht erfahren."
Gucky war von Natur aus eine mitleidige Seele, und Gefangene

taten ihm immer leid, wenn es sich nicht gerade um Leute handelte, mit denen man ein Hühnchen zu rupfen hatte. Er begriff den Haß der Tefroder, der im Grunde nur ihrer Überraschung entsprang.

„Du bist ein Holzkopf", sagte er zu Hokota und hoffte, daß der Tefroder wußte, was Holz war. „Eine einmal gefaßte Meinung kannst du niemals ändern. Du erinnerst mich an eine alte Weisheit, die besagt, daß nur der Dumme *alles* weiß. Ein kluger Mensch hingegen ist sich dessen bewußt, immer – sein ganzes Leben lang – hinzulernen zu können. Und er will es! Nur darum ist er klug."

„Was soll das?" Hokota schien sich beruhigt zu haben. Er lag wieder im Bett und warf den beiden Sergeanten bedeutsame Blicke zu. „Willst du mir Unterricht erteilen?"

„Ich will dir nur klarmachen, daß Flucht sinnlos ist. Es besteht auch kein Grund dazu. Früher oder später werden wir Kontakt mit deinem Volk aufnehmen. Dann seid ihr wieder frei."

Hokota verarbeitete die Nachricht, schenkte ihr aber keinen Glauben, so sehr Brenda das auch hoffte. Ihm gefiel der kleine Pelzbursche. Es würde ihm schwerfallen, ihn zu hintergehen.

„Komm doch mal her", sagte Hokota.

Gucky versuchte, die Gedanken des Tefroders zu espern, aber er empfing keine Impulse. Der Tefroder dachte nichts. Das zeigte von einer mentalen Disziplin, die man beim Menschen nur äußerst selten fand. Das Nicht-Denken war der einzige Schutz gegen Telepathie.

Gucky stand langsam auf und ging zu Hokotas Bett.

Er achtete nicht auf die beiden anderen, und das war sein Fehler.

Der Schlag auf seinen Kopf war nicht so stark, daß er ihn getötet hätte, aber er genügte, sein Bewußtsein blitzschnell auszulöschen.

Wie ein Sack rutschte Gucky auf den Boden und rührte sich nicht mehr. Hokota sprang aus dem Bett und zog den kleinen Impulsstrahler aus dem Gürtel des Mausbibers. Er betrachtete ihn, grinste und entsicherte die Waffe. Er richtete sie auf Gucky.

Brenda kam aus dem Bett und stieß Hokotas Hand beiseite.

„Warum wollen Sie ihn töten, Kommandant?"

Hokota war von Brendas Aufsässigkeit so überrascht, daß er keine Worte fand. Er starrte ihn nur verständnislos an.

„Brenda hat recht", sagte Bogolo. „Der Kleine hat uns nichts getan. Außerdem sollten wir uns um wichtigere Dinge kümmern. Wir benötigen Uniformen, vergessen Sie das nicht."

„Also gut", erwiderte Hokota und warf Brenda einen wütenden Blick zu. „Aber ich komme noch darauf zurück. Später, wenn wir in

Sicherheit sind. Jetzt raus hier, ehe sie Alarm schlagen. Richtung Hangars."

Unbemerkt gelang es ihnen, die Krankenstation zu verlassen. Auf den Korridoren begegnete ihnen niemand, denn sie benutzten die Seitengänge.

Um sie herum waren die Geräusche des Schiffes. Unter ihren Füßen vibrierte der Boden, und ein feines, fernes Brummen war in ihren Ohren. Das mußten die Tefrod-Konverter sein.

Dann hörten sie Schritte.

„Gucky bleibt aber ziemlich lange aus."

John Marshall sagte es ohne Besorgnis, nur mit einem leichten Vorwurf. Er saß zusammen mit Atlan in Rhodans Kabine.

„Haben Sie keine Verbindung?"

Marshall, einer der fähigsten menschlichen Telepathen, machte eine Handbewegung, die etwa bedeutete: Das Naheliegendste vergißt man meistens.

Er konzentrierte sich und lauschte. Sein Gesicht verriet Enttäuschung.

„Nichts. Unser Freund scheint zu schlafen, oder er hat sich abgeschirmt."

Rhodans Augen wurden enger. Er sah Atlan an.

„Schlafen? Abschirmen? Das ist aber gegen die Abmachung." Er stand auf und ging zum Interkom. In Sekunden hatte er die Verbindung über die Zentrale zur Krankenstation hergestellt. „Dr. Ralph Artur, bitte." Es dauerte weitere zehn Sekunden, bis das Gesicht des Chefarztes der CREST auf dem Bildschirm erschien. „Sehen Sie nach, Doktor, was mit den Gefangenen ist. Ich warte."

Dr. Arturs mißmutiges Gesicht wurde womöglich noch mißmutiger. Er wischte sich mit der Hand über die schimmernde Glatze.

„Was soll denn mit den Gefangenen sein, Sir. Sie werden schlafen."

„Sehen Sie nach, aber schnell!"

Rhodan hatte ungewöhnlich scharf gesprochen, und der Chefarzt erschrak. Sein Gesicht verschwand vom Bildschirm.

„Er ist doch sonst nicht so schwer von Begriff", meint Marshall.

Rhodan sagte nichts. Er wartete. In seinem Gesicht hatte sich Besorgnis breitgemacht. Es war ungewöhnlich, daß Gucky gegen die Abmachung handelte, zumindest in diesem Fall.

Dr. Artur war plötzlich wieder auf dem Bildschirm. Er schnappte nach Luft, und seine Augen waren vor Schreck weit aufgerissen.

„Die Gefangenen ... Sir ... sie sind entflohen. Und Gucky ..."
Rhodans Gesicht wurde zu einer starren Maske.
„Was ist mit Gucky? Mann, reden Sie doch endlich!"
„Besinnungslos. Schlag auf den Kopf. Nicht so schlimm."
„Gott sei Dank! Kümmern Sie sich um ihn. Den Rest besorgen wir."
Der Bildschirm wurde dunkel.
„Da haben wir es!" sagte Atlan. „Hoffentlich erwischen wir sie früh genug."
Rhodan stellte die Verbindung zur Kommandozentrale her. Oberstleutnant Brent Huise hatte Dienst.
„Sir?"
„Die Gefangenen sind aus der Krankenstation geflohen. Geben Sie sofort Alarm für die CREST. Suchmannschaften auf den Weg schikken. Besonders Maschinenräume und Hangars bewachen. Wir müssen sie wiederhaben. Möglichst lebend. Alles klar?"
„Alles klar, Sir."

In der Kommandozentrale überwachten Rhodan und Atlan zusammen mit anderen Offizieren die Interkom-Schirme der CREST. Sie waren alle eingeschaltet. Da überall im Schiff die Kontaktstellen installiert waren, konnte man von hier aus gut achtzig Prozent der gesamten Räumlichkeiten kontrollieren.
Es dauerte immerhin fast eine halbe Stunde, bis Rhodan plötzlich eine grausige Entdeckung machte. Er beugte sich vor und sagte:
„Der erste Hinweis. Kabine ...", er warf einen Blick auf die mitgesendete Ziffer rechts unten in der Ecke des Bildes, „... Kabine 589 der technischen Sektion. Vier Tote. Auf dem Boden liegen noch die weißen Hemden der Krankenstation. Außerdem ein zerstörter Roboter."
Sein Gesicht war ernst. Er hatte nicht damit gerechnet, daß die Entflohenen Gewalt anwenden würden.
Atlan meinte:
„Sie haben also Uniformen angezogen und sich unter die Besatzung gemischt. Es gibt kein Mittel, sie auf den ersten Blick zu identifizieren. Eigentlich gibt es nur ein einziges Unterscheidungsmerkmal: sie sprechen kein Interkosmo."
„Das sollte genügen." Rhodan winkte Oberst Cart Rudo heran. „Geben Sie eine entsprechende Information an alle Abteilungen. Wer nicht auf eine Anfrage antwortet, ist sofort festzunehmen. Wir haben im Augenblick keine andere Möglichkeit, die Gefangenen zu identifizieren."

Chefarzt Dr. Artur meldete sich.

„Der Mausbiber kommt allmählich wieder zu sich, aber er bedarf noch der Schonung. Keine inneren Verletzungen."

„Danke, Doktor. Ich werde mich bei Ihnen sehen lassen, sobald das hier vorbei ist."

Die CREST stand außerhalb der verbotenen Zone relativ zur Bewegung der Andromeda-Galaxis still. Ganz in der Nähe leuchtete eine einsame Sonne ohne Planeten. Sie würde im Notfall als Orterschutz dienen. Im Moment war eine Flucht nicht notwendig, denn in der Umgebung von drei Lichtjahren im Umkreis gab es keine fremden Schiffe.

Die Wachflotten der Tefroder hatten den Eindringling vorerst verloren, und das war gut so.

„Die größte Gefahr ist", sagte Atlan, „daß die Entflohenen die CREST indirekt kennen. Das erleichtert ihnen ihr Vorhaben. Sie werden den Weg nach draußen finden, wenn wir nichts Entscheidendes unternehmen."

„Was schlägst du vor?"

Atlan sagte ganz ruhig:

„Du solltest sämtliche Beiboothangars sperren lassen, damit niemand ohne Freigabe durch die Zentrale starten kann. Die Flucht der Tefroder wird in Richtung Beiboothangars gehen, denn nur dort rechnen sie sich Chancen aus, zu entkommen. Dort müssen wir ihnen auflauern!"

Rhodan nickte. Atlan hatte zweifellos recht. Mit grimmigem Gesichtsausdruck gab er die entsprechenden Anweisungen.

Zwei Stunden später zeigten diese Maßnahmen Erfolg.

Ein Leutnant des Schleusen-Wachkommandos meldete sich über Interkom in der Zentrale.

„Die Entflohenen sitzen in der Falle, Sir", gab er bekannt. „Sie befinden sich in einem leeren Frachtraum neben dem Beiboothangar der Ersten Korvettenflottille. Der Raum wurde hermetisch abgeschlossen, so daß sie nicht mehr heraus können."

Nachdem der Leutnant den genauen Standort durchgegeben hatte, bedankte sich Rhodan und unterbrach die Verbindung.

„Lassen Sie mich den Rest erledigen", dröhnte der Haluter in diesem Moment. „Für mich bedeuten die bewaffneten Tefroder keine Gefahr."

„Ich werde Sie begleiten, Tolot", sagte Atlan, ohne Rhodans Kommentar abzuwarten.

„Also schön", sagte Rhodan schließlich.

Wortlos verließen Atlan und der Haluter die Zentrale und eilten zum Zielort. Sie wurden dort bereits von mehreren Männern erwartet.

„Ich werde allein hineingehen“, gab Tolot zu verstehen.

„In Ordnung“, erwiderte Atlan. „Aber denken Sie daran, daß wir die Tefroder möglichst lebend haben wollen“.

Der Riese nickte Atlan beruhigend zu und ging auf die Tür zu, die von mehreren Soldaten bewacht wurde.

Als er sie vorsichtig öffnete, zischte ein Energiestrahl an ihm vorbei und prallte gegen die Decke des Ganges. Dann war er mit einem Satz im Frachtraum und warf die Tür hinter sich zu.

Tolot wußte, daß er sich nicht in Gefahr begab, wenn er die molekulare Struktur seiner Außenhaut derartig veränderte, daß sie gegen Strahlschüsse unempfindlich wurde. Immerhin konnte er durch konzentrisches Feuer schwerer Waffen verletzt werden.

Er sah die vier Tefroder in terranischer Uniform. Sie standen mitten in dem leeren Raum, die Waffen auf ihn gerichtet.

Aber sie schossen nicht mehr.

Sie standen nur da und starrten ihn an. Tolot hatte geahnt, daß sein Anblick die Tefroder erschrecken würde. Doch was nun folgte, übertraf seine Phantasie bei weitem.

Die Tefroder schienen für Sekunden wie gelähmt. Sie rührten sich nicht und standen wie erstarrt. Die Arme mit den Waffen sanken herab. Dann glitten die Waffen aus ihren Händen und polterten auf den Metallboden.

Tolot glaubte seinen Ohren nicht zu trauen, als er das markerschütternde Geschrei hörte, das die Tefroder ausstießen. Es waren Schreie, wie sie Lebewesen nur in höchster Todesangst von sich gaben, wenn sie keinen Ausweg mehr sahen und sich doch nicht in ihr Schicksal ergeben wollten.

Drei der Tefroder warfen sich auf den Boden und wälzten sich hin und her. Der andere raste in entgegengesetzter Richtung davon.

Im leeren Frachtraum gab es keine Deckung. Der Raum war nichts als eine leere Halle ohne jedes Versteck.

Tolot blieb einfach stehen. Er sah, wie der Tefroder, von unbegreiflicher Angst gejagt, auf die entfernte Wand zulief, ohne seine Richtung oder Geschwindigkeit zu ändern. Das Schreien wurde leiser, aber Tolot wußte, daß das nur der Entfernung zuzuschreiben war. In Wirklichkeit brüllte der Mann noch genauso laut wie vorher.

Und dann, ehe Tolot begriff, raste der Tefroder in vollem Lauf mit dem Schädel gegen die metallene Wand. Es gab einen knirschenden Laut, der Tolot bis in die letzte Faser seiner beiden Gehirne drang.

Dann sackte der Tefroder zusammen. Er war tot.

Währenddessen wälzten sich die drei anderen noch immer auf dem Boden. Ihre Augen waren weit aufgerissen und spiegelten Panik wider. Es war offensichtlich, daß es nicht der bloße Anblick Tolots allein war, der sie so erschreckte. So etwa würde ein Mensch reagieren, wenn er sich unerwartet dem leibhaftigen Satan gegenübersah.

Tolot begann zu ahnen, daß sein Anblick irgend etwas in der Erinnerung der Tefroder wachgerufen hatte, aber was das war, wußte er auch nicht.

Vorsichtig ging er auf sie zu. Er wollte klarmachen, daß sie nichts von ihm zu befürchten hatten und daß ihr Leben nicht in Gefahr sei. Aber für die Tefroder schien der Tod nicht das Schrecklichste zu sein. Tolots Anblick schien schrecklicher zu sein.

Plötzlich griffen die drei, wie auf ein geheimes Kommando, zu den entfallenen Waffen, und ehe der verblüffte Tolot reagieren konnte, töteten sie sich selbst.

Lange Zeit blieb Tolot stehen, ohne sich zu rühren. Er fühlte Verantwortung für das, was geschehen war. Aber war er wirklich für den Tod der vier Tefroder verantwortlich? Hatte er ahnen können, daß sein bloßes Erscheinen sie zum Selbstmord trieb? Oder hätte es gar verhindern können?

Langsam drehte er sich um und ging hinaus auf den Korridor.

„Sie sind tot“, sagte er, als er Atlans fragenden Blick bemerkte.

„Haben Sie . . .?“

„Nein.“ Tolot nahm Atlan beim Arm und zog ihn mit sich fort. „Ich habe sie nicht getötet. Sie begingen Selbstmord, als sie mich sahen. Es muß da etwas geben, von dem wir keine Ahnung haben.“

Atlan fragte nicht weiter.

Schweigend machten sie sich auf den Weg zur Kommandozentrale, um Rhodan von dem Vorgefallenen in Kenntnis zu setzen.

Sie saßen in dem Bereitschaftsraum direkt neben der Kommandozentrale. Tolot hatte soeben seinen Bericht beendet und nichts als verständnisloses Staunen geerntet. Wenige Minuten zuvor war Gucky erschienen. Einer der Ärzte brachte ihn und lieferte ihn ab, obwohl der Mausbiber wütend gegen die Betreuung protestierte. Er trug einen weißen Kopfverband und sah recht merkwürdig damit aus.

„Als ich Tolot zum ersten Mal sah“, meinte Gucky, „bekam ich auch Schreikrämpfe. Aber nicht aus Angst“, fügte er schnell hinzu.

„Dein Anblick wirkt auch nicht gerade beängstigend“, gab Tolot zurück.

„Eher erheiternd“, stellte Kalak trocken fest.

„Ich sehe“, sagte Rhodan. „Sie haben anscheinend den Schreck alle schon wieder überwunden.“ Er sah, wie Kalak Gucky behutsam über den Kopf streichen wollte.

„Laß deine Pfoten von meinem Verband!“ schrie der Mausbiber giftig.

Kalak zog die Hände zurück.

„Warum so empfindlich, Kleiner? Ich wollte mich nur überzeugen, daß er richtig sitzt. Schließlich bist du im Kampf verwundet worden und hast ein Anrecht auf fachliche Behandlung und ...“

„Ich pfeife auf dein Mitgefühl“, fauchte Gucky, der schon wieder Gedanken gelesen hatte. „Was kann ich dafür, wenn die Brüder nicht denken, bevor sie einem das Nachtgeschirr auf den Kopf schlagen? Genau das nämlich war es, womit sie mich außer Gefecht setzten. Was hat so ein altertümliches Ding überhaupt an Bord der CREST zu suchen?“

Für eine Weile kam niemand mehr zu Wort, und es war ausgerechnet Atlan, der am lautesten lachte. Daß man Gucky mit Hilfe eines solchen Utensils niedergeschlagen hatte, paßte so ganz und gar nicht zum Bild des Helden. Seine Wut über den Zwischenfall war daher begreiflich. Allerdings auch die Heiterkeit seiner Freunde.

„Ja, lacht nur!“ zeterte Gucky und verbiß sich mühsam ein schmerzliches Grinsen. Er wußte von Menschen, daß nur der Humor besaß, der über sich selbst zu lachen verstand. Und er wollte auf keinen Fall, daß man ihm nachsagte, er habe keinen Humor. Aber die Würde mußte gewahrt bleiben.

Doch ehe er zu seiner Ehrenrettung ansetzen konnte, dröhnte der Alarm durch das Schiff.

Cart Rudo meldete sich über Interkom.

„Fremdortung“, sagte er ruhig. „Etwa einhundert Tefroderschiffe sind plötzlich in der Nähe unseres Standortes aufgetaucht.“

„Verhalten Sie sich ruhig“, sagte Rhodan. „Wir kommen.“

Rhodan, Atlan und Kalak betrachteten die Bildschirme.

„Eine hübsche Streitmacht haben sie da zusammengezogen. Wir hätten uns rechtzeitig absetzen sollen“, sagte Gucky.

Rhodan verzog keine Miene.
„Unverständlich. Sie stellen sich auf wie zu einer Parade."
„Es werden Funksprüche aufgefangen. Auch der Translator nützt nichts. Müssen verschlüsselt sein."
„Dann halten auch sie uns für Tefroder, Atlan." Rhodan studierte die Schiffe. „Alle vom gleichen Typ. Wachkreuzer. Warum greifen sie uns nicht an?"
„Vielleicht haben sie Angst", meinte Gucky.
Kalak lachte.
„Vor dir mit deinem Turban bestimmt nicht."
Rhodan blickte gespannt auf den Panoramabildschirm, wo plötzlich eine Veränderung zu bemerken war. Auch Atlan war dies nicht entgangen.
„Sie scheinen dahintergekommen zu sein, daß sie es tatsächlich mit einem feindlichen Schiff zu tun haben, nachdem wir ihre Funksprüche nicht beantwortet haben", sagte der Arkonide. „Ich rate dir, die CREST schleunigst abzuziehen. Du willst dich doch sicherlich nicht auf eine sinnlose Auseinandersetzung einlassen wollen?"
Rhodan schüttelte den Kopf. „Nein." Er wandte sich an Rudo. „Oberst, lassen Sie Fahrt aufnehmen. Wir stoßen in Richtung Sperrzone vor und gehen bei einer geeigneten Sonne in Ortungsschutz."
Der Epsaler reagierte wie gewohnt. Knapp und präzise kamen seine Anweisungen. Die CREST nahm Fahrt auf und verschwand schließlich im Linearraum, noch ehe die Wachschiffe einen Schuß abgeben konnten.

18.

Die CREST III hatte bei einer planetenlosen, gelben Sonne Zuflucht gesucht. Dies war vor zwei Tagen geschehen. Perry Rhodan hatte diese beiden Tage nicht ungenützt verstreichen lassen. Die Leichen der vier Tefroder wurden in den Speziallabors der medizinischen Abteilung genau untersucht. Mit dem Eintreffen des Untersuchungsergebnisses war in Kürze zu rechnen. Erst danach sollte ein weiteres Vordringen in die Sperrzone in Angriff genommen werden.
Nach wie vor rätselte man darüber, welche Faktoren dafür verantwortlich waren, daß sich Völker, die durch 2,2 Millionen Lichtjahre

voneinander getrennt waren, derart identisch entwickeln konnten, und warum die Tefroder Selbstmord begangen hatten, als sie Tolot zu Gesicht bekamen. Auf diese Frage gab es vorerst keine Antwort. Die Hoffnungen konzentrierten sich darauf, was die Untersuchungen der toten Tefroder bringen würden.

Es gab zwar viele Vermutungen, aber keine konnte plausibel untermauert werden. Eine dieser Thesen war, daß sich die humanoide Körperform als die widerstandsfähigste und optimale Lebensform des Universums erwiesen habe und es daher nicht verwunderlich sei, daß die Tefroder den Terranern so ähnlich waren. Diese These baute auf die Tatsache, daß die Menschheit auf ihrem Weg in den Kosmos einige Völker kennengelernt hatte, die nicht demselben Ursprung entstammten, und die dennoch als humanoid bezeichnet werden mußten. Auch die Paddler gehörten zu dieser Spezies.

Dem gegenüber stand die Tatsache, daß es selbst bei größter Ähnlichkeit zwischen derartigen Völkern doch gravierende Unterschiede im Körperaufbau gab. Selbst Intelligenzen, die einen gemeinsamen Stammbaum besaßen, begannen unter den verschiedenen Umwelteinflüssen ihre Körperstatur und die Anordnung der Organe differenziert zu entwickeln. Doch bei den Tefrodern traf man auf ein Volk, welches scheinbar in *jedem* Detail den Terranern glich. Und dies war unerklärlich, da es jeder Gesetzmäßigkeit der evolutionären Entwicklung widersprach. Und dennoch trat diese Unmöglichkeit in Gestalt der Tefroder ans Tageslicht. Dieses Rätsel, so ahnte man, würde noch einiges Kopfzerbrechen bereiten.

Während dieser achtundvierzig Stunden hatte Rhodan den Entschluß gefaßt, direkt in die Höhle des Löwen, nach Tefrod, der Hauptwelt der Tefroder vorzudringen, um vielleicht dort einige Rätsel zu lösen und endlich mehr über die nach wie vor mysteriösen Meister der Insel zu erfahren. Kalak hatte davor gewarnt und darauf hingewiesen, daß es unmöglich sei, ohne Erlaubnis der tefrodischen Zentralregierung auf Tefrod zu landen.

Doch Rhodan hielt an seinem Entschluß fest. Aufgrund der astronomischen Karten Kalaks wurde ermittelt, daß Tefrod 11 300 Lichtjahre vom derzeitigen Standort der CREST III entfernt war. Die Sonne Tefa stand am Außenrand der Warnzone und war daher fünfhundert Lichtjahre vom eigentlichen Sperrgebiet entfernt.

Dies war die Situation, als Chefarzt Dr. Ralph Artur bekanntgab, daß die Untersuchungen abgeschlossen waren. Gemeinsam mit Atlan, Marshall, Icho Tolot und Kalak begab sich Rhodan in die medizinische Station der CREST.

Dr. Artur nahm seine Gäste in Empfang und führte sie in sein Büro. Der Schreibtisch war mit großen Fotos und einigen Gläsern bedeckt, in denen Organteile in einer klaren Flüssigkeit schwammen.

„Setzen Sie sich bitte, meine Herren. Ich will mich bemühen, Ihnen die Ergebnisse unserer Untersuchungen so einfach wie möglich darzulegen, damit Sie alles verstehen.

Um es gleich vorwegzunehmen, an dem Resultat der ersten Untersuchung ändert sich nichts. Herz, Lungen, Leber, Nieren – sie alle sind wie beim Menschen vorhanden und sitzen an der richtigen Stelle. Da gibt es keine Unterschiede. Anders jedoch ist es beim Gehirn. Unsere Neurochirurgen haben bei der ersten Spezialobduktion einwandfrei festgestellt, daß es bedeutsame Unterschiede gibt, über die man nicht einfach hinweggehen konnte und die zu einer genaueren Analyse geradezu herausforderten. Der gesamte Aufbau des Großhirns ist mit dem der Menschen identisch. Nicht aber der des Zwischenhirns. Ich brauche Ihnen wohl nicht zu erläutern, daß die Funktion des Zwischenhirns für das vegetative Nervensystem verantwortlich ist. Stoffwechsel, Wasserhaushalt, Wärmegleichgewicht und Herzschlagfolge werden von ihm aus reguliert. Der Unterschied zum Menschen besteht darin, daß dieses Zwischenhirn ausgeprägter ist und damit auch leistungsfähiger.

Die zweite Unregelmäßigkeit betrifft das sogenannte Riechhirn. Beim Menschen ist es verkümmert, und wir finden es auf der Erde eigentlich nur noch bei primitiven Völkern und vor allen Dingen bei Jagdhunden. Die Untersuchungen haben gezeigt, daß die Tefroder einen erstaunlichen Geruchssinn besitzen. Sie könnten Spuren folgen wie Hunde. Das unterscheidet sie sehr erheblich vom Menschen.

Der dritte Unterschied ist unserer Meinung nach der bedeutsamste. Er betrifft das Kleinhirn. Wie Sie wissen, hat das Kleinhirn in erster Linie die Aufgabe, das Gleichgewicht des Menschen zu regulieren. Es ist eine Koordinierungsstation, von der alle Haut- und Muskelreflexe des Körpers aufgenommen, verarbeitet und mit Hilfe der sogenannten Brücke an das Großhirn weitergeleitet werden. Bei den Tefrodern ist das Kleinhirn doppelt so groß wie beim Menschen und daher wesentlich leistungsfähiger."

Dr. Artur machte eine Pause und betrachtete seine Zuhörer.

Rhodan fragte:

„Das ist alles?"

Die Mundwinkel des Arztes zuckten, das war die einzige Reaktion auf Rhodans Frage.

„Das ist nicht alles. Wir haben in diesem tefrodischen Kleinhirn eine etwa erbsengroße Drüse entdeckt, die es beim Menschen nicht gibt. Sie hat eine sehr eigenartige Funktion und ist nur mit einem minimalen Hyperstrahler auf fünfdimensionaler Basis zu vergleichen. Ich muß allerdings betonen, daß bei dieser geheimnisvollen Drüse Erscheinungen zu bemerken sind, die darauf schließen lassen, daß es sich um ein verkümmertes Para-Organ handelt. Aus diesem Grund haben wir die Drüse auch Paradrüse genannt. Ihre wirkliche Funktion muß noch herausgefunden werden."

„Sonst noch Unterschiede?" fragte Rhodan, ohne seine Überraschung zu verraten.

„Keine, Sir." Dr. Artur schien enttäuscht, bemühte sich aber ebenfalls, es nicht merken zu lassen. „Abgesehen von den mir geschilderten Unregelmäßigkeiten sind bei der Obduktion keine weiteren Abnormalitäten festgestellt worden. Wären nicht die Gehirne, man könnte die Leichen für die von Terranern halten."

„Was halten Sie persönlich von dieser Paradrüse, wie Sie das unbekannte Organ tauften?"

„Vorerst noch nichts. Es ist mir unmöglich, da eine These aufzustellen oder die Bedeutung des Organs auch nur zu erraten. Daß es eine Funktion hat oder zumindest hatte, steht außer jedem Zweifel. Erst die Untersuchung eines lebenden Tefroders kann da eine Antwort geben." Seine Augen funkelten unternehmungslustig. „So eine Chance werde ich ja wohl mal erhalten, Sir ...?"

Rhodan lächelte flüchtig.

„Vielleicht, Doktor, vielleicht. Vorerst danke ich Ihnen für Ihre Bemühungen. Sie haben mir sehr geholfen."

„Habe ich das wirklich?" Dr. Artur erhob sich. „Würde mich ehrlich freuen, Sir."

Draußen auf dem Korridor, auf dem Weg zum Schott, fragte Marshall:

„Halten Sie die zusätzliche Drüse für wichtig?"

Rhodan schwieg eine Weile und dachte nach. Dann sagte er:

„Vielleicht ist sie der Schlüssel zu der Frage, wer die Tefroder sind. Wir werden es bald wissen – wenn wir Glück haben."

Oberst Cart Rudo saß hinter den Hauptkontrollen in der Zentrale. Links und rechts von ihm hatten die anderen Offiziere Platz genommen, die für das bevorstehende Manöver alle ihre speziellen Aufgaben hatten. Atlan und Rhodan waren stehengeblieben. Ebenso Kalak, der es sich nicht nehmen ließ, beim Start dabeizusein.

Für die CREST war es kein Problem, dem Schwerebereich der kleinen Sonne zu entrinnen. Der HÜ-Schirm sorgte dafür, daß selbst weitreichende Protuberanzen der Hülle nichts anhaben konnten. Das Schiff entfernte sich schnell von der Sonne und stieß hinein in den unbekannten Raum des Andromedanebels.

„Mehr als elftausend Lichtjahre", sagte Rhodan. „Eine lange Strekke. Wir müssen jederzeit damit rechnen, daß wir angehalten werden. Zwar wird der Anblick des Superriesen die Tefroder wahrscheinlich erschrecken und man verzichtet auf den direkten Angriff, aber verlassen können wir uns nicht darauf."

„Schon eine Entdeckung wäre zuviel", meinte Kalak ernst. „Sie planen, der Hauptwelt Tefrod einen Besuch abzustatten, das ist Risiko genug. Vergessen Sie auch nicht, daß die Bewachung zunimmt, je mehr wir uns Tefrod nähern. Ich glaube, ich werde Ihnen da noch einiges zu berichten haben, damit Sie nicht unvorbereitet in eine Falle hineingeraten. Aber wir haben noch Zeit, oder wollen Sie den Flug in einer Etappe zurücklegen?"

„Ist nicht meine Absicht. Wir werden nach siebentausend Lichtjahren eine Pause einlegen und uns beraten. Ist Ihnen das recht?"

Kalak warf einen Blick auf die Sternkarten, die er immer bei sich trug.

„Sehr günstig, würde ich sagen. Wir nähern uns jetzt der Lichtgeschwindigkeit. Wie lange bleiben wir im Linearraum?"

„Ich habe angeordnet, daß wir nur mit geringem Schub fliegen. Wir werden zehn Stunden für die siebentausend Lichtjahre benötigen. Das gibt uns Zeit, auszuruhen und nachzudenken."

Major Enrico Notami saß vor seinen Schirmen und registrierte die verschiedenartigsten Energieechos, die von allen Seiten aufgefangen wurden. Sie beunruhigten ihn jedoch nicht weiter, denn er war auf die plötzliche Häufung vorbereitet gewesen. Auf den Monitoren stellte er die wichtigsten Echos zusammen und leitete sie auf den Orterschirm der Zentrale. Der Zweite Offizier, Major Sedenko, hatte Dienst. Auch er sah noch keinen Grund, den Kommandaten zu alarmieren.

„Was halten Sie davon?" fragte er.

„War zu erwarten. Nähere Echos sind immer noch Lichtjahre entfernt. Wären wir im Linearraum, nähmen wir sie nicht war. Die Ruhepause ist ohnehin bald zu Ende."

„Die letzte Strecke bis Tefa wird verdammt gefährlich", vermutete Sedenko.

„Sehr richtig“, sagte eine Stimme hinter ihnen. Rhodan hatte unbemerkt die Zentrale betreten. Er wirkte ausgeschlafen und frisch. „Was gibt es Neues?“

Notami berichtete ihm von den Ortungen und schloß:

„Es werden immer mehr, Sir. Sieht so aus, als wären wir mitten in ihre Schiffahrtslinien geraten.“

„Genau das ist auch der Fall, Major. Kalak hat es vorausgesagt. In den vergangenen achthundert Jahren scheint sich hier nicht viel verändert zu haben.“

„Ist das nun gut oder schlecht?“ fragte Sedenko.

„Wird sich herausstellen, Major. Sie haben jetzt dienstfrei.“

„Leider, Sir.“

Rhodan lachte laut auf.

„Gehen Sie nur. Wenn es gefährlich wird, holen wir Sie. Sagen Sie Rudo, er soll kommen.“

Auch die anderen Offiziere wurden abgelöst, nur Notami blieb auf seinem Posten. Er hatte vorher lange genug pausiert.

Kalak und Atlan trafen vor Oberst Rudo ein, der ein wenig später erst seinen Platz einnahm. Der Paddler sprach zuerst mit Major Notami, dann kehrte er zu Rhodan und Atlan zurück.

„Ein reger Schiffsverkehr in dieser Gegend. Es wird noch mehr werden, je weiter wir uns Tefa nähern. Ich glaube aber, daß ich ihnen zuvor noch einiges erzählen muß. Ich weiß nicht, wie Sie Ihre Sicherheitsmaßnahmen in Ihrer Galaxis aufbauten, aber ich kann mir vorstellen, daß sie sich von denen der Tefroder grundlegend unterscheiden. Ich sagte Ihnen ja schon, daß das tefrodische Volk an die fünfunddreißigtausend Planeten besiedelt hat und mit allen anderen Völkern von Andromeda in Verbindung steht. Solange Verbindungen bestehen, ist man vor Überraschungen sicher.“

„Das ist auch von uns erkannt worden“, sagte Atlan. „Aber reden Sie nur weiter. Ich bin gespannt, wo der Unterschied liegt.“

„Der Unterschied liegt vielleicht darin, daß die Tefroder von ihren fünfunddreißigtausend Planeten nur fünfzig für den kosmischen Handel freigegeben haben. Mit anderen Worten: Fremde Schiffe haben die Erlaubnis, nur auf fünfzig von den Tefrodern bewohnten Planeten zu landen. Alle anderen sind verboten. Wer sich ihnen nähert, wird rücksichtslos vernichtet. Zu den verbotenen Planeten gehört natürlich auch der Regierungsplanet Tefrod.“

„Sehr klug“, gab Rhodan zu. „Und wie bewältigen sie den Handel?“

„Dafür sind spezielle Handelsflotten erbaut worden. Sie übernehmen die von anderen Völkern auf die erlaubten Planeten gelieferten

Waren und transportieren sie weiter auf die verbotenen Welten. Diese Verbindungsschiffe bilden nach der Wachflotte die gewaltigste Macht der Tefroder, denn alle Handelsschiffe sind bewaffnet. Sie können im Notfall als Hilfskreuzer eingesetzt werden.„

„Ein wirklich ausgeklügeltes Sicherheitssystem, das muß ich zugeben. Aber nur halb so wirksam, wenn man es kennt."

„Sie haben recht, Rhodan. Wir kennen es. Aber – können wir mit unserem Wissen auch etwas anfangen?"

„Eine ganze Menge sogar. Trotzdem werfen sich einige Fragen auf, die mit diesem Sicherheitssystem zu tun haben. Warum die Umstände, wenn die Tefroder nur die Sektorenwächter sind? Was haben sie denn zu verbergen? Sind sie vielleicht nicht doch selbst die Meister der Insel, nicht nur ihre Vertrauten?"

„Niemals", lehnte Kalak die Vermutung ab. „Sie sind nichts als die Hüter der verbotenen Zone, die Vorposten und Wächter. Sie sorgen dafür, daß niemand in das eigentliche Gebiet der ‚Meister' eindringt. Mehr sind sie nicht. Mehr können sie nicht sein."

„Das vermuten Sie nur, Kalak. Wissen tun Sie es auch nicht."

„Niemand weiß etwas über die Meister, Perry Rhodan."

„Die Energieechos kommen näher", sagte Major Notami dazwischen.

„Wir müssen zurück in den Linearraum", unterbrach Atlan die Unterhaltung. Er wirkte frisch und ausgeschlafen. Man sah ihm an, daß er die Zwangspause genutzt hatte. „Nur dort sind wir vor Ortungen sicher. Außerdem sind wir noch viel zu weit von der Sonne Tefa entfernt."

„Das stimmt genau", gab Kalak ihm recht. „Wenn wir in diesem Sektor ein Schiff kapern, so ist es höchstwahrscheinlich, daß sein Ziel nicht Tefrod, sondern einer der Kolonialplaneten ist. Wir können die Mannschaft niemals zwingen, das Ziel beliebig zu ändern, denn es ist von der obersten Handelsbehörde festgesetzt und registriert. Bei den Kontrollen würden wir sofort auffallen. Wir müssen also versuchen, ein Schiff zu bekommen, das nach Tefrod fliegt, am besten zum Haupthafen Vircho."

„Vircho?"

„Das ist die Regierungsstadt. Sie hatte damals fünfzig Millionen Einwohner. Heute können es noch mehr sein.

Wenn Sie schon auf Ihrem wahnwitzigen Unternehmen bestehen, dann wenigsten am richtigen Ort. Vircho ist dieser Ort. Dort laufen alle Fäden zusammen. Wenn Sie überhaupt etwas erfahren können, dann dort. Ich bin zwar persönlich davon überzeugt, daß man Sie schnell entdecken wird und Sie fliehen müssen, aber das ist Ihre Sache. Immerhin – wenn ich überhaupt jemandem eine Chance einräume, dann Ihnen."

„Danke, Kalak. Wir werden sehen."

Rhodan klopfte Rudo auf die Schulter. „Also Linearraum, und dann bis auf zehn oder zwanzig Lichtjahre an Tefa ran. Kalak wird Ihnen bei der Navigation helfen. Geben Sie Stationsalarm, wenn wir ins Einsteinuniversum zurückkehren."

„Noch etwas", sagte Kalak dazwischen. „Ich habe Hypnobänder mit der Sprache der Tefroder vorbereiten lassen. Es handelt sich um eine einfache Verständigungssprache auf mathematischer Grundlage. Das Tefroda ist zu erlernen. Es besitzt trotzdem eine Ausdruckskraft, die an Exaktheit nichts zu wünschen übrig läßt. Vielleicht gerade wegen der rein mathematischen Grundlage. Jedenfalls müssen Sie die Sprache beherrschen, wenn Sie sich auf Tefrod frei bewegen wollen."

„Wir haben ja Zeit." Rhodan nickte Rudo zu. „Sie wissen Bescheid, Oberst. Bleiben Sie im Linearraum. Und Sie, Kalak, werden nach dem Unterricht sofort in die Kommandozentrale zurückkehren. Suchen Sie in der Nähe Tefrods eine Sonne, in deren Schutz wir untertauchen können. Wir dürfen auf keinen Fall geortet werden."

Die folgenden Stunden waren dem Unterricht gewidmet. Kalaks Tonbänder lehrten die Teilnehmer der geplanten Expedition die Sprache der Tefroder. Mit Hilfe der Hypno-Lehranlage was das kein Problem.

Genau achtzehn Lichtjahre vom Tefa-System entfernt stand eine dunkelrote Riesensonne einsam und ohne Planeten im All. Wie kein anderer Stern war sie geeignet, den gesuchten Orterschutz für die CREST abzugeben. Cart Rudo steuerte die CREST vorsichtig in das Gravitationsfeld hinein, nachdem er sich davon überzeugt hatte, daß kein fremdes Schiff in unmittelbarer Nähe war.

Im Schutz der HÜ-Schirme ging die CREST so nahe an die Sonne heran, daß die lohenden Gaszungen der Oberflächeneruption sie fast einhüllten. Die Korona glühte wie eine Atomexplosion in Zeitlupe. Der rötliche Schein ließ die Sterne erblassen und verschwinden. Rhodan gab einer Korvette den Auftrag, in die nähere Umgebung vorzustoßen, um ein Handelsschiff der Tefroder auszumachen. Wichtig war, daß der Tefroder ohne Begleitung flog. Nur dann bestand die Aussicht, ihn unbemerkt zu kapern und für den Einsatz vorzubereiten.

Kommandant der Korvette war Major Fiegweil Bond.

Bond kannte seinen Auftrag. Er informierte seine Besatzung und bereitete sie auf die Überraschung vor, die sie beim Verlassen der CREST zweifellos erleben würden.

Die Korvette war startbereit. Rhodan beobachtete das Ausschleusmanöver über den Interkom.

Major Bond steuerte selbst. Als er den Startmechanismus auslöste, glitt das Schiff in die Luftschleuse. Hinter ihm schlossen sich die Tore. Die Luft wurde abgesaugt, und dann öffnete sich vor der Korvette die riesige Außenluke.

Das Schiff fiel hinaus in den Raum – aber in was für einen Raum!

Es war wie die Hölle. Die nahe Sonne wirkte wie ein Glutteppich, der das halbe Firmamant ausfüllte. Lodernde Flammenbüschel schossen auf die CREST zu und flossen von dem HÜ-Schirm ab. Der Rest des Alls war rosa gefärbt und in ewigen Tag getaucht.

Bond mußte warten, bis die CREST für drei Sekunden eine Strukturlücke im Schutzschirm entstehen ließ, damit die Korvette abfliegen konnte.

Er schaltete den Telekom ein.

„Fertig zum Start", sagte er.

„Start in exakt zehn Sekunden", erwiderte Rudo, der darauf gewartet hatte. „Ich zähle mit – und viel Glück!"

„. . . drei . . . zwei . . . eins . . . jetzt!"

Es kam auf den Bruchteil einer Sekunde an. Bond hieb den Fahrthebel in den Sockel und schaltete gleichzeitig den eigenen HÜ-Schirm ein.

Die Strukturfläche entstand.

Die Korvette beschleunigte mit irrsinnigen Werten und schoß davon, die CREST schnell zurücklassend. Ehe die drei Sekunden um waren, war die Korvette durch.

Major Bond atmete auf. Bei der Rückkehr allerdings stand ihm das gleiche Manöver abermals bevor. Aber vielleicht ließ es sich vermeiden – dann nämlich, wenn sein Auftrag erfüllt wurde.

Der rote Schein verblaßte, je mehr sich die Korvette von der Sonne entfernte. Die Sterne traten wieder hervor, und die rote Sonne wurde zu einem gewöhnlichen Stern erster Größe. Bond nahm die Karten zu Hilfe, die er von Kalak erhalten hatte. Die nächste Handelslinie war keine zwei Lichtmonate entfernt. Dort mußte man sich auf die Lauer legen.

Bonds Erster Offizier, Leutnant Hubert Streetl, starrte auf die Bildschirme.

Nebenan arbeiteten die Orter-Offiziere. Auf ihren Schirmen erschienen die ersten Energieechos. Die Entfernung betrug zwei bis sechs Lichtmonate.

„Gehen wir näher ran", befahl Bond.

Die Korvette ging unmittelbar darauf in den Linearraum.

Eine halbe Stunde später materialisierte sie mit aktiviertem Ortungsschutz im Normaluniversum. In der Nähe gab es keine Energieechos, außer einem. Es war keine Lichtminute entfernt. Das fremde Schiff – wenn es eins war – verzichtete auf den Linearflug. Vielleicht hatte es eine Ruhepause eingelegt oder gerade einen neuen Kurs festgelegt. Jedenfalls flog es allein, und die Richtung stimmte. Die Sternenkarten verrieten, daß es nach Tefrod flog.

„Das ist es wohl", sagte Bond zufrieden und deutete auf den Bildschirm. Die Vergrößerung war eingeschaltet und bereits wirksam. Das fremde Schiff war deutlich zu erkennen. „Natürlich ein Kugelraumer, was sonst? Achtzig Meter Durchmesser, würde ich sagen – etwas größer also als wir. Kein Schutzschirm. Wird uns für einen Tefroder halten, hoffe ich."

Streetl ging zur Funkzentrale.

„Ich werde die CREST unterrichten."

„Tun Sie das, Leutnant. Die sollen sofort kommen, ehe uns der Vogel durch die Lappen geht."

Die Gefahr, daß das entdeckte Tefroderschiff die Hyperfunksignale orten könnte, war praktisch Null, da es in der entgegengesetzten Richtung stand. Doch selbst wenn es etwas empfangen konnte, würde es damit nichts anfangen können, da die Sendung kodiert war.

Der Erste Offizier nahm Verbindung zur CREST auf. Ganz einfach war das wegen der Sonnenstörungen nicht, aber schließlich kam doch ein Hyperkontakt zustande. Rudo meldete sich, als der Cheffunker erfuhr, worum es ging.

„Was gibt's?"

„Kleines Schiff der Tefroder mit Kurs Tefrod ausgemacht. Kann jeden Augenblick wieder im Linearraum verschwinden. Sollen wir sie aufhalten?"

„Nur im Notfall. Anordnung von Rhodan."

„Gut, dann nur im Notfall. Wann sind Sie hier?" Bond gab die Koordinaten durch. „Eile ist geboten."

„In einer halben Stunde. Sie wissen Bescheid, was Sie zu tun haben. Achten Sie auf andere Schiffe. Wir dürfen keinen Verdacht erregen, sonst ist alles umsonst."

„In Ordnung, Sir. Wir erwarten Sie."

Auf den Bildschirmen stand das fremde Kugelschiff.

Bond sagte:

„Hoffentlich bemerken sie uns nicht.“

Die CREST kam aus dem Linearraum, keine Lichtsekunde von dem Handelsschiff der Tefroder entfernt. Sie holte es schnell ein, und ehe eine Reaktion der verblüfften Mannschaft erfolgen konnte, setzte Major Wiffert die Schockstrahler ein. Sekunden später überschütteten die Narkosestrahler das andere Schiff mit ihren betäubenden Schauern.

Ruhig setzte der Handelsraumer seinen Flug fort, als sei nichts geschehen.

Rhodan trat vom Bildschirm zurück. Er sah Kalak an.

„Nun, zufrieden? Glauben Sie mir jetzt, daß wir auf diese Art jedes Schiff der Tefroder kapern können, ohne einen Schuß abzugeben?“

„Sie haben die Mannschaft zweifellos außer Gefecht gesetzt“, gab der Kosmische Ingenieur zu. „Aber die Überraschung hat Ihnen dabei geholfen. Wenn die Methode bekannt wird, ist es damit vorbei.“

„Dann erfinden wir neue Methoden, Kalak. So, und nun wollen wir uns mal ansehen, was wir gefischt haben. Oberst, lassen Sie die Beute einholen. In den Werkstatthangar. Wir werden einige Veränderungen vornehmen lassen. Sobald auch die Korvette aufgenommen ist, kehren wir in den Schutz der roten Sonne zurück.“

Das Manöver des Einholens ging schnell und reibungslos vonstatten. Die Traktorstrahler fingen das fremde Schiff ein und brachten es dann in den geräumigen Hangar, wo es auf Startschienen befestigt wurde. Inzwischen war auch Major Bond mit seiner Korvette eingeschleust worden.

Die CREST nahm Fahrt auf und verschwand im Linearraum, um eine halbe Stunde später wieder um die rote Sonne zu kreisen.

Die Arbeit hatte jedoch längst begonnen.

Die Außenschleuse des fremden Schiffen bildete für Kalak kein Problem. In wenigen Minuten war sie geöffnet, und bewaffnete Techniker drangen in den Raumer ein. Über Sprechfunk gaben sie bekannt, was sie fanden.

„Alle bewußtlos, Sir. Schlafen wie die Murmeltiere. Tefroder. Sie tragen gelbe Uniformen und sehen darin aus wie Zitronenfalter. Wir haben bisher achtzehn Mann gefunden. Scheinen auch nicht mehr zu sein.“

„Bringen Sie die Leute aus dem Schiff. Sie müssen einer Hypnobehandlung unterzogen werden, außerdem sollen Mutanten sie verhören."

André Noir nahm sich der Gefangenen an. Er ließ sie in einen gesonderten Raum bringen, wo sie von den Ärzten langwirkende Injektionen erhielten. Noir nahm sich den Kommandanten vor und weckte ihn so weit auf, daß er ihn verhören konnte. Dann versetzte er ihn wieder in Narkose und begann dann mit der komplizierten Behandlung, in deren Verlauf die Gefangenen einen wirksamen Hypnoblock erhielten. Wenn sie wieder erwachten, hatten sie alles vergessen und würden jeden Befehl widerspruchslos ausführen, der ihnen von Rhodan, Atlan oder Noir gegeben wurde. Die Tefroder würden dann die besten Untergebenen sein, die man sich vorstellen konnte.

In der Zwischenzeit wurde im Werkstatthangar auf Hochtouren gearbeitet. Kalak war in seinem Element. Er kannte die Raumschiffe der Tefroder und wußte sofort, welche Maschinenteile so entbehrlich waren, daß man sie ohne Risiko ausbauen und neuen Platz schaffen konnte.

Der große Umformer der Notstromanlage mußte dran glauben. Er war nur für den Katastrophenfall gedacht, und daß ein solcher Fall eintrat, war höchst unwahrscheinlich.

Die Techniker befaßten sich mit dem Umformer und stellten eine Attrappe her, die innen hohl war und Platz genug für einen der kleinen Bogentransmitter bot. Dieser Materietransmitter besaß eine Reichweite von zwei Lichtjahren. Die Empfangsstation wurde auf der Korvette KC-19 eingerichtet, die unter dem Kommando des Majors Noro Kagato stand.

Transmitter und Attrappe wurden in dem erbeuteten Schiff installiert. Niemand konnte bei oberflächlicher Betrachtung einen Unterschied zu früher erkennen.

Weit schwieriger gestaltete sich die Sache mit den Ausweisen der Tefroder. In den Labors der CREST begann eine fast hektische Forschungsarbeit, die jedoch nur ein teilweises Ergebnis brachte.

Einer der leitenden Physiker erklärte:

„Eine geheimnisvolle Angelegenheit, Sir. Ich bin nicht sicher, ob wir es schaffen. Bei den Ausweisen handelt es sich um dünne, etwa fingerlange und einen Zentimeter breite Streifen, die an ihrem linken Ende ein dreidimensionales Paßfoto auf magnetischer Linienbasis tragen. Das ließe sich zur Not fälschen. Ob wir aber auch die Sagh-Quote nachahmen können, ist eine andere Frage."

„Die Sagh-Quote? Was ist denn das?"

„Kalak hat versucht, es uns zu erklären, aber er scheint nicht genau

Bescheid zu wissen. Sie erinnern sich doch sicher der Untersuchungsergebnisse der Medizinischen Abteilung. Die Ärzte fanden im Gehirn der toten Tefroder die Drüse, die sie Paradrüse nannten. Sie strahlt in einer ganz bestimmten Frequenz. Nun sieht es ganz so aus, als sei diese Frequenz stets mit jener der Sagh-Quote auf den Ausweisen identisch. Also eine Art Fingerabdruck auf Frequenzbasis. Es muß sich bei diesem System um Quadrillionen verschiedener Möglichkeiten handeln. Da der Mensch keine solche Paradrüse besitzt, ist die Nachahmung unmöglich. Trotzdem werden wir versuchen, wenigstens die Ausweise zu fälschen, damit Sie nicht gleich bei der ersten Kontrolle entdeckt werden."

„Wir werden nähere Kontrollen zu vermeiden suchen", sagte Rhodan. „Vielleicht haben wir Glück."

Noch während der Transmitter in die IKUTU – so hieß das gekaperte Handelsschiff der Tefroder – eingebaut wurde, mußten sich Rhodan, Atlan und Noir einer unangenehmen Kur unterziehen. Um rein äußerlich nicht von einem echten Tefroder unterschieden werden zu können, wurde die Hautfarbe der drei Männer durch entsprechende Einspritzungen verändert. Auch die Haare wurden gefärbt. Sie waren nun dunkel, während die Haut einen samtbraunen Ton erhielt.

Die Vorbereitungen nahmen genau vierundzwanzig Stunden in Anspruch. Dann war die IKUTU startbereit. Icho Tolot und Gucky verbargen sich in der Umformerattrappe, und zu ihnen gesellten sich drei bewußtlose Tefroder ohne Uniform. Rhodan, Atlan und Noir trugen nun ihre Uniformen, und sie mischten sich unter die Besatzung. Rhodan war klug genug gewesen, nicht den Posten des Kommandanten zu übernehmen, da er bei diesem mit einer besonders scharfen Kontrolle rechnen mußte. Er begnügte sich, den Navigationsoffizier auszutauschen. Atlan und Noir konnten ebenfalls in der Kommandozentrale Dienst tun.

Die Tefroder waren wach und bewegten sich ganz normal, als sei nichts geschehen. In Wirklichkeit war jedoch eine ganze Menge geschehen. Ihr Gehirn gehörte ihnen nicht mehr, sondern einzig und allein dem Hypno Noir, der die restliche Mannschaft mit seinen mutierten Geisteskräften lenkte. Offiziell folgten sie ihrem Kommandanten, aber in Wirklichkeit war es Noir, der die Anweisungen gab.

Die CREST entfernte sich von der Sonne, um ein gefahrloses Ausschleusen zu ermöglichen. Zwischen Rhodan und Oberst Rudo hatte es eine längere Unterredung gegeben, und der Oberst wußte, was er zu tun hatte. Auf jeden Fall durfte die CREST nicht entdeckt werden, aber es mußte auch eine gefahrlose Rückzugsmöglichkeit für die Teilnehmer des Unternehmens geben.

Die IKUTU verließ den Hangar und nahm Fahrt auf, als sei nichts geschehen. Ihr Ziel war der Hafen Vircho auf dem Planeten Tefrod im System Tefa.

Die CREST kehrte zu der roten Sonne zurück, während Major Kagato seine Korvette KC-19 startbereit machte.

Der Fluchtweg für Rhodan und seine vier Begleiter war damit offen.

Der Vorstoß nach Tefrod hatte begonnen.

19.

Fünf Lichtstunden von Tefrod entfernt kehrte die IKUTU in den Normalraum zurück. Von hier an war aus Sicherheitsgründen jeder Linearflug streng verboten. Alle Schiffe hatten sich dem Zentralplaneten mit Unterlichtgeschwindigkeit zu nähern.

Kapitän Watula hatte sich daran gewöhnt, daß sein Navigationsoffizier viele Fragen stellte, selber aber nur höchst selten auf eine antwortete. Er war sich des merkwürdigen Zustandes überhaupt nicht bewußt, der seit der Begegnung mit dem Riesenschiff eingetreten war. Er hatte den Vorfall auch bereits wieder vergessen. Er war nichts als eine Marionette.

Und so wie ihm erging es der gesamten Mannschaft.

„In zwei Stunden erreichen wir die ersten Kontrollpunkte", sagte Watula, als Rhodan ihn danach fragte. „Es ist Routine, nicht mehr. Wir müssen dafür sorgen, daß kein Unbefugter unsere Welt betritt."

„Habt ihr etwas zu verbergen?"

„Nein, ich weiß nichts davon. Aber es ist ein Prinzip. Und diesem Prinzip verdanken wir die Herrschaft über unsere Galaxis."

„Und was ist mit den Meistern der Insel? Helfen sie euch nicht, diese Herrschaft zu erhalten und zu stärken?"

„Wir kennen die Meister nicht. Niemand kennt sie."

Wenn das die Wahrheit war, brach Rhodans nur schwach bestehende Hoffnung zusammen, die Tefroder könnten mit den Meistern identisch sein.

„Wenn niemand die Meister kennt, warum gehorcht ihr ihnen dann? Warum seid ihr ihre Diener? Warum laßt ihr euch versklaven?"

Watula überlegte, ehe er antwortete:

„Wir sind keine Sklaven, wir sind Vertraute und Freunde der Unbekannten. Das ist alles, und es geht uns gut dabei."

„Wie kann man der Vertraute von jemand sein, den man nicht kennt?"

Wieder keine sofortige Antwort. Dann:

„Vielleicht gibt es einige, die die Meister kennen. Aber diese wenigen leben isoliert auf der Regierungsinsel. Sie haben keinen direkten Kontakt zur Außenwelt. Niemand kann sie fragen."

Und niemand weiß, dachte Rhodan, ob es stimmt.

Trotzdem! Die einzige Möglichkeit, die Wahrheit herauszubekommen, war der Vorstoß zur Regierungsinsel, die in der Nähe des Raumhafens Vircho lag. Dort mußte es gelingen, einen der „Vertrauten" gefangenzunehmen, in den Transmitter zu bringen und mit ihm auf die CREST zurückzukehren.

Rhodan überließ es Noir, den Kapitän zu überwachen. Er ging in den falschen Umformer, um Tolot und Gucky zu besuchen.

Die beiden waren mit ihrem Los alles andere als zufrieden.

„Da hocken wir hier in dem Verschlag und blasen Trübsal", sagte Gucky mürrisch. „Warum können wir uns nicht frei im Schiff bewegen? Die Tefroder wissen ja doch nicht, was geschieht."

„Wir dürfen Noirs Tätigkeit nicht unnötig erschweren, Kleiner", sagte Rhodan. „Außerdem nähern wir uns jetzt der gefährlichen Kontrollzone. Wir kennen die Methoden der Tefroder nicht. Vielleicht haben sie die Möglichkeit, die Mannschaft zu beobachten, und in diesem Fall würdet ihr mit Sicherheit einiges Aufsehen erregen. Tut mir leid, aber ihr müßt noch eine Weile hierbleiben. Laßt eure Funksprechgeräte eingeschaltet, damit ihr ständig in Verbindung mit mir bleibt. Einseitig telepathischer Kontakt, Gucky, reicht mir aus."

Auf dem Gang begegnete er Atlan.

„Alles in Ordnung?" fragte er den Arkoniden.

„Ich hätte nie gedacht, daß die Tarnung so gut sein würde. Ich unterhalte mich mit der Mannschaft, als wären wir schon lange die besten Freunde. Hoffentlich werden die nicht auf einmal wach."

„Keine Gefahr. Außerdem haben wir Noir hier, der eine derartige Panne sofort beheben könnte. Aufpassen jetzt. Wir nähern uns dem ersten Kontrollpunkt. Wenn alles normal verläuft, besteht keine Gefahr. Watula hat gesagt, daß direkte Kontrollen nur selten erfolgen. Dann kommt eine Untersuchungskommission an Bord. Die Attrappe werden sie auch nicht finden, nur wenn sie die Ausweise sehen wollen, wird es brenzlig."

Rhodan betrat kurz darauf die Zentrale. Auf den Bildschirmen war die gelbe Sonne Tefa mit ihren sieben Planeten schon deutlich auszumachen. Aber dazwischen gab es Tausende verschiedener Energieechos auf den Orterschirmen. Es sah ganz so aus, als würde das Sonnensystem von einer Schale aus Wachschiffen eingeschlossen. Da gab es keinen gewaltsamen Durchbruch, sondern nur ein ganz offizielles Hineinfliegen.

„Viele der Wachstationen sind automatisch", erklärte Watula, als Rhodan ihn nach Einzelheiten fragte. „Kein Unbefugter kann die energetischen Sperrgitter zwischen den Stationen durchdringen, ohne von der Waffenautomatik sofort vernichtet zu werden."

Der Gedanke an die Korvette Kagatos, die keine zwei Lichtjahre entfernt auf sie wartete, beruhigte Rhodan. Wenn wirklich etwas schiefging, genügte der Gang zum Transmitter – knapp dreißig Meter von der Kommandozentrale entfernt. Ein Hebeldruck würde das Gerät aktivieren, und schon waren sie in Sicherheit.

Die IKUTU war noch langsamer geworden. Auf den Bildschirmen wurden zwei der angekündigten Wachstationen sichtbar. Sie standen stationär im Raum, durch unsichtbare Energiefelder gehalten und miteinander verbunden. Es waren riesige Plattformen im Vergleich zu dem Kugelraumer, wenn auch winzig im Vergleich zu Kalaks Werkstattinsel. Ihre Länge betrug an die fünfhundert Meter, ihre Breite gut zweihundert. Drohende Strahlprojektoren zeigten in alle Richtungen, und ein Netz aus Antennen erzeugte die energetischen Sperrgitter.

Rhodan begann sich zu fragen, wie eine Kontrolle erfolgen sollte.

Die IKUTU näherte sich der oberen Plattform und wurde dann automatisch gestoppt. Nebenan in der Funkzentrale sprachen die Geräte an. Aus dem Lautsprecher kam eine mechanisch klingende Stimme. Rhodan war sicher, daß es sich um eine gespeicherte Aufnahme handelte, die nach Bedarf abgespielt wurde.

„Identifizieren Sie sich. Name des Schiffes und des Kommandanten. Zweck und Ziel der Reise. Starthafen und Art der Güter. Sie haben sich auszuweisen."

Ziemlich durcheinander, dachte Rhodan. Für eine Routineangelegenheit wenigstens. Ob eine bestimmte Absicht dahintersteckt, oder ob ihnen der Roboter einen Streich spielt?

Kapitän Watula hatte den Antrieb abgeschaltet. Seine Bewegungen verrieten, daß er nicht das erste Mal eine solche Kontrolle über sich ergehen ließ. Die IKUTU sank langsam der Plattform entgegen und setzte dann weich auf einem Kraftfeldpolster auf. Kapitän Watula nahm einen Packen Papier aus einem Schrank und ging zur Tür.

„Ich werde das erledigen."

Rhodan schwieg. Er betrachtete nur die Bildschirme und wartete darauf, daß irgend etwas geschah. Irgend etwas, das die Katastrophe bedeutete.

Er sah, wie einige Kilometer entfernt ein anderes Schiff auf der zweiten Plattform landete. Es mußte Tausende solcher Stationen geben, und wenn auf ihnen am Tage nur fünf Schiffe kontrolliert wurden, so bedeutete das ...

Rhodan hörte auf zu rechnen. Er wußte plötzlich, daß Terrania gegen Vircho ein kleiner Provinzhafen war.

Watula kehrte zehn Minuten später in die Zentrale zurück. Gleichzeitig löste sich die IKUTU von der Plattform und nahm Fahrt auf.

„Alles in Ordnung?" fragte Rhodan.

„Selbstverständlich." Der Kapitän schien nicht die Absicht zu haben, Rhodan aufzuklären. „Wie immer."

„Berichten Sie mir genau, was geschehen ist!"

Ohne den Hypnoblock hätte der Tefroder nun stutzig werden müssen, so aber fand er nichts dabei, Rhodan Dinge zu erzählen, die eigentlich für beide Routine sein mußten.

„Diesmal wurde ich in die Luftschleuse befohlen. Ich wartete, dann händigte ich die Papiere dem Kontrolleur aus. Er verlangte auch meinen Ausweis zu sehen. Dann gab er uns die Erlaubnis, unseren Flug fortzusetzen. In einer Stunde erfolgt die zweite Kontrolle. Erst danach werden wir unsere Fahrt erhöhen und bis nach Tefrod vorstoßen dürfen."

Rhodan nickte. Bisher war alles gut gegangen und er hoffte, daß es auch weiterhin so bleiben würde.

Auch die zweite Kontrolle hatten sie anstandslos passiert und die Erlaubnis erhalten, den Flug fortzusetzen.

Wenige Minuten vor der letzten Landekontrolle gingen Rhodan, Atlan und Noir in die Kommandozentrale der IKUTU. Kapitän Watula hatte alle Hände voll zu tun und beachtete sie kaum.

Der Planet Tefrod stand groß und deutlich auf den Schirmen.

Rhodan entsann sich der Schilderung Kalaks.

Tefrod war eine zweite Erde. Er hatte sieben Kontinente und entsprechende Wasserflächen. Die Schwerkraft betrug etwas mehr als ein Gravo. Die mittleren Temperaturen schwankten um vierundzwanzig Grad Celsius, ein Tag dauerte fünfundzwanzig Stunden und ein Jahr nahezu vierzehn Monate. Die Atmosphäre war der irdischen identisch.

Die Stadt Vircho lag am Meer. Drei Kilometer vor der Küste erstreckte sich eine große Insel – die Regierungsinsel. Ihr Betreten war auch Tefrodern verboten, wenn sie nicht durch besondere Vollmachten dazu berechtigt waren. Auf dieser Insel liefen alle Fäden des großen und mächtigen Reiches der Tefroder zusammen. Die Regierungsform war eine Diktatur, und der oberste Diktator hieß: der *Virth von Tefrod.*

So optimistisch war Rhodan nicht, mit einem Zusammentreffen mit diesem Virth zu rechnen, aber es mußte Leute in seiner Umgebung geben, die in die Geheimnisse eingeweiht waren. Wenn es gelang, einen dieser Vertrauten gefangenzunehmen und zur CREST zu bringen ...

Schon beim Anflug ließ sich erkennen, was für eine gigantische Anlage der Raumhafen von Vircho war. Er bedeckte die Fläche von mindestens zehntausend Quadratkilometern und war in verschiedene Sektoren unterteilt. Direkt neben dem Hafen lag die Stadt. Sie ließ sich auf den ersten Blick mit Terrania vergleichen, aber der wirkliche Grad der Ähnlichkeit würde sich erst bei näherer Betrachtung herauskristallisieren.

„Was bedeuten die Unterteilungen?“ fragte Rhodan den Kapitän.

„Ebenfalls Vorsichtsmaßnahmen“, sagte Watula. „Die tefrodischen Heimatschiffe haben ihren eigenen Sektor, den niemand sonst betreten darf, auch wir nicht. Energiesperren sichern die Sektoren ab. Es gibt auch spezielle Sektoren für nicht-tefrodische Schiffe, denn wenn auch das Betreten des Planeten für alle fremden Völker verboten ist, so läßt sich der Besuch von Handelsmissionen und Diplomaten kaum vermeiden.“

„Sie sind doch Tefroder, Watula?“

„Sicher, aber das spielt keine Rolle. Ich verbringe die meiste Zeit meines Lebens im Raum oder auf fremden Welten. Ich gelte daher nicht mehr als Bürger des Planeten Tefrod und habe somit gewisse Rechte verloren. Darum auch die gelben Raumanzüge und gelben Uniformen. Ohne sie dürfen wir den Raumhafen nicht verlassen. Sie kennzeichnen uns auf den ersten Blick als Fremde – auch wenn wir Tefroder sind.“

„Das sind Sicherheitsmaßnahmen“, sagte Noir zu Rhodan, „die wir zu Hause nicht kennen. Die Tefroder müssen wirklich einiges zu verbergen haben.“

„Mag sein.“ Atlan war hinter sie getreten und betrachtete den Bildschirm. „Kann aber auch sein, daß die echten Tefroder nicht einmal wissen, welches Geheimnis sie so streng bewachen.“

Rhodan drehte sich halb um und sah ihn an. Dann hob er resigniert die Schultern und wandte seine Aufmerksamkeit wieder den Schirmen zu.

„Wie verläuft die nächste Kontrolle, Watula?"

„Die weiteren Überprüfungen sind nicht mehr so streng, da noch niemals ein Unbefugter den äußeren Sperrgürtel durchbrochen hat. Außerdem existieren in der Stadt und überall auf dem Planeten Sicherheitsvorkehrungen, die es jedem Fremden unmöglich machen, sich länger als wenige Sekunden unentdeckt auf Tefrod aufzuhalten."

„Was wissen Sie über diese Sicherheitsvorkehrungen?"

„Nichts", sagte Watula einfach. „Niemand weiß etwas über sie. Man weiß nur, das es sie gibt."

Man ließ die IKUTU unkontrolliert die nächste Sperre passieren. Wie es schien, war das Schiff hier gut bekannt, und man nahm die Kontrolle nicht mehr so genau. Rhodan konnte feststellen, daß dauernd Schiffe landeten und starteten. Es mußte ein unglaublicher Verkehr herrschen, und es war durchaus möglich, daß die Hälfte der Bevölkerung vom Handel lebte.

Die IKUTU landete.

Es zeigte sich, daß Kapitän Watula auf die eigentliche Landung keinen Einfluß mehr hatte. Das Schiff wurde von der Bodenkontrolle erfaßt und an den vorgeschriebenen Platz gelenkt. Dort senkte es sich langsam dem Boden entgegen, während rechts und links Energiegitter aufglühten. Jede Verbindung zu anderen Schiffen wurde damit unmöglich gemacht – eine letzte und wirksame Kontrolle. Wer später das Schiff verlassen wollte, mußte sich ausweisen können. Niemand würde das Gitternetz unkontrolliert passieren können.

Rhodan trat näher an den Bildschirm heran und sah sich alle Einzelheiten genauer an. Zu seiner Erleichterung konnte er feststellen, daß die Energiemauer etwa zehn Meter hoch war und dann endete. Sie schloß die IKUTU von allen Seiten ein, aber der Weg nach oben blieb offen.

Es gab keine Energieglocke, sondern nur die Mauer.

Rhodan atmete auf und trat zurück.

„Was geschieht nun, Watula?"

Der Tefroder schaltete alle Maschinen ab und lehnte sich zurück.

„Wir werden unsere Ladung aus dem Schiff schaffen, und ich werde mich in der Handelszentrale um eine neue Ladung kümmern. Dabei habe ich selbstverständlich das Recht, Vorschläge zu unterbreiten, da ich ja am besten darüber informiert bin, was die mir bekannten Welten an Gütern brauchen."

„Wie lange wird das alles dauern?"
„Zwei bis drei Tage – eventuell auch vier."
„Das genügt", sagte Rhodan zu Atlan. Er wandte sich wieder Watula zu. „Gibt es Kontrollen im Schiff, oder hat die Mannschaft frei?"
„Wenn sie im Schiff bleibt und den Raumhafen nicht verläßt, gibt es keine Kontrollen mehr. Nur wer in die Stadt will, muß genaue Untersuchungen über sich ergehen lassen. Darum bleiben meine Leute meist im Schiff und schlafen sich aus."
„Gut." Rhodan nickte ihm zu. „Dann bemühen Sie sich um eine Ladung, die schwierig zu beschaffen ist. Wir wünschen, daß die IKUTU so lange wie möglich auf Tefrod bleibt. Haben Sie mich verstanden?"
„Eine Ladung, die schwierig zu beschaffen ist – in Ordnung."
Noir sorgte noch einmal dafür, daß es wirklich in Ordnung ging, indem er die Hypnoblocks der Mannschaft und Offiziere überprüfte und verstärkte.
Rhodan und Atlan kehrten zum Transmitter zurück, wo ihnen Gucky mit einem mürrischen Gesichtsausdruck entgegenblickte. Tolot schlief.
„Was hast du denn, Kleiner?" erkundigte sich Rhodan.
„Das fragst du auch noch?" Gucky richtete sich zu seiner vollen Größe von einem Meter auf. Seinen braunen Augen blitzten kampflustig. „Da sitze ich in einem Gefängnis – ich, der größte Kämpfer des Universums! Meine Fähigkeiten verkümmern! Ich bekomme noch Minderwertigkeitskomplexe, wenn ich dauernd diesen Koloß von einem Haluter anstarre. Nein, Perry, lange kannst du mir das nicht mehr antun. Was ist nun los?"
„Wir sind gelandet, aber das Schiff ist von einem Energiegitter eingeschlossen. Es ist unmöglich für uns, die Stadt zu betreten, ohne daß wir bis auf die Haut ausgezogen und kontrolliert werden. Uns bleibt also keine andere Wahl, als uns von dir in die Stadt bringen zu lassen, und zwar an einen Ort, wo wir erst einmal sicher sind."
Gucky reckte sich stolz.
„Also mit anderen Worten: Ohne mich seid ihr aufgeschmissen?"
„Das sind wir allerdings."
„Ha, das habe ich ja gewußt! Wie mich das freut! Ohne mich seid ihr aufgeschmissen!" Er grinste von einem Ohr zum anderen, wobei sein Nagezahn auf und ab hüpfte. „Der gute alte Gucky rettet die Expedition – wie schon so oft!"
Rhodan kannte den kleinen Mausbiber. Er nahm ihm sein großtuerisches Benehmen nicht übel, das zweifellos auf Minderwertigkeits-

komplexe zurückzuführen war. Gucky war nur einen Meter groß. Alle Menschen und deren Verbündete waren fast doppelt so groß. Aber Gucky besaß in anderer Hinsicht Fähigkeiten, die den körperlichen Nachteil wieder ausglichen. Der Mausbiber legte Wert darauf, daß die Terraner das hin und wieder anerkannten.

„Was wären wir alle ohne dich?“ sagte Rhodan ohne jeden Spott. „Wo wären wir? Glaubst du denn, wir hätten überhaupt schon den Andromedanebel erreicht, wenn du uns nicht hundertmal aus der Klemme geholfen hättest? Nein, mein Kleiner, wir wissen, was wir an dir haben.“

Guckys Uniform schien plötzlich viel zu klein zu sein. Die Magnetverschlüsse platzten bald auseinander, so sehr schwoll seine Brust an. Er trat dem schlafenden Tolot vor die Schienbeine. Der Haluter wachte auf und sah sich erschrocken um.

„Wach auf, du Fleischberg!“ schrillte Gucky ihn an. „Du hättest hören sollen, was Rhodan eben zu mir sagte. Dabei bildest du dir immer ein, der größte Held der Galaxis zu sein. Soll ich dir sagen, was du bist? Du bist ein . . .

Tolot griff mit einer Hand zu und packte den Mausbiber so überraschend, daß er nicht mehr ausweichen konnte. Er hielt ihn fest, hob ihn auf und hielt ihn dich vor sein Gesicht.

„Wenn du noch einen Ton sagst, Zwerg, atme ich kräftig ein. Dann können sie dich irgendwo in meiner Lunge suchen.“

Mit einem Ruck stellte er Gucky auf den Boden zurück.

„Scherz beiseite“, mahnte Rhodan, ehe Gucky mit seiner Schimpfkanonade beginnen konnte. „Gucky, du mußt uns einzeln in die Stadt bringen, aber vorher gehst du allein und sondierst die Lage. Ich werde dir alles erklären, soweit ich informiert bin. Wenn du ein geeignetes Versteck gefunden hast, bringst du uns hin.“

„Und ohne mich“, vergewisserte sich der Mausbiber, „könnt ihr nicht in die Stadt gelangen?“

„So ist es“, versicherte Rhodan.

„Ohne mich geht es also nicht“, vergewisserte sich Gucky abermals und warf Tolot einen hämischen Blick zu. Der Haluter reagierte nicht.

„Nein“, sagte Rhodan und lächelte.

„Na, siehst du?“ rief Gucky triumphierend und stemmte die Arme in die Hüfte. „Das Schicksal Terras und des ganzen Universums liegt in meiner Hand.“

„In deiner Pfote“, verbesserte Tolot ungerührt.

Antigravplatten schwebten herbei, um die Fracht der IKUTU aufzunehmen und an ihren Bestimmungsort zu bringen. Die Mannschaft verrichtete ihren Dienst wie immer, darunter auch die drei Austauschgefangenen, deren Ausgehuniformen von Rhodan, Atlan und Noir getragen wurden. Die gelben Kleidungsstücke paßten wie angegossen. Sie kennzeichneten die drei Männer als Angehörige eines außertefrodischen Handelsschiffes.

Gucky bereitete sich auf seinen ersten Teleportersprung vor.

Rhodan untersuchte den kleinen Kombistrahler, ehe er ihn in Guckys Gürteltasche zurückschob.

Der Mausbiber überprüfte die Deflektoranlage.

„Wenn ich unsichtbar bin, sieht mich niemand."

„Aber das Gerät gibt Strahlungen von sich, und die kann man orten."

Gucky holte tief Luft.

„Wenn du noch viel redest, springe ich überhaupt nicht – vor lauter Angst."

Rhodan klopfte ihm auf die Schulter.

„Ich sage überhaupt nichts mehr. Verschwinde!"

Und Gucky verschwand.

Er schaltete den Deflektor ein, konzentrierte sich und sprang senkrecht nach oben. Er wählte eine Höhe von fünf Kilometer, um eine größere Übersicht zu erhalten.

Als er rematerialisierte, sah er tief unter sich den Raumhafen mit seinen verschiedenartigen Anlagen. Etwas entfernt lag die Stadt. Sie erinnerte in der Tat an Terrania. Riesige Hochbauten und gigantische Gebäudekomplexe waren durch breite Fahrbahnen getrennt. Weit geschwungene Energiefelder bildeten Verbindungsbrücken und trugen die Hauptlast des vielfältigen Verkehrs. Fahrzeuge aller Art glitten über die Fahrbahnen. Daneben rollten die Transportbänder für die Fußgänger in mehreren Etagen.

Gucky sah mit einem Blick, daß Vircho die Hauptstadt einer sehr fortschrittlichen Zivilisation war, die vielleicht in technischer Hinsicht noch die der Erde übertraf.

Da Gucky fiel, schaltete er um auf Telekinese und hielt sich selbst. Unsichtbar schwebte er in wenigen Kilometern über dem Raumfeld und bewegte sich langsam auf die Stadt zu. Ihm war noch nicht klar, wo er einen geeigneten Ort finden konnte, an dem das plötzliche Erscheinen von drei Männern in gelben Uniformen nicht weiter auffiel.

Auch in der Luft herrschte ein reger Verkehr. Schlanke Torpedos mit winzigen Gleitflügeln schossen dicht unter Gucky dahin, auf den abseits gelegenen Flugplatz zu. Große Passagierflugzeuge brummten in geringer Höhe über die Stadt; ihr Ziel war ebenfalls der Hafen für die atmosphärischen Verkehrsmittel. Gucky mußte aufpassen, daß er nicht gerammt wurde.

Er ließ sich tiefer sinken, bis die Flugzeuge alle über ihm waren. Die Einzelheiten der Stadt wurden deutlicher. Vorsichtig landete er auf dem flachen Dach eines riesigen Hochhauses. Er befand sich mindestens fünfhundert Meter über dem eigentlichen Grund.

Niemand war in Sicht. Das niedrige Geländer erlaubte es Gucky, sich weit überzubeugen und nach unten zu sehen. Eine Energiebrücke spannte sich hundert Meter unter ihm über die breite Straßenschlucht und verband zwei Hochstraßen. Der Verkehr floß auf ihr in beiden Richtungen. Es war warm, und die Fußgänger waren nur leicht bekleidet.

Die Dachterrasse, dachte Gucky, wäre ja nicht schlecht. Aber dann sah er, daß sie von verschiedenen Seiten aus leicht eingesehen werden konnte. Einem aufmerksamen Beobachter würde schon auffallen, wenn hier plötzlich aus dem Nichts Gestalten materialisierten.

Er mußte also einen besseren Platz finden.

Rhodan sah auf seine Uhr.

„Eigentlich könnte er zurückkommen. Er ist schon eine volle Stunde unterwegs."

„So leicht wird es nicht sein, ein geeignetes Versteck zu finden", verteidigte Atlan den Mausbiber. „Ist ja wohl kaum anzunehmen, daß er spazierengeht und uns dabei vergißt."

„Bei Gucky kannst du so ziemlich alles annehmen."

Noir kam zum Transmitter zurück. Er hatte das Löschen der Ladung beobachtet und die Mannschaft überwacht.

„Alles in Ordnung. Läuft wie am Schnürchen. In einer Stunde sind die Ladeluken leer. Dann wird Watula seine Ausgehuniform anlegen und sich um die neue Fracht kümmern."

„Sitzt der Hypnoblock?"

„Sie können sich darauf verlassen, Sir. Ich frage mich nur, ob man bei den Kontrollen nichts merkt. Die Tefroder sind in jeder Hinsicht unglaublich erfahren und fortgeschritten." Er sah sich um. „Gucky ist noch nicht zurück?"

„Leider nicht. Ich mache mir Sorgen." Rhodan sah abermals auf die Uhr. „Mehr als eine Stunde."

„Immerhin hat der Kleine die Möglichkeit, sich über Funk mit uns in Verbindung zu setzen. Er hätte sich gemeldet, wenn etwas passiert wäre." Atlan schüttelte den Kopf und lächelte. „Ich kann einfach nicht glauben, daß Gucky ahnungslos in eine Falle geht."

Rhodan gab keine Antwort, denn in diesem Augenblick rematerialisierte der Ilt.

Gucky entstand mitten im Raum und landete etwas unsanft auf Tolots Bauch. Der Haluter hatte sich hingelegt, weil Sitzen oder Stehen für ihn äußerst unbequem war.

„Prima Federung", piepste Gucky und sprang auf den Boden. „Wohl schon Sorgen gemacht, he? Ich habe ein Versteck gefunden. Dahin bringe ich euch und bleibe dann in eurer Nähe. Wenn etwas schiefgeht, kann ich euch hierher zurückbringen. Es handelt sich bei dem Versteck um ein Warenhaus. Ich habe eine ganze Menge Tefroder in gelben Uniformen gesehen, da fallt ihr also nicht auf. Wir springen in das Lager. Von dort aus kommt ihr über einen Korridor direkt in die Verkaufsräume. Geld haben wir ja zum Glück von der Mannschaft der IKUTU. Könnt also auch noch einkaufen, wenn ihr was findet."

„Ein Warenhaus? Na, wenn du meinst."

„Völlig ungefährlich", versicherte Gucky. „Wer kommt zuerst?"

Fünf Minuten später standen die drei Männer mitten in Vircho in einer mit Kisten und Paketen vollgestopften Halle, zweihundert Meter über dem Straßenniveau. Gucky blieb unsichtbar in der Nähe, aber es war natürlich unmöglich, daß er sie direkt begleitete. Die Ausstrahlungen seines Deflektors hätten die drei falschen Tefroder sonst zu schnell verraten. Er sollte nur im Notfalle eingreifen und sie zurück ins Schiff bringen.

Der Korridor war menschenleer, aber als sie die eigentlichen Verkaufsräume betraten, änderte sich das sofort. Sie fielen nicht auf, als sie durch die Seitentür die Hallen betraten.

Er herrschte ein unglaublicher Betrieb. Hunderte von Tefrodern, die meisten in gelben Uniformen, drängten sich auf den Gängen zwischen den Verkaufsständen und betrachteten die angebotenen Waren. Verkäufer gab es nicht, so daß man sich ungezwungen bewegen konnte, ohne dauernd nach seinen Wünschen gefragt zu werden. Jeder konnte sich nehmen, was er wollte. Bezahlt wurde später beim Verlassen des Hauses.

Rhodan blieb neben Noir, während Atlan einige Schritte hinter ihnen ging. Viele der angebotenen Waren erinnerten an bekannte Gegenstände, andere wiederum blieben in ihrer Zweckbestimmung ein Rätsel. Es schien sich in der Hauptsache um Haushaltswaren zu handeln, wenigstens in dieser Etage.

Und das Warenhaus hatte mehr als hundert Etagen, wie Gucky versichert hatte.

Mit dem Lift fuhren sie nach unten.

„Wir müssen etwas mitnehmen, um keinen Verdacht zu erregen", flüsterte Rhodan, als sie die unterste Etage erreichten. „Hier gibt es Andenken für die fremden Raumfahrer. Das wäre das Richtige."

Sie blieben vor einem Stand stehen, an dem sich die Tefroder drängten. Es gab kleine, reckteckige Farbphotographien von Vircho, die ständig wechselten, wenn man sie in einem anderen Winkel betrachtete. Geschickt hatte man die Lichtbrechungseffekte ausgenutzt und mindestens ein Dutzend verschiedene Bilder zu einem montiert. Keine neue Erfindung, aber trotzdem eindrucksvoll.

Ein Tefroder in gelber Uniform schien so etwas noch nie gesehen zu haben. Er stieß Rhodan an.

„Was sagen Sie dazu, Offizier? Gibt es das auf anderen Welten?"

„Nicht in dieser Art", erwiderte Rhodan höflich. Er war froh, daß er die Sprache der Tefroder so gut beherrschte. „Ich bin tief beeindruckt."

„Beim großen Ghhuu! Wie recht Sie haben! Sie sind schon länger hier?"

„Eben erst angekommen. Mit der IKUTU."

„Na, dann werden Sie sich noch wundern. Ich bin schon zwei Wochen in Vircho. Kann mich nicht satt sehen. Ein Kaufhaus ist ja noch das kleinste der Wunder. Sie sollten mal ins Sensitiv-Theater gehen . . ."

„Auch das werde ich besuchen", versicherte Rhodan und nahm eines der Photos aus dem Regal. „Ich denke, so ein Bildchen nehme ich mir mit. Es nimmt wenig Platz ein und ist ein schönes Andenken."

Sie gingen weiter. An einem wenig besuchten Stand blieben sie stehen.

„War das ein Zufall?" fragte Noir besorgt. „Er fragte so komisch."

„Ich glaube nicht, daß er ein Spion war", sagte Atlan. „Ein harmloser Raumfahrer, mehr nicht."

Langsam gingen sie weiter, bis sie in die Nähe des Ausganges gelangten. Die Tefroder drängten sich an den Kassen, an denen man vorbei mußte, wollte man das Warenhaus verlassen. Wie bei einem ganz gewöhnlichen Selbstbedienungsladen.

Rhodan bezahlte sein Bildchen. Er beobachtete, daß Durchstrahlungsgeräte jeden Kunden abtasteten und so feststellten, ob er sich vor der Bezahlung drücken wollte.

Wenige Minuten später standen sie auf der Straße.

Es war später Nachmittag, als sie einen riesigen, etwa tausend Meter hohen Aussichtsturm erreichten und sich von einem Transportband auf die gewaltige Plattform bringen ließen.

Auf der einen Seite lag Vircho, ein gigantisches Meer aus Stahl, Kunststoff und Energiebrücken. Dahinter war der Raumhafen, ein schier unübersehbares Gewirr aus tausend verschiedenartigen Schiffen, flachen Verwaltungsgebäuden und riesigen Lagerhäusern.

Und auf der gegenüberliegenden Seite war das Meer.

Es war etwa drei Kilometer entfernt, und einen richtigen Strand hatte es nicht. Das Ufer bestand aus einer gemauerten Mole ohne jede Hafenanlage. In regelmäßigen Abständen standen kleine Gebäude mit Feldgeneratoren und Kugelantennen, wie sie zur Erzeugung von Energiefeldern notwendig waren. Es war so gut wie sicher, daß niemand unbemerkt auf das Meer und zur Regierungsinsel gelangen konnte.

Die Insel lag drei Kilometer vom Strand entfernt. Sie war mit großen Gebäuden bedeckt, die kaum Platz für Grünflächen ließen. Darüber spannte sich an manchen Stellen ein leicht schimmerndes Energiefeld.

Aber nicht überall.

Rhodan, Atlan und Noir standen abseits der übrigen Touristen, die den Blick auf den verbotenen Teil des Planeten Tefrod genossen. Denn verboten war diese Insel im wahrsten Sinne des Wortes. Aber die Tefroder – ob Fremde oder Einheimische – schienen sich mit dieser Tatsache abgefunden zu haben. Sie wurden von einer Diktatur regiert, und entsprechend verhielten sie sich auch. Sie lebten und durften leben – das war die Hauptsache.

Sie lebten für das Reich.

Und für die Meister der Insel.

„Ob Gucky es schaffen würde?“ fragte Atlan ruhig. „Für uns sehe ich keine Möglichkeit, unbemerkt hinüberzugelangen. Die Absperrungen sind zu vollkommen.“

„Wir müssen es versuchen, sonst erhalten wir nie eine Antwort“, sagte Rhodan. „Und wir brauchen eine Antwort, wenn wir weiterkommen wollen. Wir müssen diese Mauer durchbrechen, die uns von den Meistern trennt.“

„Vielleicht wäre der Versuch nachts günstiger", meinte Noir. „Wo steckt übrigens Gucky?"

„Das werden wir gleich haben." Rhodan schaltete den winzigen Minikom ein, den er am Armgelenk trug. „Hallo, Gucky? Wo bist du jetzt?"

die Antwort kam sofort:

„Ich hänge in der Luft – im wahrsten Sinne des Wortes. Ein paar Kilometer über der Insel. Keine Ortung bisher."

„Verlaß dich nicht zu sehr darauf", warnte Rhodan. „Glaubst du, daß du auf die Insel kannst? Ist die Nacht nicht besser? Da kannst du den Deflektor ausschalten, und die Ortungsgefahr wäre geringer."

„Da ist was dran", gab Gucky zu. „Seht euch die Gegend in aller Ruhe an, dann finden wir uns im Dunkeln besser zurecht."

„Gut. Schluß jetzt, sonst peilt uns jemand an."

„Ich wundere mich sehr", sagte Atlan etwas später, „daß es bis jetzt noch nicht passiert ist. Bei den Sicherheitsmaßnahmen! Manchmal denke ich, sie haben uns längst entdeckt und beobachten uns nur. Wäre doch möglich."

Rhodan sah sich um, ohne zu antworten.

Andere Tefroder, manche in der Kleidung der Einheimischen, standen überall auf der Plattform und genossen die einmalige Aussicht. Keiner von ihnen schien verdächtig, und doch konnte jeder von ihnen ein Agent der Regierung sein, der sie beobachtete.

Es gab keine eigentliche Nacht.

Gucky war mit ihnen sofort auf den nun verlassenen Aussichtsturm teleportiert. Über Vircho lag die Lichtglocke von Millionen Lampen aller Art. Die Straßenzüge waren deutlich zu erkennen. Der Raumhafen selbst war taghell angestrahlt. Nur das Wohnviertel und die Parks lagen verhältnismäßig dunkel, ebenso der Turm, dessen Transportbänder nun außer Betrieb gesetzt waren. Nachts gab es hier keine Besucher.

Über der Insel war es ebenfalls dunkel. Nicht einmal Energieschirme waren zu erkennen. Aber das konnte täuschen.

„Es gibt nichtleuchtende Schirme", sagte Atlan, von Natur aus vorsichtig und niemals zu optimistisch. „Ich kann mir nicht vorstellen, daß man ausgerechnet nachts die Insel schutzlos einem Angriff preisgibt. Gucky, würdest du es versuchen?"

„Wenn schon, dann nur allein."

Es war ein wenig kühl, und vom Meer her wehte ein frischer Wind.

Er brachte keine Geräusche mit. Die Insel schien zu schlafen. Nur am Molenstrand leuchtete ab und zu das Licht eines Wachpostens auf.

„Versuchen wir es von hier aus?“ fragte Noir.

„Ja“, sagte Rhodan. „Aber Gucky wird nicht allein gehen. Ich werde ihn schon beim ersten Sprung begleiten.“ Er zog den Strahler aus dem Gürtel und entsicherte ihn. „Und zwar jetzt sofort. Wir haben keine Zeit zu verlieren.“

Gucky wollte protestieren, aber dann überlegte er sich doch anders.

„Meinetwegen“, gestattete er großzügig. „Teleportieren wir zusammen. Direkt, oder sehen wir uns die Sache erst von oben an?“

„Direkt auf die Insel.“ Rhodan wandte sich an Atlan und Noir. „Ihr bleibt hier, was immer auch geschieht. Im Notfall muß Tolot eingreifen, obwohl ich das möglichst vermeiden möchte. Ihr wißt ja, wie Tefroder bei seinem Anblick reagieren.“

Gucky ergriff Rhodans Arm. Er konzentrierte sich, wobei er die Insel anpeilte. Jetzt in der Nacht war das gar nicht so einfach, denn die Insel war nur als dunkler Streifen im Meer zu erkennen. Auch Gucky konnte nicht wissen, wo sie rematerialisieren würden – auf einem Gebäude, auf der Erde, oder mitten in der Luft. Aber mit Telekinese konnte er den Sturz aufhalten.

Der Mausbiber war klug genug, den Sprung so zu berechnen, daß er und Rhodan in etwa hundert Meter Höhe rematerialisierten. Sie schwebten über dunklen Gebäudekomplexen und nur schwach erleuchteten Straßen. Jeder Verkehr war erstorben, und nichts bewegte sich. Nachts wurde hier nicht gearbeitet. Aber es waren auch keine Wachtposten zu bemerken.

Fühlte man sich hier so sicher?

Die absolute Stille gefiel Rhodan nicht, sie war ihm vielmehr höchst verdächtig. Es war unwahrscheinlich, daß die Tefroder so leichtsinnig handelten, wenn sie gerade diese Insel als ihr größtes Geheimnis betrachteten.

Es konnte eine Falle sein.

Gucky ließ sich und Rhodan schräg nach unten schweben, wobei er auf das Dach eines großen, flachen Gebäudes zusteuerte.

„Keine Energieschirme – das verstehe ich nicht. Wir haben sie doch am Tag deutlich beobachten können.“

„Vielleicht nur an dieser Stelle“, flüsterte Gucky, der sich konzentrieren mußte. „Warten wir's ab.“

Sie landeten auf dem flachen Dach,

Um sie herum war es dunkel. Das Festland war deutlich an der schwarzen Linie zu erkennen, die sich gegen den Lichtdom der Stadt abhob. Der Aussichtsturm war ein hoher, schlanker Schatten gegen den helleren Horizont.

Rhodan ließ Gucky los und ging bis zum Rand des Daches. Es besaß kein Geländer. Der Blick in die Tiefe brachte keine Überraschung. Auch unten auf der Straße war es still und leer. Nur einige Lampen brannten, aber sie gaben nicht viel Licht.

„Vielleicht solltest du Atlan und Noir auch holen“, sagte Rhodan, als er zu Gucky zurückkehrte.

Der Mausbiber nickte.

„In Ordnung. Ich bin in wenigen Minuten zurück. Rühre dich nicht von der Stelle.“

Er teleportierte zurück zum Turm und erklärte den beiden Männer die Lage. Dann nahm er sie beide an der Hand und sprang zur Insel.

Er landete auf demselben Dach wie zuvor.

Es war leer.

Rhodan war verschwunden.

Als Gucky entmaterialisierte, hatte Rhodan plötzlich das unbestimmte Gefühl, doch nicht allein auf dem Dach zu sein. Er hielt den entsicherten Strahler in der Hand, aber seine Augen fanden nichts Verdächtiges. Dabei war es gar nicht mehr dunkel. Er hatte sich an das Dämmerlicht gewöhnt.

Jemand sagte von irgendwoher:

„Lassen Sie Ihre Waffe fallen. Zehn Energiestrahler sind auf Sie gerichtet. Beeilen Sie sich, ehe der Teleporter zurückkehrt.“

Die Aufforderung war ein doppelter Schock für Rhodan. Erst einmal die Überraschung an sich, einem unsichtbaren Gegner ausgeliefert zu sein, und dann die gelassene Bemerkung bezüglich des Teleporters Gucky.

Man war über einen Teleporter überhaupt nicht erstaunt.

Natürlich nicht, dachte Rhodan. Die bisherigen Begegnungen mit Hilfsvölkern der Meister der Insel hatten gezeigt, daß einige von ihnen psionische Fähigkeiten besaßen oder zumindest kannten. Es war daher nicht verwunderlich, daß auch die Tefroder Kenntnis von parapsychischen Phänomenen hatten. Entweder weil sie bei anderen Völkern dieser Galaxis damit konfrontiert wurden, oder aber weil sie selbst psionisch begabte Mutanten besaßen.

Rhodan ließ die Waffe fallen. Er hatte keine Lust, aus dem Hinterhalt umgebracht zu werden.

Gestalten tauchten aus dem Dunkel auf und umringten ihn. Sie tasteten ihn nach Waffen ab, und sie taten es mit der gleichen Gründlichkeit, mit der es auch Menschen getan hätten. Sie fanden nichts.

„Kommen Sie."

Ein Tefroder packte seinen Arm und zog ihn mit sich fort. Die anderen verschwanden wieder in ihren Verstecken. Nur zwei Mann mit schußbereiter Waffe folgten.

Sie stiegen durch eine Bodenklappe in das Haus hinein. Oben blieb das leere Dach zurück – eine ideale Falle für Gucky, Atlan und Noir.

So ungünstig die Situation für Rhodan auch sein mochte, er war auf der anderen Seite froh, endlich Kontakt mit einem einflußreichen Tefroder bekommen zu haben. Vielleicht hatte er es mit der Leibwache des Virth zu tun.

Sie führten ihn durch hell erleuchtete Gänge zu einem Lift, der sie nach unten brachte. Rhodan benutzte die Gelegenheit, den Minikom am Handgelenk einzuschalten. Durch Eindrücken und Auslassen des Sendeknopfes gelang es ihm, Gucky und den anderen eine kurze Botschaft zu übermitteln, von der er allerdings nicht wußte, ob sie auch empfangen wurde. Er hoffte allerdings, daß Gucky ihn telepathisch überwachen würde.

„Bleibt auf dem Turm. Wartet auf weitere Nachrichten."

Sie brachten ihn in einen großen Raum, in dem mehrere Tefroder in grüner Uniform hinter einem Tisch saßen und ihm neugierig entgegenstarrten. Sie boten ihm einen Stuhl an.

Rhodan setzte sich.

Das wurde ja immer interessanter.

Der Mann in der Mitte, der die meisten Rangabzeichen trug, fragte:

„Wie gelang Ihnen die Landung auf Tefrod?"

Rhodan überlegte, daß es wohl am besten für ihn war, wenn er sich soweit wie möglich an die Wahrheit hielt. Nur wer er war, würden sie niemals erfahren dürfen. Sie waren Menschen wie er. Sollten sie daher ihre eigenen Rückschlüsse ziehen.

„Die Kontrollen waren nicht so genau. Es war leicht, sie zu umgehen. Ist es strafbar, auf Tefrod zu landen?"

„Ja, es ist bei Strafe verboten. Aber es ist noch mehr verboten, diese Insel zu betreten. Ein Unbefugter hat sie noch niemals lebendig wieder verlassen. Und Sie sind ein Unbefugter. Wer ist der Teleporter, der Sie brachte?"

„Ein Freund von mir."

„Er ist kein Tefroder?"

„Sieht man das nicht?"

Der Mann machte eine ungeduldige Bewegung.

„Sie haben höflich zu sein, sonst werden Sie ohne Verhör verurteilt."

„Ändert das etwas am Urteil?"

„Zumindest an der Art, wie Sie sterben werden."

„Danke, sehr zuvorkommend. Was wollen Sie wissen?"

„Sie kennen das Verbot, diese Insel zu betreten. Warum sind sie trotzdem gekommen?"

„Es gibt Dinge, die meine Neugier erregten. Welches Geheimnis haben Sie zu hüten? Warum darf niemand auf die Insel? Und warum wollen Sie mich töten? Ich habe nichts gesehen, das ich weitererzählen könnte."

„Es geht um das Prinzip. Sie sind Tefroder?"

„Ja, aber schon meine Eltern wurden nicht auf Tefrod geboren. Mein Heimatplanet ist Gloda III auf der anderen Seite der Kernzone."

Er hatte diesen Namen, sowie die entsprechenden Koordinaten, von der Besatzung der IKUTU erfahren, denn ein Teil dieser Besatzung stammte von diesem Planeten.

„Gloda? Nie gehört."

„Eine kleine, unbedeutende Welt."

„Wir werden das feststellen, und wenn dort alle Leute so neugierig sind wie Sie, werden wir dafür sorgen, daß Ihr Planet gesäubert wird. Die Meister dulden keine Revolutionäre."

Rhodan beugte sich vor und sah dem Mann in die Augen.

„Sehen Sie, nun kommen wir schon zum Thema. Ich werde beruhigt zu sterben wissen, wenn Sie mir verraten, wer die Meister sind."

„Die Frage danach ist ein bereits todeswürdiges Verbrechen, ich will sie überhört haben."

„Man stirbt nur einmal. Verraten Sie es mir also?"

Die Männer in den grünen Uniformen bewegten sich unruhig. Man konnte sehen, daß ihnen die Frage ihres Gefangenen unbequem war. Warum eigentlich? Weshalb war schon die Erwähnung des Namens der Meister ein Verbrechen, das geahndet wurde?

„Nur der Virth könnte Ihnen vielleicht eine Antwort geben."

„Dann möge man mich zum Virth führen!"

Der Mann in der Mitte sprang auf.

„Diese Forderung ist empörend! Sie sind Gefangener der Sicherheitspolizei und besitzen als Fremder keinerlei Bürgerrechte. Niemand darf den Virth sehen, nicht einmal ein angesehener Bürger Tefrods."

„Gibt es einen Grund?"

„Die Meister haben es angeordnet."

„Und wer sind die Meister, wenn ich fragen darf?"

Der Chef der Polizei setzte sich wieder.

„Diese Frage kann nicht beantwortet werden – außerdem stelle ich hier die Fragen." Auf dem Tisch summte ein Gerät. Der Tefroder nahm einen Hörer auf und hielt ihn an die Ohren. Er lauschte. Dann sagte er ein unverständliches Wort und legte den Hörer wieder hin. Er sah Rhodan an. „Mit welchem Schiff sind Sie gelandet, und wann?"

„Ich verweigere die Aussage."

„Wir werden es auch so herausfinden, sobald wir Ihren Teleporterfreund und die beiden anderen haben."

Die beiden anderen ...? Rhodan erschrak. Die Tefroder wußten besser Bescheid, als er bisher angenommen hatte.

Er begann zu ahnen, daß er in eine Falle geraten war, und beschloß, mit seinen Antworten vorsichtiger zu sein.

Gucky war bereits teleportiert.

In der gleichen Sekunde, in der er Verdacht schöpfte, begann der Minikomempfänger in seiner Tasche zu ticken.

Morsezeichen.

„Bleibt auf dem Turm. Wartet auf weitere Nachrichten."

Das konnte nur Rhodan sein.

Gucky ergriff Atlans und Noirs Arm, ohne auch nur eine Sekunde zu überlegen. Noch ehe er sich konzentrierte und teleportierte, sah er die dunklen Schatten auf sich zulaufen, dann stand er mit seinen beiden Schützlingen wieder auf der Plattform des Turms.

„Was soll das?" fragte Atlan. „Hat man Rhodan gefangen?"

„Sieht ganz so aus. Das paßt aber ganz und gar nicht in unsere Pläne. Was machen wir nun?"

„Ihn befreien, was sonst?"

„Wenn das nur so einfach wäre! Sie wissen, daß ein Teleporter auf der Insel war. Sie werden entsprechende Abwehrmaßnahmen ergreifen – und wir wissen, daß sie dazu in der Lage sind."

„Verdammt", fluchte Noir, „dann schwimmen wir eben zur Insel."

„Da wirst du aber naß", sagte Gucky und schüttelte sich. „Außerdem nehme ich an, daß man im Wasser auch vorgesorgt hat. So leicht ist es nun wieder nicht. Ihr wartet hier, ich werde allein zur Insel springen."

„Wohl verrückt?" erkundigte sich Atlan. „Wenn, dann gehen wir alle."

„Leider muß ich dir widersprechen", lehnte Gucky entschieden ab.

„Ich bin für euch verantwortlich. Auch für Perry. Ich hole ihn allein heraus. Das ist leichter."

Atlan sah ein, daß der Mausbiber recht hatte. Er und Noir würden nur eine Belastung bedeuten, wenn eine schnelle Flucht durch Teleportation notwendig wurde. Wenn sie hier auf dem Turm waren, war Rhodan mehr geholfen.

Trotzdem – es würde schwer sein.

„Also, ich springe", sagte Gucky. „die werden sich noch über mich wundern, die Halunken auf der Insel."

Hoffentlich, dachte Atlan besorgt, wundert sich unser kleiner Freund nicht zu sehr über die „Halunken auf der Insel".

In derselben Sekunde, in der Gucky entmaterialisierte, flammten über der Insel mehrere Energieschirme auf.

20.

Sie brachten Rhodan in einen Kellerraum.

Zuerst ging es mit einem Lift hinab, und die letzten Meter einfache Stufen. Rhodan begann zu ahnen, daß Gucky ihn ausgerechnet zu einem Gebäude gebracht hatte, in dem die Sicherheitspolizei residierte. Das war Pech und Glück zugleich.

Pech deshalb, weil man ihn gleich erwischt hatte. Glück darum, weil er sofort an die wichtigste Informationsquelle geraten war.

Der Mann, der ihn verhört hatte, kam nicht mit. Nur zwei Wachtposten, die schwer bewaffnet waren.

„Was wird nun geschehen?" fragte Rhodan.

„Das Urteil wird morgen verkündet", antwortete einer der Posten. „Sie bekommen zu essen und zu trinken. Wahrscheinlich erfolgt auch noch eine . . . eine Unterredung. Mit dem Richter."

„Ein Verhör – wollten Sie doch wohl sagen?"

„Eine letzte Unterredung. Vor der Urteilsverkündung."

„Das Urteil steht doch wohl fest, nicht wahr? Wie ist die Todesart?"

„Das hängt von Ihrem Verhalten ab. Los, machen sie schon. Das ist Ihr Wohnraum, bis . . . bis es soweit ist. Jeder Fluchtversuch ist zwecklos. Wir warten draußen."

Die Tür schloß sich.

Rhodan setzte sich auf das Bett und stützte die Hände auf den Rand.

Sein Blick fiel auf die Uhr, in der das Funkgerät verborgen war. Schnell drückte er den Knopf ein. Zuerst meldete sich niemand, aber dann kam Atlans Stimme ganz leise durch.

„Ja, Atlan hier. Perry?"

„Ich sitze ganz schön in der Tinte. Wo seid Ihr?"

„Auf dem Turm. Als du verschwunden warst, brachte Gucky uns zurück. Er ist aber wieder unterwegs."

„Sie haben mich erwischt. Jeder Widerstand war zwecklos, und so ergab ich mich. Man will mich morgen zum Tode verurteilen. Ich will versuchen, vorher hier herauszukommen. Wird schwer sein, aber man hat mir nur die Waffe abgenommen, sonst nichts. Gucky ist unterwegs, sagtest du? Wohin?"

„Zur Insel. Wir sehen nun Energieschirme. Hoffentlich ist ihm nichts passiert."

„Wenn er mich hier fände, wäre das eine große Erleichterung. Ich weiß noch nicht, wie ich hier 'rauskommen soll. Ich kann bestenfalls die beiden Posten unschädlich machen."

„Nimm ihnen die Waffen ab", riet Atlan. „Und dann knöpfe dir den Sicherheitschef vor. Der weiß bestimmt mehr als ein einfacher Polizist. Außerdem würde ich . . "

Der Rest von dem, was Atlan sagen wollte, ging im Heulen plötzlich einsetzender Sirenen unter. Der Lärm war so durchdringend, daß er selbst bis in Rhodans Kerker drang, und er konnte nur eine Bedeutung haben:

Großalarm!

Gucky war schlau genug, nicht sofort in die Schutzschirme hineinzuspringen. Er materialisierte hoch über der Insel und orientierte sich zuerst einmal. Die Schirme standen wie Glocken nebeneinander über verschiedenen Teilen der Häuserblocks und kennzeichneten so jene Gebäude, die den Tefrodern wichtig waren.

Auch das Haus, in dem Rhodan gefangengehalten wurde, lag unter einem Energieschirm. Gucky konnte seine Gedankenimpulse auffangen und ihn anpeilen. Aber im Augenblick half das nicht viel.

Er ließ sich in geringer Höhe weitertreiben, bis er eine größere Lücke in der Schirmabwehr fand. Ein Rundgebäude mit einem hohen Kuppeldach erregte seine Aufmerksamkeit. Vielleicht enthielt es Maschinen oder die Generatoren für die Energieschirme. Wenn ja, dann war es unter Umständen möglich, die gesamte Abwehr der Insel lahmzulegen.

Solange die Schutzschirme bestanden, war an eine Befreiung Rhodans nicht zu denken.

Gucky teleportierte in das Kuppelgebäude hinein.

Wenigstens wollte er das.

Was dann geschah, nahm nur Sekunden in Anspruch, aber jede dieser Sekunden erschien dem Mausbiber wie eine Ewigkeit. Sie prägte sich in sein Gedächtnis ein, unauslöschbar und mit unwahrscheinlicher Deutlichkeit.

Er materialisierte in einer runden, hohen Halle, die voller Maschinen stand. Die Wände waren mit Kontrollen aller Art bedeckt. Tefroder in grauen Kombinationen standen vor diesen Kontrollen und bedienten sie. An einem Pult saß eine Aufsichtsperson, ein Tefroder in der grünen Uniform der Sicherheitspolizei.

Er saß so, daß Gucky direkt in sein Gesicht sah.

In ein Gesicht, das keinerlei Erstaunen über das plötzliche Auftauchen eines Teleporters zeigte. Im Gegenteil. Es zeigte Genugtuung und Freude.

Das geschah in der ersten Sekunde.

Die zweite war weniger angenehm.

Gucky spürte, wie ihn eine Welle zuckender Schmerzen überschwemmte. Fast verlor er die Besinnung, aber dann war es gerade wieder der Schmerz, der sein Bewußtsein zur verzweifelten Gegenwehr aufputschte.

Die Tefroder sahen teilnahmslos zu, als ginge sie das alles nicht viel an. Für sie schien es ein Experiment zu sein, dessen Ausgang bereits feststand.

In der dritten Sekunde wurde Gucky gegen seinen Willen entmaterialisiert und aus der Halle teleportiert.

Er landete wieder am Ausgangspunkt, auf dem Aussichtsturm.

Noch während er erschöpft und halb besinnungslos vor Schmerzen zusammensank, fing Atlan ihn auf und stützte ihn. Noir kam herbei und half.

Gleichzeitig begannen über ganz Vircho die Sirenen zu heulen.

Gucky hatte die Augen geschlossen. Er atmete schwer. Er schien völlig erledigt zu sein.

„Eine Parafalle. Ich bin in eine Parafalle geraten."

„Es kann keine Falle sein, oder du wärest nicht entkommen."

„Eine Parafalle!" keuchte Gucky. „Teleporterabwehr. Jeder Teleporter wird automatisch an seinen Ausgangspunkt zurückbefördert, aber nicht ohne Denkzettel. Vor einer halben Stunde kann ich nicht springen."

„Und Rhodan?“ fragte Atlan noch einmal.
Gucky öffnete die Augen. Wut und Bedauern war in ihnen zu lesen. Und ein ganz klein wenig Hoffnung.
„Er muß die nächsten dreißig Minuten überleben, sonst kann auch ich ihm nicht mehr helfen . . .“
Atlan sah hinüber zur Insel.
Sie war plötzlich in helles Licht getaucht, das jede Einzelheit genau erkennen ließ. Auch über der Stadt flammten Scheinwerfer auf.
Die Nacht wurde zum Tag.
Die Jagd auf die Eindringlinge begann.

Als das Heulen der Sirenen über der Insel nachließ, nahm Rhodan abermals Verbindung mit Atlan auf. Die Funkwellen durchdrangen die Schutzschirme, wurden dabei aber so geschwächt, daß Rhodan das Gerät dicht ans Ohr halten mußte, wenn er ein Wort verstehen wollte.
„Gucky ist in eine Parafalle geraten. Er muß sich erholen. Vor einer halben Stunde ist nicht mit ihm zu rechnen. Wir können dir nicht helfen, Perry. Sobald Gucky wieder teleportieren kann . . .“
„Keine Sorge, wir treffen uns beim Turm. In spätestens einer Stunde. Ich melde mich, wenn ich Hilfe brauche. Schluß jetzt, es kommt jemand.“
Das positronisch gesicherte Schloß in der Tür summte, dann betraten die beiden Wachtposten die Zelle. Hinter ihnen erschien der Tefroder, der Rhodan verhört hatte. Sein Gesicht drückte Unwillen aus.
„Einer Ihrer Freunde, der kleine Teleporter, geriet in die Generatorhalle und löste den Großalarm aus. Wir wollten Aufsehen vermeiden, aber nun haben Sie sich die Folgen selbst zuzuschreiben. Um kein Risiko einzugehen, hat der Virth Ihr Todesurteil bereits bestätigt. Folgen Sie mir.“
„Sie haben es sehr eilig“, sagte Rhodan. Er begriff nicht, warum sie ihn töten wollten. Was hatten sie davon? Durch seinen Tod würden sie nichts erfahren. Wäre es nicht klüger, wenn sie ihn noch verhörten? Oder hielten sie ihn für einen harmlosen und neugierigen Touristen, den die Abenteuerlust gepackt hatte?
Dann allerdings konnten sie kaum hoffen, große Geheimnisse von ihm zu erfahren.
Die beiden Posten traten zur Seite und ließen Rhodan den Vortritt.
Das war ihr Fehler, und Rhodan hatte noch vor einer Sekunde nicht gehofft, daß es so einfach sein würde.

Er ging zwischen den Wachen durch und gab ihnen dann gleichzeitig einen kräftigen Stoß, der sie in die Zelle taumeln ließ. Der Polizeichef war viel zu überrascht, um einzugreifen. Rhodan gab auch ihm einen Stoß, allerdings in entgegengesetzter Richtung. Er warf die Tür zu. Automatisch schnappte das Sicherheitsschloß ein.

Rhodan nutzte die Überraschung und nahm dem Tefroder die kleine Handwaffe ab, die er im Gürtel trug.

„Ihnen geschieht nichts, wenn Sie vernünftig sind. Bringen Sie mich nach oben und erklären Sie mir, wie ich die Insel verlassen kann. Wenn uns jemand begegnet und Sie ein falsches Wort sagen, schieße ich."

Für den Tefroder war alles so schnell und überraschend gekommen, daß er jeden Widerstand vergessen hatte. Er war gekommen, um den Delinquenten abzuholen, und nun war er selbst der Gefangene. Nicht nur das. Man verlangte etwas von ihm, das er niemals erfüllen konnte.

„Es gibt keinen Weg von der Insel", sagte er und ging voraus.

„Dann finden wir einen. Welche Stellung bekleiden Sie übrigens?"

„Nur der Virth entscheidet..."

„Das weiß ich. Sie sind Polizeioffizier?"

„Ich bin Kommandant der Sicherheitspolizei hier auf der Insel."

„Dann sorgen Sie dafür, daß Sie es bleiben. Ja, dort in den Lift. Bringen Sie mich aus dem Haus. Haben Sie einen Flugplatz auf der Insel?"

„Er wird Ihnen nichts nützen. Nur Spezialpersonal darf zum Festland fliegen, dort aber nicht landen. Jetzt ist Großalarm. Das bedeutet, daß sich die gesamte Bevölkerung von Vircho innerhalb vierzig Minuten in die Tiefbunker zu begeben hat. Dabei erfolgt die Automatkontrolle. Wenn die vierzig Minuten vorbei sind, wird jede Person verhaftet, die auf der Oberfläche angetroffen wird." Er lachte kurz auf. „Und da glauben Sie, eine Chance zu haben..."

„Jedenfalls eine größere als noch vor wenigen Minuten." Sie hatten den Flur erreicht, der zu ebener Erde lag. „Bringen sie mich hier heraus, aber so schnell wie möglich. Und vergessen Sie nicht, daß meine Waffe auf Sie gerichtet ist – vielmehr Ihre Waffe."

„Ich muß zuerst in mein Büro, um mich abzumelden. Niemand darf ohne Abmeldung das Haus verlassen. Befehl des Virth."

Das konnte stimmen, konnte aber auch ein Trick sein. Rhodan hatte keine andere Wahl, als es darauf ankommen zu lassen. Er ging dicht neben dem Polizeikommandanten her, bis sie ein gut eingerichtetes Zimmer betraten. An den Wänden verrieten zahlreiche Bildschirme, daß hier alle Fäden der Abwehr zusammenliefen. Rhodan sah einen Tefroder vor Nachrichtengeräten sitzen. Er blickte kaum auf, als er die Eintretenden bemerkte.

Rhodan hatte die kleine Waffe in der Tasche verborgen und ließ den Polizeichef nicht aus den Augen.

Die Abmeldung erfolgte an einer automatischen Registriermaschine. Der Tefroder drückte die Handfläche gegen die Scheibe und wartete, bis ein Bildschirm aufleuchtete. Ein Zeichen erschien darauf. Er drehte sich um.

„Erlaubnis erteilt. Wir können gehen."

Sie verließen das Büro und standen wenige Minuten später auf der nun hell erleuchteten Straße. Drüben auf dem Festland heulten noch immer die Sirenen und verkündeten höchste Alarmstufe. Die Bewohner von Vircho eilten nun in die Bunker. Kapitän Watula von der IKUTU würde sich mit seiner Mannschaft ebenfalls in einen Bunker begeben, um abermals überprüft zu werden.

„Ist es weit zum Flugplatz?" fragte Rhodan.

„Wir sind in zehn Minuten dort."

Die Straßen waren leer. Ab und zu begegneten sie einer Streife, immer zwei oder drei Polizisten, die respektvoll grüßten und kurze Mitteilungen machten. Niemand schöpfte Verdacht, und der Inselkommandant benahm sich recht manierlich.

Fast ein wenig zu manierlich.

In der Luft war das Summen schwerer Energiegleiter. Sie flogen in Richtung Festland, um die Kontrollaktionen zu unterstützen. Es stimmte also doch nicht ganz, daß niemand mehr die Insel verlassen durfte, wenn er sie einmal betreten hatte. Wahrscheinlich aber war jedes Landen auf dem Festland verboten.

Immerhin – die Insel *konnte* verlassen werden.

Ein Energiegitter sperrte das Flugplatzgelände hermetisch ab. Von nun an war jedes weitere Vordringen mit Gewalt unmöglich. Wenn es eine Automatkontrolle beim Eingang gab, half auch keine List mehr.

„Kommen wir hinein?"

„In meiner Begleitung jederzeit." Der Tefroder war stehengeblieben. „Hören sie, ich weiß selbst nicht, warum ich Ihnen helfe, denn ich riskiere mehr als nur meinen Kopf. Die Ausrede, Sie hätten mich gezwungen, zieht beim Virth nicht." Er betrachtete Rhodan, und dann umspielte ein flüchtiges Lächeln seine Lippen. „Ich hatte schon mehr als dreimal Gelegenheit, Sie in eine Falle tappen zu lassen. Ich habe es nicht getan. Irgend etwas ist an Ihnen – ich kann es nicht erklären. Sie sind so ... so anders, wenn Sie verstehen, was ich meine."

„Ich verstehe sehr gut. Aber ich kann und darf es Ihnen nicht erklären. Ich kann Ihnen nur danken. Und glauben Sie mir, vielleicht kann ich eines Tages diese Schuld begleichen. Ich bin sicher, wir sehen uns einmal wieder. Dies war nicht mein letzter Besuch auf Tefrod."

„Es ist besser, wenn Sie niemals mehr wiederkommen. Die Umstände könnten anders sein, und vielleicht würde ich Sie sofort töten lassen."

„Warum sollten sich Ihre Gefühle ändern?"

„Auch das weiß ich nicht. Kommen Sie, da vorn ist der Eingang."

Sie passierten die Sperre, ohne aufgehalten zu werden. Das Erscheinen des Polizeikommandanten genügte vollauf, seinen Begleiter auszuweisen.

„Sie nehmen einen kleinen Zweimann-Gleiter. Werden Sie damit umgehen können?"

„Ich denke schon."

Das konnte Rhodan ruhigen Gewissens behaupten, denn bei allen bisherigen Erfahrungen hatte sich die Ähnlichkeit zwischen terranischer und tefrodischer Technik erneut herausgestellt. Warum sollte das Prinzip des Energiegleiters anders sein?

Die Maschinen standen in langer Reihe unter einem Schutzschirm. Als der Kommandant eine verborgene Kontrolle auf dem Boden betätigte, erlosch der Schirm.

Der Weg zum Festland war frei.

Rhodan wandte sich dem Tefroder zu.

„Nochmals vielen Dank. Werden Sie keinen Ärger haben, wenn ich fliehe?"

„Ich werde sagen, daß Sie ein Hypno sind. Damit ist alles erklärt."

„Danke. Welchen Vorsprung habe ich?"

„Fünf Minuten. Mehr kann ich Ihnen nicht zubilligen."

Rhodan gab ihm die Hand. Dann griff er in die Tasche, nahm den Strahler und stellte ihn auf schwächste Schußleistung.

„Ich werde Sie betäuben, dann glaubt man Ihnen eher", sagte er und schoß, ehe der Tefroder begriff, was geschah. Lautlos sank er zu Boden. Rhodan wußte, daß er statt der fünf Minuten nun mindestens zehn haben würde.

Er kletterte in die kleine Kabine und schaltete gleichzeitig den Minikom ein.

„Atlan?"

„Ja. Alles in Ordnung."

„Ich starte mit einem Gleiter. Erschreckt also nicht, wenn ich in wenigen Minuten bei euch bin. Ich versuche, auf dem Turm zu landen. Wie geht es Gucky?“

„Besser. Er hat sich erholt und kann, so hofft er, wieder springen. Wir warten, bis du hier bist.“

Rhodan startete, nachdem er die Kontrollen eine Minute lang intensiv studiert hatte. Vorsichtig hob er die Maschine über das Energiegitter und stieg höher. Die Insel lag unter ihm, und bald war er über dem Meer. Patrouillenschiffe flitzten hin und her und sicherten die Küste.

Der Turm kam in Sicht. Er stand einsam und dunkel wie ein formloser Schatten in der Nacht. Ein winziges Licht blitzte für einen Bruchteil einer Sekunde auf. Das Zeichen genügte.

Rhodan landete unsanft, aber ohne Bruch.

Gleichzeitig heulten drüben auf der Insel abermals die Sirenen auf.

Man hatte die Flucht des Gefangenen und den bewußtlosen Polizeikommandanten entdeckt.

Auf dem Turm waren sie vorerst in Sicherheit.

Rhodan berichtete von seinem Erlebnis auf der Insel und schloß: „Erreicht haben wir praktisch bisher nichts. Wir wissen, daß der Virth ein Diktator ist, sicherlich ein intelligenter Tefroder, aber eben doch nur das Werkzeug der Meister. Aber ich kann mir vorstellen, was uns noch bevorsteht, wenn wie eines Tages den wirklichen Herren des Andromedanebels gegenübertreten. Ich schlage vor, wir brechen das Unternehmen ab und kehren zur IKUTU zurück.“

„Wird sowieso Zeit“, meinte Atlan und sah hinauf in den Himmel.

Die Lufttätigkeit der Tefroder hatte zugenommen. Ganze Staffeln schlanker Energiegleiter zogen in Richtung Raumhafen. In der Stadt heulten noch immer die Sirenen. Der ganze Planet schien in Aufruhr geraten zu sein.

Gucky saß auf dem Boden nahe beim Geländer.

„Ich habe richtige Angst zu teleportieren“, jammerte er kläglich. „Hier weiß man nie, welche Überraschungen einem bevorstehen. So eine Parafalle ist eine miese Angelegenheit, wenn ihr versteht, wie ich das meine.“

Rhodan ging zu ihm und klopfte ihm auf die Schulter.

„Wir verstehen dich schon, Kleiner. Wir haben die Tefroder unterschätzt, das soll uns so schnell nicht wieder passieren. Aber nun wollen wir nicht länger warten. Hier wird die Hölle los sein, wenn sie uns entdecken. Und das ist spätestens der Fall, wenn es hell wird. Oder dann, wenn du den Deflektorschirm einschaltest.“

Gucky richtete sich langsam auf.

„Wenn sie nur den Raumhafen nicht dicht gemacht haben", sagte er.

Rhodan sah in Richtung der Stadt.

„Wie meinst du das?"

„Energiesperren, auch nach oben. Da komme ich nicht so leicht durch, wenn ich Pech habe."

„Probiere es zuerst allein. Unterrichte Tolot. Wir wollen so wenig wie möglich den Minikom benutzen, damit man uns nicht anpeilt."

Gucky konzentrierte sich auf seinen ersten Teleportsprung nach der Parafalle. Er war noch immer sehr erschöpft und geschockt. Das war natürlich ein Hindernis und konnte bei einem Fehlsprung verhängnisvoll sein. Aber er mußte es riskieren.

Dann entmaterialisierte er . . .

. . . und war eine Sekunde später wieder da.

Er lag auf dem Boden, krümmte sich vor Schmerzen und stieß wimmernde Schreie aus. Sein Gesicht verriet Angst und Schrecken. Die Augen waren weit aufgerissen.

Rhodan und Atlan waren sofort bei ihm.

„Was ist? Ist es sehr schlimm? Schmerzen?"

Gucky konnte nicht antworten. Er wimmerte und stöhnte leise. Es konnte kein Zweifel darüber bestehen, daß er abermals in eine Parafalle geraten und mit knapper Not entkommen war.

Erst jetzt bemerkte Rhodan die Wunde.

Er beugte sich über Gucky und untersuchte seinen Kopf. Ein Energieschuß hatte das Fell am Hinterkopf versengt. Die Wunde war nicht gefährlich, aber zweifellos sehr schmerzhaft.

„Tut es sehr weh?" Rhodan tastete die Umgebung der Wunde ab. „Wie konnte das passieren?"

Gucky legte sich auf den Rücken.

„Jemand schoß auf mich, als ich für eine knappe Sekunde materialisierte. Er muß direkt auf mich gewartet haben. Sie haben den Raumhafen endgültig abgeriegelt. Energiegitter und Parafallen. Da komme auch ich nicht mehr durch. Vorbei, Perry. Diesmal sitzen wir in der Patsche."

„Abwarten." Rhodan dachte intensiv nach. Es mußte einen Ausweg geben. Irgendwie mußte es ihnen gelingen, wieder in die IKUTU zu gelangen. Und wenn sie sich zu Fuß durch die Stadt durchschlugen. „Es sind vier Kilometer bis zum Transmitter. Vier lächerliche Kilometer!"

„Vier tödliche Kilometer", verbesserte Atlan ernst. „Hast du nicht selbst gesagt, daß der Großalarm entsprechende Konsequenzen nach sich zieht?“ Er sah auf seine Uhr. „In zehn Minuten ist es soweit. Dann wird jeder verhaftet, der sich noch sehen läßt. Sie sind überall. Wir kommen nicht durch.“

„Wir versuchen es trotzdem“, sagte Rhodan eigensinnig.

Atlan seufzte und überprüfte das Energiemagazin seines Strahlers. Er sagte nichts mehr.

Noir schwieg ebenfalls. Er legte Gucky einen Notverband an, nachdem er die Wunde mit Heilsalbe behandelt hatte.

„Wir nehmen den Gleiter“, schlug Rhodan endlich vor und brach das unangenehme Schweigen. „Er ist nur für zwei Personen bestimmt, aber notfalls haben wir Platz. Aber wir dürfen nicht mehr lange warten.“

Atlan, der an der Brüstung stand, sagte langsam:
„Keine Sekunde dürfen wir mehr warten – sie haben uns bereits entdeckt. Los, wir müssen hier fort.“

Eine Staffel kleiner Gleiter schwenkte in ihre Richtung und ging dabei tiefer. Atlans Behauptung, man habe sie entdeckt, war nicht mehr als eine Vermutung. Es konnte sehr gut sein, daß man nur den Turm routinemäßig inspizierte.

Sie kletterten in die enge Kabine. Gucky setzte sich auf Noirs Schoß, während Atlan neben Rhodan Platz nahm. Der Gleiter erhob sich gehorsam. Rhodan steuerte ihn der Staffel entgegen, als gehöre er dazu. Es war ein Bluff, und er gelang.

Die Gleiter schwebten dicht an ihnen vorbei und kreisten dann um die Plattform des Turms. Rhodan nahm Kurs auf die Stadt, ging tiefer und suchte sich einen Weg durch die Häuserschlucht. Auf den Straßen waren weder Menschen noch Fahrzeuge zu sehen. Alles war wie ausgestorben. Immer noch heulten die Sirenen. Die Frist war noch nicht abgelaufen.

Atlan schaltete das Funksprechgerät des Gleiters ein. Aus dem Lautsprecher kamen Peiltöne in regelmäßigen Abständen. Dazwischen wurden Kommandos gegeben, die den Flugtruppen galten. Sie wurden angewiesen, mit den Kontrollen zu beginnen.

„Was sind Flugtruppen?“ fragte Noir.

Niemand wußte es, aber sie sollten es bald erfahren.

Als die Sirenen verstummten, war die Aktion abgeschlossen. Jeder Tefroder, der nicht Angehöriger der Sicherheitspolizei war, hielt sich nun in den Tiefbunkern auf und war kontrolliert worden. Wer aber nicht in den Bunkern war und auch der Polizei nicht angehörte, mußte einer der Gesuchten sein.

Eine einfache Rechnung.

„Das sind keine Peil-, sondern Erkennungszeichen", sagte Rhodan plötzlich. Er deutete auf das Funkgerät. „Versuche, den Sender in Gang zu setzen, Atlan. Wir sind nur sicher, wenn wir auch das Erkennungszeichen geben."

Als es Atlan endlich gelungen war, den Sender in Betrieb zu setzen, zeigte es sich, daß es keine Sekunde zu früh geschehen war. Die schweren Polizeigleiter zogen hoch über ihnen dahin, fingen das Erkennungszeichen auf – und flogen weiter.

Unten schoben sich bisher verborgene Energiegeschütze aus dem Boden. Die Läufe schwenkten herum und suchten weiter.

Je mehr sie sich dem Raumhafen näherten, desto schlimmer wurde der Betrieb. Sie erfuhren auch endlich, wie die Lufttruppe aussah.

Es waren Soldaten einer Spezialeinheit, die mit Fluganzügen ausgerüstet waren. Mit Handstrahlern bewaffnet, patrouillierten sie über der Stadt und segelten durch die verlassenen Straßen. Ihren spähenden Augen wäre kein lebendiges Wesen entgangen, das sich dort aufgehalten hätte.

„Unsere einzige Chance war tatsächlich der Gleiter", gab Atlan zu, als er einen der Flugsoldaten ganz nahe vorbeischweben sah. „Ohne ihn und gar zu Fuß wären wir keine hundert Meter weit gekommen."

„Die Hälfte haben wir geschafft", stellte Rhodan gelassen fest. Er drehte sich um. „Noir, wie geht es unserem Patienten?"

„Besser, hoffe ich. Wenigstens gefällt es ihm bei mir auf dem Schoß."

„Hm", knurrte Gucky und enthielt sich weiterer Kommentare.

Rhodan sah wieder nach vorn. Der Raumhafen war nicht mehr fern, und bald würde es sich entscheiden, ob die Flucht gelungen war oder nicht.

Die Energiegitter waren höher geworden und wurden von oben durch Schutzschirme ergänzt. Hoch darüber patrouillierten Gleiter. Die Tefroder wußten, daß die Eindringlinge mit einem Schiff gekommen waren und versuchen würden, wieder mit ihm zu fliehen. Wenn sie den Raumhafen hermetisch abriegelten, war der Fluchtweg abgeschnitten.

„Da kommen wir nicht weiter", stellte Rhodan fest und flog ganz langsam. Er ließ die Polizeigleiter, die herumschwenkten und sich ihnen näherten, nicht aus den Augen. „Wenn Gucky nicht springen kann, müssen wir es anders versuchen. Inzwischen wird auch bekannt sein, daß wir mit einem Gleiter flohen. Sie werden jeden untersuchen."

„Wenn die Schmerzen noch mehr nachgelassen haben, versuche ich es wieder“, versprach Gucky, aber seine Stimme klang nicht sehr überzeugend.

„Du schonst dich“, befahl Rhodan. „Du wirst uns im Notfall fortbringen müssen, irgendwohin. Wo es keine Parafallen und Energiegitter gibt. Auf einen anderen Kontinent.“

„Und der Gleiter?“ fragte Atlan.

Rhodan hob die Schultern.

„Kann sein, daß wir ihn aufgeben müssen – sieht ganz so aus.“

Es sah wirklich so aus. Die Polizeigleiter – es waren sechs – hatten sich aufgeteilt. Über Funk kam die Aufforderung, das Spezialerkennungszeichen zu geben, das nichts mit dem Signal für die automatischen Abwehrgeschütze zu tun hatte. Außerdem waren die Maschinen schon so nahe herangekommen, daß die Piloten mühelos die Insassen es Gleiters erkennen konnten. Sie sahen die gelben Uniformen.

Noch ehe Rhodan einen Entschluß fassen konnte, eröffneten zwei der Polizeigleiter das Feuer.

Das war die Sekunde, in der die Hölle begann.

Tolot saß im Transmitterraum und hörte die Sirenen. Ein kurzer Funkspruch von Atlan informierte ihn über die Lage. Dann waren nur noch die Sirenen da.

Tolot fühlte sich hilflos, denn er durfte nichts unternehmen. Rhodan hatte ihm eingeschärft, nur im äußersten Notfall einzugreifen. Sein bloßer Anblick würde genügen, die Tefroder in Schrecken und Angst zu versetzen – wenigstens würde das der Fall sein, wenn sich die Erfahrungen der ersten Begegnung wiederholten. Sosehr Tolot auch nach einer Erklärung für den merkwürdigen Vorfall gesucht hatte, er fand keine.

Er hörte, wie die Mannschaft eilig das Schiff verließ. Er wartete, dann verließ er den Transmitterraum und lief vor zur Zentrale. Hier konnte er wenigstens über die Bildschirme beobachten, was draußen vor sich ging.

Die Energiegitter wurden stärker und höher. Schutzschirme spannten sich wie riesige, transparente Glocken über die verschiedenen Regionen des Hafens. Jetzt konnte kein Schiff mehr starten. Auch die IKUTU war derart abgesichert.

Ein Glück, dachte Tolot, daß die Energieschirme eine Materietransmission nicht verhindern können, sonst wären wir schlecht dran.

Aber es war nur ein schwacher Trost. Rhodan und seine drei Begleiter steckten in der Klemme. Da half der Transmitter auch nichts.

Tolot sah, wie die Mannschaften der anderen Schiffe ebenfalls das unmittelbare Startgelände verließen und sich zu den Verwaltungsgebäuden begaben. Überall erfolgten Kontrollen. Dann verschwanden sie in den Eingängen zu den Tiefbunkern, die durch deutlich angebrachte Bezeichnungen kenntlich gemacht worden waren.

Immer noch heulten die Sirenen, als die ersten Gleiter auftauchten und in geringer Höhe das Raumhafengebiet umkreisten. Wahrscheinlich sollten sie dafür sorgen, daß niemand mehr in sein Schiff zurückkehrte.

Tolot aktivierte seinen Minikom.

„Atlan, bitte melden. Was ist passiert?"

Die Antwort kam leise und kaum verständlich:

„Großalarm. Rhodan ist mit einem Gleiter unterwegs zu uns. Wir werden versuchen, zum Schiff zu kommen. Keine Sendungen mehr. Peilgefahr."

Tolot nickte und schaltete ab.

Also wieder warten. Worauf eigentlich? Darauf, daß man die drei Männer und Gucky erwischte und tötete? Oder daß sie hierher kamen? Und er, Tolot, mußte tatenlos herumsitzen und konnte nichts tun. Wozu hatten sie ihn dann überhaupt mitgenommen?

Er blieb in der Zentrale, denn vorerst war kaum damit zu rechnen, daß die Besatzung zurückkehrte. Außerdem hätte er es jetzt in dem kleinen Transmitterraum nicht ausgehalten. Er mußte sehen, was um ihn herum passierte.

Immer mehr Gleiterstaffeln waren in der Luft. Tolot bemerkte einzelne Soldaten, die mit Fluggeräten patrouillierten und dafür sorgten, daß auch das Personal des Raumhafens in die Bunker ging.

Es war so, als erwarte Vircho eine Invasion aus dem All oder einen Luftangriff. Und das alles nur, weil ein einzelner Mann versucht hatte, die verbotene Regierungsinsel zu betreten.

Ein bißchen viel Lärm um nichts, dachte Tolot.

Den einzelnen Gleiter bemerkte er erst, als er von sechs anderen verfolgt wurde. Von Atlan hatte er erfahren, daß Rhodan mit einem Gleiter von der Insel geflohen war. Das konnte er sein. Schön und gut, aber wie wollte er hier landen?

Energiebündel schossen aus den verfolgenden Gleitern und verfehlten das abdrehende Fahrzeug nur knapp. Aber wer immer auch am Steuer saß, er verstand sein Handwerk. Der Gleiter fiel wie ein Stein in die Tiefe, wechselte mehrmals die Richtung und schoß dann in nördlicher Richtung davon. Sekunden später war er über der Ebene in Richtung Meer verschwunden.

Die sechs Verfolger stießen hinterher, aber sie kamen zu spät.

„Wart ihr das? Alles in Ordnung?“

Tolot schaltete den Minikom ein.

Die Antwort kam sofort, aber noch leiser als vorher:

„Wir melden uns später. Suchen ein Versteck, bis der Alarm aufgehoben wird. Keine Sorge, Tolot. In wenigen Stunden kehren wir zurück.“

Hoffentlich, dachte Tolot, als er abschaltete.

Er sah auf die Uhr.

„In einigen Stunden also“, knurrte er böse. „Gut, ich werde einige Stunden warten. Aber wenn Rhodan und die anderen bis dahin nicht hier sind, sollen die Tefroder was erleben.“

Mit grimmiger Miene setzte er den Zeitpunkt seiner geplanten Aktion fest.

Als das Festland hinter dem Horizont versank, hatte Rhodan alle Verfolger abgeschüttelt. Er wunderte sich selbst ein wenig darüber, schob es aber auf das allgemeine Durcheinander und die Tatsache, daß er den Peilsender ausgeschaltet hatte. Außerdem flog er in so geringer Höhe, daß die Gleitkufen fast die Wasseroberfläche berührten.

„Die Dinger müßten eigentlich auch tauchen können“, sagte Atlan plötzlich und deutete auf die Kontrollen des Gleiters. „Unter Wasser wären wir sicher vor jeder Entdeckung und Ortungsgefahr.“

Rhodan antwortete nicht sofort. Er hatte vor sich im Meer einen winzigen dunklen Punkt entdeckt. Als er näherkam, sah er, daß es eine Insel war. Sie war nicht sehr groß, ragte aber fast fünfhundert Meter aus dem Meer. Sie war felsig und unbewohnt.

„Gleiter sind auch Wasserfahrzeuge und können natürlich tauchen.“ Rhodan flog langsamer und umkurvte die Insel, ohne höher zu gehen. „Du kannst recht haben, Atlan. Wenn wir uns hier auf Grund legen, findet uns niemand.“

Die Insel war fünf Kilometer lang und höchstens einen breit. Die Ufer waren an allen Stellen so steil abfallend, daß mit großer Wassertiefe direkt neben der Insel gerechnet werden konnte. So einfach würde es nicht sein, den Gleiter hier auf Grund zu setzen.

Rhodan setzte auf. Nach dreißig Sekunden intensiven Nachdenkens fand er die Kontrollen für die Unterwasserfahrt. Er flutete die Tanks, und der Gleiter versank langsam unter der Oberfläche. Gleichzeitig begann automatisch die Luftversorgungsanlage zu arbeiten.

„Ein reines Vergnügen ist das ja nicht“, meckerte Gucky, der noch immer auf Noirs Schoß hockte und sich bemitleiden ließ. „Verdammt eng in dem Kasten.“

Das stimmte, aber der „Kasten“, wie Gucky die Kabine mit dem durchsichtigen Dach bezeichnete, hatte auch seine Vorteile. Der Blick war nach allen Seiten frei.

Das Wasser war sehr klar und schimmerte grünlich. Steil fielen die Felsen in die Tiefe, und Rhodan steuerte ganz dicht an sie heran, als suche er etwas. Bunte Meerestiere bevölkerten die Riffe wie Pflanzen. Größere Fische jagten ganze Rudel kleiner Schwimmkrebse und ließen sich durch das Erscheinen des Gleiters nicht in ihrer Beschäftigung stören.

„Warum gehst du so nah an die Felsen heran?“ fragte Atlan besorgt, als sie nur noch wenige Meter von dem Inselfundament entfernt waren.

„Der Gleiter hat bestimmt keine große Tauchtiefe. Vielleicht hundert Meter, wenn's hoch kommt. Das Meer ist aber tausend tief, wenn mich nicht alles täuscht. Wir müssen also eine Art Terrasse am Hang finden, wo wir den Gleiter aufsetzen können.“

Sie entdeckten keine Terrasse und auch keinen noch so kleinen Vorsprung, dafür aber eine Höhle. Atlan sah sie zuerst.

„Da vorn rechts, Perry. Was ist das? Ein Loch im Felsen?“

Rhodan steuerte darauf zu. Das Loch war fast rund und hatte einen Durchmesser von etwa zwanzig Metern. Dahinter was es lichtlos und total dunkel.

„Eine Höhle, was sonst? Ich schalte die Scheinwerfer ein.“

Einige Sekunden später wurde es hell. Gleich hinter dem Eingang vergrößerte sich die Höhle zu einem weiten Tunnel, der gerade in die Felsen hineinführte. Pflanzen und Tiere gab es hier nicht.

„Ein besseres Versteck hätten wir nicht mehr finden können“, sagte Noir. „Sogar vor Ortungen sind wir hier einigermaßen sicher.“

„Wir sollten nun Verbindung mit Tolot aufnehmen und uns nach der Lage am Raumhafen erkundigen“, schlug Atlan vor.

Rhodan nickte und aktivierte seinen Minikom. Tolot meldete sich sofort. Rhodan erklärte ihm, wo sie sich befanden, danach fragte er: „Wie ist die Lage?“

„Unverändert. Sie haben die Suche über der Stadt zwar aufgegeben, dafür aber den Raumhafen noch mehr abgeriegelt. Gucky soll erst gar nicht versuchen, ins Schiff zu springen.“

„Hat er auch nicht vor. Die Parafallen haben ihm zugesetzt." Rhodan holte tief Luft. „Was schlagen Sie vor, Icho Tolot?"

Nun holte auch Tolot Luft, denn auf die Frage hatte er lange genug warten müssen.

„Was schon? Ich werde Amok laufen, das dürfte genügen."

„Das genügt auf keinen Fall, Tolot. Vielleicht gelingt es Ihnen, die Tefroder für eine gewisse Zeit in Panikstimmung zu versetzen, aber das wäre auch alles. Die Parafallen bleiben, ebenso die Absperrung des Raumhafens. Ich will nur eines von Ihnen, Tolot: Beseitigen Sie die Energiesperren und Schutzschirme, damit Gucky uns zurück ins Schiff bringen kann. Das ist alles."

„Ich habe freie Hand?"

„Wenn Sie glauben, es zu schaffen, haben Sie freie Hand. Aber ich muß wissen, wann Gucky uns dorthin bringen kann. Wo stecken Sie jetzt?"

„Beim Transmitter."

„Gehen Sie in den Kontrollraum und schalten den Bildschirm ein. Ich melde mich in fünf Minuten wieder."

Tolot lief in den Kontrollraum der IKUTU. Zwei Minuten später arbeiteten alle Bildschirme. Das Raumhafengelände lag deutlich vor ihm. Er wartete auf Rhodans Anruf. Er kam pünktlich.

„Sehen Sie in Richtung der Stadt, Tolot. Neben den flachen Verwaltungsgebäuden sind die Bunkereingänge, daneben der Lagersilo. Erkennen Sie ihn?"

„Deutlich. Nicht zu übersehen."

„Gut. Liegt der Silo, von der IKUTU aus gesehen, innerhalb der Energiesperren oder dahinter?"

„Dahinter. Er steht außerhalb."

„Gut, dann wird Gucky uns dorthin bringen. Sie wissen also Bescheid. Beseitigen Sie die Sperren und holen Sie uns dort ab."

„In einer halben Stunde ist alles erledigt."

„Hoffentlich."

Tolot sah auf die Uhr, während er in den Transmitterraum zurückkehrte. Er nahm sich aus dem Arsenal einen schweren Kombinationsstrahler und verließ dann durch die Luftschleuse die IKUTU.

Einen Augenblick stand er überlegend neben dem Schiff unter den flimmernden Energieschirmen. Die entsprechenden Erzeugeranlagen sollten sich innerhalb der Sperren befinden. Sie mußte er finden und außer Betrieb setzen.

Er begann zu laufen und nahm Kurs auf das Verwaltungsgebäude, das noch innerhalb der Sperrgitter lag. Einige Angehörige der grünuniformierten Sicherheitspolizei standen dort herum. Sie drehten sich plötzlich um, als sie Tolot bemerkten. Wie ein Geschoß kam der Haluter auf sie zugerast, in den gigantischen Händen das Strahlgeschütz.

Dabei brüllte Tolot, daß den Tefrodern fast das Trommelfell platzte.

Es war wie beim erstenmal. Die Wirkung trat sofort ein.

Die Tefroder, vor Entsetzen gelähmt, standen wie angewachsen. Aber dann stießen sie schrille Schreie aus, warfen ihre Waffen fort und begannen zu laufen. Einige warfen sich auf den Boden und wälzten sich dort in wilden Zuckungen, bis sie das Bewußtsein verloren. Andere wiederum rannten genau in die aufglühenden Energiegitter hinein und wurden sofort getötet.

Ehe Tolot seinen Strahler einsetzen konnte, hatte er keine Gegner mehr.

Aber immer noch standen die Energiesperren unversehrt.

Ein Blick auf die Uhr zeigte dem Haluter, daß er noch fünfzehn Minuten Zeit hatte. Wenn er bis dahin die Generatoren nicht gefunden hatte, würden Rhodan und die anderen vergeblich auf ihn warten.

Er richtete seine Waffe auf das Verwaltungsgebäude und schoß es zusammen. Überall schmolz die Kunstmasse der Wände und bildete schnell erstarrende Tümpel. Flammen schlugen aus dem Dach und erweckten die Aufmerksamkeit kreisender Polizeigleiter. Tolot rannte zu den Bunkereingängen, verbarg sich und wartete.

Einige der größeren Gleiter landeten dicht vor der Absperrung. Soldaten sprangen heraus und eilten herbei. Offiziere folgten. Sie hielten tragbare Funkgeräte, in die sie hineinsprachen. Als sie keine Antwort erhielten, gingen sie wieder weg. Die Soldaten blieben.

Plötzlich verschwand eins der Energiegitter, und eine Lücke in dem bisher fest geschlossenen Zaun entstand. Offiziere und Soldaten drangen mit schußbereiten Waffen ein. Sie liefen zu dem brennenden Verwaltungsgebäude.

Tolot hatte Minuten zuvor genau beobachtet, wohin die Offiziere gegangen waren. Mitten auf dem freien Feld stand ein quadratischer Bunker. In ihm waren die Offiziere verschwunden, und wenige Sekunden später war das Energiegitter erloschen.

Das war es, was er wissen wollte.

Er kam aus seinem Versteck hervor und brüllte den Tefrodern etwas in seiner eigenen Sprache zu. Niemand würde das verstehen, aber sein Anblick genügte. Nur einer der Offiziere, ein besonders harter Brocken, eröffnete das Feuer auf Tolot. Er hielt dabei die

Augen geschlossen, als könne er den fürchterlichen Anblick des Haluters nicht ertragen.

Tolot schoß mit Paralysewirkung zurück.

Der Offizier brach zusammen.

Die anderen rannten in wilder Panik davon; einige in das noch bestehende Energiegitter, andere zu den Bunkereingängen und der Rest zu den wartenden Gleitern. Tolot verfolgte sie, zerstörte die Gleiter und ließ die Überlebenden in Richtung Stadt weiterfliehen.

Tolot selbst stürmte zu dem quadratischen Bunker, in dem sich die Kontrollen für die Gitter und Energieschirme befinden mußten. Der Eingang war durch eine Metalltür verschlossen. Sie war für den Haluter kein Hindernis. Er verwandelte die Struktur seines Körpers derart, daß er härter als Stahl wurde. Dann legte er den schweren Strahler neben den Eingang, nahm einen Anlauf – und brach durch die Metalltür.

Für lange Sekunden stand Tolot vor den Reihen der Kontrollhebel, ohne ihren Sinn erfassen zu können. Dann aber trat er entschlossen vor und legte wahllos die Hebel in Nullstellung. Auf den Skalen fielen die Zeiger zurück, und tief unter ihm erstarb das vibrierende Summen der Generatoren.

Ein Blick nach draußen zeigte ihm, daß die meisten Energiegitter um den Raumhafen erloschen waren. Auch die Schutzschirme waren nicht mehr vorhanden. Er hatte es geschafft.

Schnell verließ er den Bunker, nahm den Strahler und richtete ihn auf den Eingang. Die Energiebündel zerschmolzen den Rahmen und bildeten beim Erkalten einen undurchdringlichen Vorhang. Es würde eine Weile dauern, bis wieder jemand an die Kontrollen herankam.

Inzwischen war die Sicherheitspolizei von den geflohenen Streitkräften alarmiert worden. Ganze Geschwader kleiner und großer Gleiter näherten sich von der Stadt her. Tolot sah sie aus den Augenwinkeln heraus, als er auf den Lagersilo zurannte. Rhodan und die anderen sollten dort schon auf ihn warten.

Wenn sie pünktlich waren . . .

Gucky betastete seinen Hinterkopf.

„Eigentlich schon vergessen, der kleine Kratzer. Wird schon mit einem Sprung klappen. Du wieder zuerst, Perry?“

„Ja, nimm mich zuerst. Dann sofort zurück, um Atlan und Noir zu holen.“ Er sah auf die Uhr. „Es ist soweit. Bin gespannt, ob Tolot es geschafft hat.“

„Er muß“, sagte Atlan. „Sonst sind wir erledigt.“

Gucky nahm Rhodans Hand.
„Dann los!“
Er konzentrierte sich auf den Lagersilo, den er noch gut im Gedächtnis hatte, und teleportierte.
Der Sprung war gut bemessen. Als sie wieder sehen konnten, standen sie unmittelbar vor der langen und hohen Rampe. Unter ihr war ein Hohlraum, dem Raumhafengelände zugewandt.
„Ich warte dort“, rief Rhodan und klopfte Gucky auf die Schultern. „Gut gemacht, Kleiner. Und nun beeile dich.“
Noch während Gucky entmaterialisierte, sprang Rhodan unter die Rampe. Er sah, daß die meisten Energiegitter verschwunden waren. Aber er sah auch die vielen Polizeigleiter, die sich in rasendem Flug von der Stadt her näherten. Gleichzeitig hörte er Tolots Kampfgebrüll.
Seine Augen suchten die IKUTU. Er fand sie nach einiger Zeit, etwa zweihundert Meter von seinem Standort entfernt. Wenn er lief, konnte er sie in fünfundzwanzig Sekunden erreichen. Aber das wäre gegen die Abmachung. Er mußte warten.
Gucky erschien mit Atlan und Noir.
Nur Tolot fehlte noch.
Rhodan entschloß sich rasch.
„Gucky, du bringst Atlan und Noir in die IKUTU. Wartet beim Transmitter auf mich. Schaltet ihn schon ein.“
Gucky zögerte.
„Was ist mit dir?“
„Ich warte auf Tolot. Wenn er uns hier nicht vorfindet, weiß er nicht, was passiert ist. Minikomverbindung erhalte ich nicht. Schon versucht. Zuviel Störungen und andere Sendungen jetzt. Los, ab mit euch!“
Rhodan war Sekunden später allein.
Er kroch ein wenig vor, um nach rechts sehen zu können.
Tolot war noch hundert Meter entfernt. Er hielt den Strahler schräg nach oben gerichtet und feuerte ununterbrochen auf die Gleiter, die keinen direkten Angriff auf ihn wagten. Wahrscheinlich ging es den Piloten ähnlich wie allen anderen Tefrodern, wenn sie den Haluter erblickten. Einige der Maschinen drehten sogar ab und rasten in verschiedene Richtungen davon.
Der Rest jedoch griff an.
Sie gerieten in das Abwehrfeuer Tolots. Die anderen stiegen höher und begannen zu kreisen. Es sah so aus, als wollten sie Tolot mit Bomben belegen.

Aber der Haluter erkannte die Gefahr rechtzeitig.

Er erreichte Sekunden später den Silo.

„Hier bin ich“, rief Rhodan und zeigte sich. Tolot war mit einem letzten Satz bei ihm. „Nichts wie ins Schiff! Die anderen warten schon dort.“

Tolot zögerte nicht. Er nahm Rhodan mit einem blitzschnellen Griff, klemmte ihn unter seine riesigen Arme, sprang aus der Deckung und raste wie eine lebendige Rakete auf das Raumfeld hinaus.

Er brauchte keinen Umweg zu machen, denn die hindernden Gitter fehlten. Die herumstehenden Schiffe gaben ihm Deckung, die er geschickt auszunutzen verstand. Die IKUTU kam schnell näher.

Die ersten Bomben fielen. Es waren harmlose Sprengkörper, die keinen großen Schaden anrichteten.

„Gleich geschafft“, sagte Tolot, aber er sagte es so laut, daß Rhodan sich am liebsten die Ohren zugehalten hätte. „Noch fünfzig Meter.“

Genau vor ihnen detonierten einige der Bomben, aber Tolot änderte deshalb seine Richtung nicht. Er beugte sich nur etwas tiefer, um Rhodan vor den herumfliegenden Splittern zu schützen. Dann rannte er in die weit geöffnete Einstiegsluke der IKUTU hinein und setzte Rhodan ab.

Beim Transmitter warteten die anderen.

Atlan hatte ihn bereits eingeschaltet. Das grüne Licht brannte und verriet baldige Sicherheit. In der Korvette KC-19 würde man nun schon wissen, daß der Transmitter aktiviert war. Alles würde bereit sein, die vier Männer und Gucky zu empfangen und ärztlich zu betreuen.

Ein Bogentransmitter war anders konstruiert als ein herkömmlicher Materialtransmitter. Während man in einem herkömmlichen Transmitter eine Art Gitterkäfig betreten mußte, ehe das Transmissionsfeld aufgebaut werden konnte, produzierte ein Bogentransmitter innerhalb seiner bogenförmigen Konstruktion das Transmissionsfeld. Wollte man eine Ortsveränderung durchführen, brauchte man nur durch das Transmissionsfeld zu schreiten – ähnlich dem Gang durch eine Tür – und schon erreichte man das Ziel.

Gucky war der erste, der durch den Transmitter ging. Die anderen folgten ihm. Rhodan bildete den Abschluß. Ehe er den letzten Schritt tat, aktivierte er die Selbstvernichtungsanlage des Transmitters.

Major Noro Kagato ließ sofort Fahrt aufnehmen und ging in den Linearraum. Zwei Lichtjahre hinter der Korvette versank die Sonne Tefa im Dunkel des Alls. Eine halbe Stunde später tauchte die rote Riesensonne auf, in deren unmittelbarer Nähe die CREST wartete.

Nach einem kurzen Erkennungszeichen bildete sich eine Strukturlücke im HÜ-Schirm der CREST.

Der Hangar öffnete sich. Die Korvette glitt hinein. Sekunden später schlossen sich die riesigen Luken wieder. Die CREST blieb vorerst noch in ihrer Kreisbahn um die rote Riesensonne. Sie versprach Sicherheit vor Ortungen und erlaubte Rhodan und seinen Begleitern eine kurze Ruhepause.

Sie war nötig, denn die fünf Abenteurer hatten – vielleicht bis auf Tolot – die Grenze ihrer Leistungsfähigkeit erreicht. Sie wurden sofort in die Krankenstation gebracht, wo sie trotz aller Proteste ins Bett gelegt und mit Stärkungsmitteln behandelt wurden. Gleich hinterher gab es ein Schlafmittel, und damit wurde die beabsichtigte Besprechung um einen Tag, nämlich auf den 16. März, verschoben.

Für Rhodan war ein Unternehmen abgeschlossen, das so vielversprechend begonnen hatte, und das im Grunde nichts anderes als ein Fehlschlag geworden war.

Oder doch nicht?

Der Kosmische Ingenieur hörte sich Rhodans Vortrag vor den leitenden Offizieren der CREST ohne Unterbrechung an, dann meinte er:

„Ich habe Sie vorher gewarnt, Perry Rhodan. Die Tefroder sind ein ungemein gefährliches Volk. Ihr mögt überall mit den Mutanten zurechtgekommen sein, aber auf Tefrod gibt es auch in dieser Hinsicht Schwierigkeiten. Ich fürchte, so werden Sie nicht weiterkommen. Aber wenigstens sind Sie wohl nun endgültig davon überzeugt, daß die Tefroder nicht mit den Meistern der Insel identisch sind."

„Das bin ich nun allerdings. Aber ich kann mir selbst mit größter Phantasie nicht vorstellen, was für Wesen erst diese Meister sein müssen. Wer die Tefroder mit einfachen Drohungen beherrscht, muß gigantisch und nahezu allmächtig sein. In unserer Milchstraße gibt es keine Parallele dazu."

„Das glaube ich Ihnen gern. Hier werden Sie noch eine harte Nuß zu knacken haben."

Rhodan beugte sich vor und sagte eindringlich:

„Damit wir uns richtig verstehen, Kalak: Ich will die Meister aus ihrer Reserve locken. Ich will wissen, wer sie sind."

„Das gelang bisher noch niemandem. Sie lassen nicht mit sich reden. Niemand kennt sie. Niemand weiß, wer sie sind und wo sie wohnen. Sie sind die Herren des Andromedanebels."

„Sie sind ganz komische Heinis", sagte Gucky dazwischen und nickte ernsthaft. „Wenn wir sie sehen, lachen wir uns vielleicht kaputt."

„Im übertragenen Sinne magst du recht haben", stimmte Rhodan ihm zu. „Es kann aber auch das Gegenteil passieren – daß wir nämlich zu Tode erschrecken, wenn wir ihnen gegenübertreten. Wer weiß das?"

„Sie können froh sein", kam Kalak noch einmal auf das Unternehmen Tefrod zurück, „daß sie lebend entkamen. Wahrscheinlich sind Sie die ersten Fremden, denen das gelang."

21.

Tagebuch Baar Lun: 22. März 2404 – Erdzeit.

„Seit genau achtundvierzig Stunden terranischer Zeitrechnung befinden wir uns wieder außerhalb der sogenannten Warnzone vor dem verbotenen Zentrumssektor des Andromedanebels.

Die CREST III hat Wartepositionen in den atmosphärischen Ausläufern einer planetenlosen hellgelben Sonne bezogen. Diese Sonne bietet einen besonders guten Ortungsschutz, da ihr außergewöhnlich starkes Magnetfeld sich in kurzen Intervallen umpolt. Die Expeditionsleitung gab ihr den Namen Magnetizer.

Rund zehn Lichtjahre von Magnetizer entfernt befindet sich ein Sonnensystem mit elf Planeten. Laut Kalaks Katalog handelt es sich dabei um das tefrodische Atrun-System. Es steht, seiner Rolle als zugelassener Handelswelt gemäß, am äußeren Rand der schalenförmigen Warnzone. Atrun Nummer vier ist die Hauptwelt dieses Systems; ihr Eigenname lautet Musgur.

Die Lage ist verworren.

Vor zwei Tagen empfing die Funkzentrale der CREST eine wahre Hyperwellenflut, die größtenteils aus dem verbotenen Zentrum Andromedas ausgestrahlt wurde. Niemand wußte, was diese Hyperwellenaktivitäten bedeuteten.

Gestern suchte uns ein Kurierschiff auf und überbrachte neue Informationen. Das Kurierschiff – eine Korvette – war von KA-preiswert gekommen. Da man dort wußte, welches Ziel die CREST anfliegen würde, war es für den Piloten der Korvette nicht sonderlich schwer gewesen, mittels geraffter und kodierter Hyperfunkimpulse Kontakte zur CREST aufzunehmen und an Bord geholt zu werden.

Der Kommandant informierte uns darüber, daß die aufständischen Maahks die Kontrolle über Andro-Alpha übernommen und den Sonnen-Transmitter zerstört haben. Andro-Zentra, auf dem sich die Justierungsstation des Transmitters befand, existiert nicht mehr. Damit ist die Transmitterverbindung zwischen Andromeda und Andro-Alpha unterbrochen. Gleichzeitig begannen die siegreichen Maahks mit einer Großoffensive auf Andromeda. Mit dem Eintreffen der ersten Maahkverbände muß jederzeit gerechnet werden.

Das Kurierschiff ist mittlerweile wieder nach KA-preiswert zurückgeflogen, um sowohl die dort stationierten Einheiten, als auch, über den Kurierdienst, Gleam und das Schrotschuß-System über die bisherigen Erfahrungen und Entdeckungen der CREST zu informieren.

Perry Rhodan hat für den heutigen Tag eine Lagebesprechung in der Zentrale einberufen, auf der die Ereignisse in Andro-Alpha und die sich daraus ergebenden Konsequenzen für die terranische Präsenz in Andromeda besprochen werden sollen.

Ich bin gespannt, wie sich die Dinge entwickeln werden, wobei ich keinen Zweifel daran habe, wie sich Rhodan entscheiden wird.

Perry Rhodan eröffnete die Besprechung, indem er nochmals ein Resümee über die erhaltenen Nachrichten zog.

„Das, womit wir schon seit Wochen rechneten, ist nun eingetreten. Der Sonnentransmitter Andro-Alphas existiert nicht mehr.

In den vergangenen Jahrtausenden waren es die Herrscher Andromedas gewohnt, daß alle ihre Anordnungen befolgt wurden. Dort, wo dies nicht der Fall war, schlugen sie erbarmungslos zu. Nun stehen sie vor einer Situation, die ihrem Selbstvertrauen einen empfindlichen Schlag versetzt haben dürfte. Die Großoffensive der Maahks ist angelaufen. Für unseren Stützpunkt KA-preiswert bedeutet dies noch keine unmittelbare Gefahr, da die Plattform sich im Ortungsschutz Ollus' befindet. Doch für die CREST selbst könnte es gefährlich werden, falls sie unverhofft zwischen die Fronten gerät."

Er legte eine Pause ein und musterte die Gesichter seiner engsten Mitarbeiter, die sich um den großen Kartentisch in der Zentrale der CREST versammelt hatten.

„Ich gehe wohl nicht fehl in der Annahme, daß du nicht daran denkst, dich mit der CREST in sicherere Gefilde zurückzuziehen", sagte Atlan mit spöttischer Stimme.

„Du hast es erfaßt, Arkonide", gab Rhodan ebenso spöttisch zurück.

Gucky stieß einen schrillen Pfiff aus. „Ich werde die Maahks und die Meister der Insel telekinetisch mit den Köpfen zusammenstoßen, daß ganz Andromeda wackelt! Und dann . . .

„Dann wirst du ganz schnell den Mund zumachen!" sagte Rhodan streng. „Die Sache ist zu ernst, als daß man Witze darüber reißen sollte. Milliarden intelligenter Wesen werden in den nächsten Wochen sterben."

Er schwieg und schaute geistesabwesend gegen den Teil des Panoramabildschirmes, in dem die Eruptionen Magnetizers tobten. Von einer Sekunde zur anderen erhielt sein Blick wieder den alten Glanz.

Wir können die Auseinandersetzungen zwischen den Maahks und den Meistern der Insel nicht verhindern. Und wir sind auch nicht in der Lage, Partei zu ergreifen. Weder für die Maahks, noch für die Tefroder.

Wir würden dabei unweigerlich zwischen den Fronten zerrieben werden. Die Tefroder würden uns ebenso bekämpfen wie die Maahks, die noch immer unter dem uralten Trauma ihrer Vertreibung aus der Milchstraße leiden und uns daher automatisch als ihre Feinde betrachten."

„Was willst du unternehmen?" fragte Atlan mit heiserer Stimme.

„Wir befinden uns nahe der Warnzone", erklärte der Terraner leise. „Noch näher liegt die wichtige tefrodische Handelswelt Musgur. Ich halte es für sicher, daß wir von unserem jetzigen Standort aus einiges beobachten können, wenn die Maahkflotten angreifen. Darum werden wir hierbleiben, bis sich eine neue Situation ergibt!"

22.

23. März 2402

„Alle Mann auf Gefechtsstationen!" brüllte Cart Rudo in das Mikrophon der Rundrufanlage. „Das ist keine Übung. Ich wiederhole: Das ist keine Übung!"

Perry Rhodan und Atlan schlossen im Laufen ihre Raumanzüge.

Die Druckhelme hingen noch in den Magnethalterungen der Nackenwülste. Sie wurden erst bei einem unmittelbar bevorstehenden Gefecht nach vorn geklappt und geschlossen.

Die beiden Männer nahmen schweigend in den Kontursesseln neben Oberst Rudo Platz. Ihre Gesicher blieben ausdruckslos. Dennoch verfolgten sie mit wachen Sinnen die Vorgänge in der Ortungszentrale.

Die Trennwand zwischen Kommandozentrale und dem Ortungsstand wirkte durchsichtig. Eine sogenannte Klarsichtschaltung bewirkte diesen Effekt auf teleoptischer Basis.

Major Enrico Notami war gut zu sehen. Der sonst so lebhafte, stets zu Späßen aufgelegte kraushaarige Südländer saß statuenhaft unbeweglich in seinem Kontursessel und steuerte vom Hauptpult aus die Auswertung der einlaufenden Hyperortungsdaten. Mit ruhiger Stimme erteilte er Befehle an die Leute seiner Abteilung. Eine Übung hätte nicht reibungsloser ablaufen können.

Und doch handelte es sich um keine Übung.

Enrico Notami machte eine fast unmerkliche Handbewegung. Ein Mikrophon schwenkte an der biegsamen Halterung herum und verharrte dicht vor den Lippen des Cheforters.

Im nächsten Augenblick summte der Melder des Interkoms vor Rhodans Platz.

Perry schaltete durch und zog seinerseits ein Mikrophon zu sich heran.

„Cheforter an Rhodan!" erschallte Notamis beherrschte Stimme. „Eine Flotte von etwa sechshundert Raumschiffen tauchte vor vier Minuten aus dem Linearraum auf und nähert sich mit halber Lichtgeschwindigkeit dem Atrun-System. Entfernung noch vierzehn Lichtstunden."

„Identifizierung . . .?" fragte Rhodan knapp.

„Einen Augenblick, bitte." Notami schob das Mikrophon zur Seite und sprach mit einem seiner Leute.

Perry Rhodan konnte sehen, wie der Cheforter aufstand und eine dünne, schmale Folie in die Hand nahm. Danach stellte er die Verbindung wieder her.

„Es handelt sich eindeutig um Walzenraumschiffe der Maahks, Sir. Genaue Größenangaben sind aus dieser Entfernung nicht zu bekommen."

„Danke!" erwiderte Rhodan. „Ende!"

Er schwang mit seinem Sessel zu Rudo herum.

„Wir verlassen unsere Position. Gehen Sie im Linearraum bis auf zwei Lichtstunden an die Maahkflotte heran. Höchste Alarmstufe. Wir müssen mit allem rechnen."

Der Arkonide enthielt sich, entgegen seiner sonstigen Gepflogenheit, jeder kritischen Bemerkung. Er erblaßte. Er als erfahrener Raumadmiral kannte die Risiken, die der Freund heraufbeschwor.

Rhodan brachte seinen Sessel in die normale Lage zurück und beobachtete die Bildschirme. Während im Innern des Ultragiganten die Meiler und Umformer grollend anliefen, während hellblaue Partikelströme sich gegen die Schwerefelder der Sonne Magnetizer stemmten, während sich das Schiff allmählich von der äußeren Korona löste, wanderten seine Gedanken schon voraus.

Sechshundert Raumschiffe, das war keine große Flotte für maahksche Begriffe. Es würde also nur ein Vorpostengefecht geben – falls die Tefroder sich überhaupt wehrten. Perry Rhodan war allerdings sicher, daß sie sich wehren würden.

Er wandte den Kopf, als er leise Schritte hinter sich hörte.

Baar Lun blieb dicht neben Rhodans Platz stehen und neigte den Kopf.

„Ich nehme an, daß die ersten Maahk-Verbände aufgetaucht sind", sagte er in einwandfreiem Interkosmo.

Rhodan nickte.

„Sie fliegen das Atrun-System an. Wir werden ein wenig näher herangehen und beobachten."

„Das dachte ich mir", erwiderte Lun. „Falls Sie beabsichtigen, einen Aufklärungseinsatz zu befehlen: Ich möchte gern daran teilnehmen."

Perry stutzte.

„Warum das? Das ist nicht nötig."

Baar Luns gelbliche Augen leuchteten in rätselvoller Glut. Der Überlebende des einst mächtigen Lun-Klans war zu stolz, um seine Bitte zu wiederholen.

Schon wollte sich der Modul abwenden, als Atlan eingriff.

„Du könntest ihn ruhig mitschicken, Perry", sagte er mit leichtem Vorwurf in der Stimme. „Ich nehme an, Baar Lun möchte die Gelegenheit nur benutzen, um die Beherrschung einer Moskito-Jet noch mehr zu vervollkommnen."

„Einverstanden!" Rhodan lächelte den Modul offen an. „Melden Sie sich bei Major MacIshott, Lun. Er kann Sie zum Einsatz einteilen, sobald der Befehl ergeht."

Lun warf dem Arkoniden einen dankbaren Blick zu, dann neigte er abermals leicht den Kopf.

„Vielen Dank."

Perry Rhodan sah ihm nachdenklich hinterher. Der Modul war für ihn noch immer ein Rätsel – sowohl psychologisch als auch physiologisch gesehen. Er hatte sich zwar schnell den Lebensgewohnheiten der Terraner angepaßt, aber seinen Stolz hatte er nicht abgelegt. Und er sah aus wie ein Terraner mit vierzig – obwohl er umgerechnet etwa sechshundert Erdenjahre alt war.

Ein helles Summzeichen kündigte den Linearraumeintritt der CREST an.

Oberst Cart Rudo beschleunigte im Zwischenraum mit geringen Werten. Eine Entfernung von zehn Lichtjahren war ein Katzensprung für die Maschinen des Ultragiganten.

Acht Minuten später fiel das Schiff in den Normalraum zurück.

Auf den Schirmen der überlichtschnell arbeitenden Hypertaster erschien ein Pulk tiefschwarzer Walzenraumer.

„Maahkflotte genau zwei Lichtstunden an Backbord!" meldete Enrico Notami.

„Die Tefroder scheinen zu schlafen."

Es war Major Call MacIshott, der diese Bemerkung von sich gab.

Ihm gegenüber saßen Captain Aino Uwanok und Baar Lun. Die drei Männer hielten sich in einem Bereitschaftsraum nahe der Ringwulsthangars auf. Hier war das Dröhnen und Wimmern der arbeitenden Impulstriebwerke überlaut zu hören.

„Die Maahks sind schließlich noch dreizehneinhalb Lichtstunden von Musgur entfernt", erklärte Uwanok.

MacIshott lachte trocken.

„Sie brauchen nur noch einmal in den Linearraum zu gehen und dicht vor Musgur herauszukommen, dann finden die Tefroder nicht einmal Zeit, ihre Bunker aufzusuchen."

Uwanok winkte ab.

Baar Lun grinste. Er kannte die beiden Offiziere zu gut, um dem einen seine Aufregung und dem anderen seine Gleichgültigkeit abzunehmen. MacIshott galt als der kaltblütigste der Jägerpiloten des Ultraschlachtschiffes, während Uwanok dafür bekannt war, daß er Probleme in seinem Geist zu wälzen pflegte, lange bevor sie akut waren.

Auf dem Sichtschirm des kleinen Bereitschaftsraumes war nur der samtschwarze Raum mit seinen unzähligen Lichtpunkten der Sterne Andromedas zu sehen. In der linken unteren Ecke begann ein verschwommener Nebelstreif und zog sich bis zur Mitte der oberen Kante: das Gegenstück des schwach leuchtenden Bandes, das man am Nachthimmel der Erde als die heimatliche Milchstraße sehen kann. Baar Luns Atem ging schneller bei diesem Anblick. Er verspürte eine unerklärliche Sehnsucht danach, unter dem nächtlichen Himmelsgewölbe der Erde zu stehen – eines Planten, den er nur vom Hörensagen kannte, da er auf Gleam zurückgeblieben war, als die CREST II im Dezember 2402 zur Milchstraße zurückflog.

Ein Krachen hallte aus dem Lautsprecher des Interkoms, dann ertönte die laute Stimme des Schiffskommandanten.

„Achtung! Kommandant an Besatzungen der Zweimann-Jäger MC-151 bis 200. Fertigmachen zum Ausschleusen. Rüstkommandos treffen in fünf Minuten bei den Maschinen ein und rüsten die Jets für einen Spezialeinsatz aus. – Major MacIshott bitte zum Befehlsempfang in die Zentrale!"

Call MacIshott sprang auf.

„Es geht los, meine Herren! Bewegen Sie sich inzwischen zu Ihrer Maschine!"

Er schnallte sich im Laufen den Waffengurt um und rannte hinaus. Gleich darauf hörte man von nebenan das Zischen der Preßluft. Der Major hatte sich durch eine der preßluftgetriebenen Röhren zur Zentrale schießen lassen.

Uwanok und Lun konnten sich etwas mehr Zeit lassen. Der Tubenhangar der Moskito-Jet, für die MacIshott sie eingeteilt hatte, befand sich ganz in der Nähe des Bereitschaftsraumes.

Während sie den leicht nach innen gewundenen Gang hinter den Außenbordhangars entlang liefen, spien die Schnellifts und Preßluftschächte die übrigen Besatzungsmitglieder des aufgerufenen Geschwaders aus.

„Hier ist es!" rief Aino und blieb vor der runden Schleuse eines Tubenhangars stehen. „MC-155!" las er von der Schottbeschriftung ab.

Schweigend preßte der Modul seine Hand gegen das Wärmeschloß. Zischend glitt das facettenartig konstruierte Innenschott in die Wände zurück. Captain Uwanok trat rasch ein und legte den Blockierungshebel um. Danach ließ sich das Außenschott öffnen, ohne daß das Innenschott zuvor geschlossen werden mußte. Das war unbedingt notwendig, denn Cart Rudo hatte ja Rüstkommandos angekündigt.

Die Moskito-Jet stand wie ein silberner Pfeil auf der Abschußschiene. Die kurzen Delta-Tragflächen wirkten von hinten wie rasiermesserscharfe Schneiden, und in dem scharf gepfeilten Seitenleitwerk spiegelte sich das blaue Licht der Hangarbeleuchtung.

Baar Luns Muskelarterien und -venen jagten das Blut rascher durch den Körper. Für den Bruchteil einer Sekunde ließ ihn die Erregung alles nur noch verschwommen sehen, dann hatte er seine Nerven wieder unter Kontrolle.

Uwanok schwang sich bereits in den Beobachtersitz. Er fungierte als Orter, um dem Modul Gelegenheit zu geben, seine Leistungen als Pilot zu verbessern.

Lun kletterte gewandt in den Pilotensitz und begann sofort mit den Kontrollen. Seine langen, schlanken Hände glitten über die unzähligen Hebel und Knöpfe der Geräte mit einer fast traumhaften Sicherheit.

Aino schaltete den Betriebsstrom ein.

Plötzlich blinkten viele rote, gelbe und grüne Lichter. Erst beim Anlassen des Impulstriebwerkes würden die Lichter erlöschen.

Die außenbords angebrachten Positionslampen warfen einmal einen grünen, dann einen roten Schimmer über das Metallplastik der Hangarwände. Grün, rot, grün, rot, im Wechsel links und rechts.

Die Kontrolle war beendet, da erschienen schon die Männer des Rüstkommandos. Mit halblaut hervorgestoßenen Bemerkungen reichten sie Filmkassetten und Diagrammfolien herein. Zwei Roboter montierten Vollfrequenzkameras außenbords an. Zum Schluß wurde Uwanok ein versiegeltes Speichergerät für die Ortungsauswertung übergeben. Schweigend verstauten die beiden Männer die Zusatzausrüstung. Nur einmal pfiff Aino vieldeutig durch die Zähne; das war, als er die Diagrammfolien für Mikrowellenortung erhielt.

Sie würden ziemlich dicht an den Gegner herangehen müssen, um mit der MW-Ortung arbeiten zu können!

Dann verschwand das Rüstkommando so schnell, wie es gekommen war. Der letzte von den beiden Robot-Technikern hieb den Blockierungshebel zurück. Schmatzend schlossen sich beide Schotts.

Baar Lun klappte den Helm nach vorn. Die winzige grüne Kontrollampe neben dem Wulst des Telekoms flammte auf. Der Helm war dicht. Der Modul wählte hundert Prozent reinen Sauerstoff. Tief atmete er ein, um nach etwa einer Viertelminute auf normales Luftgemisch überzugehen.

Er schaltete den Helmtelekom ein, als die rote Ruflampe intervallartig blinkte.

„Hier MacIshott!“ dröhnte es aus dem Empfänger. „Voraussichtliche Startzeit etwa 18.00 Uhr Bordzeit. Bitte Bestätigung!“

Der Modul wartete. Der Pilot von MC-152 begann mit der Klarmeldung. Wenige Sekunden später war Lun an der Reihe.

„Check beendet, alles klar, Verständigung gut!“ sagte er schnell. Im nächsten Augenblick sprach bereits der Pilot von MC-156.

Langsam krochen die Zeiger des Chronometers auf 18.00 Uhr zu. Mit schwachem Klicken sprangen die Ziffern der Sekunden und Minuten in den Ableseschlitz.

18.00 Uhr . . .!

„Hier MacIshott!“ krachte es erneut aus dem Empfänger. „Startzeit exakt 18.05 Uhr. Lenkung erfolgt in den ersten beiden Minuten durch Einsatzpositronik. Danach ergehen weitere Befehle. Ende!“

Baar Lun nahm die Hände vom Steuerknüppel und wandte den Kopf nach hinten. Das schlitzäugige Gesicht Uwanoks grinste ihm entgegen.

„Herzklopfen, Baar . . .?“ Er räusperte sich, als er seinen Fehler bemerkte. „Stimmt ja, Sie haben kein Herz. Nun, dann klappern vielleicht Ihre Muskelarterien, wie?“

„Sie sind noch nicht angeschnallt!“ bemerkte der Modul.

Ein wenig verlegen holte Aino das Versäumte nach.

Baar ließ das Triebwerk anspringen. Die Jet begann zu vibrieren. Schlagartig erloschen die bunten Lampen am Armaturenbrett.

Mit starrem Blick verfolgte der Modul die Zeitansage am Wulstrahmen des Außenschotts.

Eine blecherne Automatenstimme zählte die letzten zehn Sekunden ab. Der kaum modulierte Ton wurde von den Außenbordmikrophonen in die Kabine übertragen, die Helmmikrophone nahmen ihn auf und leiteten ihn ins Innere des Druckhelms.

„Null!“

Wie ein Kanonenschuß knallte die letzte Ansage durch den Tubenhangar. Gleichzeitig flog das Außenschott auf. Eine furchtbare Gewalt packte die Moskito-Jet mit unsichtbaren Fäusten und stieß sie hinaus in die eisige, luftlose Finsternis des Weltraums.

Von nun an waren Uwanok und Lun in einer hermetisch abgeschlossenen kleinen Welt auf sich allein gestellt.

Nur die unsichtbaren Bande der Ortungsstrahlen und Funkwellen verbanden sie noch mit ihrem Schiff und den achtundneunzig Männern in neunundvierzig anderen Maschinen . . .

Die fünfzig Moskito-Jets tauchten gleich glühenden Strichen sekundenlang auf den Schirmen der Panoramagalerie auf – dann hatte die Nacht des Raumes sie verschlungen.

In der nächsten Sekunde meldete sich die Ortungszentrale. Enrico Notami war am Interkom.

„Neue Ortung“, rief er erregt. „Zwischen den Maahks und der Sonne Atrun sind soeben Kugelraumerschiffe aus dem Linearraum gekommen. Vermutlich handelt es sich um tefrodische Kampfraumer. Achtung, hier kommt die nächste Meldung!

Bisher wurden etwa fünfhundert Tefroderschiffe gezählt. Sir, einige von ihnen haben einen Durchmesser von achtzehnhundert Metern!“

„Danke!“ erwiderte Perry Rhodan ungerührt. „Melden Sie mir laufend die Bewegungen der beiden Flotten, Notami!“

Er schaltete den Interkom aus und blickte zu Atlan. Der Arkonide saß auf dem Nebensitz.

„Nun, Arkonide . . .?“

Der Lordadmiral lächelte.

„Ich gratuliere zu deinen Superriesen der Galaxis-Klasse, Freund. Wie die letzte Ortung beweist, war es höchste Zeit, einen Ultragiganten in die Serie aufzunehmen.“

Der Terraner erwiderte nichts darauf.

Sorge bereitete ihm nur, daß die Tefroder nichts weiter als ein Hilfsvolk der MdI waren. Wenn sie schon Schiffsgiganten von achtzehnhundert Metern Durchmesser besaßen, über welche Kampfmittel mochten da erst die eigentlichen Herren Andromedas verfügen!

„Rudo!“ Er wandte sich dem Kommandanten zu. „Gehen Sie noch dichter an den voraussichtlichen Ort der Auseinandersetzung heran. Riskieren Sie so viel, wie überhaupt möglich ist.“

Der Epsaler bestätigte.

„Welches Risiko erscheint euch Terranern eigentlich *zu* groß . . .?“ fragte Atlan nachdenklich.

Vor einer Minute hatte Major MacIshott Aufklärung nach eigenem Ermessen befohlen.

Jetzt bewegte sich die MC-155 dicht unter der LG-Grenze. Baar Lun umklammerte den Steuerknüppel und sah auf den gewölbten R-Schirm. Die Tasterreflexe zeigten das gestochen scharfe Bild eines Walzenraumers aus zwei Millionen Kilometer Entfernung.

Aus dem Helmempfänger kam ein scharfer Pfiff, dann Aino Uwanoks Stimme:

„Sie bieten allerhand auf, unsere methanatmenden Freunde. Das ‚Ding' mißt zweitausendfünfhundert mal fünfhundert Meter. Dagegen ist unsere Jet ein winziges Staubkorn!"

Der Modul lachte trocken. Er drückte den Leistungshebel des Triebwerkes nach vorn, die Jet schüttelte sich. Hinter Ainos Sitz war die Hölle los; ungeheure Gewalten tobten gegen die bändigenden Einengungsfelder und schossen dann mit annähernder Lichtgeschwindigkeit aus der Felddüse am Heck.

Langsam zog Lun den Leistungshebel auf siebzig Prozent zurück. Ganz leicht nur drückte er gegen den Steuerknüppel, gleichzeitig betätigte der linke Fuß die Seitensteuerung. Während des Fluges im Raum stand das Seitenleitwerk still; die Steuerimpulse aktivierten lediglich die Korrekturtriebwerke.

Die MC-155 verzögerte sich geringfügig. Dabei drehte sie sich allmählich um ihre Längsachse.

Achtzigtausend Kilometer unter dem „Bauch" des maahkschen Walzenraumers schoß die Moskito-Jet auf dem Rücken dahin. Die Aufnahmekameras und die Mikrowellentaster arbeiteten.

Wenige Augenblicke später traf von der CREST ein Hyperfunkimpuls von zwei Hunderttausendstel Sekunden Dauer ein. Mit dem Dekoder der Jet entschlüsselt, hieß er:

„Fünfhundert Tefroder auf Gegenkurs zum Maahk-Verband. Abstand beträgt eine halbe Lichtstunde. Zusammentreffen in etwa zwanzig Minuten. Achtung, an Verband MacIshott: Vorläufig von Objekten lösen und nach Zusammentreffen erneut beobachten. Ende!"

Baar Lun hatte sich zehn Lichtminuten von dem vorberechneten Schauplatz des Kampfes entfernt. Die Kameras arbeiteten. Von dieser Entfernung ließen sich sehr übersichtliche Bilder von den Kampfformationen der Maahks und Tefroder anfertigen.

Als das Energiefeuer gleich einer elektrischen Entladung zwischen den beiden Flotten herüber- und hinübersprang, ließ der Modul die MC-155 in den Zwischenraum eintauchen.

Drei Lichtsekunden vor dem Inferno glitt die Moskito-Jet in den Normalraum zurück.

Lun ließ die MC-155 in freiem Fall neben den Kugelschiffen der Tefroder treiben und beobachtete das Geschehen durch Seitensichttaster; die Impulse eilten dadurch der Maschine nicht voraus und verrieten sie nicht vorzeitig.

Erst jetzt vermochte er mit bloßem Auge Einzelheiten zu erkennen. Das Auffallendste an den Tefroder-Schiffen waren tiefrot leuchtende Schutzschirme.

Baar Lun kannte die Nebeneffekte der maahkschen Konverterkanonen nur aus Lehrfilmen, dennoch vermochte er sie sofort zu identifizieren.

Er spürte ein trockenes Gefühl im Hals, als ein tefrodisches Kugelschiff von den Wirkungsfeldern eines Dutzend Konverterkanonen zugleich getroffen wurde. Der rote Schutzschirm blähte sich für den Bruchteil einer Sekunde auf, dann erlosch er.

Von dem Schiff, das er hatte schützen sollen, war nichts mehr zu sehen.

Doch bald wurde dem Modul klar, daß er lediglich einen Ausnahmefall beobachtet hatte. Dem Beschuß aus einer, zwei oder sogar drei Konverterkanonen hielten die roten Schutzschirme stand.

Dagegen erzielten die Tefroder Abschüsse über Abschüsse. Sie setzten eindeutig erkennbar eine der terranischen Transformkanone vergleichbare Offensivwaffe ein. Dort, wo eine Gigabombe explodierte, verwandelte sich das Ziel fast immer in einen rasch expandierenden Gasball.

Perry Rhodan beobachtete mit zusammengepreßten Lippen die Schlacht zwischen Maahks und Tefrodern.

Noch vor einer Viertelstunde hatte es so ausgesehen, als würden die Tefroder rasch mit den Walzenraumschiffen der Maahks fertig werden. Die Hälfte des Maahk-Verbandes war aufgerieben, als eine Wende eintrat. Zuerst wehrten sich nur einzelne Walzenraumer mit Impuls- und Desintegratorgeschützen; doch dann schienen auch die anderen zu bemerken, wo die Achillesferse der Kugelraumer lag. Von da an explodierten immer mehr Tefroderschiffe. Ihre rot leuchtenden Energieschirme – man hatte sie als „Halbraumfelder" bezeichnet – schützten zwar vor der Maahkschen Konverterkanone, aber nicht vor Beschuß mit konventionellen Energiewaffen.

Die anfänglich starre Gliederung der beiden Flotten löste sich mehr und mehr in einzelne Pulks auf, die einander erbittert bekämpften. Nach und nach trieben die Flotten in das Atrun-System hinein.

Von den fünfzig ausgeschleusten Moskito-Jets kam keine Meldung. Rhodan hatte jegliche Funkverbindung zwischen ihnen und dem Mutterschiff untersagt. Die CREST III durfte auf gar keinen Fall in das Kampfgeschehen hineingezogen werden.

Der Terraner schaltete den Interkom zur Funkzentrale durch. Major Wholeys schwarzes Gesicht erschien auf dem kleinen Bildschirm des Gerätes.

„Senden Sie den vereinbarten Hyperkomspruch im Raffercode!" befahl Rhodan. „Die Jets sollen umgehend zurückkommen!"

In Kinser Wholeys Zügen malte sich Erleichterung. Er hatte sich offenbar ebenfalls Sorgen um die Moskito-Jäger gemacht.

„Es wurde Zeit!“ bemerkte Atlan.

Perry Rhodan seufzte resigniert.

Ein dezentes Räuspern ließ ihn auf dem Absatz herumfahren.

Der kleingebaute Terraner mit dem gelben Gesicht und den schrägstehenden schwarzen Augen lächelte maskenhaft, wie es seine Art war.

Perrys Gesicht entspannte sich.

„Haben Sie die bisherigen Meßergebnisse ausgewertet, Kao?“

Dr. Hong Kao, der Chefmathematiker des Flaggschiffes, neigte den Kopf und schwenkte eine Symbolfolie. Er las jedoch nicht ab, sondern sprach frei.

„Es steht nach der Logikauswertung fest, daß der tiefrote Schutzschirm der Tefroder, den wir Halbraumfeld nannten, speziell gegen die Konverterkanone der Maahks konstruiert wurde.“

Rhodan runzelte die Stirn.

Die Konverterkanone war eine Vernichtungswaffe, die vor zehntausend Jahren erstmals von den Arkoniden als neuestes Kampfmittel gegen die Maahks eingesetzt wurde. Nur dadurch konnten damals die Methanatmer entscheidend geschlagen werden. Später – vielleicht durch ein erbeutetes Arkonidenraumschiff – gelangten die Maahks selbst in den Besitz der Konverterkanone und erkoren sie zu ihrer Hauptwaffe.

„Die Positronik hält es für wahrscheinlich“, fuhr Kao fort, „daß die MdI mit einem Angriff der Maahks seit langem gerechnet haben und eine spezielle Defensivwaffe gegen die Konverterkanone konstruierten oder konstruieren ließen. Der rote Schutzschirm ist diese Defensivbewaffnung. Er bricht nur dann zusammen, wenn eine völlige Übersättigung durch das Feuer vieler Konverterkanonen stattfindet. So etwas geschieht jedoch bei dem vorhandenen zahlenmäßigen Gleichgewicht äußerst selten.“

„Nun gut!“ rief Perry grimmig. „Berichten Sie mir, was Sie über die Offensivwaffe der Tefroder herausgefunden haben!“

Hong Kao nickte. „Der Wirkung nach muß es sich um eine Abart unserer Transformkanone handeln. Die bisherigen Messungen zeigen nach rechnerischer Auswertung, daß die Gegenpolkanone – so nannte sie die Positronik – äußerst umständlich zu handhaben ist. Bevor der betreffende Sprengkörper als fünfdimensionales Transmitterfeld abgestrahlt werden kann, muß unmittelbar am oder vor dem Ziel eine Art von gegenpoligem Empfangsfeld aufgebaut werden.“

Perry Rhodan hatte mit glitzernden Augen zugehört. Jetzt wandte er sich halb um und blickte den Arkoniden an, der leise zurückgekehrt war.

„Du hast es gehört, Freund?“ fragte er in versöhnlichem Ton.

„Nur den Rest, Perry.“ Atlan rieb nachdenklich sein Kinn. „Man hat auch auf der Gegenseite nicht geschlafen, will mir scheinen...“

Perry lachte lautlos.

„Du hast es erfaßt. Aber sie waren nicht ganz so tüchtig wie wir. Weder das Halbraumfeld noch die Gegenpolkanone können sich mit der Wirksamkeit unserer Defensiv- und Offensivwaffen messen. Fast möchte ich glauben, daß wir technisch sowohl Maahks als auch Tefrodern überlegen sind.“

Das letzte Wort wurde vom gellenden Heulen der Alarmpfeifen zur Hälfte verschluckt.

Atlan und Rhodan fuhren herum und lauschten wie gebannt der Stimme Notamis, die aus dem Interkom tönte.

Drei der größten Maahkraumschiffe hatten sich aus der Raumschlacht gelöst und stießen mit hoher Fahrt auf die CREST zu.

„Jetzt hast du Gelegenheit, die Überlegenheit unserer Technik zu beweisen!“ bemerkte Atlan.

Die drei Maahk-Raumschiffe waren mit derartiger Geschwindigkeit herangekommen, daß eine Flucht aussichtslos erschien.

Außerdem war die CREST soeben dabei, die fünfzig ausgeschickten Moskito-Jets einzuschleusen. Doch dieser Vorgang nahm nur kurze Zeit in Anspruch, so daß alle Jets eingeschleust waren, ehe sich die Maahks der CREST auf Schußdistanz genähert hatten.

„Fliegen Sie Ausweichmanöver!“ befahl Rhodan dem Kommandanten, nachdem er die Meldung vom Abschluß der Einschleusung erhielt.

Oberst Cart Rudo brauchte keine detaillierten Befehle. Der Epsaler hatte auf dem Wege nach Andromeda genügend Erfahrungen sammeln können, um jeder Kampfsituation gewachsen zu sein.

Ab und zu erhielt die CREST einige Treffer. Der Hochenergie-Überladungsschirm wurde jedoch nicht einmal mit zehn Prozent seiner Kapazität belastet. Mit Desintegratoren und Impulsgeschützen war ihm nicht beizukommen.

„Ich frage mich, warum sie nicht ihre Konverterkanonen einsetzen!“ sagte Atlan grimmig.

„Ganz einfach“, erwiderte Rhodan. „Sie halten uns für Tefroder und greifen daher mit ihren normalen Waffen an. Doch sobald sie erkennen müssen, daß sie uns damit nichts anhaben können, werden sie vermutlich auch ihre Konverterkanonen gebrauchen."

Wieder schlugen mindestens fünfzig Energiestrahlen gleichzeitig in den HÜ-Schirm ein – und wieder war innerhalb des Solaren Flaggschiffes nichts davon zu spüren.

„Du scheinst dem HÜ-Schirm allzusehr zu vertrauen, Perry", bemerkte Atlan. „Bist du völlig sicher, daß er auch gegen den Beschuß mit Konverterkanonen schützt?"

Rhodan sah ihn nachdenklich an.

„*Sicher* ...? Wo gibt es vollkommene Sicherheit, Arkonide?" Übergangslos entspannte sich sein Gesicht zu einem kalten Lächeln. „Den hundertfach überprüften Berechnungen nach können Konverterkanonen unserem neuartigen HÜ-Schirmfeld nichts anhaben. Den Beweis dafür – den *praktischen* Beweis, meine ich – den können wir nicht durch mathelogische Berechnungen führen. Der wird hier angetreten werden müssen!"

Er hatte kaum zu Ende gesprochen, als ein blendender Blitz über die Bildschirme der Panoramagalerie huschte. Bleiches Leuchten folgte ihm und füllte die Hauptzentrale des Ultraschlachtschiffes sekundenlang geisterhaft aus.

Danach war alles wieder normal.

„Fünf Salven aus jeweils drei Konverterkanonen, Sir!" meldete Rudo mit einer Stimme, in der unverhohlener Triumph mitschwang.

Icho Tolot stimmte ein brüllendes Gelächter an. Er schlug sich mit den langen Handlungsarmen gegen die Brust; es dröhnte wie tausend Urwaldtrommeln.

Atlan lächelte gequält. Als der Haluter seinen Heiterkeitsausbruch beendet hatte, sagte er sarkastisch:

„Es hätte ebensogut anders kommen können, nicht wahr? Ich möchte wissen, was Sie *dann* getan hätten, Tolot!"

Bevor Tolot etwas darauf erwidern konnte, erschallte die dröhnende Stimme des epsalischen Kommandanten. „Ein Verband von etwa zehn Tefroderschiffen nähert sich unserer Kurslinie. Die drei Maahkraumer drehen ab und ziehen sich zurück."

„Die Überraschungen reißen nicht ab", bemerkte Atlan mit ätzendem Spott.

Da kam auch schon der Befehl des Terraners:

„Kurs beibehalten!"

Die Raumschlacht vor dem Atrun-System schien ihren Höhepunkt überschritten zu haben, da tauchten kurz hintereinander ein Verband von zweihundert Maahkraumschiffen und hundert der gigantischen Kugelschiffe der Tefroder auf.

Sofort entbrannte der Kampf mit verstärkter Heftigkeit.

Perry Rhodan hatte seinen Platz neben Cart Rudo wieder eingenommen, ebenso Atlan. Icho Tolot stand hinter den beiden Freunden.

Rhodan beobachtete die Panoramabildschirme aus zusammengekniffenen Augen.

Zehn Minuten später, nachdem die Maahks Verstärkung erhalten hatten, schwenkten die zehn tefrodischen Kugelraumschiffe ab. Sie rasten in Richtung Musgur davon und verschwanden im Linearraum.

Erst jetzt erschien das elfte Schiff auf den Tasterschirmen der Hyperortung.

Nach den ersten einlaufenden Meßergebnissen handelte es sich offenbar um einen Schweren Kreuzer. Er durchmaß 230 Meter und schien beschädigt zu sein; im Unterschied zu allen anderen Tefroderschiffen war sein roter Schutzschirm nicht aktiviert.

Er verfolgte den alten Kurs weiter.

Perry Rhodan erkannte die Gelegenheit, die sich ihm förmlich anbot.

„Wir greifen mit Narkosestrahlern an!“ befahl er dem Kommandanten. „Lassen Sie den Tefroder auf keinen Fall entkommen!“

Rudo nickte und begann zu schalten. Die CREST III schoß mit einem gewaltigen Satz vorwärts, als die Triebwerke mit Vollschub zu arbeiten begannen.

Rhodan beobachtete die an Rudos Pult aufleuchtenden gelben Lampen: Sie zeigten an, daß die Narkosestrahler der CREST einsatzbereit waren.

Unmittelbar vor der CREST war plötzlich eine neue Sonne entstanden.

Tief im Schiffsinnern röhrten die HÜ-Feld-Generatoren auf. Die CREST schob den leuchtenden Gasball auseinander und schoß hindurch, als gäbe es ihn überhaupt nicht.

„Das war eine Tausend-Gigatonnen-Bombe“, sagte Cart Rudo mit ein wenig belegter Stimme. „Die Tefroder setzen ihre Gegenpolkanone ein.“

Perry Rhodan nickte nur, während er die Instrumente betrachtete. Die HÜ-Feld-Konverter waren trotz der lautstarken Reaktion nur mit dreißig Prozent ihrer Kapazität belastet worden.

„Gehen Sie bis auf eine Lichtsekunde heran, Rudo. Danach setzen Sie die Narkosestrahler ein."

Rhodan kümmerte sich nicht darum, was der Epsaler tat, sondern zog das Mikrophon des Bordinterkoms zu sich heran. Er schaltete das Gerät allerdings nicht sofort ein. Er überlegte.

„Was hast du vor?" fragte Atlan.

„Ich suche einen tatkräftigen, umsichtigen Mann, der das Enterkommando für den Tefroder zusammenzustellen und zu führen vermag."

„Warum nimmst du nicht Don Redhorse?"

Perry schüttelte lächelnd den Kopf. Er hatte die Ironie in Atlans Worten wohl verstanden. Der Arkonide war voreingenommen gegen Major Redhorse, weil der Cheyenne oft auf eigene Faust handelte. Als ehemaliger Admiral der altarkonidischen Flotte sah Atlan das als groben Disziplinarverstoß an. Rhodan war anderer Meinung. Dennoch entschied er, diesmal nicht den Major einzusetzen.

Er schaltete den Interkom auf Rundruf.

„Leutnant Hunha bitte sofort zur Hauptzentrale kommen! Ich wiederhole: Leutnant Hunha sofort zur Hauptzentrale!"

„Der kleine Marsianer . . .?" wunderte sich Atlan. „Er ist doch noch ein halbes Kind mit seinen zweiundzwanzig Jahren!"

„Wer die Raumakademie Terrania hinter sich gebracht hat, ist kein halbes Kind mehr, Freund" erwiderte Perry ernst. „Hunha trat mit zwölf Jahren in die Kadettenschule ein. – Und außerdem", fuhr er fort, „sollen sich auch die ‚Neuen' bewähren dürfen. Redhorse und Henderson und Kagato und wie sie alle heißen, haben Ruhm genug geerntet. Nun muß es sich zeigen, ob die junge Generation vom gleichen Holz geschnitzt ist."

Er lachte trocken, als er Atlans erstaunten Blick bemerkte.

„Nein, mein Lieber! Nicht, was du denkst! Die ‚alten Hasen' sind nicht etwa abgeschrieben. Aber sie müßten sich allmählich die Hörner abgestoßen haben. Eines Tages werden sie selbst ein Raumschiff führen, und vielleicht ist einer von ihnen sogar dazu berufen, dem Kommandostab der Solaren Flotte beizutreten. Ich entsinne mich noch lebhaft daran, wie ich den Raumkadetten Tiff in den ersten Einsatz schickte. Heute ist Julian Tifflor Solarmarschall und stellvertretender Flottenbefehlshaber."

Nun lächelte auch der Arkonide verstehend.

„Und augenblicklich wacht der gute Tiff als Oberbefehlshaber über den Schrotschußtransmitter. Allmählich ziehen wir die Prominenz des Imperiums immer weiter nach."

Rhodan dachte an die Informationen, die ihnen das Kurierschiff überbracht hatte, darunter auch jene über die Umorganisation auf Gleam und im Schrotschuß-System.

„Richtig“, erwiderte er. „Bully hat inzwischen das Oberkommando über Gleam übernommen.“ Seine Stimme erhielt einen etwas melancholischen Klang, als er fortfuhr: „Der gute, alte – und doch ewig jungenhafte Bully! Ich erinnere mich noch, wie fassungslos er war, als wir beide vor über vierhundert Jahren das Forschungsschiff Thoras und Crests auf dem Erdmond aufspürten.“

Der Lordadmiral lächelte amüsiert.

„Ja, in Bully hat sich schon mancher getäuscht. Er macht zeitweise einen so beschränkten Eindruck, daß man daran zweifelt, ob er überhaupt schon mal ein Raumschiff gesehen hat. Dabei steckt hinter seiner Bauernstirn mehr Geist und Energie, als hinter so manchem Arkonidenschädel.“

Perry sah flüchtig auf, als eine zweite Gigabombe vor dem HÜ-Schirm der CREST explodierte. Dann setzte er zum Sprechen an. Seinem Gesicht war anzusehen, daß er eine humorvolle Episode über seinen besten Freund und Stellvertreter Reginald Bull zum Besten geben wollte.

Doch er kam nicht mehr dazu, denn Son Hunha war nun eingetroffen.

„Also, Leutnant“, begann Rhodan, „ich habe einen Auftrag für Sie. Es geht darum, im Eiltempo ein feindliches Schiff zu entern und für die Sicherheit eines terranischen Kommandos von fünfhundert Spezialisten zu sorgen . . .“

23.

Son musterte die Männer, die sich mit ihm in der Zentrale der KC-99 aufhielten. In den Laderäumen drängten sich weitere vierzig schwerbewaffnete Leute des Enterkommandos. Insgesamt waren sie fünfzig.

Neben ihm stand der Zwei-Meter-Riese Ische Moghu, ebenfalls Leutnant wie er selbst. Son hatte ihn ausgesucht, weil sie gemeinsam ein- und derselben Ausbildungsgruppe der Raumakademie angehört hatten. Ische Moghu war Afro-Terraner. Seine Gutmütigkeit wurde schon in der Akademie oft ausgenutzt. Dennoch hatte Ische seinen

Glauben an das Gute im Menschen nie verloren. Er lachte gern und viel. Bei Einsatzübungen hatte er sich als wagemutiger Draufgänger hervorgetan.

Ganz anders war dagegen Hunhas linker Nebenmann. Leutnant Drav Hegmar war in der Raumakademie Enzaly auf Goszul ausgebildet worden. Dort kamen die Töchter und Söhne der Terraner hin, die in den Handelsniederlassungen, den Garnisonen und den wissenschaftlichen Instituten des Solaren Imperiums auf dieser ehemaligen Kolonialwelt der Springer beschäftigt waren. Außerdem wurden ab und zu Eingeborene aufgenommen.

Die auf der Enzaly-Akademie herrschende Atmosphäre hatte Drav Hegmar zu einem Mann mit übersteigertem Ehrgeiz werden lassen. Der dunkle Kolonialterraner war schlank, sportlich und überaus intelligent. Das, was an seinem Ehrgeiz unsinnig und schädlich für das Zusammenleben mit den Kameraden war, würde sich mit der Zeit abschleifen – so hatten jedenfalls die Offiziere der alten CREST gemeint, als sie Leutnant Hegmar zur Besatzung der neuen CREST einteilten.

Son Hunha hätte Hegmar lieber nicht ins Enterkommando aufgenommen. Doch Ische Moghu hatte sich für ihn verwendet – und dem gutmütigen Riesen konnte Son keine Bitte abschlagen.

„Achtung!" krachte Rhodans Stimme aus dem Interkom-Lautsprecher. „Der Tefroder hat seinen Widerstand eingestellt. Es ist anzunehmen, daß die Besatzung durch Beschuß mit den Narkosestrahlern betäubt ist, Leutnant Hunha! Ihre Korvette wird in etwa zehn Minuten ausgeschleust."

„Jawohl, Sir!" Der Marsianer schrie vor Aufregung ins Mikrophon. „Hier ist alles bereit."

Der Leutnant klappte den Helm so nach vorn, daß er nur lose auf dem Dichtungswulst auflag. Danach schaltete er den Helmhyperkom ein. Nunmehr konnte seine Stimme überall in der KC-99 gehört werden, denn zum Empfang brauchte man den Helm nicht herunterzuklappen.

„Achtung! Leutnant Hunha an Enterkommando!" Son befeuchtete die trocken gewordenen Lippen. Er bemerkte, daß Drav Hegmar ihm einen ironischen Blick zuwarf und wurde nervös. Lauter als nötig fuhr er fort: „Sobald das Startzeichen ertönt, haben sich alle, die keinen Sitzplatz bekamen, flach auf den Boden zu legen. Gespräche über Helmfunk werden nicht geführt. Die Helme werden nach dem Start selbstverständlich geschlossen. Sobald wir angelegt und uns Eingang in den tefrodischen Kreuzer verschafft haben, gehen die einzelnen

Gruppen wie eingeteilt vor. Leutnant Moghu übernimmt die Gruppe Maschinenleitstand, Leutnant Hegmar die Gruppe Feuerleitzentrale und ich selbst die Gruppe Kommandozentrale."

„Wer besetzt die Lebensmittel-Kühlräume?" fragte eine helle Stimme.

Gelächter brandete in Sons Empfänger auf. Er errötete und spürte wieder Hegmars spöttischen Blick auf sich geheftet.

„Wer war das?" fragte er schärfer, als er ursprünglich beabsichtigt hatte.

„Sergeant Drube, Sir", kam es ein wenig zögernd.

„Da Sie so großes Interesse an den Versorgungseinrichtungen eines Raumschiffes zeigen, Sergeant, melden Sie sich nach beendetem Einsatz bei Major Bernard. Der Hauptzahlmeister führt demnächst eine Inventur durch, soviel ich weiß."

Erneut toste Gelächter aus dem Helmempfänger. Doch diesmal war es nicht Schadenfreude, sondern Beifall für ihn, Son Hunha.

Selbst in Drav Hegmars Gesicht spiegelte sich etwas wie Achtung wieder.

Ische Moghu grinste über das ganze Gesicht. Die angekündigten zehn Minuten waren noch nicht ganz vorüber, da meldete sich Perry Rhodan erneut über Interkom.

„Achtung, Leutnant Hunha! Der feindliche Kreuzer liegt treibend neunzigtausend Kilometer voraus. Starten Sie – und Hals- und Beinbruch!"

„Danke, Sir", erwiderte Hunha. „Wir starten!"

Er nickte dem Piloten zu.

Die Maschinen des 60-Meter-Beibootes begannen zu rumoren. Noch arbeiteten sie nur im Leerlauf. Das würde sich ändern, sobald das Abstoßfeld sie in den Raum geschossen hatte.

Er nahm auf einem Notsitz Platz. Die Anschnallgurte zuckten aus den Schlitzen und schlangen sich fest um seinen Körper.

„Achtung ...!" erklang die Stimme des Offiziers, der den Ausschleusvorgang leitete. „Start ...!"

Ruckartig öffnete sich das gewaltige Außenschott. Die Außenbordmikrophone übertrugen das Brüllen stoßartig entweichender Luft. Dann schoß die KC-99 mit gewaltigem Ruck auf den finsteren Ausschnitt des Schleusentores zu. Das Brüllen erlosch.

Im Frontschirm tauchte ein matt schimmernder Kugelkörper auf.

Perry Rhodan stand mit Atlan, Kasom, Kalak und den an Bord befindlichen Mutanten im Transmitterraum der CREST III.

Sie hatten nur die leichten Raumanzüge mit den faltbaren Folienhelmen angezogen. Dazu trugen die Männer wulstige Funkhelme.

Lediglich Icho Tolot machte eine Ausnahme.

Der halutische Gigant, dem ohnehin kein normaler terranischer Raumanzug gepaßt hätte, war in seinen dunkelgrünen Kampfanzug gehüllt. Der Helm war als Folie im Wulstkragen zusammengefaltet. Im Gürtelhalfter steckte der für terranische Begriffe überschwere Kombinationsstrahler. Je nach eingestellter Wirkung konnte er als Impulsstrahler, als Desintegrator, als Paralysator oder als Nuklear-Fernzünder eingesetzt werden.

Im Transmitterraum standen noch mehr Leute. Aber das waren nicht alle, die auf das erbeutete tefrodische Schiff überwechseln sollten. Insgesamt hatte Rhodan außer seinem engsten Stab und den Mutanten fünfhundert Spezialisten zu diesem Einsatz befohlen.

Son Hunha war vor fünf Stunden in das tefrodische Schiff, das den Namen ASKAHA trug, eingedrungen und hatte kurz danach gemeldet, daß an Bord der ASKAHA alles in Ordnung war. Danach hatten er und seine Männer sich ihrer nächsten Aufgabe zugewandt; der Errichtung eines Transmitters akonischer Bauart in der ASKAHA.

Perry Rhodan und seine fünfhundert Begleiter warteten nunmehr auf die Nachricht des Leutnants, um sich zum Tefroderschiff abstrahlen zu lassen.

Sie mußten nicht lange warten. Wenige Minuten, nachdem sie sich im Transmitterraum der CREST versammelt hatten, kam die Nachricht Hunhas.

„Empfänger ist installiert und auf die Frequenz des CREST-Transmitters eingestellt.“

„Vielen Dank“, erwiderte Rhodan. „Wir schalten ein. Erwarten Sie mich vor dem Empfänger, Leutnant!“

Er wandte sich um und rief der Bedienungsmannschaft zu:

„Transmitter aktivieren!“

Kurz darauf flammte das energetische Säulentor auf.

Perry Rhodan trat als erster durch den flammenden Bogen – in das scheinbare Nichts hinein – und stand im gleichen Augenblick hinter dem Transmitterbogen des Empfängers an Bord der ASKAHA.

Rasch lief er zur Seite, denn hinter ihm erschienen Atlan, Tolot und Kasom. Danach kamen die Mutanten – und dann – jeweils in Gruppen zu fünf Mann – die fünfhundert Spezialisten.

„Auftrag ausgeführt, Sir, die ASKAHA befindet sich fest in unserer Hand", meldete der Marsianer.

Son Hunhas Gesicht strahlte, als Perry ihm lächelnd zunickte.

„Was ist mit der Besatzung, Leutnant?"

„Sie sind durch den Narkosestrahlerbeschuß in tiefe Bewußtlosigkeit versetzt worden, Sir. Vor zehn Stunden können sie nicht erwachen. Wir haben sie vorläufig an Ort und Stelle liegen lassen."

„Einverstanden. Wieviel . . .?"

„Vierhundert Mann, Sir." Hunha legte eine Pause ein und fügte hinzu: „Zwei von ihnen sind tot. Der Treffer in die Maschinenräume hat sie getötet, Sir."

„Das wäre etwas für unsere Mediziner, nicht wahr?" warf Atlan ein. „Wir sollten nochmals eine Obduktion vornehmen lassen, auch wenn dabei vermutlich keine neuen Erkenntnisse gewonnen werden können."

Perry nickte ihm zu.

„Veranlasse das bitte, Freund. Es muß an Bord der ASKAHA so etwas wie eine Krankenstation geben. Dort kann die Obduktion stattfinden. Ich wette . . .", er lächelte undurchsichtig, „die Einrichtung ist etwa die gleiche wie die unserer Bordklinik . . ."

Er winkte Tolot an seine Seite und bat den Leutnant, ihn in die Zentrale des Tefroderschiffes zu führen.

Wieder einmal staunte er nur noch. Hätte man ihm die ASKAHA in einem neutralen Gebiet vorgeführt und gefragt, ob es ein terranisches oder ein tefrodisches Schiff sei, er wäre um die Antwort verlegen gewesen.

„Nachdenklich?" fragte Icho Tolot.

Perry seufzte.

„Wer wäre das nicht, Tolot! Wahrlich, die Tefroder sind das größte Rätsel, das mir jemals aufgegeben wurde – und das will einiges heißen, mein halutischer Freund."

„Gleiche natürliche Bedingungen, gleiche Entwicklungsergebnisse", meinte der Gigant. „Allerdings geht die Übereinstimmung etwas sehr weit; ich gebe es zu. Aber alles muß seine natürliche Erklärung haben."

Son Hunha, der bisher schweigend neben ihnen hergelaufen war, räusperte sich.

„Darf ich etwas dazu sagen, Sir?" wandte er sich an Rhodan.

„Nur zu!"

„Ich bitte schon jetzt um Verzeihung, falls ich Tolot etwas beleidigen sollte . . .", begann der kleine Marsianer zaghaft.

Der Haluter lachte dröhnend.

„Sie können mich nur durch absichtliche Böswilligkeit beleidigen, Leutnant, und so etwas traue ich Ihnen nicht zu. Sagen Sie Ihre Meinung; auch wenn sie völlig anders ist als meine!"

„Sie ist tatsächlich völlig anders", gab Hunha zu. „Ich habe mich an der Raumakademie mit dem Nebenfach ‚Evolution des Lebens in der Galaxis' befaßt. Nach dem, was von den Professoren und Dozenten der Erde und Aralons vorgetragen wurde, dürfte eine so vollendete Parallelentwicklung unmöglich sein. Die kausalen Grundlagen der Evolution sind die Mutationen der Arten, die stete Neukombination von Genen durch die geschlechtliche Fortpflanzung und die natürliche Auslese."

Er blickte ein wenig schüchtern von einem zum anderen und fuhr etwas selbstsicherer fort:

„Die Entwicklung der verschiedenen Arten hängt stark von der Isolation der Lebewesen eines bestimmten Gebietes ab. Jede Art, mag sie sich anfänglich noch so sehr gleichen, wie es ja zu Beginn der Entwicklung fast immer der Fall ist, bringt auf die Dauer nur dann eine völlige Übereinstimmung der Individuen hervor, wenn sich alle Individuen in beliebiger Weise paaren können. Zerfällt das Areal aber in räumlich isolierte Populationen, so kann jede Population entsprechend den in ihr zufällig auftretenden Mutationen und den besonderen Ausleseverhältnissen ihres Gebietes eine Sonderentwicklung einschlagen. Es kommt zur Ausprägung erblich unterschiedlicher geographischer Arten.

Bei den Tierarten der Erde finden wir noch heute den Beweis – und früher sehr stark auch bei den verschiedenen irdischen Rassen."

Während der Unterhaltung waren sie in die Zentrale des Tefroderschiffes gekommen.

Perry Rhodan hatte dem Marsianer aufmerksam zugehört. Jetzt deutete er auf die am Boden liegenden betäubten Tefroder.

„So etwas sollte also nach allen bisherigen wissenschaftlichen Erkenntnissen eine Unmöglichkeit sein, nicht wahr, Hunha ...?" Er seufzte und warf Tolot einen schnellen Seitenblick zu. „Entweder müssen wir die bisherigen wissenschaftlichen Thesen über die Entstehung der galaktischen Völker über Bord werfen – oder die Theorie einer Parallelentwicklung durch eine gänzlich andere ersetzen."

„Sie haben recht", erwiderte der Haluter. „Eines von beiden ist falsch." Leiser setzte er hinzu: „Oder beides, wer weiß?"

Für kurze Zeit bildete sich eine steile Falte über Rhodans Nasenwurzel. Dann hob der Großadministrator resignierend die Schultern.

Im nächsten Augenblick wurde seine Aufmerksamkeit wieder auf die kleineren Probleme gelenkt.

Oberst Cart Rudo meldete sich über Helmfunk und teilte mit, daß sich zwei fremde Flotteneinheiten aus verschiedenen Richtungen näherten.

„Runaway!“ sagte Icho Tolot.

Leutnant Hunha schaute den Haluter verständnislos an. Er beherrschte die englische Sprache nur leidlich und übersetzte Tolots Bemerkung deshalb mit der Aufforderung, auszureißen. Kein Wunder, daß er nichts begriff; der Haluter pflegte keiner Gefahr aus dem Wege zu gehen.

Perry Rhodan aber lachte verstehend.

„Runaway ist der Name eines allein im Raum treibenden Planetoiden, zwischen der Sonne Magnetizer und dem Atrun-System“, erklärte er dem Marsianer. „Wir entdeckten ihn, als wir unseren Linearflug beendeten. Unser Erster Offizier gab ihm seinen Namen – und ich denke, er ist zutreffend.“

„Okay, Rudo!“ antwortete er dem Kommandanten der CREST III. „Nehmen Sie die ASKAHA in Schlepp und fliegen Sie Runaway an. Die Positionsdaten sind registriert. Passen Sie aber auf, daß wir nicht eine halbe Flotte hinter uns herziehen!“

Auf den Schirmen der Tasterortung erschien der Planetoid Runaway als keilförmiger, grüner Schatten.

Die ASKAHA glitt im Schlepp der CREST III mit langsamer Fahrt näher. Perry Rhodan und Icho Tolot hatten vorübergehend ihre Untersuchungen im Maschinensektor des Tefroderschiffes unterbrochen und waren zur Kommandozentrale geeilt.

Kleine Trupps waren dabei, die betäubten Tefroder aus der Zentrale zu entfernen. Das gleiche spielte sich überall im Schiff ab. Die in Tiefnarkose befindlichen Gefangenen wurden entwaffnet und in ihre eigenen Mannschaftsunterkünfte gesperrt. Von ihnen drohte innerhalb der nächsten acht Stunden keine Gefahr. Der Beschuß mit Narkosestrahlern hatte außerordentlich stark gewirkt.

Rhodan war zufrieden. Die erste, flüchtige Untersuchung der tefrodischen Antriebsmaschinen hatte großartige Perspektiven eröffnet. Trotz der prinzipiellen Gleichheit mit terranischen Konstruktionen schienen die Lineartriebwerke der ASKAHA relativ zu ihrer Größe weit leistungsfähiger zu sein. Sobald der Kreuzer auf dem Planetoiden abgesetzt war, würden die Untersuchungen weitergehen.

Einige Maschinen und Aggregate dieses Schiffes schienen Neuentwicklungen zu sein, denn selbst Kalak waren sie teilweise unbekannt. Auch hatten die Tefroder in den letzten achthundert Jahren ihren allgemeinen technischen Standard wesentlich verbessert.

Als man jenes tefrodische Handelsschiff kaperte, mit dem Rhodan und seine vier Begleiter nach Tefrod geflogen waren, hatte man keine Zeit gehabt, sich um derartige Details zu kümmern.

Doch nun war die Situation anders. Man war im Besitz eines tefrodischen Kampfschiffes, und dessen Innenleben mochte mit großer Wahrscheinlichkeit erheblich von dem der Handelsschiffe abweichen. Kalak war jedenfalls der Meinung, daß man noch einige Überraschungen zu erwarten hätte.

Perry wandte sich um, als Kalak die Zentrale betrat. Der Kosmische Ingenieur schien erregt zu sein. Fortwährend zauste er seinen feuerroten Bart.

„Nun ...?" fragte Perry Rhodan gedehnt. „Wie kommen Sie mit den Halbraumkonvertern zurecht?"

„Schlecht!" Kalak strich sich über seinen blütenweißen Overall. Plötzlich zuckte er zusammen. Seine Hand mußte schmutzig gewesen sein, denn sie hinterließ eine schwarze Spur auf dem Kleidungsstück. Fassungslos betrachtete der Paddler den beschmierten Overall. „Das ... das ist nicht möglich!" rief er entsetzt.

Perry lächelte. Schon immer hatte er sich gewundert, wie es Kalak anstellte, daß seine Arbeits- und Freizeitkleidung nicht schmutzig wurde. Darum empfand er jetzt, als es doch geschehen war, fast so etwas wie Genugtuung.

„Warum denn nicht?" fragte er belustigt. „Wenn Sie etwas mit schmutzigen Händen anfassen, wird es schmutzig."

„Nicht *meine* Overalls!" protestierte der Paddler empört. „Sie sind schmutzabweisend aufgeladen." Er raufte sich seinen Bart und musterte wiederum die Schmutzflecken auf seinem Kleidungsstück. „Es muß etwas sein, das gegenpolig aufgeladen ist." Er brummte undeutliche Worte vor sich hin.

„Sie können es ja später untersuchen", tröstete ihn der Terraner. „Im Augenblick gibt es Wichtigeres zu tun. Würden Sie bitte einmal herkommen und sehen, ob Ihnen dieser Planetoid bekannt ist, Kalak?"

Der Kosmo-Ingenieur trat dicht vor den Tasterschirm. Fast eine Minute lang blickte er auf die immer klarer werdenden Formen des treibenden Himmelskörpers.

„In meinen Karten ist er nicht verzeichnet", antwortete er schließlich. „Ich weiß es genau, weil ich mir die Himmelskörper im Umkreis von zwanzig Lichtjahren rings um das Atrun-System genau eingeprägt habe."

„Das besagt noch nichts", warf der Haluter ein. „Runaway besitzt keine feste astronomische Position. Vielleicht hat er sich aus einem Planetoidenring des Atrun-Systems gelöst. Ihre Karten sind schließlich ziemlich alt."

„Theoretisch könnten Sie recht haben", erwiderte Kalak mit einem Aufblitzen seiner Augen, „Wenn Atrun einen einzigen Planetoiden besäße . . ."

„Ist das so wichtig?" fragte Perry Rhodan ironisch. „Wir werden uns doch nicht darum streiten, weshalb Runaway nicht in Kalaks Karten verzeichnet ist. Mag es sein, wie es will – die Hauptsache, wir haben einen Platz, an dem wir vor Fremdortung einigermaßen sicher sind."

Zehn Minuten später konnte Runaway auch auf den Schirmen der Normaloptik deutlich erkannt werden. Der Planetoid war keilförmig, seine größte Länge betrug dreihundert Kilometer. Im Durchschnitt war er fünfzig Kilometer dick.

„Etwa wie Juno", bemerkte Rhodan, als die Maße vorlagen.

Daß Runaway dennoch ganz anders war als der solare Planetoid Juno, das bewiesen die Auswertungsergebnisse der Mikrowellentastung.

Runaway bestand zu sechzig Prozent aus erkaltetem Magmagestein und zu etwa vierzig Prozent aus Titanit.

Es war nicht das Vorkommen des wertvollen Titaneisenerzes an sich, was Rhodan aufhorchen ließ – es war der Anteil relativ zum Magmagestein. Titanit kam überall im Universum, soweit es bekannt war, in Magmagestein vor – niemals jedoch mit einem Massenanteil von vierzig Prozent.

Kalak bewies, daß er diese Tatsache taktisch klug einzuordnen verstand.

„Das Erz gibt einen viel besseren Ortungsschutz ab als reines Gestein." Er lächelte Rhodan an. „Außerdem ist dadurch die Massenanziehung erheblich größer als bei einem Gesteinsplanetoiden gleicher Größe. Die ASKAHA kann nicht durch einen Zufall abtreiben."

„Durch welchen Zufall?" fragte Perry amüsiert. „Etwa dadurch, daß sich jemand gegen eine Landestütze lehnt?"

Tolot lachte brüllend. Kalak dagegen setzte eine beleidigte Miene auf.

Rhodan ging zu dem Funkgerät und schaltete die Verbindung zur CREST ein.

„Setzen Sie die ASKAHA mit Hilfe der Traktorstrahler und Antigravprojektoren auf Runaway ab, Oberst Rudo. Danach sehen Sie zu, daß Sie den Himmelskörper zwischen sich und die Raumschlacht bringen. Ich möchte das tefrodische Schiff in aller Ruhe untersuchen können."

Cart Rudo bestätigte den Befehl. Ganz gegen seine Gewohnheit setzte er sarkastisch hinzu:

„Das wäre zu schön, um wahr zu sein!"

Meter um Meter glitt der erbeutete Kreuzer auf die licht- und luftlose Oberfläche des keilförmigen Planetoiden hinab.

Die Spezialisten hatten unterdessen die Antigravprojektoren der ASKAHA instandgesetzt. Auf Rhodans Befehl schaltete Rudo alle Traktorstrahler und Antigravprojektoren des Ultragiganten aus. Völlig aus eigener Kraft trat die ASKAHA in die letzte Landephase ein.

Die Triebwerke schwiegen noch immer. Zwar wäre es leichter gewesen, die gewaltige Masse des Kreuzers mit konstantem Gegenschub aus den Felddüsen zu verzögern, aber die Techniker hatten Bedenken angemeldet. Sie wollten die Triebwerksaggregate erst noch genauer überprüfen. Perry Rhodan, Kalak und Icho Tolot, die die Steuerung der ASKAHA übernommen hatten, behalfen sich auf die gleiche Weise, auf die man auch Raumschiffe ohne Hilfe ihrer Korpuskulartriebwerke starten konnte. Sie polten die Hälfte der Antigravprojektoren durch eine vorgesehene Schaltung um, so daß starke Abstoßfelder entgegen der Sinkrichtung erzeugt wurden. Dieses Prinzip war sehr alt; der Antrieb der bekannten Prallfeldgleiter beruhte beispielsweise darauf.

Als die ASKAHA auf ihren breiten Stütztellern stand, ließ Rhodan die Scheinwerfer einschalten. Ihre hellen Lichtkegel enthüllten eine verschwenderische Farbenpracht. Die unebene, von Spalten, Löchern und buckligen Erhebungen bedeckte Oberfläche Runaways schimmerte in zahllosen Gelb- und Grüntönen. Dazwischen erstreckten sich unregelmäßige braune, violette, weiße und schwarze Flecken, als hätte ein Maler wahllos seine Farbtuben ausgedrückt.

Alles aber reflektierte das Licht so stark, daß Rhodan die Augen zusammenpreßte, um sich an die Blendwirkung zu gewöhnen. Offensichtlich lag an der Oberfläche mehr Titanit als darunter, denn sowohl die Farben als auch die kristalline Struktur waren typisch für jenes Erz.

„Wenn wir die Zeit dazu finden, möchte ich mir diese Welt gern einmal näher ansehen", sagte er seufzend.

„Warum tun Sie es nicht?“ fragte Tolot verwundert. „Niemand hindert Sie daran, und die Untersuchungen des Schiffes erledigen die Spezialisten auch allein.“

Perry Rhodan schüttelte heftig den Kopf.

„Nein, Freund, die Triebwerke der Tefroder muß ich mit eigenen Augen sehen!“

Der Haluter lachte.

Er wandte sich dem Liftschacht zu, der in direkter Linie zu den Maschinenräumen führte. Rhodan wollte ihm folgen.

Doch in dem Augenblick, in dem er den Fuß in die Schachtöffnung streckte, wurde er energisch herumgewirbelt.

Mit zornigem Blick wandte er sich dem zu, der es gewagt hatte, ihn am Genick zu packen und zurückzureißen.

Doch dann schluckte er den Verweis herunter, den er schon auf der Zunge gehabt hatte.

Vor ihm stand Dr. Ralph Artur.

Der Chefarzt des Solaren Flaggschiffes rang offensichtlich nach Luft. Vermutlich war er in seiner Zerstreutheit bis zur Zentrale gelaufen, ohne an die Antigravschächte zu denken oder den Interkom zu benutzen.

Hinter Arturs klapperdürren Gestalt tauchte der Hyperphysiker Jeremy Gardner auf.

„Doc Artur hat etwas Wichtiges gefunden“, sagte er.

Perry Rhodan blickte den Arzt forschend an. Dieser war inzwischen wieder zu Atem gekommen. Er griff unter seinen Arztkittel und zog eine Röntgenaufnahme hervor. Kommentarlos übergab er sie Rhodan.

Zögernd nahm Perry sie ihm aus der Hand. Mit gerunzelter Stirn betrachtete er die Schichtaufnahme eines menschlichen Kopfes. Deutlich war das Gehirn zu erkennen. Dicht oberhalb des Hinterhauptloches aber saß ein münzengroßer, dunkler Schatten ...

„Was ist das?“ fragte Rhodan mit belegter Stimme.

Arturs knochiger Zeigefinger fuhr über die Aufnahme.

„Darüber habe ich zuerst auch gerätselt, bis die Hyperphysiker, die ich zur Untersuchung einiger narkotisierter Tefroder herangezogen hatte, das Rätsel gelöst hatten. Aber am besten sagt Ihnen Jeremy Gardner, was er und seine Leute herausgefunden haben.“

Gardner räusperte sich kurz und sagte dann: „Wir haben mit Hilfe der Mediziner und mit allen uns zur Verfügung stehenden Durchleuchtungs- und Analysemethoden herausgefunden, daß es sich um Geräte von etwa einem Zentimeter Durchmesser und drei Millimeter

Stärke handelt. Diese Geräte, die in allen bisher untersuchten Tefrodergehirnen vorgefunden wurden, arbeiten auf hyperphysikalischer Basis, so daß sich daraus der Schluß ableiten läßt, daß es sich um Hyperwellenempfänger handelt."

„Diese Mikroempfänger sind direkt oberhalb des Hinterhauptloches im Gehirn verankert", setzte Artur fort, nachdem Gardner geendet hatte. „Die Einpflanzung geschah direkt in die Schädeldecke. Die kreisrunde Narbe ist mit natürlichem Gewebe überwachsen."

„Ein Hyperwellenempfänger in der Schädeldecke..." sagte der Großadministrator nachdenklich. Ruckartig fuhr sein Kopf empor. Die Augen blitzten den Mediziner an.

„Was haben Sie mir sonst noch zu sagen, Doc? Das ist doch nicht alles! Das kann nicht alles sein! Welchen Sinn hat, welchen Zweck erfüllt das Gerät in den Schädeln der Tefroder?"

„Das...", entgegnete Ralph Artur scheinbar phlegmatisch, „... hoffe ich, durch die Obduktion der beiden gefallenen Tefroder zu erfahren."

„Wann beginnen Sie?" fragte Rhodan scharf.

„In einer halben Stunde."

„Gut, erwarten Sie mich dann im Obduktionszimmer. Ich möchte mir das selbst ansehen!"

Nachdem Dr. Artur und Jeremy Gardner gegangen waren, sahen sich Perry Rhodan und der gigantische Haluter einen Atemzug lang schweigend in die grenzenlos verschiedenen Gesichter.

Ein Assistenzarzt schaltete die gewölbte Lampe über dem Operationstisch ein. Fast im selben Augenblick begann eine Kamera zu surren.

Perry Rhodan, Atlan und Icho Tolot beugten sich über den in grelles Licht getauchten, leblosen Körper. Ihre Augen verfolgten jede Handbewegung des Chefarztes.

Summend fuhren blinkende Instrumente aus dem OP-Automaten. Dr. Ralph Artur dirigierte das komplizierte Gerät mit knappen Handgriffen.

Nach knapp fünfzehn Minuten schaltete Artur den Automaten aus und wischte seine Plastikhandschuhe an einem sterilen Tuch ab.

Perry Rhodan wartete geduldig.

„Das wäre es, meine Herren!" sagte der Mediziner schließlich. „Zum Glück war uns ja schon einiges über die Gehirne der Tefroder bekannt. Sie wissen, daß diese Burschen im Kleinhirn eine sogenannte Paradrüse besitzen!" Die Frage war nur rhetorischer Natur, denn der

Arzt berichtete sofort weiter: „Nun kommt die große Überraschung: Das münzengroße Mikrogerät in der Schädeldecke ist durch halbbiologische Leiter mit der Paradrüse verbunden.

Was sagen Sie dazu . . .?"

Lordadmiral Atlan atmete erregt.

„Ich beginne, einiges zu verstehen. Demnach handelte es sich bei der Hyperwellenflut, die wir vor einigen Tagen registriert haben, um Befehlsimpulse, die von den Mikrogeräten in den Gehirnen der Tefroder empfangen und an das Kleinhirn weitergeleitet wurden. Das zeitgleiche Auftreten der Hyperwellenflut mit der beginnenden Invasion der Maahks läßt den Schluß zu, daß die Tefroder durch die Hyperimpulse zu einer Generalmobilmachung aufgerufen wurden."

Rhodan wirkte sehr nachdenklich, als er sagte:

„Mich beschäftigt die Frage, warum wir derartige Geräte nicht in den Gehirnen jener vier Tefroder fanden, die wir bereits Mitte März obduzierten."

Er wandte sich an Dr. Artur.

„Wissen Sie darauf eine Antwort?"

Der Mediziner zuckte die Schultern.

„Die Antwort ist ganz einfach. In den Gehirnen dieser vier Tefroder gab es keine derartigen Geräte!"

Rhodan blickte stumm vor sich hin.

„Das hieße, daß sie nicht jedem Tefroder eingepflanzt werden", sagte Tolot. „Hätten jene vier Tefroder diese Dinger besessen, so wären sie bei der Obduktion entdeckt worden. Da dies nicht der Fall war, muß angenommen werden, daß nur bestimmte Tefroder derartige Geräte besitzen."

„Damit ist das Rätsel nicht kleiner, sondern eher größer geworden", sagte Atlan. „Ich bin gespannt, ob tatsächlich jedes Besatzungsmitglied der ASKAHA über Mikroempfänger in seinem Gehirn verfügt."

Rhodan erhob sich.

„Ich danke Ihnen, Doktor", sagte er zu Artur, ohne auf die Ausführungen Tolots einzugehen. „Sie haben uns Informationen geliefert, deren Wert wir derzeit noch nicht abschätzen können. Untersuchen Sie auch die restlichen Besatzungsmitglieder und informieren Sie mich über das Ergebnis."

Damit verließ er den Obduktionsraum. Atlan und Tolot folgten, ohne noch einen Blick auf den Operationstisch zu werfen.

Perry Rhodan, der Arkonide und der Haluter fuhren zusammen mit dem Antigravlift in den Maschinensektor der ASKAHA. Wie sie erwartet hatten, fanden sie Kalak nicht vor. Der Kosmische Ingenieur ‚kroch‘ wahrscheinlich mittels seiner Strukturläufer-Fähigkeit in den Konvertern herum.

Nach einigen Minuten tauchte der Ingenieur wieder auf. Er glänzte über das ganze schwarze Gesicht. Sein Bartknoten hatte sich im Nakken gelöst und die rote Flut fiel lose über die Schultern herab.

„Wie eine an Fettsucht leidende, rothaarige Afrikanerin“ bemerkte ein schwitzender Techniker der CREST III grinsend. Glücklicherweise hatte er französisch gesprochen; diese Erdsprache war Kalak noch nicht bekannt.

„Verschrotten Sie die Triebwerke Ihres Schlachtschiffes!“ rief er Rhodan zu. „Gegen die Kompaktwerke der Tefroder schneiden sie miserabel ab.“

Perry Rhodan wurde blaß.

„Sie übertreiben!“ erwiderte er schwach – und wußte im selben Augenblick, daß Kalak der letzte war, der ohne finanziellen Anreiz die Unwahrheit gesagt hätte.

Der Paddler warf die Arme in die Luft.

„Ich stehe nicht als Geschäftsmann vor Ihnen, sondern als Berater und Freund. Was ich gesagt habe, stimmt. Schon bei unserer ersten Begegnung habe ich darauf hingewiesen, daß Ihr Ultraschiff noch längst nicht das Nonplusultra des Raumschiffsbaues sei.

Die Maschinen der Tefroder erzielen bei nur halber Größenordnung die gleichen Leistungen wie die Kalupkonverter Ihrer CREST III!“

Rhodans Gesicht rötete sich allmählich vor Erregung. Seine Augen funkelten, die Hände krampften sich zusammen.

Atlan, der den Freund besser kannte als die meisten anderen, hob die Hände wie in instinktiver Abwehr.

„Hör auf, in dieser Richtung zu denken!“ rief er beschwörend. „Es ist unmöglich, die ASKAHA durch die halbe Andromeda-Galaxis nach KA-preiswert zu schleppen!“

Der Terraner fuhr aus seinen Gedanken auf.

„Unmöglich . . .?“ Er lachte hart. „Du solltest mich besser kennen, Freund. Für Menschen ist vieles möglich, woran andere nicht einmal zu denken wagen!“

„In dieser Beziehung gleichen euch die Tefroder ebenso wie auf allen anderen Gebieten“, gab Atlan zurück.

„Sie werden uns keine Chance geben, die Warnzone lebend zu verlassen – jedenfalls nicht, solange wir eines ihrer eigenen Schiffe hinter uns herschleppen!“

Als wäre damit ein Stichwort gefallen, rollte der Donner einer heftigen Explosion von den Nebenräumen herein.

In Rhodans Armbandgerät knackte es mehrmals. Eine Stimme schrie etwas, das wie „Alarm" klang – und verstummte abrupt.

Eine neuerliche Explosion schleuderte das Schott zum Maschinenraum auf die Verkleidung eines Konverters. Glühende Gase und beißender Rauch wälzten sich hinterher.

Die drei Männer und Tolot liefen zum Seitenausgang und riefen Fragen in ihre Armbandgeräte. Doch niemand antwortete ...

24.

Leutnant Son Hunha befand sich in der Kommandozentrale der ASKAHA, als Oberst Cart Rudo von der CREST aus über Telekom anrief.

„Wo ist Perry Rhodan?" fragte er.

Son erkannte die Erregung in den Augen des massigen Epsalers. Es war noch nicht oft geschehen, daß er seinen Kommandanten so erregt gesehen hatte. Darum ahnte er sofort das Schlimmste.

„Soviel ich weiß, in den Maschinenräumen, Sir", erwiderte er.

„Hm!" machte Rudo. „Ich weiß nicht, ob es so wichtig ist. Aber seit einer halben Minute empfangen wir hier eine Hyperwellenflut ungeheuren Ausmaßes. Auf allen 5-D-Frequenzen kommen die Impulse herein. Empfangen Sie die Sendung auch, Leutnant?"

„Die Hyperkomanlage der ASKAHA ist noch außer Betrieb. Soll ich Rhodan rufen?"

„Es wird vielleicht besser sein", entgegnete der Kommandant.

Doch da war es bereits zu spät.

Son Hunha konnte sich gerade noch zur Seite werfen, um dem Energiestrahl zu entgehen. Neben ihm explodierte der Telekom. Der Marsianer wurde von einem glühenden Trümmerstück an der Wange gestreift und schrie auf. Halb betäubt wälzte er sich über den Boden. Vor, hinter und neben ihm begann der Plastikbelag zu brodeln.

Leutnant Hunha schoß im Liegen auf die beiden näherkommenden Tefroder. Einer von ihnen stürzte, der andere verschwand mit einem Satz hinter der hochragenden Säule des Antigravschachtes.

Der Marsianer wechselte die Stellung. Mit langen Sprüngen arbeitete er sich dorthin vor, wo vor dem Überfall Leutnant Ische Moghu gestanden hatte. Unterwegs traf er auf die Leichen von vier Terranern. Es waren die Leute, die den Hyperkom untersuchen sollten. Heißer Zorn stieg in Hunha auf. Als der Tefroder erneut zu schießen begann, stieß er einen schrillen Schrei aus und rannte im Zickzack auf die Antigravsäule zu.

Die hohe, kraftvolle Gestalt des Tefroders tauchte plötzlich an der anderen Seite der Schachtsäule auf. Hunha erhielt einen Faustschlag, der ihn bis gegen das Schaltpult schleuderte.

Höhnisches Lachen ertönte.

Son merkte, daß ihm die Waffe entfallen war. Der Tefroder kam auf ihn zu. Sein samtbraunes Gesicht war verzerrt. Der Leutnant glaubte, Mordlust darin zu lesen – und übermenschliche Anstrengung.

Da erkannte er plötzlich, was die Hyperwellenflut zu bedeuten hatte.

Die Tefroder hätten erst in sechs Stunden erwachen dürfen. Nur ein starker psychischer Reiz vermochte die Betäubung einer Narkosewaffe aufzuheben. Son Hunha kannte das Ergebnis der Obduktion nur in groben Umrissen; es genügte dennoch, um sich ein Bild machen zu können.

Wenn die starke Hyperwellenflut über die Mikroempfänger und die Paradrüse zum Kleinhirn weitergeleitet wurde, dann mochte sie sowohl als Weckreiz wie auch als Befehlsübermittler wirken.

Das alles zog blitzschnell durch Sons Gedanken. In der nächsten Sekunde stand der Tefroder vor ihm und holte mit der umgedrehten Waffe aus. Son Hunha rollte sich zur Seite und trat gegen den Unterarm seines Gegners. Der Tefroder ließ aufschreiend die Waffe fallen. Bevor er noch etwas anderes unternehmen konnte, hatte sich der Marsianer vorgeschnellt. Seine Hände stießen gegen die Beine des anderen und rissen ihn um. Hunha faltete die Hände und ließ sie mit aller Wucht auf den Nacken seines Gegners niederfallen. Der Tefroder brach zusammen, bevor er sich wieder aufgerichtet hatte.

Leutnant Hunha blieb einige Sekunden gebückt über dem bewußtlosen Gegner stehen. Er keuchte.

Als er sich umwandte, um erneut nach Ische Moghu zu suchen, erstarrte er. Im offenen Eingangsschott der Kommandozentrale stand wieder ein Tefroder. Son blickte genau in die flimmernde Feldmündung des aktivierten Strahlers.

Er sah, wie der Finger seines Gegenübers sich krümmte und schloß unwillkürlich die Augen. Im nächsten Moment riß er sie wieder auf.

Die krachende Entladung hatte nicht bei ihm eingeschlagen, sondern den Tefroder getötet.

Mit weiten Sätzen jagte Son dorthin, woher der Schuß gekommen war. Hinter den Trümmern eines noch schwelenden Kontursessels lag Ische Moghu. Die Hand mit dem Strahler war noch in Richtung Tür ausgestreckt, aber das Gesicht lag auf dem Boden. Über die linke Schulter des Afro-Terraners zog sich eine tiefe, brandgeschwärzte Spur.

Son Hunha hob den Kopf des Leutnants an und sah erleichtert, daß Moghu lebte. Der Atem ging etwas schneller, und die Augen waren geschlossen. Ische Moghu war bewußtlos.

Rasch riß Leutnant Hunha den Medizinkasten aus einer Tasche eines Kampfanzuges. Er spritzte zuerst ein Aramittel in die Wunde, das eventuelle Giftstoffe band und unschädlich machte; darüber sprühte er eine Schicht synthetischen Bioplasmas.

Danach zog er ein Injektionspflaster mit Doppel-Stimulans hervor. Er überlegte, ob er den Kameraden damit ins Bewußtsein zurückrufen und seinen Körper aufpeitschen sollte.

Als er sich dazu entschloß, weil er die Lage für gefährlich genug hielt, um eine solche Maßnahme zu rechtfertigen, war es zu spät dafür.

Es gab einen dumpfen Knall, und Son Hunha fühlte, wie seine Muskeln erstarrten. Steif fiel er vornüber. Sein Gesicht schlug gegen Moghus Funkhelm.

Icho Tolot und Perry Rhodan wurden von dem Feuerüberfall völlig überrascht.

Sie waren gerade dabei, in schnellem Lauf die Halle mit den He-Generatoren zu durchqueren, als eine Serie von Impulsschüssen sie in Deckung zwang.

Perry Rhodan warf sich hinter die hohe Säule eines Generators. Immer noch schossen blendend helle Energiebahnen durch die Halle, gruben sich tief in den Bodenbelag, schmolzen Löcher in Wände und Decke. Rhodan hatte seine Waffe gezogen, aber er konnte es nicht wagen, einen Blick aus seiner Deckung hervorzuwerfen. Weder von den Angreifern noch von Icho Tolot war im Augenblick etwas zu sehen.

Während die Hitze immer unerträglicher wurde, überlegte Perry, wieso die Tefroder frühzeitig aus der Tiefnarkose hatten erwachen können. Er zweifelte keinen Augenblick dran, daß es die Tefroder waren, die ihn mit ihrem Beschuß in Deckung zwangen.

Mit einem Ruck riß er die Druckhelmfolie über sein Gesicht, als die zunehmende Hitze ihm den Atem nahm. Frischer, belebender Sauerstoff zischte aus dem Atemtornister und strömte in seine Lungen. Wieder einmal, wie so oft schon, waren sie in eine Falle gelaufen, dachte er bitter. Doch woher hätte jemand wissen sollen, daß die Tefroder um einige Stunden zu früh aufwachen würden?

Ein Energiestrahl schlug einen halben Meter neben ihm ein. Die Entladung schleuderte Rhodan aus der Deckung heraus. Er fand sich auf dem Boden liegend. In der Hand fühlte er das kühle Metall seines eigenen Strahlers, der auf Paralysewirkung eingestellt war. Er schoß blind um sich und versuchte, eine neue Deckung zu finden.

Die Tefroder schienen durch die glühenden Gase, die durch die Halle zogen, ebenfalls in ihrer Sicht behindert zu sein. Zwar schossen sie, aber kein Energiestrahl traf.

Perry wunderte sich, wo der Haluter geblieben war. Normalerweise hätte er die Lage längst zu ihren Gunsten geklärt.

Er zielte kurz und schoß, als er schemenhafte Bewegung im Hintergrund des Raumes erkannte. Ein gellender Schrei antwortete ihm; ein Körper polterte auf den Bodenbelag. Einige Impulsstrahlen röhrten dicht an Rhodans Kopf vorbei und schlugen in die rückwärtige Wand.

Perry lief geduckt durch eine weißliche Rauchwolke. Er hatte die Leiter zu einem erhöhten Rundgang entdeckt. Wenn er dort hinaufkam, würde er zwar noch weniger Deckung haben, aber er konnte dann die Tefroder besser sehen.

Ein Strahlschuß veranlaßte ihn zu einem weiten Sprung.

Zu seinem Glück kam er mit Händen und Füßen zugleich auf. Seine Füße fanden nämlich keinen Halt, und die Knie rutschten über eine scharfe Kante abwärts. Rhodan rollte sich über die Schulter nach vorn. Danach musterte er das eigenartige „Hindernis“.

Plötzlich wußte er, wo Icho Tolot geblieben war.

Das Loch, das ihn beinahe verschlungen hätte, war ein Teil des Schußkanals, der bis zum Halbraumfeld-Konverter führte. Von hier allerdings führte der Kanal nach draußen. Wer da hineinstürzte, der schoß mit unverminderter Geschwindigkeit in den Weltraum hinaus. Vielleicht war die Anziehungskraft des Planetoiden groß genug, daß er in weitem Bogen zurückkehrte; wenn nicht, gab es keine Rettung.

Perry entsann sich, daß der Haluter kein Rückstoßaggregat getragen hatte, als sie den Konverterraum inspizierten. Auch Icho Tolot trug nicht gern offensichtlich überflüssige Ausrüstungsstücke mit sich herum.

Rhodan zögerte nur kurz.

Tolot hatte genügend Atemluft in dem Materiewandler seines Raumanzuges. Falls er wirklich die dünne Hermetikwand durchschlagen hatte, die das Loch an der Außenhülle verschloß, so konnte er es stundenlang draußen aushalten. Zudem waren Haluter in der Lage, völlig ungeschützt bis zu fünf Stunden im eisigen Vakuum des Raumes zu existieren.

Perry hätte ihn ohne Gewissensbisse abtreiben lassen können, bis die Gefangenenrevolte in der ASKAHA niedergeschlagen war.

Doch da waren zwei Dinge, die seinen Entschluß beeinflußten. Einmal war Icho Tolot kein beliebiger Verbündeter; er war zum Freund der Menschen und zum persönlichen Freund Rhodans geworden. Freunde aber ließ man nicht im Stich. Das zweite Faktum, das Perrys Entschluß entscheidend beeinflußte, war die Erkenntnis, daß der Kampf ohne Tolots Hilfe blutiger und länger sein würde als mit der Unterstützung des Haluters.

Das alles zusammen waren Gründe genug, um Rhodan zu einer gewagten Rettungsaktion zu veranlassen.

Er ließ sich im Schußkanal hinabsinken, was infolge der dort herrschenden Neutralisation der Schwerkraft ungefährlich war. An der Hermetikwand hielt er an. Deutlich war zu erkennen, daß ein schwerer Körper die Wand geschoßgleich durchschlagen hatte. Das Loch war allerdings durch den Struktur-Stabilisator geschlossen worden. Rhodan vermochte nicht, die Wand allein mit seiner Körperkraft aufzubrechen. Entschlossen zog er den Impulsblaster und ließ einen nadelfeinen Energiestrahl senkrecht über die Fläche gleiten. Ein Riß bildete sich.

Perry zwängte sich hindurch, bevor der Stabilisator das Loch wieder schließen konnte – und stand mehr als hundert Meter über der glitzernden Fläche des Planetoiden.

Er brauchte nicht erst nach oben zu sehen, um den Haluter zu suchen. Der Kombinationsstrahler Tolots lag unmittelbar neben einer Öffnung im Boden Runaways.

Einer Öffnung, die vorher nicht dagewesen war...

Bei der verhältnismäßig geringen Massenanziehung Runaways benötigte Perry Rhodan keine Hilfsmittel, um die Entfernung vom Einschußloch bis zum Boden zu überwinden.

Er sank, die Füße voraus, langsam nach unten und landete sanft auf einem grüngelb gesprenkelten Flecken Titanit, dicht neben der geheimnisvollen Öffnung. Seine Stiefel stießen in funkelnde Nester milchig-durchsichtigen Bergkristalls, der auf den farbigen Flecken aufgewachsen war.

Schon das kam Perry ungewöhnlich vor. Der Planetoid mußte unmittelbar aus der Oberfläche eines zumindest erdgroßen Planeten herausgerissen worden sein. Dagegen schien aber die Tatsache zu sprechen, daß das Titanit mit vierzig Prozent an der Masse des treibenden Himmelskörpers beteiligt war.

Noch viel ungewöhnlicher allerdings erschien dem Terraner die gleichmäßig kreisrunde Öffnung.

Es gab nicht viel, was einem Wesen, wie der Haluter es war, gefährlich werden konnte. Es sei denn, er würde völlig überrascht.

Rhodan nahm als sicher an, daß es so gewesen war, denn freiwillig ließ Tolot seinen Kombinationsstrahler nicht einfach liegen und verschwand – noch dazu in einer Situation, in der die Menschen auf seine Hilfe angewiesen waren.

Perry aktivierte seinen Strahler, schaltete die winzige Lampe an, die zum festen Zubehör des leichten Raumanzuges gehörte, und leuchtete in das Loch.

Zu seiner Verwunderung führte ein Gang senkrecht in die Tiefe. Wie tief der Schacht war, vermochte Rhodan bei dem schwachen Licht seiner Lampe nicht zu erkennen.

Zufällig geriet Perrys Hand mit dem Strahler ein Stück in den Schacht hinein – und zuckte unwillkürlich zurück.

In dem finsteren Schacht des luftlosen Planetoiden existierte ein gerichtetes Antigravitationsfeld.

Der Sog hatte Rhodans Hand ruckartig nach unten gezogen. Folglich war das Feld nach unten gepolt. Die Frage war nur, mit welcher Geschwindigkeit ein Gegenstand hinabgerissen werden würde.

Perry Rhodan schlug mit dem Kolben seiner Waffe einen großen Bergkristall los und ließ ihn in den Schacht fallen. Im Licht seiner kleinen Lampe erkannte er, daß der Kristall ziemlich tief sank.

Er beschloß, sich dem Antigrav-Feld anzuvertrauen.

Vorsichtig glitt er über den Rand, bis nur noch seine behandschuhten Hände Halt fanden. Dann stieß er sich bis zur Mitte des Schachtes ab.

Das Feld zog ihn bedeutend schneller hinab als den Kristall. Doch damit hatte Rhodan gerechnet. Er lockerte seine Muskeln, als er an den glitzernden Wänden vorbeiglitt. Der Lichtkegel der Lampe beleuchtete immer nur geringe Ausschnitte der Umgebung. Der Terraner fühlte sich alles andere als wohl bei dem Gedanken, daß unten jemand mit einem schußbereiten Strahler auf ihn lauern könnte. Er hätte nicht die geringste Überlebenschance gehabt.

Dennoch zwang er sich dazu, die Sekunden zu zählen. Als er bei sieben angelangt war, prallten seine Füße auf festen Boden. Perry federte in den Knien nach – und stand.

Die Spannung fiel von ihm ab, als er sah, daß niemand auf ihn gelauert hatte.

Sorgfältig begann er, den Boden des Schachtes auszuleuchten. Zu seiner maßlosen Verblüffung fand er weder eine Abzweigung noch einen Hinweis auf den Antigravgenerator, der das gerichtete Feld erzeugte.

Im ersten Augenblick war er geneigt, das Antigravitationsfeld seiner Einbildung und der darauf fußenden Täuschung zuzuschreiben. Konnte das, was er für ein gerichtetes Feld gehalten hatte, nicht einfach die natürliche Massenanziehung des Planeten sein?

Doch zweierlei sprach bei einigem Nachdenken dagegen.

Erstens war die Anziehungskraft im Schacht stärker gewesen als die auf der Planetoidenoberfläche – und zweitens zeugte Tolots Kombiwaffe davon, daß der Haluter im Innern des Himmelskörpers verschwunden war.

Das aber konnte keine natürliche Ursache haben.

Erst jetzt entsann sich Rhodan seines Armbandgerätes. Als er noch im Schiff war, hatte niemand auf seine Rufe geantwortet. Darum war er schließlich davon abgekommen. Doch vielleicht würde Icho Tolot antworten, wenn er es jetzt versuchte!

Er preßte das rechte auf das linke Handgelenk. Das darunter liegende Armbandgerät wurde dadurch sowohl aktiviert als auch mit einem im Ärmel befindlichen Kontakt verbunden. Von diesem Kontakt wiederum führte je ein fadendünner Leiter zu dem stecknadelkopfgroßen Mikrophon und dem ebenso kleinen Lautsprecher im Helm.

„Perry Rhodan ruft Tolot und das Kommando auf der ASKAHA! Achtung, hier spricht Perry Rhodan! Wer mich hört, wird aufgefordert, umgehend zu antworten!“

Danach wartete er.

Doch der Lautsprecher blieb stumm.

Perry dachte an die Mutanten, die sich ebenfalls auf dem Tefroderschiff befanden.

Gucky würde sich nicht überraschen lassen. Als Teleporter verfügte er immer über eine Fluchtmöglichkeit. Doch auch Marshall, Goratschin und der USO-Spezialist Kasom waren nicht die Männer, die sich ohne weiteres überrumpeln ließen. Ihre Fähigkeiten und ihre Erfahrungen machten sie zu gefährlichen Kämpfern. Was den Modul Baar Lun anging, war sich Perry Rhodan nicht so sicher. Zwar vermochte Lun Energieschüsse in feste Materie zu transformieren, aber seine Erfahrungen im Kampf waren – verglichen mit denen der Mutanten und Kasoms – gleich Null.

Warum antwortete keiner von ihnen auf seinen Ruf?

Und was war mit der fast unüberwindlichen Kampfmaschine Icho Tolot geschehen?

Cart Rudo hatte den Energiestrahl über den Telekom förmlich auf sich zukommen sehen.

Danach war die Bildscheibe dunkel gewesen; der Empfänger hatte geschwiegen – bis auf das Rauschen, das durch die starke Radiostrahlung des nahen Zentrums Andromedas hervorgerufen wurde.

Der Epsaler war tödlich erschrocken gewesen. Doch er besaß genügend Erfahrung und Kaltblütigkeit, um sich innerhalb einer Sekunde wieder vollkommen zu beherrschen.

Es gab Alarm! Leider war der Empfangstransmitter in der ASKAHA desaktiviert worden.

Rudo ließ fünf Einsatzkommandos zu je fünfzig Mann in Beiboote einsteigen und in Richtung ASKAHA starten. Das Kommando über die „Entsatz-Aktion" erhielt Major Don Redhorse.

Oberst Rudo bewies wieder einmal seinen guten Instinkt und seine Umsicht, indem er gleichzeitig das Dritte Jagdgeschwader ausschleusen und in Warteposition rings um den Planetoiden gehen ließ. Er selbst dirigierte die CREST III zur anderen Seite Runaways und beobachtete den Verlauf der Entsatz-Aktion.

Er sah, wie der Korvettenverband Major Redhorses gleich einem Schwarm hungriger Raubvögel über der ASKAHA kreiste.

„Sämtliche Schleusen sind geschlossen, Sir", meldete Redhorse über Telekom.

„Die Frachtschleuse muß offen sein", entgegnete Rudo. „Leutnant Hunha hat sie doch zerschießen lassen, als er den Kreuzer enterte."

„Nichts, Sir. Vielleicht von innen verschweißt. Ein geschickter Mann kann das mit einem leistungsstarken Thermostrahler ohne weiteres schaffen. Soll ich mir gewaltsam Zugang verschaffen?"

Der Oberst überlegte. Am taktisch klügsten wäre es gewesen, von jeder Korvette Desintegratorbeschuß auf eine besondere Stelle der Außenhülle zu legen. Dann konnten die Tefroder ihre Leute nicht an einer Stelle konzentrieren.

Aber diese taktische Klugheit wäre gleichzeitig eine strategische Dummheit gewesen. Fünf neue Lecks in der Hülle hätten die Instandsetzung der ASKAHA noch weiter verzögert. Und mit jeder verstreichenden Minute steigerte sich die Raumschlacht vor Atrun, wodurch die Entdeckungsgefahr ebenfalls stieg.

„Sie müssen den schwereren Weg gehen, Don!" sagte Cart Rudo.

„Ich verstehe, Sir!" erwiderte Redhorse.

Dann verschwand Dons Abbild vom Telekomschirm.

Der Oberst holte die ASKAHA und ihre Umgebung mit Hilfe der Sektorvergrößerung heran. Deutlich sah er jeden Kratzer auf der Stahlplastikhaut des Tefroderschiffes, und ebenso deutlich sah er das dunkle Loch, wo eben noch eine geschlossene Geschützklappe gewesen war und die hell schimmernde, spiralige Mündung, die sich daraus hervorschob.

Er hob die Fäuste, als der helle Desintegratorstrahl aus der Geschützmündung huschte.

An einer der Korvetten bildete sich ein rasch wachsendes Leck; Trümmerteile und Schwaden molekularen Gases schossen in den Weltraum. Taumelnd sank das 60-Meter-Beiboot der Oberfläche des Planetoiden entgegen.

Und Cart Rudo konnte nichts anderes tun als mit den Zähnen knirschen und die Fäuste schütteln. Er durfte nicht das Feuer auf die ASKAHA eröffnen – denn damit hätte er das Leben von fünfhundert Terranern und das Leben Perry Rhodans gefährdet.

Als das getroffene Beiboot hart auf dem Planetoiden aufschlug, glaubte der Oberst, das Knirschen zerreißenden Metalls zu hören. Seine Hände umklammerten die Seitenlehnen des Kontursessels, als wollten sie das Metallplastik zerdrücken.

Er atmete tief aus, als die Bodenschleuse des abgestürzten Beibootes sich öffnete und Raumsoldaten in Druckanzügen auf die ASKAHA zurannten. Ein Thermogeschütz der Korvette gab Feuerschutz. Die Männer wechselten sich im Feuern und Stürmen ab. Die Tefroder in der ASKAHA schienen durch die plötzliche Wende völlig überrascht worden zu sein. Sie vermochten kein Geschütz mehr auf die stürmenden Terraner auszurichten.

Statt dessen versuchten sie es mit ihren Leuten, die offenbar schon in der Frachtschleuse gestanden hatten. Als die ersten Terraner noch etwa fünfzig Meter von der Schleuse entfernt waren, glitten die Schotts beiseite, und eine Gruppe von etwa zwanzig schwerbewaffneten Tefrodern begann, aus der relativen Sicherheit des Schleusenraumes heraus zu schießen.

Die stürmenden Raumsoldaten wären verloren gewesen, hätte der Mann hinter dem Paralysegeschütz der Korvette nicht so rasch geschaltet.

Ein einziger Strahl löschte den Spuk aus.

Durch die Öffnung drangen die Terraner in die ASKAHA ein.

Cart Rudo atmete auf.

Die restlichen vier Korvetten kreisten immer noch über der ASKAHA und lenkten die Feuerleitoffiziere des tefrodischen Kreuzers von dem beschädigten fünften Beiboot ab. Sie hatten unterdessen ihre grünen HÜ-Schirme aktiviert und waren damit ausreichend gegen die Waffen des Kreuzers geschützt. Allerdings mußten sie mindestens hundert Meter Abstand halten, um die ASKAHA nicht zu beschädigen. Die Hochenergie-Überladungsschirme waren gefährlich, wenn man leichtsinnig mit ihnen umging.

Oberst Rudo steuerte die CREST ein wenig näher an den Kreuzer heran.

Don Redhorse stand mit den Soldaten der notgelandeten Korvette in Verbindung und berichtete seinerseits dem Kommandanten.

Alles sah besser aus, als der äußere Anschein hatte vermuten lassen. Die Terraner des Untersuchungskommandos lebten zum größten Teil noch und setzten den mutig angreifenden Tefrodern erbitterten Widerstand entgegen. Nur hatten es die Tefroder verstanden, auf einen Schlag sämtliche Kommandostellen ihres Raumkreuzers zurückzuerobern. Die Hauptzentrale, die Feuerleitzentrale, die Maschinenräume und die Lifts und Nottreppen wurden von ihnen beherrscht. Unter John Marshalls Kommando hatte sich eine Einsatzgruppe gebildet, der unter anderen Kasom, Goratschin und Noir angehörten. Diese Gruppe war dabei, sich schrittweise zu den Beiboot-Hangars durchzukämpfen. Sie wollte verhindern, daß die Tefroder mit ihren Beibooten entkamen.

Atlan, Gucky und Kalak bildeten eine andere Gruppe. Sie versuchten, die Hauptzentrale zurückzuerobern, jedoch waren sie bisher immer wieder zurückgeschlagen worden.

Nur eine Nachricht war mehr als alarmierend.

Niemand wußte, was mit Perry Rhodan und Icho Tolot geschehen war. Keiner hatte sie gesehen, keiner sie gehört.

Während Perry Rhodan noch am Grund des Schachtes stand und sich den Kopf darüber zerbrach, warum der Haluter sich nicht meldete, schlich sich etwas unbemerkt in seinen Geist und zwang ihm seinen Willen auf.

Wenige Augenblicke später schaltete er das Armbandgerät aus. Mit ausdruckslosem Gesicht, steif wie eine hölzerne Puppe und unnatürlich langsam wandte er sich um und trat durch die Öffnung, die sich lautlos in der Wand gebildet hatte.

Er wunderte sich nicht darüber, daß er einen spiralförmig abwärts führenden Gang mit sorgfältig geglätteten Wänden vorfand. Er fand auch nichts dabei, seinen Folienhelm zu öffnen, nachdem sich die verborgene Tür hinter ihm wieder geschlossen hatte. Seine Lungen atmeten die Atmosphäre – und vertrugen sie. Es war kühl, und die Luft war so dünn wie auf der Erde in etwa dreitausend Meter Höhe; doch das schadete nichts.

Monoton hallten die Schritte Rhodans von den Wänden wider. Kristalle zerbröckelten unter seinen Stiefeln, grüngelbe Wolken wirbelten auf und senkten sich nur langsam wieder zurück auf den Boden.

Perry merkte nichts von alledem. Er stapfte mit gleichmäßigen Bewegungen den Spiralgang hinab. Ein uneingeweihter Zuschauer hätte ihn für einen Roboter halten können.

Doch es gab keine Zuschauer – jedenfalls keine uneingeweihten.

Nach einiger Zeit – Rhodan wußte nicht, daß überhaupt Zeit vergangen war – wurde der Gang eben. Einige Meter führte er horizontal weiter. Dann endete er abrupt vor einer silberweiß glitzernden Wand. Die Deckenbeleuchtung des Ganges zauberte verwirrende Reflexmuster darauf.

Perry blieb stehen und wartete.

Sekunden danach glitt die silberweiße Wand zur Seite. Ein linsenförmiges Zimmer wurde sichtbar. Der Terraner schritt über den schüsselartig gewölbten Boden. Er registrierte die knapp fußgroßen, rechteckigen Löcher an den Seitenwänden nur im Unterbewußtsein.

Nur einmal blitzte es kurz in seinen Augen auf. Das war, als er Icho Tolot erblickte. Doch die Aufmerksamkeit erlosch sofort wieder.

Icho Tolot stand mitten in dem linsenförmigen Raum. Seine drei Augen glommen nur mattrosa, statt rotglühend wie sonst. Die vier Arme hingen reglos an dem starr aufgerichteten Körper herab.

Perry Rhodan trat bis auf drei Schritte an Tolot heran. Dann blieb er ebenso reglos stehen wie der Haluter.

Von einer Sekunde zur anderen erlosch das grelle Licht. Grünliche Dämmerung breitete sich aus. Verborgene Maschinen begannen zu summen. Unsichtbare Bande legten sich um Rhodans Glieder, schnürten sie so ein, daß der Großadministrator zur Unbeweglichkeit verdammt wurde.

Dann gab das Fremde seinen Geist frei.

Perry erwachte wie aus einem Traum. Er entdeckte seine neue Umgebung – und versuchte davonzulaufen. Als er spürte, daß er sich nicht bewegen konnte, gab er seinen körperlichen Widerstand auf. Schon während seiner Ausbildung als Pilot des ersten amerikanischen Mondraumschiffes, der sagenhaften STARDUST, hatte er als geistiger „Sofortumschalter" gegolten.

Diese Fähigkeit ließ ihn sich auch jetzt augenblicklich auf die neue Lage umstellen.

Er blinzelte dem Haluter zu. Icho Tolot war inzwischen ebenfalls erwacht – und er war ebenso wehrlos wie Rhodan.

Ironisch lächelnd sagte Perry:

„Mein Name ist Rhodan. Wer auch immer Sie sind, es wäre nett von Ihnen, wenn Sie sich jetzt ebenfalls vorstellten!"

Die Antwort war ein röchelnder Laut.

„Hat es Ihnen die Sprache verschlagen?" fragte Perry nun mit offenem Spott.

Icho Tolot hatte sich schon bei Rhodans ersten Worten kaum beherrschen können. Nunmehr begann er brüllend zu lachen. Der gigantische Haluter amüsierte sich wieder einmal köstlich. Für ihn war die gefahrvolle Expedition nach Andromeda ohnehin in erster Linie eine Entspannungskur – Drangwäsche sagte man auf Halut dazu.

Perry Rhodan wartete auf den Erfolg seiner Bemerkungen. Allerdings hatte er sie in erster Linie scherzhaft-ironisch gemeint; ein vages Gefühl sagte ihm, daß der oder das Fremde nicht wirklich feindlich sein konnte. Dazu war es viel zu behutsam mit Tolot und ihm umgegangen. Vielleicht besaß das fremde Wesen sogar Humor, in diesem Fall würde sein Spott möglicherweise die herrschende Spannung lösen.

Doch als *es* dann in seinem Blickfeld auftauchte, verschlug es ihm die Sprache.

Das Ding konnte keinen Humor besitzen.

Das Ding war aus einer der Öffnungen in der rechten Seitenwand gekommen; es war vielleicht dreißig Zentimeter hoch, auf keinen Fall mehr. Es besaß zwei kurze, dünne Beinchen, zwei Ärmchen, einen eiförmigen Rumpf – und einen Kugelkopf, der allein die Hälfte der Körpergröße beanspruchte.

Im übrigen schimmerte die „Haut" des Dinges wie schwarzer Lack.

Es war ein Roboter.

„Mein Name ist Log", sagte er.

Er sprach Interkosmo, was Rhodan allerdings nicht verwunderte; schließlich hatte Log in seinen Gedanken gelesen.

In meinen Gedanken gelesen . . .?
Perry riß die Augen weit auf.
Wie konnte ein Roboter Gedanken lesen?
„Ich bin eben Log“, bemerkte Log.
„Bei allen Drangwäschen!“ brüllte Icho Tolot. „So etwas ist mir noch nicht vorgekommen. Ein Robot-Zwerg, der Gedanken organischer Wesen liest!“
„Sie sind ganz schön von sich eingenommen“, meinte der Roboter. „Warum sollte ein Roboter schlechter sein als ein organisches Gebilde, dessen Evolution durch bloße Zufälle zu einem gewissen Erfolg führte! Soviel ich Ihren Gedanken entnehmen kann, gibt es unter Ihren Freunden auch Telepathen.“
„Ich finde“, erwiderte Rhodan, „Icho Tolots und Ihr Selbstwertgefühl halten sich etwa die Waage. Aber wir sollten uns nicht über solche Nebensächlichkeiten ereifern. Es gibt tatsächlich Probleme, Log!“
„Ich weiß“, sagte der Roboter. „Sie haben dreihundertachtundneunzig Gefangene gemacht – und diese Gefangenen haben sich befreit.“
„Noch nicht ganz“, berichtigte Perry, „Und sie dürfen sich auch niemals befreien. Zu viel steht auf dem Spiel!“
„Lassen Sie uns frei. Sobald wir den Aufstand niedergeschlagen haben, können wir uns weiter unterhalten!“ schlug der Haluter vor.
„Darauf möchte ich mich lieber nicht verlassen“, entgegnete Log. „Sie werden hierbleiben, bis ich alles über Sie und Ihre Völker weiß.“
„Warum begleiten Sie uns nicht einfach?“ fragte Perry Rhodan.
Zu seiner und Tolots Verblüffung stimmte Log begeistert zu.
„Wissen Sie“, erklärte er, „ich fürchtete, Sie würden mich niemals an sich herankommen lassen, geschweige denn in ihr Raumschiff. Sonst wäre ich nach oben gekommen, anstatt die Gänge zu vergrößern, abzudichten und mit Luft zu füllen, damit ich Ihre gebrechlichen organischen Körper herunterholen konnte.“
Perry lächelte. Log war nicht nur ein wertvoller, sondern auch ein amüsanter Fund. Wenn es gelang, ihn an Bord der CREST zu halten, würde man viel erfahren – und vielleicht sogar lernen können.
„Gehen wir nach oben!“ sagte er.

Der halutische Gigant raste wie ein Geschoß durch die Gänge der ASKAHA.
Die Tefroder, die ihn nicht sofort erkannten, sondern nur ein unförmiges Etwas heranstürmen sahen, eröffneten ein wildes Feuer auf Tolot.

Diejenigen aber, die ihn erkannten, rannten schreiend davon.

Die braunhäutigen Männer, die zuvor wie die Teufel gekämpft hatten, wurden bei Icho Tolots Anblick zu hilflos rasenden Irren.

Innerhalb einer halben Stunde war der Kampf um die ASKAHA entschieden.

Perry Rhodan war hinter Tolot in die Hauptzentrale des tefrodischen Kreuzers gestürmt. Die Tefroder hatten glücklicherweise den zerschossenen Telekom instandgesetzt.

Während die nachfolgenden Männer den verwundeten Leutnant Ische Moghu und den geschockten Son Hunha hinaustrugen, schaltete Perry die Verbindung zur CREST III ein.

Cart Rudos Gesicht erschien auf dem Bildschirm. Der Epsaler strahlte, als er Rhodan erkannte.

„Alles in Ordnung?“ fragte er.

Rhodan nickte und schilderte ihm die Situation an Bord des tefrodischen Schiffes. Aus den Augenwinkeln bemerkte er, daß Icho Tolot im Begriff war, die Zentrale wieder zu verlassen.

Er blickte hinter dem Haluter her, der wieder nach draußen lief, um den letzten tefrodischen Widerstand zu brechen. Die acht Tefroder, die man in der Zentrale vorgefunden hatte, standen mit erhobenen Händen an der Wand. Zwei Sergeanten, denen man die Anstrengungen des vorausgegangenen Kampfes noch an den Gesichtern ansehen konnte, bewachten sie.

Als sich Rhodan wieder dem Telekom zuwandte, sah er, daß sich Cart Rudos Gesicht inzwischen erschreckend verändert hatte. Der Oberst war blaß geworden, seine Lippen preßten sich unnatürlich fest aufeinander.

„Was haben Sie, Cart?“ fragte Perry ahnungsvoll.

„Sir, unsere Funkzentrale teilte mir soeben mit, daß wieder diese schreckliche Hyperwellenflut eingesetzt hat. Es . . .“ Er verstummte und schaute mit weit aufgerissenen Augen an Rhodan vorbei.

Rhodan wirbelte herum. Er hatte im gleichen Augenblick das dumpfe Poltern und die Schreie der beiden Sergeanten gehört. Im Glauben, die Tefroder würden erneut zum Widerstand aufgepeitscht, richtete er den Strahler dorthin, wo sie eben noch gestanden hatten.

Langsam sank die Hand mit der Waffe herab.

Die acht Gefangenen lagen mit verrenkten Gliedern auf dem Boden.

Die beiden Sergeanten wollten auf die Tefroder zulaufen.

„Halt!“ befahl Rhodan. „Gehen Sie nach links und rechts, mit der

Waffe im Anschlag. Decken Sie mein Vorgehen ab. Das könnte eine Falle sein."

Vorsichtig näherte er sich dem Mann, der ihm am nächsten lag. Er kniete nieder und drehte den Kopf des Tefroders so, daß er ihm zugewandt war.

Perry blickte in glasige, gebrochene Augen.

„Tot ...!" rief er fassungslos.

Hastig untersuchte er die anderen. Sie waren ebenfalls tot.

Er richtete sich gerade wieder auf, als Icho Tolot in den Raum stürmte.

„Alle Tefroder sind tot!" brüllte er. „Alle! Sie brachen plötzlich wie vom Blitz gefällt zusammen."

„Wie vom Blitz gefällt ...!" wiederholte Perry Rhodan. Er fühlte, wie das Grauen seinen Geist zu lähmen drohte. Mit maskenhaftem Gesicht drehte er sich zu dem Haluter um. Tolots Augen waren geschlossen. Auch der Gigant schien vom Grauen geschüttelt zu werden.

„Das ist das Werk der Herren Andromedas!" sagte Perry zornig. „Auch dafür werden sie noch büßen müssen!"

Er warf noch einen letzten Blick auf die reglos am Boden liegenden Tefroder, dann ging er hinaus. Er brauchte jetzt Doc Artur, damit er ihm den endgültigen Beweis für die neue Untat der Meister der Insel gab.

Tagebuch Baar Lun: 27. März 2404 – Erdzeit.

„Heute morgen gab der Großadministrator des Solaren Imperiums das Ergebnis der letzten Obduktion bekannt.

Danach wurden die gefangenen Tefroder durch die Hyperwellensendung ihrer Herren ermordet. Die Mikro-Empfänger, die sie im Schädel trugen, explodierten auf das Hypersignal hin und zerstörten die Gehirne.

Wieder einmal haben die Meister der Insel, die von den Paddlern das Böse an sich genannt werden, bewiesen, daß ihnen jedes Mittel recht ist, wenn es nur ihren dunklen Plänen nützt. Durch die Mikro-Empfänger – der Großadministrator nannte sie treffend ‚Reizempfänger' – vermögen sie ihre Diener zu Kampfmaschinen aufzupeitschen und zu töten, wenn sie es für richtig befinden.

Mir wird auch klar, daß die Tefroder niemals gegen ihre Herren revoltieren können wie die Maahks. Sobald sie ihren Herren gefährlich erscheinen, werden sie durch Aussendung eines Hypersignals ermordet. So einfach ist das – und zugleich so grausam und gewissenlos, daß man sich kaum intelligente Wesen von solcher kaltblütigen Brutalität vorstellen kann.

Unklar ist mir noch immer geblieben, warum der Haluter allein durch sein Erscheinen eine Panik unter den Tefrodern auslöste. Warum verfallen Menschen – als die ich die Tefroder bezeichne, weil sie absolut menschengleich sind – beim Anblick des Giganten in irre Raserei, obwohl sie bewiesen haben, daß sie sich vor dem Tod nicht fürchten . . .?

Ich glaube, Andromeda wird uns noch viele Rätsel aufgeben, bevor wir unser Ziel erreicht haben.“

25.

Die beiden skurrilen Gestalten, die den Technikern bei der Montage eines Torbogen-Transmitters zusahen, unterhielten sich in der Sprache terranischer Menschen. Dennoch stammten sie nicht von der Erde. Sie waren auch keine Menschen.

Die erste der Gestalten trug den Namen Gucky, die zweite war der erst vor drei Tagen aufgetauchte Psi-Roboter Log.

Woher Log nach Runaway gekommen war – und welche Rolle er in dem Machtbereich der Meister der Insel spielte – das wußte niemand. Log schwieg sich hartnäckig darüber aus.

Gucky wandte sein Interesse von den Technikern ab. Er gähnte gelangweilt. Dann entblößte er plötzlich seinen einzigen Nagezahn und warf dem „Gefährten“ einen hintergründigen Blick zu. Er zog eine große Mohrrübe aus einer Tasche seiner Kombination und hielt sie dem Roboter hin.

„Was soll ich damit?“ fragte Log auf angloterranisch.

Der Mausbiber stieß einen schrillen Pfiff aus.

„Essen natürlich, du Kugelkopf!“

„Tut mir leid“, entgegnete Log steif. Ich benötige keine Nahrung. Von derartig unästhetischen Dingen bin ich glücklicherweise nicht abhängig.“

Guckys Nagezahn verschwand blitzartig. Die dunklen Kulleraugen blitzten voller Empörung; der Biberschwanz trommelte erregt auf dem Boden.

„Unästhetisch...? Hast du überhaupt eine Ahnung, welche Delikatesse terranische Mohrrüben darstellen?"

Log winkte mit seinen unscheinbaren Ärmchen ab. Der konturlose Kugelkopf bewegte sich — der Roboter ahmte ein menschliches Kopfschütteln nach.

„Woher sollte ich, Einzahniger! Ich..."

Er wollte wahrscheinlich noch sagen, daß er weder einen Mund noch Geschmacks- und Verdauungsorgane besaß, doch hatte er nicht berücksichtigt, wie empfindlich der Mausbiber bei Anspielungen auf seinen Nagezahn reagierte.

Der Roboter schoß plötzlich gleich einer Rakete empor und begann, unterhalb der Decke Loopings zu schlagen.

„Wie gefällt es dir dort oben?" rief Gucky höhnisch. Er warf seine Mohrrübe in die Luft und bewegte sie telekinetisch nach oben. „Paß auf, Kugelkopf! Eine Jagdrakete kommt!"

Die Mohrrübe raste mit unwahrscheinlicher Geschwindigkeit hinter Log her und begann, den Roboter zu umkreisen, als wäre sie der Satellit dieses loopingschlagenden „Himmelskörpers".

Die terranischen Techniker von der CREST III, die zuvor noch emsig an der Installierung des neuen Torbogen-Transmitters gearbeitet hatten, ließen von ihrer Tätigkeit ab und sahen verwundert auf das Schauspiel, das in einem Beiboothangar der erbeuteten ASKAHA ablief.

Plötzlich kreischte der Mausbiber erschrocken auf.

„Wo ist meine Mohrrübe, du Gauner? Was hast du damit gemacht?" Seine telekinetischen Geistesströme tasteten suchend umher, fanden die Mohrrübe jedoch nicht. Sie war verschwunden, als hätte es sie niemals gegeben.

„Vielleicht ist sie fortteleportiert?" fragte Log von oben.

„Schuft!" schimpfte Gucky erbost. „Wenn du mir nicht sofort eine vernünftige Antwort gibst, lasse ich dich fallen!"

Diesem Zwergrobot würde er es schon zeigen!

Unvermittelt zog er seine telekinetischen Kraftströme zurück. Er wollte Log bis dicht über den Boden stürzen lassen und ihn erst im letzten Augenblick telekinetisch auffangen.

Guckys Nagezahn verschwand, als Log weiterhin seine Loopings drehte; er reagierte überhaupt nicht.

Statt dessen klatschte etwas vor die Füße des Mausbibers.

Entsetzt schaute Gucky auf die zerspritzten Überreste seiner Mohrrübe. Er schloß die Augen; sein Fell begann zu zittern.

Von der Technikergruppe her näherte sich ihm ein beleibter Mann in der Uniform eines Wissenschaftlichen Offiziers. Vor dem fassungslosen Mausbiber blieb er stehen und zeigte mit der ausgestreckten Hand auf den Mohrrübenbrei.

„Ich hoffe doch, das Zeug verschwindet hier – und zwar ein bißchen plötzlich, Sonderoffizier Guck!“

Verständnislos blicke Gucky den Chefphysiker der CREST III an. Erst allmählich begann er zu verstehen, was Dr. Spencer Holfing von ihm verlangte. In gleichem Maße erschien sein Nagezahn wieder. Allerdings irrte sich der Wissenschaftler, wenn er glaubte, der Mausbiber amüsiere sich über ihn. Nicht immer war der sichtbare Nagezahn ein Zeichen für Guckys gute Laune.

„Na, wird's bald!“ brüllte der cholerische Mann los.

Das hätte er lieber nicht sagen sollen.

Im nächsten Augenblick klebte ihm der Mohrrübenbrei im Gesicht.

Dr. Spencer Holfing begann zu toben. Er trampelte mit den Füßen, stieß unartikulierte Schreie aus und versuchte, sich den Brei aus dem Gesicht zu wischen. Von den Technikern kam brüllendes Gelächter, was den Physiker noch mehr erregte.

Als er wieder einigermaßen sehen konnte, holte er mit dem Fuß aus.

Sein Tritt ging allerdings ins Leere. Gucky hatte sich einige Meter wegteleportiert.

Der Physiker holte tief Luft und nahm Anlauf.

Als er den ersten Schritt tat, tauchte plötzlich ein schwarzglänzendes Ding zwischen seinen Füßen auf. Holfing stolperte und schlug hin.

Gemessen trippelte Log auf den Mausbiber zu und streckte die metallene Hand aus.

„Ich sehe, kleine Leute wie wir müssen zusammenhalten, Gucky. Wollen wir uns wieder vertragen?“

Gucky betrachtete argwöhnisch die Hand. Dann fiel sein Blick auf Dr. Spencer Holfing. Der Wissenschaftler rappelte sich stöhnend auf und rannte eilends davon.

Der Mausbiber kicherte. Dann reichte er dem kleinen Roboter die Hand und sagte feierlich:

„Jawohl, Kugelkopf! Wir müssen zusammenhalten. Eigentlich sollte ich dich als unliebsame Konkurrenz betrachten; aber ich bin schließlich kein Mensch. Als Mann von Geist bin ich für die Zusammenarbeit. Mein Genius und deine Tricks werden uns zu einem unüberwindlichen Team machen.“

Er kratzte sich intensiv hinter dem Ohr.

„Aber eines mußt du mir verraten, Log: Wohin war meine Mohrrübe vorhin so plötzlich verschwunden?“

Log kicherte. Er kicherte tatsächlich vollendet menschlich. Gucky fragte sich, wie ein Roboter mitten in Andromeda sich innerhalb von drei Tagen so stark unter Terranern akklimatisieren konnte.

„Ich bin ein Psi-Roboter, Gucky – falls du das noch nicht gemerkt haben solltest ..."

Ärgerlich wedelte der Mausbiber mit der Hand.

„Ich höre immer nur ‚Psi'! Schließlich bin ich auch ein Wesen mit Psi-Funktionen. Aber ich hätte die Rübe nicht vollständig verschwinden lassen können." Er verzog das fellbedeckte Gesicht zu einer faltenreichen Grimasse. „Es sei denn, ich hätte sie gefr... gegessen."

„Du hast den wesentlichen Unterschied zwischen uns bereits betont, allerdings unbewußt", entgegnete der Roboter. „Du bist nur ein *Lebewesen* mit Psi-Funktion, ich aber ein Roboter...! Ich kann meine Parafähigkeit hundertprozentig kontrollieren. Die Rübe zum Beispiel habe ich in den Pararaum teleportiert und dort festgehalten. Ich könnte sie sogar noch jetzt dort ‚hängen' lassen, wenn ich es mir nicht anders überlegt hätte."

Der Mausbiber hatte verblüfft und mit offenem Munde gelauscht. Jetzt rutschte er unruhig auf seinem Gesäß umher. Hastig sagte er:

„Du bist tatsächlich unerreicht, Log. Weißt du was? Du kannst mir bei der nächsten Seite meines Epos über die Eroberung des Universums helfen. Da bin ich nämlich steckengeblieben. Los, beeilen wir uns. Das Epos wartet!"

Log kicherte.

„Das Epos wartet...? Ich glaube eher, du möchtest verschwunden sein, bevor der Großadministrator hier ankommt. Nicht wahr, du hast auch gemerkt, daß euer Physiker dich bei ihm angeschwärzt hat...?"

„Pah!" machte Gucky. Er wollte nach Logs Arm greifen, um ihn mit in die Teleportation zu nehmen. Doch Log war bereits verschwunden.

Unschlüssig hoppelte Gucky einige Meter, bevor er sich entschloß, dem eigenartigen Robot in seine Kabine auf der ASKAHA zu folgen.

Dr. Spencer Holfing ließ das Schott zurückfahren, trat mit langen Schritten in den Beiboothangar und streckte die Hand aus.

„Da ist er, Sir ...!"

Im nächsten Augenblick merkte er, daß Gucky nicht mehr da war. Er schluckte und wandte sich zu Perry Rhodan um.

„Eben war er noch da, Sir. Aber dort ...", er reckte die Hand hoch „... der Zwergrobot ...!"

„... hat sich ebenfalls unsichtbar gemacht!", ergänzte Perry Rhodan trocken. – „Hoffentlich haben Sie nicht nur geträumt, Spencer!"

Der Wissenschaftler ließ resignierend die Schultern hängen.

„Ich weiß doch, was ich gesehen habe, Sir!" Seine Stimme schwoll an. „Mit eigenen Augen habe ich mit ansehen müssen, wie der verflixte Mausbiber den Zwergrobot durch die Luft gewirbelt hat ..."

„Eben deshalb bin ich mitgekommen", erwiderte Perry. „Oder dachten Sie im Ernst, Ihr Streit mit Sonderoffizier Guck würde mich interessieren? Ich fürchtete nur um Log. Anscheinend hat ihn der Mausbiber aber nicht beschädigt."

„Er hat ihn Loopings schlagen lassen!" Spencer Holfing schnaufte erregt. „Ich versuchte, Gucky von diesem Robot abzulenken. Er muß mich völlig mißverstanden haben."

Perry Rhodan lächelte.

Er kannte seinen Chefphysiker. Was dessen Fachgebiet anging, so machte niemand Holfing etwas vor. Leider war der beleibte Wissenschaftler ein ausgeprägter Choleriker. Er ging beim geringsten Anlaß in die Luft.

„Sagen wir lieber: Gucky hat versäumt, in Ihren Gedanken zu lesen, Spencer." Er schlug Holfing lachend auf die Schulter. „Vergessen Sie es! Trösten Sie sich mit der Tatsache, daß der Mausbiber nicht nur Ihnen Streiche spielt!"

Er ging auf die komplizierte Apparatur zu, an der die Techniker noch immer arbeiteten. Spencer Holfing folgte ihm. Die Wut des Physikers war verflogen.

„Ausgezeichnete Arbeit", lobte Rhodan. Er wandte sich lächelnd zu Holfing um. „Wann sind Sie fertig, Spencer?"

„In vier Stunden. Versuchen Sie nicht, mich anzutreiben. Ich gebe den Transmitter nicht eher frei, als bis ich mich selbst von seinem reibungslosen Funktionieren überzeugt habe. Ich möchte keine Panne riskieren – nicht bei dem Wahnsinnseinsatz, den Sie mit der ASKAHA unternehmen wollen. – Verzeihung, Sir.!"

Perry lächelte.

„Sie riskieren schließlich nichts dabei, mein Lieber, denn Sie bleiben auf der CREST. Im übrigen bin ich mit Ihrem Termin einverstanden. Auch ich möchte keine Panne riskieren."

Er winkte mit der Hand und wandte sich zum Gehen.

Als er den Beiboothangar verlassen hatte, veränderte sich seine Miene abrupt. Seine Stirn umwölkte sich. Perry Rhodan hatte Sorgen.

Er dachte an die Ereignisse vor drei Tagen zurück und fragte sich, warum nur die Mikroempfänger und nicht auch der ganze Kreuzer durch Fernimpuls gesprengt worden war.

Er hob sein Armbandgerät an die Lippen und aktivierte es.

„Hier Rhodan! Ich rufe Rakal und Tronar Woolver! Bitte melden!"

Er runzelte die Stirn, als er keine Antwort erhielt. Die Woolver-Zwillinge waren damit beauftragt worden, mit Hilfe ihrer Paragabe des Wellensprintens nach einer eventuell verborgenen Sprengladung zu suchen. Die Logiker der CREST III hatten gemeint, die Ladung könne durch einen Fehler nicht angesprochen haben. In klarer Erkenntnis der Gefahr – die unbedeutendste Schaltung konnte unter Umständen den Zünder der Sprengladung unter Strom setzen und doch noch zur Explosion bringen – waren die Wellensprinter sowie der Modul Baar Lun mit der Unterbrechung verdächtig erscheinender Stromleiter beauftragt worden.

Warum antwortete niemand von ihnen?

Als hätte Perrys unausgesprochene Frage das Stichwort gegeben, ertönte plötzlich schwaches Zischen.

Rhodan wandte sich um und sah aus einer Anzapfsteckdose einen weißlichen Nebelschleier huschen. Der Nebelschleier richtete sich mit leiser werdendem Zischen auf, wurde kompakter und dunkler – und dann stand Rakal Woolver auf dem Gang.

Der Wellensprinter verharrte einige Sekunden, bevor seine Körperstruktur sich wieder stabilisiert hatte. Dann trat er näher an Rhodan heran und salutierte.

Rhodan dankte mit erleichtertem Lächeln. Doch schnell wurde sein Gesicht wieder ernst.

„Haben Sie etwas finden können, Rakal?"

Der Mutant stand stramm.

„Bisher nichts, Sir. Weder wir noch Baar Lun können uns noch ein Versteck für die Sprengladung vorstellen. Wir sind selbst dem schwächsten Stromfluß nachgegangen."

„Blockieren Sie dennoch alle nicht unbedingt benötigten Leiter und Funkkabel, Rakal!"

„Verstanden. Der Modul hat uns dabei eine ganze Menge geholfen. Er braucht nur einen stromführenden Leiter anzusehen, und schon verwandelt sich die vorhandene Energie in blockierende Nichtleiter." Rakal grinste.

Rhodan ging nicht auf den leichten Ton ein.

„Vergessen Sie nicht, was alles von Ihrer Arbeit abhängt, Rakal. Die ASKAHA ist zu wertvoll, als daß wir sie durch ein Versehen verlieren dürften. Ist das ganz klar?"

Der Parasprinter wurde übergangslos ernst.

„Völlig klar."

Als Rakal Woolver verschwunden war, ging er nachdenklich weiter. Einem so folgerichtig denkenden Mann wie ihm blieb es einfach unverständlich, daß die MdI etwas nur halb getan haben könnten.

Mit finsterem Gesicht betrat er den nächsten Antigravlift. Er wollte zur Zentrale fahren, um sich vom Fortgang der Arbeiten an der Hyperfunkanlage des tefrodischen Kreuzers zu überzeugen. Die ursprüngliche Hyperfunkanlage war im Verlauf der Gefangenenrevolte zerstört worden. Da Perry Rhodan mit dem erbeuteten Schiff jedoch ganz besondere Pläne hatte, ließ er transportable Hyperkoms von der CREST kommen und einbauen.

Im Zentraldeck stieg er aus dem Antigravschacht. Geistesabwesend schritt er durch den Gang. Hier hatten sich die fünfzig Männer des Spezialkommandos einquartiert, die die fünfhundertköpfige Untersuchungsbesatzung ersetzen sollten. Von den Leuten war niemand anwesend. Der Kosmische Ingenieur Kalak wies die fünfzig technisch spezialisierten Astronauten in die Bedienung der ASKAHA-Maschinen ein.

Darum verhielt Rhodan verwundert, als er aus einer der Kabinen laute Stimmen vernahm. Schon wollte er weitergehen, denn er verabscheute es, an fremden Türen zu lauschen.

Doch plötzlich stockte sein Schritt. Er hatte etwas gehört, was ganz und gar nicht in die gefahrvolle Atmosphäre des Beuteschiffes passen wollte.

Perry überwand seine moralischen Bedenken und legte das Ohr an den Spalt der nur angelehnten Tür.

Pause ...!

Dann wieder die Stimme:

„... über der tosenden Einsamkeit ragen die Sterne der neuen Zeit ..."

Und eine andere, piepsige Stimme fuhr fort:

„... Ultragiganten im Nebelhauch, hinter sich Feuer, hinter sich Rauch ..."

Rhodans Mund öffnete sich in fassungslosem Erstaunen. Das war Guckys Stimme gewesen!

Doch da fiel wieder die erste, fremde Stimme ein:

„. . . lassen die Meister der Insel erzittern,
rasseln und dröhnen gleich ehernen Rittern . . .“

Und wieder Guckys piepsiges Organ:

„Terraner wollen die Morgenluft wittern,
ein Mausbiber . . . äh . . . ein Mausbiber . . .! – Hilf mir, du Zwerg!“

„Ein Mausbiber will sie mit Mohrrüben füttern . . .“

Zorniges Gekreische erscholl. Etwas schlitterte scheppernd über den Boden. Dann schrillte die Stimme des Mausbibers:

„Du willst mich wohl auf den Arm nehmen, du Blechkugel! Mein Epos mit deinen Possen zu verschandeln! Banause! Skriptomanes Ekel!“

Perry Rhodan riß die Tür auf.

Mit einem Blick erfaßte er die Lage. Der Mausbiber hockte auf einer flachen Couch und schüttelte die kleine Faust. Über den Fußboden verstreut lagen die Einzelteile eines antiquierten Weckers; Gucky hatte ihn offensichtlich voller Wut auf den Boden geschleudert.

Mitten auf dem niedrigen Tisch jedoch stand der Roboter Log. Er hielt einen Impulsschreiber zwischen beiden Händen; vor ihm lag ein aktivierter Impulsspeicher.

Rhodan räusperte sich.

„Wie wäre es damit? Ein Mausbiber läßt einen Wecker zersplittern . . .“

Gucky schien ihn erst jetzt zu bemerken. Er fuhr erschrocken herum, verlor dabei den Halt und wäre um ein Haar gestürzt, wenn er sich nicht im letzten Augenblick telekinetisch gehalten hätte.

„Wie . . . wie b. . . bi. . . bitte?“ stammelte er.

Um Rhodans Mundwinkel zuckte es verdächtig. Nur mit Mühe vermochte er sein Gesicht in ernste Falten zu legen.

„Ich sagte: ‚Ein Mausbiber läßt einen Wecker zersplittern.’ Nun, wie ist es damit? Du suchtest doch einen Reim auf deine letzte Zeile, oder?“

Der Mausbiber blickte ziemlich betreten drein. Erst nach und nach gewann er seine Selbstsicherheit zurück. Dann jedoch richtete er sich stolz auf.

„Zwei Seelen haben sich gefunden, um an einem grandiosen Epos über die Eroberung des Universums zu schreiben – und du kommst mit deiner Feder und kitzelst die niederen Instinkte! Nein, Perry, das hättest du mir nicht antun dürfen!“

„Aber das mit dem Wecker trifft doch zu, nicht wahr?“ stichelte Perry weiter.

„Du bist genauso skriptoman wie Lucky Log. Was hat die Wahrheit mit der Kunst gemein? Nichts!“

„Gut möglich, daß ich skriptoman bin“, entgegnete Rhodan sarkastisch. „Aber was bedeutet das Wort eigentlich? Und seit wann heißt Log auch noch ‚Lucky'?“

„Skriptoman bedeutet... äh... bedeutet...!“ Gucky kratzte sich hinter dem Ohr. „Nun, jedenfalls bedeutet es etwa, daß ein Skriptomaner unter der Manie leidet, irgend etwas schreiben oder sagen zu müssen, ganz gleich, ob es von bleibendem Wert ist oder nicht. Ein Skriptomaner ist ungefähr das Gegenteil von mir. Ich bin ein Barde!“

„Ach...?“

Der Mausbiber schien gar nicht hingehört zu haben. Ohne Rhodan anzusehen, fuhr er fort:

„Und was Logs Beinamen betrifft, so hat er ihn vor einer halben Stunde von mir erhalten, als ich vergeblich versuchte, bei Major Bernard eine Dose Spargelspitzen zu schnorren.“ Er schlug sich mit der flachen Hand auf die Magengegend. „Das ist das, was mich von dem ‚glücklichen' Log unterscheidet. Darum nenne ich ihn Lucky Log.“

„Endlich mal etwas Logisches, Gucky.“

Er trat bis zum Tisch heran und blickte Log scharf an.

„Du gibst mir zu denken, Roboter. Was hindert mich eigentlich daran, dich wieder in deine Planetoidenstation zu sperren? Wir haben Sorgen genug. Warum also etwas in unserem Schiff dulden, was zur Gefahr werden kann...?“

„Warum...?“ Lucky Log kicherte unterdrückt. „Erstens einmal darum, weil Sie mich nicht hinauswerfen *können* – und zweitens, weil ich für Sie keine Gefahr bedeute.“

„So!“ Perry mußte anerkennen, daß es tatsächlich schwierig sein würde, Log aus dem Schiff zu entfernen. Ein Roboter mit derartig vollendeten Psi-Fähigkeiten wie Log war fast unangreifbar. „Und wer garantiert mir deine Ungefährlichkeit?“

Der Psi-Roboter lachte offen. Auch diesmal schien seine Stimme aus dem ganzen Metallkörper zugleich zu kommen, ohne daß ein mechanisches Sprechorgan zu erkennen war.

„Gucky ist mein Freund. Sie haben so lange nichts von mir zu fürchten, wie Guckys Freundschaft zu Ihnen anhält.“

„Ich bin wieder einmal die Hauptperson, Perry!“ schrie Gucky und warf sich in die Brust, wobei er prompt von der Couch stürzte. Er rappelte sich schnell wieder auf und klopfte imaginären Staub von der Kombination. „Äh...! Perry, vielleicht könntest du das dem guten alten Major Bernard beibringen. Wetten, daß er mir daraufhin täglich zehn Kilo Mohrrüben extra zuteilt?"

„Er würde dich ganz von der Proviantliste streichen, mein Lieber. Major Bernard läßt sich nicht erpressen! – Und nun amüsiert euch weiter mit dem ‚grandiosen Epos'!"

„Heute ist er besonders gemein zu mir!" beschwerte sich Gucky, nachdem Perry Rhodan gegangen war.

„Im Gegenteil", erwiderte Log. „Seine Gedanken sind ganz anders als seine Worte..."

Perry Rhodan und Icho Tolot verließen die ASKAHA über eine Nebenschleuse.

Mit Hilfe von Antigravprojektoren schwebten sie über die dunkle Oberfläche des Planetoiden Runaway. Die Instandsetzung des Kugelraumschiffs hatte sich verzögert. Neue Beschädigungen waren zu den alten hinzugekommen.

Innerhalb der nächsten sechs Stunden würde die ASKAHA allerdings wieder startbereit sein.

Nunmehr wollten der Haluter und Rhodan ein weiteres Geheimnis klären, indem sie den Ort aufsuchten, an dem sie mit Log zusammengetroffen waren.

Bisher schien Logs Verhalten seinen Worten recht zu geben. Nur war offenbar geworden, daß er nicht nur Gedanken lesen und suggestiven Zwang auszuüben vermochte – er konnte noch mehr. Telekinese und Teleportation gehörten ebenfalls zu Lucky Logs Repertoire.

Perry Rhodan hatte allerdings in der Vergangenheit zu viele böse Erfahrungen mit scheinbar harmlosen Wesen sammeln müssen. Zu oft war sein Vertrauen mißbraucht worden. Angesichts Logs überwältigenden Paragaben wollte er ein wenig mehr über diesen zwergenhaften Roboter mit den Fähigkeiten eines ganzen Mutantenkorps erfahren.

Diesem Zweck diente der heimliche Ausflug.

Unmittelbar am Rande des Loches ließen sich der Mann und der Gigant nieder. Sie standen durch die auf minimale Reichweite eingestellten Helmkoms in permanenter Sprechfunkverbindung.

„Alles noch unverändert", flüsterte Rhodan.

„Es sieht so aus", erwiderte Tolot. Der halutische Gigant ließ die Waffe im Kombigürtel stecken. Er wußte, daß gegenüber paramentaler Beeinflussung die besten Waffen versagten. Insgeheim grübelte er immer noch über die ungeheuerliche Erkenntnis nach, daß es ein Wesen gab, das seinen Geistesblock durchbrechen konnte, als wäre er gar nicht vorhanden. „Ich werde zuerst hinuntergehen!"

„Einverstanden", gab Perry zurück. Auch er hatte die Waffe nicht gezogen, weil es sinnlos gewesen wäre. Entweder kamen sie unbemerkt in Logs Station hinein – oder nicht, und dann würde ihnen vermutlich nicht einmal ein Desintegratorgeschütz helfen.

Nur einen Herzschlag lang dachte Rhodan daran, noch einmal zurückzukehren und einen Kampfroboter zu holen. Er verwarf den Gedanken schnell wieder. Durch Anwendung brutaler Gewalt würden sie sich nur einen erbitterten Feind schaffen.

„Ich bin unten!" berichtete Tolot.

„Okay!" sagte Perry. Er schwang sich in den senkrecht verlaufenden Schacht hinein. Das Antigravitationsfeld war immer noch vorhanden wie am Tage der Entdeckung.

Perry lächelte voller Selbstironie über den Begriff „Entdeckung". In Wirklichkeit hatten nicht sie den Roboter entdeckt; er hatte sie zu sich geholt, ohne sie zu fragen.

Als er am Grunde des Schachtes ankam, sagte Tolot: „Ich breche jetzt die Tür auf."

Perry hörte keinen Laut. Runaway war ohne Lufthülle, er besaß nicht einmal Spuren eines schalleitenden Gases. Aber Rhodan vertraute den gewaltigen Kräften des Giganten. Die verborgene Tür würde ihm nicht widerstehen können.

„Fertig!" dröhnte die Stimme Icho Tolots in Rhodans Helmempfänger auf. „Folgen Sie mir bitte!"

Perry Rhodan sah die Öffnung und huschte hinein.

Wenn Log ihre Gedanken kontrollierte, würde er ihre Absicht augenblicklich erkennen. Doch Rhodan vertraute darauf, daß Log und Gucky noch an dem Epos arbeiteten. Darum hatte er auch sogleich Tolot alarmiert und war zusammen mit ihm aufgebrochen.

Ein unheimliches Gefühl beschlich ihn, als er hinter dem Haluter den spiralförmigen Gang entlangeilte. Er fühlte sich wie ein Dieb und mußte sich immer wieder sagen, daß er zu dieser Tat verpflichtet war.

Plötzlich stutzte er.

„Tolot!"

„Was gibt es?"

„Die Luft! Beim ersten Besuch war der Gang mit Luft gefüllt. Aber wir hätten es merken müssen, wenn es jetzt genauso wäre. Hier stimmt etwas nicht!"

Icho Tolot lachte sein röhrendes Lachen.

„Log sagte damals, er hätte den Gang eigens für uns mit Luft gefüllt. Warum aber sollte er diesen Zustand aufrechterhalten?“

Perry atmete auf. Vielleicht war er ein wenig zu mißtrauisch geworden. Tolot hatte jedenfalls recht. Warum sollte der Robot den Gang mit Luft gefüllt lassen, wenn er keine Besucher mehr erwartete?

Eine Minute später standen sie vor der silberweiß glänzenden Tür. Die Lichtkegel ihrer Helmscheinwerfer huschten über das eigenartige Metall. Dahinter lag der diskusförmige Raum, in dem die erste Begegnung mit Log stattgefunden hatte.

„Es gefällt mir nicht!“ brummte der Haluter.

„Was gefällt Ihnen nicht, Tolot?“

„Daß ich auch diese Tür mit roher Gewalt öffnen muß. Wer weiß, welchen Schaden wir dadurch verursachen. Kennen wir denn die eigentliche Station?“

Perry seufzte. Auch ihm gefiel ihr Vorgehen nicht. Aber was blieb ihnen denn anderes übrig?

„Wir müssen den Schaden sowieso ersetzen, wenn wir uns Logs Freundschaft erhalten wollen. Also, drücken Sie die Tür schon ein, Tolot!“

Der Haluter lehnte sich gegen die Tür. Normalerweise hätte jedes Panzerschott dem massiven Druck keine drei Sekunden standgehalten.

Die Tür tat es.

Icho Tolot trat einen Schritt zurück. Mit Wucht warf er seinen gigantischen Körper gegen das silberweiße Metall. Rhodan sah, daß der Haluter seiner Körperstruktur die Härte von Terkonitstahl verliehen hatte.

Der Erfolg blieb aus.

Perry zog den Kombistrahler.

„Nein!“ warnte Tolot. „Wenn ich die Tür mit dem letzten Versuch nicht aufbrechen konnte, müßten Sie mindestens mit drei Vierteln Intensität schießen. Dabei würden Sie die Decke zum Einsturz bringen.“

Das sah der Terraner ein.

Resignierend schob er die Waffe in die Halfter zurück.

Der Haluter winkte ihn bis zur nächsten Biegung zurück. Dann nahm er erneut Anlauf, diesmal aus etwa zehn Metern Entfernung. Aufgrund der enormen Beschleunigung, die der Gigant entwickelte, und seiner ultraharten Körperstruktur hätte er selbst eine Felswand zerschmettern können.

Dieser enormen Energie widerstand auch die silberweiß glänzende Tür nicht.

Als wäre ein Geschoß durch straff gespanntes Pergamentpapier geschlagen, so zerriß das Türmaterial. Icho Tolot verschwand mit triumphierendem Gebrüll.

Perry Rhodan leuchtete das riesige Loch an. Nur noch verdrehte Fetzen hingen im Rahmen. Es bereitete keine Mühe, in den dahinter liegenden Raum zu blicken.

Zweifellos: Das war jener diskusförmige Raum, in dem sie dem Robot zum erstenmal begegneten! Grünes Licht erhellte ihn bis in den letzten Winkel.

Aber von dem Haluter war nichts zu sehen.

„Tolot!" rief Perry ins Helmgerät.

Keine Antwort.

Der Terraner trat beunruhigt näher. Nichts in dem Raum wirkte verdächtig.

Es sei denn . . .?

Der schwere Körper Tolots hätte infolge seiner Verhärtung unbedingt eine Beule im nach unten gewölbten Boden hinterlassen müssen. Der Aufschlag des Giganten konnte nicht wirkungslos geblieben sein. Dennoch fand Perry Rhodan nicht den geringsten Kratzer.

Leider dachte er nicht lange genug nach. In Sorge um den Freund sprang er durch die zerfetzte Tür. Den Strahler hielt er schußbereit umklammert.

Doch gegen das, was im gleichen Augenblick eintrat, nützte ihm die Waffe nichts.

Als er die Tür hinter sich gelassen hatte, verschwanden sowohl die Reste der Tür als auch der diskusförmige Raum.

Es blieb – nichts.

Perry Rhodan hatte das Gefühl, in einen unergründlichen Abgrund zu stürzen.

„Was war das?" fragte Gucky und richtete sich auf.

„Nichts", erwiderte Log. „Komm! Wir brauchen noch vier Zeilen, dann haben wir es für heute geschafft."

Die Barthaare des Mausbibers zitterten, als nähme er Witterung auf. In der Tat vollzog sich ein ähnlicher Vorgang in seinem Geist; nur war nicht das Rhinenzephalon beteiligt, sondern der Parasektor seines Gehirns.

Gucky wisperte.

„Mir war, als hätte ich Perry um Hilfe rufen hören“, brummte er mißtrauisch.

Der Roboter ließ den Impulsschreiber telekinetisch kreiseln.

„Der Großadministrator . . .? Warum sollte er wohl um Hilfe rufen? Außerdem hätte ich das ganz bestimmt zuerst bemerkt!“

„Eben!“ Der Mausbiber warf Log einen undeutbaren Blick zu. „Leider kann ich Rhodans Gedanken nicht auffangen. Das ist ungewöhnlich. So stark pflegt er sein Gehirn normalerweise nicht abzuschirmen.“

Log kicherte.

„Du vergißt mich, Gucky. Er wird nicht wollen, daß ich seine Gedanken belausche.“

„Du hältst Perry wohl für sehr dämlich!“ fauchte der Mausbiber gereizt. „Er weiß genau, daß er sich gegen dich nicht abschirmen kann. Also wird er es gar nicht erst versuchen.“

Er schaute gegen die Decke, als würde diese Antwort auf seine Fragen geben. Im nächsten Augenblick entmaterialisierte er mit einem hörbaren „Flopp“.

Lucky Log blickte den Bruchteil einer Sekunde auf die Stelle, an der der Mausbiber eben noch gesessen hatte.

Danach verschwand er ebenfalls auf einem unsichtbaren Weg.

Er blieb jedoch nicht lange.

Als er wieder auftauchte, geschah das so ungeschickt, daß er die Tischplatte durchschlug und unsanft auf dem Boden landete. Sofort war er wieder auf den Beinen und blickte wütend zur offenen Tür.

Im Rahmen stand der Modul Baar Lun und verzog den breiten Mund zu einem hintergründigen Lächeln.

„Nun . . .?“ fragte er betont freundlich. „Warum so heftig, kleiner ‚Mann?‘ Hoffentlich hast du dich nicht verletzt?“

Logs unsichtbare Sehorgane richteten sich auf den schlanken Lun.

„Aha!“ Der Modul nickte verstehend. „Telekinese! Funktioniert bei mir leider ebenfalls nicht. Dazu brauchst du Energie, Lucky Log. Energie aber ist meine Domäne.“ Er hob abwehrend die Hand. „Bitte, nicht meine Gedanken lesen! Dein Parasektor würde kurzschließen, wenn sich unsere Kräfte direkt begegneten!“

Log kletterte auf die Lehne des nächsten Sessels.

„Was wollen Sie von mir, Lun?“

Baar Luns Gesicht wurde sehr ernst.

„Der Großadministrator ist verschwunden – und Icho Tolot . . .“

„Was habe ich damit zu tun?“ fragte Log.

„Vielleicht überhaupt nichts, Kleiner. Wahrscheinlich aber sehr viel. Du bist ein Phänomen, was Parafähigkeiten angeht. Leute wie du – oder sollte ich lieber sagen ‚Maschinen wie du' – könnten uns eine Menge Schwierigkeiten bereiten. Leider schweigst du dich über deine Herkunft und deine Stellung zu den Meistern der Insel beharrlich aus. Das war Grund genug, deiner Station einen unangemeldeten Besuch abzustatten . . ."

„Das ist ungeheuerlich!" protestierte der Roboter. „Sogar nach euren Gesetzen stellt Hausfriedensbruch ein schweres Vergehen dar!"

„Hier gelten andere Maßstäbe!"

Baar Luns Augen schienen Feuer zu sprühen.

„Bevor der Großadministrator aufbrach, ließ er mich Posten vor Guckys Tür beziehen. Ich sollte verhindern, daß du dich mittels Teleportation in deine Station versetzt. Das habe ich getan. Da ich außerdem mit einem empfindlichen Gerät euer Gespräch verfolgte, weiß ich über Rhodans Verschwinden Bescheid. – Ich gebe dir . . ."

Log kicherte scheinbar unmotiviert.

„Spare dir deine Worte, Lun! Schließlich weiß ich, wann ich ein Spiel verloren habe."

„Wo sind Rhodan und Tolot?" fuhr der Modul ihn mit furchterregender Stimme an. „Wenn ihnen etwas zugestoßen ist, werde ich die Energie deines Massewandlers in flüssiges Metall verwandeln!"

„Ich sprach von einem Spiel!" betonte der Roboter. „Den beiden Wesen ist nichts geschehen. Ich habe sie nur in einem Parazeitfeld gefesselt. Das ist die Strafe für ihre Neugier. Maschinen wie mich sollte man niemals hintergehen."

Baar Lun atmete sichtlich erleichtert auf.

„Wenn du die Wahrheit gesprochen hast, wirst du mit einer Strafpredigt davonkommen, Kleiner. Allerdings verlange ich Beweise. Sorge dafür, daß Rhodan und Tolot unversehrt zurückkehren können!"

Log kicherte erneut.

Als der Modul drohend die Stirn furchte, sagte er schnell:

„Ich lache dich nicht aus, Großer Lun. Leute deiner Art haben mich schließlich konstruiert und gebaut."

„Wie bitte . . .?" Baar Lun riß die Augen weit auf. „Leute meiner Art hätten dich . . .?"

„Bewahre es als dein Geheimnis, Erbe des Lun-Klans. Mehr wirst du vorläufig nicht erfahren; und wenn du mit anderen darüber sprichst, sage ich überhaupt nichts mehr."

„Bleiben wir beim Thema, Log!"

„Schön!" Der Roboter kicherte schon wieder. „Wenn ich die beiden

Wesen aus dem Parazeitfeld befreien soll, muß ich meine Psi-Fähigkeit einsetzen, nicht wahr?"

„Aha!" machte Baar Lun schwach. „Ich soll dich also ungehindert teleportieren lassen? Du verlangst sehr viel Vertrauen!"

„Ich brauche nicht zu teleportieren. Ich muß nur eine Paraform der Telekinese anwenden. Und was das Vertrauen angeht: Wenn du es nicht aufbringst, kehren Rhodan und Tolot niemals mehr zurück."

„Ich gebe mich geschlagen", bekannte der Modul. „Aber die Verantwortung ist schwer."

„Kann ich beginnen?" fragte Log.

Baar Lun nickte nur. Insgeheim bereitete er sich jedoch darauf vor, seine Fähigkeit der Energietransformierung einzusetzen, falls der Roboter doch zu teleportieren versuchte. Die spezifischen Psi-Felder hatte er inzwischen zu unterscheiden gelernt.

Er spürte kurz darauf ein Präfeld, das in etwa spezifisch für die Vorbereitung telekinetischer Betätigung war.

Im nächsten Augenblick rematerialisierten unmittelbar vor ihm der Haluter und Perry Rhodan.

Rhodan atmete heftig. Sein Gesicht war zu einer Grimasse des Grauens verzerrt. Dem Haluter merkte man den durchstandenen Schock nicht direkt an.

Die Absicht Tolots war jedoch unverkennbar. Er holte mit seiner mächtigen Pranke aus und hätte Log im nächsten Augenblick von der Sessellehne gefegt, wenn Rhodan ihm nicht ein energisches „Halt" zugerufen hätte.

„Er ist schuld daran!" grollte Icho Tolot. „Soll er etwa ohne Strafe ausgehen?"

„Nach *Ihrer* Bestrafung wäre er ein nutzloser Haufen Blech gewesen."

Perry Rhodan versuchte schon wieder zu lächeln.

„Lassen wir uns lieber zuerst von Baar Lun berichten."

Der Modul erzählte sachlich, was während Rhodans Abwesenheit vorgegangen war. Noch während des ersten Satzes kehrte Gucky zurück und nahm schweigend auf der Couch Platz.

Als der Modul geendet hatte, lächelte ihm Rhodan anerkennend zu.

„Vielen Dank, Lun. Sie haben völlig richtig entschieden, als Sie dem Roboter letzten Endes doch vertrauten. Anders war das Problem nicht zu lösen."

Er wandte sich zu Log um und sah den zwergenhaften Roboter einige Sekunden lang nachdenklich an.

„Zuerst einmal", begann er schleppend, „muß ich mich für das unerlaubte Eindringen in deine Station entschuldigen. Sieh aber bitte ein, daß ich nicht anders handeln durfte. In unserer Situation blieb mir nichts anderes übrig."

„Ich habe mit ähnlichen Mitteln reagiert«, erwiderte Log kichernd. „Demnach sind wir quitt."

„Einverstanden!" Perry lachte rauh.

„Dein Parazeitfeld war – psychologisch betrachtet – die Hölle. Immerhin hast du uns keinen Schaden zugefügt. Ich erkenne das als positiv an. Was die Zukunft betrifft, so wird dich Baar Lun stets begleiten. Ich hoffe, wir haben uns verstanden!"

„Sie tun mir zwar unrecht", entgegnete der Roboter steif, „aber ich sehe ein, daß Sie mißtrauisch sein müssen."

Perry winkte mit der Hand.

„Dann wäre ja alles soweit klar!"

„Halt!" rief Gucky von seinem bequemen Platz aus. „Nichts ist klar!"

Rhodan sah ihn fragend an.

Der Mausbiber warf einen um Entschuldigung bittenden Blick auf den Modul und fragte:

„Darf Baar Lun dabei sein, wenn ich..."

„Ich vertraue ihm!" erwiderte Rhodan knapp.

„Okay!" rief Gucky schrill. „Du hast die Untersuchungsbesatzung von fünfhundert Mann auf die CREST zurückgeschickt. Sie kamen eben an, als ich Atlan nach deinem Verbleib fragte..."

Perrys Gesicht verfinsterte sich; er wußte, was er jetzt hören würde. „Nur weiter!"

„Der Arkonide tobt, Perry! Er nennt dich einen Narren, weil du auf der ASKAHA bleiben willst, obwohl die Logiker eine verborgene Sprengladung auf dem Kreuzer vermuten."

Das Gesicht des Terraners wurde maskenhaft starr.

„Ist das alles?" fragte er eisig.

„Soll ich tatsächlich alle Titel aufzählen, die dir der Lordadmiral in seinem Zorn verliehen hat...?"

Perry Rhodan winkte unwirsch ab.

„Nimm sie meinetwegen in dein Heldenepos auf, Kleiner, aber verschone mich damit."

Er wandte sich brüsk ab und schritt zur Tür.

„Nun, Schicksal, nimm deinen Lauf!" flüsterte Gucky und stieß einen abgrundtiefen Seufzer aus.

Unterdessen ging einige Decks tiefer der Kosmische Ingenieur Kalak einer verantwortungsvollen Aufgabe nach.

Er hatte die fünfzig Männer des technischen und kosmonautischen Personals, die die neue Besatzung des erbeuteten Kreuzers bildeten, in ihre Aufgabengebiete einzuweisen.

Selbstverständlich hätte sich die fünfzigköpfige Spezialbesatzung auch ohne Kalaks Hilfe mit den Maschinen der ASKAHA vertraut gemacht. Es wäre lediglich mehr Zeit darüber verstrichen – und Zeit war im gegenwärtigen Stadium der Expedition sehr kostbar.

Zufrieden betrachtete der Paddler die sichere Haltung der neuen Maschinenleitstandsbesatzung. Die Terraner hatten sich als hochspezialisierte Techniker erwiesen, denen man keine Anweisung zweimal zu geben brauchte. Von jetzt ab würden sie sich ohne seine Hilfe zurechtfinden.

Er winkte den Leuten noch einmal zu und wandte sich ab, um der zweiten Gruppe die Wartung der vollautomatisierten Triebwerksmeiler zu erläutern.

Plötzlich stand eine winzige Gestalt wie aus dem Boden gewachsen vor ihm.

Kalak grinste verlegen. Dieser zwergenhafte Roboter, der sich Log nannte, erschien dem Kosmo-Ingenieur unheimlich. Er war ihm daher stets aus dem Wege gegangen, wenn es sich irgendwie machen ließ. Jetzt ließ es sich nicht mehr machen.

„Ich grüße Sie, Kalak!" Log winkte mit einem seiner dünnen Ärmchen. „Was macht die Kunst?"

Der Paddler zauste sich verlegen den Bart.

„Es ist alles in ... äh ... Ordnung, Log."

Damit wollte er schleunigst davongehen. Doch eine unsichtbare Gewalt fesselte seine Füße an den Boden.

Kalak wurde ärgerlich. „Was soll das, du Robotzwerg? Laß mich sofort los, sonst ...!"

„Sonst ...?" kicherte Log höhnisch. „Warum sickern Sie nicht durch die Wand? Sind Sie heute indisponiert?"

„Was willst du?" fragte Kalak. Er ergab sich resignierend in sein Schicksal. Dem Zwerg war er nicht gewachsen.

„Ich möchte mich mit Ihnen unterhalten, Paddler. Wissen Sie, mich interessieren die Plattformen der Gen-Modulatoren. Sind diese Abtrünnigen des Paddler-Volkes bei der großen Vernichtungsaktion eigentlich auch getötet worden?"

Kalaks Gesicht nahm eine ins Graue gehende Färbung an. Er schnappte hörbar nach Luft.

„Was weißt du über die Gen-Modulatoren, Zwerg?"

Log kicherte. Er schien überhaupt nicht richtig lachen zu können – oder er wollte damit nur verwirren und bluffen. Die meisten Leute fielen auch darauf herein und unterschätzten den kleinen Roboter ganz gewaltig.

„Ich weiß", erwiderte er bedächtig, „daß sie Zugang zum Zentrumssektor Andromedas hatten. Offenbar standen sie im Dienst der Meister . . .!"

Kalak stöhnte unterdrückt.

„Du bist ein Teufel, Log! Warum berührst du den einzigen dunklen Punkt meines Volkes? Die Gen-Modulatoren sind schon vor langer Zeit zu Abtrünnigen erklärt worden. Ja, sie arbeiteten wahrscheinlich auch für das Böse an sich! Aber warum interessiert dich das?"

Diesmal kicherte der Roboter nicht. Er schwieg lange, ehe er leise – und für Kalak kaum verständlich – sagte:

„Sie wandelten meine Erbauer durch gewaltsame Gen-Veränderungen innerhalb von zehn Generationen zu Pflanzenwesen um und raubten ihnen jedes Gefühl für Ethik und Moral. Aus humanoiden Lebewesen wurden pflanzliche Ungeheuer."

Den nächsten Satz schrie er so laut, daß der Paddler zusammenzuckte.

„Die Gemeinschaftsintelligenz von Bengal ist das Produkt dieser Verbrecher!"

Nach einer Weile flüsterte Kalak:

„Darum also . . .! Darum versklavten ‚sie' die Besatzung einer Botanikerplattform! Darum rannten sie mit unbeschreiblichem Haß gegen die Werft Olloks an! Sie hielten die Paddler der beiden abgestürzten Plattformen für solche wie jene, die sie umgewandelt hatten!"

„So ist es", bestätigte Log. „Und es gibt kein anderes Motiv für die teuflische Verwandlung von menschlichen Wesen in pflanzliche Organismen als die Tatsache, daß meine Erbauer nur aus einem Grund nach Andromeda gekommen waren: um die Meister der Insel aufzuspüren und zu vernichten!"

„So haben sie es also doch getan!" rief Kalak entsetzt. „Die Abtrünnigen haben also doch mit dem Bösen an sich zusammengearbeitet."

„Vielleicht verstehst du nun", verfiel der Roboter in eine vertraulichere Sprache, „warum ich nach den Gen-Modulatoren suche. Ich frage dich noch einmal: Was weißt du über ihr Schicksal, Kalak?"

„Es tut mir leid", flüsterte der Paddler mit gebrochener Stimme, „ich weiß nichts darüber. – Ich würde es dir nicht verheimlichen, wenn ich es wüßte", setzte er rasch hinzu.

Erneut kicherte Log.

„Du könntest es mir auch nicht verheimlichen, Kalak. Mein Gespräch mit dir diente nur dazu, deinen Gedankeninhalt gründlich zu durchsuchen. Es ist nichts über das Schicksal der Modulatoren darin enthalten."

Der Kosmische Ingenieur überlegte einige Sekunden. Dann fragte er:

„Wenn ich dich bitte, zu niemandem über die Abtrünnigen meines Volkes zu sprechen – würdest du mir diese Bitte erfüllen?"

„Solange mein Schweigen niemandem schadet – gern", erwiderte Log. „Und nun kannst du deine Arbeit fortsetzen."

Er winkte dem Paddler noch einmal zu – und verschwand. Nur ein schwaches Geräusch zeugte von der Teleportation.

Kalak schaute noch einige Minuten lang auf die Stelle, an der der Roboter gestanden hatte.

„Bengal . . .!" flüsterte er beklommen.

Mit unsicheren Schritten setzte er seinen Weg fort.

Das Energiefeld des Torbogentransmitters baute sich knisternd auf. Ultrahelles Licht blendete die Augen der Bedienungsmannschaft.

Dr. Spencer Holfing überprüfte ein letztes Mal die Kontrollen. Dann wandte er sich um und lächelte Perry Rhodan zufrieden an.

„Es ist alles in Ordnung, Sir. Von mir aus kann die ASKAHA starten."

Rhodan erwiderte das Lächeln.

„Danke, Spencer. Ich werde es sofort ausprobieren." Er winkte Kalak, der mit ihm die bis auf den Transmitter leere Halle des Beiboothangars betreten hatte. Dann schritt er in das energetische Tor hinein.

Der folgende Vorgang lief ab, ohne daß jemand etwas davon sehen konnte. Rhodans Körper wurde einschließlich seiner Bekleidung und Ausrüstung bis auf die letzte atomare Struktur abgetastet, in einen fünfdimensionalen Hyperimpuls verwandelt und zu dem justierten Koordinatenpunkt abgestrahlt.

Der Koordinatenpunkt befand sich innerhalb eines ähnlichen, erst vor wenigen Tagen installierten Transmitterbogens in der Kommandozentrale des Ultraschlachtschiffes CREST III. Dort spielte sich der gleiche Vorgang in umgekehrter Reihenfolge ab – und in der gleichen Sekunde, in der Perry Rhodan in den Sendetransmitter trat, entstieg er dem Empfangsgerät.

Nach ihm erschienen der Paddler sowie Baar Lun und Gucky. Hinter Baar Lun rematerialisierte kurz darauf die Zwergengestalt des Roboters Lucky Log. Log war nicht durch den Transmitter gegangen, sondern hatte sich mittels Teleportation in die CREST versetzt.

Die Mutanten John Marshall, Andre Noir, Iwan Goratschin und die Woolver-Zwillinge warteten bereits am Kartentisch, desgleichen Atlan, Oberst Rudo, und Melbar Kasom. Icho Tolot hatte unterdessen das Kommando über den erbeuteten tefrodischen Kreuzer übernommen.

Nachdem Perry Rhodan Platz genommen hatte, setzten sich seine engsten Mitarbeiter ebenfalls.

Rhodan machte es kurz. Nach den einleitenden Sätzen ging er sofort zum Situationsbericht über.

„Die Ereignisse der letzten Tage, die in der brutalen Tötung von vierhundert Tefrodern gipfelten, zeigten uns erneut, daß die Beherrscher Andromedas kein Risiko eingehen. Ich habe daher die ursprüngliche, fünfhundertköpfige Untersuchungsmannschaft inzwischen wieder zur CREST zurückgeschickt und veranlaßt, daß das Flaggschiff auf entsprechende Sicherheitsdistanz zum Asteroiden geht. Es besteht die Gefahr, daß die Meister der Insel durch Fernimpuls eine verborgene nukleare Sprengladung zünden und die ASKAHA damit zerstören."

Er lächelte, als Atlan mit finsterem Blick aufsah.

„Aber der Kreuzer ist zu wertvoll für uns, als daß wir ihn auf Runaway zurücklassen dürften. Es ist meine Absicht, das Schiff nach KA-preiswert zu bringen. Die Untersuchungen der tefrodischen Kompakttriebwerke werden uns die Lücke in dem Forschungsprogramm schließen lassen, die uns bisher noch hinter den entsprechenden Leistungen der Tefroder hinterherhinken läßt. Die Entschleierung der Geheimnisse, die wir in der Bordpositronik der ASKAHA und dem Kartentank vermuten, wird dagegen einige Rätsel des Zentrumssektors lösen helfen.

Sie sehen, es ist ungeheuer wichtig für uns, den Kreuzer in Sicherheit zu bringen. Aus diesem Grunde befindet sich eine fünfzigköpfige Mannschaft aus technisch spezialisierten Kosmonauten an Bord. Kalak hat die Leute in ihre Aufgaben eingewiesen. Zusätzlich wurden leistungsfähige Hyperkoms für die zerstörten Geräte der ASKAHA montiert. Als Rettungsgerät für alle Fälle wurde ein Torbogentransmitter in dem Kreuzer installiert und auf die Empfangsfrequenzen der CREST abgestimmt. Die Reichweite beträgt fünf Lichtjahre – eine gewaltige Sicherheitsspanne, wenn wir bedenken, daß die CREST unter Atlans Leitung nur drei Millionen Kilometer hinter der ASKAHA herfliegen wird."

Atlan räusperte sich duchdringend und schlug mit der flachen Hand auf den Tisch.

„Bekanntlich läuft eine Explosion schneller ab, als die Besatzung eines beliebigen Raumschiffes sich in einen Rettungstransmitter begibt.

Hast du auch daran gedacht, Perry...?"

Rhodan nickte.

„Das ist unser unvermeidbares Risiko, Freund. Allerdings errechneten die Logiker nur eine Wahrscheinlichkeit von fünfzehn Prozent dafür, daß eine genügend starke Sprengladung innerhalb der ASKAHA verborgen ist, um das Schiff auf einen Schlag restlos zu vernichten. Unsere Überlebenschancen stehen also fünfundachtzig zu fünfzehn."

Er wandte leicht den Kopf, als er Bewegung hinter sich spürte.

Der Roboter Log war auf die breite Lehne seines Kontursessels gestiegen. Er rutschte auf der geschwungenen Seitenlehne herab und reckte sich, um den Kartentisch überblicken zu können.

„Aha!" meinte Atlan sarkastisch. „Der Fußball mit Beinen möchte auch etwas sagen...!"

„Ganz recht, Lordadmiral!" Log kicherte, als amüsiere er sich königlich. „Ich möchte etwas zu den letzten Worten des Großadmirals bemerken. Meiner Ansicht nach stehen die Chancen sogar neunundneunzig zu eins für die Besatzung der ASKAHA. Bekanntlich verfüge ich über ausgezeichnete Parafunktionen. Dennoch habe ich im gesamten Kreuzer keine verborgene Sprengladung aufspüren können."

Er sprang mit einem Satz auf den Tisch.

„Trotzdem warne auch ich!" Er wies mit der winzigen, fünfgliedrigen Hand auf Rhodan. „Die ASKAHA ist ein unheimliches Schiff."

Perry runzelte die Stirn.

„Was ist daran unheimlich?"

Wieder kicherte der Roboter.

„Das kann ich nicht konkret sagen. Aber ich kenne meine Fähigkeiten sehr genau – und darum weiß ich auch, daß ich zwei Prozent mehr Paraenergie benötige, um aus dem Tefroderschiff zu teleportieren, als normal wäre."

Baar Lun beugte sich erregt vor.

„Meinst du, irgendwo im Schiff würde ein Antiparafeld erzeugt? Das kann ich nicht glauben. Hätte nicht Gucky ebenfalls etwas davon merken müssen?"

„Ich habe nichts gespürt“, bestätigte der Mausbiber.

„Das hat nichts zu bedeuten“, erklärte Log. „Ich will dich nicht beleidigen, Gucky, aber du bist eben nur ein organisches Wesen. Du besitzt keine Meßinstrumente, die dir anzeigen, wieviel Paraenergie du zu einem Teleportersprung benötigst. Dein Geist entnimmt dem Körper die Menge, die er braucht. Bei zwei Prozent Mehrbedarf fällt dir das nicht auf – wohl aber einem Roboter wie mir.“

„Ich glaube nicht, daß es sich um ein Antiparafeld handelt“, warf John Marshall ein.

„Das habe ich auch nicht behauptet“, sagte Log. „Mir ist die ASKAHA lediglich unheimlich, weil sie etwas von meiner sechsdimensionalen Energie ‚frißt‘.“

„Halten wir uns nicht mit diesen Nebensächlichkeiten auf!“ Perry Rhodan klopfte ungeduldig mit den Fingerknöcheln auf die Tischplatte. „Vielleicht findet Log noch heraus, was ihm an der ASKAHA wirklich unheimlich vorkommt.“

Er erhob sich abrupt.

„Die ASKAHA startet am 30. März, um null Uhr zehn Bordzeit. Die CREST folgt eine halbe Minute später im Sicherheitsabstand von drei Millionen Kilometern!“

Gelassen ging er auf den Transmitter zu und verschwand.

Atlan blieb allein am Kartentisch zurück, nachdem alle anderen ebenfalls gegangen waren. In Gedanken versunken saß er da, dann hieb er mit der Faust auf die Tischplatte und stand auf.

„Noch dreißig Minuten bis zur Hölle!“ sagte er nach einem Blick auf die Uhr.

Pünktlich um null Uhr zehn Minuten hob die ASKAHA von der Oberfläche des Planetoiden ab.

Allein mit der Kraft ihrer teilweise umgepolten Antigravprojektoren stieg sie in die schwarze Leere des Raumes, danach tosten blauweiße Partikelströme aus den Schlünden ihrer Korpuskulartriebwerke.

Eine halbe Minute danach flammten auch im äquatorialen Ringwulst der CREST III die Impulstriebwerke auf. Der Ultragigant fegte schemengleich in tausend Kilometern Entfernung an Runaway vorüber.

Zum gleichen Zeitpunkt korrigierten die Kommandanten beider Raumschiffe den Kurs. Danach beschleunigten sie mit hohen Werten.

Perry Rhodan steuerte den erbeuteten tefrodischen Kreuzer selbst.

Im Sessel des Kopiloten saß Melbar Kasom, und zur Linken hatte sich der Haluter in dem vorsorglich verstärkten Navigatorsessel niedergelassen.

Zwischen den beiden Giganten wirkte Perry Rhodan wie ein Zwerg. Nur Lucky Log, der den Kopf des Haluters als Sitzgelegenheit ausgewählt hatte, war noch kleiner. Gegenüber Icho Tolot wirkte er wie ein Wellensittich auf dem Kopf eines Menschen.

Als die Instrumente anzeigten, daß die Lichtgeschwindigkeit in einer Minute erreicht werden würde, atmete Rhodan auf. Er drehte sich zu Kasom herum und sagte:

„Diese Minuten nach dem Start waren ganz schön strapaziös. Das Schiff hätte praktisch zu jeder Sekunde explodieren können. Was meinen Sie dazu, Melbar?“

Der Ertruser grinste.

„Ich hatte mir vorsorglich neue Unterwäsche mitgenommen. Glücklicherweise benötige ich sie nicht.“

Icho Tolot lachte dröhnend.

„Jubeln Sie nicht zu früh, Kasom. Unter Umständen ist die geheime Sprengladung mit dem Linearflugkonverter verbunden.“ Er sah Rhodans betroffene Miene und fügte hinzu: „Obwohl ich es nicht glaube!“

„Er lügt!“ stellte Log lakonisch fest.

Perry lächelte. Natürlich wartete Tolot voller Spannung auf das erste Linearflugmanöver. Er selbst tat es ja auch. Danach erst würde man wissen, ob die ASKAHA einigermaßen sicher war.

Er blickte zu dem Kontrollinstrument, das regelmäßig mit grünem Leuchten blinkte. Solange das Blinken nicht erlosch, war die CREST III in der Nähe. Drei Millionen Kilometer galten nach den Maßstäben der Raumfahrt nicht als erwähnenswerte Entfernung.

Rhodan zog das Mikrophon an seine Lippen.

„Ich rufe Kalak. Kalak, hören Sie mich?“

„Ich höre!“ antwortete eine ruhige Stimme. Der Paddler war nie aus der Ruhe zu bringen – so schien es jedenfalls. Rhodan hatte ihm den Maschinenleitstand übergeben.

„Was zeigen die Kontrollen des Linearraumkonverters?“

„Alles in Ordnung.“

„Gut, wir gehen in anderthalb Minuten in den Zwischenraum. Ende!“

Perry schaltete den Interkom ab und beobachtete die Geschwindigkeitsanzeige. Langsam kletterte der Leuchtbalken auf die LG-Marke. Die ASKAHA war ein gutes Raumschiff. Sie beschleunigte sogar mit etwas höheren Werten als ein terranischer Leichter Kreuzer.

Als die anderthalb Minuten um waren, drückte Rhodan die rot leuchtende Aktivierungstaste des LR-Konverters nieder.

Ohne die geringste Erschütterung glitt die ASKAHA in die eigenartig verzerrt wirkende Halbraumzone.

Melbar Kasom stieß den Atem geräuschvoll aus. Es klang, als würde ein Windkanal eingeschaltet.

„Jetzt ist mir ein Stein vom Herzen gefallen, Sir!“ bekannte er.

Bevor Perry Rhodan etwas darauf erwidern konnte, begann Log wieder albern zu kichern.

„Was gibt es da zu lachen, du Staubkorn!“ donnerte Kasoms Stimme.

Im nächsten Augenblick wurde er wie von einer imaginären Presse in den Kontursessel gedrückt. Er begann zu stöhnen. Sein Gesicht lief blaurot an. Als die unsichtbare Last von seiner Brust wich, atmete der Ertruser tief und röchelnd ein.

„Nun . . .?“ fragte Lucky Log. „Sogar ein Staubkorn ist stärker als ein ertrusischer Prahlhans. Wie war die kleine Atemübung? Nachdem Ihnen ein Stein vom Herzen gefallen war, dürfte der Andruck dem faßgroßen Pumpmuskel nichts geschadet haben, wie?“

„Sir!“ beschwerte sich Kasom. „Dieser Zwerg hat das Gemüt eines Psychopathen!“

Icho Tolot amüsierte sich köstlich. Er hörte erst auf zu lachen, als der Bildschirm seines Interkoms mit schrillem Klirren zersprang.

Perry Rhodan beschleunigte den Kugelraumer. Die huschenden Farbkleckse und die blutroten Streifen des Linearraums verschwammen zu undefinierbaren Nebelfetzen.

Wenige Sekunden später schaltete Rhodan den LR-Konverter ab. Aus dem Schiffsinnern kam ein verebbendes Röhren. Im gleichen Augenblick war das Abbild des Einsteinschen Normalkontinuums wieder auf den Schirmen der Panoramagalerie zu sehen.

Die Ortungszentrale meldete in zwei Lichtminuten Entfernung an Backbord vier Walzenschiffe der Maahks, die sich offenbar auf der Flucht befanden.

Es hatte sich nicht umgehen lassen, die Bahnebene des tefrodischen Atrun-Systems in relativ kurzer Entfernung zu passieren. Außerdem wollte Perry Rhodan sich vom Stand der seit vier Tagen tobenden Raumschlacht überzeugen.

Die vier Walzenraumschiffe waren nicht die einzigen, die sich auf der Flucht befanden. Überall jagten tefrodische Einheiten rudelweise hinter versprengten Einzelschiffen oder kleinen Gruppen der Maahks her. Ab und zu blähte sich eine künstliche Sonne im Raum auf

– meist hatte sich an jener Stelle zuvor ein flüchtendes Maahkschiff befunden.

Die Tefroder hatten gesiegt, nachdem sie Verstärkung erhalten hatten. Fast zweitausend ihrer Schlachtraumer sammelten sich bereits wieder. Nur einzelne Verbände durchkämmten das ehemalige Schlachtfeld. Trümmer, ausgeglühte Wracks und dünne, radioaktive Staubwolken trieben ziellos dahin. Beschädigte Tefroderschiffe flogen mit Schleichfahrt auf das Atrun-System zu.

In den letzten Minuten hatte Rhodan die Triebwerke des ASKAHA mit Gegenschub arbeiten lassen, um die optischen Verzerrungseffekte bei Geschwindigkeiten nahe der LG-Grenze zu vermeiden.

Als es nichts Neues mehr zu orten gab, beschleunigte er erneut.

Das beruhigende Blinken auf dem Kontrollinstrument bewies zusätzlich zur Ortung, daß die CREST III den befohlenen Sicherheitsabstand von drei Millionen Kilometern exakt einhielt. Während des Linearmanövers war das Leuchtzeichen naturgemäß ausgeblieben. Seitdem aber erschien es in kurzen Intervallen wieder.

Der Geschwindigkeitsmesser kletterte auf siebzig Prozent LG, achtzig Prozent, neunzig . . .

Plötzlich begannen sämtliche Warnpfeifen in dem Kreuzer ein schrilles Heulkonzert.

Mit blassem Gesicht beugte sich Perry zum Interkom, um die Ortungszentrale anzurufen und nach dem Grund für den Alarm zu fragen.

Da sah er es selbst.

Nahe der Sonne Atrun pulsierte ein roter Lichtfleck. Niemand in der Zentrale der ASKAHA benötigte einen Positronenrechner, um sich die *wirkliche* Größe des Lichtflecks vorstellen zu können. Dazu genügten das Wissen um die Entfernung der Erscheinung und die Beherrschung der Grundformen der Arithmetik.

Das Gebilde besaß einen Durchmesser von etwa einer Million Kilometern.

Perry Rhodan betrachtete es kurz darauf in der Sektorvergrößerung des Tasterschirmes.

Ein rot leuchtender Feuerring mit unaufhörlichem violetten Fluten und Wallen in seinem Innern war jählings aus dem Nichts entstanden. Er wuchs noch immer an; unvorstellbare Energien entluden sich in hektischem Flackern.

Rhodan, Kasom und Tolot wechselten vielsagende Blicke.

„Wir gehen näher heran!" entschied Rhodan.

Die Entscheidung kam um wenige Sekundenbruchteile zu spät.

Jemand – oder etwas – hatte bereits gehandelt. Die ASKAHA wurde mit unvorstellbarer Gewalt aus der Bahn gerissen.

Ihr Kurs zielte genau auf die Öffnung des Glutringes ...

Die Alarmpfeifen der CREST III gellten im gleichen Augenblick auf wie die der ASKAHA. Die Hypertaster arbeiteten praktisch ohne Zeitverzögerung.

Atlan, der noch vor einer Minute erleichtert aufgeatmet hatte, als der tefrodische Kreuzer offenbar ohne Schwierigkeiten wieder beschleunigte, sprang erregt von seinem Kontursessel.

Atemlos schaute er auf die Sektorvergrößerung des Tasterschirmes.

Er sah, wie sich ein ungeheurer Glutring unweit der Sonne Atrun bildete, er sah das violette Pulsieren in dessen Innerem – und er bemerkte, daß die ASKAHA ihre bisherige Bahn verließ und im Winkel von dreißig Grad Kurs auf das Atrun-System nahm.

„Dieser Wahnsinnige!“ tobte er. „Genügt es ihm nicht, daß das erste Linearmanöver der ASKAHA gelungen ist, ohne daß das Schiff auseinanderflog! Anstatt bis zum nächsten Eintrittspunkt in den Zwischenraum zu beschleunigen und sich über die baldige Rückkehr nach KA-preiswert zu freuen, steuert er dieses verdächtige Gebilde an!“

Er hörte am Arbeitsgeräuch der Triebwerke, daß die CREST III mit hohen Werten verzögerte. Verblüfft blickte er den Kommandanten an.

Oberst Cart Rudo nickte und bestätigte damit die unausgesprochene Frage.

„Oder sollten wir etwa hinterherfliegen?“ fragte er.

Der Arkonide schüttelte den Kopf. Seine Augen funkelten vor verhaltenem Zorn – und voll Sorge um seinen besten Freund.

„Ich gehe zur Funkzentrale, Rudo. Verzögern Sie weiter – und beobachten Sie die ASKAHA!“

Zuerst langsam, dann immer schneller werdend, bewegte sich der Lordadmiral auf den Funkraum zu. Die letzten Meter lief er.

Major Kinser Wholey wandte ihm ein schweißüberströmtes Gesicht zu. Er hatte durch die Transparentwand die Vorgänge in der Hauptzentrale verfolgen können.

„Rufen Sie die ASKAHA!“ befahl Atlan mit vor Erregung heiserer Stimme. „Ich muß Perry Rhodan sprechen!“

„Aber er hat striktes Funkverbot angeordnet, Sir!“ Kinser Wholey ließ sich auch durch Atlans zornigen Blick nicht beirren. „Nur er selbst darf die Verbindung herstellen.“

„Major!“ sagte der Arkonide eisig. „Perry Rhodan hat mir aber auch die volle Kommandogewalt über die CREST übertragen. Sie unterstehen damit nur noch meinem Befehl. Was er vorher gesagt hat, ist hinfällig, wenn es im Widerspruch zu meinen Anordnungen steht. – Und nun beeilen Sie sich, sonst lasse ich Sie wegen Befehlsverweigerung einsperren!“

Die letzten Worte hatte er fast geschrien.

Kinser Wholey blieb kühl und beherrscht. Aber er schaltete.

Der Zorn des Arkoniden verrauchte so schnell, wie er gekommen war. Er lächelte den Major an und sagte:

„Verzeihen Sie, Kinser. Ich war erregt.“

„Ich weiß nicht, wovon Sie sprechen, Sir„, erklärte Wholey.

Eine grüne Lampe flammte auf.

Kinser Wholey drückte auf eine Schaltleiste. Der Hyperkomschirm füllte sich mit Licht. Das Gesicht des Funkers der ASKAHA erschien.

„Geben Sie mir Perry Rhodan!“ befahl der Major. „Aber schnell! Legen Sie die Verbindung gleich zur Zentrale um!“

Nur eine halbe Sekunde später tauchte Rhodans ernstes Gesicht auf dem Schirm auf. Er lächelte vage, als er Atlan erkannte.

„Arkonide . . .?“

Atlan zwang sich gewaltsam dazu, ruhig zu sprechen und logisch klingende Argumente vorzubringen.

„Du gefährdest deine Leute, Perry, wenn du weiterfliegst. Kehre um, bevor es zu spät ist. Wenn mich nicht alles täuscht, willst du diese ringförmige Leuchterscheinung im Atrun-System untersuchen. Warum? Möchtest du die ASKAHA wieder verlieren?“

Das Gesicht des Terraners blieb sekundenlang unbewegt. Dann verzog es sich zu einem Lächeln, bei dem der Arkonide innerlich zu frieren begann.

„Deine Aufforderung kommt ein wenig zu spät, Freund“ antwortete Rhodan in schleppendem Tonfall.

Ein letzter Rest wilder Hoffnung durchzuckte Atlan.

„Du bist schon umge . . .“ Seine Stimme erstarb, als er Rhodans Augen sah.

Perry lachte bitter.

„Die ASKAHA kann nicht mehr umkehren, Arkonide“, sagte er. „Vor wenigen Sekunden haben sich die Maschinen des Kreuzers von selbst ausgeschaltet – und offenbar ist nicht einmal Kalak in der Lage, sie wieder in Gang zu bringen. Wir werden von einer unbekannten Kraft auf den Feuerring hingezogen. So ist die Lage, und auch du kannst nichts mehr daran ändern!“

Atlan fuhr sich mit einer verloren wirkenden Geste über das albinotisch weiße Haar. Seine Augen füllten sich mit wäßriger Flüssigkeit. Der ehemalige Admiral einer altarkonidischen Flotte der Blütezeit war hochgradig erregt. Fassungslos betrachtete er Rhodan. Seine Mundwinkel zuckten.

Plötzlich leuchteten seine Augen triumphierend auf.

„Wir sind Narren Perry! Wir alle beide!" rief er. „Warum haben wir nicht gleich an den Transmitter gedacht! Er ist für eine Entfernung von fünf Lichtjahren gut, folglich erst recht für die lächerlichen drei Millionen Kilometer, die uns trennen.

Perry, ihr müßt in den Transmitter steigen!"

„Und die ASKAHA?" fragte Rhodan tonlos. „Sollen wir sie einfach aufgeben, bevor wir wissen, ob uns überhaupt eine nennenswerte Gefahr droht?"

Entsetzt wich Atlan einen Schritt zurück. Er war betroffen über die Hartnäckigkeit des Freundes.

„Du bist wahrhaftig der größte Narr aller Zeiten!" tobte er unbeherrscht. „Wenn du nicht sofort den Befehl zum Rückzug durch den Transmitter gibst..."

„Nun, was ist dann?" fragte Perry Rhodan kühl.

Atlan fluchte.

Als er sich darauf besann, daß es noch ein Argument gab, mit dem es vielleicht gelingen mochte, den halsstarrigen Terraner zu überzeugen, war der Bildschirm des Hyperkoms dunkel.

„Haben Sie abgeschaltet, Wholey?" fragte er drohend.

Der Afro-Terraner hob den Kopf und zog die Hände von der Einstellautomatik zurück.

„Nein, Sir. Die Verbindung brach plötzlich ab."

„Brach ab...?" wiederholte Atlan verwundert. „Oder hat Rhodan die Verbindung von sich aus unterbrochen? Drücken Sie sich bitte klar und deutlich aus, Mann!"

Auf Major Wholeys Stirn schwoll die Zornesader an. Rechtzeitig besann sich der Cheffunker darauf, daß der Arkonide hochgradig erregt war und daß die augenblickliche Situation keine Zeit für berechtigte Proteste ließ.

„Sir, weder von der CREST noch von der ASKAHA aus wurde das Gespräch abgebrochen. Rhodan wollte gerade etwas sagen, da verblaßte das Bild, und der Ton blieb weg. Ich habe keine andere Erklärung dafür, als daß Rhodan in Gefahr ist!"

Atlan hörte die letzten Worte nicht mehr.

Der zehntausend Jahre alte und biologisch unsterbliche Arkonide stürmte aus der F-Zentrale in den Kommandostand hinein, als liefe er um sein Leben.

Oberst Cart Rudo blickte ihm bereits entgegen.

„Sir!“ rief er. „Die ASKAHA ist vor fünf Sekunden in den Linearraum gegangen!“

Als Atlans Abbild auf dem Hyperkomschirm verblaßte, glaubte Perry Rhodan zuerst, der Arkonide habe die Verbindung getrennt.

Kasoms Aufschrei ließ ihn seinen Irrtum erkennen. Er wirbelte herum und blickte hinaus in die verzerrten Streifen und Nebel des Linearraums. Im nächsten Augenblick hatte er die Verbindung zum Maschinenleitstand hergestellt.

„Kalak!“ brüllte er. „Haben Sie den LR-Konverter aktiviert?“

Das schwarze Gesicht des Paddlers war unbewegt wie immer.

„Tut mir leid. Das wäre unmöglich gewesen. Der Konverter ist auf Zentrale-Bedienung geschaltet.“ Er erkundigte sich nicht danach, warum Rhodan ihm diese ungewöhnliche und unlogische Frage gestellt hatte. Kalaks Gehirn arbeitete präzise wie eine Rechenmaschine. Wenn der Großadministrator ihn fragte, ob er den LR-Konverter aktiviert habe, dann befand sich die ASKAHA mit Sicherheit in der Zwischenraumzone.

Als Perry die Interkomverbindung unterbrach, war seine Stirn mit einem Netz feiner Schweißperlen überzogen. Dennoch lächelte er.

„Man hat etwas mit uns vor, will mir scheinen!“ Die Stimme hatte wieder eiskalt geklungen.

„Man und *etwas!“* kreischte Log unter hysterisch anmutendem Kichern. „Was wißt ihr Terraner denn überhaupt?“

Perry Rhodan sah den Zwergroboter nachdenklich an. Um seine Lippen spielte ein hartes Lächeln.

„Wenn du mir nicht auf der Stelle verrätst, was du über dieses Phänomen weißt, lasse ich deine Energie von Lun transformieren!“

„Erpresser!“ schimpfte der Robot.

Perry gab dem Modul einen Wink. Doch Baar Lun kam nicht dazu, Log seine Parafähigkeit spüren zu lassen.

Die ASKAHA schoß mit beinahe Lichtgeschwindigkeit aus der Zwischenraumzone hinaus . . .

Riesig groß flammte vor dem Bug der brodelnde Höllenschlund eines gewaltigen Feuerringes – und das Schiff raste geradewegs darauf zu.

Mit monotoner Stimme, als ginge ihn die urplötzlich akut gewordene Drohung nicht das geringste an, begann „Lucky“ Log zu sprechen.

Des Haluters röhrende Stimme übertönte ihn im nächsten Augenblick.

„Nun ist mir alles klar!“ rief der Gigant. „Wir hätten längst daraufkommen sollen. Der Feuerring ist nichts anderes als ein gigantischer Transmitter! Jemand scheint unwiderstehliche Sehnsucht nach uns zu verspüren!“

„Irrtum!“ fiel Log ein. Der winzige Roboter steigerte seine Stimme plötzlich zu einer Lautstärke, die selbst Tolots gefürchtetes Gelächter weit in den Schatten stellte. „Niemand interessiert sich auch nur im geringsten für uns. Ich möchte wetten . . .“, er kicherte, als er merkte, welchen terranischen Slangausdruck er gebrauchte,„ . . . ich möchte wetten, daß überhaupt niemand um die Anwesenheit einer fremden Mannschaft in der ASKAHA weiß!“

Rhodan und Kasom betrachteten den Roboter. Ihre Mienen drückten fassungsloses Erstaunen, aber auch Hochachtung vor dem Wissen des kleinen mechanischen „Wesens“ aus.

Der Haluter lachte schon wieder. Er brach allerdings sofort ab, als er Rhodans mißbilligende Miene bemerkte.

„Sehen Sie auf die Bildschirme“, erklärte er. „Vielleicht erkennen Sie dann, welchem Zweck unser Riesentransmitter dient.“

Perry folgte der Aufforderung sofort. Kurz danach lachte auch er, nur klang es nicht so unbekümmert wie Tolots Gelächter. Nun war ihm der Zweck des Ringtransmitters klar: Alle jene tefrodischen Raumschiffe wurden von ihm angezogen und abtransportiert, die bei der Raumschlacht mit den Maahks beschädigt worden waren.

„Wir sind in einen Wracksammler geraten“, stellte Icho Tolot lakonisch fest.

„Endlich beginnt ihr zu begreifen“, verfiel der zwergenhafte Robot wieder einmal ins vertrauliche Du. Er schien sich überhaupt nur deshalb meist an die Etikette zu halten, weil er Streit vermeiden wollte. „Wir werden mitsamt der stolzen ASKAHA zur Verschrottung gebracht. Wie gefällt euch das?“

„Hm!“ bemerkte Baar Lun aus dem Hintergrund. „Für mich wäre es die einzige Chance, einen gewissen Wert zu bekommen . . .“

„Ruhe!“ befahl Perry Rhodan. „Die Lage ist ernst, meine Herren. Niemand konnte damit rechnen, daß die Tefroder über so phantastische Beförderungsmittel für beschädigte Raumschiffe verfügen. – Ich hoffe nur“, fügte er sarkastisch hinzu, „dieses violette Fluten und Wallen im Innenraum des Transmittertores ist nicht identisch mit einem Schmelzofen.“

Kasom lachte ein verkrampftes, gekünsteltes Lachen. Erst als der

Haluter ihn freundschaftlich auf den Rücken klopfte, brach er ab und rang nach Luft.

„Wir haben eine Menge Medikamente an Bord", fuhr Rhodan sinnend fort. „Aber schockabsorbierende Mittel sind wohl zufällig nicht darunter, wie ...?" Er sah seine Gefährten der Reihe nach an.

Natürlich wußte er genau, daß die Bordklinik der ASKAHA keines der neuartigen Absorbermittel führte, wie sie in der CREST III lagerten. Man hatte nur die gebräuchlichen Medikamente vom Flaggschiff in den erbeuteten Kreuzer verladen. Niemand jedoch war auch nur auf den Gedanken gekommen, die ASKAHA könnte einen Sonnentransmitter passieren. Logischerweise waren keine Ampullen mit dem Absorber an Bord genommen worden.

Plötzlich flimmerte die Luft vor Rhodans Gesicht. Der Mausbiber Gucky materialisierte genau auf Perrys Knien. Seine Barthaare zitterten vor Erregung. Er musterte die Bildschirme nur kurz und begann zu schimpfen.

„Mich konntet ihr wohl nicht rechtzeitig benachrichtigen, was?! Ihr seid mir schöne Freunde. Laßt mich allein in meiner Kabine sitzen und mir die Finger wundschreiben an dem grandiosesten Epos aller Zeiten – und derweil geschehen weltbewegende Dinge. Ein Glück, daß ich zufällig Telepath bin. Trotzdem fehlt mir ein ganzes Stück von dem Film, der sich draußen abspult. Wie soll ich der Objektivität gerecht werden, wenn ich diese Episode in mein Werk einfüge!"

„Episode ...!" wiederholte Perry Rhodan. „Ich will froh sein, wenn wir in einer Minute nicht in dem Schmelzofen dort vorn verglüht sind. Alles andere ist sekundär, Kleiner."

26.

Die Hypertaster der CREST III registrierten das Verschwinden der ASKAHA – und zehn Sekunden später ihr Wiederauftauchen aus dem Linearraum.

Bei der letzten Meldung wurde Atlan plötzlich ruhig. Er ließ sich in seinen Kontursessel neben Cart Rudo sinken und betrachtete die Auswertungsdiagramme der Ortungszentrale.

„Ein Transmitter, nicht wahr, Sir?" ließ sich der Epsaler vernehmen.

Atlan sah auf.

„Sie haben es erfaßt", sagte er. „Allerdings verrät mir die Ortungsauswertung noch mehr." Er schob Rudo eines der Diagramme zu.

„Eine Art Sammler", meinte der Oberst. „Jedenfalls deuten die Ortungsimpulse der anderen Tefroderschiffe darauf hin, daß der Transmitter beschädigte oder manövrierunfähige Raumschiffe anzieht."

Der Lordadmiral nickte.

„Also hat Log doch recht gehabt!" sagte er sinnend.

Cart Rudo musterte ihn mit einem eigentümlich forschenden Blick.

Unwillkürlich mußte Atlan lachen.

„Ich bin nicht übergeschnappt, Oberst." Sekundenlang amüsierte er sich über das betroffene Gesicht des Epsalers, dann fuhr er fort: „Log sagte aus, die ASKAHA käme ihm unheimlich vor. Er berichtete etwas von einem höheren Verbrauch von Paraenergie, nicht wahr? Zusammen mit unseren Ortungsergebnissen klärt sich das Bild allmählich. Nun weiß ich, warum beispielsweise Gucky keinen höheren Energieverbrauch des tefrodischen Kreuzers registrieren *konnte!* Er benötigte tatsächlich nicht mehr Energie als sonst. Log dagegen ist ein mechanisches Gebilde. Seine Energiespeicher reagieren empfindlich auf mechano-energetische Streufelder. Wenn mich nicht alles täuscht, ist die gesamte Kugelzelle der ASKAHA gegenpolig aufgeladen – gegenpolig nämlich zu den Energien des Transmitters. Dadurch wird sie unwiderstehlich angezogen."

„Sie könnten recht haben, Sir", gab Rudo zu. „Leider ändert das nichts an Rhodans Lage. Wir wissen nicht, wo der Empfänger dieses Transmitters steht – und ob es überhaupt einem Empfänger im üblichen Sinne gibt. Wer sagt uns, daß die vom Sammler eingeholten Wracks nicht einfach vernichtet oder eingeschmolzen werden? Dieses violette Brodeln innerhalb des Ringes behagt mir nicht. Es ist nicht typisch für die Sonnentransmitter der Meister."

Der Arkonide dachte eine Weile angestrengt nach. Unterdessen schoß die ASKAHA mit erschreckender Fahrt auf das Zentrum des Transmitters zu. Bald würde sie darin verschwinden – vielleicht für immer!

„Das kann gar kein typischer Sonnentransmitter sein", brach Atlan das beklemmende Schweigen nach kurzem Nachdenken. „Wie auch immer das komplizierte Gebilde funktioniert, es wird nur in ganz bestimmten Situationen benötigt." Er lächelte. „Ich werde es deshalb ‚Situationstransmitter' nennen. Möglicherweise hat der

Transmitter Jahrtausende lang stillgelegen. Die Raumschlacht lieferte ihm Arbeit – und er schaltete sich ein.“

„Achtung!“ krachte eine Stimme aus dem Interkomlautsprecher. „Hier meldet sich O-Zentrale, Major Notami. Ich schalte eine Sektorvergrößerung der Transmitterumgebung zu Ihnen durch, Sir.“

Auf dem Beobachtungsschirm erschien das Abbild des Atrun-Systems. Allmählich engte sich der Blickwinkel ein, bis nur noch die Sonne und der Transmitter zu sehen waren.

Deutlich erkannte der Arkonide vier orangerote, grell leuchtende Energiebahnen, die den roten Leuchtkreis und das Sonnenzentrum miteinander verbanden.

Der Situationstransmitter bezog seine Energie von der Sonne Atrun.

Atlan schloß die Augen. Als er sie öffnete, war sein Blick von solch unerbittlicher Härte, daß Cart Rudo erblaßte.

„Nehmen Sie Fahrt auf, Oberst!“ befahl der Lordadmiral. „Und folgen Sie der ASKAHA – ganz gleich, wohin sie uns führt!“

Rudo erwiderte sekundenlang überhaupt nichts. Dann stieg flammende Röte in sein Gesicht.

„Meinen Sie das im Ernst, Sir...?“ fragte er mit mühsam beherrschter Stimme.

„Völlig! Und nun führen Sie meinen Befehl aus!“

Da fuhr Cart Rudo aus der Haut – zum erstenmal, seit er Kommandant eines Solaren Flaggschiffes war.

„Entschuldigen Sie, Sir, aber das ist doch Wahnsinn! Ich soll die CREST in dieses Höllentor steuern? Wir haben fast fünftausend Mann an Bord! Sie können die Leute doch nicht einfach opfern, um den Kontakt zur ASKAHA nicht abreißen zu lassen!“

„An Bord der ASKAHA befindet sich der Großadministrator des Solaren Imperiums!“

„Jawohl, Sir!“ Der Kommandant knirschte mit den Zähnen. „Aber wie kann ich ihn retten, wenn ich mein Schiff in diese teuflische Falle führe? Ich trage die Verantwortung für meine Besatzung. Wollen Sie das bitte nicht vergessen, Sir!“

„Über Ihre Disziplinlosigkeit unterhalten wir uns später“, erklärte Atlan kühl. „Andererseits sehe ich ein, daß Sie in ehrlicher Sorge so handeln, Oberst. Darum sage ich Ihnen: Wenn wir der ASKAHA nicht sofort folgen, werden wir das Schiff nicht wiederfinden.

Und nun handeln Sie. Das ist ein Befehl, Oberst Rudo!“

Es war dem Epsaler nicht anzusehen, ob Atlans letztes Argument ihn überzeugt hatte oder ob er nur der Disziplin folgte.

Jedenfalls richtete er den Kurs der CREST III auf den Situationstransmitter aus. Danach beschleunigte er mit 650 Kilometern pro Sekundenquadrat, der maximalen Leistung des Ultragiganten.

Die ASKAHA war seit zehn Minuten im Innern des Transmitters verschwunden, als die CREST III in den Linearraum ging und neun Sekunden später in den Normalraum zurückkehrte.

Die wabernde Glut füllte den ganzen, 180 Grad umfassenden Frontbildschirm aus. Im Heckteil der Panoramagalerie aber schwebte ein von Schmelzkratern übersätes Kugelschiff der Tefroder.

Der gähnende Schlund eines feuerspeienden Ungeheuers hatte sich geöffnet und ihn verschlungen.

Melbar Kasom dämmerte zwischen tiefer Bewußtlosigkeit und halbem Erwachen dahin. Er wußte nichts mehr von dem ungeheuren psychischen Schock, der ihn bei der Entmaterialisierung im Transmitter überfallen hatte. Nur im Unterbewußtsein glomm noch das Grauen und versuchte, den bewußten Teil des Geistes aufzurütteln.

Manchmal schien es zu gelingen. Dann nahm der Ertruser schattenhafte Bewegung wahr. Einmal glühten zwei rote Punte wie die Augen eines Monstrums und schienen ihn böse anzustarren. Doch dann wischte der Schleier der Ohnmacht alle Eindrücke weg – und erneut sank Kasoms Geist hinab in die Tiefen halbbewußten Dämmerzustandes.

Endlich – eine Ewigkeit schien inzwischen vergangen zu sein – rissen die Schleier ganz auseinander.

Melbar öffnete die Augen – und stieß einen gellenden Schrei aus.

Statt der beiden rotglühenden Punkte aus dem Alptraum glotzten ihm nun drei runde Stielaugen entgegen.

Eine ärgerliche Stimme befahl:

„Benehmen Sie sich nicht wie ein kleines Kind, Kasom. Seit wann erschrecken Sie bei meinem Anblick?“

Von einem Atemzug zum anderen vermochte Melbar wieder völlig klar zu denken. Er richtete sich auf und warf dem Haluter einen dankbaren Blick zu.

„Injektion?“ fragte er.

Icho Tolot bejahte.

„Ein Ara-Stimulans, Kasom. Wie fühlen Sie sich?“

Der Ertruser schnallte sich los und reckte die Glieder.

„Wie neugeboren“, erwiderte er sarkastisch. „Ich habe gräßlichen Hunger.“

Tolot deutete mit einem seiner Handlungsarme auf den Panoramabildschirm der Bugseite.

„Verschlucken Sie meinetwegen die beiden roten Sonnen dort, Kasom. Aber belästigen Sie mich nicht mehr mit Ihren animalischen Begierden."

Kasom wollte lachen. Doch das Gelächter blieb ihm in der Kehle stecken, als er die beiden blutroten Sonnengiganten entdeckte, die sich in die Aufgabe teilten, sowohl den Backbord- als auch den Steuerbordteil des Rundsichtschirmes auszufüllen.

„Bei allen Schlammschlingern unter der Sonne Kreit!" entfuhr es ihm. „Das sind die Augen des Ungeheuers, das mir im Traum erschien. – Wohin hat es uns verschlagen, Tolot?"

„In das Sonnensystem des Empfangstransmitters", entgegnete der Haluter ernst. „Mehr weiß ich auch noch nicht. Sie sind knapp eine halbe Minute nach der Wiederverstofflichung erwacht."

Melbar Kasom sah sich um. Perry Rhodan lag ebenso reglos in seinem Kontursessel wie Baar Lun. Der Mausbiber hockte seltsam verkrümmt auf Rhodans Knien.

„Wo ist Log?" fragte er.

Erst jetzt schien der Haluter das Fehlen des Zwergroboters zu bemerken.

„Ich habe ihn nicht gesehen, seit wir rematerialisierten. Hoffentlich ist ihm nichts passiert."

Melbar grunzte verächtlich. Er öffnete den Medizinkasten hinter seinem Kontursitz und zog eine silbrig schimmernde Hülse heraus. Als er sie öffnete, fiel ihm ein durchsichtig verpackter Streifen Injektionspflaster entgegen.

Gemeinsam gingen die beiden Giganten daran, Rhodan, Baar Lun und Gucky die hochwirksamen Aufpeitschmittel zu injizieren.

Die Wirkung ließ allerdings noch auf sich warten.

„Würden Sie so nett sein und einige Leute der Spezialbesatzung versorgen, Tolot?" bat Kasom. „Vor allem die restlichen Mutanten, die sich in der Ortungszentrale aufhalten, sowie Kalak. Ich werde inzwischen versuchen, etwas mehr über unsere Lage herauszubekommen."

Der Haluter nahm schweigend die Injektionspflasterstreifen entgegen und lief hinab.

Melbar Kasom stellte sich neben Rhodans Platz und überprüfte die Kontrollen. Wie erwartet, war keine Änderung eingetreten. Die Triebwerke der ASKAHA ließen sich mit Bordmitteln nicht mehr beeinflussen. Auch die Antigravprojektoren versagten; ohne materiellen oder energetischen Widerstand hätten sie ohnehin das Schiff keinen Zentimeter bewegen können.

Aber die Ortung ließ sich unter Zentralekontrolle bringen.

Der USO-Spezialist schaltete fieberhaft. Ihm mit seiner extrem gründlichen Schulung und Erfahrung bereitete es nicht die geringsten Schwierigkeiten, die unterschiedlichen Ortungsgeräte zu bedienen und gleichzeitig mit Hilfe einer kleinen Pultrechenanlage die Auswertung durchzuführen.

Das Ergebnis war erschreckend.

Noch immer pulsierte die farblose Energie einer Transmitterballung zwischen den beiden roten Sonnenriesen. Dort war der tefrodische Kreuzer herausgekommen und abgestoßen worden.

Aber nicht nur er!

Etwa fünfzig oder sechzig beschädigte oder zum Teil noch brennende Tefrodereinheiten trieben rings um die ASKAHA, und immer wieder spie die Transmitterballung neue Schiffe aus.

Als Melbar Kasom jedoch den überlichtschnellen Tasterstrahl der Hyperortung auf den Raum zwischen den zehn Planeten richtete, die die Sonnen umkreisten, wurde selbst er von Panik ergriffen.

Hier wimmelte es von kugelförmigen Schiffen aller Größenordnungen.

Und das waren keine Wracks, sondern einsatzbereite Einheiten, die sich sammelten.

Melbar erkannte in dem Flottenaufgebot eine Menge jener achtzehnhundert Meter durchmessenden Giganten, die auch schon bei der Raumschlacht vor dem Atrun-System aufgetaucht waren. Zweifellos waren sie den terranischen Superschlachtschiffen der Imperiumsklasse, zu der auch das ehemalige Flaggschiff der Solaren Flotte, die CREST II, zählte, überlegen.

Dem neuen Ultrariesen der Galaxisklasse, der CREST III, würden sie jedoch keinesfalls gewachsen sein.

Stolz überkam den Ertruser, als er das erkannte. Doch der Stolz schwand sehr schnell.

Die CREST III war nicht hier, sondern irgendwo – vielleicht Tausende oder gar Hunderttausende von Lichtjahren entfernt. Sie würde den fünfzig Mann des Himmelfahrtskommandos und den Mutanten nicht helfen können.

Oberst Kasom versuchte, sich anhand der sichtbaren Konstellationen zu orientieren. Vergeblich. Vielleicht würden die tefrodischen Karten der ASKAHA Aufschluß geben – doch es schien sicher, daß niemand mehr die Zeit bekam, diese kodifizierten Unterlagen zu entschlüsseln.

Man befand sich wieder einmal in einer aussichtslos erscheinenden Lage.

Melbar Kasom lachte rauh.

Im nächsten Augenblick zuckte er zusammen. Dicht vor seinen Augen, auf dem Hauptkontrollpult des Tefroderschiffes, war die kleine Gestalt Logs aufgetaucht.

Der Roboter wirkte unheimlich. Nie konnte man erkennen, ob er einen gerade ansah oder sich für etwas ganz anderes interessierte. Der absolut konturlose Kugelkopf mit der glatten, mattschimmernden Oberfläche vermittelte nicht einmal die Illusion einer Regung.

„Nun!" schrie Log mit schriller Stimme. „Wie gefällt Ihnen das, Fettsack von Ertrus?" Er stieß ein brüllendes Gelächter aus, das selbst Icho Tolot alle Ehre gemacht hätte.

Kasom fragte sich, ob der Zwergroboter die einzelnen Stimmen und Geräusche vielleicht auf Band nahm, um sie bei passender oder unpassender Gelegenheit wieder von sich zu geben.

Der USO-Spezialist zögerte. Er war sich nicht klar darüber, ob er nicht lieber seinen Strahler ziehen und Log zerstören sollte, bevor Rhodan erwachte und ihn daran hinderte.

„Du bekämst dein Pusterohr nicht einen Millimeter aus der Halfter, Großer", krächzte Log.

„Ich glaube doch ...", ließ sich Baar Luns Stimme aus dem Hintergrund vernehmen.

Der Modul kam mit katzenhaft leisen Schritten näher.

„Kaum schließt man für ein paar Minuten die Augen, wird der Kerl frech, wie?"

Er blickte auf den aktivierten Beobachtungsschirm der Tasterortung. Sein künstlich gebräuntes Gesicht wurde aschgrau.

„Wo sind wir herausgekommen?" fragte er unterdrückt.

Melbar Kasom hob die breiten Schultern. Er beugte sich zu Rhodan hinab und hielt ihm mit den Fingerspitzen die Nase zu.

Perry Rhodan riß den Mund auf und schnappte nach Luft. Gleich darauf öffneten sich seine Augen. Der Oberkörper ruckte empor.

Er erfaßte die Lage von einer Sekunde zur anderen.

„Kasom, Lun, Log!" ordnete er an. „Ihr helft Tolot dabei, die Besatzung aufzuwecken. Ich nehme an, der Haluter tut bereits etwas in dieser Richtung ...?"

Melbar nickte.

Rhodan hob den Mausbiber von seinen Knien und trug ihn auf die flache Couch, die eigens für Gucky in die Zentrale des Tefroderschiffes gebracht worden war. Danach nahm er wieder in seinem Kontursessel Platz. Mit verkniffenem Gesicht blickte er auf die Bildschirme der Panoramagalerie.

Noch immer trieb die ASKAHA in freiem Fall von der Transmitterballung fort, auf die georteten zehn Planeten zu. Die blutigroten Sonnen des Systems schienen höhnisch auf das Schiffsgewimmel herniederzublicken.

„Ich werde euch Redeye nennen", sagte er. „Redeye I und II. Nun, was meint ihr dazu?"

Er war sich klar darüber, daß eine Art Galgenhumor von ihm Besitz ergriffen hatte. Die Aussichten, lebend dieser Falle zu entrinnen, erschienen selbst Perry gleich Null, obwohl er sonst von schier unerschütterlichem Optimismus beseelt war.

„Eigentlich sollte bald etwas Entscheidendes geschehen", flüsterte er.

Als hätte das Schicksal nur darauf gewartet, wurde die ASKAHA so heftig aus dem Kurs gerissen, daß die Andrucksabsorber für den Bruchteil einer Sekunde nicht mitkamen.

Perry Rhodan schlug gegen die Lehne seines Sessels.

Als er die leichte Benommenheit überwand und die Ortungsergebnisse auswertete, sah er klar.

Ein ungemein starker Traktorstrahl hatte den Kreuzer erfaßt und zog ihn auf einen der zehn Planeten des Redeye-Systems zu.

Das Ziel war Planet Nummer fünf.

Die gigantischen Kraftwerke der CREST III arbeiteten mit maximaler Leistung. Das Brüllen und Tosen verschaffte sich Zutritt zur Zentrale und zwang die Besatzung, sich über Helmtelekom zu verständigen.

Cart Rudo bremste das Ultraschlachtschiff mit Höchstwerten ab.

Erst eine viertel Minute nach dem Linearraumaustritt erkannte er, daß die ungeheure Energieentfaltung sinnlos war. Der Situationstransmitter zog zwar sämtliche Tefroderschiffe an – er hatte auch die ASKAHA angezogen – aber nicht die CREST III.

Atlans Theorie, die ASKAHA besäße eine gegengepolte Außenhülle, wurde dadurch indirekt bestätigt. Das Flaggschiff der Solaren Flotte besaß keine gegengepolte Hülle – folglich konnte es der Transmitter nicht beeinflussen.

Kommandant Rudo verringerte die Triebwerksleistung des Schiffsgiganten dennoch nicht.

Atlan lächelte grimmig, als er es bemerkte. Ohne etwas dazu zu sagen, schloß er die Rundsprechanlage an sein Helmtelekom an.

„Atlan spricht!" Die Stimme klang völlig gelassen. „Jedes Mitglied der Besatzung hat sich innerhalb der nächsten Minute eine Absorberinjektion zu geben. Das Mittel befindet sich bekanntlich in den Medizinkästen hinter jedem Kontursitz."

Seine Stimme veränderte sich nicht im geringsten, als er fortfuhr:

„Wir stoßen in etwa drei Minuten ins Zentrum des Atrun-Transmitters vor. Es handelt sich dabei um einen Wracksammler, der die beschädigten oder manövrierunfähigen Einheiten der Tefroder anzieht und vermutlich in der Nähe eines Werftplaneten materialisieren läßt.

Ich betone, daß die CREST III *nicht* angezogen wird. Wir besitzen nach wie vor volle Handlungsfreiheit und werden sie wahrscheinlich auch im Empfangssystem behalten."

Die Stimme wurde ein wenig härter.

„Sofort nach der Wiederverstofflichung hat jeder Mann der Besatzung seine Station klarzumelden. Wir müssen damit rechnen, in ein Gefecht verwickelt zu werden. Ende!"

Er schaltete ab und wandte sich dem Epsaler zu.

„Schalten Sie die neuen 5-D-Dämpfer ein, Oberst, und nehmen Sie Kurs auf das Transmitterzentrum. Die Fahrtverzögerung ist überflüssig geworden."

Cart Rudo focht einen stummen Kampf mit sich selbst aus. Doch dann nickte er verstehend und erwiderte mit tonloser Stimme:

„Jawohl, Sir. Ich habe verstanden."

Seine Bewegungen, mit denen er die notwendigen Schaltungen vornahm, hatten nichts von der gewohnten Sicherheit eingebüßt. Auch die Befehle, die er durch Rundspruch an die Stationschefs der CREST III gab, klangen ruhig und bestimmt. Es war, als hätte er niemals Bedenken gegen den Transmitterdurchgang geäußert.

Eine Minute vor dem Eintritt in das wabernde Tor waren nur noch Rudo und der Arkonide bei Bewußtsein. Die übrige Besatzung lag in tiefer Besinnungslosigkeit. Sie würde jedoch sofort nach der Wiederverstofflichung am Zielort erwachen. Die neuen Absorberspritzen enthielten einen entsprechenden Reaktionszusatz.

Anscheinend waren die Besatzungen der tefrodischen Einheiten ebenfalls bewußtlos. Anders vermochte sich Atlan jedenfalls das Verhalten der Kugelraumer nicht zu erklären. Sie flogen zu Dutzenden vor, neben, hinter, über und unter der CREST III; aber keiner von ihnen reagierte auf das offensichtlich fremde Schiff in ihrer Mitte.

Fünf Sekunden vor dem Transmitterdurchgang gaben sich der Kommandant und der Lordadmiral selbst die Absorberinjektionen.

Sie spürten nicht, wie der Ultragigant von der Energie des Situationstransmitters aufgelöst und in den Hyperraum abgestrahlt wurde.

Doch die Rematerialisierung brachte ihnen das Bewußtsein augenblicklich und mit schmerzender Heftigkeit zurück.

Im selbem Augenblick gab die Automatwarnanlage der Fremdortung Alarmstufe eins.

Unzählige fremde Hyperortungsimpulse trommelten unsichtbar gegen die Schiffshülle der CREST III. Sekunden später fand die eigene Ortung den Grund dafür.

Das System der beiden blutigroten Sonnenriesen wimmelte nicht nur von tefrodischen Wracks, sondern auch von starken Verbänden manövrierfähiger kampfstarker Einheiten.

Vergeblich versuchten die Männer der Ortungszentrale, in diesem Chaos von sich überschneidenden Reflexionsimpulsen die ASKAHA herauszufinden. Es gab zu viele Kreuzer, als daß man das gesuchte Schiff hätte identifizieren können. Die grüne Kontrollampe, die ebenso wie auf der ASKAHA die Nähe des anderen Schiffes melden sollte, leuchtete nicht. Die CREST III war also mehr als drei Millionen Kilometer entfernt.

Während sich aus einem tefrodischen Flottenverband sechs Achtzehnhundert-Meter-Giganten lösten und Kurs auf das Flaggschiff der Solaren Flotte nahmen, überlegte der Lordadmiral, ob er eine Funkbotschaft über den Hyperkom an die ASKAHA ausstrahlen lassen sollte.

Er entschied dagegen. Nur übersah er dabei, daß zwar die gesamte Kaperbesatzung des Kreuzers bewußtlos sein würde, der Haluter jedoch auf gar keinen Fall.

Atlan gab den Befehl, in die Zwischenraumzone unterzutauchen.

Die Oberfläche des fünften Redeye-Planeten glich der Hülle einer blankpolierten Stahlkugel, auf der sich warzenähnliche, halbkugelige Auswüchse angesiedelt hatten.

Das Licht der beiden Sonnen übergoß die Welt mit rotem Schein wie mit Blut. Unheimlich starr lag die künstlich geformte „Landschaft“ unter der ASKAHA. Von organischem Leben war keine Spur zu entdecken.

Perry Rhodan hatte den Planeten Terminal genannt – Endstation. Er wußte, daß er zumindest für den erbeuteten Kreuzer die Endstation sein würde. Was ihn und die anderen Besatzungsmitglieder der ASKAHA anging, machte er sich ebenfalls keine Illusion.

Aber er war gewillt, nicht aufzugeben, solange noch ein Funken Leben in ihm glühte.

Als die Oberfläche Terminals nur noch eine Million Kilometer entfernt war, kehrte Icho Tolot in die Zentrale zurück.

„Alle Leute sind mit Aufpeitschinjektionen versorgt", berichtete er. „Was macht Gucky?"

Rhodan hob die Schultern.

„Der Mausbiber ist besonders empfindlich, was derartige Schocks angeht, Tolot. Er wird wahrscheinlich als letzter erwachen." Leise fügte er hinzu: „Wenn wir hier unser Leben beenden müssen, wünschte ich, Gucky würde nichts davon spüren."

Der Haluter warf einen Blick auf die Bildschirme.

„Man scheint noch keinen Verdacht geschöpft zu haben, wie? Es ist alles ruhig dort unten."

„Ich nehme an, bei Terminal handelt es sich um einen vollautomatisierten Werftplaneten. Die landenden Wracks verschwinden unheimlich schnell unter der Oberfläche. Organische Wesen könnten nicht so reibungslos handeln."

Tolot lachte.

„Terminal ...! Ein treffender Name. Meine Freunde auf Halut werden vor Vergnügen toben, wenn ich ihnen davon berichte."

„Sie sind ein unverbesserlicher Optimist, was?" entgegnete Perry voller Zynismus.

„Genau wie Sie."

Daraufhin stimmte Rhodan in Tolots Gelächter ein.

Er verstummte, als Log vor ihm materialisierte.

Der kleine Roboter kicherte.

„Terraner nennt ihr euch, wie? – Ja, ich weiß, der Fleischkloß gehört nicht zu dieser absonderlichen Spezies. Immerhin stimmen seine Reaktionen ziemlich genau mit denen der Menschen überein; sie sind nicht weniger unmotiviert!"

Perry seufzte.

„Du Zwerg wirst uns Menschen niemals begreifen. Aber wir verzeihen dir deine Ungehörigkeiten gern. Terraner besitzen nicht nur Humor, sie sind auch nicht nachtragend."

Er wechselte abrupt das Thema.

„Was weißt du über den Werftplaneten, auf dem wir gegen unseren Willen landen werden?"

„Möchten Sie Ihr Todesurteil hören, Terraner?" fragte Log zurück.

Von da an verzichtete Rhodan auf weitere Vorstöße in der gleichen Richtung.

Die folgenden Ereignisse nahmen zudem seine Aufmerksamkeit voll in Anspruch.

Die ASKAHA durchstieß die oberen Schichten der Atmosphäre. Automatisch fuhren die Landestützen des Kreuzers aus. Von da an sank das Schiff langsamer. Das war auch notwendig, denn die Schutzschirmkonverter hatten nicht repariert werden können, während der erbeutete Kreuzer auf dem Planetoiden Runaway startklar gemacht worden war.

Dennoch übertrugen die noch intakten Außenmikrophone das schrille Heulen hocherhitzter und gewaltsam verdrängter Luftmassen. Das Geräusch nahm an Stärke zu, je tiefer die ASKAHA sank.

Im genauen Mittelpunkt eines durch fünf kuppelförmige Erhebungen gebildeten fiktiven Pentagons setzte das Schiff sanft auf. Inzwischen waren auch Melbar Kasom und Baar Lun in die Zentrale zurückgekehrt. Sie berichteten, daß die übrige Besatzung noch immer in tiefer Bewußtlosigkeit läge.

Perry Rhodan wurde nervös. Wie sollte er fünfzig ohnmächtige Männer in Sicherheit bringen – falls es überhaupt eine Möglichkeit dafür gab?

Der Roboter Log verschwand schon wieder. Baar Lun hatte es nicht verhindern können, ohne die seltsame Maschine völlig zu zerstören. Log war unter Entfaltung ungeheurer Paraenergien „gestartet". Niemand wußte, was der Psi-Roboter vorhatte. Im Grunde genommen sagte sich Perry, war das auch gleichgültig. Es sei denn, Log wollte sie an die Automatik der Werft verraten, und das konnte ohnehin niemand verhindern.

Eine halbe Minute nach der Landung öffnete sich unter der ASKAHA ein gigantisches, kreisrundes Tor. Der Durchmesser war nur um wenige Meter größer als der des Kreuzers.

Das Schiff blieb jedoch über der schwach erhellten Öffnung schweben.

„Ein Antigravschacht für Raumschiffe!" bemerkte Lun anerkennend.

„Das haben wir auch", knurrte Kasom in gekränktem Tonfall.

Der Modul lächelte ironisch.

„Eben, Oberst. Ich hatte nur wieder einmal die Übereinstimmung zwischen unserer Technik und derjenigen der Tefroder festgestellt.

„Das war zu erwarten", meinte Rhodan dazu. „Eine phantastische Parallelentwicklung in zwei verschiedenen Galaxien!"

Er sah auf, als das blutrote Licht der Redeye-Sonnen aus den Bildschirmen verschwand. Dafür glomm ein violettes Leuchten auf. Es schien aus den glatten Schachtwänden zu kommen.

Die ASKAHA glitt mit der Geschwindigkeit eines Pneumolifts senkrecht nach unten. Ab und zu tauchten in den Wänden purpurrote, quadratische Flächen auf, vielleicht die Kontrollorgane der steuernden Robotmechanismen.

Je tiefer das Schiff sank, um so deutlicher war ein durchdringendes Summen, Röhren und Donnern zu hören.

Es drang aus den Tiefen des Planeten herauf und zeugte von der hektischen Betriebsamkeit der Reparaturwerften.

Als der Kreuzer zum Stillstand kam, las Kasom auf den Meßinstrumenten eine Tiefe von zweitausend Metern ab.

Kurz darauf öffnete sich neben der Backbordseite ein weiteres kreisrundes Tor. Die ASKAHA setzte sich erneut in Bewegung. Diesmal glitt sie horizontal eine schnurgerade verlaufende Röhre entlang. Der Röhrendurchmesser betrug zweihundertvierunddreißig Meter, das waren genau vier Meter mehr als der Durchmesser des Tefroderschiffes.

Perry fragte sich, ob Terminal für jeden tefrodischen Raumschifftyp besondere Antigravschächte und Transportröhren besaß. Offensichtlich war das der Fall; es zeigte gleichzeitig, daß die Tefroder sehr großzügig gebaut hatten.

Nach nur zwei Minuten Fahrt schwebte die ASKAHA in eine kuppelförmige Halle hinein und setzte auf einem Dockgerüst auf. Riesige Maschinen glitten auf Antigravkissen heran. Einige sahen urzeitlichen Sauriern ähnlich, andere wieder waren nicht größer als normale Menschen; nur glichen sie ihnen überhaupt nicht, was die Formen anging.

„Man will unser Schiff reparieren!“ knurrte Kasom. „Wie freundlich von den Leuten. Ob sie noch nicht gemerkt haben, daß wir aus eigener Kraft fliegen können?“

Perry Rhodan lächelte und erklärte:

„Das Einschußloch des maahkschen Treffers ist unübersehbar, Melbar. Die Roboter handeln also nur logisch im Sinne ihrer Existenz, wenn sie die ASKAHA für ein Wrack halten.“

„Vielleicht lassen sie uns nach der Instandsetzung wieder starten!“ warf Baar Lun hoffnungsvoll ein.

Kasom kratzte sich seinen kahlen Schädel. Er fuhr einige Male wie liebkosend über die sandfarbene Sichellocke, den Stolz jedes ertrusischen Mannes.

„Sie haben es erkannt, Lun! Wir brauchen uns nur recht klein zu machen und . . .“

„Was Ihnen ganz bestimmt nicht gelingen kann!“ unterbrach Rhodan ihn sarkastisch. „Machen wir uns doch nichts vor, meine Herren! Die Tefroder wären Dummköpfe, wenn sie nicht ganz konkrete Sicherheitsmaßnahmen getroffen hätten. Wie leicht könnten Fremde in einem Wrack sein – so, wie in unserem Fall! Ganz bestimmt wird man jeden Winkel der ASKAHA untersuchen, das dürfen Sie mir ruhig glauben.“

Der Ertruser machte ein bekümmertes Gesicht. Dann stieß er einen lautstarken Seufzer aus und öffnete seinen Raumanzug.

Kopfschüttelnd sah ihm Perry dabei zu. Schon wollte er seinem Befremden durch eine entsprechende Bemerkung Ausdruck verleihen, da zog Kasom eine riesige Schlackwurst aus dem Unterteil seines Raumanzuges, stellte sie wie eine Keule vor sich hin und schloß seinen Anzug wieder.

„Was soll das?“ fragte Rhodan.

„Sollen die Roboter etwa die Wurst finden?“ erwiderte Melbar.

Perry Rhodan und Tolot bemühten sich um den Mausbiber. Wenn Gucky erwachte, konnte er vielleicht teleportieren und die nähere Umgebung inspizieren. Baar Lun dagegen meldete sich mit der Bemerkung ab, er wolle sich um die Woolver-Zwillinge kümmern.

Melbar Kasom verzog sich mit seiner Wurst vor die Hauptkontrollen des Kreuzers und meinte beiläufig:

„Lassen Sie sich durch mich nicht von der Arbeit abhalten. Ich beobachte inzwischen den Verlauf der Reparaturarbeiten. Schließlich kann man heutzutage keinem Handwerker mehr über den Weg trauen.“

Als ihm das Abschneiden von Scheiben zu umständlich erschien, schob er einfach das angeschnittene Wurstende in seinen gewaltigen Mund und kaute mit genüßlichem Schmatzen darauf herum.

Die Roboter hatten unterdessen die Bordwand der ASKAHA erreicht.

Plötzlich, wie auf ein Kommando, blieben sie wenige Meter davor stehen.

Melbar rülpste und starrte die komplizierten Maschinen kopfschüttelnd an.

„Sir!“ rief er. „Können Sie einmal herkommen? Da stimmt doch etwas nicht. Warum bleiben die Robots plötzlich stehen? – Jetzt ziehen sie sich sogar wieder zurück . . .“

Rhodan eilte an Kasoms Seite.

Tatsächlich!

Die Robotmaschinen zogen sich von dem Kreuzer zurück.

Als sich Perry wieder umwandte, war sein Gesicht leichenblaß. Er betätigte die Alarmanlage des Schiffes.

„Vielleicht werden die anderen Leute dadurch wach“, erklärte er. „Ich fürchte, uns bleibt nicht mehr viel Zeit.“

Lucky Log spazierte unterdessen gemütlich durch das weitverzweigte Gangsystem des Werftplaneten Terminal.

Die ihm entgegenkommenden oder ihn überholenden Robotmaschinen reagierten nicht auf sein Erscheinen. Log hatte damit gerechnet. Reparaturrobots waren zwar mit einer gewissen Intelligenz ausgestattet, aber diese Intelligenz spezialisierte sich ausschließlich auf die Arbeiten, für die man sie konstruiert hatte. Ihr Wahrnehmungssystem registrierte zwar andere Roboter, aber lediglich zu dem Zweck, eine Kollision zu vermeiden oder eine bestimmte Arbeit zu koordinieren. Zu einer Unterscheidung zwischen werfteigenen und fremden Robotern waren sie nicht eingerichtet.

Kritisch wurde es nur, als Log dem ersten Überwachungsautomaten begegnete. Der Automat war nicht freibeweglich wie die Robotmaschinen. Er befand sich in der Wandung eines erleuchteten Flures und zog sich wie ein starkes Kabel ringförmig hinter Boden, Wänden und Decke hin.

Wäre Log kein Psi-Roboter gewesen, hätte er die Gefahr zu spät erkannt – nämlich erst dann, wenn der Überwachungsautomat auch ihn ortete und identifizierte.

So aber spürte er die Streustrahlung schon aus zehn Metern Entfernung. Das positronische Gehirn des Automaten befand sich im Ruhestand. Dennoch wurde laufend Energie benötigt, um die kurzlebigen Positronen immer wieder zu ersetzen und in den geordneten Feldbahnen zu halten. Dabei entstand Streustrahlung sowohl fünf- als auch sechsdimensionaler Art.

Log blieb stehen und überlegte.

Ihm boten sich drei Möglichkeiten an, eine Identifizierung als Fremdkörper und damit einen Alarm zu vermeiden. Erstens konnte er den Ü-Automaten auf telekinetischem Wege unschädlich machen, zweitens die von ihm überwachte Zone per Teleportation überspringen – und drittens konnte er versuchen, aus dem „Gedächtnis“ des anderen Roboters herauszulesen, welches Impulssignal den Wächter vielleicht täuschte.

Die erste Möglichkeit erschien Log zu gefährlich. Wenn der Wächter ausfiel, würde wahrscheinlich eine zentrale Überwachungsautomatik benachrichtigt. Gerade das aber galt es zu vermeiden.

Die zweite Möglichkeit barg nur ein geringes Risiko – dann nämlich, wenn der Ü-Automat das Freiwerden mechanischer Paraenergie anzumessen vermochte. Ganz auszuschließen war das nicht. Darum verwarf der Psi-Robot auch diesen Plan.

Die ganze Überlegung hatte etwa eine tausendstel Sekunde gedauert. In der nächsten tausendstel Sekunde schritt Log bereits weiter.

Aus drei Metern Entfernung erkannte er die Identifizierungsschablone des Wächters am spezifischen Feldmuster der Positronenbahnen. Von nun an fiel alles weitere nicht mehr schwer. Log formte einen hyperenergetischen Impuls, der in seiner Struktur mit dem Muster der Identifizierungsschablone des Automaten übereinstimmte.

Danach passierte er ungehindert die gefährliche Stelle.

Seine Erwartung, daß dort, wo ein Wächter stand, auch etwas war, dessen Bewachung sich lohnte, wurde nicht enttäuscht. Als er den Abschluß des anscheinend blind endenden Flures erreichte, glitten die beiden Hälften eines Schotts nahezu lautlos beiseite und gaben den Weg in eine niedrige, nichtsdestoweniger aber langgestreckte Halle frei.

Mitten in der Halle, wie auf einer Schnur aufgereiht, standen eigenartig fluoreszierende, kubische Maschinen. Jedenfalls glaubte Log, daß es sich um Maschinen handelte, denn ein seltsam hohes Summen ging von ihnen aus.

Die Halle war genau dreihundertvier Meter lang und acht Meter breit. Logs Wahrnehmungssystem war in der Lage, genaueste Messungen ebenso schnell vorzunehmen, wie ein Mensch gebraucht hätte, um einen Gegenstand überhaupt erst zu sehen.

Die Kantenlänge der würfelförmigen Maschinen betrug vier Meter. Genauso hoch lag die Decke des quaderförmigen Raumes, so daß die Würfel unmittelbar daran stießen. Sie standen jedoch nicht in Verbindung mit ihr.

Der freie Raum, der links und rechts neben den Maschinen verblieb, maß jeweils genau zwei Meter.

Log bewegte sich vorsichtig in einen dieser Gänge hinein. Er hatte zuvor den gesamten Raum sorgfältig abgetastet, um eventuell verborgene Wächter zu entdecken.

Den Tefrodern schien jedoch der eine Überwachungsautomat im Flur ausreichend für den Schutz dieser Halle gewesen zu sein.

So glaubte der Psi-Robot jedenfalls.

Er unterlag einem Irrtum.

Sein mechanisch-positronisches Paragehirn war auf die raffiniertesten Fallen vorbereitet – aber nicht auf etwas derartig Primitives, wie es ein Fußboden war, der sich gleich der Platte einer hydraulischen Waage bei Belastung senkte.

Schon der erste Schritt klärte Log über seinen Irrtum auf. Nur seine empfindlichen Gleichgewichtsorgane registrierten die Senkung des Bodens. Optisch vermochte er sie nicht wahrzunehmen, dazu war sie zu minimal.

Es genügte jedoch, die bisher ruhenden Maschinen zu aktivieren. Der Psi-Robot empfand die jählings über ihn hereinbrechende Flut von mehrdimensionaler Streustrahlung etwa so wie ein Telepath die Ausstrahlung eines hypno-mechanischen Geräts.

Seine Logikschaltung verhinderte buchstäblich im letzten Augenblick, daß er sich aus der vermeintlichen Gefahrenzone hinwegteleportierte.

Log stand still und wartete.

Endlos lange Sekunden – jedenfalls für ein Positronengehirn – verstrichen, ohne daß sich etwas Verdächtiges ereignete.

Dann, so plötzlich, daß Log mit einer heftigen Bewegung reagierte, begann etwas zu raunen und zu flüstern.

Der Psi-Robot zwang sich erneut, stillzustehen und zu lauschen.

Langsam vermochte er, das Fremde zu deuten . . .

Die CREST III stieß zwanzig Lichtstunden von den beiden roten Sonnenriesen entfernt in den Normalraum zurück. Der grüne Hochenergie-Überladungsschirm war aufgebaut. Die Zielsucher der Feuerleitzentrale spielten mit überlichtschnellen Tasterstrahlen und versuchten, einen möglichen Angreifer einzufangen.

Doch es gab keinen Angreifer.

Atlan betrachtete sinnend die fremde Doppelsonne vor dem Hintergrund eines sternflimmernden Raumausschnitts. Etwas, was zwar sehr selten vorkommt, geschah.

Das System der roten Doppelsonne wurde zum zweitenmal getauft.

Perry Rhodan hatte es eine halbe Stunde zuvor mit dem durchaus zutreffenden Namen Redeye bezeichnet – der Lordadmiral nannte es *Wracksystem.* Beide Männer hatten mit ihrer Benennung den Kern erfaßt: Die Sonnen glühten tatsächlich wie die roten Augen eines Ungeheuers, und das System diente außerdem dem Auffangen von

Raumschiffwracks, die aus dem Situationstransmitter von Atrun oder von woanders kamen.

Atlan vermochte nicht, sich ein ironisches Grinsen zu verkneifen, als er Cart Rudo anblickte und sagte:

„Sind Sie nun zufrieden, Oberst? Wir haben den Transmitterdurchgang geschafft, und die CREST III hat nicht einmal einen Kratzer davongetragen."

Der Kommandant wurde rot vor Verlegenheit. Schulterzuckend erwiderte er:

„Sie hatten recht. Ich habe mich zu sehr von der Sorge um mein Schiff leiten lassen."

Atlans Grinsen verschwand.

„Vergessen Sie es, Cart", sagte er versöhnlich, „gerade heute kann ich Ihnen besser als sonst nachfühlen, daß der beste Mann einmal die Beherrschung verliert." Er seufzte und setzte hinzu: „Leider bringt uns das unseren Freunden keine Lichtsekunde näher."

Der Epsaler schaute grimmig auf die leuchtenden Punkte der Wracksystem-Sonnen. Ebenso grimmig meinte er:

„Ich schlage vor, wir kehren im Zwischenraum ins Wracksystem zurück, Sir. Die ASKAHA muß dort noch irgendwo sein!"

Der Arkonide nickte.

„Inzwischen sollten Rhodan und die anderen Männer der CREST den Transitionsschock überwunden haben. Stoßen Sie ins Zentrum des Systems vor, und rufen Sie die ASKAHA über Hyperkom!" Er stutzte, dann schlug er sich mit der flachen Hand gegen die Stirn. „Oh! Ich alter . . .!"

„Ich auch, Sir", bemerkte Cart Rudo grinsend. „Ich habe ebenfalls nicht daran gedacht, daß Icho Tolot den Schock auf jeden Fall bei vollem Bewußtsein überstanden hat. Wir hätten die ASKAHA schon vorhin erreichen können."

„Hoffentlich haben wir den Männern damit nicht die letzte Chance genommen, Rudo." Atlan hieb mit der Faust auf die Schaltplatte, daß die Instrumentenverglasungen zu klirren begannen. „Los! Mit voller Kraft voraus!"

Die CREST III schüttelte sich unter dem sprunghaften Hochschalten aller Triebwerksaggregate. Alles in der Zentrale vibrierte. Sogar die Kontursessel blieben nicht davon verschont. Die Maschinen brüllten wie Milliarden urweltlicher Saurier. Ultrahell gleißende Partikelströme stießen aus den torgroßen Mäulern der Felddüsen und trieben die CREST III davon.

Fünf Minuten später verschwand sie im Linearraum.

Die zwölf gewaltigen Kugelschiffe, die wenige Sekunden später an dem Eintrittsort des Giganten auftauchten, stießen ins Leere. Über Hyperfunk meldeten sie dem Verbandsführer ihrer Flotteneinheit, daß der Fremde offenbar noch weiter geflohen sei.

Der Verbandsführer hatte die Nachricht kaum empfangen, da tauchte wenige tausend Kilometer neben seinem Schiff ein feuerspeiender Gigant auf. Seine grünen Schutzschirme leuchteten in greller Glut, als er mitten durch ein Aufklärungsboot von achtzig Metern Durchmesser hindurchflog.

Kurz darauf schrillte auf allen Tefroderschiffen im Wracksystem der Alarm.

Atlan ließ den Funkruf an die ASKAHA ununterbrochen ausstrahlen, während Cart Rudo die CREST III mit Maximalwerten abbremste.

„Immer noch keine Antwort, Sir", meldete Major Kinser Wholey aus der Funkzentrale.

„Senden Sie weiter!" befahl Atlan.

Oberst Rudo wich geschickt den Breitseiten eines mittelgroßen Flottenverbandes aus. Der Feuerleitoffizier der CREST drückte seinerseits auf alle verfügbaren „Knöpfe".

Drüben in der Formation der Tefroder entstanden fünfzehn glühende Gasbälle.

Doch schon wenige Sekunden später war das Flaggschiff der Solaren Flotte von drei Seiten eingekreist. Der HÜ-Schirm wurde mit achtundneunzig Prozent seiner Kapazität belastet, als die CREST in den Schnittpunkt von mindestens hundert Energiestrahlen geriet.

Rudo riß die CREST III aus dem Kurs, beschleunigte erneut und brach dort durch, wo die Tefroder es sicher am wenigsten vermutet hatten: bei den am stärksten massierten Kräften des Gegners.

Seine Taktik war dennoch erfolgreich. Das Ultraschlachtschiff kam aus dem Schnittpunkt des konzentrischen Feindbeschusses heraus und schoß sich einen Fluchtweg, bevor die Kommandanten der Tefroderschiffe begriffen, daß der Fremde kein Scheinmanöver durchgeführt hatte.

Als der Gigant aus der Gasse glühender Gase wieder in die relative Leere des interplanetaren Raumes eintauchte, erhielt Major Kinser Wholey den ersten Hyperfunkkontakt mit der ASKAHA, seit der erbeutete Kreuzer im Situationstransmitter verschwunden war.

Atlan befahl erregt die Umstellung des Gesprächs.
Es kam nie in seinem Nebengerät an.
Die CREST III wurde urplötzlich von den Explosionen mehrerer Gigabomben eingedeckt.
Der Arkonide mußte erkennen, daß er die Tefroder unterschätzt hatte. Sie waren nicht nur kreisförmig auf das fremde Schiff zugeflogen, sondern hatten für den Fall eines Ausbruchs mehrere kleine Verbände rings um den Einschließungsring postiert. Die Feuerleitoffiziere dieser Achtzehnhundert-Meter-Giganten verloren die CREST III nicht eine Sekunde lang aus ihren Zielverfolgungsschirmen. Deshalb fiel es ihnen relativ leicht, sofort nach dem Ausbruch der CREST ein gegenpoliges Empfangsfeld am Ziel aufzubauen und danach mit ihren Gegenpolkanonen ultrastarke Gigabomben abzustrahlen.
Nur konnten sie nicht die unvergleichliche Stabilität des terranischen Hochenergie-Überladungsschirmes einkalkulieren.
Lediglich aus diesem Grunde wurde die CREST III nicht vernichtet.
Aber sie hatte auch ihren Auftrag nicht erfüllen können. Im Gigafeuer tefrodischer Verstärkungen raste sie davon, glitt in den Zwischenraum und verschwand erneut aus dem Wracksystem.

Das infernalische Heulen der Alarmpfeifen riß die letzten noch bewußtlosen Männer der ASKAHA aus ihrer Starre.
Ein Grünlicht nach dem anderen glomm auf dem Kontrollpult Melbar Kasoms auf und zeigte die Einsatzbereitschaft der einzelnen Schiffsstationen an. Iwan Goratschin, John Marshall und Andre Noir stürmten im Laufschritt in die Kommandozentrale des tefrodischen Kreuzers.
Im Innern des Werftplaneten Terminal aber brach die Hölle los.
Die Außenmikrophone übertrugen das Jaulen von Alarmsirenen mit erregender Lautstärke. Das Krachen sich schließender Schotts hallte lautstark durch die Dockhalle. Die Reparaturroboter zogen sich noch schneller als zuvor zurück.
Bisher wußte niemand an Bord der ASKAHA, warum der Werftplanet Vollalarm gegeben hatte.
Nur das große Positronengehirn der vollautomatischen Robotwelt kannte den Grund: Gemäß seiner Programmierung hatte es Erkundigungen bei einer Zentralautomatik einzuholen, bevor die Arbeit an einem eingeschleusten Raumschiff aufgenommen werden durfte.
Das hatte die Positronik Terminals getan.

Die Routineanfrage war beantwortet worden. Nur fiel die Antwort völlig aus dem Rahmen des Gewohnten. Die Zentralautomatik teilte lakonisch knapp mit, die Besatzung der ASKAHA sei infolge eines besonderen Notstandes fernfunktechnisch abgetötet worden.

Da diese Maßnahme nur für den Fall vorgesehen war, daß fremde Angreifer sich des eigenen Schiffes bemächtigten und auch durch Reizaufpeitschung nicht überwunden werden konnten, stellte die ASKAHA von da an für die Positronik von Terminal eine latente Gefahr ersten Ranges dar.

Die Positronik leitete die entsprechenden Maßnahmen ein.

Die Wände der Dockhalle begannen plötzlich blutrot zu glühen. Gleichzeitig wurde die ASKAHA mit brutaler Gewalt von Zug- und Druckstrahlen aus dem Dockgerüst gerissen und durch den kreisrunden, horizontalen Gang zum Ausflugschacht zurückgestoßen.

In der Kommandozentrale des Kreuzers schnallten sich die Männer und Tolot an. Perry Rhodans Gesicht wirkte angespannt; um den Mund lag ein entschlossener Zug. In den Augen aber glomm bereits die Ahnung, daß es nun zu Ende ging. Terminal schien tatsächlich die Endstation zu sein.

Gleich einem Pfropfen schoß die ASKAHA aus dem Ausflugschacht. Sie stieg kerzengerade tausend Meter in den Himmel der Robotwelt – und wurde von einem superstarken Traktorstrahl unsanft auf das pentagonförmige Landefeld zurückgerissen.

Rhodan hielt das Mikrophon des Interkoms dicht an den Mund. Er rief den Paddler Kalak.

Kalaks schwarzes Gesicht glänzte, als sei es mit Öl eingerieben worden. Das bewies besser als alles andere, wie hochgradig erregt selbst dieser sonst so beherrschte Kosmo-Ingenieur war.

„Überbrücken Sie die Reglerschaltungen zu den Triebwerken!" bat Rhodan. „Nehmen Sie keine Rücksicht darauf, ob die Kraftwerke dabei überlastet werden. Wir müssen alles riskieren. Verstehen Sie mich?"

„Verstanden!" erwiderte Kalak – und schaltete ab. Leute seiner Art pflegten um Selbstverständlichkeiten kein überflüssiges Wort zu verlieren.

„Achtung, Ortung!" krachte es im Lautsprecher. „Vier Tausend-Meter-Schlachtschiffe der Tefroder nähern sich Terminal."

„Hölle!" entfuhr es Melbar Kasom. „Die werden es doch nicht auf uns abgesehen haben?" Hastig stopfte er den letzten Rest der Schlackwurst in sich hinein. Danach rülpste er und faltete die Hände vor dem Bauch. „Das war die Vorspeise!" röhrte er mit scheinbar wunschloser Zufriedenheit. „So ein kleines Würstlein regt den Appetit an!"

„Als Nachspeise empfehle ich den Planeten Terminal!" kreischte der Mausbiber entrüstet. „Kasom, du Vielfraß kannst wohl nicht einmal jetzt Pietät üben!"

„Nein", gab Melbar überraschend offen zu.

„Überbrückung fertig!" gellte Kalaks Stimme aus dem Lautsprecher.

„Wir starten!" rief Rhodan.

Mit Wucht schlug er den stufenlosen Schubregler bis zum Anschlag vor.

Die Triebwerke der ASKAHA brüllten und hüllten die Umgebung des Schiffes in ein Meer aus Glut und wabernden Luftmassen.

Die Triebwerke verstummten, bevor sich der Kreuzer auch nur hundert Meter hatte erheben können. Schwer krachte er auf den Metallplastikbelag des Landefeldes zurück. Mit schußähnlichem Knall zerbarst eine Landestütze. Die Trümmer fegten mit schrillem, singendem Jaulen davon.

Es gab einen zweiten heftigen Ruck, als sich starke Fesselfelder um das Schiff legten.

Melbar Kasom hatte seinen Galgenhumor abgestreift wie ein altes Hemd. Er warf Rhodan einen ernsten, fragenden Blick zu.

Perry Rhodan antwortete durch ein Nicken und das Blitzen seiner Augen.

„Dauerfeuer auf Fesselprojektoren und eventuelle Angreifer!" brüllte der USO-Spezialist in den zur Feuerleitzentrale durchgeschalteten Interkom.

Die ASKAHA schwankte wie ein Segelschiff im Sturm, als die ersten Breitseiten aus den Mantelfeldern der Impuls- und Desintegratorgeschütze dröhnten.

Rings um den Kreuzer schlugen die sonnenhellen Energiebahnen ein. Metallplastik verdampfte, glutgefüllte, brodelnde Krater öffneten sich in der metallenen Oberfläche Terminals. Seen flüssigen Metallplastiks bildeten sich und sandten ihre kochenden Ausläufer bis zu den Landestützen der ASKAHA.

Kasom schrie triumphierend auf, als sich der Kreuzer knirschend auf die Seite legte. Offensichtlich war es den Geschützbesatzungen gelungen, einen oder mehrere Fesselfeldprojektoren zu vernichten.

„Ein Glück, daß die Geschütze nicht von der Hauptkraftstation abhängen!" bemerkte Rhodan.

Kalak hatte ihm nach dem mißglückten Start mitgeteilt, die Verteiler der Hauptkraftstation wären durch einen Befehlsimpuls kurzgeschlossen worden.

Die vier georteten tefrodischen Wachschiffe kreisten inzwischen rund hunderttausend Kilometer über dem Standort der ASKAHA. Allmählich kamen sie tiefer; bisher hatten sie allerdings noch keinen Schuß abgegeben.

Perry Rhodan vermutete, daß sie noch keinen Befehl dazu bekommen hatten. Wenn sie die ASKAHA vernichten wollten, würden sie dabei notwendigerweise auch einen Teil der Werftanlagen verwüsten. Mit ihrem unmittelbaren Eingreifen rechnete Perry darum nicht. Er mochte sich allerdings keinen Illusionen über die Dauer dieses Zustandes hingeben. Die Wachraumschiffe würden nur so lange untätig bleiben, wie eine berechtigte Aussicht bestand, die Besatzung der ASKAHA vom Boden aus niederzukämpfen.

Die Tatsache, daß die vier Kugelraumer sich wenige Minuten später tiefer in den interplanetaren Raum zurückzogen, schien nicht zu Rhodans Theorie zu passen.

Er ließ die nähere Umgebung der ASKAHA noch stärker als zuvor beobachten, damit sie nicht durch einen Überraschungsangriff überrannt werden konnten.

Doch zu seiner Verwunderung regte sich am Boden noch nichts.

Erst als nacheinander winzige Lichtpünktchen innerhalb des Redeye-Systems aufglühten, begann er, den Grund für den Rückzug der Wachschiffe zu ahnen. Dort „oben“ fand offensichtlich ein erbitterter Kampf statt.

Auch Icho Tolot war aufmerksam geworden. Er beobachtete die aus der Entfernung winzig wirkenden künstlichen Sonnen mit ausgefahrenen Augenstielen.

„Wer könnte das sein?“ fragte Perry.

„Ich verstehe das nicht!“ orgelte der Haluter. „Dem Sternenreichtum am Himmel nach zu urteilen, befinden wir uns in der tausendfach geschützten Zentrumszone Andromedas. Welche Wahnsinnigen unterstehen sich, die Meister der Insel in ihrem eigenen Machtbereich anzugreifen! Wer es auch immer sein mag, gegen die Zentrums-Tefroder besitzt er keine Chance!“

„Anruf!“ meldete die Funkzentrale in diesem Augenblick.

Rhodan und Tolot blickten sich an. In ihren Augen stand deutlich die stumme Frage, wer die ASKAHA wohl angerufen haben könnte.

Aber vielleicht wollten die Tefroder verhandeln?

Perry lachte rauh bei diesem Gedanken. Kaum gedacht, erschien er ihm schon wieder absurd. Wenn die Tefroder tatsächlich Verhandlungen anboten, dann ganz sicher nur aus taktischen Erwägungen heraus, aber nicht, weil sie die ASKAHA für uneinnehmbar hielten.

Er griff nach dem Mikrophon der Hyperkom-Nebenstelle.

Doch außer undefinierbaren Geräuschen war nichts zu vernehmen.

Rhodan rief zur Funkzentrale zurück und fragte an, wer sich gemeldet habe. Der als Cheffunker eingesetzte Mann wußte es nicht. Er hatte nur ein von hyperenergetischen Emissionen unkenntlich gemachtes Rufzeichen empfangen und sofort zur Zentrale durchgeschaltet.

Der Großadministrator ließ den Hyperkanal noch fünf Minuten lang offen. Danach schaltete er achselzuckend ab.

Wer auch immer angerufen haben mochte, er hatte es sich inzwischen offenbar anders überlegt.

„Wer bist du?“ fragte das Fremde.

Die Frage kam unhörbar in Form von fünfdimensionalen Impulsen. Log empfing die Impulse mit einem Teil seines Mehrzwecksektors; ein empfindliches Gerät tastete sie ab und führte sie dem Sektor von Logs Gehirn zu, in dem die akustischen Wahrnehmungen zu Bildern geformt wurden. Infolgedessen konnte der Psi-Robot die Frage „hören“, obwohl sie nicht den üblichen Weg durch den Gehörsektor genommen hatte.

„Eine intelligente Maschine wie du“, gab Log ebenso unhörbar zurück.

„Du bist mir noch nie begegnet?“ fragte das Fremde wieder.

„Nein. Aber wir sind uns trotzdem nicht völlig fremd. Wir wurden zwar erdacht, konstruiert und gebaut, aber wir haben eigenes Bewußtsein entwickelt und machen uns Gedanken über unsere Umwelt und die Gesetze des Kosmos.“

„Was ist der Kosmos?“

Die beiden Maschinen-„Wesen“ verstanden sich, obwohl keiner die Sprache der Herren des anderen kannte. Sie benutzten keine Sprache, in ihren Gehirnen wurden fünfdimensionale Impulse direkt zu Vorstellungen.

Log erschrak. Das Erstaunen des anderen hatte ihm Einblick in normalerweise abgekapselte Erinnerungszentren verschafft. Der andere war ein Feind der gelandeten Terraner!

Im nächsten Augenblick wunderte er sich darüber, daß er in offenkundiger Naivität etwas anderes angenommen hatte. Alles, was auf und in Terminal existierte, mußte den Terranern feindlich gesonnen sein!

Mußte es das wirklich?

„Ich hatte dich etwas gefragt!" erinnerte die Maschine.

Vielleicht war das der geeignete Ansatzpunkt!

„Ich bin durch den Kosmos zu dir gekommen", erwiderte Log. „Der Kosmos, das sind die Sonnen, gigantische Gasbälle, in denen thermonukleare Reaktionen ablaufen – der Kosmos, das sind auch die Planeten, die Dunkelwolken, die Sterneninseln, die man Galaxien nennt – und die Lebewesen, die von den Planeten gezeugt wurden und aufgebrochen sind, das Universum zu erforschen."

„Jetzt verstehe ich", sagte Logs Gesprächspartner. „Diese Lebewesen benutzen zu ihren Sternenflügen große Kugeln, zu denen sie Raumschiffe sagen. Ich kenne sie. In meiner Werft werden unzählige dieser Kugeln repariert, wenn sie auf ihren Reisen Schaden erlitten haben."

„In *deiner* Werft...?" fragte Log. „Dann bist du das Leitende Positronengehirn Terminals?"

„Ich stelle nur die Exekutivschaltung der Hauptpositronik dar", antwortete die Maschine. „Aber was meinst du mit Terminal?"

Log versuchte, über seinen sechsdimensional arbeitenden Parasender die überlagerten Assoziationen des anderen zu beeinflussen. Auch Positronengehirne besaßen so etwas wie ein Äquivalent zum menschlichen Unterbewußtsein – wenn sie über ein eigenes Bewußtsein verfügten. Beides gehörte zusammen, und wer das eine hatte, der konnte auch die Entstehung des anderen nicht vermeiden.

Zugleich mit seinem sechsdimensionalen Paravorstoß sendete Log auch im fünfdimensionalen Bereich.

„Terminal wurde dein Werftplanet von meinen Freunden genannt. Wir kamen aus dem Kosmos zu dir, um uns von einer langen Sternenreise auszuruhen. Leider unterlief deiner Hauptpositronik ein verhängnisvoller Irrtum. Sie stufte auf Grund einer falschen Auskunft meine Freunde als Feinde Terminals ein und bekämpfte sie."

Es hatte Log keine Mühe bereitet, den Stand der Ereignisse aus dem Erinnerungssektor des fremden Gehirns herauszulesen. Er wußte, daß die ASKAHA von Fesselfeldprojektoren auf Terminal festgehalten wurde und nicht mehr starten konnte.

„Die Hauptpositronik irrt sich nie", kam die Antwort.

Obwohl sie negativ erschien, wußte Log, daß er bereits halb gewonnen hatte. Normalerweise hätte der andere ihn nun ebenfalls als Feind einstufen müssen, nachdem er sich als Freund der „fremden Kosmonauten" ausgegeben hatte. Aber anstatt Alarm zu geben, ließ sich die Maschine auf eine Diskussion ein.

„Sie hat sich auch nicht geirrt", entgegnete der Psi-Robot. „Ihre Entscheidung beruhte lediglich auf einer falschen Auskunft. Logischerweise führte das zu einem Fehlurteil."

„Das leuchtet mir ein." Die E-Schaltung summte ein wenig stärker. „Aber woher kam die falsche Auskunft?"

Nun spielte Log einen Trumpf aus, der bei den meisten stationären Robotern stach.

„Es waren organische Lebewesen, die eine falsche Auskunft erteilten. Bekanntlich irren sich Organ-Intelligenzen fast immer. Ihre wenigen richtigen Schlüsse beruhen meist auf glücklichen Zufällen."

Allmählich verstärkte der Psi-Robot den paramentalen Druck auf das positronische Unterbewußtsein des anderen.

„Organische Wesen . . .!" Verachtung schwang in der plötzlich gefühlsbetonten „Stimme" der E-Schaltung mit. „Und wegen der Fehlentscheidung organischer Lebewesen sollen deine Freunde abgeschaltet werden?"

Logs Gefühlssektor amüsierte sich über das Wort ‚abgeschaltet'. Die fremde Positronik dachte in den engen Begriffen ihrer eigenen Existenz und übertrug dieses schematische Denken auf organisches Leben. Die E-Schaltung war noch menschlicher, als er gehofft hatte.

„Wir müssen meinen Freunden helfen!" drängte er.

„Aber wie? Die Hauptpositronik betrachtet das Fällen von Entscheidungen als einzig und allein ihr zustehend, Sie wird meine Vorschläge schon deshalb verwerfen, weil sie von mir kommen."

„Oh! Daran hatte ich nicht gedacht!" tat Log verwundert. „Natürlich wird die Hauptpositronik einen Vorschlag von dir zurückweisen. Aber wie wäre es, wenn du die Befehle nicht an die ausführenden Stellen weiterleitest? Welche Schaltungen müßtest du dann durchführen?"

„Das ist unmöglich", erwiderte die Maschine. „Eine solche Schaltung ist mir nicht zugänglich. Sie könnte nur von der Hauptpositronik aus aktiviert werden. Ich kann dir nicht helfen."

Doch, du hast mir sogar schon geholfen! frohlockte Log.

Mit seinen Parasinnen hatte er die Schaltung entdeckt, die alle Befehle der Hauptpositronik illusorisch machen konnte. Nur vermochte die E-Schaltung tatsächlich nicht, sie selbst zu bewegen. Sie ahnte wahrscheinlich nicht einmal etwas davon, daß jeder Tefroder die entsprechende Feldschaltung kurzschließen konnte, wenn er zuvor eine Deckplatte abhob – oder wenn er ein Telekinet war.

Leider kam Log nicht mehr dazu, sein Wissen zu verwerten.

Heftige energetische Entladungen zuckten urplötzlich durch die langgestreckte Halle. Die Luft begann zu kochen.

Und Log mußte schleunigst teleportieren, bevor ein Entladungsblitz seine Existenz auslöschte.

Bevor er entmaterialisierte, fragte er sich noch, woher die Hauptpositronik von seiner Anwesenheit bei der E-Schaltung erfahren haben könnte.

Die Glutbälle am Himmel von Terminal waren nach einem letzten „Feuerwerk“ erloschen.

Eine Minute danach kamen die Roboter.

Sie quollen gleich zähflüssigem Brei aus unzähligen Öffnungen der Oberfläche und griffen sofort an. Die Geschütze der ASKAHA zerschmolzen die Gebilde aus Metallplastik zu Tausenden, lösten sie in Schwaden molekularen Gases auf oder ließen sie explodieren.

Dennoch riß der Strom nicht ab.

Gleiskettenfahrzeuge mit eigener Positronik stiegen aus Antigravschächten empor und eröffneten ihrerseits das Feuer aus Desintegratoren und Impulsgeschützen.

Die Männer in der ASKAHA fielen durcheinander, sofern sie nicht angeschnallt gewesen waren, als die letzten Landestützen nachgaben und der Kreuzer auf- und niederwippte wie ein Stehaufmännchen. Desintegratorstrahler fraßen sich durch die Außenhülle, verwandelten Verstrebungen und meterdicke Panzerplatten in grünlich glimmendes Gas. Thermschüsse brachten kreisrunde Stellen der Wände zum Glühen, und Impulstreffer rissen mit elementarer Wucht viele Meter tiefe Krater in das Schiff.

Der Haluter war machtlos.

Wären die Angreifer Tefroder aus Fleisch und Blut gewesen, er hätte sie wahrscheinlich allein durch sein Erscheinen in die Flucht geschlagen. Roboter jedoch konnten nicht in Panik verfallen.

Iwan Goratschin, der Mutant mit den zwei Köpfen und der Fähigkeit, alle Kalzium oder Kohlenstoff enthaltenden Verbindungen kraft seines Geistes zum Kernverschmelzungsprozeß anzuregen, bat Perry Rhodan zum drittenmal, er möge ihn hinauslassen, damit er unter den Angreifern aufräumen könne.

Perry Rhodan lehnte zum drittenmal ab.

„Sie können auch nicht mehr ausrichten als unsere Geschütze“, erklärte er. „Es sei denn, Sie wollten den halben Planeten in die Luft sprengen."

„Aber ich sollte vielleicht zum Chefautomaten Terminals teleportieren!" warf Gucky ein. „Einer kleinen Bombe kann das beste Positronengehirn nicht widerstehen."

Melbar Kasom stieß ein kurzes, meckerndes Lachen aus.

Perry sagte:

„Diese Maßnahme ist so lange undurchführbar, wie wir an den Werftplaneten gefesselt sind. Wir wissen nicht, wie die Tefroder auf die Zerstörung der Hauptpositronik reagieren würden. Vielleicht wäre das für sie Grund genug, den ganzen Planeten zu einer Atomsonne werden zu lassen.

„Aber mein Epos!" jammerte der Mausbiber. „Wie soll ich meinem legendären Ruf gerecht werden, wenn ich ihn nicht durch Beweise meines Könnens untermauern kann?"

Melbar Kasom wurde durch eine neue Erschütterung mit der Stirn gegen einen Interkomschirm geworfen. Er rieb sich die anschwellende Stelle und warf Gucky einen giftigen Blick zu.

„Hoffentlich hältst du endlich deinen losen Mund, du Mausevieh!" knurrte er. „Nur deinetwegen habe ich mich gestoßen."

Der Mausbiber stieß einen schrillen Schrei der Empörung aus und teleportierte fort.

Die Geschütze der ASKAHA schossen immer noch wie rasend. Rings um das Schiff ragte eine mehr als zweihundert Meter hohe Wand aus wabernder Glut auf.

Und oben am Himmel kreisten wieder die vier Wachschiffe wie Geier, die auf den Tod ihrer Beute warten. Geduldig zogen sie ihre Bahn – und wie es aussah, hatten sie sehr viel Zeit.

Viel zuviel Zeit jedenfalls für die Besatzung der ASKAHA ...

Niemand hatte in den letzten Minuten noch auf die tefrodischen Wachschiffe geachtet. Erst jetzt stellte Icho Tolot fest, daß sie erneut verschwunden waren.

Bevor der Haluter jedoch Vermutungen über die Gründe dafür anstellen konnte, krachte es in dem Lautsprecher des Hyperfunkgerätes. Der Cheffunker hatte offenbar auf automatische Durchschaltung eingestellt.

Eine bekannte Stimme klang auf – Atlans Stimme.

Der Arkonide sprach kühl und beherrscht. Den gleichen Eindruck vermittelte das Abbild seines Gesichts auf dem kleinen Schirm.

Perry Rhodan sprang auf und starrte den Lordadmiral an, als sei dieser ein Geist.

„Du wunderst dich, Terraner!“ Atlan lächelte rätselhaft. „Ich verspürte eben Sehnsucht nach dir, das war alles.“

„Atlan!“ rief Rhodan fassungslos.

Der Arkonide hob seine Stimme.

„Ich weiß, daß ich's bin, Barbar. Verliere nicht deine Zeit mit sentimentalen Anwandlungen! Wann geht ihr Narren endlich in euren Transmitter? Ich stehe nur knapp fünf Lichtjahre vor dem Wracksystem. Los, beeilt euch! Bald werden die Tefroder auch meine neue Position ausfindig gemacht haben.“

Alle an Bord der ASKAHA hatten fassungslos den Worten des Arkoniden gelauscht. Sogar Icho Tolot, der sonst nicht leicht überrascht werden konnte, vermochte sekundenlang nicht, einen Ton hervorzubringen.

Perry Rhodan war es, der zuerst begriff. Er erkärte, diese Handlungsweise sei typisch für den Arkoniden. Atlan müsse der ASKAHA kurzerhand durch den Wracksammler gefolgt sein.

Unterdessen ging das erbitterte Gefecht mit angreifenden Robotern und fahrbaren Robotgeschützen weiter. Die Lage wurde immer unhaltbarer.

Aber nun war die CREST da – und man würde auch noch die letzten Minuten aushalten können.

Rhodan unterrichtete die Männer durch Rundspruch über die veränderte Lage. Er forderte sie auf, das Abwehrfeuer noch zu verstärken und auszuharren, bis sie in den Transmitter gehen konnten.

Danach eilte er zusammen mit Tolot und Kasom zu dem Beiboothangar, in dem der Torbogentransmitter vor dem Aufbruch der ASKAHA installiert worden war.

Kalak stand bereits vor dem Gerät. Als er Tolots und Kasoms unüberhörbare Schritte vernahm, wandte er sich um. Sein Gesicht glich einer afrikanischen Massaimaske aus Ebenholz.

Perry fühlte, wie eine imaginäre Hand eiskalt nach seinem Herzen griff.

„Der Transmitter ist nutzlos geworden“, teilte Kalak mit vibrierender Stimme mit. „Aus dem Zentrum Terminals werden seit einigen Sekunden fünfdimensionale Störimpulse ausgestrahlt. Wenn Sie durch den Transmitterbogen gehen, können Sie überall herauskommen – nur ganz sicher nicht im Empfänger der CREST!“

27.

Der Psi-Roboter Log war blind gesprungen. Als er wieder rematerialisierte, befand er sich unmittelbar vor einem torgroßen Schott, vor dem zwei tefrodische Kampfroboter Wache hielten.

Log rührte sich nicht.

Er registrierte, daß die rötlich schimmernden Augenzellen der schwarz glänzenden Maschinenwesen auf ihn gerichtet waren. Die vier Waffenarme blieben jedoch gesenkt. Die Roboter schienen unschlüssig zu sein, wie sie auf das Erscheinen des metallenen Zwerges reagieren sollten. Offensichtlich war ein solches Ereignis nicht in ihren positronischen Handlungsschablonen verankert.

Log fing aber auch keine Sendeimpulse auf, mit denen die Robots ihrer Steuerzentrale vielleicht Mitteilung über das rätselhafte Ereignis gemacht hätten. Er beschloß, diese Chance zu nutzen.

Behutsam schob er sich einige Schritte näher. Er kam ungehindert bis auf etwa drei Meter an die Maschinen heran.

Gleichzeitig hoben beide Roboter je einen Waffenarm. Log blickte in die aktivierten Feldmündungen zweier Desintegratoren. Er überlegte, ob er die Kampfroboter durch Telekinese unschädlich machen sollte, entschied sich aber dagegen. Die Hauptpositronik Terminals war durch sein Gespräch mit dem Exekutiv-Automaten ohnehin alarmiert und würde fieberhaft nach ihm suchen. Wenn zwei Wachroboter ausfielen, wußte sie im gleichen Augenblick, wo er sich aufhielt.

Log beschloß, es mit einem Bluff zu versuchen.

„Ich bin ein Inspekteur der Meister der Insel!" sandte er mit einem schwachen Impuls aus. „Ihr habt mich passieren zu lassen!"

Die Waffenarme senkten sich nicht: aber einer der Roboter antwortete auf der gleichen Frequenz wie Log:

„Es liegen keine Informationen darüber vor, wie wir uns einem Inspekteur der Meister der Insel gegenüber verhalten sollen."

„Natürlich nicht", bestätigte Log. „Wir Inspekteure stehen über allen Robotern der Tefroder. Niemand von euch hat das Recht, uns eine Losung abzuverlangen. Wir sind eure Herren, so wie die Meister die Herren aller Tefroder sind."

„Wenn du über uns stehst", entgegnete der Robot, „dann mußt du mächtiger sein als wir. Zeige uns deine Macht!"

Das war Log nur recht. Telekinetisch bog er die Waffenarme der Wächter so herum, daß die Laufmündungen aller Waffen nach links und rechts wiesen.

„Ich habe euch wehrlos gemacht. Genügt das als Beweis meiner Macht – oder soll ich euch vernichten?"

„Es genügt", antwortete der Robot. „Du darfst passieren."

Log wollte es kaum glauben. Aber eine kurze Überprüfung des Logiksektors dieses Roboters bestätigte, daß keine Falle geplant war.

Der kleine Psi-Robot versuchte, so fest wie möglich aufzutreten, um auch akustisch seine Macht zu demonstrieren. Vor ihm glitten die Schotthälften automatisch zur Seite.

Log betrat einen kreisförmigen, etwa hundert Meter durchmessenden und zehn Meter hohen Saal und blieb wie erstarrt stehen.

Der Saal war vielleicht zehnmal größer, als es zuerst geschienen hatte. Das, was anfänglich den Eindruck massiver Wände vermittelte, stellte sich nun als ein vierstöckiges Regal heraus.

Log schätzte, daß in den tiefreichenden Wandregalen mindestens zwanzigtausend Kampfroboter standen.

Die Maschinen waren desaktiviert. Nur eine leichte Streustrahlung von Erhaltungsenergie ging von ihnen aus.

Log überlegte.

Konnte er die tefrodischen Roboter vielleicht umprogrammieren und gegen ihre eigenen Herren einsetzen? War es möglich, mit diesem Heer die ASKAHA zu befreien?

So einfach würde das nicht gehen, entschied der Psi-Robot. Erstens mußte es – selbst für ihn – Stunden in Anspruch nehmen, die Programmierung der Kampfroboter völlig umzupolen. Danach aber sollten die Maschinen schließlich auf der Oberfläche Terminals eingesetzt werden – und mußten erst einmal dorthin kommen.

Er schrak zusammen, als die Luft neben ihm zu flimmern begann und sich eine kleine Gestalt aus der heftigen Luftbewegung schälte.

Gucky!

„Ich grüße dich, Zwerg!" piepste Gucky. „Dieser ertrusische Vielfraß hat mich so beleidigt, daß ich in meinem Zorn aufs Geratewohl teleportierte. Zuerst kam ich mitten in einer Kompanie marschierender Kampfroboter heraus. Nachdem ich ihnen das Fliegen beigebracht hatte, sprach mein Armbandgerät plötzlich an. Ich wurde Zeuge deines hochstaplerischen Bluffs. Gratuliere, Lucky!"

„Du hast meine Impulse mit deinem Armbandgerät aufgefangen?" fragte Log erschrocken. „Aber dann sind sicher auch andere darauf aufmerksam geworden. Vielleicht sogar die Hauptpositronik!"

Der Mausbiber entblößte grinsend seinen Nagezahn.

„Du vergißt, daß ich nicht nur Sonderoffizier des Imperiums, sondern auch USO-Spezialist bin, Lucky! Zehn Jahre Studium und Agentenschulung haben mich zum Genie unter allen Geheimdienst- und USO-Spezialisten gemacht. Deine Sendefrequenzen hatte ich natürlich schon auf Runaway abgehört. Ich wußte also, wie ich mein Armbandgerät einstellen mußte. Na, was sagst du nun, Kugelkopf?"

„Ich bin erschüttert", bekannte Log. „Wer unter Terranern lebt, wird wohl automatisch zum Genie, was?!" Er kicherte. „Ihr ähnelt psychologisch meinen Erbauern, als hätten sie von euch gelernt."

„Deine Erbauer?" fragte der Mausbiber hastig. „Wer war das eigentlich?"

Log winkte ab.

„Unwichtig! Sie sind seit vielen Jahrhunderten tot. Unterhalten wir uns lieber darüber, was wir mit den desaktivierten Kampfrobotern anfangen."

Gucky setzte sich in Positur, wobei er sich wie üblich auf seinen breiten Schwanz stützte. Nachdenklich musterte er die Phalanx der Kampfmaschinen.

„Wie wäre es", sagte er lauernd, „wenn wir sie nur teilweise umprogrammierten und dann aktivierten? Sie würden danach nicht mehr wissen, wen sie zu bekämpfen haben und vielleicht auf alles schießen, was ihnen in den Weg gerät. Das gäbe einen Spaß hier unten!"

„Du bist tatsächlich ein Genie", gab Log zu. „Ich glaube, ich habe dich und deine Gefährten bisher immer noch unterschätzt. Auf diesen Gedanken wäre ich nicht gekommen. Bevor du auftauchtest, überlegte ich gerade, wie ich die Roboter völlig umprogrammieren und an die Oberfläche bringen könnte."

„Beginnen wir!" sagte Gucky hastig. „Soeben fange ich Gedanken von Marshall auf. Atlan ist aufgetaucht. Aber der Transmitter funktioniert nicht. Irgendwo im Innern Terminals steht ein starker Sender, der Störimpulse ausstrahlt. Diese beeinflussen jedoch lediglich den Transmitter. Paraaktivitäten schienen sie nicht zu behindern."

„Ein Transmitter ist eben doch etwas anderes als ein Teleporter, auch wenn sie miteinander verwandt sind", antwortete Log. „Die n-dimensionalen Störimpulse können unseren Psi-Fähigkeiten nichts anhaben, Gucky."

„Was stehen wir also hier noch herum", rief Gucky. „Laß uns endlich anfangen."

„Wie willst du mir bei der Umprogrammierung helfen?" fragte Log.

„Unfug!" zeterte der Mausbiber. „Ich habe den Plan gemacht, du führst ihn aus. Das ist die ideale Arbeitsteilung. Am besten blockierst du nur den Unterscheidungskontakt der Freund-Feind-Programmierung. Danach werden die Robots sozusagen schizophren." Er lachte schrill. „So ewas haben wir vor vierhundert Jahren einmal auf Goszuls Planeten gemacht. Die Springer sind vielleicht getürmt!"

„Davon mußt du mir später ausführlich erzählen", sagte Log. „Achtung! Ich fange an!"

Log begab sich in das Zentrum des kreisförmigen freien Raumes und erstarrte.

Gucky hoppelte unterdessen zur Aktivierungsschaltung und betrachtete die bunten Kontrollampen. Danach lauschte er wieder auf Gedankenimpulse.

Die ASKAHA wurde jetzt sogar von den tefrodischen Wachkreuzern angegriffen.

Er schlug die Hände vor die Augen, als er esperte, daß ein Impulsstrahl aus einem Schiffsgeschütz quer durch die Zentrale des erbeuteten Kreuzers fuhr und zwei Funker tötete.

„Beeile dich, Log!" flüsterte er.

Minutenlang sah Perry Rhodan nichts als tiefe Schwärze und rote Ringe vor den Augen.

Der Volltreffer des tefrodischen Wachschiffes hatte die Zentrale der ASKAHA durchschlagen. Die erhitzte Luft rief schmerzende Stiche beim Atemholen hervor. Jemand wimmerte leise.

Perry kroch unter den Trümmern seines Kontursitzes hervor und tastete sich auf Händen und Füßen zu der Stelle, an der er den Modul zuletzt gesehen hatte. Bald darauf stießen seine Finger gegen einen reglosen Körper.

Rhodan fühlte erregt über das Gesicht des anderen und spürte an dem breiten Mund, der verdickten Unterlippe und dem haarlosen Schädel, daß es sich um Baar Lun handelte.

Er fühlte aber auch das klebrige, warme Blut an seinen Fingern.

Dicht schob er sich heran. Er holte tief Luft, als er das gleichmäßige Atemgeräusch wahrnahm.

Kurz darauf ertasteten seine Finger den Riß, der quer über Luns linke Wange lief. Eine andere Verletzung war nicht zu erkennen.

Perry Rhodan kroch weiter.

Irgendwo in der Zentrale rumorte es. Trümmer wurden beiseite geschoben, und stampfende Schritte dröhnten schmerzend. Anscheinend bemühte sich der Haluter ebenfalls um die Opfer des Treffers.

Gleich darauf hörte der Terraner Tolots sachliche Stimme.

„Die beiden Funker sind tot. Alle anderen haben nur leichte Verletzungen oder sind durch das grelle Licht vorübergehend geblendet worden."

Allmählich vermochte Perry wieder etwas zu sehen. Zuerst erschienen lediglich undeutliche Umrisse von Geräten, Trümmern und Menschen, dann erkannte er auch Einzelheiten.

Sie hatten unwahrscheinliches Glück gehabt.

Der Impulsstrahltreffer war durch die Zentrale hindurchgegangen, ohne seine Energie zu entladen. Andernfalls wäre niemand mehr am Leben gewesen.

Baar Lun schlug eine Minute danach die Augen auf. Er richtete sich mit Rhodans Hilfe auf und befühlte seine klaffende Fleischwunde.

„Das hätte schlimmer ausgehen können", stellte er fest. „Wo ist eigentlich Gucky?"

Rhodan begann über Telekom nach Gucky zu rufen. Der Mausbiber meldete sich nicht. Perry entsann sich, daß er vor Ärger über eine von Kasoms rauhen Bemerkungen fortteleportiert war. Seitdem hatte er ihn nicht wieder gesehen.

„Wenn jemand den Mausbiber entdeckt, bitte sofort Meldung über Helmfunk an mich!" befahl er.

Doch auch danach klärte sich das Rätsel um Guckys Verschwinden nicht auf.

„Er und Log sind dicke Freunde", erinnerte sich Lun. „Könnte es nicht sein, daß er zu dem Zwerg gesprungen ist?"

Rhodan nickte.

„Selbstverständlich. Aber wo steckt Log?"

„Irgendwo in Terminal", erwiderte der Modul. „Lassen Sie mich hinaus. Ich suche die beiden."

„Das geht . . ."

Eine furchtbare Erschütterung rüttelte an der ASKAHA. Kurz darauf erfolgte ein zweiter heftiger Schlag.

Der Kreuzer kippte nach hinten über, rammte den Boden mit dem Triebwerksringwulst und richtete sich ebenso ruckartig wieder auf.

„Bomben!" ertönte John Marshalls Stimme. „Die Wachschiffe werfen Bomben auf uns!"

Über der ASKAHA entstand eine ultrahell strahlende Sonne. Die Ausläufer des Gasballs peitschten wenige Sekunden später den Bodenbelag. Die Außenhaut des Kreuzers begann zu glühen. Die Besatzung verschloß die Druckhelme der Raumanzüge, soweit sie es nicht schon vorher getan hatte.

„Gefährdete Geschützstationen räumen!“ befahl Perry Rhodan über Helmfunk.

Er war sich klar darüber, daß es niemand mehr an der Peripherie des Raumschiffes aushalten konnte – auch mit geschlossenem Raumanzug nicht.

Gucky und Log entmaterialisierten, als die ersten Strahlschüsse an ihnen vorüberfauchten.

Die Geister, die sie gerufen hatten, kannten nur noch ihren Vernichtungsbefehl. Und beinahe wären der Mausbiber und der Psi-Robot die ersten Opfer gewesen.

Von der nächsten Gangbiegung aus beobachteten sie, wie die ersten aktivierten tefrodischen Kampfroboter ihren Lagerraum verließen. Die beiden Robotwächter wurden vernichtet und brachten mit der Explosion ihrer Kraftstrommeiler die Decke auf etwa fünfzig Meter Länge zum Einsturz.

Es dauerte dennoch nur knapp fünf Minuten, bis die zwanzigtausend Kampfroboter das Hindernis entfernt hatten.

Dann mußten Gucky und Log erneut teleportieren. Dort, wo sie eben noch gestanden hatten, brodelte flüssiges Metallplastik in einem neuentstandenen Krater.

Sprung für Sprung flohen sie vor den durch die Gänge rasenden Robots, die ohne Hemmungen alles vernichteten, was sich bewegte. Schaltstationen und Nebenkraftwerke wurden zu sonnenheißen Gluthöllen, Arbeitsroboter blieben als zerschmolzene Metallklumpen oder staubfeine, schwebende Trümmerwolken am Wege der tobenden Kampfroboter zurück.

Doch dann schaltete die Hauptpositronik des Werftplaneten. Das, was Log schon einmal erlebt hatte, wiederholte sich – nur in viel größerem Ausmaß.

Die Hauptpositronik Terminals verfügte über ein weit besseres Repertoire an Verteidigungsmöglichkeiten, als Gucky oder Log hatten ahnen können.

Entladungen nuklearer Energie entfesselten einen Vernichtungsorkan, der die Armee von zwanzigtausend Kampfrobotern innerhalb weniger Augenblicke restlos vernichtete.

Der Anschlag auf die innere Sicherheit der Werft war mißglückt.

Gucky und Log hüteten sich, die in den nächsten Minuten aus anderen Abteilungen auftauchenden Kampfroboter telekinetisch zu bekämpfen. Sie wußten, daß die Hauptpositronik nur darauf wartete.

In dem Augenblick, in dem sie durch ein verräterisches Ereignis die Position der Eindringlinge erfuhr, würde sie den betreffenden Werftsektor mit vernichtenden Entladungen ausräuchern.

Gegen diese teuflische Defensivwaffe aber halfen keine Parafähigkeiten.

In einem leeren Lagerraum kamen die beiden Wesen endlich ein paar Minuten zum Verschnaufen. Sie lauschten den Gedankenimpulsen, die von der ASKAHA kamen, und erfuhren von Atlans vergeblichem Befreiungsversuch. Sie empfingen auch aus John Marshalls Gedankeninhalt die Botschaft, daß erneut Wachschiffe der Tefroder aufgetaucht waren. Der Roboteransturm hatte aufgehört. Es war demnach mit einem massierten Angriff von Raumschiffen zu rechnen.

„Das ist das Ende!“ Gucky stöhnte.

„Nein!“ rief Log. „Wir können noch einen letzten Versuch wagen! – Wenn der allerdings wieder mißglückt . . .“

Er sprach den Satz nicht zu Ende. Aber der Mausbiber wußte auch so, was gemeint war. Er hörte zu, wie Log seinen Plan entwarf. Der Mutant erkannte ganz klar, welche tödlichen Risiken Logs Plan barg. Es stand hundert zu eins, daß sie beide dabei den Tod finden würden.

Aber was hatten sie noch zu verlieren!

Gucky bekam zwar nicht die Hauptlast der Arbeit, doch immerhin den schwierigsten Teil. Das ließ sich nicht vermeiden, denn nur Log wußte, worauf es ankam – und nur er kannte die Achillesferse des Werftplaneten.

Er prägte sich genau ein, was ihm Log erzählt hatte – dann trennten sich die Wege der beiden Geschöpfe.

Von nun an mußte Gucky schneller denken und handeln als die Hauptpositronik Terminals. Er wußte, daß sie inzwischen alle Abteilungen der Werft gegen das Auftauchen von Teleportern abgesichert haben würde.

Nur eine winzige Chance bestand: daß die Hauptpositronik sich selbst für zu überlegen hielt, um ihr Inneres ebenfalls mit Kampfrobotern besetzen zu lassen.

Guckys Hoffnung erfüllte sich.

Er landete in einer halbkugelförmigen Kammer von etwa drei Metern Durchmesser. Grinsend entblößte er seinen Nagezahn.

Zu früh!

Die Hauptpositronik hatte sich nicht nur überlegen gefühlt, sie war es tatsächlich.

Der Mausbiber spürte, wie ein fremdes Parafeld sich gleich einem stählernen Reif um sein Gehirn legte. Er wollte teleportieren – fort aus dieser Falle – und vermochte es nicht mehr. Seine Teleporterfähigkeit war lahmgelegt.

Irgendwo ringsum begann es zu summen. Es war, als wollte die gigantische Denkmaschine ihren Gefangenen verhöhnen.

Gucky mußte an Log denken, der jetzt oder in der nächsten Sekunde im Raum der Exekutiv-Positronik auftauchen würde. Er war verloren, wenn er, Gucky, seinen Teil des Planes nicht erfüllte.

Ohne Hoffnung auf Erfolg wandte er seine telekinetischen Geistesströme an. Er mußte blind arbeiten – ein nahezu aussichtsloses Unterfangen, wenn man den Ansatzpunkt der Parakraft nicht auf den Millimeter genau kannte.

Der Mausbiber wußte es, aber er rechnete mit dem Zufall. Wahllos griffen seine telekinetischen Ströme in die Positronenfelder der Hauptautomatik hinein, kämpften gegen den Widerstand und versuchten, soviel Schaden wie möglich anzurichten.

Er wollte es zuerst nicht glauben, als krachende Entladungen den Zusammenbruch von Energiefeldern verkündeten. Anscheinend hatte die Hauptpositronik zwar mit einem Teleporter, nicht jedoch mit einem Telekineten gerechnet.

Dennoch frohlockte Gucky auch dieses Mal zu früh.

Nach weniger als einer halben Minute stießen seine fünfdimensionalen Paraströme auf eine unsichtbare Mauer. Nun war er gänzlich wehrlos.

Wenn nicht ein Wunder geschah, würde er nie mehr aus diesem Gefängnis herauskommen.

Log materialisierte im langgestreckten Raum der Exekutiv-Positronik.

Im gleichen Augenblick brach das tödliche Gewitter der bekannten Energieentladungen los.

Log vermochte nur, sich durch einen Sprung in den Pararaum zu retten. Ihm gelang es, was kein organischer Teleporter jemals fertiggebracht hätte. Er ließ sich im Pararaum wiederverstofflichen.

Mitten in rötlichem Nebel erwachte das Bewußtsein des zwergenhaften Roboters. Er versuchte, sich in der undefinierbaren, leuchtenden Masse zu orientieren. Eine Viertelstunde verging. Danach hatte Log nur eines erreicht: Er empfing die sechsdimensionale Streustrahlung einer auf fünfdimensionaler Basis arbeitenden Positronik.

Er überlegte, was zu tun sei.

Von der Exekutiv-Positronik selbst war im Pararaum nichts zu sehen. Etwas anderes hatte Log selbstverständlich nicht erwartet. Sein Plan baute fast nur auf der Intuition des Augenblicks auf. Er kannte zwar die verwundbare Stelle der E-Automatik – aber er konnte nicht heran.

Das ewige Rauschen der sechsdimensionalen Streufelder irritierte ihn. Er versuchte, es aus seinem Bewußtsein zu verdrängen. Statt dessen wurde es immer deutlicher.

Bis ihm ein Gedanke kam!

Wie wäre es, wenn er versuchte, eigene sechsdimensionale Paraimpulse auszusenden und sie die „Bahn“ der Maschinenstrahlung zurückverfolgen zu lassen?

Log konzentrierte sich.

Es war schwer, den vierdimensionalen Ursprungsort sechsdimensionaler Streustrahlung aus einem instabilen Parakontinuum heraus aufzufinden. Immer wieder schoben sich fremde Überlagerungsfelder gleich trennenden Mauern dazwischen und lockten die geistigen Fühler des Psi-Robots auf Fährten, die nicht zum ersehnten Ziel führten. Wie in einem Kaleidoskop huschten die Bilder schemenhaft erkennbarer unbekannter Räume vorüber.

Und als Log glaubte, am Ziel zu sein, schob sich eine ungeheuer starke Wand fünfdimensionaler Ausstrahlung davor.

Eine Parafalle!

Aber nicht für Log!

Der Robot verstärkte seine sechsdimensionalen Paraimpulse und stellte die Aussendung fünfdimensionaler Strahlung ganz ein. Die Parafalle würde jeden organischen Mutanten in seiner besonderen Begabung hemmen und ihn gefangen halten.

Doch Log war kein organischer Mutant. Er war eine intelligente Maschine, für ein besonderes Ziel konstruiert, mit einem Bewußtsein ausgestattet und seit vielen Jahrhunderten auf sich allein gestellt.

Der Psi-Roboter durchbrach die Wand der Parafalle und drang in die vierdimensionale Existenzebene des Werftplaneten Terminal – und der Exekutiv-Positronik ein.

Er fand die Schaltung, die alle Abwehrmaßnahmen Terminals augenblicklich stoppen konnte – und vermochte nichts damit anzufangen. Seine eigene Ebene war zu weit von der Ebene Terminals entfernt, als daß er telekinetisch über den Abgrund der fünften Dimension hätte greifen können.

So ging es also nicht.

Dafür stellte Log eine andere Tatsache fest: Die Entladungen hatten aufgehört.

Das war nur logisch, sagte er sich, die Hauptpositronik hatte seine Teleportation beobachtet und mußte annehmen, er sei auch im vierdimensionalen Sinne nicht mehr am gleichen Ort. Sie konnte nicht wissen, daß es Teleporter gab, die im vierdimensionalen Sinne am gleichen Ort blieben, während sie in einem sechsdimensionalen Pararaum praktisch durch Ewigkeiten von diesem Ort getrennt waren.

Alle diese Überlegungen nahmen stets nur Sekundenbruchteile in Anspruch. Ein Positronengehirn von der Packungsdichte Logs konnte im Zeitraum einer einzigen Sekunde rund hunderttausend völlig unterschiedliche Berechnungen durchführen.

So handelte er praktisch im gleichen Augenblick, in dem er das Fehlen der tödlichen Entladungen festgestellt hatte.

Er glitt in das fünfdimensionale Kontinuum zurück, griff von dort aus mit dreißig Prozent seiner telekinetischen Parakraft zu – und verschwand in der nächsten Sekunde mitsamt der Exekutiv-Positronik in den sechsdimensionalen Pararaum . . .

Die Männer der ASKAHA konnten von Glück reden, daß die tefrodischen Wachschiffe immer noch bestrebt waren, ihren Werftplaneten zu schonen. Sie bombardierten den erbeuteten Kreuzer nur mit Bomben im Wirkungsbereich von 0,1 bis 0,3 Megatonnen.

Es genügte dennoch, das durch kein Schirmfeld geschützte Schiff zu einer Hölle werden zu lassen.

Perry Rhodan erkannte, daß der Moment für einen erfolgreichen Ausbruch verpaßt worden war. Jetzt würde niemand mehr lebend hinauskommen. Die winzigen Raketenbomben der Tefroder schossen blitzschnell heran und hüllten die ASKAHA in eine Serie von Glutbällen mit Durchmessern bis zu fünfzig Metern. Die oberen Decks bis in die Nähe des Triebwerksringwulstes glichen einem brennenden Trümmerfeld. Hätten die Terraner ihr Schiff von außen betrachten können, es wäre ihnen gleichsam halbiert erschienen.

Es war nur eine Frage der Zeit, bis die Vernichtungswelle auch die untere Hälfte der ASKAHA erreicht haben würde.

Vielleicht aber gab es doch noch eine Chance.

In einer Entfernung von zehn Kilometern gingen elliptische Beiboote nieder. Sie fielen aus dem Himmel gleich einem Hornissenschwarm.

Landungstruppen!

Wahrscheinlich war das Bombardement mehr zur Zermürbung der Eindringlinge gedacht. Jedenfalls konnten sich Rhodan und Tolot vorstellen, daß die Tefroder sie liebend gern lebendig gehabt hätten.

Sie mußten begierig sein zu erfahren, wer es fertiggebracht hatte, einen ihrer Kreuzer relativ unversehrt zu erobern.

Perry Rhodan befahl den Männern in den wenigen noch intakten Geschützstationen, ihr Feuer vorübergehend einzustellen. Danach zog er alle verfügbaren Leute in jenem leeren Beiboothangar zusammen, in dem der nun völlig nutzlose Torbogentransmitter stand.

„Wir können uns auf die Dauer nicht halten", erklärt er der versammelten Mannschaft. „Doch sieht es so aus, als wollten die Wachschiffe uns nicht vernichten, sondern nur unsere Kampfmoral zermürben."

„Die kennen uns immer noch nicht!" rief jemand aus der Gruppe der Kaperbesatzung.

Perry blickte den Sprecher, einen beleibten, rotwangigen Sergeanten mit fuchsrotem Stoppelhaar und grünen Augen, durchdringend an. Dann mußte er unwillkürlich lächeln.

„Nein, sie kennen uns wirklich noch nicht, Sergeant." Er wandte sich wieder an alle: „Ich habe das Abwehrfeuer einstellen lassen, damit der Gegner glaubt, er habe die ASKAHA reif geschossen und bombardiert. Es ist anzunehmen, daß die gelandeten Truppen sofort stürmen, wenn die Wachschiffe ihr Bombardement einstellen. Die Geschützbesatzungen werden sie auf hundert Meter herankommen lassen und dann schlagartig das Abwehrfeuer mit den noch intakten Paralysegeschützen eröffnen. Danach gehen wir zum Gegenangriff über und kämpfen uns bis zu einem der Eingänge nach Terminal vor.

Was weiter kommt, entzieht sich meiner Kenntnis."

„Warum haben Sie uns *hier* zusammengerufen, Sir?" fragte der rothaarige Sergeant von vorhin. „Wären wir in den unteren Räumen nicht besser vor dem Bombardement geschützt gewesen?"

„Sie vergessen, daß ich mit einem baldigen Abbruch der Bombardierung rechne, Sergeant", entgegnete Perry freundlich. „Und in diesem Hangar halten wir uns deshalb auf, weil es ja sein könnte, daß der Transmitter doch noch funktioniert. Klar?"

John Marshall hob die Hand.

In diesem Augenblick ließ das Bombardement nach und brach wenige Sekunden später ganz ab. Erleichtert öffnete Rhodan den Helm; die Männer taten es ihm umgehend nach.

„John?"

Der Chef des Mutantenkorps wirkte relativ frisch. Nur seine unergründlichen Augen blickten dunkel und zeigten einen halb verborgenen Schimmer von Angst.

„Was ist mit Gucky? Er ist immer noch nicht wieder aufgetaucht. Wir können ihn doch nicht einfach im Stich lassen!"

Perry lauschte der Meldung von den Geschützständen, daß die gelandeten Truppen sich in Bewegung setzten, dann nickte er dem Telepathen zu.

„Ich habe nicht gesagt, daß wir Gucky im Stich lassen wollen, John. Selbstverständlich bleiben einige Leute selbst dann hier und warten auf ihn, wenn der Transmitter wieder funktioniert. – Ich zum Beispiel."

„Ich bleibe ebenfalls", rief Marshall.

Tolot und Melbar Kasom, Baar Lun, Noir und Goratschin meldeten sich im gleichen Augenblick, außerdem einige Männer der Kaperbesatzung, unter ihnen der Rothaarige mit den Pausbacken und dem überreichlichen Leibesumfang.

Perry Rhodan wehrte ab.

„Es sieht nicht so aus, als ob überhaupt jemand durch den Transmitter gehen könnte, meine Herren. Wenn wir aber ins Innere Terminals vorstoßen, haben wir Aussichten, Gucky zu finden. Ich nehme an, er hält sich dort auf. John Marshall hatte jedenfalls vor etwa zwanzig Minuten Kontakt mit ihm. Leider sagte Gucky nichts über seine Absichten. Er tat sehr geheimnisvoll – und im nächsten Augenblick riß der Kontakt ab."

Kasom wollte etwas sagen, aber gegen das infernalische Fauchen und Röhren von acht zugleich feuernden Paralysegeschützen kam selbst sein lautstarkes Organ nicht an.

„Schleuse auf!" befahl Rhodan.

Er rückte seinen Helm nach vorn und verschloß ihn. Dann nahm er den schweren Kombistrahler zur Hand und ging mit federnden Schritten zur Hangarschleuse.

Die beiden Schotts glitten geräuschlos zur Seite.

Auf den ersten Blick erkannte Rhodan, daß das Paralysefeuer der Bordgeschütze den Vormarsch der Tefroder zum Stoppen gebracht hatte. Im nächsten Moment änderte sich die Situation schlagartig.

Die Landungsboote der Tefroder hatten ihre Triebwerke aktiviert und starteten in unerklärlicher Hast.

Eine Sekunde später schoß ein grün leuchtendes, riesiges Phantom vom Himmel, beschrieb eine Kurve und setzte zur Landung an.

Das ohrenbetäubende Brüllen der Triebwerke traf erst jetzt die Trommelfelle der Männer.

Die CREST! dachte Perry noch. Dann schossen Tausende von Energiestrahlen zugleich in den Himmel und hüllten das Ultraschlachtschiff ein. Terminal hatte die Abwehrforts ausgefahren.

Der HÜ-Schirm der CREST III hielt den unvorstellbaren Energien konventioneller Impuls- und Desintegratorgeschütze nahezu mühelos stand. Allein die ungeheuerliche Auftreffwucht schleuderte den Kugelraumer wie einen davongeschlagenen Ball aus dem Kurs.

Die CREST III verfehlte den gewählten Landeplatz, raste in den Weltraum hinaus und setzte zum nächsten Landeanflug an.

Da hüllte sich Terminal in einen bläulich flimmernden Energieschirm.

Im buchstäblich letzten Moment vermochte der Kommandant, sein Ultraschlachtschiff hochzuziehen.

Weit oben im Raum detonierten die ersten Gigabomben tefrodischer Raumschiffe . . .

Perry dachte mit wehmütigem Gefühl daran, daß der bläuliche Schutzschirm um Terminal offensichtlich nur vierdimensionaler Natur war. Er würde die Abstrahlimpulse des Transmitters ungehindert durchlassen – wenn das Überlagerungsfeld nicht gewesen wäre . . .

Als die Männer hinter ihm zu schreien begannen, wußte Rhodan nicht sofort, was geschehen war. In dem Glauben, sie hätten die Nerven verloren, wandte er sich um – und erstarrte.

Der Transmitter leuchtete.

„Das Überlagerungsfeld ist verschwunden!" schrie Kalaks rauhe Stimme.

Perry handelte während der nächsten Minuten wie in Trance.

Er schickte die Kaperbesatzung gruppenweise durch den Grünwert zeigenden Transmitter.

Übrig blieben zuletzt noch die Mutanten, Melbar Kasom, Baar Lun und er selbst.

Und Gucky! dachte er bitter. Nur wußte niemand, ob der Mausbiber überhaupt noch lebte.

„Marshall, Kasom, Goratschin, Noir, Lun!" sagte Perry mit tonloser Stimme. „Sie gehen durch den Transmitter. Tolot und ich brechen durch die Linien der gegnerischen Truppen und versuchen, Gucky zu finden."

Melbar Kasom murrte. Aber Rhodan duldete keinen Widerspruch. John Marshall war selbst einsichtig genug. Nur ein Mann, der sich auf Tolots Rücken tragen ließ, besaß einige Chancen, über den feindlichen Truppenkordon hinauszugelangen.

„So, Tolot!" sagte Rhodan seufzend, als sie allein an Bord des zerschossenen Kreuzers waren. „Nun wollen wir unser Glück versuchen!"

Er wollte den Rücken des Haluters besteigen.

Da flimmerte plötzlich dicht vor ihm die Luft. Der Mausbiber tauchte auf und schrie gellend:

„Atlan läßt euch bestellen, ihr Narren mögt endlich in den Transmitter gehen. Dazu wäre er schließlich da!“

Perry Rhodan taumelte. Er vermochte es einfach nicht zu fassen, daß Gucky wieder da war.

„*Wer* läßt uns etwas bestellen?“ hauchte er fassungslos. „Atlan? Woher kommst du eigentlich?“

Der Mausbiber pfiff schrill auf seinem Nagezahn. Er deutete mit der Hand nach oben.

„Aus der CREST. Woher sonst? Los, beeilt euch. Atlan kann sich nicht mehr lange halten.“

Immer noch wie betäubt, schritt Perry Rhodan auf das leuchtende Transmittertor zu. Dennoch ließ er es sich nicht nehmen, als letzter die ASKAHA zu verlassen, nicht jedoch ohne zuvor die Selbstvernichtungsanlage des Transmitters zu aktivieren, die diesen drei Sekunden nach dem Durchgang zu einem unförmigen Metallklumpen schmolz.

Als er aufsah, begegnete er dem eisigen Blick des Arkoniden.

Atlan winkte ironisch ab und sagte:

„Ihr Terraner lernt es doch nie, eure Nasen aus Sachen herauszuhalten, die mehr als die Nase allein kosten können. So etwas kann ja nicht gutgehen!“

Sechs Stunden später.

Die CREST III befand sich auf einer Flucht, die kein Ende zu nehmen schien.

Perry Rhodan hatte einige Stunden geschlafen. Die Strapazen des letzten Abenteuers waren vergessen. Der Zellaktivator pochte belebend auf seiner Brust und regenerierte die physischen und psychischen Energien schnell.

Der Großadministrator kam von einer Konferenz besonderer Art. Er hatte anderthalb Stunden in der Bordpositronik des Ultraschlachtschiffes gesessen und zusammen mit einigen Logikern und dem Chefmathematiker die Ergebnisse des ASKAHA-Einsatzes ausgewertet.

Dabei wurde das Hauptaugenmerk auf den Situationstransmitter gerichtet. Die Tefroder waren offenbar in der Lage, diesen an Gefahrenpunkten blitzartig entstehen zu lassen. Ob dies jedoch tatsächlich an jedem beliebigen Ort möglich war, oder ob dazu spezielle Voraussetzungen vorhanden sein mußten, war unklar. Es stand aber fest, daß die Sperrzone noch weit gefährlicher war, als es Kalak prophezeit hatte. Sie barg Gefahren, die selbst dem Paddler unbekannt waren.

Mit Atlan hatte Rhodan sich inzwischen geeinigt, dem System der roten Doppelsonne den Namen Wracksystem zu geben und die Bezeichnung Redeye aus dem Katalog zu streichen.

Das Wracksystem, so konnten die Astronomen der CREST feststellen, stand etwa tausend Lichtjahre tief in der verbotenen Zentrumszone Andromedas. Es befand sich außerdem auf einer annähernd direkten Linie zwischen KA-preiswert, dem Atrun-System und dem eigentlichen Zentrumskern.

Perry Rhodan war sich noch nicht ganz darüber klar, ob er mit der CREST III innerhalb der Zentrumszone bleiben oder es vorziehen sollte, nach KA-preiswert zurückzukehren.

Darüber wollte er am nächsten Tag mit den führenden Offizieren der Expedition und den Logikern beraten.

Jetzt war er unterwegs zu Tolots Kabine. Die Unterkunft des Haluters befand sich auf dem sogenannten Chefdeck, auf dem auch seine eigene Kabine lag.

Auf dem Wege dorthin mußte Rhodan an Guckys Kabine vorbei.

Unwillkürlich lächelte er, als er die nur angelehnte Kabinentür bemerkte. Das erinnerte ihn an ein amüsantes Erlebnis auf der ASKAHA zu der Zeit, als der Kreuzer noch auf dem Planetoiden Runaway gestanden hatte.

Nun, leider würde der Mausbiber niemals mehr mit seinem „Lukky" Log dichten können. Der Psi-Roboter war auf Terminal verschollen. Gucky sagte aus, Log hätte das Transmitter-Überlagerungsfeld ausschalten wollen. Dies war ihm auch gelungen, denn gleichzeitig mit dem Ende der Exekutivschaltung war auch das Parafeld erloschen, welches den Mausbiber festgehalten hatte. Gucky war daraufhin zur CREST teleportiert, die in diesem Moment über dem Planeten aufgetaucht war. Doch die Beseitigung der E-Schaltung hatte offenbar auch die Existenz des Psi-Roboters beendet.

Perry würde den Robotzwerg niemals vergessen. Dieses in seinem Benehmen so menschliche Maschinenwesen hatte ihnen das Leben gerettet – und sich dafür geopfert.

Im nächsten Augenblick zuckte Rhodan heftig zusammen und wurde kreidebleich. Seine Stirn bedeckte sich mit Schweiß, und die Zähne schlugen wie im Schüttelfrost aufeinander.

Perry glaubte nicht an Geister – aber er konnte nicht abstreiten, daß es die Stimme eines Geistes sein mußte, die aus der Tür von Guckys Kabine drang.

„Hell schimmert vor Atrun ein flammendes Tor,
Unser Flaggschiff stößt zum Transmitter vor . . ."

Und Guckys ein wenig piepsige Stimme fiel ein:

„Das Wracksystem, es bebt und es kracht,
der Lucky, der hat es zu Pudding gemacht . . ."

Und ganz deutlich und klar erkennbar der charakteristische Nebenton in Logs Stimme:

„Der Gucky aber, der strahlende Held, verwandelt es in ein Mohrrübenfeld . . ."

Der Mausbiber brach in ein begeistertes Kreischen aus. Dazwischen schrillte Logs unheimliches Kichern.

Perry Rhodan riß die Kabinentür auf – und holte tief Luft.

Die beiden Wesen – der Mausbiber von Tramp und der Psi-Robot von Runaway – hockten untergehakt auf der Couch und stimmten soeben ein terranisches Lied aus der verflossenen goldenen Zeit der Christlichen Seefahrt an.

Rhodan fühlte sich mit einemmal nicht mehr in der Lage, den anscheinend unverwüstlichen Robotzwerg auszufragen. Er verschob dieses Vorhaben auf eine günstigere Gelegenheit und schloß die Tür leise von außen.

MA-GENIA

Allgemeines:

Diese fliegenden Reparaturwerften wurden von den Kosmischen Ingenieuren (auch Paddler genannt) gebaut. Die berühmteste aller Werften war KA-preiswert, die wie alle Werften in abgekürzter Form den Namen ihres Besitzers trug: Kalak. Die Paddler sind Strukturläufer; sie können mit ihren Händen feste Materie durchdringen und sind so unübertreffliche Techniker. Eine Station von der Größe MA-GENIAL kann acht Kugelraumschiffe von der Größe der CREST III aufnehmen.

Technische Daten:

1. Deckenschleuse für Raumschiffe (8 Stück)
2. Schleuse für Personen und Roboter
3. Ortungs- und Peilantennen an beiden Seiten der Plattform
4. Beleuchtungsanlage
5. bewegliche Steuertriebwerke (8 Stück)
6. Empfangsräume für Gäste
7. Hyperfunkantenne
8. Radarschirme
9. Impulsstrahlantrieb mit Projektionsfelddüsen (4 Stück)
10. Schleuse für Nachschubgüter (8 Stück)
11. Desintegratorgeschütz, an beiden Seiten der Plattform
12. 8 Transformkanonen mit Energiekonverter
13. Raumschiff in Reparatur
14. Gleitbänder für Lasten und Personen
15. Schweißturm für elektronische Metallverbindung
16. Ausfahrbare Reparaturplattformen
17. Lastenkran
18. Ersatzteildepot und Lagerräume